GRENO 10 20

Friedrich Gerstäcker UNTER DEM ÄQUATOR

ZU DIESEM BUCH Die abenteuerlichen Reiseromane des Hamburgers Friedrich Gerstäcker (1816–1872) waren eine beliebte Lektüre im Deutschland der zweiten Hälfte des 19. Jahrhunderts. Ähnlich den Büchern Karl Mays trafen sie auf ein reges Interesse an der Erkundung ferner Welten. Doch anders als May war Gerstäcker nicht auf die Verwertung fremder Reiseberichte angewiesen. Mehr als zehn Jahre seines Lebens verbrachte er in Nord- und Südamerika oder auf Reisen nach Nordafrika und in die Südsee. So können seine realistischen Romane und Berichte noch heute als authentische Kulturdokumente gelten.

Der Roman *Unter dem Äquator* (1860), der im holländischen Insulinde angesiedelt ist, gehört zu Gerstäckers besten literarischen Leistungen. Er besticht durch seine scharfsichtige Schilderung der holländischen Kolonialherren und durch seine entschiedene Kritik an den missionarischen Bemühungen der christlichen Kirchen.

Der Text dieser Ausgabe folgt dem Text der Erstausgabe, Jena 1860; die Orthographie wurde der heute üblichen Schreibweise angepaßt.

Friedrich Gerstäcker

UNTER DEM ÄQUATOR

Roman

GRENO 10 20

Verlegt bei Franz Greno
Nördlingen 1987

1. Auflage, Juni 1987.

Satz: studiodruck, NT-Raidwangen.
Druck und Bindung: Wagner GmbH, Nördlingen.
ISBN 3-89180-835-0.

ERSTES KAPITEL

In Cramat – einer der reizenden Vorstädte Batavias – war eine Anzahl von jungen Leuten auf dem Erbe eines ihrer Gesellschafter versammelt, um dort einen fröhlichen Abend zu verbringen. Leopold van Roeken feierte heute seinen fünfundzwanzigsten Geburtstag und hatte nicht allein beschlossen, sein erstes Viertel vom Jahrhundert in würdiger Weise zu verlassen, sondern auch das zweite auf gleiche Art – und keineswegs nüchtern – anzutreten. Passende und willkommene Gesellschaft fand er dazu leicht. Es waren, außer seinem eigenen Kompagnon, einem Deutschen, lauter junge holländische Kaufleute, neun an der Zahl, teils eigene Geschäfte betreibende, teils Buchhalter der großartigen Maatchappey, und schon um den reichbesetzten Tisch geschart, sprudelte der fröhliche Humor der Versammelten mit den fliegenden Champagnerpfropfen lustig ins Freie.

Der Holländer hat darin volle Ähnlichkeit mit dem Deutschen, seinem halben Landsmann, daß er beim Essen gern und viel spricht. Er verzehrt dadurch die Speisen nicht so rasch und verdaut besser, indes der Amerikaner, als scharfer Kontrast, während der Mahlzeit kein Wort mit dem Nachbar wechselt und die Speisen so rasch als möglich hinunterschlingt. Time is money, denkt er dabei, was liegt ihm an dem Körper, den er ja doch nur dazu benutzt, Geld – immer nur Geld zu verdienen. Der Holländer verdient ebenso gern Geld wie er, aber er tut es auf vernünftigere Weise. Wir leben nur einmal, und er will, während er lebt, auch genießen. Wo das mit Maß geschieht, ist er im vollen Recht, und Unmäßigkeit bildet überhaupt kein hervorstechendes Laster der Niederländer.

Zahlreiche malaiische Diener umgaben die Tafel, jeden Wunsch der Gäste rasch zu befriedigen, und als man die warmen Speisen beendet hatte, trugen sie Massen der herrlichsten Früchte herein, denn Java wird darin von keinem Lande der Welt übertroffen. Die Insel selber erzeugt schon eine große Zahl ihr eigentümlicher wilder und delikater Früchte, und was außerdem andere Tropenländer Köstliches darin boten, wurde ebenfalls hierher verpflanzt und gedieh vortrefflich. So lag hier, neben der Perle aller Früchte, dem Mangustan-Apfel, die saftige Ananas, mit denen im Innern weite Flächen bepflanzt stehen, die brasilianische Butterbirne, deren markartiges Fleisch ebensogut mit Salz wie mit Madeira und Zucker, zu einer Creme angerührt, vortrefflich schmeckt; ferner die Manga und Pampelmus, eine riesige Orange; ja das Hochland hatte heute selbst seine Erdbeeren liefern müssen, und der in Eis gekühlte Wein wurde mit dem Saft der Kokosnüsse zu einem wunderbar erfrischenden Getränk gemischt.

Das Mahl hatte sich indessen länger als gewöhnlich hingezogen, und mit der Beendigung desselben brach auch schon die Dämmerung herein – diese frühe Dämmerung der Tropen, die den heißen Tag kürzt und mit ihren kühlen Lüften den ermatteten Körper stärkt und kräftigt. Überdies dürfen wir Nordländer uns die Hitze unter dem Äquator nicht zu drückend vorstellen, und so sonderbar es klingt, ist es doch gar nicht selten bei uns heißer als dort. Viel zur Milderung trägt schon die kürzere Zeit der Sommertage bei. Die Sonne geht regelmäßig in den Tropen um sechs Uhr auf und unter, im ganzen Jahre nur um wenige Minuten differierend – steigt also nie vor acht Uhr über den Dunstkreis herauf und hat um halb fünf Uhr abends schon wieder ihre größte Kraft verloren. Ferner sind die dortigen Wohnungen alle so gebaut, Kühle zu verbreiten und dem Luftzug freien Durchgang zu lassen, während unsere Häuser gerade im Gegenteil darauf berechnet sein müssen, dem langen Winter Trotz zu bieten. Die wahrhaft heißen und endlosen Tage, wo die Sonne morgens um fünf Uhr schon hoch am Himmel steht und um sieben Uhr abends fast noch ihre volle Kraft hat, finden uns deshalb auf nichts vorbereitet, was uns Kühlung bieten könnte. Fast verschmachtend, denken wir mit Schaudern an die Unglücklichen, die jetzt noch unter dem Äquator leben müssen, während wir hoch im Norden beinahe verbrennen, und wie würden wir diese »Unglücklichen« beneiden, könnten wir sie zu solcher Stunde unter ihrem kühlen Porticus, im Schatten dichter Fruchthaine, von der kühlen Seeluft angefächelt, sitzen sehen.

Es war sechs Uhr abends, eben neigte sich die Sonne im Westen hinter den hochstämmigen Palmenkronen und riesigen Waringhis, und bequeme luftige chinesische Rohrstühle waren von den geschäftigen Malaien hinaus in die von hohen Säulen getragene Vorhalle geschafft worden, den weißen Tuwans die Aussicht auf die vor ihnen liegenden Gärten zu gestatten, die einen wahrhaft paradiesischen Anblick boten. Dort wurde der Kaffee serviert, und während ein paar junge Burschen Manila- und Havannazigarren umherreichten, liefen andere mit den aus Kokosbast gedrehten brennenden Lunten hinterdrein. Zwei und zwei der Gäste hatten jedesmal ein kleines Tischchen zwischen sich, auf dem die Tassen standen, und behaglich auf den mit Schiebern versehenen Stühlen ausgestreckt, lagen die jungen Leute, bliesen den Dampf in die aromatisch duftende Welt hinaus und plauderten und erzählten sich Anekdoten. Die Malaien aber, die horchend dabeisaßen und die holländische Sprache nicht verstanden, sahen sich jedesmal, sobald irgendeine gute Anekdote schallendes Gelächter hervorrief, mit breitem Grinsen von der Seite an und zeigten jeder zwei Reihen vom Sirihkauen braungelb gefärbte Zähne. Aber ihre Ruhe dauerte nicht lange – »api!« rief es bald von dieser, bald von jener Seite, wenn eine oder die andere der Zigarren beim Erzählen ausgegangen war, und wie der Blitz fuhren dann die Burschen herum und, ihre Lunten anblasend, in die Höhe, das Geforderte so rasch als möglich darzubieten.

»Eigentlich kann man's hier in Indien aushalten«, sagte ein kleines, zusammengedrücktes und etwas verwachsenes Männchen mit lockigem, dunklem Haar und ein paar kleinen grauen lebendigen Augen – er war einer der ersten Buchhalter der Maatchappey, »verdoem my, Roeken, Ihr habt eines der hübschesten Erbe hier in ganz Cramat, so hübsche Plätze hier überall herumliegen: Eins aber fehlt Euch doch noch, und wenn Ihr meinem Rate folgt, macht Ihr bald Anstalt, das herbeizuschaffen.«

»Und was wäre?« frug das Geburtstagskind.

»Eine Frau«, sagte Heffken, der Kleine, während die andern lachten und riefen:

»Ja, ja – Heffken hat recht – Roeken muß heiraten, Roeken muß heiraten.«

»Zum Henker auch, Mann«, nahm der Buchhalter das Gespräch wieder auf, »Ihr habt jetzt Euer eigenes Geschäft, verdient ein prächtiges Geld und könntet leben wie der Hase im Klee, wenn Ihr Euch hier eben eine freundliche Heimat schafftet und Euch nicht mehr mit den verdammten roten Halunken herumzuquälen brauchtet. Ein Kommis oder ein Buchhalter, ja – ich habe nichts dagegen, der mag ledig bleiben und sich so behelfen, aber ein Prinzipal muß heiraten – wie können auch sonst seine Kommis Respekt vor ihm haben.«

»Waarachtig niet, Heffken«, lachte aber van Roeken, »von einem Muß kann hier gar keine Rede sein, da noch dazu in ganz Batavia keine ist, die ich heiraten könnte oder – möchte.«

»Hoho!« rief der kleine Buchhalter erstaunt aus. »Wollte ich mich doch selbst getrauen, in Batavia eine passende Frau zu finden; also Bescheidenheit kann das nicht sein – oder ist es Hochmut? – Da wüßte ich dem gestrengen Herrn doch noch ein paar zu nennen, wo selbst er die Finger ablassen sollte. – Api!«

Der ihm nächste Bursche glitt zwischen zwei Lehnstühlen und unter dem kleinen Tisch hin, um den Rufenden recht bald zu erreichen, und hob die Lunte zu ihm empor, und van Roeken rief, den Kopf schüttelnd:

»So hoch hinaus will ich gar nicht, Heffken, und mit viel Geringerem wäre ich zufrieden, aber Ihr müßt bedenken, daß ich noch nicht so lange hier in der Kolonie bin und das alte Land deshalb auch noch nicht soweit vergessen habe, mich schon ganz und vollkommen in ein indisches Familienleben hineinzufinden. Überdies, wenn ich einmal heirate, tue ich es meiner Bequemlichkeit wegen, und dann will ich auch eine Frau haben, die sich mir ganz und mit voller Seele hingibt.«

»Nun, du sollst sagen, daß du noch nicht Inder wärst«, rief ein anderer der Gäste, sich behaglich in seinem langausgezogenen Lehnstuhl dehnend, »bis aufs Mark hinein hast du die hiesige Luft eingesogen, und das Gescheiteste, was du tun könntest, wäre, du nähmst dir einfach eine Liplap. Ihr würdet ein kapitales Paar zusammen geben.«

»Dank dir«, sagte van Roeken trocken, »die Liplap-Damen wären die letzten nach meinem Geschmack. In der Jugend ja, aber wie lange dauert's, und man hat einen dicken Fleischklumpen im Haus, der aus seinem Lehnstuhl nur dann und wann einmal aufsteht, um die Dienstboten zu prügeln.«

»Wenn dich Mevrouw Wattlingen hörte, drehte sie dir den Hals um«, lachte Wagner, van Roekens Kompagnon, indem er sich eine frische Zigarre nahm, »api! sapá! zum Henker auch, schläft denn die ganze Gesellschaft?«

Die Malaien schossen mit ihren Lunten von allen Seiten vor, und Wagner, von einem derselben das Feuer nehmend, ohne die anderen eines Blickes zu würdigen, fuhr fort: »Es ist überhaupt eine falsche Idee, zu glauben, daß dir hier in Indien eine Frau – nämlich eine im Lande erzogene Frau – irgendeine Bequemlichkeit im Hause bereiten würde. Das müssen dir doch die Dienstboten tun. Willst du es besser haben, bleibt dir nichts anderes übrig, als selber nach Europa hinüberzugehen und dir eine Frau dort auszusuchen.«

»Daß das jetzt nicht geht, weißt du selber am besten«, sagte van Roeken, »und es kann noch Jahre dauern, bis ich imstande wäre, das Geschäft so lange zu verlassen!«

»Dann gib mir den Auftrag«, lachte Keurhuis, ein junger Mann von kaum dreiundzwanzig Jahren, »ich gehe mit der nächsten Mail nach Holland, um mir selber eine Frau zu holen, und bringe dir gleich eine mit.«

»Du wärst der letzte, dem ich die Wahl anvertrauen möchte«, sagte van Roeken, »denn die Beste behieltest du doch für dich selber.«

»Dann macht's wie der Missionär auf Celebes«, rief Bylderheer, ein anderer der Gesellschaft, der längere Zeit in einem Celebes-Handlungshause konditioniert hatte und erst seit einigen Monaten von dort zurückgekehrt war.

»Und wie hat es der gemacht?« frug van Roeken.

»Ganz einfach dem Board der Missionäre in England Auftrag gegeben, ihm eine passende Frau herüberzuschicken.«

»Und das ist geschehen?«

»Geschehen? Allerdings. Mit dem nächsten Schiff schon traf seine Braut ein, ein liebes, prächtiges Mädchen, einfach und bescheiden, nur ein bißchen schwärmerisch-fromm, was aber für den Mann vortrefflich paßte.«

»Und nach acht Tagen werden sie beide wünschen, daß sie einander nie gesehen hätten«, sagte Wagner.

»Bitte um Verzeihung«, rief Bylderheer. »Die beiden Leute sind jetzt sechs Monate miteinander verheiratet und leben so glücklich, wie nur ein paar Eheleute leben können. Zufällig habe ich gerade heut' abend mit einer von dort eingetroffenen Frau Briefe bekommen, worin mir Ballenheg, unser Kommissionär, der mit dem Engländer genau bekannt ist, über die beiden schreibt. Aber bei Euch, Roeken, kann man keinen Brief lesen; es ist ja stockfinster geworden.«

»Wahrhaftig!« rief van Roeken aus. »Der Abend war aber so wundervoll und ich hatte gar nicht darauf geachtet. – He, Licht da, und ein bißchen rasch; wie wär's, meine Herren, wenn wir heut' abend keinen Tee tränken, sondern eine Bowle machten? Es ist kühl genug, ein Glas zu vertragen, und morgen überhaupt Sonntag, wo wir ausschlafen können.«

»Vortrefflich, vortrefflich!« jubelten ihm die anderen zu. »Eine Bowle, den Tag würdig zu beschließen!«

»Ich bitte aber um eine Tasse Tee«, sagte Wagner, »mit euren Bowlen bleibt mir zu Haus; ich habe es einmal versucht und nicht wieder.«

»Wer Tee trinken will, kann es ja immer tun«, sagte der Wirt, während die Malaien beschäftigt waren, die sechs im Portico hängenden Astrallampen anzuzünden. »Einem fröhlichen Abend aber gehört die Bowle, und dann fehlte uns weiter nichts, als daß wir uns noch von Meester Cornelis einen Rongging kommen ließen.«

»Damit morgen in ganz Batavia die Nachricht die Runde machte, die Firma Wagner und van Roeken hätte Orgien gehalten«, sagte der ruhige Kompagnon. »Wenn ihr das tun wollt, dann geht lieber gleich an die Quelle zu Meester Cornelis selber, erlaubt mir aber, daß ich hier bleibe und meinen Tee allein trinke.«

»Der alte Moralist«, lachte Heffken, »aber hier geht es auf keinen Fall, und diesmal hat er recht. Die Nachbarschaft ist zu dicht, und rechts und links sollten wir bald neugierige Gesellschaft genug haben. Übrigens bitte ich um die Erlaubnis, die Bowle zu brauen. Ich bin darin ein alter Praktikus.«

»Zugestanden, zugestanden!« riefen die übrigen fröhlich aus.

»Und jetzt, da wir Licht haben, den Brief«, sagte Bylderheer, das fragliche Schriftstück aus der Tasche ziehend; aber niemand hatte mehr Geduld, ihm zuzuhören.

»Oh, laßt Eure langweilige Epistel«, rief Heffken; »was geht denn uns das an, ob der englische Pfaffe auf Celebes glücklich oder unglücklich mit seiner Herzallerliebsten lebt. Für uns die Bowle, und ich bitte Euch um noch eine Eurer Zigarren, van Roeken. Diese Havanna ist wahrhaftig vortrefflich – habe sie in meinem Leben nicht besser geraucht.«

»Wo fahren denn diese Masse carretas heute hin?« frug Wagner. »Ich habe jetzt sieben hintereinander gezählt, die alle dort links hinüber bogen.«

»Zu van Romelaers«, sagte van Roeken, »dort ist heut' Empfangsabend, und wie ich höre, soll sogar Musik hinbestellt sein.«

»Alle Teufel!« rief Heffken, »dann ist heut' abend auch Verlobung dorten; ich habe diesen Morgen auf dem Comptoir davon gehört. Das schöne Käthchen soll weggegeben werden.«

»Unsinn«, sagte van Roeken rasch, »wer hat das Märchen erfunden?«

»Märchen?« lachte Heffken, »Hauptmann Regterwyl wird Euch bald beweisen, daß nicht viel Märchenhaftes bei der ganzen Sache ist. Verd – Roeken, war die kleine Käthe nicht auch eine von Euren Flammen?«

»Daß ich nicht wüßte«, sagte van Roeken lachend, aber trotzdem wandte er sich vom Lichte ab, denn er fühlte, wie er bei der Nachricht die Farbe veränderte. Die zu besorgende Bowle gab ihm indessen leicht einen Vorwand, sich zurückzuziehen, und wie er, von einigen Malaien gefolgt, in das Haus ging, bog sich Keurhuis zu dem Buchhalter und flüsterte:

»Aber Heffken, wußtet Ihr denn nicht, daß van Roeken einen Korb von der kleinen Romelaer bekommen hat?«

»Waarachtig niet«, rief dieser überrascht aus, »kein Wort. Deshalb wurde er so rot. Aber er muß doch schon vorher davon gehört haben, daß sie halb und halb mit dem Offizier versprochen war.«

»Wahrscheinlich nicht; aber sprecht nicht so laut; Wagner braucht nichts davon zu hören! Laßt das Gespräch auch lieber fallen, wenn Roeken zurückkommt.«

»Gewiß – gewiß«, nickte der Buchhalter. »Dürfen ihn heute zu seinem Geburtstag nicht ärgern. Später ist immer noch Zeit, ihn damit zu necken.«

»Er verträgt darin vielleicht nicht vielen Spaß.«

»Bah, was will er machen«, lachte Heffken still vor sich hin. »Das ist also schon der zweite Korb, den er hier bekommen hat.«

»Der zweite?«

»Des alten Rat Boderwend Tochter hat ihn auch ausgeschlagen.«

»Aber weshalb? Er ist jung und reich.«

»Und liederlich«, sagte Heffken. »Die Pariser Luft steckt ihm noch zu sehr in den Gliedern. Aber da ist er mit der Bowle. Jetzt kommt meine Arbeit, und nun sollt Ihr einmal sehen, was ich Euch zusammengießen werde.«

Wagner, van Roekens älterer Kompagnon, war indessen aufgestanden und vorn an den Porticus getreten, wo er tief in Gedanken auf die wundervolle Szenerie vor sich hinausstarrte; und doch hätte diese wohl verdient, ihr volle und ungeteilte Aufmerksamkeit zu widmen. Es gab auf der Welt kaum ein reizenderes Bild als das hier vor ihm ausgebreitete, und die indessen vollständig eingebrochene Nacht hatte seine Reize eher vermehrt als vermindert. Vor dem breiten, nur aus einem Stockwerk bestehenden und von Säulen getragenen Gebäude dehnte sich ein mit gewürzigen Büschen und Fruchtbäumen bedeckter Garten aus, über den die hohen, federartigen Wipfel der Kokos- und Areka-Palmen im kühlen Luftzug rauschten und nur in der Mitte den Blick nach dem sternbesäten, tief dunkelblauen Himmel frei ließen. Vor dem Garten zog sich der breite, von Hecken eingefaßte Weg hin, und zwischen zwei riesigen Waringhis konnte man durch das

Buschwerk des gegenüberliegenden Gartens die ebenfalls hell erleuchtete Säulenhalle des Vis-à-vis erkennen. Dort war, wie hier, eine Gesellschaft versammelt, aber dort drüben wurde keine Junggesellenwirtschaft geführt, sondern elegant gekleidete Damen bewegten sich in den zu Tageshelle erleuchteten Räumen hin und her, und von den hohen, prachtvollen Bäumen eingefaßt, sah das Ganze aus wie ein zierliches, künstlich gefertigtes lebendes Miniaturbild.

Hier und da glänzte Fackelschein durch die Nacht mit dem Rollen vorbeifahrender Wagen. Jeder Wagen nämlich hat abends ein oder zwei Malaien hinten aufstehen, die aus Bambus geschnitzte Fackeln, sogenannte obors, tragen und den Weg beleuchten. Gar wunderbar sieht das bei dem lebhaften Verkehr der Straßen abends aus, und neben den flammenden Leuchten ziehen dabei kleine, oft nur glimmende Feuerbrände wie Glühwürmchen durch die Dunkelheit, da kein Eingeborener, Javane oder Malaie und selbst Chinese nachts über den Weg gehen darf, ohne etwas Brennendes bei sich zu haben. Unheimlich aber zuckten zu gleicher Zeit dunkle große Körper durch die Nacht, mit geräuschlosem Flügelschlag vorüberschießend; es war der »Fliegende Hund«, jene riesige Fledermaus von der Größe einer mäßigen Katze, der seine Luft um die hängenden Zweige der Waringhis trieb und hier und da auch nach den Fackeln stieß, ohne ihnen jedoch recht nahe zu kommen. Selbst im Portico war das Tierleben, oft nur zu reichlich, vertreten. An den Wänden, sogar an der Decke hin liefen jene braunen geselligen Eidechsen, die erst mit den angezündeten Lampen zum Vorschein kommen und dort Jagd auf eingeschlafene Fliegen machen. Ein paarmal kamen vom Garten aus schwerfällig ein paar Kröten die Stufen heraufgehüpft und kehrten wieder um, als sie dort oben so unerwartet zahlreiche Gesellschaft fanden, und Tausende von fliegenden Ameisen flirrten um die Lichter her und fielen auf die Tische nieder. Niemand aber kehrte sich an das; es waren zu gewöhnliche Erscheinungen, sie nur auch noch mit einem Blicke zu beachten. Überdies interessierte sie alle jetzt viel mehr die Bowle, mit der van Roeken in der Tür erschien, während ihm alle seine Malaien mit Flaschen, Zukker und Gewürzen folgten. Wie dann die Sachen auf dem Mitteltisch angelangt waren und Heffken sein Werk begonnen hatte, wurden rasch ein paar Spieltische arrangiert, um dem Abend auch nicht einen Augenblick Langeweile zu gönnen.

Die verschiedenen Partien hatten sich eben geordnet, als wüstes Geschrei von der Straße herübertönte und ein zweispänniger Wagen – eine sogenannte carreta – mit zwei Fackelträgern hintenauf wie rasend herangerasselt kam. Alles drehte sich erstaunt den ungewohnten wilden Tönen zu, denn in Batavia herrscht ein so gesetzter, anständiger Ton, wenigstens in dem äußeren Leben der Europäer, daß ein betrunkener Weißer auf der Straße fast nie gesehen wird; er würde auch von dem Moment an von jeder anständigen Familie gemieden. Noch mäßiger sind Chinesen und Javaner, und gespannt schauten deshalb die jungen Leute nach der Straße hinaus, um bei dem hellen Schein der Fackeln vielleicht einen flüchtigen Blick auf die Urheber solchen Lärms zu werfen. Dicht vor dem Garten tat es wieder einen grellen Schrei, einen richtigen Juchzer, wie er auf deutschen Dörfern wohl gehört wird, wenn Bauern von der Kirmeß angetrunken heimkehren. Ehe das Fuhrwerk aber voll in die offene Lichtung des vorderen Gartens kam, verlöschten die Fackeln plötzlich, ein Krachen folgte und dann ein Aufschrei von Stürzenden. Jedenfalls war das Fuhrwerk umgeschlagen. Lautes Lachen und deutliches Fluchen verriet indessen bald, daß kein Unglück geschehen sei; aber auch im andern Falle hätte keiner der jungen Leute einen Fuß gerührt, jenen beizuspringen. Es waren eben Trunkene – ja das Schlimmste von allem, Trunkene auf der Straße, und mit denen hätte sich keiner von ihnen persönlich eingelassen. Höchstens konnte man einen Malaien hinausschicken. Heffken übrigens, der neugierig war, wer die Störenfriede sein könnten, die auf solche Weise Cramats stille Ruhe entweihten, sandte einen der Malaien ab, um nachzusehen, warnte ihn aber, den Garten nicht zu verlassen, sondern bloß über die Hecke zu schauen. Vom Haus aus konnten sie indes erkennen, wie die malaiischen boedjangs oder Fackelträger durch Umherschwingen ihre ausgelöschten, aber noch glimmenden obors wieder in Brand zu bringen suchten, was ihnen nach einiger Zeit auch gelang. Sie waren jetzt wenigstens imstande, das an ihrem Wagen geschehene Unglück bei Licht zu sehen.

Das Geschrei und Lachen draußen nahm indessen überhand und näherte sich dem Einfahrtstor des Erbes. Ehe der abgesandte Malaie noch zurückkommen konnte, öffnete sich das Tor, und ein paar hellgekleidete Gestalten wurden sichtbar.

»Das ist nicht übel«, rief Wagner erschreckt, »wir bekommen, wie ich fürchte, höchst unangenehmen Besuch und keine Aussicht dabei, uns zu verleugnen; die Lampen brennen zu hell!«

»Wenn wir die Lichter nun rasch auslöschten«, rief Bylderheer, nach irgendeiner Ausflucht greifend, um der fatalen Störung zu entgehen.

»So?« meinte Heffken, »daß uns die vents in die Bowle taumeln und Flaschen und Getränk über den Haufen werfen? Zum Henker auch, wer uns hier nicht genehm ist, den schicken wir fort.«

»Zehn gegen eins!« rief van Roeken. »Das ist der verzweifelte Mensch, der Horbach, der eine Zeitlang gutgetan hat und seit ein paar Tagen wieder ausgebrochen scheint. Er hat einen Wechsel von Deutschland bekommen und rast nun aus, bis er ihn wieder durchgebracht hat.«

»Du bist ja wohl mit Bürge für ihn?« frug Wagner.

»Leider«, seufzte van Roeken, »und werde auch noch in den sauern Apfel beißen müssen, ihm freie Passage nach Hause zu geben. Beim Himmel, er ist es; ich kenne die Stimme zu meinem Schaden gut genug.«

»Guten Abend, meine Herren, guten Abend!« jubelte ihnen in diesem Augenblick der Bezeichnete entgegen, der an seinem linken Arme einen noch ärger Betrunkenen mehr schleppte als führte. »Hurra, da treffen wir fidele Gesellschaft und kommen nicht aus dem Regen unter die Traufe, sondern in den lichten, warmen Sonnenschein.

Oh Sonnenschein, oh Sonnenschein
Wie scheinst du mir ins Herz hinein«,

sang er dann mit einer wirklich melodischen Stimme, die ihm nur leider bei dem letzten, etwas langgezogenen Ton überschnappte.

»Das ist der liederlichste Lump in ganz Batavia«, brummte Heffken, ohne sich in seiner Arbeit stören zu lassen, als Begrüßung vor sich hin, »den vielleicht ausgenommen, den er am Arme hängen hat. Daß sie beide der Böse hole!«

»Mein lieber Herr Horbach«, sagte van Roeken, ihn ebenfalls in deutscher Sprache anredend, »ich weiß in der Tat nicht, was uns die Ehre Ihres Besuchs verschafft.«

»Keine Verstellung, bester Roeken«, lachte ihm Horbach vergnügt entgegen, »tun Sie mir den Gefallen und sprechen Sie ungeniert aus, was Sie denken; oder soll ich es für Sie tun? Gut. Sie denken jetzt: welcher böse Feind führt den angetrunkenen Lumpen in unsere anständige Gesellschaft? Heh? Hab' ich's erraten? Hahaha, ich kann die Gedanken der Menschen in ihren Augen lesen. Hilft Ihnen aber nichts, und alles was ich für Sie tun kann, ist, daß ich Ihnen das Mittel nenne, sich selber den größten Gefallen zu erweisen: nämlich uns sobald als möglich wieder loszuwerden. Nitschke hier ist wirklich sträflich angetrunken und macht mir nur Schande.«

»Herr Horbach, Sie tun sich selber Unrecht; aber womit kann ich Ihnen dienen?«

»Vor allen Dingen mit einem Glase Punsch, den der kleine Heffken trefflich bereiten soll«, sagte der unverwüstliche Schlemmer, und der Buchhalter, der das Deutsche vollkommen gut verstand, warf ihm einen Blick über die Brille hinüber, der ihn vernichtet haben müßte, wenn Horbach überhaupt zu vernichten gewesen wäre.

»Prächtiger Mensch, der Heffken«, sagte er, die Hand nach ihm ausstreckend, »immer so freundlich, immer so herzlich, und der tüchtigste Buchhalter dabei, den die Maatchappey – mit Respekt zu melden – im Dienste hat; versteht auch die doppelte Buchhaltung – heh, Heffken? Mein einziges Unglück, daß ich die nicht verstehe. Eine Seite für die Maatchappey, die andere für sich. Bitte, noch etwas in das Glas, lieber Heffken, ich trinke nicht gern aus einem halb leeren, und

Wenn ich judizieren soll,
Verlang' ich auch das Maul recht voll.

Goethe war ein prächtiger Mensch, und hat mir, in mehr als einem Vers, wie aus der Seele gesprochen.«

Heffken hatte nicht daran gedacht, das erste mit der gerade fertig gewordenen Mischung gefüllte Glas dem unwillkommenen Besuch zu reichen. Dieser aber, ohne sich viel daran zu kehren, ob es für ihn bestimmt war oder nicht, lehnte seinen Kameraden an die nächste Säule an, griff das Glas vom Tische auf und sagte, es in die Höhe hebend:

»Der Heimat den Becher! Mit zitternder Hand,
Trink' ich dir zu jetzt, mein Vaterland.
Sei auch die Fremde so schön wie sie mag,
Segen, oh Segen herab auf den Tag,
Wo deine nackten Gestade von weitem
Liebend die Arme entgegen mir breiten.
Vaterland hoch!«

»Und wenn wir Ihnen nun dazu Ihre Passage zahlten, Herr Horbach?« unterbrach Wagner etwas kaltblütig diesen warmen poetischen Erguß.

»Sie sind ein Schäker, lieber Wagner«, lachte Horbach, wieder ganz in seinen alten Ton zurückfallend, indem er das Glas mit einem Zuge leerte, »für jetzt aber, um Ihr gutes Werk zu beginnen, möchte ich Sie bloß ersuchen, uns vorläufig ein Stück Weges nach der Heimat zu schaffen, und zwar nach dem unteren Teil von Weltefreden, wo wir gegenwärtig residieren und wohin wir Ihre carreta oder Ihren bendi, was Sie gerade bei der Hand haben, benützen möchten. Unser erbärmliches Fuhrwerk ist draußen wie eine reife Manga auseinandergeplatzt, und bis die Malaien das wieder zusammengeflickt haben, vergeht der schönste Teil der Nacht.«

»Herr Horbach«, sagte Wagner, gar nicht damit einverstanden, sein Fuhrwerk dem trunkenen Menschen anzuvertrauen, »wenn Sie vorher nur erst –«

»Bitte, lieber Wagner«, unterbrach ihn Horbach rasch, »so gerne ich eine Partie Whist spiele, heut' abend wäre ich es nicht mehr imstande. Außerdem liegt mir daran, meinen Freund da – Nitschke ist wirklich etwas mehr als halb im Wind – in eine bequemere Lage zu bringen, als er dort an der Säule hat, vollständig davon abgesehen, daß er Ihnen die ganze Marmorpolitur herunterscheuert.«

Van Roeken hatte indessen kaum verstanden, was der »Besuch« von ihnen verlangte, als er ohne weiteres dem ihm nächsten Malaien Befehl gab, sein bendi so rasch als irgend möglich einschirren zu lassen und vorzufahren. Es war das einzige Mittel, den Burschen loszuwerden.

»Und scheuen Sie sich nicht«, platzte Heffken heraus, der seinen Ingrimm nicht länger verbeißen konnte, »in einem solchen Zustande in ein anständiges Haus zu kommen, Herr Horbach?«

»Allerdings, Buchhalterchen«, lächelte Horbach, ohne im geringsten die Fassung zu verlieren, »würde es auch unter keinen Umständen wagen; nicht wahr, Roeken?«

»Ich habe den Wagen schon bestellt«, sagte dieser, der wohl einsah, daß er sich mit dem Trunkenen in keinen Wortwechsel einlassen durfte, »bitte, warten Sie nur noch einen Augenblick.«

»Danke herzlich, lieber Roeken, danke herzlich, ich logiere gegenwärtig im Amsterdam-Hotel.«

»Ich werde dem Kutscher selber Auftrag geben.«

»Wäre allerdings gern noch einmal bei Romelaers drüben vorgesprochen«, fuhr Horbach ihm freundlich zunickend fort, »haben einen fidelen Abend heut' dort drüben, aber Nitschke ist wahrhaftig nicht salonfähig. Apropos, Roeken, mit der Käthe drüben war's nichts. Hm, schadet nichts, alter Junge, sind noch so gute Fische in der See, wie je herausgekommen! Never say die, wie die Engländer sagen. Hahahaha, komische Wirtschaft auf dieser äußerst komischen Welt; denken Sie sich, Roeken, ich habe dort drüben auch einen Korb bekommen.«

»Herr Horbach«, sagte van Roeken, der kaum imstande war, seine Fassung zu bewahren, »eben fährt der Wagen vor – ich möchte Sie nicht länger aufhalten.«

»Versteht sich, versteht sich«, lachte der Trunkene gutmütig vor sich hin, »wäre auch schade um die kleine, niedliche Gesellschaft. Aber ich muß wahrhaftig fort; Nitschke ist in einem vollständig trostlosen Zustande. Wenn es mir übrigens irgend möglich sein sollte, komme ich nachher noch ein bißchen wieder. Morgen früh ist pasar bahroe und wir fänden heut' abend dort draußen schon ganz fidele Gesellschaft. Ich weiß aber wirklich nicht, ob ich den armen Nitschke nur so lange allein lassen kann, um einen Hering und ein Glas Sodawasser für ihn zu besorgen. Also für jetzt gute Nacht, meine Herren, angenehmen Abend. Bitte, bemühen Sie sich nicht, Roeken, ich finde schon allein meinen Weg.« Van

Roeken war aber nicht Horbachs, sondern seiner selbst wegen zu dem bendi hinübergegangen, wo er dem Kutscher heimlich, aber ganz gemessen den Befehl gab, die beiden Weißen am Amsterdam-Hotel abzuladen und dann ohne weiteres umzukehren und leer zurückzukommen. Der übermütige Gesell hätte seine Drohung sonst am Ende wahr gemacht. Drei von den Malaien faßten indessen den betrunkenen Nitschke auf und trugen ihn in den Wagen, Horbach nahm neben ihm seinen Platz ein, die »boedjangs« sprangen mit der Fackel hinten auf. So, während Horbach noch sein weißes Taschentuch herauszog und der Gesellschaft freundlich zuwehte, rollte das leichte Fuhrwerk mit Blitzesschnelle zum Tor hinaus.

»Das ist ein nichtsnutziger Vent«, stöhnte Bylderheer, wie das Geräusch des fortfahrenden Wagens endlich verklang, denn so lange war es ordentlich, als ob ein böser Zauber auf der Gesellschaft liege. »Der hätte uns den schönen Abend prächtig verderben können. Wer ist er eigentlich?«

»Ein so nichtsnutziger Bursche«, sagte van Roeken, dem eine Zentnerlast von der Seele genommen schien, »wie je einer japanischen Boden betreten hat. Vor vier Jahren kam er nach Batavia, sein Vater muß ein sehr reicher Mann in Deutschland sein, der den Taugenichts, um ihn loszuwerden, in die Welt schickte. Wir hier natürlich wußten nichts davon; er brachte Empfehlungsbriefe mit, und ich wie Romelaer drüben leisteten die nötige Bürgschaft für ihn. Eine Weile ging die Sache gut; er trat in Romelaers Geschäft und arbeitete fleißig; nach sechs Monaten betrank er sich aber zum erstenmal und bekam Streit mit seinem Prinzipal, der ihn fortschickte. Dann trat er in ein deutsches Geschäft, aber es ging dort nicht besser. Monatelang war er der beste Arbeiter, denn er ist ein ganz gescheiter, intelligenter Kopf; nachher brach aber der Teufel bei ihm wieder los, und so hat er sich im Anfang abwechselnd eine Weile gut betragen und dann wieder die tollsten Streiche getrieben, gerade wie er blank an Kasse war oder Geld in Händen hatte. Nur erst in letzter Zeit scheint er sich dem liederlichen Leben vollständig ergeben zu haben, so daß wir ihn nächstens aus der Kolonie fortschaffen müssen, wenn wir nicht noch, den Malaien gegenüber, fatale Szenen erleben wollen. Er bleibt doch leider immer ein Weißer.«

»Verd – der Lump«, rief Heffken dazwischen. »Er hat uns überdies schon eine halbe Stunde gestohlen, und wir wollen uns nicht noch länger mit seiner Lebensgeschichte aufhalten. Gläser her, und ein Pereat allen trunkenen Schuften!«

»Erst ein Hoch dem Geburtstagskinde«, lachte aber Bylderheer, sein Glas erhebend, und wie alle nach den Gläsern griffen, dem ausgebrachten Toast Folge zu leisten, fiel drüben von Romelaers ein schmetternder Tusch ein und klang klar und deutlich zu ihnen herüber.

»Das gilt dem Brautpaar«, lachte Heffken, mit einem unwillkürlichen Seitenblick auf van Roeken. »Hoch unser freundlicher Wirt und noch fünfzig Jahre wie heute!« jubelten die anderen nach, und während der Tusch von drüben zum drittenmal herüberklang, stießen die Gläser zusammen und wurden bis zur Nagelprobe geleert. Van Roeken trank ihnen still Bescheid. Er fühlte dabei mehr als er es sah, daß Heffkens boshafter Blick auf ihm haftete, aber nicht um alles in der Welt hätte er es ihn merken lassen, und nur desto öfter und rascher leerte er sein Glas.

Von jetzt an kam reges Leben in die Gesellschaft; die Unterbrechung durch die beiden Trunkenbolde hatten sie aber immer noch nicht vergessen, und von allen Seiten wurden Anekdoten aus beider indischem Leben erzählt, die zu Zeiten manches Tragische, oft aber auch unendlich viel des Komischen boten.

»Kennt ihr denn schon dieses Nitschke letzte Fahrten mit Kuhn?« sagte endlich Heffken, der eben die zweite Bowle fertig gemischt hatte und sich wieder bequem in seinem chinesischen Stuhl, die Havanna im Munde, das Glas auf der breiten Lehne stehend, dehnte.

»Mit Kuhn? Nein!« rief Bylderheer. »Kuhn lebt so weit da draußen, daß man nur selten etwas von ihm erfährt.«

»Die ist kostbar«, lachte Heffken vor sich hin, »und wenn ihr nichts dagegen einzuwenden habt, will ich sie gern erzählen. Ich habe sie aus Kuhns eigenen Munde, der wohl mit niemandem weiter darüber gesprochen hat, um den Burschen, so lange er sich ordentlich betrug, nicht noch mehr lächerlich zu machen. Da er indessen wieder ausgebrochen ist, braucht es kein Geheimnis zu bleiben, ja wäre eigentlich auch schade darum.«

»Heraus denn damit, heraus! Eine gute Geschichte darf nicht verlorengehen!«

»Sehr schön«, sagte Heffken. »Bitte, Keurhuis, helfen Sie einmal der Kröte da die etwas hohe Stufe herauf; sie hat sich schon die letzte Viertelstunde die größte Mühe gegeben, zu mir zu kommen, und scheint etwas schwach auf den Hinterbeinen zu sein.«

Van Roeken winkte einem der Malaien, der das »schwache Geschöpf« mit einem Stock zurück und auf den Rasen schnellte, und Heffken begann:

ZWEITES KAPITEL

Thomas Nitschke ist jedenfalls früher in Deutschland ein ganz wohlhabender, wohl auch reicher Mann gewesen, der aber, vielleicht schon dort durch liederliches Leben, ruiniert wurde und, noch immer mit einem kleinen Vermögen, nach Indien kam, um hier ein neues Leben zu beginnen. Ich erinnere mich der Zeit noch vollkommen gut; er war damals ein anständiger, immer sehr elegant gekleideter junger Mann, der mit den besten Empfehlungen herüberkam, ohne Schwierigkeit zwei Bürgen fand, die für ihn gutsagten, und sich jahrelang wacker aufführte.

Natürlich war er in ein Geschäft eingetreten, denn das Geld, was er mitgebracht hatte, reichte nicht aus, um selber etwas Ordentliches zu beginnen, und mit einem ziemlich guten Salär dabei lebte er behaglich, ohne indessen den geringsten Aufwand zu machen. Wie schon gesagt, ging das eine Weile vortrefflich; er hatte sich tüchtig eingewohnt und galt für einen ausgezeichneten Arbeiter – aber der in ihm steckende Kobold ließ ihn nicht ruhen. Er fing an zu trinken – der erste Beginn alles Jammers in Indien, wurde aus dem Geschäft, vorgefallener Unordnungen wegen, entlassen, lebte von seinem Gelde, verlebte dasselbe und machte endlich Schulden.

Kuhn – einer der beiden, die für ihn gut gesagt – ließ ihn, nachdem er es eine Weile so getrieben, zu sich kommen, stellte ihm sein Unrecht und die Gefahr, der er sich aussetzte, vor und nahm ihn in sein eigenes Haus, draußen vor Batavia, auf. Dort sollte er seine Leute übersehen und seine Bücher führen. Er hatte ihn also als eine Art Verwalter angestellt, wo er neben sehr gutem Gehalt auch ein fast unabhängiges Leben führte und sich noch hätte mit leichter Mühe Geld ersparen und zurücklegen können.

Eine Weile hielt er auch aus, und es schien, als ob er sich wirklich aus dem Grunde gebessert habe, aber – es dauerte nicht lange; das ruhige, gleichmäßige Leben sagte ihm auf die Länge nicht zu. Er fing damit an, sich unter der Hand Arak zu verschaffen, vernachlässigte dann natürlich das, was ihm oblag, und trieb es zuletzt so arg, daß ihn Kuhn, nachdem alle Vorstellungen, ja selbst Drohungen vergebens gewesen waren, eines schönen Morgens mit Sack und Pack vor die Tür setzte und ihm ankündigte, daß er seine Schwelle nicht wieder betreten dürfe.

Nitschke trieb sich jetzt wieder eine Weile in einem dolce far niente in der Stadt umher, verliebte sich in ein paar malaiische Mädchen und lebte herrlich und in Freuden, solange die paar verdienten Gulden aushielten, was in Batavia bekanntlich nur sehr kurze Zeit dauert. Sobald sein Geld aber abnahm, zog er sich in die Wohnungen der Eingeborenen zurück, mit denen er verkehrte und von denen er benutzt wurde, solange sie hoffen durften, noch irgend etwas aus ihm herauszuziehen. So sank er tiefer und tiefer, bis er endlich, von allen Hilfsmitteln entblößt, nicht weiter konnte, und nun in Verzweiflung wieder zu seinem früheren Prinzipal ging, diesem seine trost- und hoffnungslose Lage vorstellte und ihn bat, ihn wieder bei sich aufzunehmen, denn er habe von ihm jetzt keinen Rückfall weiter zu fürchten. Kuhn, ein gutmütiger Mann, freute sich des Reuigen, glaubte ihm auf sein Wort, stattete ihn vor allen Dingen mit Kleidern und Wäsche aus, daß er wenigstens reinlich und anständig erscheinen könne, und ließ ihn ohne weiteres wieder in seinen früheren Posten eintreten. Hat man aber einmal solch ein liederliches Leben begonnen, so gehört ein wirklich eiserner Entschluß dazu, sich vollkommen davon freizumachen. So bekam denn auch Nitschke einen Rückfall, wurde fortgeschickt und verwarf sich noch weit tiefer als das erste Mal. Kuhn hatte sich diesmal aber fest vorgenommen, nichts weiter mit ihm zu tun zu haben und lieber seine Passage auf einem heimwärts gehenden Schiffe zu zahlen, als ihn wieder zu sich ins Haus zu nehmen.

Nitschke selber schien auch im Anfang nicht die geringste Lust zu haben, wiederzukommen; das gebundene, solide Leben sagte ihm nicht im mindesten zu. Er lebte nun wieder auf eine wirklich unbegreifliche Weise in den Tag hinein, Gesundheit wie Kasse untergrabend, bis er endlich doch dem Einfluß der starken, in dem heißen Klima so schädlichen Getränke unterlag und in das Hospital geschafft werden mußte, um wenigstens nicht auf offener Straße zu sterben. Aber er starb nicht. Einzelne Naturen haben, allem diesen unnatürlichen, wilden Leben zum Trotz, eine unverwüstliche Elastizität und sind gar nicht zu ruinieren. Wenn auch von den Folgen seiner Krankheit furchtbar aufgerieben, fing er doch an, sich wieder zu erholen. Der körperlichen Rekonvaleszenz trat hier, in dem vortrefflich eingerichteten Spital, und von allen spirituösen Getränken ferngehalten, eine geistige bei, und zerknirscht über sein bisheriges Leben, bat er seinen früheren Prinzipal noch einmal um Verzeihung für vergangene Sünden. Im Anfang wollte dieser freilich nichts davon wissen; wer konnte ihm die wirkliche Besserung des liederlichen Burschen garantieren, und sollte er sich selber den Tod in einem verzweifelten und doch nutzlosen Versuche an den Hals ärgern, aus dem einmal verliederlichten Menschen wieder einen braven und ordentlichen Mann zu machen? Sein gutes Herz siegte aber trotzdem wieder. Als er ihn bleich und elend im Spital sah, wo er ihn besuchte, tat er ihm doch leid, und er beschloß endlich, ihn, freilich unter viel schärferen Bedingungen als bisher, nochmals in sein Haus aufzunehmen. Er hätte vorher wissen können, daß es nutzlos war. Im Hospital hatte Nitschke also, wie bemerkt, dem Genusse spirituöser Getränke vollkommen entsagen müssen und war dadurch wohl viel ordentlicher, doch auch schwach und matt und hinfällig geworden; aber auch jetzt untersagte ihm sowohl der Arzt den Gebrauch derselben, damit er sich ihrem schädlichen Einfluß nur erst einmal gänzlich entzöge, wie auch Kuhn selber, der ihm versicherte, er würde bei ihm keinen Tropfen Branntwein über die Zunge bekommen. Nitschke erklärte sich mit allem einverstanden und betrug sich musterhaft. Sein Körper war aber so heruntergekommen, daß er wirklich Monate bedurfte, um sich nur einigermaßen zu erholen, und selbst dann ging er mehr einem Skelett als einem Menschen ähnlich umher.

In dieser Zeit war es, daß ein Brief an ihn aus Europa, ich glaube von seiner Schwester, kam, die von seinen Ausschweifungen und dem entsetzlichen Leben, welches er führte, gehört und ihm nun die bittersten, aber auch zärtlichsten Vorwürfe darüber machte, ihm die furchtbaren Folgen eines solchen Lebens vorhielt und ihn bei allem, was ihnen beiden heilig war, beschwor, sich zu bessern und ein anderer Mensch zu werden. Nitschke las den Brief mit wirklich tiefer Zerknirschung; dabei noch überdies aufgeregt in seiner Schwäche, weinte und jammerte er und betrug sich so auffallend, daß eine der malaiischen Frauen zu Kuhn lief und ihm sagte, sie fürchte, der Weiße tue sich ein Leid an; er möchte einmal zu ihm hinübergehen. Kuhn, der an einen Selbstmord bei Nitschke nicht so recht glauben mochte, schüttelte mit dem Kopfe und ließ ihn endlich zu sich herüberrufen.

›Was machen Sie denn für dumme Streiche?‹ redete er ihn an. ›Was ist denn nun wieder vorgegangen? Sie bringen mir ja das ganze Haus in Alarm.‹

›Herr Kuhn!‹ rief Nitschke, bei dem das weiche Element wieder die Oberhand gewann. ›Ich bin ein nichtsnutziger, erbärmlicher Kerl.‹

›Nun ja, das wissen wir ja schon alle hier im Hause, das brauchen Sie doch nicht mehr mit einem solchen Skandal in die Welt hinauszuschreien‹, sagte Kuhn.

›Ich bin ein Lump!‹ brach Nitschke aus.

›Niemand zweifelt daran‹, setzte Kuhn hinzu.

›Ich verdiene die Sonne nicht, die mich bescheint‹, rief Nitschke nochmals.

›Ach seien Sie nicht langweilig‹, sagte Kuhn, ›wärmen Sie die alte Geschichte nicht auf; wenn Sie weiter nichts wollen, darüber brauchen Sie keinen solchen Lärm zu schlagen. Was ist denn übrigens vorgefallen, das Sie auf einmal zu dieser Selbsterkenntnis gebracht hat? Haben Sie einen lichten Moment?‹

›Da lesen Sie selbst‹, sagte Nitschke und gab ihm den offenen Brief seiner Schwester, ›lesen Sie, mit welcher Liebe die Meinen noch an mir hängen, und urteilen Sie dann selbst, wie mir jetzt, mit dem Bewußtsein dessen, was ich getan und wie ich gelebt, zumute sein muß.‹

Kuhn nahm den Brief, durchflog ihn und gab ihn dann achselzuckend an Nitschke zurück.

›Nun, was sagen Sie dazu?‹ fragte Nitschke mit tränenden Augen.

›Lieber Gott, das ist eine alte Geschichte; dasselbe, Wort für Wort, haben Ihnen schon alle, die es früher gut mit Ihnen meinten, tausend und tausendmal gesagt; haben Sie denn hören wollen? Gott bewahre! Wenn man einmal glaubte, man hätte Sie auf dem rechten Wege und sauber abgewaschen, dann sprangen Sie wieder rechts oder links ab von der Straße mitten in den Schlamm hinein und wälzten sich mit dem größten Wohlbehagen darin herum. Ebensooft haben Sie Besserung versprochen und gelobt und ebensooft, was Sie versprochen, nicht gehalten. Wie Sie sich selber dabei heruntergebracht, wissen Sie am besten; Sie brauchen auch niemand dazu, Ihnen das noch einmal vorzuhalten. Gehen Sie nur vor den nächsten Spiegel und betrachten Sie Ihre Jammergestalt, Ihre eingefallenen Backen, Ihre hohlen Augen, Ihre zitternden Hände, Ihre dünnen Haare; wenn man sich nicht über Sie ärgern müßte, könnte man wirklich Mitleid mit Ihnen haben. Und wie soll das enden? Jetzt halten Sie sich nun einmal wieder eine Zeitlang; aber wie lange wird's dauern, und das alte Leben beginnt von neuem. Ihre Schwester hat ganz recht, wenn sie sagt, daß Sie ein verlorener Mensch seien.‹

›Das bin ich auch, das bin ich auch‹, sprach Nitschke in dumpfer Verzweiflung; ›ich bin verloren, rettungslos verloren, ja, was schlimmer ist, ich bin nicht einmal wert, daß ich lebe, und das Beste, was ich tun könnte, wäre, daß ich ins Wasser spränge, wo es am tiefsten ist. Besser, von Krokodilen wie von ewiger Reue gefressen zu werden.‹

›Ja, wenn Sie das nur täten!‹ sagte Kuhn ruhig. ›Bei Ihnen bleibt es aber immer bei den guten Vorsätzen. Sie haben uns schon oft etwas Derartiges versprochen.‹

Nitschke sah ihn wild und verstört an und strich sich die Haare drei- oder viermal wie krampfhaft aus der Stirn; es war, als ob er mit irgendeinem Gedanken kämpfe, den er nicht wolle aufkommen lassen, den er aber auch schon nicht mehr bewältigen könne. Er sprang auf von dem Stuhl, auf dem er sich, wie in sich selbst zusammengebrochen, niedergelassen, lief ein paarmal mit raschen Schritten im Zimmer auf und ab, blieb dann plötzlich vor seinem

Prinzipal, der ihm dabei ruhig mit den Augen folgte, stehen und rief:

›Herr Kuhn –‹

›Herr Nitschke?‹

›Ich bin mit mir im klaren!‹

›Wäre mir lieb, zu hören.‹

›Ich mache diesem Zustand ein Ende.‹

›Jedes Mittel dazu wäre zu empfehlen.‹

›Ich kann dieses Leben nicht länger ertragen.‹

›Ich habe Ihre Ausdauer schon lange bewundert.‹

›Ich werfe es von mir.‹

›Es wäre ein Vorteil für die Kolonie.‹

›Ich schieße mir eine Kugel durch den Kopf.‹

›Dort hängen meine Pistolen‹, sagte Kuhn, mit einer halb einladenden Verbeugung über seinen Schreibtisch deutend, wo zwei große Duellpistolen hingen. Nitschke warf einen scheuen, verzweifelten Blick dorthin, sah noch einmal, wie unschlüssig, den Mann an, bei dem er vielleicht Trost zu finden erwartete, der ihn aber jetzt mit ruhigem Lächeln nur noch mehr dem furchtbaren Entschlusse zudrängte, und plötzlich seinen Hut mit der linken Hand fassend, sprang er zum Schreibtisch, ergriff eine der Waffen, riß sie mit dem Nagel aus der Wand an sich und stürzte der Tür zu.

›Sie ist schon geladen!‹ rief ihm Kuhn nach, ohne auch nur einen Finger zu bewegen, um ihn etwa noch zurückzuhalten.

›Leben Sie wohl, grüßen Sie meine Schwester!‹ schrie aber Nitschke, warf die Tür hinter sich ins Schloß, daß die Fenster klirrten, und sprang hinaus ins Freie. Kuhn blieb aber in seinem Stuhl liegen und schaute, mit der Hand auf der Lehne einen der gewöhnlichen malaiischen Tänze trommelnd, still lächelnd eine lange Zeit vor sich nieder. Nitschke kam aber nicht wieder; der Platz an der Wand, wo die Pistole gehangen hatte, blieb leer, und Kuhn stand endlich auf und ging langsam immer auf und ab. Der Teufel würde den Burschen doch nicht plagen, daß er wirklich einen dummen Streich machte und sich eine Kugel vor den Kopf schoß? Bah, dazu besaß er gar nicht Courage genug; aber wo blieb er? Das malaiische Mädchen, das ihm die Wirtschaft besorgte, hatte sich schon ein paarmal in der Tür gezeigt, zur Anmeldung, daß das Frühstück fertig sei, und Nitschke wußte, daß er pünktlich dazu erscheinen mußte.

›Pinju!‹ rief Kuhn das Mädchen endlich an. ›Apa Tuwan Nitschke?‹

›Tra tau Tuwan!‹ versetzte das Mädchen achselzuckend. ›Habe ihn nirgends gesehen.‹

›Hm!‹ sagte Kuhn und ging wieder eine ganze Weile im Zimmer auf und ab. Aber es wurde ihm zuletzt unbehaglich; die fehlende Pistole störte ihn, und er horchte ein paarmal wirklich zum Fenster hinaus, weil er glaubte, einen Schuß gehört zu haben. Es wäre ihm doch nicht einerlei gewesen, wenn sich Nitschke wirklich totgeschossen hätte. Nitschke kam aber nicht zum Essen, und die Malaien im Hof wurden jetzt examiniert, wo sie ihn zuletzt gesehen und was er gemacht hätte. Hierbei stellte sich heraus, daß er mit der Pistole den Weg nach einem kleinen Fruchtdickicht genommen, durch das hier nur ein schmaler Pfad in den nächsten Kampong führte. Schießen wollte niemand gehört haben. Kuhn mochte sich übrigens nicht merken lassen, daß er wirklich um Nitschke beunruhigt sei; dieser hätte es sonst am Ende, wenn er sich wieder einstellte, erfahren und sich etwas darauf einbilden können. Er ging also wieder in sein Zimmer zurück und hielt seine Siesta. Aber der Gedanke an den in solcher Aufregung Fortgestürzten ließ ihn nicht schlafen. Der sonst vollkommen charakterlose Mensch konnte doch am Ende, vom Teufel geplagt und mit der geladenen Waffe in der Hand, einen dummen Streich gemacht haben. Er hätte auch nicht leiden sollen, daß er das geladene Pistol mit aus seinem Zimmer nahm, dachte Kuhn.

So kam der Abend heran; von Nitschke war noch immer nichts zu hören noch zu sehen, und Kuhn schickte jetzt allen Ernstes Leute nach verschiedenen Richtungen aus, um sich nach ihm zu erkundigen und zu sehen, was aus ihm geworden sein möchte. Die meisten kehrten unverrichteter Sache bald zurück. Nach einzelnen sollte er aber an dem Vormittag im Kampong gesehen worden sein, dann jedoch wieder den Weg nach Kuhns Plantage zurück eingeschlagen haben. Auch sollte daselbst in der Nähe zweimal geschossen worden sein; aber die Leute hatten sich nicht weiter darum bekümmert, weil dort mehrere Holländer wohnten und alle Europäer Gewehre in ihren Häusern hielten.

Kuhn stand auf der Veranda seines Hauses, rauchte seine Zigarre und schaute still und ernst vor sich nieder, als ein kleines malaiisches Mädchen in den Hof gesprungen kam und einem seiner Arbeiter etwas zurief; dieser schaute sich bestürzt nach ihm um und sprach etwas zu einem andern.

›Hallo, was gibt's da vorn? Was ist, Ketjil, was bringst du? Her mit dir! Was hast du dem Jungen da erzählt?‹ rief Kuhn rasch, der, nicht ohne Grund, glaubte, es könne eine Kunde von dem Vermißten sein. Die Kleine kam schüchtern näher; sie fürchtete sich vor dem Europäer, aber sie wagte auch nicht, seinem direkt gegebenen Befehl entgegen zu handeln, und erzählte nun stotternd, daß draußen, am kleinen Fluß, neben dem Bambusdickicht, nicht weit von den einzelnen Hütten, in denen ein paar Chinesen wohnten, der weiße Tuwan hier aus dem Hause auf der Erde ausgestreckt liege und tot sei.

›Tot‹ – es ist ein häßliches Wort, eine stets unwillkommene Mahnung für den Lebenden; und Kuhn ging ein paarmal mit raschen Schritten auf der Veranda auf und ab. Endlich rief er dem kleinen Mädchen zu, auf ihn zu warten, bis er hinauskomme, zog sich an, rief ein paar seiner Burschen, um ihn zu begleiten, und verließ seine Plantage, den Leichnam des unglücklichen tollköpfigen Menschen aufzusuchen, den er heute, wenn auch unabsichtlich, doch als Mitursache, einem so gewaltsamen Ende seiner Laufbahn entgegen gejagt.

›Ich wollte den Lump lieber bis an sein Ende füttern‹, flüsterte er dabei leise vor sich hin, als er dem schmalen Pfade an dem kleinen Strom hinauf folgte, ›wenn er nur nicht den dummen Streich gemacht, jetzt werd' ich die albernen Gedanken nicht los werden, Gott weiß, wie lange.‹

Das kleine Mädchen lief indessen rasch voran, bis sie sich der wohlgemerkten Stelle näherten; dann aber fürchtete es sich, den Ort wieder zu betreten, wo es vor einer Stunde zufällig den weißen Mann liegend gefunden und fast selber den Tod gehabt vor Schreck und Entsetzen.

›Da – der Tuwan!‹ sagte es scheu und schüchtern und deutete

mit dem kleinen ausgestreckten Händchen nach einem ziemlich dichten Gebüsch blühender Mangabäume, die sich an das Bambusdickicht anschlossen. ›Da drin weißer Mann – ausgestreckt – tot!‹ Und als ob sie selbst die Nähe des unheimlichen Körpers scheue, floh sie mit raschen Sätzen den Weg zurück, den sie gekommen. Kuhn sah ihr kopfschüttelnd nach; war es ihm doch selber nicht recht, daß er den Platz jetzt betreten sollte. Und als er die Hände in die Taschen schob, und einen Augenblick wie unschlüssig da stand, als ob er überhaupt noch eine Wahl habe, fühlte er den Brief von Nitschkes Schwester, den jener in seiner Stube hatte liegen lassen und den er in Gedanken zu sich gesteckt; und er zog die Hand wieder aus der Tasche, als ob er sie verbrannt hätte. Durch Zögern wurde aber hier nichts gebessert, im Gegenteil, eher verschlimmert; denn die Malaien, die er mitgenommen, sahen ihn schon erstaunt von der Seite an und flüsterten miteinander. Indem er sich also zusammennahm, betrat er das Dickicht in der bezeichneten Richtung und brauchte nicht einmal weit vorzugehen, denn gleich hinter den ersten Bäumen, auf einer kleinen offenen Rasenstelle, lag der Vermißte lang ausgestreckt auf dem Rücken. Die Büsche hingen ihm dabei über das Gesicht nieder, so daß er dieses nicht gleich erkennen konnte; aber die weißen Hosen hatten vorn auf den Knien große Grasflecken, als ob er sich vorher auf die Knie geworfen und gebetet, und Kuhn blieb wirklich einen Augenblick erschüttert stehen.

›Tuwan!‹ flüsterte da der eine seiner malaiischen Burschen, indem er leise den Arm seines Herrn berührte. ›Tuwan Nitzi trada mati; trada! Ada Mabok!‹

›Mabok? Den Teufel auch!‹ rief Kuhn, sich rasch nach ihm umdrehend. Nitschke betrunken statt tot? Der Gedanke war ihm noch nicht einmal gekommen. Dem erst einmal geweckten Verdacht folgte aber auch bald die Überzeugung. Zuerst warf er einen scharfen, forschenden Blick auf den vor ihm ausgestreckten langen Körper, dann bog er sich zu ihm nieder, seinen Puls zu fühlen, warf aber die glühend heiße Hand auch schon im nächsten Augenblick wieder ärgerlich von sich und sprach mit einem halb verschluckten, aber deshalb kaum weniger herzlich gemeinten Fluch!

›Da hört denn doch alles auf? Hat sich der nichtsnutzige Gesell von Haus fortgemacht, um sich hier zu betrinken, während wir uns daheim schon freuten, daß er endlich einmal einen gescheiten Einfall gehabt und seinem doch nutzlosen Leben ein Ende gemacht habe. Wenn ich nur wüßte, woher er den Arak bekommen, denn keinen Deut Geld hatte er, und hier in der Nachbarschaft wahrscheinlich auch keinen Kredit. Das begreife ich nicht!‹

›Da drüben liegt die Flasche, Tuwan‹, sagte einer der Malaien, der sich indessen überall auf dem Platze umgesehen, ›ist ganz leer.‹

›Ja, das glaube ich‹, entgegnete sein Herr, sich jetzt ebenfalls überall umschauend, ›da ist die Flasche, aber wo – zum Henker ist denn meine Pistole?‹

Die Pistole war nirgends zu finden. Einer der Malaien wurde jetzt nach dem nur wenige hundert Schritte entfernten Kampong geschickt, um dort nähere Erkundigungen einzuziehen, und Kuhn ging indessen nach den nicht sehr entfernten chinesischen Häusern hinüber, um zu sehen, ob er dort Näheres über den Betrunkenen erfahren könne, und was dieser besonders mit der Waffe gemacht habe. Er sollte darüber nicht lange im Zweifel bleiben, denn schon im ersten Hause fand er seine Pistole, die Nitschke hier vorbeikommend – zur Hälfte verzweifelt und zur andern Hälfte durstig – für eine Flasche Arak versetzt oder vielmehr verkauft hatte. Der Chinese erzählte, der Weiße habe ihn versichert, er würde nie mehr kommen, die Waffe abzuholen, aber wenn sie ihn fänden, sollten sie ihm ein ehrliches Begräbnis geben. Der Chinese versicherte natürlich, er habe geglaubt, der Weiße mache Spaß, noch dazu, da er die Pistole zurückließ, denn mit der Flasche konnte er sich doch nicht gut umbringen. Kuhn sagte nichts darüber, löste aber vor allen Dingen seine Pistole wieder ein, ließ den Betrunkenen dann durch die Burschen nach seinem Hause schaffen und auf sein Bett legen und hatte große Lust, ihn am nächsten Morgen wieder aus dem Hause zu jagen. Den Ärger über den wirklich komischen Leichtsinn des nichtsnutzigen Menschen hob aber auch wieder zum Teil das beruhigende Gefühl auf, daß er sich keine Vorwürfe über seinen Tod zu machen brauche, und er beschloß, es noch einmal eine Zeit mit ihm zu versuchen.

Als Nitschke übrigens am andern Morgen wieder zu sich kam, den Brief seiner Schwester über seinem Bett festgenagelt fand und sich der Vorgänge des letzten Tages anfing zu erinnern, geriet er außer sich und verlangte jetzt ernstlich eine Pistole, seinem elenden Leben ein Ende zu machen. Kuhn versicherte ihm aber, daß er ihm ›nicht mehr traue‹, da es ihm schiene, als ob er mit Waffen ›nicht ordentlich umzugehen wisse‹, und verweigerte ihm dieselbe nicht allein, sondern schickte ihn auch, nach einer tüchtigen Epistel über die Vorgänge des letzten Tages, an seine Arbeit, was eine Zeitlang gut getan zu haben scheint. Jetzt ist aber, wie wir eben gesehen haben, der Teufel aufs neue in ihn gefahren, und da Kuhn fest entschlossen war, ihn nach einem erneuten Rückfalle nicht wieder aufzunehmen, so weiß ich jetzt selber nicht, was aus dem Burschen werden soll. Das bleibt sich übrigens auch gleich und geht uns nichts weiter an, war es doch bloß diese Geschichte, die ich euch erzählen wollte.«

Die jungen Leute lachten über den drolligen Leichtsinn des Säufers; einzelnen derselben, die lieber am Kartentisch saßen, als etwas von einem Menschen erzählen hörten, der sie doch nicht weiter interessierte, hatte die Zeit indessen schon zu lange gedauert. Einer der Tische wurde deshalb auch gleich besetzt, und während Wagner mit drei anderen an dem einen Platz nahm, setzten sich die übrigen desto fester um die Bowle her, sich ungestört diesem Genusse hingeben zu können. Die Kartenspieler horchten indessen nicht auf das Gespräch, das sich am andern Tische entspann, bis Wagner durch ein paar lauter und heftiger ausgestoßene Worte van Roekens aufmerksam wurde und hinüber horchte.

»Und verdammt will ich sein!« rief van Roeken, von dem kräftigen Getränk erregt, »wenn ich ein solches Leben hier noch ein Jahr lang fortführe. Auf heute in sechs Monaten lade ich euch alle zu meiner Hochzeit ein!«

»Hurra, ein Wort, ein Mann!« jubelten die fröhlichen Gesellen.

»Und zehn Körbe Champagner, wenn ich mein Wort nicht löse«, setzte van Roeken erregt hinzu.

»Torheit, Freund!« rief sein Kompagnon vom andern Tische

herüber. »Mach keine solche Versprechungen. Wenn du nun bis dahin keine Frau bekommst?«

»Dann heirate ich das erste beste malaiische Mädchen, dem ich am Tage vorher auf der Straße begegne«, warf der Erregte trotzig dagegen ein, »aber ich brauche keine sechs Monate, um eine Frau hier an Ort und Stelle zu haben.«

»Und wo willst du sie herbekommen?«

»Ich verschreibe mir eine von Holland«, lachte van Roeken. »Übermorgen geht die Mail, und in sechs Monaten kann sie mit aller Bequemlichkeit meine Hausfrau sein.«

Wagner schüttelte nur mit dem Kopfe, erwiderte aber keine Silbe darauf, und die übrigen arbeiteten sich nun in ihrer tollen Weinlaune den Plan mit allen Einzelheiten aus. Es schlug zwölf Uhr, ehe sie sich trennten, und als die einzelnen Bendis vorfuhren, ihre verschiedene Herren aufzunehmen, wurde es stiller und stiller in der noch vor kurzer Zeit so lebendigen Wohnung, die jetzt, trotz der noch hellstrahlenden Lampen, wild und verödet aussah. Der Tisch war unordentlich mit Flaschen und Gläsern bedeckt, das Tischtuch von großen Weinflecken und Zigarrenasche entstellt, die Stühle standen bunt durcheinander, die Karten lagen, halb heruntergefallen, neben angerauchten Zigarren auf den hellen Steinplatten. Ein paar Malaien schlichen dabei schläfrig in dem Portico umher, um heut' abend noch ein wenig aufzuräumen und, wenn es möglich wäre, ein oder den andern Rest von Wein für sich in Sicherheit zu bringen. Es waren aufgeklärte Mohammedaner, die recht gut wußten, daß sie ein halb Glas Wein nicht in die Hölle bringen konnte.

Wagner war der letzte von allen Gästen, von denen jeder in seinem eigenen Bendi nach Hause fuhr. Er hatte seinem Kutscher befohlen, die übrigen erst alle fort zu lassen und dann vorzufahren. Van Roeken hatte von den letzten Abschied genommen und ging mit untergeschlagenen Armen auf der noch vor den Säulen ausschießenden Treppe auf und ab. Wagner war in der Mitte des Porticus stehengeblieben und sah ihm schweigend eine Weile zu, endlich sagte er:

»Roeken, ich hoffe doch nicht, daß aus dem Scherz von heut' abend Ernst werden wird!«

»Scherz?« frug van Roeken, wie erstaunt zu ihm aufsehend. »Was für ein Scherz?«

»Der mit der zu bestellenden Braut.«

»Und wer sagt dir, daß es überhaupt ein Scherz gewesen? Ist das nicht von so entfernten Kolonien aus mehr als einmal und mit Glück geschehen?«

»Allerdings«, sagte Wagner ruhig, »du hast auch gerade dabei das rechte Wort gebraucht: mit Glück! Du mußt aber bedenken, daß du bei dem wichtigsten Schritte deines Lebens, den du im Begriff bist zu tun – denn alle anderen lassen sich rückgängig machen – dem blinden Zufall deine ganze spätere Zukunft anvertrauen willst, und wenn du nicht –«

»Bitte um Verzeihung«, unterbrach ihn der Freund rasch, »so ganz und gar denk' ich nicht, mir die Hände zu binden. Kommt das Mädchen herüber, und wir gefallen einander nicht, so zahle ich ihr die freie Rückfahrt und ein Abstandsgeld. Wir haben uns das alles überlegt.«

»Und glaubst du, daß irgend jemand darauf eingehen würde?«

»Bah, zehn für eine«, sagte van Roeken lachend.

»Gut, das selbst angenommen«, fuhr Wagner ruhig fort, »und nicht einmal gerechnet, daß du dabei Tausende von Gulden auf eine einzige ungewisse Karte setzest; in welchem Lichte steht deine künftige Frau den anderen Familien gegenüber, und wo wirst du wagen dürfen, sie einzuführen?«

»Und wer braucht davon zu wissen?« sagte van Roeken.

»Unsere ganze Gesellschaft; glaubst du, daß die schweigen werden?«

»Sie haben es fest versprochen.«

Wagner schüttelte langsam mit dem Kopf.

»Du kennst die Welt besser«, sagte er endlich, »als daß du wirklich glauben solltest, sie würden ein solches Versprechen halten. Das Mädchen hätte noch keine vierundzwanzig Stunden javanischen Boden betreten, und jede Familie in Batavia wüßte alles, was sie beträfe, ja noch mehr. Nein, die Hoffnung laß dir vergehen, daß du die Sache als Geheimnis behandeln könntest, und schon, daß du die Absicht hast, gibt mir Hoffnung, du wirst es dir, ehe du den Schritt tust, reiflich überlegen.«

»Ich habe nicht mehr viel Zeit dazu«, lachte van Roeken, »denn übermorgen geht die Mail.«

»Jedenfalls überschlafe deinen Plan«, sagte Wagner ernst. »Du bist heut' abend aufgeregt, der frühe Morgen ist die beste Zeit, solche Sachen zu überdenken.«

»Du glaubst doch nicht etwa, daß ich meine vollen Sinne nicht beieinander hätte!« rief van Roeken gereizt.

»Ich denke nicht daran«, entgegnete sein Freund, der ihn durch Widerspruch in seinem tollen Plan nur zu bestärken fürchtete. »Übrigens ist es spät geworden – mein Bendi wartet. Gute Nacht. Morgen sprechen wir hoffentlich mehr darüber.«

»Vielleicht«, sagte van Roeken ausweichend, »gute Nacht!«

Der Bendi hielt vor der Tür; Wagner sprang hinein, die Pferde zogen an, der Boedjang sprang mit der Fackel hinten auf, und das leichte Fuhrwerk rasselte den Weg hinab zum Tore hinaus, der eigenen Heimat zu.

DRITTES KAPITEL

In Frankfurt am Main, dicht vor der Stadt, von hohen Walnußbäumen beschattet, stand ein kleines, freundliches Häuschen mit grünen Jalousien und einem zwar beschränkten, aber außerordentlich sauber gehaltenen Gärtchen vor der Tür. Die Fenster waren spiegelblank, und wohlgepflegte Blumen hinter den Scheiben kündeten eine hegende, sorgende Hand. Und wie heimlich schlang sich Jasmin und Wein über die kleine, in die Ecke gedrückte Laube, und was für ein lauschiges Plätzchen wäre das jetzt in der Morgenkühle gewesen, dort ein müßig Stündchen zu verträumen. Aber die Frau, die dort hinter der Reseda und den Monatsrosen am Fenster saß und mit matten, traurigen Augen ins Freie schaute, getraute sich doch nicht hinaus an die frische Luft, und wehmütig hingen nur ihre Blicke an den aufknospenden Rosen, die ihre Blüten bis dicht vor das Fenster streckten, an dem schattigen Grün der Bäume rings umher. So saß sie wohl eine gute halbe Stunde, die Hände im Schoß und auf einen offenen Brief gefaltet, als plötzlich ihre Aufmerksamkeit einem Geräusch auf der Straße zugelenkt wurde.

Es war ein Reiter, der den Weg in einem kurzen Galopp herangesprengt kam und gerade vor ihrem Haus sein Pferd so rasch und plötzlich herumwarf, daß er einer hinter ihm drein rollenden Equipage dicht vor die Pferde kam. Der Kutscher war nicht imstande, diese so plötzlich einzuzügeln; der Reiter aber, ohne auch nur mehr als einen flüchtigen Blick auf die Gefahr zu werfen, parierte sein Pferd so geschickt, daß er eben noch die an ihm vorbeischnellende Kalesche vermied. Eine einzelne Dame saß darin und bog sich nach ihm heraus; sie mußte glauben, daß er Schaden genommen hätte, aber sein erschrecktes und noch wilde

Kapriolen machendes Pferd beschäftigte ihn im ersten Augenblick zu sehr, um auch nur den Kopf nach ihr zu wenden. Ein tüchtiger Reiter, hatte er es jedoch schon wenige Sekunden später wieder in seiner Gewalt, und sein Blick suchte und fand den Gegenstand, der ihn vorher vermocht hatte, aus seiner Bahn so plötzlich abzuweichen.

Es war ein junges, bildschönes Mädchen, einfach, aber doch sehr geschmackvoll gekleidet, das eben das Gartentor des vorerwähnten kleinen Hauses hatte öffnen wollen. Durch das Stampfen des Pferdes, das Schreien des Kutschers und die Gefahr des Reiters selber aber aufmerksam gemacht und auch erschreckt, blieb sie, die Hand auf dem Türgriff, stehen und drehte sich nach der vorbeschriebenen Szene um. Da begegnete ihr Auge dem des jungen Reiters, und dieser, mit der Linken sein noch courbettierendes Tier wieder fest im Zügel, zog mit der Rechten den Hut ab, und grüßte sie so freundlich wie ehrfurchtsvoll. Tiefes Rot färbte, als sie ihm dankte, ihre Wangen; im nächsten Moment aber hatte sie auch, selbst unwillkürlich die Gartentür geöffnet und schlüpfte rasch und wie schüchtern in das Haus. Die Mutter war Zeuge dieser kaum eine Minute Zeit fortnehmenden Szene gewesen und hätte auch nicht weiter darauf geachtet, wäre ihr nicht, als ihre Tochter gleich darauf das Zimmer betrat, deren hochgerötetes Antlitz aufgefallen.

»Was hast du, mein Kind, – was ist vorgefallen?« sagte sie ruhig, die Tochter betrachtend. »Du glühst ja wie Feuer! – Wer war der junge Herr, der dich da draußen eben grüßte?«

»Ich erzähle dir alles, Mütterchen«, sagte bittend das Mädchen, »gib mir nur erst Zeit zu Atem zu kommen. Ich bin von der Zeil aus so hier herausgelaufen, dich nicht so lange allein zu lassen.«

»Du gutes Kind«, sagte die Mutter gerührt, »aber die Katharine war ja doch bei mir, falls ich irgend etwas gebraucht hätte.«

»Aber das bin ich doch immer nicht, Mütterchen?«

»Und wer war der junge Herr?«

»Ja, da fragst du mich zu viel«, lachte das junge Mädchen, aber das Lachen kam ihr nicht von Herzen, und in Verstellung nicht geübt, verriet sie durch ihr ganzes Wesen der Mutter bald, daß sie mehr von ihm wisse, als dieses Ableugnen bestätigen wollte.

»Und hast du ihn früher nie gesehen?«

»Doch, Mütterchen, doch«, erwiderte jetzt die Tochter, indem wieder hohes Rot ihre Wangen und Schläfe färbte. Sie legte dabei ihren Hut ab, rückte sich den Sessel neben der Mutter Stuhl und nahm deren Hand in die ihre.

»Und wo?«

»Weit, weit von hier, und auch schon vor zwei Jahren«, sagte Hedwig, die Hand der Mutter streichelnd, »das letzte Mal, als wir mit dem Vater in Ems waren.«

»Und du hast mir nie ein Wort davon gesagt?« mahnte die Mutter, aber jetzt nur mit halber Aufmerksamkeit. Gab ihr doch die Erinnerung an jene schwere Zeit jedesmal einen Stich durchs Herz.

»Ich weiß selber nicht wie es kam«, flüsterte Hedwig, dabei vor sich niederschauend, »es war auch eigentlich nur ein Moment, aber freilich einer von jenen, die oft über ein ganzes Leben entscheiden.«

»Hedwig!« rief die Mutter, durch die Worte erschreckt, »ich will nicht hoffen –«

»Was, liebe Mutter?« sagte das junge Mädchen ihr offen und wie erstaunt in die Augen schauend.

»Daß du den jungen Fremden liebst«, setzte die Frau weicher hinzu, »und deiner Mutter die ganze lange Zeit keine Silbe gesagt hättest.«

»Nein, Mütterchen, so war es nicht gemeint«, lächelte Hedwig, »ich – ich scheute mich nur davon zu reden, weil – weil ich glaubte, daß –«

»Und warum wirst du verlegen?«

»Es war eigentlich ein wunderlicher Zufall, Mama«, brach Hedwig ab, »wenn wir überhaupt das einen Zufall nennen wollen, was über das Leben eines Menschen entscheidet, und das Leben jenes Menschen hing wirklich an jenem Moment.«

»Ein Menschenleben?«

»Das jenes Fremden; aber ich will dir mit wenig Worten das scheinbare Rätsel lösen. Es war am Tag, oder vielmehr am Abend vor unserer Abreise von Ems, wo du unten bei dem kränker gewordenen Vater bliebst, während ich mit Josephinen, meiner damaligen Freundin«, setzte sie leiser und seufzend hinzu, »noch einmal nach dem Pavillon hinaufritt, um von dem liebgewonnenen Plätzchen Abschied zu nehmen. Es war ein wunderbar schöner, ruhiger Abend, und wir schon eine Strecke unter dem Gipfel abgestiegen, um den Rest des Hügels hinaufzusteigen; dadurch wurde es später, und die letzten Fremden hatten, wie wir glaubten, den Platz schon verlassen. Die Tür des Pavillons stand weit offen; als wir eintraten, sahen wir aber noch einen einzelnen Fremden auf der Bank, dicht vor der Balustrade sitzen, anscheinend in das reizende Bild versunken, das sich vor seinen Blicken ausbreitete. Mit unseren leichten Schuhen hatten wir beim Eintritt kein Geräusch gemacht und standen, als wir den einzelnen Fremden erblickten, ein paar Momente unschlüssig hinter ihm, ob wir ebenfalls vorn hineintreten oder uns, da er uns noch nicht gesehen hatte, zurückziehen sollten. Eine Bewegung, die er machte, fesselte uns erschrocken an die Stelle. Er hob nämlich ein Pistol, das er schon vor sich in der Hand und auf dem Knie gehabt haben mußte, in die Höhe, und während wir deutlich das Knakken des Hahns hören konnten, sagte er laut und mit einem leisen, aber fürchterlichen Lachen dabei: ›So fahre denn wohl, du schöne – nichtsnutzige, erbärmliche Welt, fahre wohl. Mit vollem Vertrauen bin ich dir entgegen gekommen, aber schmählich hast du mich behandelt und zurückgestoßen. Was du mir einst geboten, du hast es mir wieder genommen – wir sind quitt!‹ und mit den letzten Worten hob sich die furchtbare Waffe.

»Wo ich den Mut herbekommen«, fuhr Hedwig noch in der Erinnerung zusammenschaudernd fort, »weiß ich jetzt selbst nicht mehr; keinesfalls war ich in dem entsetzlichen Moment eines klaren Gedankens fähig, und ich kam erst wieder zur Besinnung, als ich vorgesprungen war, den Arm des Unglücklichen gefaßt und ihm einige mahnende Worte zugerufen hatte, was, kann ich mich selber nicht mehr erinnern, aber er war gerettet. Erschreckt sprang er im ersten Augenblick von seinem Sitz auf und sah mich wohl eine Minute lang starr und staunend an, dann schleuderte er das Pistol weit von sich den Felsen hinab, und mit den Worten: ›Mein guter Engel!‹ eilte er an uns vorüber und hinaus ins Freie, wo er im nächsten Augenblick in dem dichten Gebüsch verschwand.«

»Und keine Silbe hast du uns davon gesagt?«

»Ich fürchtete den Fremden, der jenen Schritt gewiß bitter bereute, zu kompromittieren.«

»Und hast du ihn später wieder gesehen?«

»Nie, heute morgen zum ersten Mal.«

»Er hat dich erkannt?«

»Es scheint so, denn er grüßte mich; aber doch kann ich es mir kaum denken, da er mich nur jenen einen Moment gesehen. Es ist möglich, daß ihn eine Ähnlichkeit mit irgend jemand anderem getäuscht hat.«

»Aber du hast ihn wiedererkannt und ihn auch nicht länger gesehen gehabt.«

»Ja«, sagte die Tochter leise, nach einigem Zögern, »mehr aber an dem vollen, schwarzen und lockigen Haar als an seinen Zügen, ich glaube wenigstens, daß es jener Fremde war. Doch ich plaudere und plaudere von vollkommen gleichgültigen Dingen«, unterbrach sie sich plötzlich, von ihrem Sitze emporspringend, »und habe dich noch nicht einmal gefragt, Mütterchen, wie es dir geht und ob dir die Zeit nicht lang geworden, seit ich fort bin.«

»Gut liebes Kind«, sagte die Mutter, freundlich die Hand drükkend, die ihr die Tochter in die ihre legte, »besser, wenigstens etwas besser als gestern, und es wird schon wieder ganz gut werden, wenn nur eben bald die – guten Nachrichten kommen.«

»Aber du sorgst dich doch nicht deshalb, Mütterchen?«

»Nur deinetwegen, mein Herz«, sagte die Frau gerührt, »ich selber werde – würde mich leichter hineinfinden.«

»Was liegt an dem Geld«, sagte das junge Mädchen, die Stirn der Mutter streichelnd und küssend, »du sollst einmal sehen, wie ich arbeiten kann und werde, und was wir beide zusammen brauchen, ist so leicht verdient.«

»Und hast du deine letzte Arbeit heute morgen gut bezahlt bekommen?«

»Sehr gut, Mütterchen«, sagte Hedwig, »viel besser, als ich erwartet – und Bestellung auf mehr.«

Die Mutter schwieg und sah still vor sich nieder, und Hedwig war ebenfalls froh, das Gespräch damit abbrechen zu können. Verheimlichte sie doch der Mutter, welch bittere Kränkung sie erst heute morgen wieder in dem Putzgeschäft erfahren, in das sie ihre Arbeit brachte, und wie wenig, wie entsetzlich wenig sie dafür bekommen, gerade wie die Mutter sie täuschte, daß sie ihr von Besserung, von Hoffnung sprach. Wohl fühlte die arme Frau das Gegenteil, aber das Herz der Tochter wollte sie nicht vor der Zeit mit Sorge füllen, guter Gott, das Leiden brach doch zeitig genug für sie herein. Erschöpft von dem vielen Sprechen und Zuhören, war sie dabei in ihren Lehnstuhl zurückgesunken und schloß die Augen, und Hedwig, die wußte, wie notwendig der Mutter solche Ruhe tat, schritt leise zum Fenster, nahm dort ihre Arbeit und setzte sich damit auf ihren gewöhnlichen Platz hinter den blühenden Rosenstock. Eine Stunde mochte sie etwa so gesessen haben, als jemand draußen die Gartentür öffnete. Fast unwillkürlich sah sie hinüber und hätte beinahe einen Schrei ausgestoßen, als sie den Fremden von heute morgen – von Ems – erkannte. Ehe sie aber nur eines Gedankens fähig war, was sie tun – ob sie bleiben oder in ihr eigenes Kämmerlein flüchten solle, öffnete sich leise die Tür, und die Kathrine, ihre Magd, steckte den Kopf herein.

»Ist ein fremder Herr drauße«, sagte sie in ihrem breitesten Frankfurter Dialekt, »und frägt, ob das ›gnädige‹ Fräulein zu spreche wär'. Der ist höflich, daß du die Kränk kriegst. Da – den Zettel hat er mir zum 'reintrage gegebe.« Und damit gab sie Hedwig eine an der Ecke eingebogene Visitenkarte.

»Wer ist draußen, Kathrine?« frug die Mutter, die langsam die Augen aufschlug.

»Ein fremder Herr. Sauber genug schaut er auch aus, und kann der schwätze«, meinte die Magd.

»Oswald von Dorsek«, las Hedwig indessen auf der Karte.

»Kennst du ihn, Hedwig?«

»Der Fremde von Ems«, flüsterte das Mädchen, und jeder Blutstropfen hatte dabei ihr Antlitz verlassen. Die Mutter seufzte tief auf, aber sie sprach kein Wort und winkte nur, daß er eintreten möge. Das Mädchen nickte statt aller Antwort mit dem Kopf; gleich darauf klopfte es, und wie sich die Tür öffnete, kam von Dorsek mit freundlichem Gruß auf die alte Dame zu.

»Gnädige Frau«, sagte er mit dem Tone eines Weltmannes, der

sich in alle Verhältnisse leicht zu finden weiß, »Sie müssen mich schon entschuldigen, daß ich Ihnen so ohne weiteres ins Haus falle; aber ich habe eine Pflicht der Dankbarkeit hier gegen Ihre liebenswürdige Tochter, die ich erfüllen möchte, selbst auf die Gefahr hin, ungezogen zu erscheinen. Mein gnädiges Fräulein, ich weiß wirklich nicht, ob Sie sich noch meiner erinnern, ich sollte eigentlich fast hoffen, daß es nicht der Fall wäre, sonst müßte ich noch immer als ein tollköpfiger, ratloser, vielleicht ruchloser Mensch vor Ihnen stehen, und doch – so wunderliche Menschenkinder sind wir, würde es mich recht innig freuen, vom Gegenteil überzeugt zu sein.«

»Ich habe Ems noch nicht vergessen«, sagte Hedwig, die aufgestanden war, ihn zu begrüßen, leise.

»Dann erlauben Sie mir wenigstens jetzt noch, nach langen Jahren Ihnen zu danken«, sagte der Fremde herzlich, »daß Sie damals einen – Frevel verhinderten. Ich weiß nicht, ob Ihre Frau Mutter –«

»Ich weiß alles«, sagte die Frau freundlich, »und Gott gebraucht oft schwache Werkzeuge, seine unerforschlichen Ratschläge durchzuführen. Aber nehmen Sie Platz; Sie sind herzlich willkommen.«

»Gnädige Frau, Sie –«

»Bitte«, unterbrach ihn Frau Bernold, indem sie ihm langsam mit der Hand winkte, »lassen Sie das Beiwort ›gnädige‹ fort, wenn ich Sie ersuchen darf. Wir sind schlichte Bürgersleute und unser Name ist Bernold. Wohnen Sie hier in Frankfurt, oder hat Sie der Zufall hierhergeführt?«

»Wenn das letztere der Fall wäre«, fuhr von Dorsek mit einem unwillkürlichen Blick auf Hedwig fort, »würde ich es immer keinen Zufall nennen, aber ich halte mich hier schon seit wenigstens sechs Monaten auf, mit keiner Ahnung, daß meine Retterin von Ems hier ebenfalls ihre stille Heimat hätte, bis ich ihr heute auf meinem Spazierritte begegnete.«

»Sie hätten beinahe einen Unfall gehabt.«

»Ich warf im ersten Augenblick mein Pferd zu rasch herum, ohne das Rasseln des hinter mir drein rollenden Wagens zu hören, wenn ich Ihr Fräulein Tochter nur nicht damit erschreckt habe.«

»Es ist ja noch alles gut abgegangen«, sagte lächelnd Hedwig mit ihrer weichen, melodischen Stimme. Die Mutter wollte in diesem Augenblick etwas sagen, denn sie hob die Hand, aber das Sprechen vielleicht oder auch die Aufregung dieser Begegnung hatte sie angegriffen. Sie wurde blaß und fiel mit einem leisen Seufzer in ihren Stuhl zurück.

»Mutter, um Gottes willen, fehlt dir etwas?« rief Hedwig, an ihre Seite fliegend und ihr Haupt unterstützend.

Dorsek war ebenfalls aufgesprungen und sagte teilnehmend:

»Soll ich zu einem Arzt eilen?«

»Ich danke Ihnen«, lehnte aber die Tochter freundlich ab, »es wird vorübergehen. Es ist nur ein Anfall von Schwäche, den meine arme Mutter in der letzten Zeit schon einige Male gehabt.«

»Meine Gegenwart kann dann nur störend wirken, erlauben Sie mir aber, daß ich meinen Besuch erneuere, wenn sich Ihre Frau Mutter kräftiger fühlt. Ich muß Ihnen doch Rechenschaft geben, wie ich das Leben benutzt, das ich Ihnen verdanke.«

»Es wird uns immer angenehm sein, Sie bei uns zu sehen«, sagte Hedwig, deren Antlitz bei diesen Worten hohe Röte übergoß, verlegen. Sie wußte dabei kaum, wie es kam, daß im nächsten Augenblick ihre Linke in der gegen sie ausgestreckten Hand Dorseks ruhte. Ehrfurchtsvoll zog dieser sie an seine Lippen und verließ dann rasch die Stube und das Haus.

VIERTES KAPITEL

Oswald von Dorsek saß, die Fenster geöffnet, bei all dem geschäftigen Treiben der regen Stadt, welches zu ihm herauftönte, in seiner Wohnung an der Zeil, vor seinem Schreibtisch, den Kopf in die Hand gestützt, die Feder kauend und den Blick fest und finster auf das Papier geheftet. Um ihn her lagen zerknitterte und zusammengeballte Konzepte am Boden, und ein großer Neufundländer Hund dehnte sich zwischen diesen Trümmern einer entweder beendeten oder vielleicht noch nicht einmal begonnenen Korrespondenz.

»Ist dein Herr zu Haus?« frug draußen eine bekannte Stimme.

Dorsek sprang auf und öffnete die Tür.

»Komm herein – ich bin allein – übrigens kommst du mir wie gerufen; ich wollte dich schon selber aufsuchen.«

»Desto besser«, sagte der Eintretende, ein Hauptmann der preußischen Besatzung, die in Frankfurt lag, indem er seine Dienstmütze abnahm und sich die Haare aus der Stirne strich, »wie geht's, Dorsek? Ich habe dich in einer Ewigkeit nicht gesehen.«

»Acht Tage wenigstens«, sagte der Angeredete, indem er die dargebotene Hand nahm und schüttelte. »Mach's dir bequem, ich möchte einiges mit dir besprechen.«

»Ich mit dir auch«, nickte der Offizier, »aber fang nur an. Was sind das für Zigarren?« Er nahm die auf dem Tisch stehende Kiste in die Höhe und roch daran. »Das ist doch nicht deine alte Sorte?«

»Ich – habe einmal mit einer andern einen Versuch gemacht«, lautete die Antwort. »Es sollen echte Havanna sein.«

»Sollen? – So!« sagte der Offizier, indem er seine Handschuhe auf den Tisch warf und dann eine der Zigarren aussuchte, abschnitt und anzündete. Er lehnte sich dabei in die Sofaecke, schlug ein Bein über das andere und rief: »So, nun fang an; was gibt's?«

Dorsek saß ihm noch schweigend eine Zeitlang gegenüber; es war als ob er einen Anfang suche und nicht recht beginnen könne. Endlich sagte er:

»Du weißt, Rustloh, daß ich – schon seit einiger Zeit eine Beschäftigung suche?«

»Ja«, sagte der Hauptmann, warf die Zigarre zum Fenster hinaus und nahm seine eigene Zigarrentasche heraus.

»Schmecken sie dir nicht?«

»Nein, fahr nur fort, Beschäftigung suche –«

Dorsek war dadurch jedenfalls gestört worden, denn es bedurfte einiger Zeit, ehe er den Faden wieder fand; endlich fuhr er fort: »Die Sache ist aber nicht so leicht, wie ich es mir im Anfang gedacht, und verschiedene Schritte, die ich zu dem Zweck getan, sind vollständig erfolglos geblieben.«

»Und was hast du versucht, wenn man fragen darf?« frug der Hauptmann, der jetzt mit augenscheinlichem Wohlbehagen den Dampf seiner eigenen Zigarre in die Luft blies.

»Verschiedenes«, lautete die etwas gedrückte Antwort. »Als erstes versuchte ich natürlich die aufgegebene Charge wieder zu bekommen. Die Antwort – der Wisch liegt da neben dir auf dem Tisch – ist ein wahres Meisterstück von Schmeichelei und Grobheit.«

»Natürlich nichts!« sagte der Hauptmann, den bezeichneten Brief aufnehmend und flüchtig überfliegend, im nächsten Augenblick aber warf er ihn schon wieder mit einem verächtlichen Lächeln auf den Tisch zurück; »hab' ich es dir nicht vorher gesagt?«

»Ja – ich tat auch nur den Schritt, um mir später keine Vorwürfe machen zu dürfen, irgend etwas versäumt zu haben.«

»Weiter!«

»Ich versuchte dann eine Stellung bei einer der Legationen zu bekommen, umsonst.«

»Weiter!«

»Zur gleichen Zeit bewarb ich mich bei mehreren Buchhändlern um Übersetzungen aus dem Französischen.«

»Natürlich nichts!«

»Ich bekam gar keine Antwort.«

»Weiter!«

»Ich bin jetzt entschlossen, mich beim Telegraphen- oder Eisenbahndienst annehmen zu lassen.«

»Unsinn!« sagte der Hauptmann und strich seine Zigarrenasche ab.

»Unsinn?« rief Dorsek. »Gerade darin wollte ich deinen Rat hören, vielleicht deine Hilfe beanspruchen, und du fertigst mich, wo ich den festen Willen habe, ehrlich durch die Welt zu kommen, mit dem einen kurzen Worte: Unsinn ab.«

»Bist du mit allem fertig?«

»Ja.«

»Gut, dann höre auch jetzt, was ich dir zu sagen habe, denn ich war die Zeit, die wir uns nicht gesehen haben, nicht untätig in deinem Interesse«, sagte der Hauptmann. »Du weißt, Dorsek, daß wir uns von Jugend auf kennen – Spielkameraden noch aus der Knabenzeit sind, und die paar Jahre, die ich älter bin wie du, hätten eigentlich keinen großen Unterschied zwischen uns machen sollen. Dennoch war ich stets in dem Fall dir zu raten, und du – zu tun, was dir trotzdem beliebte. Laß es wenigstens jetzt nicht so sein, wo dein ganzes Lebensglück auf dem Spiele steht.«

»Ich weiß, du warst immer der Ruhigere und Vernünftigere«, sagte Dorsek mit einem wehmütigen Lächeln, »und es wäre wohl oft gut für mich gewesen, wenn ich häufiger deinen Rat befolgt hätte.«

»Wenn du das wirklich einsiehst, ist es vielleicht selbst jetzt noch nicht zu spät«, sagte der Hauptmann, »so laß mich kurz sein. Ich habe unter der Hand genaue Erkundigungen über die Personen eingezogen, mit denen du auf etwas romantische Weise – wenn man die Ursache nicht genau kennt, bekannt geworden bist.«

»Du warst bei Bernolds?« rief Dorsek rasch.

»Nein«, sagte der Hauptmann ruhig, »ich habe mich wohl gehütet. Es gibt Mittel und Wege genug, alles, was man wissen will, zu erfahren, ohne gerade an die Quelle zu gehen. Ich kann dir indessen ihre Verhältnisse so genau schildern, als ob ich sie seit Jahren kenne, und es ist die Frage, ob du dir diese Mühe schon gegeben hast.«

»Wenn du Hedwig kenntest –«

»Würde das in der Sache selber nicht den geringsten Unterschied machen«, unterbrach ihn der Hauptmann. »Für dich aber ist es unbedingt nötig, daß du genau erfährst, wie die Sachen stehen, wenn dich etwa deine, hier sehr überflüssige, Diskretion abgehalten haben sollte, das Nähere zu erfragen. Der alte Herr Bernold, früher ein sehr reicher Kaufmann in Frankfurt, hat voriges Jahr, allerdings ohne eigenes Verschulden, Bankrott gemacht und sich wohl sehr ehrenhaft aus der Affäre gezogen, sein ganzes Vermögen aber dabei verloren. Selber schon sehr kränklich – denn die Reise nach Ems war ein letzter verzweifelter Schritt des Arztes – erlag er den Schicksalsschlägen, die auf ihn einstürmten, und starb gleich nachher. Ein kleiner Teil des Vermögens war übrigens zweifelhaft: die Witwe hatte ihm das kleine Haus in Frankfurt zugebracht, und ihr Advokat versuchte, es für sie zu retten. Es entspann sich darüber ein langer Prozeß, der bis auf den heutigen Tag noch nicht entschieden ist.«

»Sie wird es jedenfalls erhalten«, sagte Dorsek.

»Nein«, erwiderte sein ruhiger Freund. »Ich war bei ihrem Advokaten – der zufällig auch der meine ist. Ihre Sache steht schlecht. Es hängt jetzt alles von dem Schwur eines ihrer Gläubiger ab, und der Advokat zweifelt keinen Augenblick mehr, daß der Schwur geleistet wird –«

»Und dann?«

»Hat die Witwe Bernold gar nichts«, sagte der Hauptmann, »als was ihre Tochter mit Händearbeit etwa verdienen kann; wie wenig das aber ist, könntest du wissen, wenn du mit derlei Verhältnissen nur ein klein wenig vertraut wärest. Es ist gerade genug, um ein paar Personen am Leben zu erhalten und nicht dabei zu verhungern. Die arme Frau ist übrigens so krank, daß sie den Herbst kaum erleben dürfte.«

»Dann steht Hedwig ganz allein; desto mehr Ursache für mich, sie nicht schutzlos zu lassen!« rief Dorsek in edlem Eifer. »Ich will und kann arbeiten.«

»Du willst weder arbeiten noch kannst du es«, sagte mit unzerstörbarem Gleichmut der Hauptmann. »Höre mich ruhig an«, rief er, den Arm gegen Dorsek ausstreckend, als dieser aufbrausen wollte. »Ich kenne dich besser, wie du dich selbst, und bin überzeugt, daß du, wolltest du wirklich mit dem Kopf durch die Wand rennen, dich und das Mädchen unglücklich machen würdest. Du hast nie gearbeitet, Dorsek, so alt du bist, hast dich nie an ein regelmäßiges Leben gewöhnt und gewöhnen können, deshalb auch, der törichste Streich, den du in deinem Leben verübt, den Militärdienst quittiert. Solange derartige Leute Geld haben – und ich könnte dir zahlreiche Beispiele aus meinem Leben aufzählen –, brauchen sie keinem Menschen Rechenschaft von sich zu geben – sind von niemandem abhängig, wie von ihren Leidenschaften und ihrer Langeweile. So wie sie das nicht haben, sind sie ruiniert.«

»Und wenn ich jetzt ein ruhiges, tätiges Leben begänne –«

»Würde es keine sechs Monate dauern, denn – du spielst.«

»Ich kann es lassen«, sagte Dorsek finster.

»Wenn du es könntest, hättest du es lange getan«, erwiderte jetzt, düstern Ernst in den Zügen, der Hauptmann. »Damals, als du den größten Teil deines Vermögens auf dem grünen Tische zu Ems geopfert und diesen Wahnsinn mit einer Sünde sühnen wolltest, als dich dann jenes Mädchen von einem Selbstmord abhielt, hast du einen heiligen Eid geleistet, nie mehr zu spielen.«

»Und den –«

»Halt!« unterbrach ihn der Hauptmann streng. »Wo warst du gestern abend?«

»Du scheinst dich sehr viel mit mir beschäftigt zu haben«, sagte Dorsek, aber das Blut verließ dabei seine Wangen.

»Ich brauche dir nicht zu versichern, daß ich es zufällig erfahren«, erwiderte der Freund, in das Sofa zurücksinkend, »denn ich besuche dergleichen Orte nicht. Du bist auch Herr über deine Handlungen, und nur, weil ich es wirklich gut mit dir meine, Oswald, habe ich – diesen faulen Fleck für dich aufgedeckt. Glaube mir«, fuhr er dann wärmer fort, »du bist für jedes andere Leben als das, in dem du erzogen, verdorben, und daß das kein anderes ist, als was du führst, hat dein Vater vor Gottes Thron zu verantworten.«

»Du machst vollen Gebrauch von deinem Recht als Freund: grob zu sein«, sagte Dorsek bitter.

»Ich muß es, so wehe es mir selber tut«, fuhr Rustloh fort; »denn nur dadurch kann ich glauben, dich auf die richtige Bahn zu führen, daß ich dir dein Spiegelbild vorhalte, nicht wie du es wohl gerne sehen möchtest, sondern wie es wirklich ist.«

»Und was soll ich, was kann ich tun, wenn du mir die Möglichkeit absprichst, durch Arbeit meinen Lebensunterhalt zu verdienen?«

»Ich würde das nicht tun«, sagte Rustloh, »hättest du nicht noch einen reichen Onkel in Amsterdam, von dem du hoffst, vielleicht einmal etwas zu erben.«

»Er hinterläßt keine Kinder –«

»Er ist zweiundfünfzig Jahre alt und kann jeden Tag noch heiraten«, sagte der Hauptmann kalt; »aber selbst auf ihn haust du. Aus Verzweiflung, mit dem starren Muß hinter sich, sind schon selbst solche durchaus zivilisierte Menschen, wie du einer bist, zur Arbeit gezwungen worden; mit dieser Hoffnung wirst du nun und nimmer aushalten.«

»Ich kann mich einschränken.«

»Ja«, sagte der Hauptmann, mit einem unwillkürlichen Blick nach der Zigarrenkiste, »auf eine Weile, aber wie lange wird es dauern. Du hast jetzt noch ein paar tausend Taler Geld, wenn ich nicht irre – hattest sie wenigstens noch gestern, und ich fürchte fast, du hast nicht gewonnen! Wie aber soll es werden, wenn die verbraucht sind? Bis dahin wirst du keinen ernsten Schritt tun, deinen Lebensunterhalt zu gewinnen, und dann ist es zu spät. Jeder Tag reißt dich dann weiter in eine traurige Zukunft hinein. Du hast jetzt schon Schulden gemacht, wo du hättest bezahlen können – du wirst dann Schulden machen müssen, um zu leben, und könntest du dich je mit dem Gedanken befreunden, dich – durch die Händearbeit deiner Frau ernähren zu lassen?«

»Du schilderst meine Lage mit den Farben der Hölle«, rief Dorsek, mit verschlungenen Armen im Zimmer auf und ab gehend. »Trösten solltest du mich, wenn du mein Freund wärest, solltest mir raten und helfen, das alte Leben hinter mich zu werfen, und hast die ganze letzte Stunde weiter nichts getan, als mir auch noch mit scharfen, tötenden Worten den letzten Trost, die letzte Hoffnung zu rauben, die mir noch geblieben. Was denn bleibt mir übrig; was soll, was kann ich tun, mir eine Existenz zu gründen – welchen Ausweg hab' ich noch, außer dem Selbstmord?«

»Viele hättest du«, sagte Rustloh, »wenn dir nicht der unglückselige Gedanke gekommen wäre, zu heiraten, und noch dazu ein armes Mädchen. Solange du Junggeselle warst und bleiben wolltest, hast du nie einen Vorwurf, höchstens einmal eine Warnung von meinen Lippen gehört. Ein einzelner Mann schlägt sich durchs Leben, wenn nicht gut, doch schlecht, aber er kommt durch. Wärest du aber wahnsinnig oder verblendet genug, das Schicksal dieses armen Wesens an das deine zu ketten, dann müßtest du rettungslos untergehen – und sie mit dir.«

»Ich bin kein schlechter Mensch«, sagte Dorsek bewegt.

»Nein, Oswald, das bist du nicht«, erwiderte Rustloh, »aber leichtsinnig – leichtsinnig bis zu einem Grade, der – dich den größten Gefahren aussetzen könnte, es zu werden.«

»So laß mich heiraten – dem rastlosen Leben muß ich dann entsagen.«

»Gut, heirate«, sagte der Hauptmann, »aber nicht Hedwig, nicht ein Mädchen, das deine Sorgen nur vermehren, nie vermindern würde. Heirate eine reiche Frau; du bist noch jung, von stattlichem Äußeren, ein Lebemann, angenehm in Gesellschaft, gutmütig, selbst herzlich daheim – es gibt hundert von sogenannten guten Partien, denen du mit allen diesen Eigenschaften ein höchst willkommener Freier wärst.«

»Und das rätst du mir, nachdem du mir eben erst vorgehalten, ich solle mich nicht von einer Frau ernähren lassen?«

»Lieber Freund«, sagte der Hauptmann ruhig, »in der Welt nennen wir das nicht mit dem Namen, und einer solchen Frau, die in der Welt lebt und leben will und muß, bringst du auch dafür wieder schätzenswerte und ihr unumgänglich nötige Eigenschaften entgegen – einem armen Mädchen nichts. Bedenke dabei, daß du bis jetzt noch keine Fesseln kennst, daß du nie einen anderen Willen gekannt hast als den deinen. Deshalb mache die Probe, ob du ihn wirklich beugen kannst, erst einmal allein, ehe du in dem

Versuche vielleicht das Wesen mit ruinierst, das dir das Liebste sein sollte auf der Welt. Wie dann, wenn Hedwig je bereuen sollte, dich geheiratet zu haben?«

»Rustloh!«

»Sei vernünftig, Oswald«, fuhr aber der Hauptmann fort. »Jetzt ist es noch Zeit – noch bist du nicht gebunden und –«

»Es ist zu spät«, unterbrach Dorsek mit fester, entschlossener Stimme. »Ihre Mutter ist kränker geworden, und um die arme Frau über das Schicksal ihrer Tochter zu beruhigen, haben wir vorgestern abend unsere Verlobung gefeiert.«

Der Hauptmann war aufgesprungen und sah den Freund ernst, fast erschreckt an.

»Und gestern abend«, sagte er dann langsam, »konntest du wieder jene Hölle besuchen, die dich schon fast zugrunde gerichtet hat? Doch das hast du von jetzt ab mit dir selber abzumachen – weiß aber Hedwig, daß du kein Vermögen hast?«

»Ich habe ihr gesagt, daß ich auf mich und meine Kräfte angewiesen bin.«

»Und wie lange kennt ich euch jetzt?«

»Morgen werden es zwei Monate, daß ich ihr zufällig wieder begegnete. Zwei Jahre sind es jetzt, daß wir uns in Ems zuerst gesehen.«

»Armes, junges, vertrauensvolles Ding!« sagte der Hauptmann wehmütig. »Aber so sind die Weiber; dem Mitleid können sie nicht widerstehen, und wo sie gar glauben, jemanden retten zu können, läuft ihr Herz im Sturm mit dem Verstande davon. – Das aber ändert die Sache. Hast du ihr erst dein Wort gegeben, so bist du gebunden, als ob ihr vor dem Priester gestanden hättet. Übrigens konntest du mir eine lange Predigt und dir eine unangenehme Stunde ersparen, wenn du mir das gleich von vornherein gesagt. Jetzt also, Oswald, gilt es wirklich ein neues Leben für dich zu beginnen, und wo ich dir darin helfen, wo ich dir beistehen kann mir Rat und Tat, soll es an mir nicht fehlen – wenn es an dir nicht fehlt. Hast du dir irgendeinen festen Plan, nach dem du handeln willst, schon entworfen?«

»Nein – wie konnte ich«, sagte Dorsek kleinmütig. »Du hast recht, ich lebe seit meiner Jugend in einer Welt, in der ich doch trotzdem vollkommen fremd bin, und das erst merke, sobald ich den Kreis verlassen will, in dem ich mich bis jetzt bewegt. Aber ein Kunststück wird es auch nicht sein, sich darin zurechtzufinden, sobald man nur erst einmal den Eingang dazu hat.«

»Und auf welche Weise möchtest du am liebsten den Weg betreten?«

»Mein lieber Rustloh, ich werde nicht gefragt werden«, sagte Dorsek seufzend. »Wenn es irgend möglich wäre, möchte ich aber eine Anstellung in einem Eisenbahnbüro bekommen. Schon viele junge Leute aus den ›besseren Ständen‹ sind dort eingetreten und befinden sich wohl dabei; warum sollte ich mich nicht dort einarbeiten können?«

»Wenn du willst und mußt, ja! Aber du wirst darauf gefaßt sein müssen, selbst in dieser Branche von der Pike auf zu dienen.«

»Meine bisherige Stellung im bürgerlichen Leben wird doch dabei auch vielleicht einen Einfluß haben«, meinte Dorsek, »es muß den Direktoren daran liegen, anständige Leute in ihren Büros zu haben.«

»Gib dich darin keinen Hoffnungen hin«, sagte kopfschüttelnd der Hauptmann. »Anständige Leute, wie du es nennst, finden sie ebensogut bei der Bürgerklasse. Dein Baron fällt überdies weg, und du bekommst dafür einen Beamtentitel, und gerade an solchen Stellen müssen sie hauptsächlich auf Fähigkeiten setzen. Doch wir werden ja hören, was sich tun läßt. Bei dem hiesigen Eisenbahndirektorium habe ich mehrere Bekannte, die vielleicht nicht ohne Einfluß sind; die Hauptsache aber ist, daß du im Anfang jede Stelle annimmst, die sich dir bietet, damit du nur erst einmal in jenen Kreisen festen Fuß fassest. Dann hast du gewonnen, und es hängt von deinem eigenen Fleiß, deiner eigenen Ausdauer ab, dich zu einer Stellung emporzuarbeiten, die deinen bisherigen Anforderungen an das Leben mehr entspricht.«

»Du wirst mir keine Stellung anbieten, in der ich mich unglücklich fühlen würde«, sagte Dorsek zögernd.

»Du wirst dich im Anfang in jeder unglücklich fühlen, die dich bindet«, entgegnete der Freund, »darauf magst du dich deshalb auch gefaßt halten. Auf keinen Fall darfst du wählerisch sein. Alles das hättest du überdies früher bedenken müssen, und nur wenn du dein Mädchen recht von Herzen liebst, magst du das alles überwinden – dann aber auch mit leichter Mühe. Aber ich muß jetzt fort; ich habe heute Dienst«, setzte er hinzu, seine Mütze und Handschuhe ergreifend, »sei übrigens versichert, daß ich in deinem Interesse tätig sein werde.«

Dorsek stand am Fenster, den Arm auf die Brüstung gestützt, und sah gedankenlos auf das rege Treiben unter sich hinab, als seine Aufmerksamkeit auf eine gegenüber vor einem Laden haltende Equipage gelenkt wurde, die mit zwei prachtvollen Apfelschimmeln bespannt war. Ein Kutscher in Livrée saß auf dem Bock, und ein gleich galonierter Diener hielt den Schlag offen, in den eben eine sehr elegant gekleidete Dame einsteigen wollte. Da fiel ihr Blick auf Dorsek, und es war fast, als ob sie einen Moment zögere – aber auch nur einen Moment, dann nahm sie ihren Platz ein, der Diener schloß den Schlag und sprang vorn auf den Bock.

»Wer ist die Dame dort unten?« fragte Dorsek den Hauptmann rasch.

»In der Equipage mit den beiden Apfelschimmeln?« sagte der Hauptmann erstaunt, »kennst du die schöne Gräfin Heloise Orlaska nicht?«

»Ich habe sie nie gesehen. Seit wann ist sie hier?«

»Seit etwa zwei Monaten – vielleicht nicht ganz so lange. Ja so, seit der Zeit hast du auch dein Ideal wiedergefunden und dich deshalb nicht um die Außenwelt bekümmert. Kaum ein Jahr verheiratet, fiel ihr Gatte am Kaukasus – man sagt, von Schamyls eigener Hand – und sie hat Frankfurt in diesem Sommer zu ihrem Aufenthalt gewählt.«

»Eine herrliche Gestalt –«

»Und so reich wie schön – aber adieu; gedulde dich noch ein paar Tage, vielleicht bringe ich dir bis dahin gute Nachricht.«

Dorsek blieb allein zurück, in der Stellung wie ihn der Freund verlassen, und noch immer haftete sein Blick an der Stelle, wo die Equipage seinen Augen entschwunden war.

»Und aus diesen Kreisen scheid' ich jetzt aus«, murmelte er finster brütend vor sich hin, »freiwillig, um vielleicht nie wieder dahin zurückzukehren. Ein neues Leben soll ich beginnen; ein

Leben voll Mühe und Arbeit und Entsagung – Entsagung – das ist das rechte Wort dafür – weshalb auch nicht. Ich habe einmal kein Glück auf der Welt, und wie mich das Schicksal zu seinem Spielball ausersehen hat, werd' ich auch diesem Wurf begegnen müssen. Aber hol der Teufel die Gedanken, sie helfen nichts und töten nur«, und Hut und Stock ergreifend, eilte er hinaus ins Freie.

Er hatte das Zimmer noch nicht verlassen, als sein Bursche hereinkam, zum Fenster hinaussah, ob er seinen Herrn noch draußen entdecken könne, und dann vor allen Dingen zum Tisch ging, sich eine Zigarre anzuzünden. Er bediente sich ohne weiteres aus der dort stehenden Kiste, und als sie brannte, ging er daran, das Zimmer aufzuräumen. Hier interessierten ihn indes die auf dem Boden umhergestreuten Papiere, denn auf dem Schreibtisch lag kein angefangener Brief mehr, und sich den Fußschemel herbeiziehend, damit er sich nicht so sehr zu bücken brauchte, glättete er die Papiere auseinander, um zu sehen, was darauf stand.

»Hm!« las er dann vor sich hin. »An ein verehrliches Di-rek-to-ri-um der Thü-ring-schen Eisenbahngesellschaft – In-te-resse an Eisenbahn nehme – Wunsch in mir wach gerufen – Tätigkeit widmen – Feder gewandt – regem Eifer. – Hm, hm, hm hm, die Sache wird immer bedenklicher. Reitpferd verkauft – der Wein getrunken im Keller und keinen neuen kommen lassen, daß man wegen der lumpigen Flasche über die Straße muß – alte Sorte Zigarren für hundertzwanzig Gulden auch nicht mehr – rauchen jetzt für fünfunddreißig – keine einzige fidele Gesellschaft mehr mit nach Hause bringen und keine Trinkgelder. – Hm, hm – hm – hm.« Dabei warf er das Papier fort und nahm ein anderes auf.

»An ein verehrliches Te-le-gra-phenamt zu Mainz – hm – telegraphische Depesche wahrscheinlich –, sollte ein verehrliches Telegraphenamt geneigt sein, einem gebildeten, jungen Mann Gelegenheit zu geben – phi!« pfiff der Bursche leise vor sich hin. »Immer schlimmer, immer schlimmer –, nötigen Vorkenntnisse bald erworben, Interesse für die Sache, warmen Eifer«, der Bursche blies den Tabaksdampf in dicken Wolken von sich und schüttelte, während er die Papiere jetzt zusammenkramte und in den dafür bestimmten Korb schob, unaufhörlich mit dem Kopf. »Schöne Geschichte das«, brummte er dazu, »ist mir aber doch lieb, daß ich dahintergekommen bin. In ein paar Wochen ist mein Vierteljahr um; werd' es wohl nicht mit meinen Begriffen von Ehre vereinigen können, länger unter solchen Verhältnissen zu bleiben. Sehr angenehmer Mensch, mein Herr, gutmütig und vertrauensvoll«, setzte er hinzu, während er zur Zigarrenkiste ging und noch drei Zigarren herausnahm, die er in die Tasche schob. »Aber power wie mir scheint, sehr power – Reise geht bergunter und ein klein bißchen zu schnell für die Aussichten, die ein junger Mensch wie ich im Leben hat. Muß mir die Sache noch einmal gehörig überlegen.« Dabei räumte er noch auf, was aufzuräumen war, und nahm die Zigarrenkiste, um sie in einen Eckschrank zu stellen. Wie er damit vor einem Spiegel vorüberging, blieb er stehen, sah hinein und sagte:

»Hör einmal, Louis, wie wär's, mein Junge, wenn du einen nähmst? – Hast du Appetit?« Sein Gesicht verzog sich bei der Frage zu einem schmunzelnden Lächeln, und wie er dazu vergnügt mit dem Kopfe nickte, fuhr er fort: »Na, wenn du nichts dagegen hast, kann mir's auch recht sein«, und den Schrank öffnend, in den er die Zigarren stellte, nahm er dort eine der befindlichen Karaffen mit einem Likörgläschen heraus, schenkte dieses voll und trank es mit augenscheinlichem Wohlbehagen aus. »Noch einen, mein Junge?« sagte er dann, sich wieder gegen den Spiegel wendend, und da die Antwort ebenfalls bejahend ausfiel, trank er ein zweites, ging dann zum Waschtisch im Kabinett, das Glas auszuspülen, und nachdem er es mit seinem Taschentuch abgetrocknet hatte, um an dem Handtuch keinen Likörgeruch zurückzulassen, stellte er die Sachen wieder an ihren Platz, schloß den Schrank und verließ das Zimmer.

FÜNFTES KAPITEL

Zwei Monate waren seit jenem Tag, wo wir der Witwe Bernold Haus zuerst betreten, verflossen, und manches hatte sich in der Zeit geändert. Wo Hedwig vor jenem Tag noch in Angst und Kummer der Zukunft entgegen gesehen und mit Zittern des Winters gedacht hatte, der ihren und der Mutter Zustand nur verschlimmern mußte, da war jetzt ein stiller, fast heiliger Friede in ihre Brust gekehrt, und so ruhig war sie geworden, so heiter, wie sie sich nie gefühlt. Und doch hatte sich der Mutter Krankheit eher verschlimmert, ihre Schwäche zugenommen und ihr Auge den früheren Glanz verloren. Aber Hedwig sah das nicht; das neue ungeahnte Glück der Liebe, das sie beseligte, teilte seinen Rosenschimmer auch allem mit, was sie umgab, und die Mutter selber hütete sich wohl, ihr das Herz unnötigerweise schwer zu machen. Wohl fühlte sie, daß ihre Kräfte abnahmen, aber soviel als möglich verheimlichte sie das vor der Tochter, und schien nicht allein heiterer, nein sie war es wirklich in dem Bewußtsein, ihr einziges geliebtes Kind glücklich und versorgt zurückzulassen. Im Anfang freilich hatten sie die Bewerbungen Dorseks mehr beunruhigt als erfreut; dessen ruhiges, verständiges Benehmen aber, seine immer deutlicher hervortretende Liebe zu Hedwig, sein achtungsvolles, sich stets gleich bleibendes Betragen gegen sie selber beruhigten sie endlich und ließ sie sich an dem Glück des Kindes freuen.

Seit dem Fallissement ihres Gatten hatte sie sich von allen Freunden – soviel sie deren auch früher gehabt haben mochte – zurückgezogen, und diese taten leider nichts, ihr den Schritt zu erschweren. Man hielt es für ganz in der Ordnung, daß die Witwe eines Bankrotteurs nicht mehr mit der Gesellschaft verkehrte, in der sie sich früher bewegte, wäre mit der kranken, noch dazu in gedrückten Verhältnissen lebenden Frau überhaupt ein angenehmer Umgang möglich gewesen.

Der einzige wirkliche Freund, der ihr noch aus früherer Zeit geblieben, war der Advokat ihres Mannes, der jetzt zugleich ihren Prozeß führte. Der alte Scharner kam auch dann und wann, um sich nach ihrem Befinden zu erkundigen und ihr wo der nötig war, Trost zuzusprechen. Diesen hatte sie natürlich bei einem so wichtigen Schritt als die Verlobung ihrer Tochter war, um Rat gefragt, und Scharner war im Anfang nicht mit dieser Bekanntschaft einverstanden, aber auch nicht imstande gewesen, etwas Erhebliches dagegen einzuwenden. Dorsek galt in der ganzen Stadt, wenn auch nicht für einen reichen, doch wohlhabenden jungen Mann von vielen Fähigkeiten, freilich auch von großem Leichtsinn. Er sollte zu Zeiten sogar spielen und oft in lustigen, leichtfertigen Gesellschaften gefunden sein. Etwas wirklich Böses oder Unrechtes ließ sich ihm aber nicht nachweisen, er hatte nicht einmal Schulden – wenigstens keine solchen, die Scharner erfragen konnte; selbst nicht bei seinem Schneider, bei dem er deshalb extra ein Kleidungsstück bestellte, um Erkundigungen einzuziehen. Daß er gespielt und leichtfertig gelebt, hatte er der Mutter und Hedwig selber offen gestanden, ebenso daß auch gerade die Reue über dieses Leben ihn fast zum Selbstmord getrieben und er nun in einem neuen Dasein die alten Fehler abschütteln wolle wie ein zum Überdruß getragenes Kleid.

Wie gern gab sich Hedwig dem Gedanken hin, ein solches Herz durch ihre Liebe dem Guten wiederzugewinnen, wie stolz war sie in dem Gefühl, daß gerade sie dazu auserwählt sein sollte, den Mann zu retten, dem sie sich mit ganzer erster und ungeteilter Liebe hingegeben. Tag und Nacht dachte sie darüber nach und sorgte sich schon und lebte sich vorher in all die lieben schönen Tage hinein, in denen sie an der Seite des Gatten die kleine Wirtschaft besorgen und ihr armes, krankes Mütterchen pflegen wollte, das ja dann, in dem Glück der Kinder, auch wieder neu aufleben und sich stärken und erholen würde. Während sie aber die luftigen Pläne baute, hielt die unerbittliche Parze schon die Schere bereit, die eben dies liebe Leben abtrennen sollte aus ihrem geträumten Paradies. Die Mutter war in den letzten Tagen viel schwächer geworden und hatte ihr Bett schon nicht mehr verlassen. Der Arzt, eine jener kalten Geschäftsseelen, die das Menschenleben nur nach Pulsschlägen berechnen und das Konto ruhig abschließen, sobald der letzte ausgeklopft hat, kam jeden Morgen, trat zu der Kranken ans Bett, verordnete die alte Medizin und verließ dann das Zimmer wieder, in dem er doch wußte, daß er nicht mehr helfen konnte. Er war heute eben fortgegangen, als der alte Herr Scharner kam und die Frau Bernold zu sprechen verlangte. Hedwig hatte ihn in das Haus kommen sehen und die Kathrine ihn gleich zu der Kranken hinaufgeführt. Als das junge Mädchen ihm aber in das obere Gemach folgen wollte, hielt eine Equipage vor dem Garten, und die junge liebenswürdige Gräfin Orlaska stieg aus, um eine feine Arbeit bei »der Bernold« zu bestellen. Die geschickte Arbeiterin war ihr durch eine Bekanntschaft empfohlen worden, und sie zog es vor, sie lieber selber aufzusuchen, als zu sich kommen zu lassen.

Es dauerte wohl eine halbe Stunde, bis alles Nötige dazu besprochen worden, und kaum sah sich Hedwig frei, als sie hinauf zur Mutter eilte. Gerade als die Gräfin einstieg und die Straße hinauffuhr, kam Dorsek von der anderen Seite herunter – er erkannte deutlich die Livrée und die Apfelschimmel, und wie er den Platz erreichte und das Haus betreten wollte, sah er ein reichgesticktes Taschentuch am Boden liegen, das keinem andern gehören konnte, wie der jungen Gräfin selber. Dem Wagen nachzuspringen, war nicht mehr möglich, und Dorsek stand noch, unschlüssig, was er tun solle, mit dem Tuch in der Hand vor dem Garten, als ein markdurchschneidender Schrei aus dem Innern des Hauses drang. Rasch und erschreckt barg er das Tuch in seiner Tasche, und durch den Garten und die Treppe hinauf fliegend, stand er wenige Sekunden später auf der Schwelle des Krankenzimmers. Aber ein Blick genügte hier, um das Geschehene zu künden. Still und reglos auf ihrem Bette lag die Frau, das bleiche Antlitz noch von einem wehen Schmerz durchzuckt, und über sie hingeworfen, in Tränen zerfließend, Hedwig – an der toten Mutter Brust.

Der alte Herr Scharner stand tief bewegt dabei, und die Magd kauerte, ein Bild des Schreckens und Entsetzens, mit gefalteten Händen mitten in der Stube und hielt die großen Augen stier und ängstlich auf die Tote geheftet.

»Hedwig«, rief Dorsek, von Schmerz bewegt, »arme, arme Hedwig!« Aber sie hörte ihn nicht, denn nur das eine sah und fühlte sie in diesem Augenblicke – den schweren, unersetzlichen Verlust, den sie erlitten. Scharner ergriff endlich die Hand des jungen Mannes, und ihn leise mit sich hinaus- und die Treppe hinunterführend, sagte er:

»Kommen Sie mit mir, lassen Sie dem armen Mädchen Zeit, sich auszuweinen und ihrem Schmerz Luft zu machen. Überdies habe ich etwas mit Ihnen zu reden, das Sie, je eher, je besser, erfahren müssen.« Dorsek folgte ihm schweigend und wie betäubt, und unten in der Stube angelangt, wo sich der alte Mann erschöpft auf einen Stuhl setzte, begann dieser:

»Ich habe es immer gefürchtet, daß sie den Schlag nicht überleben würde, wenn ich auch nicht glauben konnte, daß es sie so rasch und plötzlich träfe – aber sie mußte es wissen, es ließ sich eben nicht länger mehr verheimlichen.«

»Aber was ist geschehen? – Der Prozeß?« rief Dorsek erschreckt.

»Ist verloren«, sagte der alte Mann seufzend, »das Urteil ist allerdings noch nicht gefällt, aber das Recht ist unserem Gegner zugesprochen, sobald er den ihm auferlegten Eid leistet. Dazu hat er sich – was er mit seinem eigenen Gewissen abmachen mag – bereit erklärt, und der Termin zum Schwur ist auf heute in vier Wochen anberaumt. Natürlich schwört er, wie jetzt die Sachen stehen, und Hedwig verliert damit das Letzte, was ihr noch von dem Vermögen ihrer Eltern geblieben war – dies Haus.«

Dorsek sah still und schweigend vor sich nieder, er erwiderte kein Wort, und Scharner fuhr nach einer kleinen Weile fort:

»Sie bekommen eine arme Frau, Herr von Dorsek, und die schönste Zeit unserer Jugend, Ihr Brautstand, wird durch einen noch schwereren Verlust getrübt, durch den Verlust der wackeren Mutter. Um Hedwigs willen beruhigt es mich aber wieder recht sehr, daß sie gerade jetzt in Ihnen eine Stütze gefunden hat, wo sie deren so sehr bedarf. Sie bekommen auch eine brave, wackere

Frau an ihr; es ist ein Herz, wie Sie es unter Tausenden nicht so rein und edel finden könnten. Seien Sie gut mit ihr, und wahren Sie sich den Schatz, der Ihren Lebenspfad ebnen und mit Rosen bestreuen kann. Lassen Sie ihr jetzt Zeit, sich zu sammeln; der erste Schmerz will Zeit und Raum haben, und ungesehen fließen die Tränen am leichtesten.«

»Sie wollen fort?« fuhr Dorsek, der wild vor sich hin gestarrt hatte, empor, als sich der alte Mann von seinem Stuhl erhob.

»Ich will den Arzt hersenden, obgleich menschliche Hilfe hier nicht mehr möglich ist«, sagte Scharner. »Körperliche Mittel konnten der Armen überhaupt nicht helfen; ihr Geist war gebrochen seit dem Unglück ihres Mannes, und so mag sie denn jetzt da oben den Frieden finden, den sie hier unten leider entbehren mußte. Begleiten Sie mich – versuchen Sie jetzt, in dieser Stunde, bei Hedwig keinen Trost. Glauben Sie mir, der beste Trost, der ihr in diesem Augenblick gegeben werden kann, sind ihre Tränen. Gehen Sie dann nach Tisch zu ihr, und Sie werden sie ruhiger und gefaßter finden.«

Dorsek ging wie in einem Traum an des alten Mannes Seite die Straße hinab – er sah nicht einmal, wie dieser von ihm Abschied nahm und in einen Seitenweg einbog, das Haus des Arztes zu erreichen. Langsam fortschreitend, fand er sich plötzlich mitten in dem Gewühl der großen Stadt, das ihn gewaltsam aus seinem Sinnen aufstörte, denn er rannte ein paarmal gegen Lastträger an, die rücksichtslos, wohin sie mit ihren Packen stießen, ihren Weg verfolgten. Ausweichend sah er sich dicht vor ein paar schnaubenden Pferden, die eben vor einem großen, sehr eleganten Gebäude hielten, und wie ein Schatten schwebte eine weibliche Gestalt an ihm vorüber und verschwand im nächsten Augenblick in dem mit beiden Flügeln aufgeworfenen Tor. Es war die Gräfin Orlaska – er erkannte die Livrée der Diener wie die Apfelschimmel –, wohnte sie hier? Fast unwillkürlich fühlte er dabei nach dem Tuch in seiner Tasche, und ehe er sich selber irgendeiner bestimmten Absicht klar wurde, hatte er den Bedienten angesprochen und stand auf der Schwelle.

»Wen habe ich die Ehre zu melden?« frug dieser, dem die elegante Gestalt imponierte. Dorsek gab seine Karte ab, und der

Lakai stieg neben ihm, doch etwas zurück, die teppichbelegten Stufen hinan, führte ihn in einen Salon und bat ihn, dort einen Augenblick zu verziehen. Das Gemach war sehr reich, aber doch auch wieder einfach und höchst geschmackvoll eingerichtet. Schwere, dunkle, seidene Vorhänge teilten, während sie vollkommen die Sonne ausschlossen, dem Raume eine angenehme Kühle mit, und reichgeschnitzte, mit dunkelgrünem Samt überzogene Möbel luden zur Ruhe ein. Die Wände waren ebenfalls nicht überladen, aber mit einzelnen wertvollen Ölgemälden neuerer Meister geziert, und den großen Spiegel von venetianischem Glas trugen zwei prachtvoll gearbeitete Statuen von milchweißem Marmor: ein Amor und eine Psyche.

Ein würziger Duft durchwehte dabei das Gemach, zu dem der Lärm der Straße nur in einem dumpfen, unbestimmten Brausen hineindrang, und Dorsek vergaß, in dem eigenen, wunderbaren Gefühl, das ihn durchbebte, fast, was ihn hergeführt, wen er hier erwarte. Da öffnete sich plötzlich die ihm gegenüber befindliche Tür, und auf der Schwelle stand, von einem weißen, luftigen Gewand umflossen, ihre rabenschwarzen Locken mit frischen Blumen geschmückt, Heloise, die Gräfin Orlaska.

»Sie haben gewünscht, mich zu sprechen, Herr Baron«, sagte sie mit ihrer weichen, zur Seele dringenden Stimme, aber ehe er etwas darauf erwidern konnte, trat sie rasch und lebhaft auf ihn zu und fuhr lächelnd fort. »Ah, wenn ich nicht irre, sind wir alte Bekannte – das unvorsichtige Fahren meines Kutschers hätte Sie wenigstens gleich am ersten Tage meiner Ankunft in Frankfurt beinahe in Gefahr gebracht – oder irre ich mich –, Sie ritten einen Rappen?«

»Gnädigste Gräfin«, stammelte Dorsek, von der ganzen Erscheinung ergriffen, fast verlegen, »allerdings – aber ich weiß nicht –«

»Es war in der nämlichen Straße, in der meine Stickerin wohnt. Sie parierten Ihr Pferd noch glücklich, ehe es mein Wagen streifte.«

»Allerdings – ich erinnere mich«, erwiderte Dorsek, der erst jetzt seine Fassung wieder gewann, »mein Pferd machte mir aber für den Augenblick soviel zu schaffen, daß ich mich nicht einmal umschauen konnte.«

»Ich weiß es – ich sah, wie es erschreckt und unruhig geworden war – aber Sie hatten es fest im Zügel. Ich war damals sehr böse auf meinen Kutscher.«

»Und doch trug ich wohl größere Schuld wie er«, sagte Dorsek. »Bei dem vielen Fuhrwerk in der Straße kann der Kutscher nicht immer Raum geben, während ein einzelnes Pferd leichter zu beherrschen ist.«

»Und was verschafft mir heute die Ehre Ihres Besuches?« sagte die Gräfin, freundlich auf ein Fauteuil deutend, während sie selber auf einem anderen Platz nahm.

»Der Zufall wollte es«, erwiderte Dorsek, »daß wir uns heute in derselben Straße wieder begegnen sollten und ich so glücklich war, etwas zu finden, das jedenfalls Ihnen gehört.«

»Mein Taschentuch? Ah, in der Tat!« rief die Gräfin erfreut; »dafür bin ich Ihnen sehr dankbar, Herr Baron, denn es ist ein liebes Andenken von einer Freundin, das ich ungern verlorengegeben hätte – aber ich habe Sie nicht gesehen.«

»Ich kam gerade die Straße herunter, als Sie einstiegen, das Tuch lag auf der Stelle und ich nahm es an mich. Sie müssen freilich die Freiheit, die ich mir genommen, entschuldigen, Frau Gräfin, daß ich gewagt, es selber zu überbringen, aber ich mochte es auch keinem andern anvertrauen.«

»Ich bin Ihnen, dieser genommenen Freiheit wegen, doppelt dankbar, Herr Baron«, lächelte die junge, schöne Frau, »da Sie mir Gelegenheit geboten hat, Sie kennenzulernen. Sie wohnen in Frankfurt?«

»Im Augenblick – ja –, aber ich gedenke, es zu verlassen.«

»Doch hoffentlich nicht so bald, daß ich nicht nochmals das Vergnügen hätte, Sie zu sehen.«

»Sie glauben nicht, Frau Gräfin, wie glücklich Sie mich damit machen würden«, stammelte Dorsek, der sich der Frau gegenüber befangen wie noch nie fühlte, indem er von seinem Stuhl aufstand.

»Ich bedaure, in dem Augenblick gerade sehr in Anspruch genommen zu sein«, sagte die Gräfin, indem sie seinem Beispiel folgte, »mein Haushofmeister kann noch immer nicht mit seiner Einrichtung fertig werden. Dabei spricht er kein Deutsch, findet sich in nichts zurecht und bringt mich fast zur Verzweiflung. Es ist etwas Schlimmes, wenn man so in eine fremde Stadt kommt und niemanden hat, der einem beistehen kann.«

»Wenn ich imstande wäre, Ihnen in irgend etwas zu dienen«, rief Dorsek, »Sie würden mich glücklich damit machen.«

»Nun, wer weiß, ob ich Sie nicht noch beim Wort nehme«, lächelte die Gräfin, und ihr Blick ruhte freundlich und wohlwollend auf ihm, als er sie mit einer tiefen ehrfurchtsvollen Verbeugung jetzt verließ.

SECHSTES KAPITEL

Das war eine schwere, recht schwere Zeit, die jetzt für Hedwig folgte, und im Anfang glaubte sie auch wohl, daß sie es gar nicht ertragen könne und daß ihr Herz brechen müsse in dem unsagbaren Leid. Das neue Verhältnis zu dem Geliebten war ihr dabei noch viel zu ungewohnt, um darin schon Trost und Linderung zu fühlen, während sie gerade in den letzten Jahren auf die Mutter allein all ihre Liebe, all ihre Sorge, all ihr Hoffen aufgespeichert hatte. Und das alles hatte mit dem einen Schlage der kalte, unerbittliche Tod vernichtet; das alles lag jetzt zertrümmert zu ihren Füßen, und die andere, neue Welt, die sich daraus wieder aufbauen sollte, kannte sie ja noch nicht und trat ihr nur mit Furcht und Zittern entgegen.

Wie kurze Zeit war auch erst vergangen, daß Hedwig Gelegenheit bekommen hatte, selbständig zu handeln. Sie war, wie es so vielen jungen Mädchen geht, eigentlich Kind geblieben weit über das Kindesalter hinaus, und zum erstenmal – gerade da, wo sie die Leitung und Hilfe am nötigsten gebraucht, riß sie der furchtbare Ernst des Lebens gewaltsam aus ihren Kindesträumen auf. Der alte Herr Scharner hatte ihr natürlich alles mitteilen müssen, was sie betraf, und es auch gleich in der ersten Zeit getan, denn gerade dadurch glaubte er ihr Herz von seinem schlimmsten und gefährlichsten Schmerz abzulenken. Hedwig nahm auch die böse Kunde viel ruhiger hin als er selbst erwartet, was konnte sie jetzt der Verlust eines Hauses schmerzen, und wenn es ihr letztes Besitztum galt, wo sie gerade die Leiche der Mutter zu Grabe getragen. »Meine arme Mutter – mein armer Oswald!« war alles, was sie sagte, und dann träumte sie der Zukunft entgegen, wie vorher.

Dorsek kam jeden Tag, und wie ein Lächeln fast stahl es sich über Hedwigs Züge, wenn sie den Geliebten erblickte. Er setzte sich dann zu ihr, und ihre Hand in der seinen sprach er ihr Mut ein und erzählte ihr von den Plänen, die er selber hatte, sich eine feste und sichere Heimat zu gründen. Und Hedwig saß bei ihm und hörte ihm zu; war ihr doch schon der Klang seiner Stimme Musik, aber sie wunderte sich im stillen, wie ernst er über ihr künftiges Leben sprach, von Sorgen und Entbehrungen – von Dornenpfaden, die sie vielleicht zusammen wandern müßten. Kannte er Sorgen und Entbehrungen? Und was hatte sie an seiner Seite zu fürchten?

Hedwig bezwang aber endlich ihren Schmerz so weit, die bis jetzt versäumten Arbeiten wieder aufzunehmen, und wenn sie dabei auch ihren trüben Gedanken nachhängen konnte, gewannen diese doch nicht mehr so die Oberhand über sie. Hätte nur Dorsek mehr Zeit gehabt, bei ihr zu sitzen und zu ihr zu sprechen, und wenn es selbst von seinen Sorgen für die Zukunft gewesen; waren es doch dann seine lieben Laute, die an ihr Ohr klangen und ihr Herz immer mit neuer, stiller Zuversicht erfüllten. Aber er hatte soviel zu tun und zu besorgen und soviel Briefe zu schreiben, daß seine ganze Zeit fast davon in Anspruch genommen wurde, und heute – heute gerade, acht Tage, daß sie die Mutter hinaus zu ihrem stillen Ruheplatz gefahren –, heute war er gar nicht gekommen, den ganzen langen Tag – nicht einmal auf einen Augenblick, um ihr wenigstens zu sagen, daß er sie nicht ganz vergessen hätte.

Oh, wie langsam schlichen da die Stunden, wie trüb und bleiern sah der Himmel aus, und wie schwer, wie unendlich schwer war ihr das Herz an diesem Tage geworden! Als aber Dorsek am nächsten Morgen, wenn auch nur für eine kleine halbe Stunde, kam und ihr klagte, daß ihm der vorige Tag so entsetzlich lang ohne sie geworden sei, hatte sie das alles wieder vergessen und gestand ihm, zum ersten Mal seit sie ihn kannte, wie glücklich sie sich in seiner Liebe fühlte.

Und warum mußte er so bald wieder fort von ihr? Warum ließ er sie jetzt, wo der Verlust der Mutter noch so frisch und drükkend auf ihrer Seele lastete, so lang, so ewig lang, allein mit diesem Gram! Die Kathrine schüttelte den Kopf darüber – die meinte, das wäre kein Liebhaber wie er sein sollte, wenn er, selbst die kurze Zeit, so kalt und zerstreut neben ihr säße, als ob er an ganz andere Dinge dächte. Aber was wußte die alte Kathrine davon, so gut sie es auch mit Hedwig meinen mochte. Lange, lange Jahre lagen dazwischen, seit sie jung gewesen.

Dorsek ging mit raschen Schritten seiner eigenen Wohnung zu. Der Kopf wirbelte, brannte ihm; seine Pulse schlugen fieberhaft und sein Auge glühte. »Bergunter«, murmelte er dabei, »bergunter die Bahn, immer hinab; erst Schritt um Schritt, jetzt in rasendem Jagen den Hang hinunter, und wie lange kann es dauern, dann lieg' ich zerschellt in jenem Abgrunde unten, den mir mein eigener frevelhafter Leichtsinn gegraben. Und zurück? Das bleiche Engelsbild hat mich gefaßt – ihr Leid – ihr Elend hat mich umgarnt, und mit einer Zentnerlast reißt sie mich dem Verderben entgegen.«

»Du scheinst dich sehr angenehm zu unterhalten,«, sagte eine lachende Stimme an seiner Seite, und ein Arm schob sich in den seinen.

»Rustloh?« rief Dorsek, zum Freunde aufsehend, »wo kommst du her?«

»Gerade vom Direktorium der Eisenbahngesellschaft«, sagte der Freund, »wo ich eine lange Konferenz hatte – und eben wollte ich zu dir. Gehst du nach Hause?«

»Ja.«

»Gut, dann begleit' ich dich – ich habe ein Stündchen Zeit und Wichtiges mit dir zu plaudern. Kommst du von Hedwig?«

»Ja.«

»Du bist verwünscht einsilbig, seit ich bei dir bin, und hieltest doch vorhin, wie mir schien, einen langen Monolog. Wie steht es mit deiner Braut Prozeß? Wie ich gehört habe, ist ihre Mutter in diesen Tagen gestorben. Schon etwas entschieden?«

»Der Prozeß ist verloren«, sagte Dorsek dumpf vor sich hin. »Die Gegenpartei schwört und gewinnt damit. Aber komm herauf, ich bin schon so daran gewöhnt, daß alles verunglückt, bei dem ich eine Hand im Spiele habe, daß ich eher darüber lachen als mich ärgern könnte. Es soll einmal nicht sein, also zum Teufel damit! Was wolltest du mir sagen?«

Sie hatten in dem Gespräch Dorseks Wohnung erreicht, und während dieser sich auf einen Stuhl warf und den Kopf in die Hand stützte, blieb Rustloh am Fenster stehen und sah sinnend hinaus.

»Dann wird dir nichts anderes übrigbleiben«, sagte er endlich, »als einen Antrag anzunehmen, der unter glücklicheren Verhältnissen vielleicht wenig Verlockendes für dich haben würde.«

»Und der ist?« fragte Dorsek. Auf dem Tisch vor ihm lag ein kleines Briefchen von duftendem rosa Papier an seine Adresse, er erbrach es, las es und schob es in die Tasche.

»Im Direktorium ist keine Stelle frei«, fuhr Rustloh fort, »keine wenigstens, die du vorderhand ausfüllen könntest, denn eine gewisse Erfahrung, eine Art Schule, gehört zu diesem Geschäft, so gut wie zu jedem andern. Aber in ... ist eine Inspektorstelle in nächster Zeit zu vergeben, und es ließe sich vielleicht machen, dir diese zu verschaffen. Hast du Lust dazu?«

»In dem Nest?« sagte Dorsek düster.

»Es ist allerdings keine Residenz«, lachte Rustloh, »und du darfst es auch nicht als künftigen Lebenszweck betrachten, dort Inspektor zu bleiben; es muß dir nur als unterste Stufe dienen, damit zu beginnen, und glaube mir, daß sich Hunderte die Beine danach ablaufen, den Posten zu bekommen. Das Gehalt ist freilich sehr mäßig - ich glaube vierhundert Gulden, aber freie Wohnung und noch einige andere kleine Vorteile, die eben mit solchen Stellen verbunden sind.«

»Vierhundert Gulden«, lachte Dorsek bitter vor sich hin, »dahin hätte ich's denn also gebracht - vierhundert Gulden, Frau und Kinder damit zu ernähren, was bis jetzt nicht einmal ausreichte, mein Taschengeld zu bestreiten. Eine Livrée darf ich dann auch tragen, nicht war? Hahaha - und ein Inspektortitel.«

Rustloh stand mit untergeschlagenen Armen am Fenster, den ernsten, fast traurigen Blick auf den Freund heftend.

»Du bist hier zu einem Wendepunkt deines Lebens gekommen, Oswald«, sagte er endlich, »die alte tolle Bahn, die du rücksichtslos um die Folgen eingeschlagen, geht nicht mehr; der andere Weg, den du vor dir siehst, ein rauher, beschwerlicher, aber zum Ziele führender Bergpfad, behagt dir nicht.«

»Du scheinst heut' morgen in einer sehr moralischen Stimmung«, spottete Dorsek.

»Du hältst sie nur dafür, ich zeige dir einen Spiegel, und das Bild, das du darin findest, gefällt dir nicht; aber ein oder die andere Bahn mußt du jetzt verfolgen, wenn du nicht fliegen kannst.«

»Ich will's versuchen«, rief Dorsek, rasch von seinem Stuhl emporspringend. »Zum Teufel auch, der Ertrinkende klammerte sich an einen Strohhalm, und ich bin ein Ertrinkender.«

»Das Bild ist leider nur zu wahr gewählt, Oswald«, sagte Rustloh warnend, »klammere dich nicht an einen Strohhalm, denn er vermag dich nicht zu retten, wenn er nicht eben fester im Boden wurzeln kann, wie ein Strohhalm wurzelt; um Gottes willen aber begehe keinen unüberlegten Streich. Noch hast du dich selber nicht verloren, und dann –«, setzte er fester hinzu, »rufe doch auch ein wenig deinen Männerstolz zu Hilfe. Willst du fortan von anderen Menschen abhängig oder ein freier Mann sein, der sich sein Brot selber und ehrlich verdient?«

»Ein freier Mann als Inspektor einer Eisenbahnstation?« lachte Dorsek durch die zusammengebissenen Zähne.

»Auch dort kannst du frei sein, freilich nicht in dem Sinne, wie du meinst – wenn du deine Pflicht ordentlich erfüllst. Im anderen Fall ist auch der Soldat kein freier Mann, vom General nieder bis zum Gemeinen; kein Beamter, kein Arzt, kein Advokat, kein Künstler! Sie alle sind abhängig von sich selber, von ihrer Pflicht, und nur die wenigen vom Glück Begünstigten, die wirklich reichen Leute, mögen eine Ausnahme machen, indem sie, ohne daß sich jemand um sie bekümmert, ihren Neigungen nachleben dürfen. Wir beneiden an heißen Tagen den Fisch um sein kühles Element, den Vogel um seinen raschen Flug, aber wir können einmal nicht aus der Sphäre, in der wir geboren sind, und wollen wir uns, ohne die Mittel dazu zu haben, gewaltsam hineinzwingen, so sind wir verloren.« Dorsek war mit raschen, ungeduldigen Schritten im Zimmer auf und ab gegangen. Jetzt blieb er plötzlich vor Rustloh stehen und sagte leise:

»Und wenn ich es nun nicht aushalte? Wenn ich die Banden um mich schnüre und dann nicht imstande bin, sie zu ertragen. Wenn sie mich endlich zur Verzweiflung treiben?«

»Und das bedenkst du jetzt erst, Oswald? Das alles tritt dir jetzt noch vor die Seele, wo du das, was du Banden nennst, schon fest und unzerreißbar um dich hergeschnürt hast? Du rechnest auf deinen Onkel, aber tue das nicht. Er wird dir helfen, ja, wenn er sieht, daß du dir selber hilfst - in keinem andern Fall. Dein Vermögen hast du trotz unseren Warnungen leichtsinnig vergeudet - und mehr als vergeudet, du hast es verspielt. Jetzt zeige, daß du ein Mann bist und der Welt in die Zähne deine Existenz dir erstreiten kannst. Magst du das nicht, so mußt du untergehen. Aber ich muß fort - auch ich bin kein freier Mensch, Dorsek, und mehr durch meine Stellung gebunden wie mancher Inspektor, aber ich fühle mich doch wohl auf meinem Platz, denn ich fülle denselben aus. Ich genüge den Ansprüchen, die an mich gestellt werden können, und fühle mich dadurch auch gewissermaßen unabhängig. Dabei ist es ein herrliches Gefühl, das du bei deinem bisherigen Leben noch gar nicht kennst, sich seine Existenz selber geschaffen zu haben. Lern es einmal kennen, und du wirst auch zugleich erfahren, wie wohltätig es auf dich und dein ganzes Streben und Schaffen einwirkt.« Dorsek hatte sich in ein Fauteuil geworfen, stützte den Kopf in die Hand und sah still und brütend vor sich nieder.

»So überlege es dir«, fuhr der Hauptmann nach kurzer Pause fort, »bedenke dabei, daß kein Mensch unabhängig in der Welt ist, der Schulden hat, und - entschließe dich bald. Der Direktor hat mich gebeten, ihn spätestens bis heut über acht Tage wissen zu lassen, ob du fest gesonnen seist, die Stelle anzunehmen.«

»Du hast ihm meinen Namen genannt?« rief Dorsek, rasch und erschreckt emporfahrend.

»Nein, das hab' ich noch nicht«, sagte der Hauptmann ruhig, »er kennt mich und weiß, daß ich ihm keinen Mann empfehlen würde, von dem ich nicht fest überzeugt bin, daß er seinen Platz auch ausfüllen wird. Außerdem ist es gut für dich, daß du jetzt deine Heirat nicht übereilen darfst, denn mit dem Tod der Mutter so frisch im Gedächtnis wird deine Braut schwerlich daran denken, sich dir vor einem halben Jahre zu verbinden. Bis dahin bleibt dir Zeit, deine ganze Einrichtung zu treffen und dich in irgendeinem Beruf, den du nun wählen magst, von der Inspektorstelle ganz abgesehen, ein wenig einzurichten. Nun, Oswald, will dir die Sache noch nicht so recht in den Kopf?«

»Laß mir Raum, sie zu überdenken«, sagte Dorsek erregt. »Obgleich wir schon eine Weile davon gesprochen haben, ist es mir doch, als ob ich davon überrascht, bewältigt würde. Das darf nicht sein; ich muß mit kaltem Blut darangehen, wenn etwas Ordentliches daraus werden soll.«

»Das war ein vernünftiges Wort, und ich will dich darin nicht stören«, sagte der Hauptmann, indem er ihm die Hand zum Abschied bot, aber Dorsek hörte kaum, wie er ihn verließ und die Tür sich hinter ihm schloß. Er wußte auch nicht, wie lange er so brütend gesessen haben mochte, als die Tür wieder aufging und sein Bursche Louis auf der Schwelle erschien. Er hielt zwar die Mütze in der Hand, sah aber sonst ziemlich unabhängig aus und hustete endlich, als sein Herr gar nicht auf ihn achten wollte.

»Was gibt's?« sagte Dorsek, der bei dem Geräusch emporsah – er hatte wirklich gar nicht bemerkt, daß noch jemand außer ihm im Zimmer sei.

»Halten zu Gnaden, Herr Baron«, sagte der Bursche, indem er doch jetzt etwas verlegen die Mütze in die Hand herumdrehte. »Ich – wollte nur – am Ersten ist meine Zeit aus, und dann –«

»Nun?« fragte Dorsek ungeduldig.

»Hm – da wollte ich Ihnen nur anzeigen, daß Sie sich gefälligst um einen andern Bedienten umsehen möchten, wenn Sie noch einen brauchen sollten«, sagte der Bursche, seine alte Unverschämtheit wieder gewinnend. Ein verächtliches Lächeln zuckte um Dorseks Lippen, aber er antwortete nichts weiter als »Du kannst gehen«, und wieder fiel er in sein früheres Brüten zurück. Der Bursche ging aber noch nicht; ob er seines Herrn sinnende Stellung für Niedergeschlagenheit oder Kleinmut hielt und dadurch vielleicht auf den Stand seiner Finanzen schloß – ob er den Moment für günstig hielt, sein eigenes Guthaben jetzt gleich zu erheben, kurz, er zögerte noch einige Minuten, und als Dorsek nicht die geringste Notiz von ihm nahm, ihn auch in der Tat total vergessen hatte, begann er noch einmal:

»Herr Baron?«

»Was zum Teufel willst du noch hier?« fuhr dieser jetzt von

seinem Sitz empor. »Hab' ich dir nicht gesagt, daß du gehen kannst?«

»Ja«, brummte Louis, einen Schritt zurücktretend, »zu Befehl, Herr Baron, aber – mein Geld.«

»Ist deine Zeit schon um?«

»Nein – noch nicht ganz – in acht Tagen aber.« Er sagte kein Wort weiter, sondern fuhr mit einem Satz zur Tür hinaus, denn Dorsek, überdies gereizt, griff mit einer solchen Entschiedenheit nach dem auf dem Tisch liegenden Stock, daß er es für zweckmäßig hielt, einen tatsächlichen Ausbruch nicht weiter abzuwarten. Dorsek ging mit untergeschlagenen Armen in seinem Zimmer auf und ab.

»Man sagt, daß ein Schiff am Sinken ist«, murmelte er dabei, »wenn es die Ratten verlassen – am Sinken – die Sache hat verdammt viel Ähnlichkeit mit meiner Lage. Aber der Schiffer kann sich vielleicht noch retten, wenn er zur rechten Zeit alles über Bord wirft, was ihn eben hinunterziehen will – wenn er den richtigen Lotsen findet, der ihn in den Hafen steuert. – Unabhängig – Rustloh ist ein Tor – unabhängig als untergeordneter Beamter – ein Sklave ist ein freier Mann gegen solch ein Leben, und wie sie hier lachen, wie sie die Nase rümpfen würden, wenn sie Oswald von Dorsek draußen vor einem Bahnhofsgebäude in Livrée – Tod und Teufel! Schon der Gedanke wäre genug, mich wahnsinnig zu machen – und doch hat er recht! Was bleibt mir übrig, als zuletzt auf solche Weise ehrlich mein Brot zu verdienen – ehrlich im Staube hinzukriechen, wenn ich nicht fliegen kann – fliegen – fliegen – der Sonne zu – und wenn ich fliegen kann und krieche doch? Der Versuch soll wenigstens gemacht werden!« rief er, seinen Hut aufgreifend. »Wenn sie mich denn mit ihrem Moralpredigen zur Verzweiflung treiben, mögen sie auch sehen, was es für Folgen hat. Noch bin ich frei, und wenn ich fortan in Ketten leben muß, will ich auch überzeugt sein, daß es kein Mittel gab, sie abzuschütteln.«

Wenige Minuten später war Herr von Dorsek auf dem Wege nach Gräfin Orlaskas Hotel.

SIEBENTES KAPITEL

Hedwig saß in ihrer Wohnung draußen still und einsam und stickte. Die Augen schmerzten sie vom vielen Weinen und Nachtwachen, aber die Arbeit mußte abgeliefert werden, und darin allein fand sie auch noch Zerstreuung vor ihren anderen drückenden Gedanken. Sie war in ein einfach schwarzes Gewand gekleidet, aber wie ein ertötender Reif lag die letzte schwere Zeit auf ihr. Ihr Antlitz hatte die frühere Frische verloren; es sah bleich und abgehärmt aus; die Augen lagen tief in ihren Höhlen, ihre ganze Gestalt schien ineinander gebrochen, ihr Geist geknickt und gebeugt worden, denn nicht allein der Mutter Tod lastete auf ihrer Seele, sondern noch ein anderer, sie fast ebenso tief ergreifender Kummer.

Das einzige Herz, welches sie sich für ein ganzes Leben gewonnen zu haben glaubte, auf das sie sich stützen wollte, das sie trösten und aufrichten sollte, hatte sich in der letzten Zeit kälter und kälter gegen sie gezeigt, und wenn ihr auch noch keine Gewißheit darüber geworden, schnitt ihr doch schon eine bange Ahnung durch die Brust und erfüllte sie mit einem unsagbar bittern Weh.

Und niemanden hatte sie dabei, dem sie ihr Leid klagen, ihr eigenes Herz ausschütten konnte, denn der alte Herr Scharner war ein ganz braver, teilnehmender Mann, der es auch wohl ganz gut mit ihr meinte, aber nie im Leben würde er sie verstanden haben, hätte sie wirklich Mut genug fassen können, ihm alles, was sie bedrückte, zu entdecken. Oh, warum mußte sie jetzt, gerade jetzt die Mutter entbehren! Drei Tage waren vergangen, und Dorsek hatte mit keinem Fuß ihr Haus betreten – drei ewig lange Tage, und er wußte, wie riesenschwer gerade diese Zeit auf ihr lag. War er krank? Auch der Gedanke peinigte sie, daß er vielleicht hilflos und leidend daheim läge und sich ebenso nach ihr sehne wie sie sich nach ihm, und doch wäre selbst diese Gewißheit Balsam für sie gewesen – sie durfte ihn dann ja doch nicht treulos glauben. Aber er hatte ja seinen Diener, den er im Anfang ihrer Liebe oft, o wie oft gesandt, ihr nur einen Gruß zu sagen, wenn er nicht selber kommen konnte, ihr eine Blume zu bringen, und jetzt kam ihr nicht einmal Kunde, ob er noch lebe oder ob er seine arme, von aller Welt verlassene Hedwig gar vergessen habe.

Die alte Kathrine ging ab und zu ins Zimmer, und als sie ihre junge Herrin da so ineinander gebrochen vor ihrer Arbeit, die müßige Hand im Schoß ruhend, sitzen sah, fraß es ihr ans Herz, und sie konnte es nicht länger ertragen.

»Der Lump, der nichtsnutzige«, brummte sie leise vor sich hin, »natürlich, wie er ein Haus konnte mit heirate, da war er dabei und tat schön und schwätzte süß und wußte nicht, was er vor Lieb' und Zärtlichkeit angebe sollt', und jetzt, da das arme Fräulei keinen Dachziegel mehr eige hat, um darunter zu verzehre, was sie mit bitter harter Arbeit verdient, da ist er auf einmal nicht mehr daheim, und das arme junge Ding grämt sich auch noch wegen solch einem – Schubbejack – das sie's denn doch einmal nicht hört, oder ich dürft's nicht sage – aber ich will's schon herausbekomme oder nicht Katherine heiße, und das gleich auf der Stelle!« Und den Entschluß kaum gefaßt, ging sie augenblicklich in ihr Stübchen hinauf, band eine reine Schürze um, nahm ihren Handkorb und verließ das Haus. Ein Vorwand war ja leicht gefunden, irgendeine Besorgung in der Stadt; Hedwig frug ja doch nicht weiter nach einem Grund.

Die alte Kathrine hielt auch Wort; ohne sich irgendwo anders aufzuhalten, eilte sie mit raschen Schritten Dorseks Wohnung zu und fand, was sie gehofft hatte. Herrn von Dorsek ausgegangen, also die Luft rein, überraschte aber Herrn Louis allerdings in einer höchst eigentümlichen Lage. Louis, das würdige Muster eines echten modernen Bedienten und in den letzten Tagen vor seinem Abgang noch viel unabhängiger und natürlich auch unverschämter wie früher geworden, hatte nämlich wieder einmal die

Abwesenheit seines Herrn benutzt, es sich in der ihm auf Diskretion überlassenen Wohnung so bequem als möglich zu machen. Sein Herr war zur Gräfin Orlaska gegangen, die er in letzter Zeit sehr häufig besuchte und von wo er nie so bald wieder zurückkehrte; er brauchte deshalb auch nicht zu fürchten, überrascht zu werden. Außerdem war wieder eine neue Sorte Zigarren angekommen – weit bessere als die letzten, wenn auch nicht so extrafein wie die früheren – und in einem der Fauteuils, das rechte Bein behaglich über die Lehne geschlagen, das linke weit von sich gestreckt, lag Monsieur Louis, sog an seiner Zigarre und sah dem wirbelnden Rauche nach, der zur Decke hinaufzog.

Verschiedene Sachen gingen ihm dabei im Kopfe herum, und zwar die Verhältnisse seines Herrn, die sich in den letzten Tagen auffallend gebessert hatten. Seit er seine »Liebschaft« aufgegeben und die neue begonnen, war wieder ein anderer Geist über ihn gekommen. Louis fand keine angefangenen Konzepte an Eisenbahndirektionen mehr, von Dorsek war sogar wieder in Unterhandlung getreten, ein Pferd zu kaufen; die Zigarren wurden besser, beim Kleiderreinemachen fand sich wieder einzelnes Geld in den Taschen, kurz, die Verhältnisse schienen sich sehr zu ihrem Vorteil zu verändern. Und hatte er da gescheit gehandelt, einen Dienst aufzukündigen, der ihm vorderhand noch allerlei sehr annehmbare Vorteile bot? Wußte er, ob er gleich einen andern finden würde, wo solche Nebengenüsse für ihn abfielen wie hier? Sein voriger Herr – ein Geizhals erster Klasse – hatte z.B. nie seine Zigarren unverschlossen stehen lassen und sogar die Unverschämtheit gehabt, das Geld zu zählen, das er abends in seinen Taschen vergaß – eine Differenz deswegen bewog ihn auch, jenen Dienst zu verlassen, weil es sich nicht mit seiner Ehre vertrug, länger bei einem so mißtrauischen Menschen auszuhalten. Wer stand ihm nun dafür, daß er bei seiner nächsten Herrschaft nicht ähnliche Schwächen fand, während die gefürchteten Nachteile, denen er sich durch eine Kündigung seines Dienstes vorderhand entziehen wollte, nicht mehr zu existieren oder sich doch wenigstens rasch zu verlieren schienen. Wie wäre es nun gewesen, wenn er es noch einmal ein Vierteljahr länger mit seinem Herrn versucht hätte? Über diesem Nachdenken, mit der Wirkung von ein paar Gläsern delikatem Curaçao und der heutigen schwülen Luft überhaupt, überkam ihn der Schlaf. Die ausgegangene Zigarre zwischen den fest zusammengebissenen Zähnen, die Arme schlaff über die Lehnen herunterhängend, die Beine in der vorbeschriebenen Stellung, so lag er da, ein Bild stillen Friedens, und hörte nicht, wie zwei-, dreimal an die Tür geklopft wurde und diese sich endlich leise und schüchtern öffnete. Louis schlief sanft, und die alte Kathrine stand neben ihm auf der Schwelle, die Hände in purem Erstaunen gefaltet, und betrachtete mit gerechter Entrüstung dies etwas grelle Bild treuer Dienstpflicht. Endlich konnte sie es aber nicht länger über sich gewinnen, das mit anzusehen, und zum Stuhl tretend und den Burschen derb an der Schulter rüttelnd, schrie sie ihm ins Ohr: »Herr Louis!«

Und wenn Herr Louis noch sechsmal fester geschlafen hätte, als er wirklich schlief, das würde ihn ermuntert haben. Mit einem Satz und einem halben Schreckensschrei fuhr er in die Höhe; die Zigarre fiel ihm dabei aus dem Munde, und mit stieren, weit aufgerissenen Augen starrte er die alte Magd an, denn er hatte im ersten Moment keine Ahnung, wer sie sei und wo er sich überhaupt befinde.

»Das ist ein Staat«, sagte aber die Kathrine, die den rechten Arm in die Seite stemmte und den Verblüfften höhnisch betrachtete. Sie hatte ganz vergessen, daß sie hergekommen war, um den Herrn Louis im Guten auszuhorchen, »ein schönes Leben führe wir, das muß wahr sein – wenn mir'sch nur aushalte.«

Die Worte brachten Herrn Louis wieder zu sich selber.

»Heiliges Kreuzhimmeldonnerwetter«, sagte er statt Gruß oder weiterer Einleitung. »Wie – wie kommt denn die Kathrine hier herein und was will sie hier, he? Ist das etwa die ganze Lebensart, die man draußen vor dem Tor lernt, daß man den Menschen, ohne anzuklopfen, in die Stube fällt?«

»Aber ich habe –«

»Gar nichts hat die Kathrine hier im Zimmer vom gnädigen Herrn zu tun«, rief aber der unverschämte Bursche, »und wenn sie ein anständiges Frauenzimer wäre, so würde sie sich –«, weiter ließ es aber die Kathrine nicht kommen. Der Vorwurf war zu niederträchtig, die Frankfurterin brach durch, und mit einem:

»Nah, seh e Mensch das faule Oas an, daß du die Kränk kriegst, du Tagedieb, du nichtsnutziger – und du willst ein anständig ordentliches Frauenzimmer beraisonniere, du fader, elenniger Wicht du?«

Wäre die Kathrine durch Herrn Louis' Fluchen eingeschüchtert worden, so würde dieser den steigenden Ton jedenfalls beibehalten haben. Daß aber die Kathrine hier so entschieden auftrat, wo sie sich doch auf fremdem Terrain wissen mußte, imponierte ihm wieder. Lärm mußte er ebenfalls vermeiden, sein Herr hätte sonst vielleicht die Ursache erfahren, wegen der er entstanden. Außerdem wußte er aus Erfahrung, was die Frankfurter Dienstmädchen in einem Wortkampf leisten konnten, und um dem Gespräch eine andere Wendung zu geben, sagte er plötzlich kurz abgebrochen:

»Was wünschen wir?«

»Was wir wünsche, weiß ich nicht«, rief aber die Alte, den früheren Vorwurf noch nicht so bald verschmerzt, in ihrem blühendsten Frankfurter Dialekt, »was ich aber wünsche ist, daß dir faulmäuligem, gottvergessenen Halunke die nixnutzige Zunge zwischen den Zähnen verbrenne, wenn du brave, ordentliche Dienstbote, die ihre Herrschaft nicht bestehle, verraisonniere willst. – Und du wärst mir der Rechte damit«, setzte sie hinzu. »So ein halbschieriger, ausgelaufener Gesell, mit einem ›Schnorres‹ im Gesicht und den schebbe Bähn.«

Das war zuviel: Herr Louis nahm eine wegwerfende Stellung an und sagte, die rechte Hand neben seinem Vorhemdchen hineinschiebend, während er den Ellbogen so hoch als möglich hinaufdrückte.

»Jungfer Kathrine; ich verbitte mir alle Anzüglichkeiten. Übrigens – haben wir miteinander nichts mehr zu tun. Wir – haben das Verhältnis abgebrochen, und unsere Bemühungen sind deshalb umsonst.«

Der Kathrine stockte das Herzblut. Mit einem Schlage fiel ihr ein, weshalb sie eigentlich hierher gekommen, denn im Ärger über den unverschämten Burschen hatte sie das ganz vergessen, die unglücklichen Worte aber, die er sprach, ließen sich fast nicht mißdeuten. Ihr armes – armes Fräulein – und sprach der nichtsnutzige, freche Mensch die Wahrheit? So bestürzt stand sie aber in diesem Augenblick vor ihm, daß Herrn Louis der Schrecken nicht entgehen konnte, mit dem sie seine Worte erfüllt hatten, und in einer Art von Triumph, für den ihn sein Herr würde die Treppe hinuntergeworfen haben, wenn er es hätte hören können, fuhr er fort:

»Wir haben jetzt eine andere, unserer mehr würdige Liaison – wir kommen nicht mehr vor das Tor; Jungfer Kathrine hat sich deshalb auch nicht mehr herein zu bemühen in die Stadt – verstanden?«

»Und Ihr Herr«, sagte die Kathrine, welche die Worte in ihrer Bekümmernis kaum über die Lippen brachte, »ist – ist nicht krank?«

»Krank?« lachte Herr Louis verächtlich. »Liebeskrank vielleicht, sonst wüßte ich nicht, was ihm fehlen könnte. Für alles weitere haben wir uns aber bei der Frau Gräfin Orlaska, der schönen Polin, wie sie in der Stadt heißt, zu erkundigen – wünschen wir sonst noch etwas?«

»Nein«, sagte die Kathrine, der das Herz vor Weh und Zorn fast brechen wollte, »nein, nichts weiter bei Euch schlechtem, nichtsnutzigen Gesindel. Er wie sein Herr, denn einer kann Staat mit dem andern machen, und wenn Euch der Teufel einmal beide bekommt – und je eher je besser – tut er 'nen Luftsprung vor lauter Seligkeit.«

»Jungfer Kathrine!« rief der Bediente drohend, die alte wackere Person ärgerte aber die Luft, die sie mit dem »schlechten Subjekt« atmen mußte, und ihm ohne weiteres den Rücken drehend, warf sie die Tür hinter sich ins Schloß, daß die Fenster klirrten.

Die alte treue Magd lief mehr nach Haus, als daß sie ging, unterwegs preßte es ihr aber das Herz zusammen, wenn sie daran dachte, wie sie ihrer armen jungen Herrin das eben Gehörte mitteilen sollte – denn daß der nichtsnutzige Gesell die Wahrheit gesagt habe, bezweifelte sie keinen Augenblick. Da traf sie, gleich vor dem Tor draußen, den alten Herrn Scharner, der dort ebenfalls in der Nähe wohnte, und während sie neben ihm herging und ihm unter Tränen das eben Gehörte mitteilte, nickte der alte Mann nur leise mit dem Kopf und unterbrach sie auch mit keinem Wort. Bestätigte es doch nur das, was er selber schon in der Stadt gehört und gern, ach so gern nicht geglaubt hätte, der armen Hedwig wegen. Sein Entschluß war aber auch rasch gefaßt. Die Kathrine durfte ihrer Herrin noch keine Silbe von dem eben Erlebten mitteilen – erst mußten sie Gewißheit haben, ehe sie ihr diesen Schmerz machten, und das Geschwätz eines so nichtsnutzigen Dieners konnte immer noch Lüge sein. Das einfachste und beste Mittel, die Wahrheit zu erfahren, war deshalb, den Baron von Dorsek direkt und ohne alle Umschweife zu fragen, was an dem in der Stadt schon seit einigen Tagen umlaufenden Gerücht Wahres sei – ob er nämlich die Gräfin Orlaska heiraten werde. Scharner beschloß, ihm, wenn er leugnen sollte, ohne weiteres damit zu drohen, die Gräfin Orlaska selber aufzusuchen. War wirklich etwas Wahres an dem Gerücht, so durfte er es darauf nicht ankommen lassen, und hatte der Stadtklatsch gelogen, desto besser – aber dann mußte er sich auch mit Hedwig entscheiden und sich erklären, weshalb er sie in der letzten Zeit so vernachlässigt habe. Hedwig brauchte indessen von alledem nichts zu wissen – so lange wenigstens nicht, bis er Gewißheit über das eine oder andere hatte.

Mit dem Entschluß kehrte er auf der Stelle um, ihn auszuführen; von Dorsek war aber noch nicht zu Haus und es blieb ihm deshalb nichts übrig, als zu warten, bis er kommen würde. Schräg gegenüber der Wohnung desselben war ein Kaffeehaus; dort setzte er sich an ein Fenster, die Zeitung zu lesen und aufzupassen, und hatte auch kaum eine halbe Stunde seinen Platz behauptet, als er von Dorsek mit einem preußischen Offizier die Straße heraufkommen sah. Sie gingen beide in das Haus, und der alte Advokat wartete noch kurze Zeit, ob der Offizier vielleicht wieder herauskäme. Aber er kam nicht; möglich ja auch, daß er in demselben Hause wohnte, und Scharner ging endlich hinüber. Er konnte seinen ganzen Nachmittag nicht mit Warten versäumen.

Dorseks Diener war nicht im Vorsaal, als er aber anklopfen wollte, hörte er im Zimmer laute Stimmen und blieb unschlüssig stehen. In Gegenwart von einem Fremden konnte er doch solch delikate Sache nicht berühren, und schon wollte er sich wieder entfernen, um am nächsten Morgen zurückzukommen, als Hedwigs Name im Zimmer laut genannt wurde und ihn, selbst gegen seinen Willen, an die Stelle bannte. Dort hatte sich indessen allerdings ein erbittertes Gespräch gerade über das entsponnen, was ihm in diesem Augenblicke am meisten am Herzen lag über Dorseks Verhältnis zur Gräfin Orlaska. Dorsek stand am Fenster, der Hauptmann mitten in der Stube und sagte, seine Aufregung kaum unterdrückend:

»Schon seit einigen Tagen wurde auf der Wache davon gesprochen, aber ich habe es nicht glauben wollen, daß du – dich um die Hand jener polnischen Gräfin bewirbst.«

»Und warum nicht?« frug Dorsek kalt, ohne ihn jedoch dabei anzusehen.

»Weil – weil ich es nicht für möglich hielt«, sagte der Hauptmann mit fast leiser Stimme. »Weil es – weil es nicht möglich ist!« setzte er erregt hinzu.

»Rustloh«, erwiderte Dorsek, indem er sich mit finster zusammengezogenen Brauen gegen den Freund wandte – »ich weiß, daß du es gut mit mir meinst, und – einem Freund verzeiht man manches, was man sonst von keinem Fremden dulden würde. Du behandelst mich aber in letzter Zeit fast wie ein Kind – wie einen unmündigen Knaben, und ich muß dich ernstlich bitten, das zu unterlassen. Ich bin alt genug, um selber zu wissen, was ich zu tun und – nicht zu tun habe, und brauche deshalb keinem Menschen Rechenschaft über meine Handlungen zu geben.«

»Solange sie rechtlich und ehrenhaft sind, nein.«

»Rustloh!« rief Dorsek, während ihm alles Blut in das Antlitz strömte.

»Dorsek!« entgegnete aber kalt und entschieden der Hauptmann, »meine Vormundschaft, wie du zu glauben scheinst, soll dir nicht länger lästig fallen, sobald ich eben nur eine bestimmte Antwort von dir habe, und die muß mir werden. Ich frage dich also offen und ehrlich, und Mann gegen Mann: hast du das Verhältnis mit Fräulein Bernold, mit der du dich, wie du mir selbst gesagt, verlobt, abgebrochen, und bewirbst du dich um jene reiche Gräfin?«

»Aber wer gibt dir das Recht, mich so zu fragen?« rief Dorsek trotzig.

»Weigerst du mir eine Antwort?«

»Zum Teufel, nein!« zürnte der also in die Enge Getriebene mit zusammengebissenen Zähnen. »Ich bin mein eigener Herr und brauche niemandem Rechenschaft über meine Handlungen zu geben. Was ich für Liebe hielt, war nichts als eine flüchtige Neigung, Hedwig gegenüber, während jenes schöne Weib mein Herz gefesselt und in Banden geschlagen hat. Ich darf glauben, daß ich ihr selber nicht gleichgültig bin, und wenn ich ein mir also gebotenes Glück ausschlüge, wäre ich –«

»Ein Ehrenmann«, unterbrach ihn hier der Hauptmann, der seinen Zorn, seine Verachtung nicht mehr zurückhalten konnte. »Und so bist du ein Schuft!«

Wäre das Wort ein Schlag gewesen, es hätte nicht furchtbarer wirken können. Dorsek war totenbleich geworden und stand wohl eine Minute lang regungslos vor ihm. Endlich sagte er mit leiser, kaum hörbarer Stimme:

»Du weißt, was da folgen muß?«

»Ich weiß es«, sagte der Hauptmann kalt, und jetzt vollkommen ruhig. »Triff deine Maßregeln – ich werde bis heut' abend neun Uhr zu Hause bleiben.«

Scharner, der unwillkürlich Zeuge dieses ganzen Gesprächs geworden war, wandte sich erschüttert ab, das Haus zu verlassen; er brauchte nicht mehr zu hören. Auf der Treppe überholte ihn der Hauptmann, der rasch und aufgeregt an ihm vorüberschritt, um seiner eigenen Wohnung zuzueilen.

ACHTES KAPITEL

Die nächsten Tage beschäftigte sich das Stadtgespräch einzig und allein mit dem Duell zwischen dem Hauptmann von Rustloh und Herrn von Dorsek. Über die Ursache desselben gingen dabei die verschiedensten Gerüchte, an denen, wie gewöhnlich, etwas Richtiges war, das sich die Gesellschaft aber dann auf ihre eigene Weise ausschmückte. Dieser nach hatte der Zweikampf nämlich um die junge reiche polnische Gräfin stattgefunden, und Dorsek, der begünstigte Liebhaber, war von seinem Nebenbuhler, dem Hauptmann, gefordert worden. Daß beide bis dahin intime Freunde gewesen, machte die Sache natürlich nur noch interessanter, und man bedauerte nur den armen Dorsek, der jetzt mit zerschmettertem Arm zu Hause lag und seinen Erfolg in der Liebe mit einem vielleicht langwierigen Kranken- und Schmerzenslager büßen mußte.

Hedwig wußte alles. Scharner hatte jetzt nicht mehr zögern dürfen, ihr die ganze Wahrheit mitzuteilen. Im ersten Augenblick schien sie auch von der Kunde mehr betrübt als erschüttert, wie aber der Schmerz um den geliebten Mann sie mehr und mehr bewältigte, überkam sie auch stärker das Gefühl ihrer Verlassenheit, in der sie jetzt in der weiten Welt allein und hilflos stand. Scharner hätte ihr gern geholfen, aber er vermochte es nicht. Selber mit einer großen Familie, und in wenig unbemittelten Umständen auf das angewiesen, was er selber und allein verdiente, konnte er da kein Opfer bringen – und auch seine Trostgründe übten keine Macht mehr auf das Herz aus, das sich fest und starr in sich selber zurückgezogen hatte. Die Zeit rückte ebenfalls heran, in der Hedwig auch noch ihre Wohnung verlassen mußte, denn ihr Gegner im Prozeß hatte geschworen und das

Urteil war deshalb gegen sie gefällt worden. Früher wohl hatte sie diesem Augenblick mit Zittern und Bangen entgegen gesehen, jetzt, nachdem alles andere um sie niedergebrochen, traf sie die Vorbereitungen dazu so ruhig und kaltblütig, als ob es sich nur darum handle, die alten lieben Räume für wenige Wochen zu verlassen – und doch, mit wie schwerem Herzen schied sie aus dem Haus.

Es gehörte früher ihren Großeltern; sie selber war darin geboren worden und hatte es erst in ihrem siebzehnten Jahre verlassen, als die Eltern nach Mainz übersiedelten. Hierher flüchtete sie mit der Mutter, als die schlimme Katastrophe ihnen Vermögen und Vater nahm, und jetzt sollte sie es fremden Menschen übergeben. – Oh, daß Gott sie doch mit der Mutter damals zu sich genommen hätte, um nicht alles das zu ertragen, was für ein Menschenherz ja fast zu viel, zu furchtbar viel geworden! Während des Packens überkam sie oft eine Angst vor der Stadt selbst, in der sie sich befand, und ein Gefühl erfaßte sie, daß sie fort müsse, weit, weit fort von hier, als ob sie hier nie wieder froh und glücklich werden könne. – Aber wohin? – Von jetzt an allein auf ihrer Hände Arbeit angewiesen, durfte sie nicht hoffen, in irgendeinem kleinen, fremden Ort hinreichende Beschäftigung zu finden. Deshalb konnte sie das nicht aufgeben, was sie hier schon hatte – wenigstens jetzt noch nicht. Es mußte ertragen werden, wie ja schon so vieles ertragen war, ertragen werden sollte. Die alte Kathrine half schweigend; sie durfte sich ja nicht merken lassen, wie weh ihr selber ums Herz war, ihr armes junges Fräulein nicht noch trauriger zu machen. Wo es aber ungesehen geschehen konnte, wenn sie sich auf dem Boden oder in den Kammern etwa zu tun machte, liefen ihr die großen, hellen Tränen desto stärker über die Wangen nieder.

Hedwig hatte ihre Wäsche zusammengepackt und saß erschöpft und still in dem Lehnstuhl der Mutter am Fenster, als Herr Scharner rascher und lebendiger wie je den kleinen, jetzt verwaisten Garten betrat und in das Haus kam. Von außen nickte er ihr auch nur einmal freundlich zu – freundlicher, als er das die ganze letzte Zeit getan, und Hedwig schrak zusammen, denn unwillkürlich kam ihr der Gedanke, es müsse etwas Besonderes, und diesmal etwas Gutes vorgefallen sein – sollte Oswald? Ein weher Schmerz stach ihr durchs Herz – Oswald war für sie verloren, denn wäre er jetzt selbst reuig zu ihr zurückgekehrt, sie hätte ihn nie mehr lieben – nie mehr achten können. Und weshalb dann doch dieser Gram um den Verlorenen? So erregt und von irgend etwas erfüllt der alte Advokat aber auch augenscheinlich gewesen war, ehe er das Haus betrat, so sehr schienen ihm die Worte zu fehlen, als er seinem Gefühle Ausdruck geben sollte. Er saß wenigstens eine ganze Weile verlegen neben Hedwig und sprach von allem, nur nicht von dem, was ihn heute zu einer ganz ungewöhnlichen Stunde hierhergeführt. Selbst von Dorsek erzählte er, dessen Namen er seit jener Enthüllung noch nicht wieder erwähnt, daß es mit ihm besser gehe, und die Gräfin Orlaska jeden Tag schicke und sich nach seinem Befinden erkundigen lasse. Die Verbindung der beiden war so gut als ausgemacht und schien nur auf seine völlige Genesung zu warten.

Hedwigs Herz sank – was hätte er ihr jetzt noch mitteilen können, das sie trösten mochte.

Der alte Mann sprach dann von ihrem künftigen Leben – der gedrückten Stellung, in der sie sich hier befinden würde – der Wohltat, die es für sie sein müsse, wenn sie Frankfurt imstande wäre zu verlassen, um nie, nie wieder an einen Ort zurückzukehren, der so viele der schmerzlichsten Erinnerungen für sie habe, und in einem fernen Lande ein heiteres, sorgenfreies Leben zu beginnen. Was wollte er damit? – Hedwig sah staunend zu ihm auf, denn bis jetzt hatte er nur trostreiche Worte für sie gehabt, und jetzt malte gerade er ihr das künftige Leben mit so viel dunkleren Farben aus, da er, vor allen anderen, ja recht gut wußte, daß sie nicht die Mittel besaß, sich ihm zu entziehen. Und doch mußte er noch irgend etwas im Rückhalt haben, er hätte sonst nicht so gesprochen, aber was?

»Wozu das alles noch einmal erwähnen, bester Herr«, sagte sie endlich.

»Wieder und wieder habe ich mir dasselbe vorgehalten, aber das Resultat bleibt das nämliche. Ich sehe keinen andern Ausweg, und mein Leben wird von jetzt an dem jener Tausende von Unglücklichen gleich sein, die ich immer bedauert habe, und die mit der

Nadel ihr saures Brot verdienen müssen. Lassen Sie mich vergessen, daß ich in besseren, glücklicheren Verhältnissen erzogen wurde; lassen Sie mich vergessen, daß ich überhaupt eine Vergangenheit hatte und auf eine Zukunft hoffen durfte. Es ist vorbei, und weshalb die kaum vernarbende Wunde immer wieder aufs neue aufreißen – es gibt kein Mittel mehr, sie zu heilen!«

»Und wenn ich ein Mittel wüßte?« sagte der alte Mann, und seine Stimme zitterte, als er sprach.

»Ein Mittel mir zu helfen?« sagte Hedwig, traurig mit dem Kopf schüttelnd. »Ihr gutes Herz mag Sie vielleicht mit dem Gedanken gequält haben, aber mir könnte keine Hilfe frommen als eine solche, die mich weit, weit von Frankfurt fortschaffte. Die Häuser erdrücken mich hier, jede Straße, jedes Haus ruft mir die Erinnerung meiner glücklichen Jugendzeit ins Gedächtnis zurück – sagt mir, wie namenlos elend ich jetzt geworden, und wird ein Vergessen zur Unmöglichkeit machen.«

»Und wenn ich Ihnen gerade eine solche Hilfe brächte?« rief der alte Mann. »Aber gönnen Sie mir ein paar Minuten Gehör«, fuhr er fort, als Hedwig staunend und überrascht zu ihm aufsah, »lassen Sie mich ein klein wenig weiter ausholen, ich erkläre Ihnen dann alles und habe vielleicht das Mittel in Händen, Ihren heißesten, innigsten Wunsch zu erfüllen.«

»So reden Sie«, sagte Hedwig mit fast tonloser Stimme.

»Seit langen Jahren«, erzählte da der alte Mann, dem es sich jetzt wie eine Last von der Seele wälzte, »stehe ich in genauer Verbindung mit einem fernen Erdteil, mit Batavia. Ein lieber junger Freund von mir, mein Pate und dabei mein halber Pflegesohn, lebt dort als Kaufmann, und ich besorge hier in Deutschland, mit dem er lebhaften Verkehr unterhält, die Geldgeschäfte seines Hauses. Er hat sich nämlich dort mit einem jungen Holländer etabliert – der Holländer heißt van Roeken, mein junger Freund Wagner – besitzt mehrere eigene Schiffe, mit denen er nach Sumatra, China und Holländisch-Indien Handel treibt, schickt dann die Güter: Kaffee, Zucker, Cochenille, Tee, Reis, Pfeffer, und wie die Produkte alle heißen, hier nach Europa und macht außerordentlich bedeutende Geschäfte. Beide junge Leute nun, Wagner wie der Holländer van Roeken, gingen als arme

Kommis nach Java, und in diesem Augenblick befinden sie sich, ihr Vermögen ganz mäßig angeschlagen, im Besitz einer halben Million, die sie sich durch Fleiß und umsichtige Spekulation erworben haben. Wagners Schilderungen von Java sind dabei entzückend; es muß ein ganz reizendes, wundervolles Land sein, mit einem äußerst gesunden Klima, denn die Märchen, die man sich von der tödlichen Luft Batavias erzählt, sind ja alle veraltet, und er kann nicht genug rühmen, wie wohl er sich da fühlt.« Der alte Mann schwieg. Der Faden war ihm wieder abgerissen, und er wußte nicht, wie er aufs neue anknüpfen sollte. »Nun?« sagte Hedwig, aufs äußerste gespannt, wie das enden würde.

»Ein Übelstand ist aber dort«, fuhr Scharner endlich, also gedrängt, fort. »Es ist größtenteils ein Staat von Männern – von Kaufleuten, die nur selten mit ihren Familien hinübergehen. Mein Pate Wagner ist unverheiratet – ebenso sein Freund van Roeken. Unter den Eingeborenen dort haben sie wahrscheinlich keine passende Verbindung knüpfen können. Wagner ist auch noch sehr jung, kaum achtundzwanzig Jahre alt; van Roeken noch um einige Jahre jünger.«

»Aber was soll das alles mir?«

»Mein liebes Fräulein«, brach da endlich der alte Scharner los, indem er in die Tasche griff und einen Brief herausnahm, »ich will nicht länger hinter dem Berge halten – lesen Sie diese Zeilen – bitte, jetzt nicht – lassen Sie mich erst fortgehen. Sie müssen ungestört dabei – Sie müssen allein sein; ich komme dann morgen früh wieder, um weiter mit Ihnen über die Sache zu sprechen. Nur noch eine Bemerkung erlauben Sie mir: van Roeken, den Holländer, kenne ich nicht persönlich, wie Sie auch aus dem Briefe ersehen werden, Wagner dagegen von Jugend auf – von Kindesbeinen an. Er ist ein durchaus rechtlicher, braver lieber Mensch, der sich nie mit einem Manne in so genaue Geschäftsverbindung eingelassen hätte, wenn er ihn nicht genau und als einen Ehrenmann kennte. Außerdem hat mir Wagner schon mehrmals über seinen Freund und Kompagnon geschrieben und seiner immer nur rühmlichst gedacht. Aus diesem Grund könnte ich mich selber veranlaßt finden, als sein wärmster Fürsprecher aufzutreten.«

»Und den Brief?«

»Behalten Sie jetzt hier und lesen ihn aufmerksam durch«, sagte der alte Mann, von seinem Stuhl aufstehend. Er war jedenfalls froh, das Gespräch so weit gebracht zu haben. »Aber bitte, meine liebe Hedwig, recht, recht aufmerksam. Denken Sie dabei an Ihre ganzen Verhältnisse hier – denken Sie daran, daß Ihnen der Inhalt vielleicht als Mittel dienen könnte, nicht allein allem, was Sie jetzt hier drückt, zu entfliehen, sondern auch – aber ich spreche zu viel«, brach er rasch ab. »Daß ich Ihnen überhaupt den Brief gebe, mag Ihnen beweisen, wie ich über die Sache denke, und wie mir Ihr Wohl am Herzen liegt, wissen Sie, ohne daß ich ein Wort weiter darüber zu sagen brauchte. Ich würde Ihnen zu keinem Schritte bestimmt raten, wenn ich nicht im voraus die feste Überzeugung hätte, daß er zu Ihrer Wohlfahrt diene.«

Hedwig hielt den Brief in ihrer Hand und reichte ihm dankend ihre Rechte. Er drückte sie herzlich, bog sich zu ihr hinüber, küßte ihre Stirn, und verließ dann rasch das Haus.

Lange, lange schon war er fort, und Hedwig saß noch immer, wie er von ihr geschieden, stumm und regungslos in ihrem Stuhl, den Brief in ihrer Hand, den Kopf gesenkt, die Augen starr auf das Papier geheftet. – Aber was nützte das Zögern – einmal mußte sie doch lesen, was er enthielt, und mit diesem Entschluß richtete sie sich rasch empor, faltete das Blatt auseinander und las die wenigen, doch inhaltschweren Zeilen. Sie lauteten:

Lieber Herr Scharner!

In einer wichtigen Angelegenheit wende ich mich, wenn auch persönlich unbekannt, an Sie. Sie sind der intime Freund meines Kompagnons, des wackeren Wagner, der mir sehr viel Gutes und Liebes schon von Ihnen erzählt, und welches Vertrauen ich in Sie setze, beweise ich mit diesem Schritt.

Wagner hat Sie vielleicht schon mit unseren bürgerlichen Verhältnissen bekannt gemacht. So leicht es für uns hier ist, uns eine behagliche Wirtschaft zu schaffen, so unendlich schwer ist es, eine passende Frau hinein zu bekommen, wenn wir nicht eben zu dem letzten und oft verzweifelten Mittel greifen wollen, eine Liplap, d.h. eine Frau aus gemischtem Blut, zu nehmen – und an eine gemütliche Häuslichkeit ist da selten zu denken. Deshalb nehme ich zu diesem keineswegs ungewöhnlichen Wege meine Zuflucht.

Mein Wunsch ist: ein deutsches Mädchen zu heiraten; sie werden anerkannt die besten Hausfrauen – Wagner wenigstens behauptet das. Wissen und kennen Sie also eine junge Dame in Deutschland, die gesonnen wäre, ihr Schicksal mit dem meinen zu vereinigen, so bitte ich Sie freundlichst, die Vermittlung zu übernehmen.

Meine Ansprüche sind nicht übermäßig. Ich verlange ein gebildetes, braves, junges Mädchen von achtzehn bis dreiundzwanzig Jahren, natürlich nicht häßlich, obgleich ich auf wirkliche Schönheit verzichte. Ich verlange kein Vermögen, wünsche aber, daß meine künftige Frau musikalisch ist und, wenn irgend möglich, Französisch spricht – voilà tout.

Können Sie eine junge Dame von obiger Beschreibung dahin vermögen, meine Hand anzunehmen, so bitte ich Sie, dieselbe mit dem nächsten Mail-Boot hierher zu senden. Für Überfahrt und vielleicht nötige Ausstattung liegt ein Wechsel bei, der auch genügen wird, ihr einen Dienstboten mitzugeben. Ich wünsche, daß meine künftige Frau bequem und anständig reise. Anzufragen brauchen Sie bei mir weiter nicht; mir liegt daran, eine Verbindung sobald als irgend möglich zu knüpfen, und ich erwarte meine Braut deshalb mit der nächsten, spätestens mit der zweiten Mail.

Noch eins. Der Fall ist, wenn auch nicht wahrscheinlich, doch denkbar, daß wir uns, falls sie hier eintrifft, nicht behagen sollten. Ist das von ihrer Seite der Fall, so steht ihr ein Rücktritt frei – sollte sie sich dann anderweit hier verheiraten, so verlange ich nur die ausgelegte Passage zurück – im andern Fall selbst das nicht. Sollte ich in ihr dagegen das nicht finden, was ich zu finden erwarte, also ein Hindernis von meiner Seite eintreten, so erbiete ich mich, ihre freie Rückpassage und außerdem fünftausend Gulden auszuzahlen, die sie für die Reise wenigstens entschädigen mögen. Aber ich erwähne dies nur als Sicherstellung für die Dame, die sich mir anvertrauen will, zweifle dagegen keinen

Augenblick, daß wir uns gegenseitig achten und lieben lernen und glücklich miteinander leben werden.

Einem günstigen Erfolg dieser Aufforderung in nächster Zeit entgegensehend, zeichne ich mich indessen, hochverehrter Herr, in wahrer und aufrichtiger Hochachtung als

Ihren ergebenen

Leopold van Roeken

Hedwig hatte den Brief wieder und wieder durchgelesen und saß noch immer, das verhängnisvolle Blatt vor sich auf den Knien, und starrte still und schweigend darauf nieder.

Die Kathrine war mehrmals ins Zimmer gekommen, teils wirklich etwas zu besorgen, teils sich nur ein Geschäft machend, um zu sehen, ob ihre junge Herrin noch immer nicht aus ihrem Brüten aufwachen wolle – denn sie wagte nicht, sie zu stören. Hedwig hörte weder ihr Kommen noch ihr Gehen. Die Sonne sank und der Abend dunkelte, ja es wurde Nacht, und noch immer rührte und regte sie sich nicht.

»Soll ich Licht hereinbringen?« frug die Kathrine endlich, die das nicht länger ertragen konnte. Sie erhielt keine Antwort, und ging hinaus, die Lampe auf eigene Hand anzuzünden. Auch Essenszeit war es geworden und das frugale Mahl aufgetragen worden; Hedwig aß und trank nicht, und saß noch immer, die Augen fest und eisern auf den Brief geheftet. Die treue Magd wagte nicht, das Zimmer zu verlassen; ihr Fräulein mußte krank sein, denn so hatte sie sich noch nie betragen – wenn ihr der unglückselige Brief nicht etwa eine neue Schreckenskunde gebracht. Endlich sah Hedwig auf, und das Mädchen bemerkend, sagte sie leise:

»Geh zu Bett, Kathrine – es ist spät geworden.«

»Und Sie sind nicht krank, liebes Fräulein?« rief die treue Dienerin, die schon durch die wenigen Worte ihr Herz von einer schweren Sorge befreit fühlte.

»Nein, Kathrine«, sagte Hedwig leise, »ich bin nicht krank.«

»Und es fehlt Ihnen auch sonst nichts?«

»Nein – es ist alles gut – geh zu Bett; ich werde mich auch gleich schlafen legen. Das Haus ist doch geschlossen?«

»Alles fest; Tür und Läden.«

»So geh zu Bett. Gute Nacht, Kathrine!«

»Gute Nacht, mein liebes Fräulein – aber Sie gehe doch auch gleich zu Bett und grübele nicht länger mehr über de alte häßliche Brief da?«

»Ich gehe gleich zu Bett – gute Nacht.«

Die Kathrine hatte das Zimmer verlassen; Hedwig sah ihr nach, bis sich die Tür hinter ihr schloß, dann ging sie zum Sofa, barg das bleiche Antlitz in den Kissen und weinte sich still und heimlich aus.

NEUNTES KAPITEL

Die Mail oder das Postdampfboot hatte nachmittags auf der Reede von Batavia Anker geworfen, und wie ein Lauffeuer schoß die Nachricht durch alle Geschäftslokale der regen Stadt.

Die Ankunft dieses, damals nur monatlich eintreffenden Bootes, war auch immer ein Moment für die ganze Handelswelt, die nur dadurch mit den übrigen Erdteilen in Verbindung stand; bildeten doch die ankommenden Briefe, Bestellungen und Course die Pulsschläge ihres Lebens. Diesmal aber mehr als je hatte man der Ankunft des erwarteten mit peinlicher Ungeduld entgegengesehen, da die Mail vom vorigen Monat bei Aden im Roten Meer verunglückt war und man schon fürchtete, daß die ganze Korrespondenz vernichtet sein könne. Wie aber kein Menschenleben dabei verlorengegangen, so hatte man auch, mit vieler Mühe und Gefahr freilich, die Post gerettet, dadurch aber den ganzen Monat versäumt, und Briefe und Pakete, wie auch Passagiere konnten nun nicht eher wie mit der nächsten, vier Wochen später dort anlegenden Mail befördert werden. Die war jetzt eingetroffen, und überall in den Geschäftslokalen der alten Stadt herrschte reges Leben, die Korrespondenz vor allen Dingen zu sortieren und erst einmal die Privatbriefe zu lesen – das, was das Geschäft betraf, mußte schon bis zum nächsten Morgen warten.

Ach, es ist gar ein freudiges Gefühl, Briefe – Kunde aus der Heimat zu bekommen. Das Herz klopft rascher und freudiger, wenn wir nun schon die Couverts erbrechen, die eine liebe Hand für uns geschlossen, und dann die teuren Züge schauen dürfen, die uns verkünden, daß noch alles wohl und froh daheim, und sie noch alle herzlich unserer gedenken. Und plaudern sie denn nicht von dem und dem? Stadtklatsch, wie wir's zu Hause nennen, und in der Fremde doch so gerne lesen. All die Namen, all die Orte, die darin genannt werden, ob sie uns viel, ob wenig interessieren mögen, sind lauter Punkte, an denen unsere Erinnerung wieder frisch anknüpfen kann, und die erwähnten Gestalten, während sie vor unserer Seele lebendig werden, zaubern mit einem Schlag das ganze liebe Bild der Heimat aufs neue und mit lebendigen Farben um uns auf.

Die Herren vom Geschäft haben in dem Augenblick auch alles andere vergessen und sitzen mit umhergestreuten Couverts an ihrem Schreibtisch, die eigenen Briefe zu durchfliegen. Die armen Commis aber, mit keiner eigenen Zeit in diesem Augenblick, stekken sie in die Tasche und begnügen sich damit, von Zeit zu Zeit dorthin zu fühlen und die Adressen wenigstens zu betrachten. Bald schlägt ja auch für sie die Stunde, wo das Geschäft geschlossen wird, und schon im Bendi, den ein rüstiges Pony rasch den Kali besaar entlang führt, studieren sie dann die eigenen Briefe durch. Was kümmert sie die wundervolle Landschaft, die sich rechts und links von ihnen ausdehnt; nicht einen Blick werfen sie auf die wehenden, raschelnden Kokospalmen, auf das dunkle hängende Land der Waringhis, auf die Trupps wunderlicher chinesischer Menschenkinder, die mit ihren tragbaren Waren die Straßen beleben. Das alles sahen sie gestern, sehen sie morgen, gerade so wie heute, und ihr Auge hängt nur an dem Blatt Papier, das ihnen Kunde von der Heimat bringt.

Van Roeken war heute etwas länger als gewöhnlich im Geschäft geblieben, Wagner dagegen, einer lieben Einladung folgend, hatte sich in sein Bendi geworfen und fuhr nach Haus, um erst noch Toilette zu machen. So ungeniert sich nämlich der Batavier auch den ganzen Morgen daheim oder im Geschäft gehen läßt, so streng wird darauf gehalten, beim Diner abends in voller Toilette zu erscheinen, bei der – mag der Thermometer eine Temperatur zeigen wie er will – der schwarze Frack unerläßlich scheint. Jeder schimpft wohl darüber und wünscht, daß auch bei diesen Gelegenheiten – denn gerade beim Essen sollte der Mensch eine bequeme Kleidung tragen – die leichte und lichte Tracht eingeführt würde, die eigentlich den Tropen gehört, aber – die Mode schwingt ihren eisernen Zepter, die Etikette ihre Geißel, und der schwarze, enge, heiße Frack triumphiert auch unter dem Äquator; der hohe steife Zylinderhut schaut höhnisch und stolz auf seinen in die Ecke geschobenen, schüchternen – und doch so viel nützlicheren und gesünderen Verwandten – den Strohhut nieder. Bessere einmal jemand die Welt.

Bei Romelaers war Empfangsabend, und eine Menge geputzter Menschen wogte durch die lichtstrahlenden Räume oder lehnte plaudernd in behaglichen Fauteuils des luftigen Gebäudes. Gewöhnlich bestehen die Wohnungen der Europäer auf Java, wie die der Eingeborenen, nur aus einem untern Stock, dessen mittlere Front hoch und geräumig, vorn mit einer von Säulen getragenen Veranda versehen, dem Luftzug freien Durchgang läßt. An den Seiten liegen die Wohn- und Schlafzimmer, wenn nicht das Haus eine erste Etage hat, und in getrennten Seitengebäuden die Küche, die Wohnungen der Dienerschaft und die Ställe. Wie schon früher erwähnt, sucht der Batavier einen Stolz darin, seine Räume abends zu Tageshelle zu erleuchten, und Astrallampen hängen deshalb überall von der Decke, stehen auf den Tischen, sind an den Wänden befestigt und strahlen ihr Licht in zahlreichen, goldberahmten Spiegeln wider. Romelaers Wohnung war eine der prächtigsten in ganz Batavia und im Innern mit aufgestellten kostbaren Vasen und Büsten, mit seltenen japanischen und chinesischen Schnitzereien fast überladen. Romelaer war aber auch einer der reichsten und glücklichsten Spekulanten in ganz Holländisch-Indien. Seine Schiffe befuhren alle Meere, seine Verbindungen erstreckten sich über die ganze Welt, und während er Häuser in New York und Kalkutta, in Rio de Janeiro und der Kapstadt sein eigen nannte, konzentrierte er hier auf dem einen kleinen Punkte sein ganzes ungeheures Vermögen, ohne eigentlich größeren Aufwand zu machen, als irgendein anderer der reichen Handelsherren Batavias, ja vielleicht weniger wie mancher in seiner Nachbarschaft, der weit geringere Mittel hatte, den »Nabob« zu spielen, und sich doch so wohl und glücklich in solcher Rolle fühlte.

Romelaer hatte zwei Töchter und einen Sohn; der Sohn war gegenwärtig in Amsterdam, die älteste Tochter vor etwa drei Monaten verheiratet worden, und die jüngste noch bei den Eltern.

Diese schlenderte jetzt plaudernd, bald Arm in Arm mit einer ihrer Freundinnen, bald die Huldigungen eines der jungen, bei ihnen eingeführten Herren als einen schuldigen Tribut entgegennehmend, durch die verschiedenen Säle, nur manchmal nach dem Geräusch eines außen fahrenden Wagens horchend. Draußen vor dem Gartentor hielt wieder ein Bendi, und Marie begrüßte lächelnd und ihm die Hand entgegenstreckend den jungen Wagner, der eben durch den Garten herankam und die breiten Marmorstufen hinaufsprang, die zu der erleuchteten Plattform führten.

»Eigentlich sollte ich böse auf Sie sein«, sagte sie dabei mit dem Finger drohend, »denn Sie wissen, daß Sie versprochen hatten, früh zu kommen. So lange haben wir jetzt mit der Musik auf Sie warten müssen.«

»Entschuldigen Sie mich, mein liebes Fräulein«, sagte Wagner bittend, »aber ich habe einen so unangenehmen Brief heute von Deutschland bekommen, daß ich beinah' mein Versprechen gar nicht gehalten hätte. Fürchtete ich doch, daß meine trübe Laune Ihnen die Lust nehmen könnte.«

»He? Schlechte Nachrichten?« sagte der alte Herr Romelaer, der hinter ihm herangekommen war und ihm die Hand auf die Schulter legte. »Ist der kleinen Wasserhexe, der neuen Brig, ein Unglück zugestoßen?«

»Es betrifft nicht das Geschäft«, sagte Wagner, die dargebotene Hand herzlich schüttelnd, »es sind Familien- – und nicht einmal Familien-Angelegenheiten, fremde Menschen, die mich eigentlich gar nichts angehen und doch –«

»Ihnen das Leben verbittern wollen?« lachte der alte Herr Romelaer, indem er seinen Arm in den des jungen Mannes legte und ihn in den Saal hineinführte. »Lassen Sie die zum Henker gehen, Freund, und schlagen Sie sich das alles aus dem Kopf. Wenn Sie erst einmal älter werden, setzen Sie sich überhaupt über solche Dinge hinweg. Apropos, spielen Sie nachher ein Lombertje oder ein Whist mit?«

»Nein, Papa – waarachtig niet«, rief aber Marie, die ihnen gefolgt war. »Herr Wagner ist fest für unser Quartett engagiert und kann sich da nicht für euer Lombertje los machen. Den Platz füllt auch ein anderer aus, aber am Piano können wir nicht jeden brauchen.«

»Nun, nun, ich habe nicht gewußt, daß die Sache so wichtig ist«, lachte der alte Herr gutmütig, »schlepp' ihn mir aber nur nicht fort, ehe du ihm wenigstens eine Tasse Tee oder was Kräftigeres zur Stärkung gegeben hast, sonst fällt er dir am Ende gar mitten im Quartett um und in irgendeine schwierige Passage hinein. Hehehehe, Heffken, was meinen Sie, wenn wir beide einmal die erste Violine spielen müßten?«

»Hm, Herr van Romelaer«, meinte der kleine Mann, »die spielen Sie hier in Batavia schon eine geraume Weile – sehr zum Ärger vielleicht des Hauptorchesters, aber zur großen Befriedigung des Publikums, während ich selber höchstens einen Platz an der großen Trommel beanspruche, dann und wann einmal einen Hieb hinein zu tun.«

»Und das tun Sie auch, Heffken, das tun Sie wahrhaftig«, lachte van Romelaer, »und tüchtige Hiebe dazu, nach Herzenslust –«

»Aber immer doch nur im Takt – wie sie vorgeschrieben sind«, sagte achselzuckend der Verwachsene, indem er einen raschen und eben nicht freundlichen Blick nach Wagner hinüberschickte. Dieser sah das aber gar nicht; er sprach mit Marien und hatte dabei Herrn Heffkens Gegenwart, wenn überhaupt bemerkt, schon lange wieder vergessen. Marie nämlich, ohne sich weiter um die anderen Herrn zu kümmern, hing sich an seinen Arm, daß er sie zum Pianoforte führe, und während dort ein kleiner musikalischer Zirkel Platz nahm, um dem versprochenen Quartett zu lauschen, arrangierten sich an der anderen Seite des Saales in einem kleinen, besonders dazu bestimmten Gemach die Spieltische, Zigarren wurden angeboten und die Karten nahmen bald die Aufmerksamkeit der Spieler vollständig und allein in Anspruch. Indessen die malaiischen Diener Erfrischungen herumreichten, begann das Quartett, eine Komposition von Mozart für Piano, Violoncello und zwei Violinen. Die Herren und Damen aber, die kaum den ersten Takten aufmerksam gelauscht, begannen bald eine sehr lebhaft geführte und interessante Konversation, die dann und wann auch noch durch das laute Lachen aus dem Spielsalon übertönt wurde. Auf die Musik achtete fast niemand mehr, und nur die Malaien kauerten andächtig an der Tür und lauschten regungslos den wunderbaren Tönen.

Es war ein eigentümlich lebendiges Bild, diese Soirée in den Tropen, und das südliche Kreuz funkelte hell und klar vom Himmel nieder durch die Federkronen der Kokospalmen wie durch die duftigen Blüten der Gewürzbäume. Da plötzlich, mit einem Schlag, schwieg die Musik – mitten im Takt hörten die Spieler auf, mitten in der interessantesten Anekdote schwiegen die Erzählenden, mitten im entscheidenden Spiel hielten die Männer am L'Hombretisch, und der schon gehobene Trumpf schlug nicht nieder, den letzten Stich zu nehmen – aber ein wunderlich unheimliches Leben kam in die sonst leblosen Gegenstände: die Lichter flackerten, die von der Decke niederhängenden Astrallampen schwangen langsam hin und wieder, und die Verbindungsbalken des Hauses selber krachten und ächzten.

Aber dies Schwingen dauerte nicht lange und mit einem gellenden Schrei fuhren plötzlich die Damen von ihren Sitzen empor – eine unterirdische furchtbare Macht erschütterte den Boden, und der zweite Stoß brachte den jetzt entsetzt Emporfahrenden die Gewißheit eines Erdbebens. Alle Banden der Ordnung und Etikette waren in dem Augenblick gelöst, Tassen wurden um und zu Boden geworfen, Teller klirrten auf die Marmorplatten nieder und spritzten ihre Scherben umher, und Herren und Damen, jede Frage um einen gerechtfertigten Vortritt vergessend, stürzten dem Ausgang zu, die Stufen hinab und in den Garten hinaus, um dort wenigstens in Sicherheit das Zusammenbrechen des Hauses zu erwarten. Die Malaien indessen, deren Familien ebenfalls die niederen Bambushütten verlassen hatten, begannen ein furchtbares Geheul und Geschrei, in dem das Wort »Lenu« häufig vorkam; sie warfen sich auf die Erde, schrien und jammerten aus allen Kräften und vermehrten dadurch nur das Unheimliche der ganzen Szene.

Klar und hell leuchteten die Sterne indessen auf die erschütterte Erde nieder, und der eben aufgehende Mond warf sein mattes, silbernes Licht durch die riesigen Bäume und spielte mit den zitternden Schatten auf dem Boden. Tiefes, erwartungsvolles Schweigen herrschte noch unter den aufgestörten Europäern, die wenigstens ihr Leben vor etwa stürzendem Gebälk in Sicherheit gebracht hatten, während die Javaner nicht aufhörten, dem Lenu ihr Dasein ins Gedächtnis zurückzurufen. Es kam aber kein weiterer Stoß; die furchtbare unterirdische Kraft, die gerade auf Java so viele offene Sicherheitsventile hat, schien sich erschöpft zu haben, und nur das leise Schwanken der Astrallampen im Innern des Hauses verriet noch die bestandene Gefahr. Solche kleine Erderschütterungen sind aber auf Java viel zu häufig, als daß sie einen nachhaltigen Eindruck auf die dortigen Bewohner ausüben sollten. Ein wirklich in seinen Folgen verderbliches Erdbeben war überdies seit Menschengedenken nicht vorgekommen. Die niederen, festen Häuser leisteten den schwachen vereinzelten Erdstößen vortrefflichen Widerstand, und erst einmal versichert, daß die größte Gefahr vorüber sei, gewann der daran gewöhnte Sinn der Bevölkerung bald wieder die Oberhand. Allerdings ist solch ein Erdstoß eine wunderbar tüchtige Mahnung der furchtbaren Kraft, die um uns her und unter uns schlummert, und nie fühlt der Mensch so demütigend gering seine Schwäche, als wenn er den Elementen gegenübersteht – aber auch nur eben so lange, denn kaum vorüber, schwimmt auch das alte, leichtherzige Geschlecht schon wieder oben mit vollen Segeln. Die Gefahr ist vergessen, wenn überhaupt eine Gefahr gedroht – die Vergangenheit liegt dahinten, und nur der Gegenwart lebt das fröhliche, leichtsinnige Menschenvolk.

»Hat ja nichts zu sagen«, lachte Romelaer, der nichtsdestoweniger ebenso wie die übrigen so rasch als möglich in den Garten geflohen war, »Lenus Haare sind wieder glatt; unsere braunen Burschen haben ihn von ihrem wertvollen Dasein überzeugt, und wir können ruhig wieder hineingehen. Donnerwetter, Heffken, ich habe im Leben nicht geglaubt, daß Ihr die Beine so werfen könntet – Ihr flogt wie ein Kiedang über die Stühle weg.«

»Davon ganz abgesehen«, sagte Heffken, der wieder seine volle Ruhe erlangt hatte, »daß es eben nicht angenehm ist, einen Balken mit einigen Zentnern Kalk auf den Kopf zu bekommen, muß ich doch gestehen, daß ich mit Ihnen nicht Schritt halten konnte, Mynheer, Sie warfen die Beine noch geschwinder.«

»Nun ja«, lachte Romelaer treuherzig, »ich kann nicht leugnen, daß ich ebenso rasch wie die anderen Herrschaften ausgekniffen bin, denn der Teufel trau diesem Schütteln. Hundertmal geht es gut ab, und einmal wirft es einem doch die Bescherung über dem Kopfe zusammen, und – sicher ist sicher. Aber jetzt haben wir nichts mehr zu befürchten; Noorten, Ihr könnt Gott danken, daß das Haus zu wackeln anfing, denn nichts anderes hätte Euch vor einem Beetje retten können. Ehe er aber fortging, warf er die Karten noch durcheinander – der ist bei Gott so klug wie ein Mensch.«

Die übrigen Gäste lachten, und ein paar Damen ausgenommen, die noch immer den Schreck nicht überwunden hatten und bis zu diesem Augenblick unentschlossen schienen, ob sie in Ohnmacht fallen sollten oder nicht, herrschte schon wieder der frühere Frohsinn, mit dem sie sich jetzt über die bestandene Angst lustig machten.

Ohne weitere Besorgnis kehrte auch alles wieder in den Salon zurück und jeden interessierte es jetzt besonders, sich genau des Moments zu erinnern, in dem ihn der erste Stoß gefunden.

»Verd –« lachte Romelaer – als sie wieder in dem innern Raume standen und die Verwüstung betrachteten, die der erste Schreck hervorgerufen, »da sieht es lecker aus? Na, wenn die Burschen draußen mit Lenu-Schreien fertig sind, werden sie vor allen Dingen die Scherben auflesen müssen. Sapáda! Herein mit euch, ihr Halunken, und hier an die Arbeit, nachher könnt ihr brüllen soviel ihr wollt!«

»Der Stoß kam mir sehr ungelegen«, sagte Noorten, »der letzte Stich hätte das ganze Spiel entschieden, und ich mußte es gewinnen.«

»Waarachtig niet!« rief aber Romelaer. »Nun seh einer den Vent an; ich hatte den Trumpf schon zum Niederschlagen in der Hand.«

»Guter Gott«, rief eine der Damen, eine fast überfette Matrone, die von Seide strotzte und riesige Blumen in ihr Haar geflochten hatte, »da saß ich, auf dem Fleck, und eben wollt' ich die Tasse an den Mund bringen, als sie mir der furchtbare Erdstoß aus der Hand und fort auf das Sofa warf.«

»Ja, und mir auf das Kleid«, sagte eine andere Dame, die Frau eines Cochenille-Kontraktors aus dem Innern.

»Dann hat's auf dem Sofa ärger gestoßen wie woanders«, lachte Romelaer, »möglich, daß dort gerade das eigentliche Herz vom Erdbeben saß, und wär' es zum Auswerfen gekommen, hätten wir Sie vielleicht in einer Flammensäule können gen Himmel fahren sehen – eine zweite Frau Elias – oder wie hieß der Mann gleich in dem feurigen Wagen?«

»Um Gottes willen, spotten Sie auch noch«, rief die alte würdige Dame entsetzt, »mir ist der Schreck so in die Glieder gefahren, daß ich die nächsten acht Tage werde das Bett hüten müssen.«

»Dann können sich Ihre Mädchen freuen«, flüsterte ein junger, neben Heffken stehender Kaufmann diesem zu, »denn die müssen ans Bett kommen, um sich ihre Prügel zu holen, wenn die alte Schachtel keine Lust zum Aufstehen hat.«

»Ich wollte mir gerade eine Zigarre anzünden«, erzählte ein anderer, »als mir der Junge mit der Lunte zu wackeln anfing.«

»Und wir haben alle mitten im Takt mit unserer Sonate aufgehört«, lachte Marie, »das muß wunderbar geklungen haben, wenn es nur irgend jemand hätte hören können.«

»Sind Sie erschrocken, Marie?« sagte Wagner leise.

»Ja«, flüsterte das schöne Mädchen errötend, »wenn ich aufrichtig sein will. Sie haben mir aber weh getan, denn Sie faßten mich so furchtbar heftig an den Arm.«

»Ich sah«, gestand Wagner verlegen, »daß Sie nicht so rasch durch die übrigen hindurch konnten, und fürchtete –«

»Daß mir das Dach auf den Kopf fiel?« lächelte das Mädchen. »Es hat keine Gefahr. Ich weiß mich schon auf sechs oder acht solche Erdstöße zu besinnen, die aber alle harmlos wie dieser abgelaufen sind. Der plötzliche Schrecken richtet gewöhnlich die einzige Verwirrung an.«

»Jetzt möcht' ich nur wissen«, lachte Romelaer, »was van Roekens junge Frau heut' abend angefangen hat – die fürchtet sich ja so entsetzlich vor einem Erdbeben. Verd – wie das letzte war, ist sie aus dem Bett heraus, wie sie war, und vors Haus, und dort in ein noch zufällig haltendes Bendi gesprungen, und der Junge, der auf dem Bocke saß, hat Hals über Kopf mit ihr davonfahren müssen.«

»Nun, so jung ist die Frau doch auch nicht mehr«, bemerkte eine der Damen in dem unbestimmten Alter der Zwanziger, »und als ›Eingeborene‹ sollte sie doch eigentlich daran gewöhnt sein.«

»Sie sind boshaft, mein gnädiges Fräulein«, sagte Heffken, »Eingeborene nennen wir doch eigentlich nur die Malaien, und Mevrouw van Roeken ist wenigstens von halber Rasse. Übrigens hat er einen goldenen Vogel damit gefangen.«

»Wie ist das eigentlich gekommen, Wagner?« sagte Romelaer, des jungen Mannes Arm nehmend und ihn beiseite führend, »ich weiß doch, daß Roeken die Lip-laps früher gar nicht ausstehen konnte.«

»Ich kann es wirklich nicht sagen«, erwiderte der Gefragte ebenso leise, »die Heirat ist vollkommen plötzlich arrangiert worden und hat mich ebenso überrascht, wie jeden anderen, ja ich glaube, wie van Roeken selber. Wenn mich nicht alles täuscht, hat die Dame übrigens ihre Hand selber angeboten, und van Roeken wahrscheinlich dem lockenden Vermögen nicht wiederstehen können.«

»Wenn nur die Sache gut tut.«

»Es war in mehr als einer Hinsicht ein unüberlegter Streich«, seufzte Wagner leise vor sich hin, und fast mehr zu sich selber als zu seinem Begleiter redend.

»Inwiefern?« sagte dieser.

»Oh – die – die Verschiedenheit des Alters schon«, meinte Wagner ausweichend, »Mevrouw ist doch wenigstens zwei oder drei Jahre älter als van Roeken selber, und das tut hier in Indien nicht gut.«

»Nein«, nickte Romelaer, »übrigens mögen die beiden sehen, wie sie miteinander fertig werden. So recht, Sapiri«, wandte er sich dann an einen der Malaien, der emsig beschäftigt war, die umherliegenden Scherben aufzusuchen, und äußerst vorsichtig zwischen den Splittern herumtrat, »nimm besonders deine Beine in acht, mein Junge. Dort bei Mevrouw liegt noch eine halbe Tasse und da drüben der Löffel dazu – was der Kerl für ein Gesicht schneidet, und wie mißtrauisch er immer noch nach der Decke hinauf sieht.«

Mit den fortgetragenen Spuren der letzten Verwüstung dachte

aber niemand mehr an den gehabten Schreck. Die Sache war vorbei, und man lachte jetzt höchstens noch über die komischen Szenen, die dabei vorgefallen. Auch das Quartett fand sich wieder zusammen, die unterbrochene Sonate wenigstens zu Ende zu spielen, aber es war schon keine rechte Andacht mehr dazu da. Die jungen Leute besonders wollten tanzen, und eine der jungen Damen gab durch einen frischen Walzer, den sie selber spielte, die erste Anregung dazu. Das übrige fand sich bald von selbst. Die Tische und Stühle wurden beiseite geschoben, und während die älteren Herren schon lange wieder ihr vorher unterbrochenes Spiel aufgenommen hatten, flogen die jungen Paare lustig durch den Saal und auf dem glatten Marmorboden hin. Nur Wagner war still und schweigsam; Marie, die den ersten Walzer mit ihm tanzte, neckte ihn, daß ihm das Erdbeben noch in den Gliedern liege, aber er schützte Kopfweh vor, sah auch bleich und angegriffen aus, und bat bald darauf seine schöne Tänzerin, sich beurlauben zu dürfen.

Marie schien im Anfang ein wenig pikiert darüber, daß er aber nicht ganz wohl sei, sah sie ihm selber an, und wenige Minuten später rollte der junge Mann in seinem Bendi am Kali besaar wieder hinab und nach van Roekens Wohnung zu. Diesen fand er indessen noch nicht zu Haus – Mevrouw van Roeken war in Gesellschaft, Mynherr aber, wie ihm einer der Malaien sagte, wahrscheinlich noch in der Harmonie, dem batavischen Gesellschaftslokal, und sein Kutscher bekam den Befehl, ihn dorthin zu fahren. Er mußte van Roeken heute noch sprechen.

ZEHNTES KAPITEL

In der Harmonie, dem großen batavischen Gesellschaftslokal, ging es noch lebendig zu, denn während der Tag ausschließlich den Geschäften gewidmet bleibt, ist der Abend ebenso gewiß dem Vergnügen, der Erholung bestimmt, und ein javanischer Abend endet nie vor zwölf Uhr nachts. Eine große Anzahl von Fuhrwerken hielt auch auf dem großen Platz, da es niemandem einfällt, selbst in der Nachtkühle, nach Hause zu gehen. Die Kutscher saßen schlafend auf dem Bocke, die Ponies ließen ebenfalls die Ohren und den Kopf hängen und träumten von ihrem Stall, und die »Herrschaft« vergnügte sich in den hell erleuchteten Räumen und dachte weder an Kutscher noch Pferde.

Wagner sprang die hohen steinernen Stufen hinan, die zu den Gesellschaftssälen führen, und hier und da einen Bekannten grüßend, ging er langsam durch die inneren Räume, den Gesuchten zu finden. An Spieltischen und Billard vorüber, traf er ihn endlich, auf einem bequemen Rohrstuhl ausgestreckt in einer Fensternische, eine der heut' mit der Mail eingetroffenen Zeitungen durchzustudieren.

»Ah, Wagner? Schon aus deiner Gesellschaft zurück?«

»Ja – und nur um dich aufzufinden«, lautete die Antwort, »ich möchte gern etwas mit dir besprechen. Wir sind aber hier nicht ungestört – bleibst du noch lange da?«

»Ich wollte eben nach Haus.«

»Gut, dann laß unsere Bendis hinterherfahren und uns zu Fuß gehen.«

»Zu Fuß, den ganzen Weg? Was fällt dir ein?«

»Es ist ein wundervoller Abend und kühl wie trocken; der Spaziergang wird uns allen beiden nicht schaden – oder willst du mich in meine Wohnung begleiten, so können wir fahren.«

»Nun meinetwegen, so laß uns gehen«, sagte van Roeken aufstehend, »du siehst mir aber so verdammt feierlich aus. Ist etwas vorgefallen?«

»Heute? Nein – doch davon nachher.«

»Apropos, habt ihr das Erdbeben gefühlt? Wetter! Der erste war ein starker Stoß, ich habe aber eine Partie Billard dadurch gewonnen. Mein Ball wollte am Loche vorbei, und die Erschütterung warf ihn gerade hinein. Du hättest nun sehen sollen, wie das Volk hier aus dem Saal hinausstürzte. Meine Frau wird wieder eine schöne Angst gehabt haben.«

Van Roeken hatte seinen Hut genommen, und Wagners Arm ergreifend, schlenderte er mit ihm durch die Säle, dem freien Platz zu, wo ihre beiden Kutscher, durch ein gewisses Zeichen herangerufen, Befehl erhielten, langsam van Roekens Wohnung zuzufahren. Van Roeken besaß jetzt ein eigenes Haus in der Vorstadt Weltefreden und Wagner wohnte noch etwas weiter draußen. Die beiden Männer hatten sich ihre Zigarren angezündet und schritten eine Weile schweigend nebeneinander hin. Wagner wußte nicht recht, wie er beginnen sollte, und van Roeken, mit einer unbestimmten Ahnung des Zusammenhanges, beeilte sich gerade nicht, ihm einzuhelfen. Endlich begann der Deutsche aber doch und sagte:

»Höre, Leopold, ich habe heute einen mir höchst fatalen Brief von Deuschland bekommen, über den es mich eigentlich Überwindung kostet, mit dir zu sprechen.«

»Lieber Freund«, sagte van Roeken lachend, »ich habe einen gleichen und wahrscheinlich von derselben Hand erhalten, und der meinige kostet mich nicht allein Überwindung, er kostet mich, was viel schlimmer ist, Geld! Du meinst von Scharner?«

»Ja, allerdings«, rief Wagner, »jetzt erkläre mir aber auch dein ganzes sonderbares Betragen, weshalb du hinter meinem Rücken an meinen Geschäftsfreund schreibst und mir zugleich keine Silbe davon sagst – ja noch mehr, daß du nach Deutschland schreibst und dir eine Frau kommen läßt, und indessen, während sie noch nicht einmal Zeit hat, hier einzutreffen, eine andere heiratest. Was soll jetzt werden?«

»Hm, ja«, brummte van Roeken vor sich hin, »du erinnerst dich doch jenes Abends, an dem wir, etwas fidel, meinen Geburtstag feierten?«

»Allerdings; aber auch du wirst dich wohl erinnern, was ich dir schon damals über deine tolle Idee sagte.«

»Nicht ein Wort«, versicherte van Roeken, »keine Silbe, wahrhaftig nicht! Ich war an dem Abend ein wenig aufgeregt und dachte, gute Vorsätze solle man, wie ein altes Sprichwort lautet, nicht bis zum nächsten Morgen hinausschieben.«

»Und hast an dem nämlichen Abend, vom Wein erhitzt, noch einen so wichtigen Brief geschrieben?« rief Wagner wirklich erstaunt aus.

»Geschrieben und gesiegelt«, versicherte aber van Roeken, vollkommen ruhig. »Erst wollte ich nach Holland selber schreiben, da fiel mir aber dein alter, würdiger Freund Scharner ein, von dem du mir so viel erzählt. Seine Adresse hatte ich zufällig, da ich ihm damals, als du in Macassar warst, etwas schicken mußte, und so besann ich mich nicht lange und schrieb dorthin. Du hattest mir überdies immer das häusliche Wesen der deutschen Frauen so sehr gelobt, daß ich nicht besser zu tun glaubte, als mich von dorther mit einer Lebensgefährtin zu versehen, und da ich die Gewissenhaftigkeit des Alten aus Erfahrung kannte, selbst wenn er uns die unbedeutendsten Sachen besorgte, so glaubte ich auch darin mich auf ihn verlassen zu können.«

»Und trotzdem heiratetest du hier? Was soll jetzt werden?« fragte Wagner finster.

»Nun«, lachte van Roeken, »die Sache ist noch immer nicht so schlimm und ein solcher Fall vorgesehen. Ich habe allerdings heute ebenfalls einen Brief von ihm bekommen und daraus ersehen, daß die für mich anfänglich bestimmte Braut unterwegs ist. Natürlich kann ich nicht zwei Frauen nehmen, und Mevrouw van Roeken würde auch keine zweite Frau neben sich dulden – ich möchte wenigstens nicht die zweite sein. Indessen habe ich die junge Dame dadurch vollkommen sichergestellt, daß ich mich verbindlich gemacht, ihr – im Falle eines Hindernisses – die Rückreise und außerdem noch fünftausend Gulden Entschädigung auszuzahlen.«

»Und welchen Begriff hast du dir von einem Wesen gemacht,

das du zu deiner Lebensgefährtin haben wolltest, wenn du glauben konntest, sie würde sich, wenn abgewiesen, augenblicklich und vollständig mit einer gewissen Summe Geldes beruhigen?« rief Wagner erstaunt aus.

»Aber du siehst doch, daß sie gekommen ist«, meinte van Roeken, der daran noch gar nicht einmal gedacht hatte.

»Allerdings«, sagte Wagner, »aber Scharner hat mir auch den Inhalt deines Briefes mitgeteilt, nach dem ein solcher Fall als höchst unwahrscheinlich bezeichnet wurde und nur für ein unvorhergesehenes Hindernis – ein mögliches Mißfallen vielleicht – gelten sollte.«

»Bah«, sagte van Roeken leichthin, »ein Mädchen, das sich überhaupt entschließt, über See einen wildfremden Menschen zu heiraten, nimmt auch mit fünftausend Gulden fürlieb, und ich kann die Summe leicht entbehren. Mit Mevrouw van Roeken habe ich das hübsche Kapital von hundertzwanzigtausend Gulden bekommen. Fünftausend davon, und mit Her- und Hinfahrt selbst zehntausend gerechnet, bleiben nur immer noch hundertzehntausend, und meine Spekulation war deshalb gar nicht so schlecht. Ich habe wenigstens schon schlechtere gemacht – hoffe es jedenfalls«, setzte er vorsichtig hinzu.

»Und doch hast du dich hier gar sehr geirrt«, sagte Wagner ernst. »Du hattest allerdings recht, als du Scharner für einen braven und gewissenhaften Mann hieltest, der dir, als meinem Freunde und Kompagnon, nur eine tüchtige und deiner würdige Frau empfehlen und senden würde, aber vollkommen unrecht, ja frevelhaft gehandelt, daß du das arme Mädchen jetzt, hier in einem fremden Lande, in eine solche Lage bringst.«

»Aber die fünftausend Gulden!« rief van Roeken, doch verlegen gemacht durch die ernsten Worte. »Sobald sie sich hier nicht wohl fühlt oder nicht hier bleiben will, steht ihr ja nicht das geringste Hindernis im Wege, sich mit jeder nur erdenklichen Bequemlichkeit wieder nach Deutschland einzuschiffen – ja, wenn du es für nötig hältst, will ich gern die Summe noch erhöhen und alles tun, was in meinen Kräften steht, sie zufriedenzustellen, und wäre es nur des alten Mannes wegen.«

»Du trotzest immer auf dein Geld«, sagte Wagner seufzend,

»ich fürchte aber, mit Geld ist die Sache keineswegs so leicht gutgemacht, als du jetzt noch zu glauben scheinst. Scharner hat an mich geschrieben und mir in seinem Briefe einzelne Andeutungen über das junge Mädchen gegeben, das den schweren, sorgenvollen Schritt getan hat, um in einem andern Weltteil Frieden – und vielleicht häusliches Glück zu finden. Sie scheint aus einer der besten und früher wohlhabendsten Familien des Landes und jetzt durch unverschuldetes Unglück gedrückt zu sein, hat sich aber trotzdem doch nur auf sein Zureden und seine Bürgschaft deiner Redlichkeit entschlossen, auszuwandern. Weil er mich von klein auf kennt, weil er weiß, daß wir beide eng befreundet und Teilhaber ein und desselben Geschäftes sind – weil er sich ferner nicht denken konnte, daß du ihm einen solchen Auftrag geben könntest, ohne vorher mit mir darüber ausführlich gesprochen zu haben, also auch meiner Zustimmung gewiß sein mußte, aus nur diesen Gründen hat er ihr, der er das beste und glücklichste Schicksal wünscht und dadurch zu bereiten hoffte, mit voller Seele angeraten, dem Rufe zu folgen. Er kann dabei nicht genug schildern, was für ein liebes, braves Mädchen es ist, wie trefflich erzogen, wie gebildet, wie sanft und fromm sie – eine Waise – in der Welt dort stand. Nun urteile selbst – ein solches Wesen, von allem losgerissen, an dem bis jetzt ihre Seele hing, vertrauensvoll einem fremden Weltteil entgegensegelnd, in dem es einen Freund zu finden hofft – ausgestattet dabei mit körperlicher und geistiger Schönheit, also im Übermaß noch die Geberin – ein solches Wesen landet jetzt hier in unserer Stadt, in der jeder Fremde überdies schon mißtrauisch betrachtet wird, und findet sich, anstatt freundlich aufgenommen, wieder und immer wieder zurückgestoßen in die Welt. Was hilft es ihr, daß die Hand, die sie gerade zurückstößt, voll Gold ist – sie verlangte nicht Gold, sie verlangte ein Herz – sie rief nach Brot, und du gibst ihr einen Stein. Denke dich jetzt in ihre Lage, und sage mir dann, ob du noch glaubst, die ›Sache‹ mit fünftausend Gulden nach aller Zufriedenheit und ohne weitere Gewissensbisse regeln zu können. Und wie steh' ich selber meinem alten wackern Freund dabei gegenüber, den ich wohl je kaum werde überzeugen können, daß ich, bis zu seinem Briefe, nicht eine Silbe von der Sache wußte?«

»Den Teufel auch«, brummte van Roeken leise vor sich hin, »du malst mir die Sache viel schwärzer aus, wie ich sie mir je gedacht! Mit bösem Willen ist da wahrhaftig auch gar nichts geschehen, denn daß ich damals keine Ahnung hatte, meine jetztige Frau je zu heiraten, weißt du wohl besser, wie ich es dir sagen könnte.«

»Und warum hast du sie geheiratet? Warum nicht wenigstens mit einer festen Zusage gewartet, bis du Antwort von Deutschland hattest? Drehen magst du die Sache wie du willst, und gesetzlich magst du dich vollkommen frei und schuldlos wissen – rechtlich aber, Leopold, hast du nicht gehandelt, und das schlimmste dabei, du kannst das begangene Übel nicht einmal wieder sühnen.«

»Und du glaubst nicht, daß sie sich mit dem – mit der Summe«, sagte van Roeken verlegen, »begnügen wird? Mißversteh mich nicht«, setzte er rasch hinzu, als ihn Wagner erstaunt ansah, »ich meine nicht, daß sie mehr Geld verlangen würde, was ich ihr von Herzen gern gäbe – ich meine nur, ob sie das Geld nicht doch vielleicht mit der – mit der Zurücksetzung aussöhnen würde? Zum Henker auch, Wagner, wenn ich mir die Sache recht überlege, muß ich dir gestehen, daß sie mich halb und halb reut. Ich hätte eigentlich den tollen Brief gar nicht schreiben sollen, da er aber einmal geschrieben war, auch das Resultat abwarten müssen. Wir sind aber hier so gewohnt, alles mit Geld abzumachen, daß ich auch hierüber nie ernstlich nachgedacht und die Sache vollständig mit dem Honorieren meines Wechsels erledigt glaubte. Überdies kam mir die Heirat mit meiner jetzigen Frau so rasch und unerwartet – sie war dabei so verdammt in Eile, und ich – sehnte mich so nach einer bestimmten und festen Häuslichkeit –«

»Daß du Hals über Kopf in ein Verhältnis sprangst«, sagte Wagner ruhig, »um das dich keiner deiner Freunde beneidet. Aber des Menschen Wille ist sein Himmelreich, und das auch geschehen und nicht mehr zu ändern. Jetzt sage aber, was hier geschehen soll, wenigstens einigermaßen wiedergutzumachen oder doch zu mildern, was du verbrochen hast.«

»Hilf du mir, mein Junge«, bat aber van Roeken, des Freundes Arm fester pressend, »du hast Vollmacht von mir, zu tun, was dir recht und gut dünkt. Disponiere über irgendeine Summe, fasse die Sache so zart an, wie – wie sie es verdient und wie du für gut findest, aber erspare mir und – der jungen Dame für jetzt ein Begegnen, das nur für beide Teile höchst unangenehm und schmerzlich sein könnte.«

»Hättest du mich früher zu deinem Vertrauten gemacht«, sagte Wagner erregt, »so wäre dir und mir wie jenem armen Mädchen dieser fatale Moment und manche trübe Stunde erspart worden, und jetzt soll ich ausbaden, was du von Anfang an in Grund hinein verdorben. Aber doch will ich es übernehmen, nicht deinetwegen, van Roeken, glaube das nicht, denn für recht und billig hielt' ich es, daß du das, was du freventlich verfahren, auch büßen und ertragen müßtest, aber – des armen Mädchens wegen, das einsamer als je dies fremde Ufer betritt!«

»Wäre es denn nicht möglich«, rief van Roeken, von einem neuen Gedanken erfaßt, »ihr wenigstens das Unangenehme einer solchen Entdeckung zu ersparen? Wenn ich nun in der Zeit gestorben wäre und dir übergeben hätte, für sie zu sorgen? Batavia gilt für ein verteufelt ungesundes Klima; ein solcher Todesfall würde ihr also ganz denkbar scheinen; persönlich kennt sie mich ebenfalls nicht, und Scharner könnte man ja die ganze Sache aufrichtig schreiben.«

»Du vergißt, daß wir nicht gleich am nächsten Tage Gelegenheit haben, sie zurück zu befördern«, sagte Wagner, »und daß sie indessen an Land kommen muß, wo sie leicht von anderer Seite, und dann noch viel verletzender, die Wahrheit erfahren könnte. Wir wissen überhaupt nicht, ob sie, selbst in diesem Fall, Java gleich wieder verlassen will und können sie doch nicht zwingen. Überlegung verdient dein Vorschlag aber jedenfalls. Hast du überhaupt hier in Batavia noch jemandem von dieser Idee gesagt?«

»Niemandem – nur – nur Heffken, der am nächsten Morgen zufällig mit mir zusammentraf.«

»Der wäre gerade der letzte, den ich zu meinem Vertrauten wählen würde«, sagte Wagner finster, »aber er weiß wenigstens nicht, daß du sie jetzt erwartest.«

»Der Teufel soll es holen«, fluchte van Roeken ärgerlich vor sich hin, »gerade er kam mir heute wieder in den Weg, als ich das Geschäft verließ.«

»Und du sprachst mit ihm darüber?«

»Ich hatte den Kopf voll von der Geschichte, denn Scharner zeigt mir in seinem Brief an, daß die junge Dame mit der Rebecca am 9. August abgesegelt sei, und wenn sie eine glückliche Reise habe, könnte sie jeden Tag hier eintreffen. Daß die verwünschte Mail auch gerade im vorigen Monat auf den Sand laufen mußte; wenn aber einmal ein Unglück sein soll, so kann man sich auch fest darauf verlassen, daß alles zusammenkommt, die Geschichte nur noch immer tiefer in den Schlamm hineinzureiten.«

»Das ist freilich schlimm«, sagte Wagner seufzend, »wäre die Sache unter uns geblieben, so hätte sich noch möglicherweise ein Ausweg treffen lassen, aber so, mit Heffken als Mitwisser –«

»Wenn man nun mit ihm spräche und ihn bäte –«

»Um Gottes willen nicht«, rief Wagner rasch, »Heffken ist ein außerordentlich tüchtiger Geschäftsmann, und auch sonst kann man ihm, was seinen Charakter anbetrifft, nichts Böses nachsagen, er ist aber der boshafteste, schadenfroheste Mensch unter der Sonne, und – wenn mich nicht alles täuscht – weder dir noch mir sehr freundlich gesinnt.«

»Da irrst du dich«, rief van Roeken rasch, »Heffken ist mir so viele Verbindlichkeiten schuldig, daß ich schon dadurch fest überzeugt sein darf, er würde mir den Gefallen mit Vergnügen tun.«

»Es ist möglich und ich will es wünschen«, sagte Wagner. »Verbindlichkeiten bewirken aber gar nicht selten gerade das Gegenteil von dem, was wir vernüftiger- und rechtlicherweise erwarten können. Wie dem aber auch sei, sage ihm nichts weiter; er weiß überdies schon mehr als gut und nötig war, und weiteres Vertrauen könnte die Sache nur verschlimmern. Hast du ihm das Schiff genannt, mit dem sie kommt?«

»Nein.«

»Desto besser, dann ist auch noch nicht alles verraten. Gib mir aber selber jetzt Zeit zum Überlegen, und ich will sehen, was sich in der Sache tun läßt, das Zartgefühl jenes armen Mädchens soviel als möglich zu schonen. Dir indessen zu beweisen, daß ich nicht ganz ohne Grund dafür besorgt bin, gebe ich dir hier Scharners

Brief – du magst ihn mir morgen früh wieder mitbringen. Ich weiß nicht, was er dir geschrieben hat, lies aber, was er mir über die junge Dame sagt, die er darin noch einmal meiner besondern Fürsorge empfiehlt.«

»Aber ich brauche den Brief gar nicht.«

»Lies es«, bestand aber Wagner darauf, »und siehe dann selber, welches Unheil du mit deinem Leichtsinn angerichtet. Es ist die geringste Strafe, die ich dir diktieren kann, und du darfst sie nicht geschenkt bekommen.«

»Und versprichst du mir«, sagte van Roeken, »daß du die Sache so gut als irgend möglich für mich abmachen willst – damit ich auch – damit ich auch meiner Frau gegenüber nicht kompromittiert werde?«

»Höre, Roeken«, sagte Wagner, »ich fürchte fast, die Letztgenannte übt bei deiner Reue den gewichtigsten Grund. Wie dem aber auch sei, nicht deinet- oder deiner Frau, sondern des Mädchens selber wegen will ich tun, was in meinen Kräften steht. Mach aber dann auch wenigstens das Übel nicht ärger als es schon ist, und rede mit keinem Menschen, wer er auch sei, weiter darüber. Wenn du den Brief gelesen hast, wirst du mir selber recht geben, daß das Ganze nicht zart genug behandelt werden kann, hast du doch überdies schon selber überrauh in ein armes, mißhandeltes Leben eingegriffen, das seine ganze und letzte Hoffnung gerade auf dich gesetzt hatte. Und nun gute Nacht! Hier ist dein Haus, und wenn ich nicht irre, sehe ich im Portico auch deine Frau. Ich bin aber heute nicht in der Stimmung, ihr noch Tabé zu sagen; also gute Nacht, Leopold – morgen sprechen wir weiter darüber.« Er reichte van Roeken die Hand, die dieser herzlich schüttelte, und wandte sich dann, dem unterdessen heranfahrenden Bendi entgegenzugehen. Nur einen Augenblick blieb er noch draußen im Garten stehen, die erste Begrüßung der beiden Gatten mit anzusehen.

Mevrouw van Roeken stand auf den steinernen Stufen des Porticus, unter den brennenden Astrallampen, die ihr Licht dort den ganzen Abend einsam und allein ausgegossen. Die Batavier hassen aber ein dunkles Haus, und wenn auch die Herrschaft nicht zu Haus ist, darf die Beleuchtung doch trotzdem nicht fehlen.

Mevrouw van Roeken, eine kleine, fast etwas zu korpulente, aber doch ziemlich behende Gestalt, mit rabenschwarzem Haar, eben solchen Augen und einem etwas mehr als sonnengebräunten Teint, hatte das Fuhrwerk vor dem Gartentor gehört und stand dort, ihren Gatten erwartend.

»Nun ja, Tuwan van Roeken«, rief sie ihm in ihrer wunderlichen Sprachweise, halb malaiisch, halb holländisch entgegen. »Segala djangang, daß du nur einmal wieder zurückgekommen bist.«

»Aber, mein Schatz, ich wußte dich in Gesellschaft.«

»Betoel – in Gesellschaft, bei solch einem goempah — nach Haus bin ich gelaufen, um hier zu sterben, und keine Seele hier – und in der kalten Nachtluft.«

»Und warum bist du nicht zu Bett gegangen?«

»Sekarang bagimana tidor tiada bohlih – allein hier, wenn alle Türen offenstehen.«

»Aber, mein süßes, liebes Herz –«

»Baik, baik, komm nur herein, du bist ein Ungeheuer, das mich noch unter die Erde -«

Wagner verstand nichts weiter; die Dame war indessen in das Haus getreten, wohin ihr van Roeken langsam folgte, und der junge Deutsche schritt kopfschüttelnd auf sein indes langsam herangekommenes Fuhrwerk zu, um mit diesem die eigene Heimat aufzusuchen.

ELFTES KAPITEL

Mehrere Paalen von Batavia liegt ein altes Fort, Meester Cornelis genannt, das in früheren Jahren mit vielen anderen ähnlich gebaut war, um den Europäern Schutz gegen die noch immer nicht vollkommen unterworfenen Eingeborenen zu gewähren. Batavia selber war damals mit hohen und festen Wällen umgeben, was viel dazu beitrug, den Durchzug der frischen Luft zu verhindern und die Stadt ungesund zu machen, und überall in der Umgebung standen solche detachierte Forts, Malaien wie Chinesen durch ihre mit Kanonen gespickten Wälle den gehörigen Respekt einzuflößen. Jetzt aber sind sie fast alle geschleift worden, denn die Europäer gebrauchen andere und weit sichere Mittel, um die Eingeborenen im Zaume zu halten, als Pulver und Blei: nämlich den Eigennutz und das Interesse ihrer eigenen Fürsten, und sich das zu bewahren, bedarf es keiner Wälle von Lehm und Stein. Die Stadtmauern sind deshalb verschwunden und ebenso die Forts, und nur bei Meester Cornelis war das eine erhalten, um als Gefängnis für Verbrecher zu dienen. Dort aber entstand mit der Zeit ein kleiner geschäftiger Kampong (wie die Dörfer der Eingeborenen genannt werden), und wie sich eine Anzahl Javanen da niedergelassen hatte, fehlten auch bald die Chinesen nicht, die Blutsauger der javanischen Bevölkerung. Die Chinesen sind – das kann man ihnen nicht abstreiten – ein fleißiges, tätiges und keine Arbeit scheuendes Volk, und alle Handwerke im ganzen Indischen Archipel werden fast nur von ihnen betrieben. Sie sind aber dabei auch Handelsleute, wie es keine zweiten auf der Welt gibt, und selbst Yankees wie Israeliten könnten von ihnen lernen – und lernen von ihnen. Im Großen wie im Kleinen versteht der Chinese das Geschäft, und während ihm gerade die nötige Quantität

Gewissen fehlt, im Handel alles für recht zu finden, was ihm Vorteil bringt, schreckt er dabei vor keiner Mühe zurück und macht den Deut zum Gulden.

Fast alle Detailhändler auf ganz Java sind Chinesen; ebenso haben sie das Opiummonopol von der Regierung gepachtet; Chinesen halten die Spieltische und chinesischen Theater, Chinesen schicken die Ronggings durchs Land, die sie erhalten und die an sie dafür eine gewisse Summe zahlen müssen, und ob sie nun mit Juwelen oder mit Erdnüssen handeln, ob sie große Güter verwalten oder gemeinen Wucher pflegen, ihre Betriebsamkeit bleibt sich immer gleich. Wo deshalb ein Kampong der Eingeborenen liegt, da sorgt sicher wenigstens ein Chinese dafür, sich mitten zwischen sie hineinzusetzen und ihnen das zu bringen, was sie vielleicht zu ihrem Leben brauchen könnten, denn was sie wirklich brauchen, ist außerordentlich wenig. Dem einen folgen dann wieder andere, ein Tauschhandel wird eröffnet, wobei die Chinesen schlechte europäische Kattune etc. für gute Feldfrüchte geben, und es dauert nicht lange, so entsteht in dem Kampong eine ordentliche Straße mit Laden an Laden, alle Chinesen gehörend, alle einen guten Gewinn abwerfend, denn was der Javane mit saurem Schweiß verdient, der Chinese hält davon die Ernte.

Meester Cornelis nun, ein kleiner Ort in einer sehr günstigen Lage nahe bei Batavia selber, und an der Hauptstraße von der nach Buitenzorg und den Preanger Regentschaften, bildete sich bald zu einem nicht unbedeutenden Marktflecken heraus, der alle Segnungen der Zivilisation umschloß. Nicht allein daß dort ein wöchentlicher sehr besuchter Basar oder Markt gehalten wurde, ein Chinese errichtete da auch eine Opiumhöhle. Außerdem frequentierten die Ronggings den Platz, und der Opiumpächter sorgte noch nebenbei dafür, daß nicht allein die Inländer, sondern auch batavische Besucher wohlunterhaltene Häuser voll fröhlicher Gesellschaft fanden. Meester Cornelis wurde denn auch mit der Zeit nicht allein ein berühmter, sondern ein berüchtigter Ort, der genug des Eigentümlichen bot, besonders die Fremden zu sich hinauszulocken.

Die Ergötzlichkeiten des Basars beginnen aber gewöhnlich schon den Abend vorher, da die zu Markt kommenden Leute meist alle größere Strecken zurückzulegen haben und deshalb nicht am Markttag selber dorthin aufbrechen können. So, während die Opiumesser sich in ihrer Höhle sammeln, führen die Ronggingmädchen draußen ihre Tänze auf und locken auch nicht selten von den auf hohem Bambusgerüst aufgeführten Theatern mit ihrer ohrenzerreißenden Musik die Zuschauer herbei, die dann wieder den Spielpächtern in die Hände fallen. Buntgekleidete, mit Blumen geschmückte Mädchen aller Farben huschen dazwischen umher, und die Fruchtverkäufer und Eßbuden, wie die Stände, in denen ziemlich harmloser Palmensaft und noch harmloseres heißes Wasser verabreicht werden, geben besonders für den Neuling ein kaum zu beschreibendes pittoreskes Bild. Das eigentliche Leben eröffnet aber erst der Sonnenuntergang, dem fast unmittelbar die rasch einbrechende Nacht folgt, und der ganze Markt ist jetzt illuminiert. Jeder Fruchtverkäufer, jeder Stand zündet nämlich seine mit Kokosnußöl genährte Lampe an, die er durch ein breites grünes Bananenblatt vor dem Winde schützt, und unter dem breiten Bambusschuppen der Ronggingmädchen, die sich zum Tanz aufstellen und dabei mit den um sie herdrängenden Javanen und Chinesen kokettieren, wird ebenfalls eine große tiefhängende, von vier Dochten unterhaltene Lampe angebrannt. Wohl gießt der Mond sein silbernes Licht über die ganze Szene und wirft gar wunderliche Schatten auf den weiten Plan, aber der Tanz verlangt grellere Beleuchtung; die Mädchen wollen gesehen und bewundert werden, und doch – wie viel freundlicher würde ihre Erscheinung ohne die helle Lampe sein.

Hier und da fährt ein einspänniger Bendi auf den Platz des Basars und hält seitwärts unter einem breiten Schuppen. Auch eine zweispännige Carreta kommt an, und zwei Herren, die an Kleidung und ganzem Wesen den Seemann nicht verleugnen können, steigen mit einem dritten, etwas eleganter, aber auch liederlicher Gekleideten aus und schlendern langsam mitten zwischen das Menschengewühl des Basars hinein.

»Sehen Sie, meine Herren«, sagte Horbach, unser alter Bekannter von van Roekens Geburtsfest her – »hier lernen Sie das eigentliche Leben Batavias mehr kennen, als wenn ich Sie in die Harmonie oder alle die übrigen langweiligen Gesellschaften der Stadt führte, um Sie der sogenannten haute volée vorzustellen – haute volaille wäre übrigens ein viel passenderer Name für derartiges Gelichter, denn Damen und Herren tun doch weiter nichts, als aufeinander herumzupicken und zu kratzen, was sie nachher Unterhaltung nennen. Hier dagegen finden wir die eigentliche Urnatur der ganzen Insel, das Volksleben wie es im Buche steht, die nackte Wahrheit ohne Schminke und Verkleidung, wenn jene chinesischen Mädchen da drüben, die den Heidenlärm machen, auch ein halb Pfund Kreide auf den Backen tragen; sie machen wenigstens kein Geheimnis daraus, und hängen noch besonders eine große Lampe daneben, daß man es recht deutlich sehen kann. Heute abend werde ich Sie deshalb in die Geheimnisse von Meester Cornelis einweihen, und Sie sollen mir zugestehen, daß Sie einen genußreichen Abend davon haben.«

»Schön«, rief der eine, »dann wollen wir uns aber erst einmal vor allen Dingen die Tanzmädels da drüben ansehen. Donnerwetter, da geht's lustig zu, und was die braunen Halunken so hübsch juchzen können. Die Bauern bei uns daheim verstehen es nicht besser. Wenn nur nicht jeder von den Schuften sein langes scharfes Messer im Gürtel trüge!«

»Es hat keine Gefahr«, lachte Horbach, »und ist mehr alte Gewohnheit, wie irgend etwas anderes; nehmen darf man ihnen das Messer freilich nicht, sonst würden sie, ebenfalls aus alter Gewohnheit, rebellieren; wenn sie es aber nur haben, sind sie zufrieden. Es sticht keiner damit.«

»Und dann müssen wir auch einmal die Opiumraucher besuchen«, sagte der andere, »mein Lebtag habe ich so etwas noch nicht gesehen.«

»Überall gehen wir hin«, versicherte Horbach, »keinen Winkel soll es im ganzen Meester Cornelis geben, in dem wir nicht herumkriechen. Ich selber bin hier bekannt wie ein bunter Hund – die braunen und gelben Burschen haben mich alle gern, kosten mich auch schon, wie Sie mir glauben dürfen, ein schönes Geld, und kein Haus steht im ganzen Nest, in dem ich nicht Zutritt –« Er hielt mitten in seiner Rede inne, denn eine ihm bekannte Gestalt, die er hier am allerwenigsten vermutete, glitt gerade zwischen den zwei Lampen dort sitzender Fruchtverkäufer hin und verschwand in der dahinter lagernden Dunkelheit. Es sah dabei gerade so aus, als ob der Mann ihm und seiner Gesellschaft aus dem Wege gehen wollte und vielleicht nicht einmal erkannt sein mochte. Horbachs scharfes Auge hatte ihn aber im Nu gefaßt, und die kleine etwas ausgebogene Gestalt in dem Frack von ungebleichter roher Seide war außerdem nicht zu verkennen. Es mußte Heffken gewesen sein, zu welchem Zweck trieb sich der aber – und allein, hier im Meester Cornelis umher?

»Wo wollen Sie hin?« frug einer der Schiffskapitäne, »ich dachte, wir sollten uns erst einmal die Tänzerinnen ansehen?«

»Ich bin den Augenblick wieder bei Ihnen«, rief aber Horbach, »bitte, bleiben Sie nur einen Moment hier stehen«, und damit war er schon hinter den Gruppen dort müßig umherschlendernder Eingeborener und Chinesen verschwunden. Unbemerkt folgte er der lichten Gestalt des Buchhalters, bis er wußte, wohin dieser sich wandte, und um seiner Person dann ganz gewiß zu sein, ging er auf dem Rückweg bei der Stelle vorbei, wo die Fuhrwerke hielten. Er kannte Heffkens gewöhnlichen Kutscher, der auch richtig an der Stelle hielt, und suchte nun erst seine beiden mitgebrachten Freunde wieder auf. Was Heffken trieb, ging ihn allerdings nichts an, aber er haßte den kleinen tückischen Burschen, der besonders ihn schon mehrmals sehr verächtlich und wegwerfend behandelt hatte. Wo sich ihm deshalb eine Gelegenheit bot, ihn zu ärgern, wäre er der letzte gewesen, der sie unbenutzt gelassen hätte. Übrigens hatte er sich keineswegs geirrt. Heffken war eben mit seinem Bendi angekommen und wollte, irgendeinem bestimmten Ziele zu, quer über den Basar hinüberschreiten, als er, noch ehe er ihn selber sah, Herrn Horbachs etwas scharfe Stimme hörte. So unangenehm ihm der wüste Mensch stets war, um so viel weniger mochte er gerade hier und allein mit ihm zusammentreffen, und bog deshalb rasch zur Seite aus, ihn zu vermeiden – doch freilich nicht früh genug, um ganz unbemerkt an ihm vorbeizuschlüpfen. Jedenfalls glaubte er es aber und verfolgte seinen Weg rasch am Basar hin und den letzten Häusern zu, die dort in Dunkelheit und von den übrigen etwas getrennt lagen.

Von dem nächsten durch einen kleinen Garten geschieden, stand eins der niederen Bambushäuser. Den Boden aus roh behauenen Planken gelegt, die Wände aus Bambus dicht geflochten, die Stützen darin ebenfalls Bambus, und das Dach mit dem Bast der Arecapalme gedeckt, hatte das kleine Haus kein Fenster, und nur eine Bambustür, die den Tag über offen blieb, um Licht herein zu lassen. Luft konnte schon außerdem überall durch die Wände selber aus und ein. Im Innern brannte jetzt eine einfache Lampe – eine flach ausgeschnittene Kokosnußschale, mit Kokosnußöl und einem dicken, baumwollenen Docht in der Mitte. Sie verbreitete ein ziemlich helles Licht in dem kleinen Raum und ließ zwei Gruppen von Eingeborenen erkennen, die drinnen auf ausgebreiteten und weich aus Binsen geflochtenen Matten saßen.

Es waren drei Frauen und ein Mann. Die eine, ein altes häßliches und widerliches Geschöpf, die schwarzen, struppigen Haare wirr um den Kopf hängend, einen Sarong um die Hüften, eine alte, schmutzige cabaya über die Schultern geworfen, saß dicht neben der Lampe, deren Flamme ihr volles Licht auf die runzligen, fast dunkelbraunen Züge derselben warf. Sie war eben beschäftigt, in ein Sirihblatt eine frische Mischung der nötigen Ingredienzen einzuwickeln, um den noch im Mund gehaltenen und ausgekauten gelben Knollen zu ersetzen.

Neben ihr, auf dem andern Ende derselben Matte, kauerte ein alter Bursch, unter dessen Kopftuch grau gesprenkelte Haare hervorhingen und dessen Augen tief und unheimlich in ihren Höhlen lagen. Die Beine staken in kurzen, blaugestreiften Hosen, der Oberkörper war nackt, und wie er sich vorbog, seine zusammengezogenen Knie mit beiden, vorn gefalteten Händen zu umspannen, trat ihm das Rückgrat deutlich aus dem fleischlosen Rücken vor und zeigte jeden Knochen, jede Rippe, die er hatte. Auch hielt er einen Sirihklumpen im Munde, schob ihn aber unruhig von einer Seite auf die andere, und der halb scheue, rasche Blick, den er oft nach der Tür warf, verriet, daß er jemand dort erwarte. Ganz in der entferntesten Ecke der Hütte kauerte noch auf einer anderen Matte eine Frau, und neben ihr saß oder lag mehr ein junges bildhübsches Mädchen mit dem Kopf auf der Mutter Knie und den rechten Arm um ihren Leib geschlagen. Beide Frauen trugen nur den Sarong, und die ältere noch ein dem ähnliches

Tuch um die Schultern, die jüngere ging mit dem Oberkörper nackt, und dies sowohl wie die Sandalen aus festem Leder, die ihre Sohlen schützten, schien sie als Bewohner der Preanger Regentschaften anzudeuten. Keine von ihnen sprach aber ein Wort, und nur die Mutter strich manchmal leise und liebkosend mit der Hand über das Haupt der Tochter, die sich dann nur fester an sie schmiegte.

»Er kommt noch immer nicht«, brummte der Alte endlich zwischen seinem Kauen durch, »daß ihn der Blitz treffe, den langzöpfigen gelben Schuft; er hat mich betrogen und den weiten Weg von Bandong umsonst hier heruntergelockt. Noch immer nicht, und keinen Deut mehr im Gürtel, keinen einzigen Deut mehr – um nur zurückzugehen.«

»Warte«, murmelte aber die Alte. »Schong-ho hält sein Wort; aber der Tuwan wird noch nicht gekommen sein. Die Weißen fahren hier nicht gern heraus, ehe es dunkel wird.«

»Keinen Deut mehr«, stöhnte der Alte wieder, »keinen einzigen Deut mehr, um eine Handvoll Reis oder eine Pfeife Opium zu kaufen.«

»Das ist's, um was du jammerst, du gieriger, liederlicher Mensch«, schimpfte aber die Alte. »Das Opium steckt dir im Kopf, und du kannst es nicht erwarten, bis du wieder sinnlos auf der Bank liegst, daß dir morgen deine Glieder wie gelähmt und zerschlagen sind. Wenigstens warten solltest du, bis du oben und daheim in deinen Bergen wärst.«

Der Alte zerkaute einen Fluch zwischen den Zähnen, antwortete aber nichts darauf, und nur der ungeduldige Blick, den er wieder und wieder nach der Tür warf, verriet, wie wenig er gesonnen sei, der Mahnung zu folgen. Da öffnete sich plötzlich und knarrend die Pforte, und als der alte Javane rasch und erschreckt emporfuhr, stand eine dunkle Gestalt auf der Schwelle und überschaute wenige Sekunden still und schweigend die Gruppe. Auch die Mutter warf einen scheuen Blick nach der Tür, während das junge Mädchen ihr Antlitz nur fester in ihrem Schoß barg. Aber staunend erkannte die Frau dort eine ganz andere Gestalt, als sie erwartet, und konnte einen leisen Ausruf nicht unterdrücken. Mit beiden Füßen aber sprang der alte Mann empor, und seine Augen mit der einen Hand gegen das Licht der Lampe schirmend, rief aus:

»Und was willst du hier, Patani? Wer hat dich gerufen, und was folgst du uns heimlich bis an die Seeküste, he?«

»Patani?« stöhnte das Mädchen, als sie den Namen hörte, und das Antlitz hebend, aus dem sie die langen, dunklen Haare zurückwarf, starrte sie den jungen Mann wie eine Erscheinung an. Hoch und aufgerichtet stand dieser noch immer in der Tür. Ein braunes Tuch hielt, nach der Sitte der Inländer, seine langen vollen Haare zusammen, den Oberkörper bedeckte eine kurze Jacke, aus dem einfachsten Stoff, die Beine staken, wie bei dem Alten, in nur bis über die Knie reichenden und enganliegenden Hosen. An der Seite hing ihm aber der wohl zwei Fuß lange schwere Klewang, mit dem sich die Eingeborenen im Walde die Bahn frei hauen müssen, und im Gürtel stak der wunderlich geformte Kris, freilich mit ganz einfachem, nur etwas ausgeschnitztem Holzgriff, und in hölzerner Scheide. Der junge Bursche gehörte jedenfalls den Ärmsten seiner Klasse an, aber hoch und schlank wie er da in der Tür stand, mit dem edlen Ausdruck in den dunklen, so schwermütigen Zügen, hätte man ihn fast für ein schönes Bild seines Stammes halten können, das Schicksal der Seinen mit finsterem Schweigen betrauernd.

Der Alte aber kannte ihn nur zu gut und hätte in diesem Augenblick wohl jeden andern lieber da gesehen wie gerade ihn. War er doch der einzige, der ihm die Tochter noch immer gegen seinen Machtspruch aufgehetzt, und was auf der weiten Welt konnte er ihm bieten, womit bezahlen, was ihn das Mädchen, seit ihrer Geburt, an Nahrung und Kleidung schon gekostet? Und er war entschlossen, das bezahlt zu nehmen. Der junge Mann antwortete nicht gleich der direkt an ihn gerichteten Frage; sein Blick suchte in dem nur notdürftig erhellten Raum das Mädchen, und der ängstliche Ausdruck seiner Züge schien zu fürchten, daß er zu spät gekommen sei. Erst als er sie in der Ecke neben der Mutter entdeckte, hob ein leichter, aber froher Seufzer seine Brust, und mit leister, doch klangvoller und melodischer Stimme sagte er:

»Was ich suche, Hetavi? Du weißt es, ohne daß ich das Wort auszusprechen brauche – deine Tochter!«

»Und du weißt, daß du sie nicht bekommen wirst, Patani!« rief der Alte, in Zorn ausbrechend. »In Bandong habe ich es dir gesagt, und sage dir es hier. Hast du Geld, das du mir für sie auf die Matte legen könntest? Hast Du –«

»Ja«, unterbrach ihn der Jüngling rasch, indem er einige Schritte vor und dicht zur Lampe trat. »Ich weiß, wie gierig du danach bist, ich weiß, wie dir das Geld alles, deiner Tochter Glück dir nichts gilt, und bin dir gefolgt, um dir zu bieten, was ich vermag. Die letzte kleine Sawa, die ich noch mein eigen nannte, habe ich in Bandong verkauft, dies ist das Geld dafür – dreißig Gulden – für das Feld und für meinen Büffel. Nimm es und gib mir Melattie – ich kann arbeiten und manche Mittel gibt es, wieder Geld zu verdienen und eine neue zu kaufen.« Mit den Worten bog er sich nieder und legte ein kleines Päckchen recepis auf die Matte dicht vor den Alten hin, der sie mit gierigen Augen betrachtete. Eine volle Minute wohl herrschte Todesschweigen in der Hütte, da flüsterte die Mutter in der Ecke:

»Gib sie ihm, Vater – gib sie ihm. Brich ihr das Herz nicht, brich es mir nicht; es tut kein gut! Es tut kein gut.«

»Sind dreißig zweihundert?« brummte der Alte an seiner Seite höhnisch vor sich hin. »Und ist die Dirne zu gut dafür, daß sie tut, was wir alle getan haben und was Reichtum in ihres Vaters Hütte bringt?«

»Und wenn er nun nicht käme?« sagte Hetavi, halb zu sich, halb zu der Alten redend, »wenn er ausbliebe?«

»Und läuft dir der Junge da weg?« lachte die Alte verächtlich vor sich hin. »Aber er kommt. Was Schong-ho unternimmt, das führt er auch durch. Der Tuwan braucht ein Mädchen in sein Haus, und er weiß, daß Schong-ho die beste Ware liefert. Dreißig Gulden«, setzte sie dann verächtlich hinzu, »und keinen Büffel, keine Sawa – und was dann, wenn die dreißig Gulden verbraucht sind?«

»Gib mir dein Kind, Hetavi«, bat da Patani noch einmal mit herzlichem Ton, »gib mir Melattie. Bald werde ich wieder eine Heimat haben, und wenn du und die Mutter alt und schwach werden, finden sie ein Dach, zu dem sie kommen können. Nimm die dreißig Gulden und gib mir Melattie!«

»Das wäre ein Handel!« lachte in dem Augenblick eine heisere Stimme in der Tür, »hahahahaha – frag mich, ob ich einen Büffel oder lieber einen Reisvogel haben will. Nun, Hetavi? – schlägst du ein? Dann schick' ich den Tuwan, der draußen vor der Tür steht, gleich wieder weg.«

»Ist er da?« rief Hetavi rasch und gierig.

»Hab' ich es dir nicht gesagt?«

»Und mit dem Geld?«

»Bah – er weiß, daß er nicht ohne Geld kommen darf. Er gibt zweihundert und der Mutter außerdem auch noch ein Presentie ketjil. Es ist ein gar großmütiger und reicher Herr.«

»Gib mir dein Kind, Hetavi!« drängte in Todesangst der junge Mann, »stoß mich nicht von dir. Mein Vater und dein Vater waren Freunde, du weißt, was du ihm versprochen hast.«

»Fort mit dir, Hitzkopf!« rief aber Hetavi, die dreißig Gulden, von denen er bis zu Schong-hos Ankunft keinen Blick verwandt, verächtlich mit dem Fuß fortschiebend – »fort; ich habe keine Zeit mehr, dein Geschwätz mit anzuhören.« Patani rührte und regte sich nicht. Wie aus Marmor gehauen stand er da und starrte nach Melattie hinüber.

»Wenn er noch lange macht, geht der Tuwan fort«, sagte Schong-ho.

»Und jetzt gehst du, Orang gunong«, kreischte da die Alte, die bei solcher Aussicht ebenfalls einen Verlust fürchtete, »es sind noch mehr glatte Gesichter oben in den Bergen, noch mehr Melattieblumen – hol dir eine andere, und nun fort, oder ich schreie nach einem der Oppass, die dich hinausbringen sollen, wo du hingehörst.«

Patani hörte gar nicht, was sie sprach. Mit leichten, elastischen Schritten stand er an Melatties Seite, und seine Hand auf ihren Arm legend, flüsterte er:

»Komm mit mir, Herz – spring auf zu mir und vertrau auf mich. Sie sollen uns nicht halten und wenn –«

»Ich darf nicht«, stöhnte das Mädchen entsetzt. »Der Vater will es nicht – o Patani, gehe nicht fort – bleibe bei mir!«

»Wenn der Bursche nicht gutwillig geht«, rief der Chinese, der am Ende noch einen Gewaltstreich befürchtete, »so müssen wir andere Mittel finden, ihn fortzubringen. Nimmst du jetzt dein Geld da und gehst, oder soll ich zur Tür hinausrufen? Die Wächter stehen drüben an meinem Haus.«

Des jungen Mannes Hand zuckte fast unwillkürlich nach seinem Kris, aber auch Hetavi war auf seine Tochter zugesprungen und hatte sich vor sie gestellt. Durfte er die Waffe gegen den Vater der Geliebten heben?

»Soll ich rufen?« frug der Chinese.

»So ruf und schwatz nicht lange!« schrie die Alte. »Beim Bösen auch, soll ich nicht mehr Herrin sein in meiner eigenen Hütte?«

»Es ist gut«, sagte der junge Bursche leise, indem er zu der Matte zurückschritt, auf der sein Geld lag. »Schande über dich, Hetavi, daß du dein Kind an einen der fremden Hunde verkaufst – Schande über dich; aber das Sündengeld wird dir unter den Händen zerfließen und dein Alter wird Verzweiflung und Reue sein.«

Mit den Worten hatte er die Banknoten wieder aufgenommen und in seinem Gürtel geborgen und wandte sich zur Tür, an der ihm der Chinese willig Raum gab.

»Lebe wohl, Melattie!« sagte noch einmal der junge Bursch mit schmerzbewegter Stimme. »Wie ich es ertragen soll, dich zu verlieren, weiß ich noch nicht, lebe wohl!« Und wie ein Schatten glitt er aus dem Haus. In seiner ersten Aufregung wollte Patani auch die Straße gerade hinabstürmen, als sein Blick einen lichten Gegenstand traf, der sich scheu und dicht in den Schatten des Hauses zurückdrückte. So weit verbergen konnte er sich aber doch nicht, daß der junge Javane nicht an dem Schnitt der Kleidung, wie besonders an dem weißen breitrandigen Hut den Europäer erkannt hätte. Unschlüssig, was er tun solle, zögerte er einen Moment, und Heffken hätte Ursache gehabt zu erschrecken, wenn er imstande gewesen wäre, den Blick voll Haß und Ingrimm zu sehen, der aus des Jünglings Augen blitzte. Wieder suchte auch dessen Hand den Dolch, und einen Moment war er unschlüssig, ob er sich auf den Gegner werfen sollte – aber die Scheu, die jeder Eingeborene vor dem Europäer hat, und die allein es auch den Holländern möglich machte, mit wenig tausend Menschen viele Millionen Javanesen unterjocht zu halten, siegte. Außerdem kam jetzt gerade ein Trupp Chinesen die Straße herab, und diesen nicht zu begegnen, sprang er zur Seite und verbarg sich in dem Schatten der gegenüberliegenden Häuser.

ZWÖLFTES KAPITEL

Es war in der Tat Heffken gewesen, der die zankenden Stimmen im Hause gehört, und seine besonderen Gründe hatte, sich nicht dabei zu zeigen. Als er den Chinesen, seiner harrend, zu Hause gefunden, war er mit ihm der Wohnung des Alten zugeschritten und schickte ihn dort vor allen Dingen hinein, um zu sehen, ob die Luft rein sei; blieb auch in seinem Versteck, bis Schong-ho wieder aus dem Hotel kam und mit leiser Stimme rief:

»Tuwan – Tuwan! – Wo zum Henker steckt denn der Tuwan jetzt? Er ist fort!«

»Wer ist fort, mein Alter?« sagte Heffken, der hinter dem Hause vorkam und auf seinen Führer zuschritt. »Wer war der Bursche, der da eben das Haus verließ?«

»Bah, ein Tollkopf«, lachte der Alte still vor sich hin, »und verrückt genug, zu glauben, er könne ein Mädchen, wie das da drinnen, mit dreißig Gulden von seinen Eltern kaufen.«

»Und ist Melattie da?« frug der Europäer rasch.

»Ist sie da?« wiederholte der Alte mit seinem heisern Lachen. »Hat es Euch Schong-ho nicht versprochen, und wird der sein Wort nicht halten? Gewiß ist sie da und wartet mit Schmerzen auf den Tuwan, der ihr das Leben einer Nona geben wird – was kann solch ein armes, in den Bergen wild aufgewachsenes Ding Besseres auch wohl verlangen?«

»Und ihr Vater ist auch da, den Handel gleich fest abzuschließen?«

»Alles in Ordnung, wie es Tuwan befohlen haben«, erwiderte der Chinese mit seiner kriechenden Freundlichkeit. »Komm nur herein, ich darf heut' abend nicht so lange von zu Hause wegbleiben, denn es ist Basar, und die Mädchen wollen immer unter strenger Aufsicht gehalten sein, wenn sie nicht Unsinn treiben sollen.«

Heffken zögerte noch einen Augenblick und sah zurück. Es fiel ihm der Javane ein; aber die Straße war jetzt leer; das Mondenlicht beleuchtete sie hell und klar, und seinem Führer folgend, betrat er vorsichtig die schwanke Veranda des kleinen Bambushauses.

Drin hatte sich indes die Szene verändert. Der alte Mann war an die Tür getreten, und als er die Stimme des Weißen draußen hörte und diesen mit Schong-ho herankommen sah, schritt er auf seine Tochter zu, faßte sie am Arm, und das zitternde Mädchen emporziehend, sagte er leise und rasch:

»Jetzt sei vernünftig, Melattie. Der Tuwan ist ein reicher Herr; du wirst es gut haben – hübsche Kleider, goldenen Schmuck und reichlich zu essen. Was hätte dir der arme Tropf, der Patani, bieten können, und ist es nicht außerdem ein tollköpfiger, heißblütiger Gesell, der nur immer Zank und Streit mit den Oppass hat? Sie wollen ihn so nicht mehr in Bandong leiden, weil er die Abgaben weigert und den Vornehmen den gehörigen Respekt. Das wär' ein Glück für dich gewesen, mit dem Vagabunden im Lande herumzuziehen und deinen Reis zu betteln; Hetavis Tochter ist zu gut für das.«

»Ich fürchte mich, Vater«, flüsterte das Mädchen, indem es sich fester an die Mutter klammerte. »O laß mich bei Euch; ich will arbeiten von früh bis nacht, und nimmer klagen, nimmer!«

»Ob du gehorchen wirst«, zischte der Alte sie zornig an – »hab' ich das Geschwätz doch jetzt satt und übersatt. Komm – du weißt, daß du mußt.«

»Ich weiß es«, hauchte das arme Kind, und willenlos erhob sie sich und folgte dem Vater, der sie auf die andere Matte, dicht zu der noch dort immer kauernden Alten führte. Die Mutter blieb in der Ecke sitzen, barg ihr Gesicht in ihrem Schultertuch und weinte still; sie wußte, daß sie ja doch keine Stimme gegen den Willen des Mannes hatte.

So finster und herrisch der alte Javane aber noch vor wenigen Sekunden gegen die Tochter gewesen war, so kriechend freundlich und demütig bog er sich jetzt gegen den eintretenden Weißen, und kauerte vor diesem, als er nur auf der Schwelle erschien, neben der Matte mit seinem »tuwan – tabé« nieder. – Hoch aufgerichtet aber, und nur den Blick gesenkt, die Arme auf der nackten Brust gekreuzt und am ganzen Körper zitternd, stand das schöne Mädchen, und Heffkens gieriger Blick sog sich fest an der lieblichen Gestalt.

Schong-ho hatte in der Tat Wort gehalten. Melattie, nach der duftenden Blume ihrer Heimat genannt, in frischer Jugendfülle aus den freien Bergen herunterkommend, war eins der schönsten Mädchen ihres Stammes, und hätte wohl einen braven Mann ihres Volkes – so gut wie schön – glücklich machen können. Aber was fragt der weiße Käufer nach ihrem Herzen – nur die Gestalt hatte er sich ausbedungen — nur für den Körper zahlte er das Blutgeld, und die Angst nicht achtend, die auf den lieben Zügen lag und ihr das Herz in raschen Schlägen pochen machte, ging er auf sein Opfer zu, nahm ihre Hand, die sie ihm willenlos überließ, und sagte, sich jetzt zu dem Vater wendend:

»Deine Tochter soll es gut bei mir haben, Alter. Weiß sie alles, Schong-ho, was sie bei mir zu beobachten hat?«

»Die Mutter hat sie darin unterwiesen, Tuwan«, bemerkte der Chinese, der mit gekrümmtem Rücken neben dem Weißen stand. »Versteht sich von selber, daß sie ihre Pflichten kennt.«

»Es ist viel Geld, das ich zahlen muß«, meinte der Weiße.

»Ein Spottgeld für das Mädchen«, versicherte aber Schong-ho, »wir wollen uns wiedersprechen, und der Tuwan wird seinen gehorsamen Diener bei all seinen hohen Freunden empfehlen.«

»Und an wen hab' ich das Geld zu zahlen?«

»An mich, Tuwan«, sagte der Chinese; »ich mache dann alles mit dem Bergmenschen ab – Tuwan können sich nicht weiter mit ihm einlassen.«

»Das Mädchen verläßt nicht eher das Haus«, rief aber der Alte, der dem Chinesen nicht trauen mochte, »bis ich die zweihundert Gulden in Händen habe.«

»Zweihundert?« fragte Heffken mit einem Blick auf seinen Unterhändler. »Du sagtest mir ja –«

»Ich muß seine Reise hin und zurück zahlen, Tuwan, und der

Alten hier ebenfalls einen Anteil geben. Dann habe ich selber die Reise nach Bandong machen und dort lange umher suchen müssen, bis ich das Rechte fand. Rechne ich alles zusammen, behalte ich keine zehn Deut Nutzen. Nur die Ehre, für Sie ein Geschäft zu machen, und die Hoffnung auf weitere Empfehlung.«

»Schon gut, Schong-ho«, unterbrach ihn der Weiße. »Ich kenne eure Art von Uneigennützigkeit. Hier, Alter, sind deine zweihundert Gulden.«

»Halt, großer Herr«, wollte Schong-ho abwehren, »Hetavi hat noch außerdem an mich –«

»Das geht mich nichts an«, schnitt aber der Weiße kurz ab – »ich will hier keine weiteren Umstände haben und kümmere mich nicht um euren Handel. Hast du sonst noch von ihm zu fordern, so laß es dir geben.«

Gierig griff indessen der Javane nach dem Gelde, und während der Weiße dem Chinesen eine andere Summe in die Hand zählte, kauerte er auf der Matte neben der Lampe nieder, es in kleine Haufen aufzuteilen. Melattie aber, das arme Mädchen, flog zurück zur Mutter, warf sich neben ihr nieder und barg ihr Antlitz in deren Schoß, und die Frau bog sich über sie und lehnte ihre Stirn auf der Tochter Haupt.

So saßen sie viele Minuten lang, keins sprach ein Wort, und ungeduldig wartete Heffken indessen, bis der Alte mit Zählen und wieder Zählen fertig war. So viel Geld hatte er noch nie auf einmal in Händen gehabt, und es ging nicht so rasch mit ihm, bis er sich da hineinfand. Heffken wurde endlich die Zeit lang.

»Nun, Braunfell«, sagte er, »bist du bald fertig? Du darfst es mir auf mein Wort glauben, daß die Summe richtig ist; ich würde dich nicht um ein paar Gulden betrügen, wenn es auch vielleicht andere täten«, setzte er mit einem verächtlichen Seitenblick auf den Chinesen hinzu.

»Alles gut – alles gut, Tuwan«, murmelte der Alte vor sich hin – »schönes Geld – gutes Geld – braves Geld! Da nehmt das Mädchen – Melattie, komm, der Tuwan wartet – wirst du ein Ende machen?« rief er, heftig den Boden stampfend, als sich die Tochter noch immer nicht von der Mutter losreißen konnte.

»Geh – geh, mein Kind«, flüsterte diese, »Allah sei mit dir und schütze und hege dich – deiner Mutter Segen geht mit dir – deiner Mutter Gebet wird für dich jeden Tag zum Himmel steigen. Geh, dein Vater zürnet und der weiße Tuwan wartet auf dich.« Noch einmal preßte das arme Kind sich fest an der Mutter Brust, dann erhob es sich langsam und schritt auf den Vater zu.

»So, mein Herzchen«, sagte dieser freundlich, aber in Hast, denn er konnte die Zeit schon nicht erwarten, wo er die Opiumhöhle betreten sollte. »Komm, mach schnell! Dummes Ding weint, als ob ihr das größte Unglück begegnen sollte, während es jetzt vornehm wird und in einem schönen Hause wohnt, mit dem weißen Tuwan. So – so, das ist genug«, rief er, die Tochter leise von sich drückend, als sich diese ebenfalls an seine Seite schmiegte. »Der Tuwan wird freundlich mit dir sein und dich nicht schlagen, wenn du hübsch folgst.«

»Du bringst mir das Mädchen an meinen Bendi, Schong-ho«, sagte jetzt Heffken, der unwillkürlich an den jungen Javanen dachte und diesem nicht draußen mit dem Mädchen allein begegnen mochte. »Tabé, Alter – Tabé, Mutter – eure Tochter soll es gut bei mir bekommen, und ist sie brav, so schicke ich sie euch auch einmal in die Berge zum Besuch – komm, Melattie –« und ihren Arm ergreifend, führte er sein Opfer mit sich vor die Tür. Die Mutter blieb regungslos auf ihrer Matte sitzen; aber die Alte krümmte und bog sich und winselte ihr Tabé, so lange sie den Weißen sehen konnte, während der Vater kaum einen Blick hinter seiner Tochter herwarf und nur mit zitternden Händen das Geld befühlte. Heffken zögerte noch einen Moment auf der Schwelle. Er dachte daran, ob es nicht vielleicht besser sein würde, sein Bendi gleich hier an das Haus kommen zu lassen. Dieser nichtsnutzige Bursche aber, der Horbach, dem er vorhin fast in die Hände gelaufen, hätte die Straße herabkommen können. In das Haus wollte er auch nicht noch einmal hinein – der Abschied zwischen Mutter und Tochter war ihm fatal gewesen – und auf der Straße hier so lange zu warten, wo der junge Bergbewohner vielleicht noch irgendwo umherkroch, behagte ihm ebenfalls nicht. Das beste blieb, wie er es zuerst beschlossen, daß Schong-ho das Mädchen zu der Stelle führte, wo die Wagen standen; er brauchte dann nicht einmal bei ihm zu bleiben und traf dort nur mit ihm zusammen. Einmal im Bendi erst mit seiner Beute, war er so gut wie daheim.

Ein paar dem Chinesen zugeflüsterte Worte, bei denen dieser sich nur mehrmals, zum Zeichen seines Gehorsams, bückte, genügten auch, alles Weitere zu ordnen, und während dieser Melatties Arm ergriff und sie mit sich fortführte, schritt Heffken so lange hinter den beiden her, bis sie den belebteren Teil des Ortes erreichten und hier auch eine Menge anderer lachender und erzählender Chinesen und Javanen trafen. Zwischen diesen wollte sich der Europäer nicht sehen lassen, da ihn manche vielleicht von Batavia aus kannten, und bog deshalb links ab, um oben am Basar hinzugehen. Die hier durchführende Straße lag aber so dunkel und einsam und war außerdem so schmutzig, daß er fürchtete, in irgendein Schlammloch zu fallen. Auch war es ihm fast, als ob er ein paarmal Schritte hinter sich hörte, wenn er auch niemanden erkennen konnte, und mit nicht reinem Gewissen bog er wieder in die belebtere Richtung ein, dem Basar selber zu, von wo die wilden wunderlichen Töne eines Anklong, mit den kreischenden Stimmen der Tänzerinnen untermischt, zu ihm herüberdrangen. Der Platz war nicht sehr groß, und der ganze Verkehr desselben drängte sich hier zusammen; desto unbeachteter konnte aber auch der einzelne hindurchkommen, und Heffken, rasch seinen Weg verfolgend, hatte sich schon durch den eklen Schwarm, der vor der Opiumhöhle lagerte, gearbeitet und schritt rasch die hier freier werdende Straße hinab, als er plötzlich einen derben Schlag auf seiner Schulter fühlte, und eine lachende Stimme jubelnd ausrief:

»Heffken, alter Junge, wie geht's? Auch auf dem Schnepfenstrich, he? Sieh einer den Duckmäuser an, wie ehrbar er sonst tut, und jetzt kriecht er hier ganz allein in Meester Cornelis herum, der kleine Don Juan.«

»Herr Horbach«, sagte der Buchhalter, der ohne ein Wort zu erwidern, an ihm vorbeigegangen wäre, hätte ihm Horbach nicht boshafterweise den Weg verstellt. »Ich weiß wahrhaftig nicht, wie ich zu dieser Vertraulichkeit komme, und muß Sie bitten –«

»Keine Umstände zwischen Freunden, mein Herz«, lachte Horbach, der gerade genug Unverschämtheit besaß, alle derartigen

Kleinigkeiten als kein Hindernis im gesellschaftlichen Verkehr zu betrachten, »um Gottes willen keine Umstände, noch dazu mit mir! Meine Herren, ich habe hier das Vergnügen, Ihnen Tuwan Heffken, Hauptbuchhalter der hochverehrlichen holländischen Maatschappey – eigentlich könnte ich sagen eine Hauptstütze derselben, vorzustellen. Lieber Heffken, Kapitän Hersing von der Euphrosine, Kapitän Meier von der Gesina Hollwig – beides ein paar prächtige Menschen, die ich hier in javanisches Leben einführe. Sagte ich es Ihnen nicht gleich, daß wir hier die nobelste Gesellschaft finden würden? Heffken ist ein Hauptbursche, wo es gilt, einen tüchtigen Spaß auszuführen. Wie wär's, wenn wir jetzt ein bißchen zusammen herumstromerten?«

»Meine Herren, ich muß bitten, mich zu entschuldigen«, erwiderte Heffken, zu den beiden Kapitänen gewandt, und ohne Horbach weiter eines Blickes zu würdigen, »dringende Geschäfte rufen mich wieder –«

»Hahahaha«, unterbrach ihn lachend Horbach. »Eure dringenden Geschäfte hier in Meester Cornelis kennen wir auch – famose Geschäfte das, hahaha – prächtiger Kerl der Heffken, nie um eine Ausrede verlegen – aber wir begleiten Sie ein Stückchen.«

»Dem Herrn scheint aber gar nicht viel an unserer Gesellschaft gelegen zu sein«, flüsterte einer der Kapitäne Horbach zu; ehe dieser aber etwas darauf erwidern konnte, bestätigte Heffken diesen Verdacht auf das vollständigste, indem er, wütend über den zudringlichen Menschen und mit einem plötzlichen »guten Abend, meine Herren!« gegen die Kapitäne gewandt, Horbachs Griff entging und die Straße hinabeilte.

»Heffken – oh! Tuwan Heffken!« schrie ihm Horbach nach, der recht gut wußte, daß den Buchhalter nichts mehr ärgern würde, als in dieser Gesellschaft, noch dazu mit dem malaiischen Tuwan davor, seinen Namen so laut ausgeschrien zu wissen. Er würde sich auch noch mehr gefreut haben, hätte er die bitteren Verwünschungen hören können, die der Davoneilende vor sich hin murmelte – und doch sollte dieser seinem Verfolger noch nicht entzogen sein. Horbach nämlich, der ihn die gerade Richtung nach den Cabrioletten einschlagen sah, und mit den batavischen Sitten nur zu gut bekannt war, ahnte etwas, was den kleinen, sich sonst nur in der besten Gesellschaft bewegenden Mann hierher geführt haben könnte, und beiden Kapitänen zuflüsternd, daß er ihnen jetzt wieder ein Stück javanische »Sitte« vorführen wolle, faßte er sie unter dem Arme und führte sie mit sich dem Buchhalter nach.

Heffken erreichte indessen gerade die Reihe der dort haltenden Wagen, als Schong-ho von der anderen Seite mit Melattie herankam. Der Chinese hatte noch immer das Handgelenk seines Opfers gefaßt, daß sie ihm nicht in dem Gewirr von Menschen entgleiten konnte, und demütig, das Haupt gesenkt, die schönen dunklen Augen von stillen Tränen überfließend, folgte ihm die Unglückliche – wußte sie doch, daß ihr Schicksal entschieden sei und kein Schritt von ihrer Seite das über sie verhängte Los mehr abwenden konnte. Es war aber das Schicksal von Hunderten ihres Geschlechts und Stammes, und durch den Befehl des Vaters dem überliefert, hatte sie keine Wahl mehr, als zu gehorchen.

Der Kutscher des Bendis schlief natürlich auf seinem Bock, denn die armen Teufel sind schon daran gewöhnt, stundenlang in Sonnenhitze oder Regen die Befehle ihrer Herren zu erwarten, und Heffken brachte ihn am schnellsten damit munter, daß er das Pferd am Zügel griff und von der Stelle rückte. Sein Kutscher wäre dadurch freilich beinahe vom Bock gefallen, aber das schadete nichts, er erwachte doch wenigstens, und mechanisch die Zügel aufgreifend, fuhr er aus der Reihe der übrigen heraus und hielt. Er wußte, daß es jetzt nach Hause ging.

Schong-ho war mit Melattie an den Wagen getreten und flüsterte ihr noch etwas zu, was das arme Mädchen gar nicht hörte. Ihr Blick schweifte angstvoll durch die Dunkelheit umher, als ob sie Hilfe suchen wollte. Hilfe von der freien Welt, von der sie jetzt für immer Abschied nahm. Aber wer von allen denen, die sich hier gleichgültig und nur ihrem Vergnügen nachgehend umhertrieben, hätte ihr hier helfen können oder mögen! Ihr Vater hatte sie von sich gestoßen, die Mutter selbst ihn nicht daran verhindern können, und er? Er, an dessen Seite sie gern Kummer und Not getragen, ein ganzes Leben lang – er war weit von hier, weit, und auch er hatte sie ihrem Schicksal überlassen.

Hätte sie die scheue, dunkle Gestalt sehen können, die, mit der Hand am Kris, zähneknirschend im Schatten der nächsten Wagen stand, sie würde vielleicht neue Hoffnung gefaßt haben – oder eine neue Sorge hätte ihr das Herz zerrissen. Was konnte der arme Eingeborene gegen die Macht des Weißen ausrichten, gegen die Sitte ihres eigenen Volks. Sie war verkauft, und der Weiße hatte nichts weiter zu tun, als seine Beute nach Hause zu führen. Heffken wußte das auch vollkommen gut. Der Handel war abgeschlossen, der Vater wie der Chinese hatten das ausbedungene Geld, und allen Anforderungen war genügt – das Mädchen wurde ja nicht um ihre Einwilligung gefragt, und wenn sie auch die ersten Tage den Kopf hängen ließ, vergaß sie das doch bald in dem neuen Leben, das ihrer wartete.

»Komm, Melattie – wir haben nicht viel Zeit.«

»Saya, Tuwan«, stöhnte das arme Mädchen und stieg langsam in den Wagen ein. Heffken hielt sich an der Seite, ihr zu folgen.

»Nicht so schnell, Heffken!« schrie der unentgehbare Horbach, der mit seinen Freunden gerade noch zur rechten Zeit kam. »Donnerwetter, er hat sich richtig eine Nona eingepackt. Hallo, Mann, wir müssen doch wenigstens der Dame guten Abend sagen.«

Heffken war mit einem Sprung im Kabriolett.

»Vorwärts!« rief er dem Kutscher zu, »vorwärts, hau auf dein Pferd, du faule Kanaille – hörst du nicht, oder soll ich dir Arme machen?«

Der Malaie hieb aus Leibeskräften auf sein überraschtes Pferd ein, das den leichten Wagen in voller Flucht die Straße hinabzog. Horbachs lautes, schallendes Gelächter tönte hinter ihnen drein, aber es war nicht das einzige, was sie begleitete. Hinter dem Wagen her flog, aber immer nach dem Schatten der Häuser haltend, eine dunkle Gestalt. Ein Trupp Chinesen kam dem Läufer entgegen und prallte erschreckt auseinander, als er mitten zwischen sie hineinsprang. Aber im Nu war er, wie eine Erscheinung, in dem Schatten der hohen Hecken verschwunden, und flüchtig, wie das Reh seiner Wälder, hielt er mit Leichtigkeit neben dem Wagen aus. Doch der Weg war zu lang, Meester Cornelis lag eine weite Strecke von den Vorstädten draußen, und der junge Javane durfte seine Kräfte nicht ganz erschöpfen. Deshalb, eine günstige Gelegenheit wahrnehmend, wo hohe Bäume den Weg verdunkelten, sprang er quer über den Weg dem dahinrollenden Fuhrwerk zu – seine Hand lag hinten darauf, und leicht und behende schwang er sich hinan, lauernd hinter dem, der ihm das Liebste auf der Welt entriß, um mit fortgeführt zu werden.

Jetzt hatten sie die belebteren Teile der Vorstädte erreicht; rechts und links verrieten lichtdurchflossene Räume, die aus dem dichten Gebüsch hervorschimmerten, die Nähe holländischer Wohnungen. Deutlich konnte man diese von der Straße aus erkennen, und wie hell und glänzend erleuchtete, reizende Bilder, mit durch die Entfernung winzigen, aber zierlich geputzten Figuren, lagen sie einen Moment von dem grünen Rahmen der sie umschließenden Bäume eingefaßt und verschwanden im nächsten Augenblick wieder zu zuckenden Lichtern, die aus dem Dickicht blitzten.

Aber was kümmerten die den Javanen. So fremd und neu ihm das alles sein mochte, hing sein Auge doch nur teils an den Sternen, teils an vorragenden und leicht kennbaren Baumgruppen, um sich genau der Richtung zu versichern, die sie nahmen. Der kleine Strom, an dem sie jetzt hinfuhren, Kali besaar (der große Fluß) genannt, diente ihm dabei als beste Marke, bis sie linksab davon bogen, um in eine andere, enger von Gärten zusammengedrängte Gasse einzulenken. Wie weit, wie entsetzlich weit schien ihm dabei der Weg, den er mit fortgeführt wurde, und scheu zurück warf er den Blick, ob er die Bahn aus diesem Labyrinth von Häusern und Gärten wiederfinden würde. Aber fest aufeinander biß er auch die Zähne, denn nur ein Ziel kannte er – Melattie, und wohin ihn das führte, mußte er folgen.

Da plötzlich bog der Wagen rechts in einen Garten ein – zu beiden Seiten konnte Patani die weiß angestrichenen Pfähle des jetzt weitgeöffneten Gartentors erkennen. Er bog sich zur Seite, und vor ihnen lag ein nicht großes, aber freundliches Gebäude mit weißen Säulen, zwischen denen zwei helle Astrallampen brannten. Aber der Platz war auch belebt – das Rollen des Wagens mußte jedenfalls gehört sein, denn mehrere Gestalten sah er sich auf dem hellen Raum zwischen den Säulen bewegen. Was wurde jetzt aus ihm? Aus Melattie?

Einen Plan hatte er sich gar nicht gemacht; nur das Bewußtsein lebte in ihm, sein armes Mädchen nicht hilflos den Händen ihres

Henkers zu überlassen. Auf dem Basar selber konnte er freilich nichts gegen den Weißen wagen, denn ein einziger Hilferuf hätte dort im Nu Hunderte von Chinesen und malaiischen Gerichtsdienern zusammengerufen. Entführte aber der verhaßte Fremde seine Braut, so blieb die Möglichkeit, daß er sie im Dunkeln in seine Wohnung brachte. Dort wollte er ihn überraschen, dort dem Verhaßten die schon sicher geglaubte Beute wieder aus den Zähnen reißen, und nur mit dem Gedanken war er ihm gefolgt. Jetzt flog der Wagen plötzlich einem hell erleuchteten Gebäude zu, in dem wahrscheinlich die Diener des Weißen ihn erwarteten, und durfte er da noch hoffen, seinen kühn unternommenen Plan auch glücklich auszuführen? Aber nicht einmal Zeit zum Überlegen blieb ihm, denn der kleine Macassar-Hengst flog nur so, den Stall witternd, mit dem leichten Fuhrwerk über den Boden hin. Wenige Sekunden später hielten sie schon auf dem hell erleuchteten Vorplatz, dicht vor dem Treppenaufgang, und Patani behielt kaum Zeit, von seinem Sitz herunter und in den Schatten des Wagens zu gleiten, als auch schon ein paar Diener aus dem Haus heraus- und auf den Schlag zusprangen, um ihrem gestrengen Herrn das Aussteigen zu erleichtern.

Heffken ersparte ihnen aber heute die Mühe, denn mit einem Satz war er aus dem Bendi.

»Melattie! Komm!« flüsterte da eine leise Stimme an der dunklen Seite des Wagens, »ich bin hier!«

»Patani!« stöhnte das Mädchen in Todesschreck, »gütiger Himmel, wenn –«

»Ob ich es mir nicht gedacht!« schrie da Heffken, dessen scharfes Ohr den flüsternden Laut gehört, indem er um den Wagen herumsprang. »Hierher, meine Burschen – faßt mir einmal den Schuft hier!«

Er selber war durch die Gegenwart seiner Leute ermutigt, und sich der Sicherheit bewußt, die ihm sein eigenes Haus bieten mußte, flog er auf den Javanen zu, um ihn zu halten. Er war ja nur ein Eingeborener, der sich seinem Willen fügen mußte. Schon hatte auch seine Hand die leichte, dünne Jacke des fremden Burschen gefaßt, und von beiden Seiten sprangen seine eigenen Leute hinzu, den Befehl ihres Herrn auszuführen und den frechen Eindringling zu fassen, während nur der Kutscher ruhig auf dem Bock sitzen blieb. Heffken aber hatte sich hier ganz ungeahnt in eine Gefahr begeben, der er nicht rasch genug wieder entweichen konnte, denn Patani, zum Äußersten getrieben, seine letzte Hoffnung zerstört, seine Freiheit, sein Leben vielleicht bedroht, und überdies Haß und Grimm gegen den Weißen im Herzen, riß seinen Kris aus der Scheide und warf sich in wilder und stummer Wut gegen ihn an.

»Hilfe!« schrie dieser, als er im Lampenlicht die scharfe Waffe blinken sah. »Hilfe!«, aber es war zu spät. Der mit Blitzesschnelle gegen ihn geführte Stoß, den zu parieren er nur den Arm emporwerfen konnte, saß, und während der Weiße mit einem Aufschrei zusammenbrach, warf sich Patani gegen den nächsten Malaien. Dieser sprang ihm indessen behend aus dem Wege, und der Javane war, ehe ihn jemand daran hindern konnte, wie ein Schatten in den dichten Cacaobüschen verschwunden.

Eine Verfolgung bei Nacht, zwischen all den Gärten, wäre, wenn überhaupt einer der Malaien daran gedacht hätte, vollständig hoffnungslos gewesen. Die Burschen hüteten sich aber auch wohl, dem bewaffneten Javanen zu folgen, und sprangen auf ihren Herrn zu, ihm womöglich noch Hilfe zu leisten.

»Nehmt das Mädchen in das Haus!« stöhnte dieser, »ich bin –« Er sank ohnmächtig zurück, und die malaiischen Diener standen ratlos, was sie mit dem verwundeten Tuwan beginnen sollten. Nur der Kutscher, der die ganze Szene mit dem größten Gleichmut betrachtet hatte, tat das einzige, was unter diesen Umständen zu tun war. Kaum hatten die Leute Melattie aus dem Wagen gerufen, in dem sie noch zitternd saß, so lenkte er wieder um und hieb auf sein Pferd ein, um, so rasch er konnte, einen Arzt herbeizuholen. Die übrigen mochten indessen den Verwundeten in das Haus schaffen.

DREIZEHNTES KAPITEL

Herr Heffkens Wagen war von Meester Cornelis aus schon lange in Nacht und Nebel verschwunden, als noch immer Horbachs Gelächter und Jubel hinter ihm drein tönte, und dessen Begleiter baten ihn endlich ganz ernsthaft, mit seiner allzu lauten Fröhlichkeit einzuhalten, wenn er nicht den ganzen Basar um sich zu sammeln beabsichtige. Javanen wie Chinesen hatten sich in der Tat schon um ihn hergedrängt und fragten, was hier geschehen sei. Horbach aber, die Arme seiner beiden neuen Freunde ergreifend, erzählte diesen jetzt lachend den Zusammenhang der Sache, die er ziemlich genau erraten hatte, und gab ihnen noch außerdem eine Menge für den Beteiligten eben nicht schmeichelhafte Anekdoten aus Heffkens Leben zum besten.

Langsam dabei über den Markt drängend, waren sie zu Schonghos Haus gekommen, den der Deutsche selber nur zu gut kannte und mit dem er schon manches Geschäft, selbst in Geldangelegenheiten, abgeschlossen hatte. Schong-ho – obgleich er den Trunkenbold, von dessen ganzem liederlichen Leben er genauer unterrichtet war, wie irgendein anderer Mensch in Batavia, gründlich verachtete – zeigte sich doch stets freundlich und gefällig gegen ihn. Manche neue Kundschaft hatte er ihm ja schon zugeführt, und dazu ließ sich der »wilde Tuwan«, wie er bei den Chinesen hieß, noch immer gebrauchen. Das Haus selber bot auch des Interessanten genug, einen Fremden wohl auf kurze Zeit zu fesseln, denn wie es nach Art der javanischen Wohnungen nur aus einem großen Gemach bestand, schien dieses auch wieder nur ein einziger geräumiger Schlafsaal zu sein, in dem rechts und links und im Hintergrund, mit kaum einem Fußbreit Lichtung dazwischen, lauter große, von bunten Kattungardinen verhangene Betten standen. Durch das Gemach aber drängten in bunten Gruppen die lachenden und schwatzenden Söhne des »Himmlischen Reiches« zwischen einer Menge weiß geschminkter und mit stark duftenden Blumen geschmückter junger Mädchen hin. Düstere Kokosnußölflammen verbreiteten dazu nur ein flackerndes, unsicheres Licht, und es gehörte ein längeres Vertrautsein mit diesem Treiben dazu, sich in ein Gedränge von solchen Menschen keck hineinzuwagen. Horbach schien allerdings mit derartigen Szenen vollkommen gut bekannt und nicht einmal mehr etwas Außerordentliches darin zu finden; die beiden fremden Kapitäne weigerten sich aber, ihm da hinein zu folgen. Sie behaupteten, schon mehr als genug an dem Überblick zu haben, den sie von der Tür aus gewinnen konnten, und wünschten vorderhand, nach dem Markt zurückzugehen, von woher jetzt ein fast infernalischer Lärm aller möglichen Arten von Instrumenten und menschlicher Stimmen tönte.

Die Aufmerksamkeit des Kapitän Meier war aber indessen auf ein dicht an dieses anschließendes Gebäude gerichtet, das, ungleich Schong-hos Residenz, bis jetzt in tiefer Dunkelheit gelegen hatte. In diesem Augenblick kam aber daraus ein kleiner, dicker Javane mit seiner Frau zum Vorschein, und die letztere trug eine der gewöhnlichen Lampen in der Hand, ihrem Herrn und Gemahl zu leuchten, während dieser sorgfältig einen hölzernen Vogelbauer von der äußeren Veranda nahm, in dem eine der kleinen, zierlichen javanischen Tauben ängstlich vor dem Licht hin und her flatterte.

»Siehst du!« rief der Mann dabei auf Malaiisch – »richtig hast du's vergessen, und jetzt gerade, wo die Zeit, die lange Zeit um ist. Wenn ich nicht an alles dächte.« Neben Horbach stand ein junger javanischer Bursche und zupfte ihn leise am Ärmel. Es war Tojiang, sein Diener, der ihn gewöhnlich auf allen derartigen Exkursionen begleitete.

»Was gibts?« fragte sein Herr.

»Ketjil presentie sama makan, toewan!« sagte der Bursche, den runden schildartigen Hut unter den Arm gepreßt, und mit der gewöhnlichen Bittformel seiner Art, »bin den ganzen Tag auf den Füßen gewesen und schmählich hungrig.«

»Dein Essen kenne ich«, lachte Horbach, in seiner Tasche nach einigen Deuten suchend und sie ihm gebend, »untersteh dich aber, mir in eine der Opiumhöhlen hineinzugehen.«

»Mit der Barschaft?« bemerkte Tojiang nicht ohne Humor, indem er einen wehmütigen Blick auf die kleine Kupfermünze warf, »würde mir verwünscht wenig helfen.«

»Desto besser«, sagte sein Herr. »Du weißt doch nicht mit Geld umzugehen.«

Der Malaie zog sich mit einigen leise gemurmelten Worten, die, glücklich für ihn, sein Herr nicht verstand, hinter die Weißen zurück. Der eine Kapitän aber hatte indessen den Vogelbauer bemerkt und rief:

»Halt, Alter – bitte, Herr Horbach, dolmetschen Sie einmal – der Bursche da hat, glaub' ich, einen seltenen Vogel, und wenn er ihn verkauft, so soll er sagen, was er dafür haben will; ich möchte gern einige javanische Merkwürdigkeiten mit nach Hause nehmen.«

»Der Vogel?« lachte Horbach, »das ist nur eine Taube, wie sie hier zu Tausenden herumfliegen.«

»Das kleine Tier eine Taube?« rief der Kapitän erstaunt; »o bitte, fragen Sie ihn, was er dafür haben will.«

Horbach erfüllte den Wunsch, der kleine, dicke Javane aber, den Vogelbauer jetzt unter dem Arm, drehte sich langsam und mit einem verschmitzten Lächeln gegen den Frager um und sagte:

»Wollt Ihr sie kaufen, Tuwan?«

»Ja, wenn du nicht zuviel forderst!«

»Habt Ihr viel Geld – sehr viel?« fragte der Javane zurück.

»Nun hoffentlich doch genug, für solch ein Ding zu zahlen, Dickwanst«, rief der Deutsche, der schon ärgerlich wurde, »sag, was du haben willst, und damit genug.«

»Gut«, erwiderte der kleine Eingeborene, den Bauer vor sich mit beiden ausgestreckten Armen haltend und den Vogel darin mit zärtlichen Blicken betrachtend. »Legt mir hundert Säcke Kupfer da hier vor das Haus, und dann noch hundert darauf, und dann noch hundert, und immer noch hundert, bis sie so hoch liegen, wie ich reichen kann, den Bauer oben darauf zu setzen – und dann – will ich mich erst noch besinnen, ob ich ihn hergebe.«

»Was sagt er?« fragte der Kapitän.

»Er ist einfach verrückt«, meinte Horbach, sich von ihm abdrehend. Dann aber sich noch einmal halb zu dem Malaien wendend, sagte er: »wenn du deinen Verstand wiedergefunden hast, Alter, dann frag einmal wieder zu, ob wir die Taube haben wollen.«

»Er hat seinen Verstand gut genug beisammen, Tuwan«, lachte aber der Chinese still und pfiffig vor sich hin, »und gerade deshalb gibt er die Taube nicht her.«

»Aber ich kaufe ein Dutzend von den Tauben für zwei Gulden auf dem Basar«, rief Horbach ärgerlich.

»Ja, Tuwan, ja«, nickte Schong-ho, »junge Tauben, so viel wie Sie wollen, aber keine von dem Alter.«

»Ich dächte, daß das Alter eben keine Empfehlung für sie wäre.«

»Doch, Tuwan, doch«, sagte aber der Chinese, während der Javane, überzeugt, daß er mit den Weißen keinen Handel machen würde, mit seinem Vogelbauer im Innern der Hütte verschwand, »die Javanen hier haben eine alte Sage – und wer weiß, ob's nicht wahr ist – daß diese Vögel, wenn sie hundert Jahre alt geworden sind, statt der gewöhnlichen, diamantene Eier legen.«

»Und will der tolle Bursche warten, bis sie das Alter erreicht hat?« lachte Horbach.

»Nein, Tuwan«, sagte kopfschüttelnd der Chinese, »das hat sie schon, denn die Taube ist noch von den Großeltern des kleinen Burschen, die sie aus einer andern Familie gekauft haben. Die Taube erreicht in der nächsten Woche ihr hundertstes Jahr, und die ganze Umgegend wird dann hier zusammenkommen, um das längst erhoffte Wunder mit anzusehen.«

»Was sagt er?« rief der Kapitän Meier jetzt, der ungeduldig wurde; »das ist ja ein verdammtes Kauderwelsch, von dem man nicht eine Sterbenssilbe versteht.«

»Bah«, lachte Horbach, »es ist einer von ihren verrückten Aberglauben, von denen sie bis obenhin vollstecken: daß diese Tauben nämlich, wenn sie hundert Jahre alt werden, diamantene Eier legen.«

»Das glaub' ich auch«, lachte der Seemann, »sie werden aber nie so alt.«

»Und doch«, sagte Horbach, »diese kleinen Tauben erreichen in der Tat ein sehr hohes Alter, sie erben nicht selten von Familie auf Familie. Wo ihnen solch ein Aberglauben aber einmal im Kopf steckt, ist natürlich nichts anzufangen. Wenn Sie indessen solche Tauben haben wollen, verschaffe ich sie Ihnen morgen in der Stadt. Die hier gäbe der Tropf nicht her, und wenn man sie ihm mit Gold bedecken würde.«

»Wo sind denn die Opiumhöhlen?« fragte der andere Kapitän, der sich wenig für den Handel interessierte.

»Gleich dort drüben.«

»Auf dem Markt scheint der Teufel los zu sein, das ist ja eine ohrzerreißende Musik. Hören Sie nur den Höllenlärm.«

»Da müssen wir erst noch einmal hin«, lachte Horbach, »dort sind jedenfalls noch einige Ronggings angekommen, und da können Sie sehen, welche Quantität von Musik die Eingeborenen und Chinesen imstande sind, zu ertragen.«

Dicht am Basar lagen ein paar niedere, schmale Gebäude, denen, im Vergleich zu den anderen wenigstens, Licht und Luft nur spärlich zugemessen schien. Sie waren auch nicht aus Bambus geflochten, sondern hatten Lehmmauern mit einem Ziegeldach, aber nur wenige und kleine, mit hölzernen Latten vergitterte und mit Läden verwahrte Fenster – eine Vorsicht, die man bei keinem Hause der Eingeborenen, höchstens bei den Chinesen, fand. Der Platz hier war eine der berüchtigten amfion Kits oder Opiumhöhlen, durch einen Chinesen gepachtet, der hier das ganze Jahr hindurch, besonders aber an Basarabenden, seine Ernte hielt und im Detail das schleichende, mörderische Gift, das Opium, verkaufte.

In der Vorhalle, wenn man einen schmutzigen, dunklen und stallähnlichen Raum mit diesem Namen bezeichnen will, war zugleich das Comptoir aufgeschlagen – ein gewöhnlicher hölzerner langer Tisch, der auch dazu diente, die Käufer von dem dahinter aufbewahrten »Vorrat« zu trennen. Hinter dem Tisch saß, die Beine übereinandergeschlagen, ein alter Chinese, den Verkauf zu überwachen, während ein paar jüngere Burschen beschäftigt waren, die kleinen, gewöhnlich verlangten Quantitäten auf Sirihblätter abzuwiegen und den Käufern, nachdem sie jedoch vorher das Geld einkassiert und geprüft hatten, hinzuschieben. Der alte Chinese, eine Figur, wie sie prächtig zu einer Pagode auf irgendeinem Kamin gepaßt haben würde, wenn man sie vorher ein wenig abgewaschen und sauber angezogen hätte, saß da mit seinem Tuschpinsel und einigen Bogen linierten Papiers wie ein paar alten Kontobüchern daneben, und seinen kleinen grauen, mit einer scharfen Brille bewaffneten Augen entging nichts – kein Deut, der auf den Tisch geworfen wurde, keine ausgeteilte Portion, keine Gestalt, die sich in dem Raume herumtrieb, mochte sie sich auch noch so fern in den dunklen Ecken halten.

Vor ihm galt dabei weder Rang noch Stand, und er hatte recht. Wer zu ihm an den Ladentisch kam, stellte sich mit der Hefe der Bevölkerung gleich – und wer das selber tat, konnte nicht mehr verlangen, daß andere auf ihn Rücksicht nahmen. Aber kein wirklich anständiger Javane oder Chinese, mochte er dem Laster des Opiumrauchens noch so sehr ergeben sein, kam auch, wie er recht gut wußte, hier zu ihm auf den Basar des Meester Cornelis. Derartige Leute hatten elegant hergerichtete und abgeschlossene, meist geheimgehaltene Gemächer, in denen sie sich dem Genuß des berauschenden Giftes hingaben. Nur das verworfenste Gesindel seiner eigenen Landsleute oder verdorbener und schon halb zugrunde gerichteter Javanen suchte diesen Ort, um dem Rausch auf schmutzbedecktem Lager in die Arme zu sinken. Auch heute sammelte sich die gewöhnliche Schar der »Opiumesser«, wie die Malaien sonderbarerweise das Opiumrauchen nennen (amfion makan), nach und nach in diesem Comptoir der Sünde, und hohläugige, abgemagerte, elende Gestalten krochen in Menge zu dem Tisch heran, ihre Portion, oder soviel sie eben bezahlen konnten, gegen ihre Barschaft einzutauschen. Entweder kehrten sie damit in die übrigen Höhlen des Lasters zurück oder träumten gleich hier an Ort und Stelle, mit einer andern Zahl ähnlichen Gelichters, dem süßen Rausch entgegen, den sie mit dem Mark ihrer Gebeine bezahlen müssen. Der Tisch vorn war vollkommen besetzt, denn Mann an Mann standen etwa zehn oder elf der dunklen Gestalten, denen selbst das Licht der düstern Kokosflamme zu hell schien und die scheu den Blick davon abwandten.

Sie warteten, bis die Reihe an sie kam, ihren Teil zu empfangen, und der kleine dicke Chinese hatte kaum Augen genug, die vielen Finger der Burschen alle unter Aufsicht zu halten. Da drängte sich ein alter hagerer Javane mit eingefallenen Zügen, aber gierig leuchtenden Augen durch die übrigen und schob hastig einen Guldenzettel auf den Tisch.

»Gebt mir! Gebt!« rief er dabei. »Nun? Habt Ihr's nicht verstanden? Ich will von dem Stoff haben und mich hungert.«

»Hoho!« lachte der kleine Chinese, indem er ihm einen verächtlichen Blick zuwarf, »haben wir doch warten müssen, bis du kamst, mein Bursche, so wirst du auch jetzt warten können, bis an dir die Reihe ist. Gib dem Alten zuletzt, Keiho«, sagte er dann zu einem seiner Verkäufer, »er soll uns die Ordnung nicht stören, und wenn es ihm nicht recht ist, mag er gehen und sich seinen Opium woanders kaufen.«

Der kleine, dicke Chinese lachte dabei still vor sich hin, denn er wußte recht gut, daß die Raucher hier gezwungen waren, zu ihm zu kommen und, einmal an das Gift gewöhnt, doch nicht von der Stelle gingen, bis sie es hatten. Der alte Javane drückte sich auch bei den barschen Worten scheu zusammen; hatte man ihn doch von Jugend auf dazu erzogen, sich dem Willen anderer gehorsam zu fügen. Nur in seiner eigenen Familie war er Herr und natürlich auch Tyrann, und so willkürlich er da handelte, so scheu und gedrückt fühlte sich Hetavi unter den Fremden. Geduldig wartete er, bis einer der Chinesen zu ihm kam, sein Geld zu nehmen, und zerdrückte indessen den alten, abgegriffenen Guldenzettel derart zwischen den zitternden Fingern, daß er kaum wieder zu glätten und anzubringen war.

»Schlechteres Papier hast du wohl nicht auftreiben können, du Bergläufer?« sagte auch der Bursche, der ihm das Geld abnahm, »wieviel willst du haben?«

»Für alles«, lautete die Antwort. Die Portion wurde ihm auf einem Sirihblatt hingeschoben, aber kopfschüttelnd betrachtete er das kleine Stück und frug ängstlich: »Gebt ihr nicht mehr?«

»Für einen Gulden? Nein. Iß das erst und dann komm wieder.«

»Ich will mehr haben«, flüsterte Hetavi, indem er mit der zitternden Hand in die Seitentasche seiner Jacke fuhr. Fast unwillkürlich ließ er aber dabei das scheue Auge über seine Umgebung gleiten und begegnete da dem auf ihm haftenden Blick eines andern seines Stammes, der aufmerksam forschend an ihm hing. Als sich dieser bemerkt sah, drehte er allerdings langsam den Kopf zur Seite; dem aufmerksamen und mißtrauischen Hetavi war die Bewegung aber nicht entgangen, und die Hand zurückziehend, murmelte er leise vor sich hin: »Es ist gut, es ist gut.« Damit ergriff er sein gekauftes und bezahltes Gut und verließ, sich rasch durch die verschiedenen Gruppen drängend, die Vorhalle, in den eigentlichen Tempel dieses Lasterorts einzutauchen und sich dort dem lang ersehnten Genuß mit voller Wollust hinzugeben. Kein Gedanke störte ihn dabei, daß er sich diese Freuden mit dem Blutgeld für Glück und Leben seines einzigen Kindes erkaufte, und wenn ihm ja ein solcher Gedanke kam, so bedauerte er nur, daß er nicht mehr Töchter habe, immer noch größeren Reichtum für seinen wilden, unheimlichen Genuß anzuhäufen. Was kümmerte ihn das Kind.

Sowenig er aber jetzt, das erkaufte Opium krampfhaft in seiner Hand festgeballt, der andern ihn umgebenden Welt dachte und nur durch die dort Stehenden drängte, die eigentliche Höhle zu erreichen, so aufmerksam wurde er von jenem Fremden beobachtet, dessen Blick er vorhin auf sich gezogen und der ihn davon abgehalten hatte, seine verborgene Barschaft vorzuholen und zu zeigen. Der Bursche schien einer der gewöhnlichen Bergjavanen, wie sie häufig als Boten oder mit Güterkarren aus dem Innern kommen, ihr schwer verdientes Geld auf den batavanischen Basars vergeuden und dann, wie sie hier angelangt, in ihre Berge zurückkehren. Er trug die Landestracht: baumwollene Jacke und kurze Hose, das braune Kopftuch und einen kleinen, runden, korbartigen Hut, aber den Kris im Gürtel und den längeren Klewang an der Seite, und dazu ein finsteres Gesicht mit lauernden, dunklen Augen, die keine Sekunde fest an einem Gegenstand hafteten, sondern rastlos umherschweiften und nichts mehr zu scheuen schienen, als den Blick eines Menschen. Hatte er aber die Absicht gehabt, sich selber Opium zu kaufen, so veränderte er sie jetzt, und als Hetavi den Tisch verließ, zog er sich ebenfalls zurück und folgte ihm in kurzer Entfernung, bis er sich überzeugt haben mochte, wohin der Alte ging. Nur erst einmal in dem Rauchzimmer, und er wußte recht gut, daß er von dort nicht so bald zurückkehren würde, es sei denn, um eine neue Dosis Gift zu holen. Wenn es auch niemand weiter bemerkt haben mochte, dem kleinen dicken Chinesen hinter seinem Tisch war es nicht entgangen, und als der fremde Javane das »Comptoir« wieder betrat, rückte er sich seine Brille zurecht und sah den Burschen scharf und forschend an. Ob das diesem nun fatal oder er überhaupt nur hierher gekommen war, sich das Leben in einem solchen Platz einmal mit anzusehen, aber er hielt sich nicht lange in dem menschengedrängten, dumpfigen Gemach auf, sondern trat wieder hinaus vor die Tür und mitten in das eigentliche Leben des wirklichen Basars hinein, durch dessen Scharen er sich langsam drängte.

Dort draußen schien der Lärm indessen seinen höchsten Grad erreicht zu haben, denn neben dem ersten Rongging der chinesischen Tänzerinnen hatten noch drei andere ihre Lampen entzündet, jeder natürlich mit einem Musikchor von Anklongs und anderen nationalen Instrumenten, die ihr disharmonisches Toben zusammen begannen. Dicht nebeneinander, verfolgte jedes einzelne Orchester auch seine eigene Melodie – wenn ein solches Chaos von Tönen überhaupt Melodie genannt werden konnte. Das hämmerte und schlug, klopfte, strich und schrie auf eine Weise durcheinander, daß dem Europäer davon die Ohren gellten und schmerzten. Eingeborene wie Chinesen erfreuten sich aber trotzdem dieses immer aufs neue wiederholten Skandals und standen mit voller Seelenruhe mitten zwischen den tobenden Instrumenten. Und dabei schrien die Tänzerinnen bei ihren tollen Sprüngen ihre kreischenden Lieder in die Nacht hinein, wirbelten und hüpften um die inmitten aufgehangene Lampe, kokettierten durch ihre Fächer mit den sie umstehenden Zuschauern und schienen in ihren Anstrengungen unermüdlich. Dann und wann aber sprang auch wohl ein Javane oder Chinese in den Kreis und einer der Tänzerinnen gegenüber, und der wildeste Cancan konnte dann nicht widerlicher, nicht sittenloser ausbrechen als diese nächtlichen Tänze des javanischen Basars, denen die Zuschauer in jubelndem, wieherndem Gelächter und Beifallsrufen lohnten.

Mitten zwischen diese Gruppen hatte Horbach seine beiden Freunde, die Kapitäne, geführt und ihnen wohl nicht zuviel versprochen, wenn er ihnen sagte, daß sie hier besser wie in Batavia echt javanisches Leben schauen könnten. Horbachs Diener aber, Tojiang, verwertete die geringe Summe, die er aus seinem Herrn herausgepreßt, in einem Glase Arak – schlechter Muselmann, der er war – und einem Teller trockenen Reis mit Curry oder rotem Pfeffer und war dann eben im Begriff gewesen, seinen Herrn noch einmal anzureden und einen zweiten Angriff auf seine Börse zu versuchen, als er eine Hand auf seiner Schulter fühlte und, sich rasch danach umdrehend, ein Gesicht erkannte, das er, wie es schien, hier nicht erwartet hatte.

»Klapa!« rief er, sein Erstaunen im ersten Augenblick nicht verhehlend, »was zum Henker machst du hier, mitten auf dem Basar? Weißt du nicht –«

»Pst«, warnte aber der Javane, unser Bekannter aus der Opiumhöhle, indem er seinem aufgefundenen Freund ein Zeichen gab, vorsichtig zu sein. »Wenn du meinen Namen etwas weniger laut schreien wolltest, mein alter Gefährte, so würde ich dir dankbar sein. Wir sind hier eben nicht allein.«

»Aber weißt du nicht«, flüsterte ihm Tojiang leise zu, »daß die Polizei der Weißen deine Streiche noch lange nicht vergessen hat und daß jenen armen Teufel von Chinesen die Krokodile keineswegs –«

»Pst«, winkte aber Klapa wieder warnend mit der Hand, indem er nur einen scheuen Blick nach rechts und links hinüber warf, ob nicht vielleicht unberufene Lauscher die leichtsinnigen Worte gehört haben könnten. Der Lärm der Anklongs übertäubte freilich alles, und er brauchte deshalb nicht besorgt zu sein. »Laß die alten Geschichten – es ist dunkel, und Jahre sind darüber vergangen, seit ich den Boden hier betreten habe. Wer kennt Klapa noch? Wer kümmert sich um ihn?«

»Und warum bist du nicht in deinen Bergen geblieben?«

»Schlechtes Leben da oben«, sagte der Eingeborene, unwillig mit dem Kopf dazu schüttelnd, »nichts zu verdienen, nichts zu machen; ein faules, ärmliches Leben mit noch schlimmerer Polizei wie hier. Klapa haßt die Berge!«

»Und was willst du jetzt hier?«

»Geld verdienen – viel Geld, und dann –«

»Und dann?«

»Nach den tausend Inseln gehen als Tuwan«, sagte der Javane mit solchem Ernst, daß Tojiang laut auflachte:

»Und womit?« frug er spottend. »Als Boedjang vielleicht oder als Lastträger bei den orang Wolandas oder als –«

»Bah«, unterbrach in Klapa unwillig; »wenn ich hätte ein Sklave sein wollen, wäre ich nicht hierhergekommen. Klapa weiß besser Bescheid in der Welt. Zeig mir nur einen Weg, und ich finde mich zurecht. Lieb ist mir's aber, daß ich dich hier getroffen habe, denn du bist bekannt und kannst mir vielleicht helfen; sollte dein Schaden nicht sein.«

»Und der Chinese?«

»Laß die alten Geschichten ruhen«, rief unwillig der Berg-Javane, »ich habe jede nötige Vorsicht gebraucht und«, setzte er leise flüsternd hinzu, »mit seinem Blut meine Lippe genetzt. Gefahr ist deshalb nicht zu fürchten. Du bist der einzige Sterbliche, der darum weiß, und du wirst schweigen – weil du eben nicht reden kannst.«

»Und willst du dich wirklich nach Batavia hineinwagen?« frug kopfschüttelnd der vorsichtigere Tojiang.

»Und warum nicht?« lachte Klapa, »wenn es nämlich nötig sein sollte; vorderhand versuch' ich aber, ob ich hier draußen nicht eine angenehme Beschäftigung finde, vielleicht irgendwo einen guten Handel machen kann.« Tojiang sah eine Weile sinnend vor sich nieder, dann sagte er leise:

»Der alte Tonké da drüben von Tji-soka hat eine hundertjährige Taube, aber – er verlangt viel Geld dafür.«

»Weißt du das gewiß?« rief Klapa rasch; »aber zum Henker mit den Schuften; sie lügen es alle, um die orang Wolanda und sich selber zu betrügen.«

»Nein«, sagte Tojiang, »ich wußte es schon von meines Vaters Bruder. Des Tonké Mutter hat sie geerbt, und wie die im vorigen Jahr auch gestorben ist, hat sie der Alte an sich genommen und bewacht sie jetzt wie sein Auge im Kopf. Mein Tuwan frug ihn um den Preis; er forderte einen Berg von Säcken dafür.«

»Weißt du, wo er wohnt?«

»Kennst du noch Schong-ho?«

»Den alten Fuchs? Gewiß; aber ich gehe ihm aus dem Weg.«

»Gleich rechts das Haus daneben – aber –«

»Ein Dienst ist des andern wert«, nickte Klapa, der keinen Augenblick an den Sagen seines Vaterlandes zweifelte und so fest davon überzeugt war, daß hundertjährige Tauben Diamanten statt Eier legen müssen, wie von dem Wiedererscheinen der Sonne am nächsten Morgen, »wenn er sie hergibt«, und der schlaue Bursche lachte dabei still vor sich hin, »so weiß ich ein reizendes Plätzchen in den Bergen, wo sie ganz ungestört ihre guten Eier legen könnte, und dann, Tojiang, besuchst du mich einmal dort oben.«

»Nimm dich in acht«, warnte Tojiang, »der alte Tonké ist mißtrauischer wie zehn Wolandas.«

»Was tut's?« lachte Klapa, »ich muß doch hin und ihm Grüße von Tjipanas bringen, wo er so lange gelebt und wo ich den ganzen Kampong kenne.«

»Nimm dich in acht!« warnte Tojiang, der dabei nicht aufgehört hatte, seine Nachbarschaft zu mustern, noch einmal, »da drüben steht auch einer der Oppass und hat schon ein paarmal hier nach uns hergesehen.«

»Du fürchtest wohl für deinen Ruf?« lachte Klapa, nichtsdestoweniger aber der vorsichtig angedeuteten Richtung den Rücken kehrend. »Hab keine Angst; die müssen schnell sein, die Klapa bei Nacht und auf einem Basar erwischen wollen.«

»Hast du denn Reisegeld?«

»Etwas – nicht viel – werde aber schon mehr bekommen.«

»Ich bin blank –«

»Wie immer«, nickte der Javane, »aber du hast mir eine gute Nachricht gegeben, und was ich habe, teil' ich gern. Komm indes mit fort von hier, in den Schatten der Häuser da drüben. Es braucht gerade niemand zu wissen, daß wir beide Geldgeschäfte mitsammen haben«, und die beiden Burschen schlenderten, als ob sie einander gar nichts angingen, nach verschiedenen Richtungen durch die Menge, um sich heimlich an der von Klapa bezeichneten Stelle wiederzufinden.

In der Opiumhöhle ging es indessen zu wie in einem Bienenschwarm, nur daß diese Bienen – ungleich jenen in der Fabel – allein das Gift sogen und in ihre Zellen trugen, wenig sich dabei um den Honig kümmernd. Es gehörte aber auch schon Opium dazu, sich in Luft und Seligkeit hineinzuträumen, wo nichts als Jammer, Laster und Elend sie in Wirklichkeit umgab. Auch Horbach war mit den beiden Kapitänen hier herübergekommen, weniger das Treiben selber zu sehen, das er fast zum Ekel kannte, als es ihnen, den Neulingen, einmal zu zeigen. Bald betraten sie einen engen, düsteren Raum, der nur von den dunkelbrennenden Lampen erleuchtet wurde, die vor den Rauchern selber zu deren Gebrauch standen, und acht oder zehn halbnackte Menschenkinder lagen hier ausgestreckt auf einer von Bambus geflochtenen Pritsche, einige ein altes mit Dapatwolle gestopftes schmutziges Kissen, andere einfach nur ein plattes Stück Holz unter dem Kopf. Die kurze Pfeife hielten sie dazu in der Hand; ihr Opium hatten sie, hier und da mit etwas Tabak, auf dem Sirihblatt vor sich ausgebreitet liegen, und nur dann und wann sich in halber Betäubung aufrichtend, stopften sie eine kleine Kugel davon in die winzige Öffnung der Pfeifen, zogen den Dampf mit einem leisen Pfeifen langsam ein und bliesen ihn dann wieder, nachdem sie ihn eine Weile im Munde behalten und halb verschluckt hatten, durch die Nase aus. Ein widerlicher, warmer und weicher Dunst herrschte in dem niedern Gemach, in dem sich nur die Raucher selber wohl und behaglich zu fühlen schienen; die beiden Kapitäne aber, fortwährend an frische, gesunde Luft gewöhnt, konnten kaum Atem holen und hätten am liebsten gleich wieder den verpesteten Ort verlassen, wenn sie nicht Horbach daran verhinderte.

»Nicht so rasch, meine Herren«, sagte er lachend, »das ist ein Ort, den sie wahrscheinlich nicht so bald wieder besuchen, und den müssen Sie sich deshalb auch ein wenig genauer ansehen. An dem ganzen Ameublement ist freilich nicht viel zu bewundern, aber die Menschen darin, wenn Sie diese Geschöpfe überhaupt Menschen nennen wollen, sind der Mühe wert, daß man sie einmal genauer betrachtet.«

»Ach was«, sagte der eine Kapitän, »ich sehe da auch keinen großen Unterschied zwischen einem gewöhnlichen deutschen oder europäischen Säufer und diesen Kreaturen, die sich halb bewußtlos auf ihrem harten Lager herumwälzen. Ja, wenn ich die Wahl haben soll, sind die hier mir noch lieber, denn sie machen wenigstens keinen Skandal, werfen sich keine Bierkrüge an den Kopf, stechen sich keine Messer in den Leib und schreien, juchzen und toben nicht.«

Horbach fühlte sich möglicherweise durch diesen Vergleich mehr getroffen, als der ehrliche Seemann ahnen mochte, hatte auch vielleicht an eine solche Ähnlichkeit zwischen sich und einem Opiumraucher, den er von Herzen verachtete, noch nicht einmal gedacht. War ihm aber ein solcher Gedanke in diesem Augenblick durch das Hirn gefahren, so lag es keineswegs in seinem ganzen Wesen, sich dem lange hinzugeben, und lachend rief er:

»Das wäre immer noch eine Schmeichelei für diese Schufte, die sich hier zu Skeletten abzehren und nur den ganzen Tag in einem Halbtraum vergeuden, um abends wieder aufs neue das faule Gift in ihre Adern zu ziehen. Sehen Sie den Alten da an! Können Sie sich ein scheußlicheres Bild menschlicher Versunkenheit denken wie diesen alten Knaben, der, selber nur noch Haut und Knochen, an seiner schmutzigen Pfeife saugt, um auch des letzten Fünkchens Verstand ledig zu werden? Das Trinken endet doch in einem fröhlichen, wenn auch wilden Rausch – das Rauchen hier mit einem elenden Absterben des Geistes wie der Glieder.«

»Nun, der Bursche da sieht wenigstens noch nicht so aus, als ob ihm die Glieder abgestorben wären«, sagte Kapitän Meier, indem er auf einen neuen, eben das Gemach betretenden Raucher zeigte, der das Sirihblatt mit dem Opium in der Hand hielt und sich, wie es schien, nach einem Platz umsah, auf dem er sich bequem niederlegen konnte. Sein muskulöser kräftiger Körper und die breite nackte Brust, die durch die geöffnete Jacke frei gezeigt wurde, verriet auch nichts weniger als einen entnervten Körper, und der flüchtige, fast scheue Blick, den der Bursche auf die hier keinesfalls erwarteten Europäer warf, zeigte, daß auch seine Geistesfähigkeiten noch nicht durch das Gift gestört seien.

»Das ist jedenfalls ein Neuling«, sagte Horbach, indem Klapa, der neue Ankömmling, vorsichtig auf das Bambuslager stieg, eine der dort stehenden Lampen anzündete, und sich dann neben dem Alten, unserem Bekannten Hetavi, niederlegte. »Ich wollte nur, Sie können ihn mal in ein oder zwei Jahren wiedersehen, welche Wirkung der Gebrauch des Opiums dann in ihm hervorgebracht hat.«

»Kommen Sie«, sagte der eine Kapitän, »ich werde seekrank, wenn ich hier noch länger in dem Giftdunst bleibe. Der Kopf wird mir schon schwindlig, und der Schweiß tritt mir auf dem ganzen Körper heraus. Das ist eine Luft zum Ersticken.«

»Ich habe ebenfalls nichts dagegen, wenn wir wieder ins Freie gehen«, meinte der andere, »es ist hier auch nicht viel zu sehen, denn von dem, was die Burschen da träumen, erfahren wir doch nichts. Der junge Geselle scheint übrigens schon halb im Schlaf zu sein.«

»Faulheit«, sagte Horbach, »weiter nichts, denn so schnell wirkt das Opium nicht; aber kommen Sie, denn wenn Sie es hier satt haben, fühl' ich auch kein Bedürfnis, mich länger hier herumzutreiben.«

»Wollen wir nicht noch einmal zu dem Chinesen gehen?« sagte Meier.

»Aha, die jungen Damen stecken Ihnen im Kopfe!« lachte Horbach; »meinetwegen, es wird jetzt drüben auch vielleicht nicht mehr so voll sein. Erst müssen wir uns aber die Ronggings noch einmal ansehen, denn die stehen jetzt in voller Blüte. Das Haus hier zittert ordentlich von dem infernalischen Lärm, und dann werde ich mir die Freiheit nehmen, Sie einmal meinem alten Freunde Schong-ho vorzustellen.« Die drei Europäer verließen das dumpfige Gemach, und Klapa hob langsam den Kopf, ihnen nachzusehen. Als sie den Raum hinter sich hatten, schweifte sein Blick noch einmal über die träumenden Raucher hinüber; dann drückte er sich fester an des schon fast bewußtlosen Hetavi Seite und sank wie schlafend auf sein Kissen zurück.

VIERZEHNTES KAPITEL

Es war spät geworden, aber immer noch tobte der Lärm der Ronggings auf dem Basar, immer noch rasten die unermüdlichen Tänzerinnen um ihre Lampe her, wehten mit ihren Fächern, schwangen sich herüber und hinüber und sammelten Deute von den kaum weniger zähen Zuschauern. Aber der Neugierigen auf dem Markt waren jetzt doch weniger als vorhin; die Fruchtverkäufer hatten sich ebenfalls zum großen Teil entfernt und dadurch die Beleuchtung des Marktes wesentlich verringert, und nur der dem Untergang nahe Mond sandte noch sein rotes, unheimliches Licht über die wilde Szene und spielte mit dem Schatten der wehenden Kokospalmen, die hier und da die einzelnen Gebäude mit ihren zierlichen Kronen überragten.

Die Tür von Schong-hos »Gesellschaftszimmer« stand noch weit geöffnet, aber nur einzelne Chinesen trieben sich zwischen den darin gruppierten Mädchen umher; und die Häuser daneben lagen in tiefer Dunkelheit.

An das eine Nachbarhaus klopfte ein Javane – ein-, zweimal –, ehe man ihn im Innern hörte und ihm antwortete.

»Was gibt's? Wer ist da?« fragte eine Stimme von innen heraus.

»Ein Freund von Tji-panas«, lautete die Antwort, »eben aus den Bergen heraus, der Euch Grüße bringt von daheim.«

Keine Antwort erfolgte – nur leise flüsternde Stimmen wurden im Innern gehört, endlich kam der, der zuerst gesprochen, an die Tür und sagte, ohne dieselbe jedoch zu öffnen:

»Wie heißt du?«

»Delankeng – ein Verwandter Eures Vetters in Tjipanas.« Wieder schien eine Beratung stattzufinden, aber der innere Raum erhellte sich, und bald darauf wurde der hölzerne Riegel zurückgeschoben, der die Tür bis dahin geschlossen gehalten. Sie öffnete sich aber nur erst ein klein wenig, und das aufmerksam vorgebeugte Gesicht des kleinen dicken Javanen kam über der Lampe zum Vorschein, den späten verwandtschaftlichen Besuch, ehe er ihn einließ, etwas genauer zu betrachten.

»Tabé, Tonké«, sagte dieser aber mit freundlichem Nicken, »du brauchst keine Furcht zu haben, wenn ich auch spät an deine Tür klopfe.«

»Und woher kommst du mitten in der Nacht?« sagte der Alte, ohne bis jetzt noch dem Fremden den Eintritt zu gestatten.

»Direkt von Tji-panas«, erwiderte dieser, »bin tüchtig zumarschiert, den Basar heut' abend noch zu erreichen.«

»Hast du was mitgebracht?«

»Soll ich Euch das alles hier draußen im Freien erzählen?« frug der angebliche Delankeng.

Tonké zögerte noch immer, aber er fühlte doch auch das Unschickliche, jemanden, der sich als Verwandter anmeldete, an der Tür stehen zu lassen, und diese langsam öffnend, sagte er:

»Komm herein, Delankeng.«

Der vermeintliche Delankeng zögerte nicht, von der Einladung Gebrauch zu machen, und schritt gleich auf die alte Frau zu, sie zu grüßen. Tonké indessen betrachtete ihn, so gut es das ungewisse Licht der Lampe gestattete, aufmerksam und schüttelte dazu den Kopf, denn den Verwandten hatte er in seinem ganzen Leben noch nicht gesehen. Delankeng dagegen betrug sich, als wenn er hier zu Hause wäre, setzte sich ohne weiteres auf die Matte, dicht zu Tonké, den Rücken der Lampe zugedreht, und plauderte und erzählte von Tjipanas und den benachbarten Kampongs nach Herzenslust. Die meisten Fragen, die Tonké an ihn richtete, wußte er auch geschickt zu beantworten; ein paar Mal wurde er aber doch in die Enge getrieben, und nur seine bodenlose Frechheit, mit der er aufs Geratewohl ins Blaue hineinriet, half ihm durch. Dabei wußte er es so einzurichten, daß er langsam und vorsichtig, aber deshalb so viel genauer, das ganze kleine Gemach überflog. Genau merkte er sich dabei besonders die Stelle, wo das Bauer mit der Taube hing, zählte die Bambusstäbe, die von der

Ecke des Daches bis dorthin führten, und hatte in kaum einer Viertelstunde, während er mit dem Alten lachte und schwatzte, das ganze Innere des Hauses vollkommen im Kopf. So anscheinend absichtslos das aber auch geschah, so entging es dem mißtrauischen Tonké doch keineswegs. Er fand, daß sein Besuch die Blicke fortwährend da hatte, wo er sie eigentlich nicht haben sollte, und ihm fast nie oder doch sehr selten selber ins Auge sah. Auch einige der Antworten gefielen ihm nicht, wenn sie auch mit großer Zuversicht und Ruhe gegeben wurden. Zweimal hatte der späte Gast sogar über seine eigene Familie ganz unrichtige Angaben gemacht, und wenn auch Tonké tat, als ob er es nicht bemerke, wurde er dadurch nur so viel aufmerksamer. Klapa aber, der sich hier unter dem Namen Delankeng eingeführt, bekam es endlich satt, über Sachen und Leute Rede zu stehen, die er gar nicht oder doch nur oberflächlich kannte, und um gleich und ohne weiteres zum Ziel zu kommen, sagte er endlich:

»Alle die Fragen, Freund Tonké, beantworte ich Euch lieber morgen; ich habe einen langen Marsch gemacht, und meine Füße brennen mich. Gebt mir eine Matte, daß ich mich niederlegen kann; morgen sprechen wir ein weiteres darüber.« Das war aber gerade, was Tonké nicht beabsichtigte, den Fremden nämlich die Nacht in seiner Hütte zu behalten, und er sagte langsam:

»Tut mir leid, Freund – wir haben aber nur die eine Matte, und du wirst dich schon nach einem andern Nachtquartier umsehen müssen.«

»Aber du wirst doch nicht den Vetter«, rief da die Frau, »bei Nacht und Nebel aus dem Haus schicken wollen?«

»Sollte mir wenigstens fatal sein«, meinte Klapa ruhig, »denn ich hatte fest darauf gerechnet, bei Euch bleiben zu können.«

»Tut mir aber doch leid, daß ich es mußte«, sagte der kleine Javane ganz fest und entschieden. »Ich habe hier im – hm – ich – ich kenne Euch überhaupt noch zu wenig, und bin nicht gewillt, so lange ich so dicht am Basar wohne, irgendeinen Fremden nachts zu beherbergen – ob das nun ein Verwandter ist oder nicht.«

»Aber, Mann!« rief die Frau erschreckt. Tonké jedoch, seinen Sarong ganz in der Art, wie es die Matrosen mit ihren etwas tief hängenden Beinkleidern machen, ein wenig über den Hüften in die Höhe ziehend, warf erst einen scheuen Blick nach seiner Taube hinüber und dann auf seinen angeblichen Vetter (dem beide nicht entgingen, wenn er dem Manne auch nicht dabei in die Augen sah) und sagte entschlossen:

»Dabei bleibt's heut' abend – morgen wollen wir weiter sehen, wenn – Delankeng dann überhaupt noch im Basar ist. Tabé, Freund, es ist Zeit zum Schlafengehen, und du hast ebenfalls nichts zu versäumen, um noch in einem der Logierhäuser ein Unterkommen zu finden.«

»Freundlich ist das gerade nicht von Euch, Tonké«, sagte Klapa, indem er aufstand, denn solcher direkt gegebenen Mahnung durfte er sich nicht widersetzen; er war dabei zugleich auf die Seite der Tür getreten, auf welcher das Bauer mit dem Vogel hing. Ob aber der dorthin geworfene Blick von Tonké aufgefangen worden, oder ob es aus alter Gewohnheit geschah, seinen einzigen Schatz in Sicherheit zu wissen, aber er trat zwischen ihn und den Fremden und wich diesem nicht von der Seite, bis er ihn wieder draußen vor der Tür wußte.

»Aber Tonké«, rief vorwurfsvoll die Frau, wie er den Riegel wieder vorgeschoben hatte. »So ungastlich habe ich dich in meinem Leben noch nicht gesehen. Wenn auch der Besuch ein wenig spät war, so darf man es doch unter Verwandten nicht so genau nehmen, und der arme junge Delankeng – aber was machst du denn?«

»Was ich mache?« sagte der kleine Javane, der die letzten Worte und Vorwürfe seiner Frau gar nicht gehört zu haben schien, sondern nur mit sorgsamen Blicken die Stelle betrachtete, an der sein Taubenbauer hing, dieses dann vorsichtig abnahm und an die entgegengesetzte Seite der Hütte, und zwar an die hintere Wand brachte, »das will ich dir sagen«, setzte er dann langsam hinzu, »der Bursche heißt so wenig Delankeng wie ich, und was er hier bei uns gewollt hat, kann ich mir etwa denken; so dumm ist der alte Tonké aber nicht, und wenn er den betrügen will, muß er früher aufstehen.«

»Torheiten, Tonké«, rief aber ärgerlich die Frau. »Du hast nur immer deine alberne Taube im Kopf, die schon seit drei Monaten hätte ihre Diamanten legen können – wenn sie eben gewollt –«

»So? Du redest, wie du es verstehst«, sagte der kleine Mann, »glaubst du, daß ein Diamant so leicht gelegt ist wie ein Ei? Und eine Taube ebenso rasch damit fertig wird? Und wie hat sich die arme Alte in der letzten Woche abgequält, und wie schwach und matt ist sie dabei geworden! Die hat dem Schuft in der Nase gesteckt, und morgen früh – raschelte da nicht etwas?« fuhr er plötzlich und erschreckt herum.

»Ach, was soll rascheln«, sagte die Alte mürrisch, rückte sich ihr Kopfkissen zurecht, kauerte wieder auf der Matte nieder und war bald, trotz der sie umsurrenden Moskiten, sanft eingeschlafen.

Tonké selber traute dem Frieden noch nicht, und wie er die Lampe ausgelöscht hatte, war es ihm, als ob er bald hier, bald da einen Schritt oder das Knacken irgendeines kleinen Zweiges oder Holzes um das Haus höre. Ob der nichtswürdige Halunke noch da draußen herumschlich? Indessen waren zwei Bendis auf Meester Cornelis angefahren und aus jedem ein einzelner Europäer gestiegen. Beide ließen ihre Fuhrwerke an dem gewöhnlichen Halteplatz warten und schritten zusammen dem Markt zu.

»Das ist eine ganz unnötige Nachtfahrt, die wir hier machen«, sagte der eine, »morgen früh hätten wir den Burschen eben so sicher und mit viel weniger Umständen aus seinem Bette holen können. Wo will er denn hin? Er kann ja gar nicht fort.«

»Wenn er überhaupt fort könnte«, meinte der andere, »wäre ich der letzte, der ihn hielte, denn auf die Art würden wir ihn am allersichersten und besten los. Weil er aber eben hier bleiben muß, sind wir auch genötigt, ihm auf die Finger zu sehen. Übrigens glaube ich selber nicht, daß er mit der Sache das mindeste zu tun hatte.«

»Aber Heffken hat doch ausgesagt –«

»Weiter nichts, als daß er den schon etwas angetrunkenen Menschen barsch abgewiesen und dadurch wahrscheinlich gereizt habe; mit den Malaien und Eingeborenen steckte er dabei fortwährend zusammen, und es sei leicht möglich, daß er einen oder den andern, von Wein oder Arak erhitzt, veranlaßt habe, ihn zu rächen. Ich wäre auch gar nicht auf einen solch matten Verdacht hin darauf eingegangen, ihn zu verhaften, wenn nicht der Kutscher in dem Eingeborenen den Diener Horbachs, den nichtsnutzigen Tojiang, erkannt haben wollte. Wäre das wirklich der Fall, so läge allerdings ein schärferer Verdacht vor.«

»Horbach ist noch hier?«

»Ja – sein Bendi hält dort drüben, und es ist Befehl gegeben, ihn nicht fortzulassen, bis wir selber mitkommen. Sehen Sie jetzt einmal zu, ob Sie ihm hier nicht irgendwo begegnen können; wahrscheinlich steckt er in einer der Spelunken, vielleicht bei Schong-ho oder in der Nachbarschaft. Ich werde indessen die hiesige Polizei aufsuchen, ob die vielleicht irgend etwas Verdächtiges entdeckt hat.«

»Wenn der Tojiang der Täter wirklich gewesen wäre, könnte er kaum wieder hier sein.«

»Die Burschen laufen wie der helle Teufel«, sagte der erste, »besonders wenn sie irgend etwas verübt haben – wir kommen nachher hier wieder zusammen.« Damit bog er in die Richtung ein, in der fortwährend eine Wache von Oppaß stationiert blieb, um Ordnung auf dem Basar zu halten, auf dem sich gern allerlei Gesindel herumtrieb, und traf nach kaum einer Viertelstunde seinen Begleiter schon wieder an dem besprochenen Ort.

»Haben Sie ihn gefunden?«

»Ja, er war richtig bei Schong-ho und hat noch zwei Fremde bei sich. Sie wollen eben nach Hause fahren und werden hier gleich vorbeikommen.«

»Der Klapa ist hier wieder gesehen worden«, sagte der erste Beamte, »und hat lange und geheim mit Tojiang verkehrt. Eben höre ich auch, daß in der Opiumstube ein Diebstahl an einem Javanen begangen ist. Der alte Bursche, halb vom Opium voll, schreit und wütet, daß ihm ein paar hundert Gulden gestohlen wären. Ich habe ihn festnehmen lassen, daß er morgen, wenn er wieder bei Verstand ist, erst einmal Rechenschaft gibt, woher er das viele Geld hat.«

»Da kommt Horbach«, flüsterte der zweite, »er scheint angetrunken, und ich glaube das beste wäre, wir ließen ihn ruhig nach Hause fahren, um hier kein Aufsehen zu erregen.«

»Vielleicht, ja – fahren Sie mit«, sagte der Ältere, »nehmen Sie die beiden Oppaß mit, die uns begleitet haben, und verhaften Sie ihn vor seinem Hotel; er wird keinen Widerstand leisten. Lassen Sie aber besonders den Tojiang nicht entwischen. Ich will indessen sehen, daß wir den Klapa bekommen. Er ist gleich dort drüben in ein Haus gegangen, wo er wahrscheinlich übernachtet.«

»Guten Abend, meine Herren«, jubelte in diesem Augenblick Horbachs fidele Stimme, der, die beiden Kapitäne unter den Arm gefaßt, in äußerst guter Laune quer über den jetzt ziemlich menschenleeren Basar kam. »Hallo, was für hübsche Gesellschaft wir da noch zusammenfinden – guten Abend, alter Junge! Hurra! Batavia soll leben!«

»Ruhig, Horbach, ruhig!« sagte der Kapitän Meier auch mit ein wenig schwerer Zunge. »Donnerwetter, der geht immer vor dem Wind, vierzehn Knoten die Stunde, hat aber keinen Ballast und ist top heavy – he, alte fidele Seele?«

»Guten Abend, meine Herren«, sagte der eine Polizeibeamte, indem er den dreien etwas aus dem Wege trat und seinem Begleiter einige Worte zuflüsterte.

»Hier, meine Herren«, rief Horbach, und suchte sich, in seiner Wut, fremde Leute einander vorzustellen, von seinen Begleitern loszumachen – »hier habe ich die Ehre, Ihnen –«

»Komm, Horbach, alter Seehund«, unterbrach ihn aber der eine Kapitän, der sich selber schwer im Kopf fühlte und nach seinem Wagen verlangte. »Keine Weitläufigkeiten mehr – Kurs gehalten!«

»Aber, meine Herren, diese beiden würdigen Greise da«, rief Horbach, keineswegs gewillt, sich eine so günstige Gelegenheit entschlüpfen zu lassen.

»Kurs gehalten«, lachte aber auch der andere, »laß seine Finne nicht los, Meier, denn wenn er uns noch einmal abtreibt, bekommen wir ihn gar nicht wieder ins rechte Fahrwasser.«

Horbach machte noch einige, aber vergebliche Versuche loszukommen, und während die beiden Beamten zur Seite traten und ihnen höhnisch lächelnd nachblickten, arbeiteten sich die beiden Kapitäne mit ihrem unruhigen Freund »im Schlepptau« wacker durch die leeren Tische und Sessel des Marktplatzes hin, was ihnen gerade in den Weg kam, zur Seite schleudernd.

Langsam folgte ihnen der eine Beamte, während der andere zu

einigen schon seiner harrenden, in Diensten der Regierung stehenden Malaien, und dann geraden Wegs auf Tonkés Wohnung zuschritt. Tonké hatte sich eben, noch immer nicht beruhigt, auf seine Matte gelegt und horchte einem draußen dann und wann laut werdenden Geräusch, das vielleicht von einer Maus, möglicherweise aber doch auch von einem Menschen herrühren konnte. Da war es ihm, als ob plötzlich einer der Bambusstäbe, die das Dach trugen, knarrte, wie als wenn ein schweres Gewicht daran gehangen würde. Rasch richtete er sich auf seinem Arm empor, besser zu hören, da klangen deutlich die Schritte mehrerer Männer zu ihm herüber, die vor seinem Hause hielten. Gleich darauf wurde an die Tür geklopft.

»He, Tonké! – schläfst du, alte Ratte? Mach einmal deine Falle auf!«

»Wer ist da?« frug der vorsichtige Malaie.

»Die Oppaß«, lautete die Antwort, »du hast nichts zu fürchten.«

»Ihr seid recht!« rief Tonké rasch und erfreut und schob ohne weiteres den Riegel zurück. In dem Geräusch hörte er aber nicht, wie ein scharfes Messer, von einer geübten Hand geführt, das dünne Bambusgeflecht seiner hintern Wand durchschnitt und den abgetrennten Teil zurückbog.

»Hast du Besuch hier?«

»Nein – aber gehabt«, sagte der Malaie, »und ich fürchte, er treibt sich noch näher hier herum, wie mir lieb ist.«

»Wer war es, Alter?« sagte der eine Oppaß, in die Tür tretend.

»Delankeng von Tjipanas – den Namen gab er wenigstens an, aber ich glaub's ihm nicht.«

»Ist weiter niemand bei dir gewesen?«

»Nein.«

»Und warum ist er fort?«

»Weil ich ihn nicht bei mir behalten mochte. Er wollte hier schlafen.«

»Ausgeflogen«, sagte der Oppaß, sich zu seinen Gefährten herumdrehend.

»Wer weiß, wo der Schuft jetzt steckt.«

»Ihr seid hinter ihm her?«

»Es ist wahrscheinlich der Klapa von Tjanjor, der sich die letzten Jahre irgendwo in den Bergen herumgetrieben hat.«

»Da hast du's«, rief Tonké, sich rasch und triumphierend nach seiner Frau umsehend. »Was hab' ich dir gesagt. Hallo«, rief er plötzlich und sprang mit einem Satz über seine Matte hinweg nach der hintern Wand. Es klang dort, als ob einer der Bambusstäbe scharf angezogen wäre und, zurückschnellend, gegen die anderen schlug. »Meine Taube!« schrie der alte Mann aber auch schon im nächsten Augenblick in Todesangst. »Meine Taube! Hilfe! Diebe! Mörder!«

Die Oppaß waren rasch im Hause, ihnen aber entgegenstürzend schrie Tonké:

»Hinaus! In den Garten! Hinten herum – er ist dort! Er hat sie! Er hat sie! Draußen läuft er! Faßt ihn! Schlagt ihn zu Boden, den Dieb, den Schuft, den Halunken!« Es blieb hier keine lange Zeit zu weiteren Erklärungen; die bestimmten Ausrufungen des Alten machten die Leute auch glauben, daß er in der Tat jemanden in diesem Augenblick dort gesehen habe, und rasch hinausfahrend, suchten sie dem, wer er auch immer sei, den Weg abzuschneiden. Das war indessen nicht so leicht. Der kleine Garten, der hinter dem Hause lag, stieß an ein größeres, mit einer hohen Akazienhecke eingefaßtes Grundstück. Als sich einer der Oppaß dort hindurchdrängte, war es ihm allerdings im ersten Augenblick, als ob er den raschen Schritt eines Davonspringenden vernehmen könne. Im nächsten Moment aber war alles wieder totenstill, und vergebens durchsuchten die Oppaß jetzt mit Laternen den ganzen umliegenden Distrikt.

In Tonkés Haus zeigte sich indessen die Spur des begangenen Einbruchs deutlich genug, denn der schlaue und gewandte Dieb hatte ein großes Stück der Bambuswand aufschneiden müssen, um den kleinen Vogelbauer hindurchzubekommen. Außen am Hause lag, als weiteres Zeichen, sein kurzes gebogenes Messer, der sogenannte arit, und an den Bambusstäben hingen einige Blutstropfen; an dem scharfen Bambus hatte er sich jedenfalls geschnitten. Das war aber auch alles, was Klapa hinterlassen, und der alte Tonké wälzte sich im Innern auf seiner Matte umher, raufte sich die Haare und rief Allahs Fluch auf den frechen Räuber nieder.

FÜNFZEHNTES KAPITEL

Die nächsten Tage sprach man in Batavia von nichts als Heffkens Verwundung durch einen Malaien und des liederlichen Horbach Verhaftung, die natürlich damit in Verbindung gebracht wurde. Im Anfang auch, solange sein Diener Tojiang ebenfalls festgehalten wurde, glaubte man allgemein, dieser habe auf seines Herrn Befehl den Mordangriff gemacht, so unwahrscheinlich dies auch den meisten vorkam und so einzeln dies Beispiel in dem javanischen Leben dastand. Der Javane mordet nämlich wohl aus irgendeiner Leidenschaft, sei es Rache oder Eifersucht, aber höchst selten oder nie um Geld, und Raubanfälle kommen deshalb auch im Innern des Landes fast nie vor. Durch die Aussage von Heffkens Leuten aber: daß ihr Herr nämlich an jenem Abend ein fremdes Mädchen mitgebracht habe, kam das Gericht sehr bald auf eine andere, und zwar die richtige Spur, daß dieser Überfall nämlich nichts anderes gewesen sei als der Wutausbruch eines eifersüchtigen Liebhabers. Ob Klapa aber, der seine diebische Tätigkeit an dem nämlichen Abend in Meesters Cornelis gezeigt, zugleich auch der gewesen war, der das Blut eines Weißen vergossen hatte, ließ sich nicht so bald ermitteln, denn unglücklicherweise war in jener Nacht Melattie, die einzige, die darüber hätte Auskunft geben können, verschwunden. Man hatte sie, da Heffken selber mehrmals ohnmächtig wurde und alles nur um ihn beschäftigt war, vorläufig in einer der kleinen Dienerschaftswohnungen untergebracht. Mitten in der Nacht aber entwich sie daraus – ob allein, ob mit Hilfe, ließ sich nicht ermitteln, und alle Nachforschungen, die sogar die Polizei am nächsten und die folgenden Tage nach ihr in Batavia anstellte, um ihr Zeugnis gegen den Mörder zu bekommen, blieben fruchtlos.

Als sich Heffken wieder so weit erholte, um Rechenschaft geben zu können, erfuhr man allerdings durch ihn, daß Schong-ho ihre Heimat wisse, und die Möglichkeit blieb, daß sie dorthin zurückgekehrt sei. Zwei im Dienst der Regierung stehende Eingeborene wurden denn auch ohne Zögern dorthin abgesandt; aber Melattie war nicht daheim; ihre Eltern hatten seit jenem Abend nichts wieder von ihr gesehen, und Hetavi, dem das für den Verkauf seines Kindes gelöste Sündengeld an jenem nämlichen Abend wieder entwendet war, klagte Patani als den Räuber seines Gutes wie auch wahrscheinlich seiner Tochter an. Aber selbst diese neue Spur half der Polizei nichts, denn auch Patani war und blieb verschwunden und die einzige Möglichkeit, daß er Mittel und Wege gefunden hatte, auf einer Prau nach irgendeiner andern Insel mit Melattie zu entfliehen. Wer aber sollte ihn da verfolgen und wieder auffinden, wo der Ostindische Archipel, selbst ganz in der Nähe Javas, Massen von Schlupfwinkeln bot, die nie der Fuß eines Weißen betrat. Es wäre ein hoffnungsloses Unternehmen gewesen. Unter solchen Umständen lag allerdings kein weiterer Verdacht gegen Horbach vor, und dieser sowohl wie Torjiang, sein Diener, mußten freigelassen werden. Horbach hatte aber auch erfahren, daß er diese schimpfliche Behandlung niemand weiter als Heffken verdanke, und seine Wut gegen den kleinen Buchhalter kannte keine Grenzen.

Unzertrennlich von ihm war Nitschke, und die Holländer sprachen schon ernstlich davon, die nötige Summe aufzutreiben, um die beiden vollkommen verdorbenen Menschen aus der Kolonie fortzuschaffen, denn sie konnten den Eingeborenen, als weiße Tuwans, nur ein Ärgernis geben. Da erlag Horbachs Körper endlich wenigstens für einen Augenblick diesen ewigen Ausschweifungen, und man fand ihn eines Morgens, noch betrunken und dabei in einem hitzigen Fieber, mitten auf dem chinesischen Marktplatz, dicht bei der alten Stadt liegen. Natürlich blieb jetzt nichts anderes übrig, als ihn in das Spital zu schaffen, denn auf der Straße konnte man ihn nicht sterben lassen. Die ganze Nacht hatte Nitschke noch mit ihm durchgetrunken und war dann selber am nächsten Morgen nicht in seine Wohnung zurückgekommen. Allerdings wurde ihm überall nachgeforscht, er blieb aber verschwunden, wenigstens die nächsten Tage, und länger suchte ihn niemand. Was lag daran, wenn das nutzlose Menschenkind im Kali besaar auch ein unzeitiges Ende genommen hätte, sparte man in dem Fall doch die Passage, um ihn von Java fortzuschaffen, und er fiel keiner Seele mehr zur Last.

Mit Heffkens Wunde besserte es sich indessen rasch. Der Stoß des Mörders war allerdings mit großer Sicherheit und Stärke geführt, dadurch aber, daß Heffken den Arm vorwarf, wurde die etwa zehn Zoll lange Klinge aufgehalten, durchstach ihm zwar den Arm und drang noch in seiner Seite ein, verletzte aber doch keine edlen Teile und war nur dadurch gefährlich, daß die rauh damaskierte Schneide eine sehr böse und schwer heilende Wunde machte, die den Patienten einem heftigen und in diesem heißen Klima gefährlichen Wundfieber preisgab. Heffken sonst gesunde Natur überwand dies aber bald, und nach einigen Wochen schon war er so weit hergestellt, daß er seine Arbeiten wiederaufnehmen konnte.

Es war an einem Montagmorgen, als die Kaufleute aus den luftigen und freundlichen Vorstädten, in denen ihre Wohnungen lagen, in die eigentliche »alte Stadt« Batavia eilten, in der sich ausschließlich die Comptoire befinden, um ihre am Sonnabend verlassenen Geschäfte wiederaufzunehmen. Am Kali besaar herrschte schon reges Leben; Massen von Lastträgern drängten sich mit ihrer an einem starken Bambusstab hängenden Ladung auf dem Steindamm des Flusses hin, auf dem überall indische Prauen gelandet waren, Fracht einzunehmen oder von eingetroffenen Schiffen auszuladen. Fruchtverkäufer, ihre Waren in zwei Körben, von einem Stab getragen, über der Schulter hängend, keuchten ihren verschiedenen Ständen zu, und chinesische wandernde Krämer, alles nur Erdenkbare auf dieselbe Art mit sich führend, schauten in die verschiedenen Läden hinein, ihre Waren an den Mann zu bringen.

Dazwischen rollten die Bendis der Weißen unaufhörlich aus den Vorstädten heran und hielten, wenn ihre Herren ausgestiegen waren, geduldig unter besonders zu dem Zweck errichteten Schuppen den ganzen Tag, jeden Augenblick eines Rufs gewärtig zu sein. Hier und da trabte auch wohl ein langbeiniger Chinese auf einem so kleinen javanischen Pony, daß seine Füße fast den Boden berührten, zwischen diesem Treiben hin und hielt dabei seinen langen Zopf vorsichtig in der einen Rocktasche, damit das seidene Band am Ende desselben nicht auf dem Rücken des kleinen schweißbedeckten Tieres beschmutzt würde.

Vor den Türen der Schiffsmakler, in denen die Schiffskapitäne fortwährend aus und ein gingen, hielten Eingeborene, die lebendige Tiere und Vögel zum Verkauf hereingebracht hatten und die ganze Nacht damit marschiert waren, um sie in der Morgenkühle schon bereit zu haben. Scharen neugieriger Malaien und Chinesen standen darum her, die eingesperrten Tiere zu bewundern und sich über deren Wert zu streiten.

Oben in den Comptoiren der alten düsteren Gebäude saßen indessen die Commis hinter ihren Büchern oder übernahmen unten in den geräumigen und luftigen Hallen einkommende Waren, die dann wieder eingeborenen »Markthelfern« übergeben und in die verschiedenen dazu bestimmten Lokalitäten geschafft wurden. Und wie wunderlich sonnengebrannt und verwittert diese alten Kaufmannshäuser aussahen, die jetzt nur zu Warenhallen und Schreibstuben benutzt wurden, während früher Glanz und Pracht in ihren Räumen herrschte. Noch sind auch die Zeichen daran an den Wänden in verblichenen oder zerstörten Malereien, in Goldleisten und wertvollen, jedenfalls früher einmal sehr kostbaren Schnitzereien zu sehen, mit denen die alten Handelsherren von Batavia ihre Wohnungen schmückten. Noch steckten die eisernen oder bronzenen Bolzen in den Wänden und über den Fenstern, von denen früher schwerseidene Stoffe niederhingen, aber die Zeiten sind vorbei. Nur die alten Gehäuse früherer Herrlichkeit sind geblieben, und wo damals seltene Kostbarkeiten die Hallen zierten, sind jetzt gleichförmige hölzerne Regale angebracht, auf denen wunderliche Mischungen europäischer Waren zusammengeschichtet über Ballen mit Pfeffer, Zimt, Kaffee, Reis und anderen Produkten der Tropen liegen. In damaligen Zeiten bildeten diese Hallen auch den Mittelpunkt des ganzen ostindischen Handels, und Reichtümer wurden in Monaten erworben, denn die Ostindische Kompanie war allmächtig und duldete keine

Konkurrenz neben sich. Hatte sie doch den Handel so allein in der Gewalt, daß sie einmal zu einer Zeit ganze Schiffsladungen von Gewürzen verbrennen konnte, um nur zu verhindern, daß sie im Preis sanken.

Aber so massenhaft in jener Zeit auch Schätze angehäuft wurden, während die Europäer selbst noch um den Besitz der Insel mit den Eingeborenen kämpfen mußten, so lagerte doch ein böser und gefährlicher Feind in den Ringmauern der alten Stadt, der weder mit Gold bestochen noch mit Feuergewehren besiegt werden konnte, und das war die »ungesunde Luft«, die furchtbar unter den Nordländern aufräumte. Freilich trug auch viel die Bauart der Stadt selber dazu bei. Die alten Holländer hatten, den Gebräuchen ihrer Heimat getreu, enge dumpfige Straßen angelegt, die noch dazu mit von jedem Luftzug abschneidenden Wällen und Bastionswerken umgeben wurden. Der »große Fluß«, von den Malaien Kali besaar, von den Javanen der Tji-liwong genannt, mündete in seichten, schlammigen, die Luft verpestenden Ufern, und während eine Menge mit langsam fließendem Wasser gefüllte Kanäle die Einschiffung von Waren allerdings erleichtern mochte, vermehrte sie doch nur die schädlichen Dünste, die den Aufenthalt in der »alten Stadt« zuletzt für die Europäer tödlich machten. Erst seit der Regierung des Generalgouverneurs van der Capellen wurden diese Übelstände zum großen Teil behoben. Der Fluß selber bekam eine feste Eindämmung, wodurch er die schlammigen Ufer verlor und rascher strömte; ebenso wurde den Kanälen geholfen. Sobald die Kriege mit den Eingeborenen beendet und diese vollständig unterworfen waren, bedurfte man auch nicht mehr der Wälle und des Kastells, die bis dahin die frische Luft aus den Straßen gehalten. Ja, man fühlte sich endlich so vollkommen sicher vor einem neuen Ausbruch der Eingeborenen, daß weit vor der Stadt draußen, in einem gesünderen und luftigen Distrikt, Vorstädte angelegt wurden, in die hinaus selber der Gouverneur seine Wohnung legte.

Von da an zogen sich die Kaufleute, Beamte und Offiziere, denn weiter gab es dort keine Europäer, alle von der eigentlichen Stadt fort; Kasernen und Gefängnisse wurden ebenfalls hinaus verlegt, und Batavia selber blieb nur noch, was es jetzt ist, der

Hauptstapelplatz für den Handel, mit Warenhäusern und Comptoiren, und nur Chinesen und Malaien behielten ihre alten Wohnungen bei, da sie auch früher weit weniger als die Europäer durch das diesen verderbliche Klima gelitten hatten. So fahren denn jetzt die Kaufleute oder Beamten morgens in die Stadt, um ihre Geschäfte dort zu besorgen, und kehren abends in ihre freundlichen Wohnungen auf dem Lande zurück, die Warenlager einzig und allein der Obhut von malaiischen Dienern, denen sie übrigens vollständig vertrauen dürfen, überlassend.

Auch heute wieder saßen die Kaufleute an ihren verschiedenen Pulten, aber sie arbeiteten noch nicht, denn eine Neuigkeit hatte die Stadt durchlaufen, die besonders die Kaufmannswelt auf das innigste interessierte. Eine der Prauen nämlich, die von der Maatschappey aus Waren an die für sie auf der Reede liegenden Schiffe bringen sollte, war trotz der strengen Aufsicht, die darüber geführt wird, mit einer ziemlich wertvollen Ladung von Gewürzen abhanden gekommen. Bei dem ruhigen Wetter konnte sie nicht unbemerkt gescheitert sein, und doch war keine Spur wieder von ihr aufzufinden. Ein ähnliches Beispiel lag dazu, einige Zeit zurück, vor, und die Regierung hatte schon damals alles aufgeboten, was in ihren Kräften stand, der Sache auf die Spur zu kommen, wenn auch vergeblich. Jetzt schien sich dasselbe Spiel, mit eben dem glücklichen Erfolg, wiederholt zu haben, und ein dumpfes Gerücht durchlief sämtliche Comptoirs, daß irgendein ebenso schlauer als kecker Betrug an der Maatschappey verübt sei.

Die laufenden Geschäfte mußten aber besorgt werden, und als vor einer der Kaufhallen der eine Chef des Hauses, Herr Wagner, mit seinem Bendi hielt, nahm alles rasch seine Plätze ein. Wagner war ein sehr guter Prinzipal und gab nur höchst ungern einen Verweis, deshalb bemühten sich seine jungen Leute aber auch desto mehr, ihm nicht die geringste Ursache dazu zu geben. Van Roeken, obgleich viel strenger und heftiger, war lange nicht so sehr gefürchtet.

Wagner brachte verschiedene Aufträge mit, die sämtlich so rasch als möglich ausgeführt werden mußten, denn zwei europäische, an ihr Haus adressierte Schiffe waren heut' morgen, als auf der Reede eingelaufen, signalisiert worden, und mit denen kam dann frische und unaufschiebbare Arbeit, vor der man weit besser alles übrige erst erledigte. Van Roeken war gleich von seiner Wohnung aus nach dem Zollhaus hinuntergefahren, und es mochte zehn Uhr sein, ehe er von dort in Begleitung der Kapitäne zurückkam. Während diese aber ihre Papiere ordneten, bat er Wagner, mit ihm einen Augenblick in ihr kleines Privatzimmer zu kommen, da er ihm etwas Wichtiges mitzuteilen habe. Wagner folgte ihm dorthin, sah aber zu seinem Erstaunen, wie der sonst so ruhige und kaltblütige Freund in großer, ganz ungewöhnlicher Aufregung schien und mit schnellen Schritten und verschränkten Armen in dem kleinen Gemach hastig auf und ab ging.

»Ist etwas Unangenehmes vorgefallen?« frug er besorgt, denn sein erster Gedanke war, daß van Roeken irgendeine, das Geschäft betreffende, schlimme Nachricht bekommen habe.

»Unangenehmes? Nein«, sagte van Roeken, »oder wenigstens nichts Unerwartetes.«

»So ist der Schoner richtig untergegangen?« rief Wagner rasch.

»Der Schoner? Nein – nicht daß ich wüßte wenigstens; was ich dir sagen wollte, betrifft auch nicht das Geschäft selber, sondern meine eigenen Angelegenheiten. Aber ich – will dich nicht länger darüber im Zweifel lassen. Meine – Braut ist angekommen.«

»Fräulein Bernold?« rief Wagner rasch und erschreckt.

»So heißt die junge Dame, glaub' ich«, sagte van Roeken, »und du kannst dir jetzt etwa denken, in welcher Verlegenheit ich mich nicht allein dem Mädchen, sondern auch meiner Frau gegenüber befinde, falls diese die leiseste Ahnung davon bekommen sollte.«

»Das arme Kind«, sagte Wagner seufzend. »Leopold, du hast da ein schlimmes Spiel mit einem Mädchenherzen getrieben.«

»Du vergißt«, sagte der junge Holländer, »daß das Herz nicht das geringste mit der ganzen Sache zu tun hatte. Es war meiner Ansicht nach einfach ein Privatgeschäft, das ich beabsichtigte, zwischen mir und irgendeiner jungen Dame abzuschließen. Von irgend tieferen Gefühlen konnte nicht die Rede sein, wo es sich nur um eine Geldfrage handelt.«

»So hast du es dir gedacht, aber nicht jenes Mädchen«, rief Wagner, »und unerklärlich bleibt es mir und wird es mir ewig bleiben, wie du erwarten konntest, mit einem Wesen glücklich zu werden, das einzig und allein deine Hand annehmen sollte, um eine Versorgung zu bekommen? Was nun?«

»Ja, das ist eben der Teufel«, sagte van Roeken, sich hinter dem Ohr kratzend. »Deine letzte Schilderung der jungen Dame und besonders der Brief des alten Scharner hat mich lange bereuen lassen, einen solch leichtsinnigen Streich begangen zu haben. Aber das Unglück ist nun einmal geschehen, und es bleibt für den Augenblick nichts weiter übrig, als das Ganze so zu erledigen, daß das Zartgefühl des armen Mädchens so wenig als möglich verletzt wird. Du hast mir schon früher versprochen, das für mich abzumachen, und ich nehme dich jetzt beim Wort. Du mußt es halten.«

»Sie ist mit der Rebecca gekommen, nicht wahr?«

»Ja. Aber noch nicht an Land. Sie hat den Kapitän an dich gewiesen, über ihren nächsten Aufenthalt zu bestimmen. Sie – mochte sich doch wahrscheinlich nicht direkt an mich wenden.«

»An Bord kann sie nicht länger bleiben«, sagte Wagner rasch, »das arme Kind wird die überlange Seereise außerdem herzlich satt haben. Aber wohin mit ihr? Es bleibt uns nichts anderes übrig, als sie vorderhand in ein Hotel zu tun – vielleicht daß ich – daß sich später in irgendeiner Familie für sie ein Unterkommen finden läßt.«

»Wenn sie es nicht vorziehen sollte, mit der nächsten Mail nach Deutschland zurückzukehren«, bemerkte van Roeken.

»Du weißt aber, daß die nächste Mail erst in drei Wochen geht.«

»Ja, leider!« seufzte van Roeken. »Konnte das verwünschte Schiff nun nicht vierzehn Tage früher oder später kommen? Aber es kann jetzt nichts helfen; die Sache ist einmal so weit verdorben, und es gilt nun, soviel wie möglich daran auszugleichen und gutzumachen, und darin, bester Freund, verlaß ich mich ganz allein auf dich.«

»Ja, ich danke dir; das ist für dich jedenfalls das Bequemste; ich weiß aber wahrlich nicht, ob ich nicht lieber irgend etwas anderes täte, und sei es das Unangenehmste, als diesem armen Mädchen jetzt entgegenzutreten. Doch es kann nichts helfen; draußen auf der Rebecca dürfen wir sie nicht sitzenlassen, und das freundlichste wäre am Ende, wenn ich gleich selber ein Boot nähme und sie abholte.«

»Das ist gar nicht nötig«, sagte van Roeken. »Und wäre auch jetzt zu spät, denn der Kapitän der Rebecca hat sein Boot schon hinübergeschickt, um sie abzuholen. Wir brauchen ihr nur einen Wagen hinunter an das Zollhaus zu schicken, der sie in das Hotel schafft. Du selber kannst dich aber unmöglich an der Landung einer Szene aussetzen, und das einzige, um was ich dich bitten möchte, ist, nach Tisch zu ihr zu fahren und mit ihr zu sprechen. Mündlich läßt sich das alles besser abmachen wie schriftlich, und deinem Scharfsinn und Zartgefühl muß es dann überlassen bleiben, alles auf die beste Manier zu ordnen. Von mir hast du, wie ich dir auch schon früher gesagt, unbedingte Vollmacht, zu tun, was du für gut findest.«

»Und so glaubst du, daß ich nicht selber hinunterfahren soll?«

»Um Gotten willen nicht«, rief van Roeken, »der Zollkontrolleur unten kommt täglich in unser Haus; er ist ein Verwandter meiner Frau, könnte sich eine ganze Geschichte daraus zusammensetzen und bei mir daheim das größte Unheil anrichten.«

»Ah, deshalb!« nickte Wagner. »Um deine Frau nicht zu beunruhigen. Nun gut, ich will keine Ursache geben, euren häuslichen Frieden zu stören. Und in welches Hotel meinst du, daß wir sie schicken sollen?«

»In das der Nederlanden«, sagte van Roeken, »das ist nicht so weit von deiner eigenen Wohnung entfernt und die Wirtsleute sind freundlich und gutmütig; das Hotel selber ist eins der besten; sie wird sich dort wohl und behaglich fühlen, und du kannst dann alles nach deiner Bequemlichkeit in Ordnung bringen.«

»Am liebsten holte ich sie gleich selber aus dem Boote ab«, sagte Wagner. »Wie unheimlich muß es dem armen Mädchen vorkommen, wenn sie sich beim ersten Betreten des Landes von lauter Fremden umgeben sieht. Natürlich spricht sie dabei weder Holländisch noch Malaiisch, und wie soll sie sich nur verständlich machen?«

»So schicke einen von unseren jungen Deutschen hinunter«, sagte van Roeken, »das fällt wenigstens nicht so sehr auf. Drin auf dem Pult liegen überdies ein paar Briefe für den Robert Burns, der heute segelt; die kann er zugleich besorgen. Nicht wahr, das geht?«

Wagner erwiderte nichts darauf, schüttelte nur unzufrieden mit dem Kopfe und ging dann in das Comptoir zurück, die dazu nötigen Anordnungen zu treffen.

SECHZEHNTES KAPITEL

Draußen auf der Reede von Batavia, mitten zwischen den Flaggen fast aller Weltteile und Nationen, ankerte die holländische Barke, die Rebecca, und die Matrosen stiegen vergnügt und singend, trotz der heißen Sonne, in den Masten umher, die verschiedenen Segel festzumachen und das Schiff, auf eine Zeitlang wenigstens, in Ruhestand zu versetzen. Sehnsüchtige Blicke warfen sie freilich nach dem fernen Land hinüber und wunderten sich dabei, daß man von dem so gerühmten Batavia nichts in der Welt weiter sehen sollte als ein paar rote Ziegeldächer, die aus dem dichten Grün der Baumschatten vorschimmerten – aber das alles half ihnen nichts. Ihre Seereise war freilich beendet, aber deshalb kamen sie noch immer nicht an Land, denn die Gesetze in Batavia sind gar streng gegen die Seeleute, und es ist ihnen keineswegs vergönnt, in tollem Übermut den Frieden der Uferbewohner zu stören wie in mancher andern Hafenstadt. Nur selten werden sie deshalb auch von ihren Kapitänen einmal auf ein paar Stunden hinübergelassen, und wollten sie sich da betrinken und zu lärmen anfangen, würde die javanische Polizei verwünscht wenig Umstände mit ihnen machen. Jetzt mußten sie sich deshalb nur mit dem begnügen, was ihnen einige vom Land herüberkommende Fruchtboote bringen konnten, und selbst die zu befriedigen, hatten sie noch kein Geld. Das einzige, was ihnen übrigblieb, waren Hemden und andere leichte Kleidungsstücke, die sie entbehren konnten, vorzusuchen und den Malaien für die süßen und so lang entbehrten Früchte anzubieten, und diese ließen sich nicht einmal gern auf einen solchen Handel ein, wenn sie nicht übermäßigen Profit daran machen konnten. Komische Gruppen bildeten sich aber dadurch an Deck, und der Pinsel eines Malers hätte reichlichen und dankbaren Stoff zu vortrefflichen Genrebildern hier gefunden. Unten langseits schaukelte mit seiner süßen Fracht gefüllt das Boot, und zwei kleine schmächtige Malaien mit rabenschwarzem Haar und blitzenden Augen waren teils beschäftigt, ihr schmales und eben nicht sehr festes Fahrzeug von der Schiffseite abzuhalten, teils die von oben heruntergerufenen Aufträge auszuführen. Drei andere, zwei Ruderer mit ihrem Bootsmann, Dolmetscher und Handelsagent in einer Person, waren indes nach oben und an Bord gekommen, aber auf der Schanzkleidung oder den Bulwarks des Schiffes vorsichtig sitzen geblieben, da ein großes Windspiel gravitätisch an Deck herumging und den halbnackten braunen Gestalten ärgerlich die Zähne wies. Dort oben fühlten sie sich insofern sicher, als sie augenblicklich über Bord einen möglichen Angriff des Hundes ausweichen konnten, und saßen nun, ängstlich die Beine in die Höhe ziehend, sobald dieser in ihre Nähe kam und damit schlenkerten, sobald er sich entfernte, den vor ihnen stehenden Matrosen indessen die von unten hervorgeworfenen Kokosnüsse und Ananas anzubieten.

Die Matrosen hatten aber alles vorgesucht, was möglicherweise noch zu einem Tauschartikel dienen konnte, und gingen dabei von der irrigen Ansicht aus, daß diese Malaien vollkommen so entzückt über einen gelben Knopf, ein Stückchen Spiegelglas oder einen alten Nagel sein würden, wie es die Indianer Amerikas früher gewesen waren. Darin hatten sie sich aber vollständig geirrt, denn dazu standen diese schon zu lange mit Europäern und Chinesen in Verbindung, durch welche sie die Wertlosigkeit solcher Artikel nur zu gut kannten. Selbst ein erst acht Tage getragenes Hemd betrachteten sie mißtrauisch und boten ein sehr geringes Quantum von Früchten dafür, während der Dolmetscher ein Paar ihm angebotene Leinwandhosen sogar zurückwies. Der Eigentümer derselben hielt sie nämlich so vor ihn hin, daß der kleine braune Bursche die etwas defekte Rückseite nicht bemerken sollte. Dieser aber, gerade mißtrauisch gegen jenen Teil, faßte mit der den Malaien eigentümlichen Geschicklichkeit, und während er in jedem Arm eine große Kokosnuß trug, die Hose mit den Zehen des rechten Fußes, drehte sie, ehe es der Eigentümer verhindern konnte, herum, und rief dann lachend in seinem gebrochenen Englisch:

»Oh yes – you smart – very smart – but me no fool – thank you.«

»O verdamm mich!« sagte der verlegene Matrose, während seine Kameraden ein lautes und schadenfrohes Gelächter aufschlugen. »Das alberne Loch da hab' ich selber nicht gesehen.«

»Weil es hinten saß, Jan«, lachte ein anderer, »wenn du dich aber einmal herumgedreht hättest, wärest du mit dem Kopf hineingefahren.«

»Aber warum kann sich der braune Heide die denn nicht flikken?« sagte Jan ärgerlich, indem er das so verächtlich zurückgewiesene Kleidungsstück wieder vorsichtig zusammenrollte.

»Ich nicht anderer Leute Hosen flicke«, erwiderte ruhig und in gebrochenem Holländisch der Malaie, der die Worte vollkommen gut verstanden hatte, »ich kein Schneider.«

»Hol's der Teufel, der Kerl spricht holländisch«, jubelten die anderen um ihn her, und der Malaie feierte im stillen seinen Triumph, denn er fühlte, daß er in der Achtung der übrigen sehr gestiegen sei. Rascheren Handel schloß indes der Steward des Schiffes mit den Bootsleuten für den Bedarf der Kajüte, und nicht ohne heimlichen Neid sahen die Matrosen, wie Korb nach Korb der saftigen Früchte von dem Kajütsjungen aus dem Boot heraufgewunden und unter Deck geschafft wurde. Der Steward hatte freilich das, was ihnen gerade fehlte: Geld, und die braunen Burschen kannten den Wert desselben gut genug.

Auf dem mit einem rot eingefaßten Sonnensegel gegen die heißen Strahlen geschützten Quarterdeck saßen die Passagiere des Schiffes, die bis dahin beschäftigt gewesen waren, ihr Gepäck in Ordnung zu bringen, um mit dem nächsten Boot an Land hinüberzufahren. Es war ein junges, etwas bleich und angegriffen aussehendes Mädchen mit ihrer Dienerin, ein ältlicher Herr mit ziemlich gelber Hautfarbe, der schon ein Lebensalter unter den Tropen zugebracht hatte und in Batavia ansässig war, und ein anderer, jedenfalls erst frisch aus dem Norden kommender Passagier, dessen fast etwas zu blühende Gesichtsfarbe dem sengenden Klima noch Trotz zu bieten schien. Der ganze Anzug des letzteren verkündete dabei den protestantischen Geistlichen: der schwarze, für diese Gegend etwas zu heiße Rock, der breitkrempige niedere, aber anständig steife Filzhut, die weiße Halsbinde und ruhige, abgemessene Haltung, die nur dann und wann durch das kleine, lebendig graue Auge Lügen gestraft wurde. Der ältliche Passagier hatte sich durch den Kajütsjungen einen kleinen Tisch auf Deck bringen lassen und ordnete hier, ohne sich weiter um das vor ihnen ausgebreitete Land auch nur im geringsten zu kümmern, seine Papiere und Briefe, während der Geistliche in einem kleinen, schwarz eingebundenen Buch las und nur dann und wann bald nach der waldbedeckten Küste hinüberschaute, aus der die dunkeln Ziegeldächer der alten Stadt Batavia hier und da hervorschimmerten, bald einen Blick nach seiner Nachbarin, der jungen Dame, warf. Diese freilich war ganz in das Anschauen des fremden, geheimnisvollen Landes versunken, das sich selbst jetzt noch unter einer dichten Laubdecke versteckte, und in wachen Träumen schweifte ihr Geist dabei zurück zu der verlassenen Heimat – zu dem Vaterland – zu dem Grab ihrer Mutter.

»Jetzt nicht mehr weine, lieb's Fräule«, flüsterte die alte treue Magd an ihrer Seite, als sie die versteckten Tränen an ihren Wangen niederrollen sah, »jetzt nicht mehr weine – die schlimme Zeit liegt dahinte. Was da geschehe, ist alles nicht wahr gewese und nur verloge, und jetzt sind wir erst neu geschaffe und wolle miteinander auch ein neues, frisches Lebe beginne.«

»Es ist gut, Kathrine«, sagte Hedwig leise, »und ich danke dir für deinen freundlichen Trost. Es soll auch nicht wieder geschehen; nur bei dem Anblick des frischen, grünen Landes, das von so weiter Ferne fast aussieht wie ein deutscher Wald, fiel mir die alte Heimat wieder ein. Daß ich sie aber ganz vergessen soll, wirst du doch auch nicht verlangen.«

»Vergesse – das Vaterland?« rief die Kathrine schon über den Gedanken empört, »da müßte mer ja – na ich will nix weiter sage, aber wann ich mei Frankfort je vergess' – dann lieg' ich auch tot und kalt unter dem Erdbode drunte, und denk' an überhaupt nix weiter wie schlafe.«

Der alte magere Herr hatte einen Blick über Bord nach der Stadt zu geworfen und nahm jetzt, weil ihn dort jedenfalls etwas interessierte, sein kleines Fernrohr auf, das ausgezogen neben ihm lag. Sorgfältig schaute er eine kurze Weile durch das Glas, schob es dann wieder zusammen, und seine Papiere in einer breiten Ledertasche verschließend, stand er von seinem Sitz auf. Der Geistliche hatte einen fragenden Blick auf ihn geworfen, aber der alte Herr beachtete ihn nicht und ging an ihm vorüber; zu der jungen Dame tretend, sagte er mehr barsch als freundlich:

»Machen Sie sich zurecht, mein Fräulein. Das Boot kommt und ich möchte gern rasch an Land, weiß aber schon, daß Damen nie fertig werden.«

»Ich bin bereit, das Fahrzeug jeden Augenblick zu verlassen«, sagte Hedwig leise. »Ich habe alles fertig gepackt.«

»Sehr gut das«, bemerkte der alte Herr, indem er die Hände in die Taschen schob und ein paarmal an Deck auf und ab ging, und Katharina sagte leise:

»Ist das ein alter Brummbär – auf der ganzen Reis' hat er keine zwei Worte gesproche, und jetzt fängt er an – das ist Zeit.«

Der alte Herr hatte wieder nach dem Boot gesehen, das immer näher kam, und auch Hedwig warf einen verstohlenen, fast ängstlichen Blick hinüber. Es ließ sich aber nicht erkennen, ob irgendein Passagier darin saß, da das darüber gespannte Sonnensegel den innern Raum vollständig verdeckte. Der Batavier – denn der alte Herr war früher schon lange Jahre Kaufmann in Batavia gewesen und hatte sich jetzt nur einige Jahre in Europa aufgehalten, um seine Gesundheit zu restaurieren – war wieder zu ihr getreten, betrachtete sie vom Kopf bis zu den Füßen und sagte dann:

»Sie wissen doch wohl, daß Sie in Batavia, um sich dort aufhalten zu können, zwei Bürgen stellen müssen?«

»Nein«, erwiderte Hedwig, »das habe ich nicht gewußt – schreiben die Gesetze das vor?«

»Allerdings – aber Sie kennen doch jemanden in Batavia?«

»Nein«, stammelte Hedwig und fühlte, wie ihr dabei das Blut in die Schläfe stieg, »ich bin noch völlig fremd.«

»Völlig fremd?« rief der alte Herr erstaunt aus, »und haben keine Familie, bei der Sie absteigen?«

»Keine«, sagte Hedwig leise, »aber – ich habe Briefe und – hoffe, daß mich jemand bei der Landung erwartet. Jedenfalls gibt es doch in Batavia ein Hotel, in dem ich die erste Zeit mit meiner Begleiterin logieren könnte?«

Der Batavier maß sie wieder mit jenem erstaunten Blick von oben bis unten, dann schüttelte er mit dem Kopf, drehte sich ab, nahm seine Mappe unter den Arm und schritt zu der Stelle, wo die Fallreepstreppe niederhing, und wo jetzt zwei Matrosen standen, um dem heranschießenden Boot ein Tau hinzuwerfen. Was ging ihn auch das künftige Schicksal einer Fremden an, die jedenfalls alt genug war, für sich selber zu denken. Hedwig aber fühlte sich durch das sonderbare Wesen des alten Herrn, der jedenfalls Batavia und dessen Sitten genau kannte, beunruhigt, und zu ihm hinantretend, sagte sie leise und schüchtern:

»Glauben Sie denn, verehrter Herr, daß man mich an Land lassen wird, ohne daß ich vorher Bürgschaft geleistet habe?«

»Torheit«, brummte der Batavier, »an Land kann jeder kommen, und solange bis dies Schiff wieder segelt, können Sie sich unbehindert in der Stadt aufhalten. Haben Sie bis dahin aber keine Bürgen gefunden, so muß Sie der Kapitän wieder mit fortnehmen – ob er will oder nicht. Batavia ist außerdem ein sehr teurer Aufenthalt, wenn man in einem Hotel leben muß – doch das ist Ihre Sache, und ich will Ihnen nur wünschen, daß Sie sich nicht bloß auf ein paar Empfehlungsbriefe verlassen haben. Die nutzen Ihnen gar nichts. Wenn ich Ihnen übrigens raten soll, so lassen Sie jetzt Ihr Gepäck herbeischaffen, sonst bleibt es zurück, denn jener Herr da scheint eine ganze Bootsladung eigener Fracht mitnehmen zu wollen.« Und mit den Worten, als ob er mehr als genug gesagt und sich mit fremden Angelegenheiten beschäftigt habe, wandte er sich ab, seinem eigenen Diener die nötigen Befehle zum Landen zu geben. Der »andere Herr«, den der Batavier meinte, war aber der Geistliche, der in der Tat, von dem Untersteuermann dabei unterstützt, eine Anzahl Koffer und fünf oder sechs Kisten an Deck und bis zur Fallreepstreppe schaffen ließ, wo ein paar Matrosen rasch ein Tau darumschlugen und anfingen, das »Passagiergut« über Bord zu bringen.

Unfern von ihnen stand der Steuermann des Schiffes, wie der Obersteuermann zum Unterschied von seinem Untersteuermann genannt wird. Es war noch ein junger Mann, eine edle, wenn auch sonnengebräunte und etwas rauhe Gestalt, dem der runde Panamahut auf den dichten braunen Locken und die leichte Seemannstracht vortrefflich stand. Aber das sonst so offene und ehrliche Gesicht sah ernst und düster aus, und wie er an den Wanten des Besanmastes lehnte, schweifte sein Blick wie ungeduldig zu dem jetzt anlegenden Boot und der Gestalt der Jungfrau hinüber, die sich bereitete, das Schiff, auf dem sie monatelang mit ihm gefahren, in wenigen Minuten für immer zu verlassen. Ein paarmal zuckte er auch fast unwillkürlich empor, und es war, als ob er sich dem Mädchen nähern wolle, Abschied von ihr zu nehmen – Abschied für ewig. Er aber, der vor keiner Gefahr zurückbebte und dem wildesten Taifun dieser Meere schon keck und unverzagt die Stirn geboten, wagte es nicht, das letzte Abschiedswort an ein armes, freundloses Kind zu richten, das zitternd an der Schwelle eines neuen Lebens stand. Aber Hedwig hatte ihn nicht vergessen, wenn sie auch nicht ahnen konnte, was gerade in diesem Augenblick in seinem innern Herzen vorging. Er war immer so freundlich und achtungsvoll gegen sie gewesen, hatte unverdrossen, unermüdet ihre kleinsten Wünsche auf der langen Reise zu befriedigen gesucht und selbst für die alte Kathrine gesorgt und nie über sie gelacht, wenn die etwas ungeschickte Alte irgend zu einem komischen Mißverständnis Veranlassung gegeben; sie durfte deshalb nicht vom Schiffe gehen, ohne ihm wenigstens ein freundliches Wort zu sagen. Unbefangen und mit ihrem milden, lieben Wesen, wie es ihr überhaupt eigen war, ging sie auf den jungen Mann zu, streckte ihm die Hand entgegen und sagte herzlich:

»Leben Sie wohl, Steuermann. Ich danke Ihnen für alles Liebe und Gute, das Sie mir und meiner alten Kathrine auf der langen, langen Reise erwiesen haben. Vergelten kann ich es Ihnen freilich nicht anders wie nur mit Worten, aber sie sind treu und wahr gemeint. Leben Sie wohl, und wenn Sie noch einmal an uns denken sollten, so lassen Sie es nicht in Groll sein, daß wir ungeschickten Frauen Ihnen so manchen Ärger bereitet haben.«

»Fräulein Bernold«, stammelte der Steuermann, der blutrot geworden war und die Worte kaum über die Lippen bringen konnte, die dargebotene Hand aber nahm und so heftig drückte, daß Hedwig kaum ihren Schmerz verbergen konnte, »Gott schütze Sie in dem fremden Land, lasse es Ihnen gut gehen und Sie so treue Freunde finden, wie Sie – hier an Bord verlassen haben. Groll gegen Sie? Guter Himmel; das Schiff wird wie ausgestorben sein, wenn Sie fort sind, und ich – mag an die Zeit gar nicht denken.«

»Leben Sie wohl, Steuermann«, wiederholte das junge Mädchen, das vor der Heftigkeit des Mannes erschrak, und suchte ihre Hand aus der seinigen zu ziehen. Der Steuermann fühlte das aber kaum, als er sie auch bestürzt losließ.

»Leben Sie wohl, Fräulein Bernold«, sagte er noch einmal leise, drückte sich dann seinen Hut in die Augen und ging mit raschen und heftigen Schritten nach vorn – schämte er sich doch vor den Matrosen, die nicht sehen durften, daß ihm das Wasser in den Augen zusammenlief; sie hätten im Leben keinen Respekt wieder vor ihm gehabt. Hedwig blieb, als er sie verlassen hatte, noch eine ganze Weile nachdenkend und überrascht auf ihrer Stelle stehen; es überkam sie eine Ahnung, daß das wunderliche, heftige Benehmen des Steuermannes ein weit tieferes Gefühl verrate, als er wohl bei dem Abschiede eines gewöhnlichen Passagiers gezeigt haben würde.

»Armer Steuermann«, seufzte sie dabei leise vor sich hin, »arme Hedwig!«

»Ja, aber, liebes Fräulein«, rief die alte Kathrine, die in diesem Augenblick ihr Sinnen und Träumen unterbrochen. »Sie stehen hier und sehe sich die alte Schiffsplanke an, auf dene wir das gesegnete halbe Jahr umhergetrampelt sin, und da driwwe lade se das ganze Boot voll Kiste und Kaste, daß kei Mensch mehr ’enein kann mit seinem Gepäck.«

Hedwig schrak empor und wollte nach dem Boot sehen, als ihr der Batavier schon zuvorkam.

»Ist das ein Passagierboot oder eine Prau?« sagte er finster, »und glaubt der fromme Herr vielleicht, daß es wichtiger und eiliger ist, seine Kisten mit wollenen Strümpfen und Unterröcken an Land zu schaffen, als uns Passagiere mit ihrem nötigsten Gepäck?«

»Der Herr da ist am ersten bei der Hand gewesen, als das Boot anlangte«, sagte mürrisch der Untersteuermann, der wahrscheinlich ein gutes Trinkgeld von dem Geistlichen bekommen hatte, »und muß deshalb auch die Vorhand haben.«

»So?« sagte der Batavier ruhig. »Bloß weil er am unverschämtesten war? Das ist ein vortrefflicher Grund.«

»Ich habe den festen Kontrakt bei meiner Einschiffung mit dem Kapitän gemacht«, sagte der Geistliche ruhig, »daß ich ungesäumt, sobald das Schiff Anker geworfen hat, mit meinen Effekten an Land gesetzt werde. Es ist auch nicht meinethalben etwa, daß ich so treibe, aber Tausende von durstigen, verschmachtenden Seelen harren des Heils, das ihnen meine Worte bringen sollen, und jede Stunde – jede Minute, die ich hier zaudere und zögere, wird mir von dem Herrn da droben angerechnet werden und mein Schuldregister vergrößern.«

»Was Sie für Schulden haben«, sagte trocken der Batavier, »geht mich nichts an. Ihre Waren aber gehören in eine Prau, nicht in das Boot. Wenn Sie selber mitfahren wollen, soll uns Ihre Gesellschaft ganz angenehm sein; beabsichtigen Sie aber, sich nicht von Ihrem Gepäck zu trennen, so werden Sie wohl bis gegen Abend an Bord bleiben müssen, denn dreimal hintereinander können die armen Teufel nicht fahren.«

»Ein Teil meines Gepäckes ist unten«, entgegnete ruhig der Geistliche, »der andere wird nachfolgen, und wenn dann noch Raum ist, werde ich um Ihre Gesellschaft bitten. Ich fürchte aber, wir überladen das Boot dadurch zu sehr, und Sie werden deshalb die viel kühlere Fahrt am Abend vorziehen müssen.«

»Verdammt, wenn ich's tue!« rief der alte Herr gereizt, und gleich darauf den Malaien eine Flut von Worten in ihrer Sprache nieder, so daß diese zögerten, noch ein Collo an Bord zu nehmen.

»Ihr werdet einladen, was ich euch hinunterschicke«, schrie der Untersteuermann in das Boot hinab.

»Was gibt es da?« sagte in diesem Augenblick die ruhige Stimme des Steuermannes, der den Lärm gehört und von vorne kam, die Ursache zu erfragen.

»Der fromme Herr dort«, rief der alte Batavier, »will uns zwingen, daß wir noch an Bord bleiben, damit er nur alle seine Kisten und Kasten auf einmal an Land bekommt.«

»Ich habe das Versprechen des Kapitäns.«

»Wem gehören all die Sachen, die da unten sind?« frug ruhig der Steuermann.

»Mir«, erwiderte der Geistliche.

»Und was hier oben an Deck steht?«

»Das an dieser Seite auch mir.«

»Und dies wollten Sie alles mit ins Boot nehmen, und die anderen Passagiere zurücklassen?«

»Mich treibt eine heilige Pflicht«, rief der Mann, dessen rotes Gesicht in diesem Augenblick noch viel röter wurde.

»Laßt die Haken hinunter und holt die Sachen wieder an Bord«, sagte der Steuermann ruhig, und ohne den Blick vom Boote zu wenden, denn er fürchtete, Hedwigs Augen wieder zu begegnen.

»Meine Sachen, die unten sind?« rief der Passagier erschreckt. »Was unten ist, darf nicht mehr angerührt werden.«

»Soll ich's noch einmal sagen?« wiederholte langsam der Steuermann, der in Abwesenheit des Kapitäns dessen Stelle vertrat. »Nur seinen Koffer und die Reisesäcke laßt unten, das übrige bleibt hier. Eilt euch ein wenig.«

Es bedurfte keiner weiteren Worte. Die Malaien, die schon aus der vorigen Anrede einen ihrer gefürchteten »Tuwans« vom festen Lande erkannt hatten, waren nur zu bereitwillig, diesem zu gehorchen, und weit rascher als sie hinuntergeschafft worden, lagen die Kisten wieder oben auf Deck, den Weg versperrend.

Ein paar den Matrosen zugerufene Worte beorderten diese jetzt zu dem Gepäck der jungen Dame, das sämtlich hinabgelassen wurde. Der alte Batavier erklärte, heut' abend nur einen kleinen Koffer mitnehmen zu wollen, das andere dann morgen früh selber zu holen. In kaum zehn Minuten war das alles geordnet und hinabgeschafft – Hedwig, von zweien der Malaien dabei unterstützt, hatte ihren Platz im Boot, mit Kathrinen an ihrer Seite, eingenommen. Ihr folgte der alte Batavier, und zuletzt erst und mürrisch und verdrossen Herr Holdebreit, der Geistliche, den es besonders kränkte, daß er seinem Ärger nicht in für seinen Stand doch unpassenden Worten Luft machen durfte.

Der Steuermann war vorn auf den Bulwarks stehengeblieben, um das Ganze zu überwachen, und erst als er alles sicher unten im Boot und dieses vom Bord abgestoßen dem Land zurudern sah, wandte er sich ab. Er hatte vielleicht gehofft, daß Hedwig noch einmal den Kopf nach ihm wenden – ihn noch einmal grüßen würde – umsonst. Das Herz des armen Mädchens war von anderen Gedanken erfüllt, und mit klopfenden Schlägen wandte es sich dem Lande zu, an dem sein künftiges Schicksal jetzt entschieden werden sollte. Der Steuermann hatte sich abgewandt und lehnte am entgegengesetzten Bord, nach See hinaus zu sehen, wo hier und da einzelne kleine Inseln aus der monotonen Fläche des Horizontes emporstiegen, und eine Masse wunderlich geformter und ausgeblähter Segel auf dem Wasser schwammen, aber er hielt es nicht lange aus. Das Herz zog ihn nach dem einen Punkt zurück, und in seine Kajüte hinuntersteigend, nahm er das Teleskop und schaute durch das kleine, dort eingeschnittene Fenster, so lange hinter dem davonrudernden Fahrzeug drein, bis es, zwischen den zerstreut ankernden Schiffen hin, in der Einfahrt des Kanals verschwunden war.

SIEBZEHNTES KAPITEL

So klein, schmächtig und kraftlos diese malaiischen Ruderer aussehen, die gewöhnlich solche Boote führen, so zäh und ausdauernd sind sie trotzdem. Den ganzen Tag arbeiten sie unermüdet das eben nicht leichte Fahrzeug herüber und hinüber, mehrere englische Meilen weit, und eine Handvoll Reis mit etwas rotem Pfeffer genügt ihnen vollkommen, dem Körper die nötige Stärkung zu geben. Nicht einmal Schutz gegen die Sonne verlangen sie dabei, denn das im Boot ausgespannte Sonnensegel schützt meist nur den Steuernden und die ihm zunächst Sitzenden, während der vordere Teil des Bootes frei und unbedeckt bleibt. Bei dieser Fahrt hatte indessen der alte Herr aus Batavia das Steuer selber genommen und den Bootsmann nach vorn geschickt. Er kannte genau die Richtung und wußte, wie ein Steuer geführt werden mußte, so daß es ihm der Malaie wohl überlassen konnte, und rechts neben ihm saßen die beiden weiblichen Passagiere der Rebecca, links der Geistliche, der finster und mürrisch vor sich niederschaute und die wunderliche und interessante Szenerie gar nicht zu beachten schien. So entschieden er aber auch beim Anfang der Reise aufgetreten war und manches Vorrecht beansprucht hatte, das er glaubte seinem Stande nach verlangen zu können, so entschieden wies ihn der alte Herr mit der gelben Hautfarbe jedesmal zurück und ein paarmal so derb und kräftig zurecht, daß er eine ordentliche Scheu vor dem kleinen, ruhelosen Auge des Alten bekam und ihm auswich, soviel es immer möglich war.

Froh war er nur, daß er jetzt, mit Betreten des Landes, der Nähe und Überwachung desselben enthoben war, während der alte Kaufmann so gleichgültig umherschaute, das richtige Fahrwasser einzuhalten, als ob er hier alle Tage aus- und eingefahren wäre und nur seine gewöhnliche Spazierfahrt mache. Um die Mitpassagiere, die er auf der ganzen langen Fahrt nicht beachtet, kümmerte er sich natürlich jetzt, wo er sich in kürzester Frist von ihnen auf immer trennen sollte, noch viel weniger. Nur manchmal zuckte ein spöttisches, fast verächtliches Lächeln um seine Lippen, wenn die alte Kathrine, außer sich über das viele Neue und Wunderliche, das sie umgab, in laute Rufe des Staunens und der Überraschung ausbrach; aber das ging fast so rasch wieder vorüber wie es gekommen, und der alte Herr Lockhaart saß dann wieder so ernst und schweigend vor dem Steuerruder wie je, die beiden Hände, in denen er die am Ruder befestigten kurzen Taue hielt, auf seinen Knien ruhend und das kluge, sinnende Auge über die vor ihnen liegende Bahn schweifend.

Die alte Kathrine hatte aber trotzdem Ursache, erstaunt zu sein, denn nicht allein ein neues Land und Leben, nein, eine ganze neue Welt umgab sie, die mit ihren ungeahnten, ja unbegriffenen Formen ihr Auge von einem Punkt zum anderen lockte. Kaum wurde ihr ja doch auch Raum, das eine anzustarren, als schon ein anderer, noch viel außergewöhnlicherer Gegenstand ihre Aufmerksamkeit aufs neue fesselte. Unglücklicherweise hatte sie dabei ganz kurz vor ihrer Abreise in irgendeinem Kalender eine alte, aber furchtbare Geschichte von einem Seeräuber gelesen, der mit schauderhafter Kühnheit alle Schiffe auf dem Meer angefallen und geplündert und die Mannschaft, um Entdeckung zu verhindern, ermordet hatte. Unterwegs schon hielt sie deshalb jedes Schiff, das in Sicht kam, für diesen nämlichen Seeräuber, dem sie ihrer Meinung nach, und trotz allem, was Hedwig tun konnte, sie zu beruhigen, jedesmal nur wie durch ein Wunder entrannen. In der letzten Zeit hatten sie nur sehr wenig Fahrzeuge angetroffen, und hier auf der Reede, wo alles ruhig vor Anker lag, glaubte sie selber an keine Gefahr mehr, bis ihnen plötzlich, von Batavia herauskommend, ein ganz wunderlich gebautes Fahrzeug, mit eigentümlichen Segeln, die wie Flügel aussahen, und ein paar furchtbar große Augen, vorn am Bug gemalt, entgegenkam.

Kannte der alte Herr Lockhaart die Furcht der Kathrine, oder war es nur Zufall, aber er hielt mit ihrem Boot der ansegelnden Prau schnurstracks entgegen, und so dicht zwar, daß die Malaien selber schon fürchteten, sie könnten übersegelt werden. Ihr Bootsmann sprang, um sein Boot besorgt, von seinem Sitz empor. Wie nun die alte Kathrine die entsetzlich aufgerissenen Augen des fremden Fahrzeugs erblickte und näher und näher kommen, ja endlich dicht und drohend vor sich sah, überkam sie eine unsagbare Angst, und sie stieß einen so lauten Schrei aus, daß sich alle erschreckt nach ihr umsahen. Der alte Herr Lockhaart schien aber damit seinen Zweck erreicht zu haben, denn dicht unter dem Auge der Prau lenkte er das Boot hin, daß die Ruderer aber noch immer vollen Raum für ihre Riemen behielten, und glitt im nächsten Augenblick sicher und leicht in das offene Fahrwasser hinter den Schiffen hinaus, das zwischen diesen und dem Lande lag. Massen von kleinen Booten kreuzten hier, meist lauter solche, von Malaien geruderte Jollen, die den Verkehr der Kapitäne mit ihren Schiffen unterhielten, oder Passagiere hinauf auf die Reede, wie von einlaufenden Schiffen an Land brachten. Eine Menge von schwerbeladenen Prauen wechselte zu gleicher Zeit ebenfalls hin und her, Fracht für Java holend, Ladung von Landesprodukten den übrigen Schiffen hinausführend, und Möven, wie eine andere Art hellbrauner Raubvögel mit einem weißen, viereckigen Schild vorn auf der Brust, schossen über die flüchtigen Fahrzeuge hin und brachten nur noch mehr Leben in das sonnige Bild.

Und endlich näherten sie sich dem Land. Ein düsteres Kastell wurde sichtbar, und starke Mauern starrten in die See hinaus, den zu Zeiten gar wild auftürmenden Wogen Trotz zu bieten. Jetzt fuhren sie in den großen Kanal ein, zu dem die sonst so faule schlammige Mündung des Kali besaar zusammengedrängt ist und wo dem Fremden zuerst das Eigentümliche des Landes selber vor Augen tritt. Überall trafen sie hier Malaien und selbst Chinesen, die entweder faul in ihren Booten lagen und rauchten, während eine leichte Brise sie den Kanal hinaufführte, oder rüstig gegen Wind und Fluten mit ihren Rudern herausarbeiteten.

Jetzt schoß das Boot eines amerikanischen Kriegsschiffes an ihnen vorüber, acht Mann an den Rudern oder Riemen, die mit Takt und Schlag zugleich ins Wasser schnitten und das scharfgebaute Fahrzeug jedesmal ein Stück fast über die Flut hinausschnellten. Hinten am Heck desselben flatterte die Flagge mit den Sternen und Streifen, und ein junger Offizier lag mit offener Uniform, den breiträndigen Strohhut neben sich, lang und bequem ausgestreckt unter dem Sonnensegel neben dem Bootsmann, der das kleine schlanke Fahrzeug steuerte. Fruchtboote begegneten ihnen ebenfalls in Menge, die hinaus auf die Reede fuhren, um einlaufenden Fahrzeugen den Genuß frischen Obstes zu bringen. Und allerlei andere Handelsartikel hatten sie nebenbei in ihren kleinen Schaluppen aufgehäuft, die für Fremde immer leicht verkäuflich waren. Dahin gehörten ganz insbesondere: Affen und Reisvögel, wertlose Gegenstände am Ufer selber, aber wertvoll für die Bewohner eines fremden Landes, um von den Seeleuten mit in ihre Heimat genommen und dort verkauft zu werden.

Und weiter und weiter kamen sie den Kanal hinauf, der hier schon anfing, sich als Fluß zu zeigen. Die Einzäunungen von Pfahlwerk an der einen und einer starken Mauer an der anderen Seite waren verschwunden, und niedere, mit Weiden bewachsene Ufer dämmten ihn hier ein. In der Ferne wurden die Häuser der Stadt schon sichtbar; das Zollhaus wenigstens trat deutlich hervor, und kaum eine Viertelstunde später warfen die Malaien ihre Ruder ins Boot, und der Steuernde lenkte den Bug desselben dicht an das linke Ufer und die dort aufgemauerte Steintreppe, das kleine Fahrzeug vor allen Dingen den Steuerbeamten zur Untersuchung vorzulegen. Hier am Ufer hielten auch eine Anzahl Wagen, Ein- und Zweispänner, teils leer hier heruntergekommen, gelandete Passagiere mit in die Stadt hinaufzunehmen, teils jungen Kaufleuten gehörig, die im Auftrag ihres Geschäfts Besorgungen an dem Zollhaus oder an Bord eines der Schiffe hatten. Bis hierher geht die Wagenverbindung mit Batavia; bis hierher kann man mit den Bendis und Karreten kommen; von hier ab aber hinaus beginnen die Boote ihre Fahrt.

Der alte Herr Lockhaart legte das schlanke Fahrzeug mit einer geschickten Bewegung des Steuers dicht an die steinerne Treppe an. Die Steuerbeamten kannten ihn und grüßten ihn ehrfurchtsvoll; er erwiderte den Gruß kaum durch ein flüchtiges Kopfnikken.

»Auch wieder glücklich zurückgekehrt, Mynheer Lockhaart?« frug der eine, indem er sich ihm, den Hut in der Hand, näherte. »Sie haben doch nichts Steuerbares bei sich?«

»Nein«, sagte der alte Herr. »Ich und die Damen hier haben nichts; den andern Herrn mögen Sie selber fragen.«

Hedwig sah staunend zu ihm auf, daß er auch für sie geantwortet, und wollte ihm danken, sich ihrer in solcher Weise angenommen zu haben; aber er sah sie gar nicht an, stieg aus und an Land, und winkte einen Wagen herbei, ihn und seinen Koffer in die Stadt zu schaffen.

In wenigen Minuten war dieser aufgeladen, und während Hedwig noch zögernd und ungewiß am Ufer stand und vergebens hoffte, von einem der Fremden angeredet zu werden, schritt der alte Herr zu dem Fuhrwerk, setzte den Fuß auf den Wagentritt und sah zurück. Es war fast, als ob er sie noch einmal anrufen wolle, als plötzlich noch ein Bendi herangerollt kam, ein junger Mann heraussprang und rasch, sehr höflich grüßend, auf Hedwig zueilte. Das geschah in demselben Augenblick, als sich Mynheer Lockhaart nach dem jungen Mädchen umdrehte.

»Hab' ich das Vergnügen, Fräulein Hedwig Bernold zu begrüßen?« sagte der junge Mann. Hedwig war blutrot geworden bei der Anrede und flüsterte leise:

»So ist mein Name.«

»Dann bitte ich Sie, sich meines Wagens zu bedienen«, fuhr der junge Kaufmann fort. »Ich bin im Geschäft von Wagner und van Roeken und habe Auftrag, Sie und Ihre Sachen in das Hotel der Nederlanden zu schaffen – vorausgesetzt nämlich, daß Sie mir nicht einen andern Platz bestimmen, wohin ich Sie fahren lassen soll.« Einen andern Platz? Du großer Gott, Hedwig fühlte sich so einsam und verlassen, so gänzlich fremd und ausgestoßen in dem weiten Land, in dem sie nicht einmal einen Namen kannte, wie hätte sie einen Platz bestimmen sollen.

»In wessen Auftrag«, sagte sie endlich schüchtern, »haben Sie mich hier aufgesucht?«

»Herr Wagner hat mich herausgeschickt«, erwiderte der junge Mann, »er wäre gern selber gekommen, aber wir haben zu viel jetzt mit der Mail zu tun.«

»Ich werde Ihnen folgen«, sagte Hedwig, und während sich der junge Kaufmann leicht verneigte und dann seinen Kutscher winkte, hier vorzufahren, war Herr Lockhaart kopfschüttelnd in seinen eigenen Wagen gestiegen. Dem Kutscher rief er nur ein paar Worte auf Malaiisch zu, und ohne Gruß, ohne eine einzige freundliche Silbe an seine bisherigen Reisegefährten zum Abschied zu richten, rasselte er schon im nächsten Augenblick davon und der eigentlichen Stadt selber zu. Der junge Mann aber, dem es übertragen worden, die Fremde mit ihrer Begleiterin in das Hotel zu schaffen, war indessen auch nicht müßig gewesen. Sämtliches Gepäck, was sie bei sich führten und was auf die Versicherung des alten Lockhaart hin von den Mautbeamten nicht einmal geöffnet wurde, bekam eine Anzahl Lastträger mit dem Auftrage, es ungesäumt nicht allein in die Stadt, sondern gleich an den Ort seiner Bestimmung zu schaffen. Das nötigste, was Hedwig bezeichnete, nahmen sie zu sich in den Wagen, und wenige Minuten später rollte das leichte Fuhrwerk, von zwei kräftigen Ponys gezogen, rasch unter den wehenden Kokospalmen der hier noch aus einzelnen Häusern bestehenden Stadt hin, am Kali besaar hinauf.

Nur der Geistliche blieb mißvergnügt und mürrisch an dem Zollhaus zurück, denn der Beamte dort bestand darauf, sein Gepäck, trotz aller Erklärung, daß auch nicht das geringste Steuerbare in dem Koffer sei, auf das genaueste zu untersuchen.

ACHTZEHNTES KAPITEL

Als der junge Mann, der beauftragt worden, die Fremde mit ihrer Begleiterin von dem Zollhaus abzuholen, die Beförderung des nicht unbedeutenden Gepäcks nach dem Bestimmungsort arrangiert hatte, entstand noch eine kleine Schwierigkeit, denn die alte Kathrine, die sich keineswegs als »Dame« betrachtete, wollte absolut auf dem Bock neben dem Kutscher sitzen, und dieser, darüber aufs äußerste erstaunt, da ihm etwas Derartiges im Leben wohl noch nicht vorgekommen, weigerte sich ebenso bestimmt, sie zu sich heraufzulassen. Glücklicherweise kam noch der Kommis zur rechten Zeit, einer auffälligen Szene vorzubeugen, denn schon sammelte sich eine Anzahl von Malaien und Chinesen aus der Nachbarschaft, den Versuchen der »weißen Nona«, auf den Bock zu steigen, mit beizuwohnen. Der Kommis hatte Takt genug, etwas Derartiges nicht zu dulden, denn wenn auch Dienerin, war die Alte doch immer eine Weiße, oder Europäerin, oder Wolanda, wie sie die Malaien nennen, und als solche durfte sie sich, schon des bösen Beispiels wegen, nicht auf eine Stufe mit der braunen Rasse stellen. Glücklich überredete er sie denn auch mit Hedwigs Hilfe, im Wagen selber Platz zu nehmen, aber keine Macht der Welt hätte sie, als sie sich dem endlich fügte, vermocht, sich mit in den Fond zu setzen. Die Stelle mußte der Kommis mit Hedwig einnehmen. Als sie dann das »Notwendigste«, trotz allen Versuchungen, daß in einer Stunde spätestens sämtliches Gepäck in ihrem Hotel sein würde, mit in dem Wagen untergebracht und einen riesigen Koffer hinten sicher befestigt, eine Hutschachtel und drei oder vier Körbe neben sich wußte, beruhigte sie sich so weit, die Abfahrt zu gestatten.

Hedwig befand sich indessen in einer unsagbaren Aufregung,

denn einen ganz anderen Empfang hatte sie sich bei ihrer Landung in Batavia gedacht – und vielleicht gefürchtet – das Begegnen ihres künftigen Gatten zwischen fremden Menschen. Noch nie hatte dabei der Gedanke, welch kühnen und fast unweiblichen Schritt sie getan, indem sie dem Rat ihres alten Freundes Scharner folgte, mit solcher Zentnerschwere auf ihrer Seele gelegen, wie gerade jetzt, da er sich seiner Entscheidung nahte, und wäre es ihr in diesem Augenblick noch möglich gewesen, ihn zurück zu tun, sie würde es ungesäumt und ohne weiteres Bedenken ausgeführt haben. Aber es war zu spät – zu spät zu zögern, zu bereuen; die Kugel rollte, und ihr Geschick mußte sich jetzt erfüllen. Ängstlich musterte sie dabei die Gestalten der Europäer, die sie erst am Zollhaus traf, und denen sie dann später unterwegs begegnete, ob ihr bestimmter Gatte sich vielleicht ungekannt ihr nähern wolle, sie, ehe er sich ihr vorstellte, erst einmal zu sehen. Aber nur gleichgültige Gesichter waren es, auf die ihr Auge traf, und völlig allein fühlte sie sich, als selbst der alte Lockhaart so kalt und teilnahmslos, wie er sich auf der ganzen langen Seereise gezeigt, ohne Abschied, ohne Gruß jetzt von ihr schied. Und doch hatte sie eine Art von Schutz selbst in seiner Nähe gefunden, ja es war ihr manchmal gewesen, als ob unter der rauhen, barschen Hülle ein edles, teilnehmendes Herz schlagen müsse – und sie hatte sich doch geirrt, denn ein letztes Lebewohl hätte er ihr da wenigstens sagen können, ehe sie hier in die fremde, für sie leere und trostlose Welt allein hinausging. Kalt, wie immer, war er aber in seinen Wagen gestiegen und davongerollt, ohne selbst zu fragen, wo sie bleibe – was kümmerte er sich um das fremde, arme Mädchen.

Die Kathrine dachte an nichts Derartiges, denn wie in einem wachen Traum sah sie plötzlich eine neue, nie geahnte Welt um sich entstehen. Da war auch nichts mehr, was mit der alten, verlassenen auch nur die geringste Ähnlichkeit hatte, denn selbst die Häuser und Gebäude sahen fremdartig aus, und die Kutschen und Kabrioletts – selbst ohne die winzig kleinen Pferde davor, würden schon durch ihre braunen Kutscher, mit umgestürzten und buntbemalten oder vergoldeten Backschüsseln statt Hüten auf den Köpfen, ihre laute Bewunderung erweckt haben. Und dazu die sonderbaren hochstämmigen Bäume – Palmen –, die sie bis jetzt nur auf Bildern gesehen und dann für etwas künstlich Gemachtes gehalten hatte; die Chinesen mit ihren langen Zöpfen und spitzen Hüten; die Malaien mit ihren Lasten, die sie an einem Stock über der Schulter trugen; die Frauen und Mädchen der Eingeborenen mit ihren dünnen, unanständigen Kleidern – keine von ihnen eine Haube auf und mit den nackten Beinen in der Welt herumlaufend; die fremde Sprache dazu, mit Tönen, aus denen sie auch nicht den geringsten Sinn finden konnte – das alles zusammen mit einem plötzlichen Schlag auf sie einstürmend, machte sie ganz wirr im Kopf, so daß sie wie betäubt von einem zum andern starrte, manchmal hell auflachte und dann wieder sich fast erschreckt an ihren Sitz anklammerte. Ihr junger Begleiter, der sich über das halb verdutzte, halb erstaunte Gesicht der Fremden amüsierte, versuchte ein paarmal sie anzureden, um ihr einiges zu erklären; aber sie gab entweder ganz verkehrte Antworten oder hörte gar nicht, und er mußte sie zuletzt sich selber überlassen, damit sie sich mit der Zeit an ihre neue Umgebung gewöhnen könne.

Hedwig dagegen bemerkte kaum, daß sie sich in einem andern, fremden Lande befand. Sie sah wohl die wunderlichen und außergewöhnlichen Gestalten, die ihr begegneten, aber wie Schatten glitten sie an ihr vorüber und ihr Bild wollte nicht an ihrem Auge haften. Nur ein Gefühl bemeisterte sich ihrer, nur ein entsetzliches Gefühl: das Bewußtsein, daß sie nicht mehr frei sei, zu handeln wie sie wolle, wie sie es für gut finde – daß sie sich verkauft habe an einen fremden Mann, daß sie den Kaufschilling nicht zurückzahlen könne und Körper wie Seele nicht mehr ihr eigen nennen dürfe. Eine unsagbare Angst überkam sie, ihr Auge umflorte sich, immer bänger wurde ihr zumute, immer heftiger schlug ihr Herz, und wie sie fühlte, daß ihr zuletzt sogar die Kraft fehlte, sich lange aufrecht zu erhalten, sank sie halb ohnmächtig in der Wagenecke zusammen.

Ihr junger Begleiter hatte etwas Ähnliches schon lange gefürchtet. Sie gab ihm auf seine Anreden keine Antwort, wurde mit jedem Augenblick blässer, das Auge stierer, und wäre jetzt vielleicht, als sie ihr Bewußtsein ganz verließ, aus dem Wagen gefallen, wenn er nicht rasch zugegriffen und sie gehalten hätte. Die

Kathrine schien von alledem auch nicht das geringste bemerkt zu haben, bis ihr Fräulein wirklich bewußtlos zusammenbrach. Dann aber war auch alles andere für sie im Nu verschwunden, nur in der Angst um das ihrem Herzen so teure Wesen, das, wie sie schon fürchtete, in ihren Armen sterben würde.

»Kein Wunder«, rief sie dabei in ihrem ärgsten Dialekt, Seereise, Land und Leute verwünschend, »kein Wunder, daß das arme zarte Herz alle die Mißhandlungen von Salzfleisch und Backofenhitze, von braunen Teufeln und Jammer und Leib nicht aushält; kein Wunder, daß sie mir stirbt! Aber du darfst nicht fort, Engel; du darfst nicht deine arme, alte Kathrine hier allein unter den Heiden und Urmenschen zurücklassen oder wieder über das weite, schreckliche Meer schicken!« Der junge Mann hatte die größte Mühe, sie nur zu beruhigen, und Geistesgegenwart genug, dem Kutscher nicht zu erlauben, daß er stillhielt, sondern seine Pferde zu nur noch stärkerem Trab anhielt. Hedwig kam denn auch bald wieder, selbst ohne äußere Mittel, zu sich, und als sie vor dem geschmackvollen Portal des Hotels hielten, hatte sie sich schon so weit wieder erholt, den Wagen allein verlassen und ihr Zimmer aufsuchen zu können, wo ihr dann die Kathrine vernünftigerweise ein paar Stunden Schlaf als bestes und beruhigendes Mittel verordnete. Sie schrieb den ganzen Unfall auch nur der übermäßigen und unmenschlichen Hitze zu, die gar niemand aushalten könne, ohne ohnmächtig zu werden, der nicht gerade von Stahl und Eisen wäre.

Ruhe war dem armen Mädchen aber besonders nötig. Sie mußte ihren Geist erst wieder sammeln, um dem zu begegnen, auf was sie sich allerdings die lange Zeit der Seereise hatte vorbereiten können, was aber doch, als es ihr plötzlich so nahe gerückt wurde, sie zu bewältigen und zu entnerven drohte. Kathrine hielt dabei getreue Wacht, und als spät am Nachmittag ein Bote kam und anfrug, ob Fräulein Bernold einen Besuch empfangen würde, wies ihn die Alte mit dem Bedeuten kurz ab, daß ihr Fräulein heute nicht ganz wohl und von der Reise noch zu angegriffen sei. Wer sie sprechen wolle, möge morgen oder übermorgen wieder vorfragen.

Es war ein Sonntagmorgen. Wagner hatte sein gewöhnliches

Bad genommen und gefrühstückt und saß eben noch emsig mit einem Paket Papieren beschäftigt, als draußen ein Bendi hielt und gleich darauf van Roeken in sein Zimmer trat.

»Hast du sie gesehen?« waren die ersten Worte, die er sprach, noch ehe er den Freund gegrüßt hatte. »Hast du sie gesprochen?«

»Noch nicht«, sagte Wagner lächelnd. »Du bist ja in einer ordentlichen Aufregung. Ist etwas vorgefallen?«

»Davon nachher – aber sie war doch gestern den ganzen Nachmittag im Hotel.«

»Allerdings – ich ließ auch anfragen, ob ich sie sprechen könnte, aber sie fühlte sich unwohl und ließ mich abweisen. Henkel ist übrigens entzückt von ihr. Er behauptet, daß es ein wunderschönes Mädchen sei und nur jetzt etwas blaß und angegriffen aussähe.«

»Henkel hat nicht den geringsten Geschmack«, sagte kopfschüttelnd van Roeken. »Muster darf man ihn z. B. gar nicht aussuchen lassen. Ich traue ihm auch hierin nicht; das bleibt sich aber gleich, schön oder nicht, sie ist einmal da und muß so rasch als möglich wieder fort.«

»Wieder fort? Und womit? Liegt denn ein Schiff segelfertig?«

»Es sind fünf, die in der nächsten Zeit und noch vor der Mail segeln werden«, sagte van Roeken. »Eins über New York, eins nach Toulon, und der Oron, der Falling star und der Christian direkt.«

»Direkt keins von allen dreien«, warf Wagner ein; »der Christian geht erst nach China, der Orion nach Bengalen, seine Fracht einzunehmen, und der Falling star hat ziemlich alle Molukken anzulaufen; du wirst aber dem armen Mädchen nicht zumuten wollen, allein ein halbes oder dreiviertel Jahr in der Welt und auf See herumzufahren, nur um dir wieder rasch aus dem Weg zu kommen. Auch über Toulon und New York darfst du sie nicht schicken – wer weiß, welche Gelegenheit sie in New York nehmen müßte, den Umweg und Aufenthalt gar nicht gerechnet. Und das nach Toulon bestimmte Schiff ist ein alter Kasten, der wahrscheinlich noch nicht einmal von hier auslaufen darf, ohne vorher nachgesehen und repariert zu werden. Jetzt hilft es nichts; hast du gesündigt, mußt du auch dafür büßen, und wenn die junge Dame selbst vorziehen sollte, in Batavia zu bleiben, wäre ich der letzte, der ihr abreden würde.«

»Du bist des Teufels!« rief van Roeken rasch und erschreckt. »Und was glaubst du, das meine Frau dazu sagen würde? Sie ist auf der Spur!«

»Aber wie wäre das möglich?« rief Wagner erstaunt. »Gestern mittag ist die junge Dame an Land gekommen; Mevrouw van Roeken steht, soviel ich weiß, mit dem Hotel in gar keiner Verbindung.«

»Du weißt, daß Heffken wieder ausgeht«, seufzte van Roeken still vor sich hin; »der unglückliche Mensch scheint aber eine stille Neigung zu mir gefaßt zu haben, denn wie er mir gestern abend versichert hat, bin ich sein erster Besuch gewesen, den er nach seiner Wunde beglückt hat.«

»Du scheinst nicht recht erbaut davon zu sein?«

»Nein!« rief van Roeken heftig. »Weil ich fest überzeugt bin, daß er bloß zu mir herübergekommen ist, um zu spionieren, wenn ich auch nicht recht begreife, welches Interesse er an der ganzen Sache nehmen kann.«

»Er weiß doch nichts von Fräulein Bernolds Ankunft!« rief Wagner rasch.

»Gewiß weiß er davon«, bekräftigte van Roeken mit einem Fluch, »und irgendein böser Geist muß es ihm verraten haben, sonst bleibt es ein Rätsel, wie er schon Wind davon bekommen konnte.«

»Und hat er etwas geäußert?«

»Gewiß; und noch dazu in Gegenwart meiner Frau. Ich dachte, der Schlag solle mich rühren, als er mich direkt frug, was das für eine junge Dame gewesen wäre, die heute – also gestern, mit einem von unseren Kommis von dem Zollhaus heraufgekommen wäre.«

»Und was sagtest du?«

»Ich gab natürlich eine ausweichende Antwort«, versicherte van Roeken, »denn meine Frau wurde gleich stutzig und schien sich außerordentlich für die Sache zu interessieren.«

»Du hättest ihr einfach die Wahrheit sagen sollen«, meinte

Wagner. »Daß du früher heiraten wolltest, ist keine Sünde, und daß du von ihren Reizen bezaubert worden und alle weiteren Verpflichtungen vergessen, könnte für deine Frau gerade doch auch nur schmeichelhaft sein.«

»Dann kennst du meine Frau schön«, lachte van Roeken, »heiliger Himmel, wenn ich ihr die Entdeckung gemacht und sie das Mädchen jetzt auf Java wüßte, ich glaube, sie würde rein toll vor Eifersucht.«

»Und wenn sie es jetzt erfährt, ist die Sache noch viel schlimmer«, sagte der Freund. »In dem Fall muß sie, schon deines Schweigens wegen, Verdacht schöpfen, daß doch nicht alles so richtig sei. Du kannst die unangenehmsten Szenen mit ihr bekommen.«

»Ich habe jetzt alles auf dich geschoben«, sagte van Roeken abwehrend, »und damit hat sie sich vollständig beruhigt.«

»Ich bin dir unendlich verbunden«, rief Wagner, eben nicht angenehm überrascht, »aber ich hoffe doch nicht, daß du das in Heffkens Gegenwart getan?«

»Er hat gar nicht darauf geachtet«, sagte van Roeken ausweichend.

»Da kennst du den schlecht«, rief der junge Deutsche, von seinem Stuhl aufspringend und mit raschen Schritten die Stube messend, »und wenn er die Geschichte zu Romelaers hinüberträgt, kann mein Betragen die größte und ungerechteste Mißdeutung erfahren – ganz abgesehen davon, in welches Licht du die arme junge Fremde bringst.«

»Ach was«, lachte der Holländer, der sich durch nichts so leicht beunruhigen ließ, was ihn nicht selber und direkt betraf. »Dort klären ein paar Worte ein mögliches Mißverständnis auf; bei meiner teuren Gattin aber würden ein halb Dutzend Demosthenesse nicht hinreichen, sie zu überzeugen, daß ich unschuldig sei. Tu mir nur den Gefallen und widersprich mir heut' abend nicht.«

»Heut' abend nicht?«

»Sie – hat mich gebeten, dich auf heute einzuladen – zu ihrem Geburtstag glaub' ich.«

»Ihrem Geburtstag? War denn der nicht im vorigen Monat?«

»Allerdings haben wir ihn da gefeiert«, bestätigte van Roeken,

»aber sie muß das vergessen haben oder benutzt, einmal ein paar gute Freunde einzuladen. Die unglückliche Idee dabei ist nur, daß ich – Fräulein Bernold auch – bei mir einführen soll.«

»Aha, Heffken hat sie neugierig gemacht«, lachte Wagner, »und um die Gefahr gleich zu kennen, der sie ausgesetzt ist, rückt sie derselben direkt in die Zähne. Keck bleibt das immer und ganz gescheit obendrein; nach der Einleitung aber, die du, wie mir scheint, gemacht hast, werd' ich dich bitten, mich zu entschuldigen, nicht allein meinet-, sondern auch der jungen Dame wegen, die wir doch hier in Batavia nicht in bösen Leumund bringen wollen, nur damit du einer Gardinenpredigt entgehst. Außerdem möchte ich dich bitten, mir zu sagen, wie du dir das ungefähr gedacht hast, wenn du Fräulein Bernold – die sich bis jetzt noch für die dir bestimmte Gattin halten muß, bei – Mevrouw van Roeken einführen willst.«

»Alle Teufel!« rief van Roeken erschreckt, »daran hab' ich noch nicht einmal gedacht. Aber du hattest mir ja doch auch versprochen, alles mit ihr abzumachen.«

»Wenn es sich um eine Schiffsladung Pfeffer oder Kaffee handelt«, sagte Wagner kalt, »so wäre es auch schon abgetan. Daß diese Sache anders angefaßt sein will, scheinst du noch immer nicht zu begreifen.«

»Aber meine Frau!« stöhnte van Roeken.

»Zum Henker auch«, rief Wagner ungeduldig, »mach' mit ihr, was du willst; warum hast du deine eigene Torheit gegen diesen Heffken ausposaunen müssen; jetzt begegne auch den Folgen. Schütze dabei vor, wen du willst, nur bitte ich dich ernstlich, mich aus dem Spiel zu lassen, denn du weißt besser, als ich es dir sagen könnte, wie rasch sich hier in Batavia das geringste derartige Gerücht in alle Familien verbreitet. In dem Verhältnis aber, in dem ich zu Romelaers stehe, könnte es mir, wie du wohl begreifen wirst, nicht wünschenswert sein, den Verdacht auf mich zu laden, als ob ich noch nebenbei eine Liebschaft unterhielte – ganz abgesehen davon, welchen nachteiligen Einfluß es auf das Schicksal und den Ruf des armen Mädchens selber haben müßte.«

»Aber du kommst doch heut' abend?«

»Ich will kommen, vorausgesetzt, daß du mich nicht in Verlegenheit bringst; ich mache sonst das Recht der Selbsterhaltung geltend und stehe dir für nichts.«

»Wenn ich nur wüßte, wie ich meine Frau davon abbringen soll, der jungen Dame eine Einladung zu schicken, denn sie vergißt nie etwas Derartiges.«

»Das mache wie du willst. Um elf oder zwölf Uhr werde ich übrigens zu Fräulein Bernold hinüberfahren und womöglich alles in Ordnung bringen – ich wollte, es wäre erst überstanden. Wenn sie dann erfährt, wie die Sachen hier stehen, möchte sie es selber vorziehen, mit der hiesigen Gesellschaft in weiter keine Berührung zu kommen.«

»Und soll sie in dem Hotel bleiben?«

»Nein«, sagte Wagner, »schon allein am table d'hôte zwischen all den fremden, sie angaffenden Menschen zu sitzen, muß ihr unerträglich werden, und ich will sehen, sie während der Zeit ihres Aufenthalts in irgendeiner Familie unterzubringen.«

»Aber wo?«

»Erst muß ich sie selber kennenlernen, um zu beurteilen, wohin sie paßt, nachher – alle Wetter, wer ist das? Ich bekomme Besuch.«

Beide Männer wandten sich dem Garten zu, in den eben einer der gewöhnlichen Mietbendis einfuhr, und van Roeken rief:

»Das ist der nichtsnutzige und liederliche Nitschke, von dem es ja schon einmal hieß, daß er ertrunken oder auf andere Weise umgekommen sei. Was will der bei dir?«

»Gott weiß es; jedenfalls um irgend etwas anhalten.«

»Laß dich ja nicht mit ihm ein, du wirst ihn sonst nicht wieder los.«

»Schade um den armen Teufel«, sagte Wagner; »es ist ein ganz talentvoller Mensch, wenn er seine Sinne eben beieinander hält, aber jeder Verführung augenblicklich preisgegeben, und in den Händen dieses nichtsnutzigen Horbach ein vollkommen willenloses Instrument, mit dem der Bursche machen kann, was ihm gerade beliebt. Er kommt wirklich auf das Haus zu.«

»Ich mag ihm hier nicht begegnen«, sagte van Roeken, indem er seinen Hut nahm, »sonst bettelt er mich am Ende auch an. Also ich verlasse mich auf dich, daß du noch heute alles in Ordnung bringst, und heut' abend sagst du mir dann Antwort; komm nicht zu spät.« Und mit den Worten verließ er nach dem Hof zu das Haus, um dort sein Fuhrwerk wiederzufinden und dem eben den Porticus betretenden Nitschke nicht in den Weg zu kommen.

NEUNZEHNTES KAPITEL

Van Roeken hatte kaum das Zimmer verlassen und Wagner nur eben Zeit gehabt, sich eine frische Zigarre anzuzünden, als Herr Nitschke die steinernen Stufen heraufkam, den Hut abnahm und mit einer leichten, aber ehrfurchtsvollen Verbeugung, bei der es Wagner vorkam, als ob er etwas schwanke, an der Tür stehenblieb.

»Kommen Sie herein, Herr Nitschke.«

»Guten Morgen, Herr Wagner.«

»Was führt Sie zu mir?«

Nitschke schwieg und sah wohl eine Minute still und wehmütig vor sich nieder, endlich sagte er leise:

»Die Not.«

»Das dacht ich mir«, erwiderte seufzend der junge Mann, indem er in seine Tasche griff und ein paar Guldennoten herausnahm. »Sie sind unverbesserlich, Nitschke, und Vorstellungen helfen bei Ihnen ebensowenig wie die paar Gulden – es sind alles nur Tropfen Wasser auf einen heißen Stein. Da nehmen Sie – ich habe zu tun und kann mich nicht lange mit Ihnen beschäftigen. Nun?«

Wagner hatte allerdings Ursache zu erstaunen, denn Nitschke trat einen Schritt zurück, und die Hand abwehrend gegen das Geld ausstreckend, blieb er in seiner Stellung.

»Ich danke Ihnen«, sagte er aber dann und war in den wenigen Sekunden blutrot geworden, »ich danke Ihnen; ich bin – ich bin schon tief gesunken, aber – so tief noch nicht.«

»Aber was anderes verlangen Sie von mir?« frug Wagner erstaunt, indem er das Geld neben sich auf den Tisch legte.

»Wollen Sie mir nur wenige Minuten Gehör schenken?«

»Wenn Sie sich auf wenige Minuten beschränken, gern – bitte, setzen Sie sich; Sie scheinen heute morgen ein wenig schwach auf den Füßen zu sein. Nitschke, Nitschke, um Gottes willen, wohin soll das führen? Sie sind selbst heute morgen schon angetrunken.«

»Wenn Sie für das Wort ›angetrunken‹ hungrig sagten«, lächelte wehmütig der Mann, indem er sich mit einer dankenden Bewegung auf dem nächsten Stuhl niederließ, »so könnten Sie eher recht haben. Ich gebe Ihnen mein Ehrenwort, Herr Wagner, daß ich seit drei Tagen keinen Tropfen Arak oder Wein über die Lippen gebracht habe. Seit derselben Zeit habe ich aber auch an keinem gedeckten Tisch gesessen.«

»Also hat Sie Geldmangel daran verhindert?«

»Ich hatte noch genug, den Bendi draußen zu bezahlen.«

»Und Sie haben wirklich heute morgen noch nicht gefrühstückt?« frug Wagner, dem es nicht entging, daß der Mann jetzt wieder sehr bleich wurde.

»Heute morgen und gestern morgen nicht«, lächelte Herr Nitschke wehmütig, »und – aber was wollen Sie tun?«

Wagner war aufgesprungen und hatte sein »Sapáda!« zur Tür hinausgerufen.

»Mit einem Menschen, der schwach von Hunger vor mir sitzt«, antwortete er jetzt gutmütig, »kann ich mich nicht unterhalten. Sie müssen wenigstens erst etwas essen. Nachher teilen Sie mir mit, was Sie mir zu sagen haben.«

Nitschke faltete verlegen die Hände, Wagner hatte aber die nötigen Befehle schon gegeben, und während seine beiden Diener rasch und behend den Tisch deckten und eine Menge kalter Speisen auftrugen, hatte sich Wagner wieder zu seinen Papieren gesetzt, um sie zu ordnen und zusammenzupacken. Er warf jetzt einen flüchtigen Blick darüber hin nach dem gedeckten Tisch und sah, daß alles fertig war.

»Langen Sie zu, Herr Nitschke«, sagte er freundlich, »genieren Sie sich nicht – wir sind allein.«

»Wenn Sie es mir erlauben«, sagte der Mann, »so will ich von Ihrer Güte Gebrauch machen – ich glaube sogar, daß ich einiger Speise bedarf« – und ohne weiter ein Wort zu verlieren, ging er zum Tisch, ließ sich von den beiden Malaien bedienen und setzte nun die zwei braunen Burschen in nicht geringes Erstaunen, als er eine Schüssel nach der andern aufräumte und wahrhaft unersättlich schien.

Eine Flasche Rotwein stand auf dem Tisch, und der eine Diener hatte sie geöffnet und neben den Gast gestellt, aber Nitschke rührte sie nicht an, bis Wagner selber aufstand, zum Tisch trat und die Flasche ergriff.

»Sie trinken doch ein Glas?« sagte er dabei, »es wird Ihnen guttun.«

»Ich glaube es auch, Herr Wagner«, erwiderte Nitschke und ergriff das für ihn gefüllte Glas. Noch stand ein anderes auf dem Tisch, und er warf einen schüchternen Blick darauf, wagte aber nicht, etwas weiter anzudeuten. Wagner hatte indessen den Blick bemerkt, und das zweite Glas für sich füllend, sagte er lächelnd:

»Auf gute Besserung, Herr Nitschke!«

»Auf gute Besserung!« wiederholte aber mit feierlichem und selbst wehmütigem Ernst der frühere Trunkenbold – und leerte sein Glas auf einen Zug. Wagner wollte ihm noch einmal einschenken, aber er zog es zurück und sagte:

»Ich danke Ihnen, Herr Wagner – ich habe spirituöse Getränke nicht ganz abgeschworen, weil ich weiß, daß es mir doch nichts hilft. Mein Körper ist so zerrüttet, daß er dann und wann einer unnatürlichen Stärkung bedarf, und wenn ich es, wie mich mehrfache Versuche gelehrt haben, ganz lassen will, so geht das wohl eine Weile, aber ich komme immer mehr herunter dabei. Die Sehnsucht nach solch einem Genuß wird zugleich immer stärker, rasender, und – es geht zuletzt nicht mehr. Ich breche mein Wort und tobe nachher, aus reiner Verzweiflung, ärger als je zuvor.«

»Also muß ich annehmen«, sagte Wagner, »daß Sie gegenwärtig wieder Ihren ruhigen Zustand, eine kurze Pause in Ihrem wüsten Leben haben, der, voll guter Vorsätze, etwa gerade so lange anhält wie ein starker Rausch.«

»Ich habe Ihnen gegründete Ursache gegeben, sich eine solche Meinung von mir zu bilden«, sagte Nitschke ruhig, fast demütig. »Gute Menschen, besonders Herr Kuhn, den ich zu meinen größten und nachsichtigsten Wohltätern zählen muß, gaben sich die größte, unverdrossenste Mühe mit mir, aber – wir fingen es beide falsch an. Ich sollte auf einmal und mit einem Schlag ein Laster, eine Gewohnheit von mir abschütteln, die mit in mein innerstes Leben verwachsen war, und deshalb scheiterte jeder derartige Versuch. Jetzt will ich sehen, ob ich mir in anderer Weise beikommen kann. Ich werde trinken – wenn ich nämlich erst imstande bin, mir Brot zu verschaffen, aber nur mäßig, nie mehr als ein Glas; das, weiß ich, kann ich erzwingen.«

»Und wenn ich dann recht errate«, sagte Wagner, »verlangen Sie mein Fürwort bei Herrn Kuhn, daß er Sie wieder annimmt und es noch einmal mit Ihnen versucht?«

»Nein«, sagte Nitschke entschlossen. »Erstlich kann ich von Herrn Kuhn nicht verlangen, daß er mir noch einmal auf mein Wort glaubt. Ich habe ihn zu oft hintergangen, und dann auch – den Respekt bei seinen Leuten vollständig verloren. Er selber wäre vielleicht gutmütig genug, mir das alles noch einmal hingehen zu lassen, aber mit den Eingeborenen ist das etwas anderes; die braunen Burschen vergessen nicht so leicht etwas Derartiges, und wenn man sich bei ihnen erst einmal den Respekt vergeben hat, ist er im Leben nicht wieder zu gewinnen.«

»Aber was führt Sie dann zu mir?« sagte Wagner, denn Herr Nitschke hatte abgegessen und war aufgestanden. Er blieb jetzt vor Wagner stehen, sah ihm fest ins Auge und sagte endlich bewegt:

»Eine noch viel dringendere Bitte, als bloße Fürsprache für mich einzulegen, was, wie ich überhaupt fürchte, ein trost- und nutzloses Geschäft wäre –«

»Und diese besteht in –?«

»Sie sollen mir selber Arbeit geben«, sagte Nitschke entschlossen. »Sie sollen mich in Ihr Geschäft nehmen – als was Sie wollen, im Anfang um jedes Gehalt, daß ich nur eben existieren kann, und mir selber es überlassen, mich emporzuarbeiten.«

»Sie vergessen, daß ich nicht der alleinige Chef unseres Hauses bin –«

»Ich weiß, daß was Sie sagen und wollen, Gewicht hat«, warf aber Nitschke ein. »Ich selber habe Vertrauen zu Ihnen. Sie sind nicht allein ein braver Mann, und als solcher in der Kolonie bekannt –«

»Lieber Herr Nitschke, ich muß Sie ernstlich bitten, mir keine Schmeicheleien zu sagen, denn ich glaube kaum, daß Sie auf die Art Ihren Zweck erreichen werden.«

»Ich will Ihnen nicht schmeicheln, Herr Wagner«, fuhr Nitschke ruhig fort. »Ihr Ruf ist bei mir auch das wenigste, da ich heute schon an ganz andere Türen, ohne Erfolg geklopft. Sie aber haben mich als Mensch behandelt – nicht daß Sie mir zu essen, sondern wie Sie es mir gegeben haben, hat mich ergriffen. Sie scheuten sich sogar nicht, mit mir zu trinken, und seien Sie versichert, Herr Wagner, daß ich Ihnen das nie vergessen werde.«

»Mein lieber Herr Nitschke, das alles bringt uns nicht zum Ziel –«

»So will ich mich kurz fassen«, sagte Nitschke. »Ich weiß, daß Sie gerade in diesem Augenblick einen Mann brauchen, der Ihre englische Korrespondenz besorgen kann. Versuchen Sie es mit mir.«

»Herr van Roeken wird nie dareinwilligen.«

»Ich weiß, daß er mich nicht mag«, versetzte Nitschke, »und – kann es ihm auch eigentlich nicht verdenken, aber – stoßen Sie mich nicht von sich – nicht in diesem Augenblick. Bedenken Sie, jeder Mensch hat einen Gipfelpunkt – einen Gipfelpunkt des Glücks, des Unglücks und – des Lasters; glauben Sie mir – o glauben Sie mir nur dies eine Mal, daß ich auf dem meinigen angelangt bin, und nehmen Sie dann später das beseligende Gefühl mit auf Ihren Lebenspfad, nicht ein Menschenleben, das meinige wäre in diesem Augenblick wertlos – nein, ein Menschenherz gerettet zu haben.«

»Und haben Sie keine anderen Aussichten?«

»Keine«, sagte Nitschke; »die letzten Deute habe ich heute zusammengescharrt, den Wagen zu bezahlen, weil ich zu schwach war zu gehen und – ein Europäer hier auch nicht gehen darf. Ich wollte im Anfang gar nicht zu Ihnen kommen – wollte zu einem mehr Fremden gehen, mir meinen Weg zu bahnen. Ich war deshalb schon gestern abend bei Herrn Heffken, der großen Einfluß in der Maatschappy besitzt. Er hat mich wie einen Hund behandelt, und jetzt bin ich an der Grenze angelangt. Stehlen kann ich nicht, betteln werde ich nicht, Handarbeit gibt man hier keinem Europäer, schon des Beispiels wegen, wenn auch mein Körper stark genug wäre, der heißen javanischen Sonne Trotz zu bieten, was er nicht ist. Noch bei drei, vier anderen Herren war ich – sie wollen alle nichts mit mir zu tun haben. Sie trauen dem Trunkenbold nicht und ließen mich nicht einmal vor.«

»Aber Heffken haben Sie gesprochen?«

»Erlassen Sie mir die Schilderung jenes Auftritts«, bat Nitschke; »wäre ich nicht an Geist wie Körper so gebrochen, ich – hätte ihn erwürgen müssen.«

Nitschke war, während er sprach, totenbleich geworden; seine Glieder zitterten, und Wagner schob ihm fast unwillkürlich einen Stuhl hin, auf den er sank; er wäre sonst vor ihm zusammengebrochen. Wagner ging mit raschen Schritten im Zimmer auf und ab, und immer haftete sein Blick wieder auf der Jammergestalt des Unglücklichen, der, wenn auch durch eigenes Verschulden, auf der letzten Stufe des Elends angelangt war und vielleicht noch durch ihn gerettet werden konnte. Wohl fiel ihm in diesem Augenblick wieder Heffkens Erzählung von jenem Abend ein, und die verkommene Gestalt vor ihm bestätigte nur zu sehr den Verdacht, daß mit solchem Überrest eines Menschen kaum noch Versuche anzustellen seien. Sein gutes Herz zwang ihn aber auch, den Unglücklichen nicht so barsch von sich zu stoßen. Wenn er nun doch vielleicht, wie er sagte, auf dem Scheitelpunkt seines liederlichen Lebens angelangt war und von jetzt an, durch sein früheres Unglück gewitzigt, ein anderes Leben begann – wo nicht, blieb es ja noch immer Zeit, den Unverbesserlichen wieder auszustoßen.

»Herr Nitschke«, sagte Wagner nach einigem Zögern, während der arme Teufel mit Furcht und Hoffnung im Blick zu ihm aufsah – »ich will Ihnen jetzt nicht vorhalten, was Sie einst gewesen sind; Sie fühlen es in diesem Augenblick wahrscheinlich stärker, als Worte es imstande wären auszudrücken – ich will Sie auch nicht verletzten, aber – ich werde Ihnen Beschäftigung geben.«

»Herr Wagner – Sie – Sie wollten –« rief Nitschke, halb von seinem Stuhl fahrend, indem er unwillkürlich die Hände faltete. »Oh, wenn Sie mir nur dies eine Mal glauben wollten –«

»Halt!« unterbrach ihn aber Wagner, »keine Versprechungen, deren Sie schon genug gegeben haben. Ihr eigenes Gefühl, Ihre eigene Existenz muß mir größere Bürgschaft sein. Kommen Sie morgen früh in unser Geschäft – Sie kennen die Arbeitsstunden – Ihr Gehalt wollen wir nach der ersten Woche und gegenseitigem Übereinkommen feststellen. Sie sollen genug bekommen, daß Sie anständig leben können, denn ich weiß, daß Sie imstande sind, den Posten, den ich Ihnen zugedacht, auszufüllen. Wo wohnen Sie jetzt?«

Ein wehmütiges Lächeln zuckte um Nitschkes Lippen, während sich bei dem Anerbieten, das ihm die rettende Hand bot, ein Strahl von Glückseligkeit über seine Züge gelegt hatte.

»Wo ich jetzt wohne?« sagte er leise, »ich habe mit den Reisevögeln ein Hotel.«

»Mit Gepäck werden sie da auch nicht sehr belastet sein«, sagte Wagner, dem der arme Teufel jetzt unendlich leid tat.

»Nein«, flüsterte Herr Nitschke, indem er ein Taschentuch aus der Tasche zog, »ich – trage es bei mir.«

Es lag in der Bewegung, mit der er dies sprach, eine so reuige Zerknirschung, und doch wieder ein so wehmütiger Humor, daß Wagner laut auflachen mußte, während ihm die Tränen in die Augen traten.

»Ich dachte es mir«, sagte er freundlich, »später muß sich das freilich ändern, für jetzt aber – bis wir ein Unterkommen für Sie gefunden haben, bleiben Sie bei mir; ich werde Ihnen ein Zimmer anweisen lassen, und Ihren Wagen benutzen Sie jetzt – ja so, es ist Sonntag«, unterbrach er sich, »gut, dann mögen Sie das morgen früh besorgen, ehe Sie ins Geschäft kommen, denn – Sie nehmen mir das nicht übel, etwas anständiger müssen sie in unserem Comptoir erscheinen, schon Ihrer selbst wegen.«

»Aber – ich –«

»Ich weiß schon; natürlich brauchen Sie dazu Vorschuß. Herr Nitschke – ich mache jetzt gleich die Probe mit Ihnen, inwieweit Sie Besserung versprechen. Hier haben Sie dreißig Gulden, die Sie in dem Notwendigsten anlegen mögen. Ich rechne fest darauf, daß Sie keinen Deut davon zum Trunk verwenden.«

»Sie wollen kein Versprechen von mir, Herr Wagner«, sagte

Nitschke ernst, »und ich fühle auch, daß ich das Recht verscherzt habe, ein solches abzulegen. Haben Sie nur Geduld mit mir, weiter verlange ich nichts, denn ich muß nicht allein neue und reine Kleider, ich muß auch einen neuen und reinen Menschen anziehen.«

»Genug – hier ist das Geld«, sagte Wagner, »übrigens sind wir ziemlich von einer Größe, und ich denke, daß Ihnen etwas von meinem leichten Sommerzeug wohl passen wird, damit Sie wenigstens heute anständig erscheinen können. Kommen Sie mit in mein Schlafzimmer.«

»Herr Wagner«, sagte Nitschke, indem er seines neuen Beschützers Hand trotz dessen Widerstreben ergriff, während ihm die großen, hellen Tränen von den Wangen niederrollten, »wenn ich Ihnen das je vergesse –«

»Keine Versprechungen«, lachte aber Wagner gutmütig, »ich bin jetzt selber neugierig, ob ich mehr aus Ihnen bilde wie Kuhn, dessen Erziehung doch am Ende nichts getaugt hat«, und sich von Nitschke losmachend, schritt er diesem voran in das nächste Zimmer, seinen neuen Schützling mit der ihm besonders nötigen Wäsche und einigen leichten Kleidungsstücken zu versehen.

Eine Stunde später fuhr Wagner, der Nitschkes Fuhrwerk fortgeschickt hatte, in seinem Bendi die Straße hinab, dem Hotel der Nederlanden zu, und Nitschke, der indessen ein Bad genommen und reine Kleider angezogen hatte, saß in dem Portico des luftigen Gebäudes auf einem der bequemen chinesischen Stühle, hielt die Hände auf den Knien gefaltet und schaute mit einem ganzen Himmel von Seligkeit in den bleichen, eingefallenen Zügen nach den wehenden Wipfeln der Palmen hinauf, die den Vorhof des Hauses beschatteten.

ZWANZIGSTES KAPITEL

Während Nitschke mit einem Schatz von guten Vorsätzen im Herzen, und außerdem gereinigt, gekleidet und genährt daheim saß und sich dem behaglichen Gefühl hingab, wieder einen Platz zu haben, den er daheim nennen konnte, befand sich Wagner auf dem Wege, einen der unangenehmsten Aufträge zu erfüllen, die ihm je geworden. Sollte er doch Hedwig Bernold auf das vorbereiten, was sie hier erwartete. Unter keiner Bedingung würde er das auch übernommen haben, wäre es ihm nicht des armen Mädchens selber wegen gewesen, das ihm sein Freund, der alte Scharner, so warm empfohlen hatte. So schonend als möglich mußte sie es erfahren, und was er selber dann für sie tun konnte, sollte mit Vergnügen geschehen. Bitterböse war er aber auf den Freund, der mit so fabelhaftem Leichtsinn Glück und Ruhe eines armen Wesens seiner Laune preisgegeben und jetzt glaubte, mit einer Handvoll Gold das alles wieder ausgleichen zu können. Van Roeken war überhaupt der Meinung, daß mit Gold in der Welt alles zu regulieren wäre, und durch was auch immer belastet die menschliche Lebenswaage sinke, Gold das vortreffliche Mittel sei, sie wieder ins Gleichgewicht zu bringen. Dabei aber war er nicht verschwenderisch, und daß er in diesem Fall sich freiwillig erbot, eine weit größere Summe zu zahlen, als eigentlich ausbedungen, zeigte deutlich, wie unsicher er sich selber fühlte, recht und ehrlich gehandelt zu haben. Und das alles sollte Wagner jetzt ausgleichen – ja, das nicht allein, sondern später auch noch die Vertretung seinem alten Freund gegenüber übernehmen. Und war dieser nicht eigentlich selber schuld daran? Hätte er, ehe er einen solchen entscheidenden Schritt tat, nicht wenigstens erst an ihn schreiben können? Aber natürlich mußte er ja glauben, daß er selber von allem unterrichtet, mit allem einverstanden sei, und wie er es auch drehte und wendete, die Verantwortung blieb immer allein auf van Roeken, der, selber herzlos, mit dem Herzen und Lebensglück der armen Fremden auf das leichtsinnigste und unverantwortlichste gespielt.

Mißmutig und auf die ganze Welt ärgerlich, auf den alten Scharner in Deutschland, auf das Mädchen selber, die einen solchen Schritt getan, auf den Freund, der ihn in ein so mißliches Geschäft verwickelt, auf sich selber, daß er es übernommen, fuhr er, in den leichten Wagen zurückgelehnt, die Straße entlang und kam eigentlich erst wieder zu sich, als das Fuhrwerk in den Vorgarten einbog und vor dem hohen, von Säulen getragenen Portico des Hauses hielt. Er befahl dem Kutscher zu warten, stieg aus und in den mit Marmorplatten belegten Saal hinauf, wo er die malaiischen Diener eben beschäftigt fand, den Frühstückstisch abzuräumen und wieder zum späteren Diner zu ordnen. Gäste waren nicht dort. Ein paar eben angekommene Schiffskapitäne ausgenommen, denen auf einem kleinen Seitentisch serviert wurde.

Da die Gastzimmer in den Hintergebäuden lagen, schritt er rasch durch den Saal hindurch und im wahren Sinne des Wortes über eine kleine Gruppe von malaiischen Jungen hin, die dort mit ihren ewig brennenden Kokosbastlunten kauerten und auf der Welt weiter keine Beschäftigung hatten, als auf das befehlende »Api!« irgendeines Europäers zu warten. Ertönte das, woher auch immer, so schnellten sie von dem Marmorboden empor und boten den Gebrauch ihrer Lunten dar, um nachher wieder an ihren alten Warteplatz geduldig zurückzukehren. Wagner wollte rasch über den hintern Porticus in den Hof hinabgehen, da sich auf jenem um diese Tageszeit und noch dazu an einem Sonntag, viele Gäste sammelten, als er seinen Namen rufen hörte. Sich danach umdrehend, erkannte er den alten Herrn van Romelaer im Gespräch mit ein paar holländischen Offizieren.

»Heda, Wagner, wohin so eilig?« rief ihn der alte Herr freundlich an. »Wie wär's mit einem Gläschen echten Schiedam? Hoogesand hat einen famosen Stoff mit der Rebecca bekommen und ein Probefäßchen erst heute morgen an Land geschafft.«

»Ich trinke nicht gern morgens Spirituosen«, sagte Wagner, die Herrn grüßend. »Der Gesellschaft wegen kann man aber wohl schon einmal eine Ausnahme machen.«

»Das ist recht«, lachte Romelaer gutmütig. »Wagner ist ein famoser Vent, verdirbt nie einen Spaß und macht alles mit – na, was habt Ihr hier heute morgen auf dem Zuge?«

»Nichts, Mynheer«, sagte Wagner, etwas verlegen, indem er das zu ihm hingeschobene Glas nahm und leerte, »nur einen Besuch wollte ich machen.«

»Die Herren kennen sich wohl? Herr Wagner, Firma Wagner und van Roeken, und Leutnant van Hoevelen und Hauptmann Bernstoff – kommen gerade von Bali und haben eine schmähliche Zeit dort mit durchgemacht. Apropos, Wagner, kommen Sie heut' abend ein bißchen hinüber? Meine Marie will gern einmal wieder tanzen und wir sind eine ganz nette Gesellschaft.«

»Ich bedauere sehr«, erwiderte Wagner, »aber auf heut' abend bin ich leider schon versprochen.«

»Aha, wahrscheinlich Ihr Besuch? Aber um Gottes willen keine Umstände; Sie wissen, daß Sie bei mir nicht im geringsten geniert sind. Vielleicht können Sie sich später noch losmachen, vor ein oder zwei Uhr gehen wir doch nicht auseinander. Die Herren hier haben seit acht Monaten keinen Ball mitgemacht und wollen sich einmal tüchtig austanzen. Hatten auch Gelegenheit, sich in Bali ordentlich auszuruhen. Hauptmann Bernstoff hat einmal da drüben vierundzwanzig Stunden in einem Strich bis an die Schultern in Schlamm gesteckt und eine Bande der rothäutigen Schufte mit ihren Blasröhren und vergifteten Pfeilen um sich her gehabt – das soll die Glieder außerordentlich geschmeidig machen – hahahaha!«

»Sie würden wahrhaftig nicht lachen, wenn Sie an seiner Stelle gewesen wären«, meinte der andere Offizier.

»Allen Respekt davor«, rief Romelaer rasch. »Apropos, Wagner, haben Sie lange nichts von Heffken gesehen?«

»Seit einiger Zeit nicht. Er soll wieder vollkommen genesen sein.«

»Gesund wie ein Fisch, ist auch schon seit acht Tagen wieder im Geschäft, hält sich aber merkwürdig zurück und kommt zu keinem Menschen. Wunderlicher Kauz das; ich muß nur heut' einmal zu ihm hinausschicken, denn wenn alles tanzt, bleiben uns sonst die Spieltische leer stehen, und das wäre für uns ›altes Volk‹ ein Unglück. Aber Sie wollen fort – keine Umstände, Freundchen – nicht erst noch ein Glas?«

»Ich danke bestens – ein andermal, wenn ich bei Ihnen vorspreche«, und die Gesellschaft freundlich grüßend, schritt Wagner in die rechts vom Hofe hinlaufende Galerie hinein, um dort in der Wirtswohnung die Nummer seiner Schutzbefohlenen zu erfragen. Es war ihm nicht recht, gerade Romelaer hier gefunden zu haben, denn wenn der alte Herr erfuhr, daß er hier eine junge Dame aufgesucht habe, konnte er sich auch fest darauf verlassen, einen vollen Monat damit geneckt zu werden. Es ließ sich aber jetzt nicht mehr ändern, und vielleicht konnte er es auch eben noch so einrichten, daß er gerade nicht bemerkte, wem sein Besuch in diesem Hause galt. Im Lokal des Wirts erfuhr er augenblicklich die Nummer des Zimmers, welches die beiden fremden Damen bewohnten, zugleich aber auch, daß die ältere von ihnen vor kaum einer Viertelstunde mit einem Bendi aus dem Hotel selber nach seiner eigenen Wohnung gefahren sei, um ihn aufzusuchen und einen Brief an ihn abzugeben. Die jüngere Dame hatte denselben nicht durch einen Malaien schicken wollen.

Wagner war unschlüssig, was er tun solle: die Dame trotzdem aufsuchen, oder augenblicklich zurückzufahren, um zuerst den an ihn gerichteten Brief in Empfang zu nehmen. Die Wirtin aber bestimmte ihn bald, den ersteren Weg einzuschlagen, da sie ihm sagte, sie hätte von der Frau, die nur eine Dienerin der jungen, sehr hübschen Dame sei, schon gestern erfahren, daß sie einen Besuch erwarteten, und erst, da derselbe bis heute morgen spät nicht gekommen sei, habe sie sich entschlossen, den Brief abzuschicken. Wagner bat deshalb, ihn in diesem Fall zu melden, und die Tochter vom Hause ging selber hinüber, die Botschaft auszurichten.

Hedwig war allein in ihrem Zimmer. Sie hatte einen trüben und peinlichen Morgen verbracht und lange mit sich gekämpft, welchen Schritt sie tun solle: geduldig warten, bis sie aufgesucht würde, oder wenigstens den Freund ihres alten Scharner wissen zu lassen, daß sie da sei, und ihm den Brief zu senden, den ihr dieser noch für ihn mitgegeben. Allerdings hatte sie gehört, daß schon gestern jemand nach ihr gefragt – war das van Roeken selbst gewesen? Aber warum kam er da nicht heute morgen wieder? Sie erhoffte seinen Besuch und fürchtete doch auch wieder ihm zu begegnen, und keinen, keinen Freund hatte sie hier, an den sie sich wenden konnte; kein Herz, das teil an ihrem Schicksal nahm. Nur von Wagner, van Roekens Freund, hatte ihr Scharner viel und gern erzählt und ihn stets als einen Ehrenmann geschildert – es war ihr fast, als ob dieser ihr nicht so ganz fremd wäre, wie alles andere, und sie beschloß endlich, den Brief an ihn abzuschicken, ihn vorher zu sprechen, ehe sie mit ihrem künftigen Gatten zusammentraf. Mit diesem Entschluß war es ihr fast, als ob sie das erste gefürchtete Begegnen van Roekens noch hinausschieben könne, und sie fühlte sich kräftig genug, später dem nun doch einmal Unvermeidlichen mit voller Fassung entgegenzutreten. Als sie des alten Scharner Rat befolgte, hatte sie ja ihr eigenes Geschick aus der Hand gegeben – ob sie recht daran getan, ob nicht – es war zu spät, das jetzt zu überdenken, und was nun auch kommen mochte, sie mußte es geduldig hinnehmen und ertragen.

Nur zurück durfte sie nicht denken. Es war ein so schöner Traum gewesen, den sie geträumt, so zauberhaft schön und lieb, und das Herz hätte ihr zerspringen mögen, wenn sie daran dachte, daß gerade die Hand, an der sie gehofft den Lebenspfad zu wandeln, so rauh, so herzlos ihr den Traum zerschlagen.

»Er hat dich nie geliebt!« Das war das einzige Trostwort, das sie sich wieder und wieder zugerufen, und doch, o welch ein bitterer Trost in solchen Leiden! »Er hat dich nie geliebt!« Und wenn das wäre, was blieb dann selbst von jenen süßen Stunden, in denen er sein Herz ihr ausgeschüttet und zu eigen gegeben? War das alles Lug? Alles nur Trug und Verstellung gewesen? O großer Gott, welchem Menschen auf der weiten Welt hätte sie dann noch trauen können; welches Herz konnte dann treu und ehrlich sein, wo Treue und Ehrlichkeit so klar und unverkennbar von Gott selber auf jenes Zügen eingegraben stand?

»Fort mit den Gedanken!« rief sie sich dann selber gewaltsam zu, »die Zeit liegt dahinten – dahinten mit allem Leid und Jammer, das die alte Heimat in dem letzten Jahr auf mich gehäuft; ich muß und will sie vergessen! Bin ich doch jetzt in einem andern Lande, in einer andern Welt, und mein alter Freund daheim hat mir versichert, daß hier ein wackeres Herz meiner wartet. Mit Gott will ich ihm entgegengehen, und Er wird mich hier die Ruhe, den Frieden finden lassen, dessen ich so sehr – so sehr bedarf!«

»Liebes Fräulein«, sagte in dem Augenblick die Wirtstochter, die den schwarzen Lockenkopf in das kleine Zimmer steckte, »ein Herr ist draußen, der Sie zu sprechen wünscht – darf er hereinkommen?«

»Ein Herr?« rief Hedwig rasch emporfahrend, und sie fühlte dabei, daß sie glühend rot wurde. Wer war das? Herr Wagner? Die Kathrine konnte kaum den halben Weg zu ihm sein, denn man hatte ihr gesagt, daß es wenigstens eine Stunde dauern würde, bis ein Bote von dort zurückkommen könne. Also van Roeken selber? Das Herz klopfte ihr fast hörbar in der Brust, und sie hätte jetzt alles darum gegeben, wenn wenigstens die Kathrine dagewesen wäre.

»Darf er kommen?« drängte das junge Mädchen, die lächelnd die Verwirrung in den Zügen der schönen Fremden bemerkte.

»Es wird mir sehr angenehm sein«, sagte Hedwig, die in diesem Augenblick kaum wußte, was sie sprach, und im Nu war die junge, fröhliche Wirtstochter wieder von der Tür verschwunden. Hedwig stand in der Mitte des Zimmers, wie sie jene verlassen; eine eigene Angst überkam sie, ihre Glieder versagten ihr fast den Dienst, aber das dauerte nur einen Moment. Im nächsten Augenblick schon fühlte sie ihre Kraft zurückkehren, und wenn auch alles Blut ihre Wangen verlassen hatte, schaute sie doch dem jetzt Eintretenden fest und ruhig entgegen.

Wagner hatte schon auf der Schwelle noch einen Blick nach dem Haus zurückgeworfen, ob er von da aus gesehen würde, und allerdings stand dort noch der alte Herr van Romelaer mit seinen beiden militärischen Freunden, und neben ihm der Wirt des Hauses, den jener um etwas angerufen hatte. Möglich aber, daß sie ihn gar nicht mehr beachteten; keinesfalls ließ es sich jetzt mehr vermeiden, und nach flüchtigem Anklopfen das Zimmer betretend, in dem er schon angemeldet war, stand er in der nächsten Sekunde vor Hedwig, deren Blick ihm erwartungsvoll und scheu begegnete.

»Mein wertes Fräulein – ich muß um Entschuldigung bitten –«

»Mein Herr –«

Wagner sah sich der jungfräulich edlen Gestalt des jungen Mädchens – noch immer außen mit Romelaers Gegenwart beschäftigt, so plötzlich gegenüber, daß er fast in Verwirrung kam. Er hatte das Gespräch mit einigen alltäglichen Entschuldigungen und Redensarten beginnen wollen; als aber die großen, seelenvollen Augen Hedwigs auf ihm hafteten, fühlte er das Unpassende, das Fade solcher Einführung. Ein eigenes und wehes Gefühl schoß ihm dabei durchs Herz. So schön, so lieb wenigstens und so edel in ihrem ganzen Sein, wie er die junge Fremde fand, hatte er sie sich doch nicht gedacht, und diesem Wesen gegenüber fehlte ihm fast der Mut, seinen schmerzlichen und fatalen Auftrag zu erfüllen.

»Herr van Roeken?« fragte da Hedwig leise und mit niedergeschlagenen Augen. Sie wollte den Namen gar nicht aussprechen – ihre Gedanken nur hatten sich zu dem Wort gebildet, und sie erschrak ordentlich, als sie den Klang desselben selber hörte.

»Van Roeken? Nein!« rief Wagner rasch, der fast erschrak, als er sich mit jenem verwechselt sah. »Das ist ein Mißverständnis, mein Fräulein – mein Name ist Wagner, und ich glaubte, die junge Dame, die mich Ihnen meldete, hätte Ihnen auch gesagt, wer ich bin.«

Hedwig sah ihm fest, ja fast starr ins Auge. Das war nicht van Roeken? Und daß er es nicht war! Soviel Vertrauen hatte ihr schon der erste Anblick dieser Züge eingeflößt – aber sie gehörten einem Fremden an. Und wenn nun van Roeken – eine Schar verworrener Gedanken kreuzte ihr das Hirn, und sie fand keine Worte, selbst nur die erste Begrüßung Wagners zu erwidern. Auch dieser fand sich dadurch in peinlicher Verlegenheit und mußte sich endlich fast gewaltsam zusammenraffen, um ein gleichgültiges Gespräch zu beginnen.

»Ich höre eben«, sagte er, »daß Sie einen für mich mitgebrachten Brief in meine Wohnung gesandt haben.«

»Ich war gestern schon angekommen«, sagte zögernd Hedwig.

»Zu meinem Bedauern erfuhr ich gestern, daß Sie unwohl hier eingetroffen wären.«

»So hatten Sie mich schon gestern aufgesucht?«

»Wir erwarteten Sie mit der Rebecca, und das Schiff wurde uns gestern von der Reede signalisiert – wie das mit allen eben einlaufenden Schiffen geschieht.«

»Aber darf ich Sie nicht bitten, Platz zu nehmen?«

Beide hatten das Peinliche des ersten Begegnens überwunden, und während Hedwig auf dem kleinen, im Zimmer stehenden Rohrsofa Platz nahm, ließ sich Wagner auf einem Stuhl ihr gegenüber nieder. »Sie haben hoffentlich eine angenehme Reise gehabt?« sagte er und holte dabei tief Atem, denn es war, als ob ihm jemand die Brust zuschnüren wolle.

»Sehr lang, aber doch insofern glücklich, als wir ohne Unfall hier eingetroffen sind«, erwiderte Hedwig, die es ihm dankte, ihr noch mehr Zeit zu lassen, sich zu sammeln. »Der Kapitän war sehr nachsichtig und gut mit uns.«

»Und mein alter Freund Scharner befindet sich wohl? Ich freue mich sehr darauf, ihn wieder einmal begrüßen zu können.«

»Körperlich vortrefflich. Wollen Sie – wieder nach Deutschland hinüber?«

»Unser Geschäft bringt es mit sich, daß einer der Kompagnons von Zeit zu Zeit eine Reise nach Europa macht, um teils hier gangbare Waren einzukaufen, teils Bestellungen aufzugeben, die sich nun einmal nicht gut brieflich abmachen lassen.«

Hedwig schwieg, und auch Wagner fand nicht gleich einen Punkt wieder, an dem er anknüpfen konnte. Und so mild, so freundlich, so geduldig saß ihm das holde Geschöpf gegenüber, so vertrauensvoll erwartete sie die Botschaft des Mannes, dem sie ihr ganzes Leben zu eigen geben wollte. Sie hatte ihn selbst erwartet, und jetzt sollte er der Fremden mit dürren, kalten Worten sagen, daß Herr van Roeken indessen schon seit längerer Zeit verheiratet sei; sollte ihr eine Summe zur Verfügung stellen, damit, wenn es sie freue, nach Europa zurückzukehren, oder auch hier zu bleiben, wie es ihr gefalle, und das Geld zu verzehren. Nein, das ging nicht, das war zuviel verlangt. Wie kam auch van Roeken dazu, von ihm gerade zu fordern, eine solch peinliche Szene hervorzurufen und mit zu durchleben? Das konnte und wollte er schriftlich abmachen, und dann brauchte er der armen jungen Dame auch gar nicht wieder zu begegnen. War ihm doch nichts schrecklicher auf der Welt als Frauentränen.

»Java«, sagte Hedwig endlich, »scheint ein so schönes, herrliches Land zu sein, daß man den kalten Norden wohl darüber vergessen könnte, wenn es eben nicht die Heimat wäre.«

»Sie sind ungern von Deutschland fortgegangen?«

»Wer verläßt das Vaterland gern?« sagte Hedwig innig. »Schon früher war es mir immer ein recht wehes, schmerzliches Gefühl, wenn ich Auswanderer sah, die, durch Verhältnisse oder Not gezwungen, eine fremde Welt aufsuchen mußten. Ich glaubte damals freilich nicht, daß ich selber einmal mit zu diesen Auswanderern gehören würde.«

»Aber zu deren Zahl dürfen Sie sich doch nicht rechnen«, erwiderte Wagner, der nicht recht wußte, was er darauf antworten sollte. »Sie sind doch nicht gezwungen, in dem fremden Land zu bleiben, die Rückkehr steht Ihnen jeden Augenblick frei, wenn Ihr Gefühl Sie hier nicht leiden sollte.«

»Herr Scharner hat Ihnen doch geschrieben«, sagte Hedwig bestürzt, »daß ich –«

»Jawohl, mein bestes Fräulein, alles«, beruhigte sie Wagner, der nicht ohne Bangen sah, wie fest vertraut sich Hedwig schon mit dem Gedanken gemacht hatte, in Batavia ihre neue Heimat zu finden. Und wie anders hätte er es auch erwarten können, da sie ja nur mit dieser Aussicht und in diesem Glauben Deutschland verlassen. »Er hat mir alles geschrieben«, setzte er hinzu, »und wenn van Roeken sich auch damals ohne mein Wissen in dieser delikaten Angelegenheit nach Deutschland und an meinen alten Freund Scharner gewandt, so versteht es sich wohl von selbst, daß ich trotzdem darüber wachen werde, jede Pflicht gegen Sie, mein liebes Fräulein, erfüllt zu sehen, wie – wie sich auch alles noch gestalten möge.«

»Herr Scharner hat mir viel von Ihnen erzählt«, sagte Hedwig leise, »viel Liebes und Gutes. Er hängt noch sehr an Ihnen, und – gerade weil er so volles Vertrauen in Ihre Redlichkeit setzte –«

»Er ist mir immer ein lieber, väterlicher Freund gewesen«, versicherte Wagner, der sich bei diesem Lob nicht ganz wohl fühlte, »aber ich fürchte, daß er – daß er manchmal meine Eigenschaften überschätzt hat.«

»Es war jedenfalls sehr freundlich von Ihnen«, sagte Hedwig herzlich, »daß Sie mich zuerst hier in dem fremden Land begrüßt haben, es soll mir das eine gute Vorbedeutung sein. Sie mögen mir auch glauben, werter Herr, daß Ihre Gegenwart mir neue und frische Zuversicht gegeben hat. Ich war recht niedergedrückt, als ich das Land betrat; recht im Innern uneins mit mir selber, und noch an diesem Morgen fühlte ich mich einsam und verlassen wie kaum je. Das ist besser jetzt – viel besser, und ich kann nun wohl sagen, daß ich der nächsten Zukunft fest und vertrauungsvoll entgegengehe, stehe ich ja doch auch hier in Gottes Hand, gerade wie daheim.«

»Halten Sie den Glauben fest, liebes Fräulein«, rief Wagner bewegt, von seinem Stuhl aufspringend und ihr die Hand reichend, »halten sie ihn fest und vertrauen Sie auf Gott. Manches erscheint uns armen Sterblichen hier oft als ein Unglück, als ein neuer Schlag des Schicksals, während es uns in gerader Bahn doch nur einem endlichen Glück, endlicher Zufriedenheit entgegenführt. Aber Vertrauen müssen wir haben, Vertrauen und Zuversicht, und alles kann und wird dann gut gehen. Wie sich aber auch alles hier für Sie gestalten möge, betrachten Sie mich als Ihren wahren und treuen Freund, der Ihnen mit Rat und Tat zur Seite stehen wird. Tun Sie keinen Schritt, ohne ihn vorher mit mir besprochen zu haben, ich kenne die Verhältnisse hier genau und meine es gut mit Ihnen.«

»Ich danke Ihnen für diese Teilnahme, Herr Wagner«, sagte Hedwig gerührt, durch die Worte aber auch, sie wußte eigentlich selber nicht recht, warum, etwas beunruhigt, »und – wann glauben Sie, daß ich Herrn van Roeken sehen werde?«

»Van Roeken?« sagte Wagner, der nicht imstande gewesen wäre, ihr gerade jetzt und in diesem Augenblick die kritische Stellung aufzudecken, in die sie des Freundes taktloses und leichtfertiges Benehmen gebracht. »Morgen vielleicht oder – in den nächsten Tagen. Er hat einen kleinen Ausflug gemacht, von dem er aber in allernächster Zeit zurückkehren muß. Gedulden Sie sich nur noch ein ganz klein wenig, und wenn Sie indessen irgendeinen Wunsch haben, den ich imstande bin zu erfüllen, so bitte ich Sie recht freundlich, ihn mich ungescheut wissen zu lassen. Sie sind doch hier gut aufgehoben?«

»Vortrefflich und über meine Erwartung«, sagte Hedwig schüchtern. »Es ist nur fast alles zu großartig, zu reich. Doch sind die Wirtsleute freundlich und gefällig, wo ich mit ihnen in Berührung komme, und für die – und ich befinde mich wohl hier«, brach sie plötzlich ab.

»Dann erlauben Sie mir, daß ich Sie jetzt verlasse«, sagte Wagner, seinen Hut ergreifend, denn das Gespräch fing an, ihm drükkend zu werden. Er konnte diesem Mädchen gegenüber nicht länger lügen und hatte auch nicht den Mut, ihr frei und unverhohlen die Wahrheit zu sagen. Die Nachricht auch, daß der Mann, der um ihre Hand geworben, indes schon verheiratet sei, mußte sie ohne Zeugen treffen, um ihr jede Beschämung in Gegenwart anderer Menschen zu ersparen. Das war die geringste Rücksicht, die sie erwarten konnte. Wußte sie das erst, hatte sie den ersten Schmerz über diese Zurücksetzung, das erste Gefühl gekränkten Stolzes überwunden, dann erst galt es, mit ihr selber gemeinschaftlich den Schritt zu beraten, den sie tun – ob sie nach Deutschland zurückkehren oder hier im Lande bleiben wolle, vielleicht in irgendeine Familie als Gouvernante einzutreten. Jedenfalls mußte ihr die Wahl darin vollkommen frei gelassen, ihr Wille durfte in keiner Weise beschränkt und eingeengt werden.

»Aber der Brief, den ich für Sie abgesandt?« fragte Hedwig.

»Jedenfalls begegne ich dem Boten, den Sie abgeschickt«, sagte Wagner, »und nach der Beschreibung ist es eine Deutsche, die Sie mitgebracht, und die ich leicht erkennen werde. Bringt sie ihn zurück, nehm' ich ihn an mich, wo nicht, finde ich ihn zu Haus bei mir. Vielleicht hat mir auch Scharner darin noch weiteres aufgetragen, das wir dann später besprechen können.«

»Also auf Wiedersehen!« sagte Hedwig freundlich zu ihm.

»Auf Wiedersehen!« sagte Wagner, und wie eine Zentnerlast fiel es ihm von der Brust, als er das Zimmer hinter sich hatte und wieder hinaus seinem Wagen zueilte.

EINUNDZWANZIGSTES KAPITEL

So aufgeregt fühlte sich Wagner durch diese Unterredung, daß er jetzt mit niemandem zusammenkommen mochte, um in irgendein gleichgültiges Gespräch verwickelt zu werden. Es drängte ihn auch, van Roeken aufzusuchen, und den linken Weg einschlagend, der um das Haus herumführte, traf er seinen Bendi dort unter einer kleinen Gruppe von Muskatnußbäumen, warf sich hinein und befahl dem Kutscher, so rasch er könne nach Hause zurückzufahren. Er vergaß dabei ganz, daß er unterwegs hatte Hedwigs Dienerin anreden und sie nach dem Brief fragen wollen. Der Bendi mit der alten treuen Kathrine, die indessen glücklicherweise das Schreiben in seinem Haus gelassen hatte, rollte unangesprochen an ihm vorüber, und er kam erst eigentlich wieder zu sich selber, als ihm daheim Nitschke begegnete, und den ihm anvertrauten Brief in seine Hände legte. Herr Nitschke wollte ihm dabei, nicht ohne Humor, eine Schilderung der komischen Alten geben, die sich erst vor dem Hause, ehe er dazukam, mit den verwunderten Malaien auf Deutsch herumgezankt hatte. Wagner war aber jetzt nicht in der Stimmung, ihm geduldig zuzuhören, nahm den Brief an sich, sprang wieder in den Wagen und hieß den Kutscher, so rasch sein Pferd laufen könne, ihn zu Herrn van Roekens Wohnung hinzufahren. Hier aber verweigerte dieser den Gehorsam. Das Pferd hatte die Tour nach dem Hotel der Nederlanden hin und zurück gemacht, andere, frischere standen im Stall, und er erklärte, nicht fahren zu wollen, bis er nicht ein anderes Tier eingespannt. Wagner mußte sich ihm fügen; in dem heißen Klima Batavias dürfen die Tiere nicht unnötigerweise zu sehr angestrengt werden, und während der Bursche das Pferd ausschirrte und in den Stall brachte, warf er sich in einen Stuhl, um den Brief zu lesen, den ihm die Fremde von Deutschland mitgebracht.

Er war lang und eng geschrieben, und das frische Pferd schon wieder eine gute Weile eingespannt und fertig; aber er winkte mit der Hand, ihn ungestört zu lassen, bis er das Schreiben zu Ende durchgelesen, und selbst dann noch saß er eine lange, lange Weile, den Brief in der Hand und darüber hin in den Wipfel eines mächtigen Waranghi starrend, bis ihn Nitschke, der ihn mit keiner Bewegung unterbrochen, endlich selber darauf aufmerksam machte, daß der Wagen seiner warte.

»Ich danke Ihnen«, sagte Wagner freundlich, sprang von seinem Stuhl auf und ließ sich, so rasch das Pferd laufen konnte, dem Orte seiner Bestimmung zuführen.

Unterwegs las er den Brief noch einmal durch und war noch nicht wieder damit fertig, als das leichte Fuhrwerk schon in van Roekens »Erbe« einlenkte und vor der Veranda hielt, in der Mevrouw eben, behaglich in einem chinesischen Lehnstuhl ausgestreckt und mit einem kleinen malaiischen Mädchen neben sich, das ihr Kühlung zufächeln mußte, die nötigen Befehle erteilte, den Mittagstisch zu decken. Van Roeken lag neben ihr in einem ähnlichen Stuhl, die Zeitung lesend und mit einer Manilazigarre zwischen den Lippen, stand aber auf, als er Wagner in dem Anfahrenden erkannte, und ging ihm entgegen, ihn zu begrüßen.

»Ah Tuwan Wagner, tabé!« rief auch Mevrouw van Roeken, ohne ihre Stellung im mindesten zu verändern und in ihrem gebrochenen oder vielmehr mit malaiischen Wörtern reichlich gemischten Holländisch. »Wie geht es? Das ist recht, daß Sie gerade jetzt kommen, da können Sie gleich mit uns essen. Mynheer van Roeken ist so immer bei Tisch so erschrecklich langweilig und macht nur den Mund auf, wenn er etwas hineinstecken will.«

»Guten Tag, Mevrouw«, grüßte sie Wagner, indem er auf sie zuging und ihr die Hand bot, die sie freundlich lächelnd nahm, dabei aber in ihrer alten Lage blieb. »Wie geht es Ihnen? Noch immer des Lebens Last und Hitze tragend?«

»Wel, Mynheer, wel!« seufzte die dicke, fette Dame, die mit ihrer bronzefarbenen Haut die Abstammung im Leben nicht verheimlichen konnte. »Wir armen Frauen führen auch ein geplagtes

Leben Kassiang – aber die Männer wollen es immer nicht einsehen – wenigstens sobald sie Männer sind. Solange sie noch so herumlaufen, ist es freilich was anderes.«

»Warst du dort?« flüsterte ihm van Roeken zu.

»Ja; ich muß dich dann notwendig allein sprechen.«

»Nun«, sagte die Dame, der die paar leise gewechselten Worte trotz ihrer behaglichen Stellung nicht entgangen waren, »was haben die beiden Herren miteinander zu flüstern? Geheimnisse?«

»Geschäftssachen, liebes Kind«, sagte van Roeken gleichgültig, »wir tun dir einen Gefallen, wenn wir dich damit verschonen.«

»Es ist merkwürdig«, sagte Mevrouw mit etwas scharfer und schneidender Betonung, »wieviel Geschäfte Mynheer van Roeken hat, seit wir miteinander verheiratet sind. Vorher hab' ich im Leben nichts von Geschäften gehört, und jetzt nehmen sie kein Ende.«

»Es ist eine höchst unbedeutende Sache, Mevrouw«, nahm da Wagner das Wort, der die Gelegenheit passend fand, seinen etwas voreiligen Schritt mit Nitschke dem Kompagnon anzuzeigen und jetzt dessen Zugeständnis zu erlangen. Da er nämlich schon vorher mit ihm geflüstert, mußte es Mevrouw nun darauf beziehen, und van Roeken konnte nicht anders als einverstanden damit sein. »Ich habe Ihrem Gatten nur eben mitgeteilt, daß ich ein bisher etwas liederliches Subjekt, der aber fest versprochen hat, von nun an gutzutun und ordentlich zu werden, in das Geschäft genommen habe – den Deutschen Nitschke.«

Van Roeken mußte wirklich an sich halten, sein Erstaunen darüber nicht ganz frisch zu verraten, Mevrouw hätte sonst jedenfalls Verdacht geschöpft. Er drehte sich deshalb nur rasch ab und sagte:

»Du hättest auch etwas Gescheiteres tun können, denn Nitschke ist ein durch und durch verdorbenes Subjekt, das im Leben nicht wieder guttun wird. Wir haben drei oder vier Wochen den Ärger mit ihm, um ihn dann sicher wieder fortzuschicken.«

»Ich glaube nicht«, sagte Wagner, »er ist vollkommen niedergedrückt und herunter –«

»Das war er schon zehnmal, und es hat ihn nie verhindert, sowie er sich nur ein klein wenig erholt, mit beiden Füßen wieder in das tolle und liederliche Leben hineinzuspringen. Wir haben nur, wie gesagt, für die Zeit den Ärger, und vielleicht auch den Schaden davon. Übrigens bin ich mit dir quitt, und darf nicht einmal viel sagen, denn heute morgen habe ich Horbachs früheren Diener, den nichtsnutzigsten Halunken, der je in einer malaiischen Haut gesteckt, als Packer in Dienst genommen. Die beiden können ein prächtiges Gespann geben, und wir werden unsere Freude an ihnen erleben.«

»Ist das etwa Tojiang?«

»Derselbe. Du kennst den Patron?«

»Gewiß; nun, er kann arbeiten, wenn er will.«

»Er will aber nie.«

»Wir werden ihn schon dazu bringen, und Nitschke versteht vielleicht da am besten mit ihm umzugehen.«

»So peitschten wir einen mit dem anderen«, lachte van Roeken, »und zu was kannst du Nitschke gebrauchen?«

»Zur englischen Korrespondenz – er ist der Sprache vollkommen mächtig, und es ist überhaupt jammerschade, daß der Bursche seine wirklich tüchtigen Kenntnisse nicht früher und besser verwertet hat. Er weiß am kleinen Finger mehr wie der ganze Horbach.«

»Und gerade Horbachs wegen wollte ich mit dir sprechen. Ich habe heute zufällig erst die Nachricht durch einen Passagier, der mit der letzten Mail angekommen, erhalten, daß Horbachs Vater in Deutschland gestorben ist und ihm ein sehr bedeutendes Vermögen hinterlassen hat.«

»Keinesfalls zu groß für Herrn Horbach, um rasch damit fertig zu werden«, sagte Wagner; »aber wie hast du das heute erst erfahren?«

»Um Porto zu ersparen, sind die Leute daheim so schlau gewesen, den Brief einer Gelegenheit – einem herüberkommenden Passagier – anzuvertrauen, und der hat ihn natürlich so lange in der Brieftasche behalten, bis er ihm einmal zufällig wieder in die Hände gekommen.«

»Und wo steckt Horbach jetzt?«

»Er liegt im Spital«, sagte van Roeken, »wohin sie ihn schon vor vierzehn Tagen, als sie ihn einmal morgens auf dem pasar haroeh betrunken und in Fieber fanden, geschafft haben. Mir ist jetzt ein Wechsel für ihn auf unser Haus geschickt, und das Beste wird sein, daß wir den Nachmittag zusammen hinfahren und sehen, wie es ihm geht und ob er von dort zu transportieren ist.«

»Und wenn er erfährt, daß er so viel Geld geerbt hat, ist das erste, was er tut, daß er sich vor lauter Freude den Tod an den Hals trinkt.«

»Ein Unglück wäre es nicht«, sagte van Roeken gleichgültig; »aber solange es geht, müssen wir es doch verhindern. Er soll es nicht eher erfahren, bis er wieder vollkommen hergestellt und bei vollem Verstande ist. Überdies hat er sich die letzte Zeit in einem so entsetzlich wüsten Leben herumgetrieben, daß ihm Ruhe und Ordnung nach diesem Toben guttun wird.«

»Sonderbar«, sagte Wagner, »da wird so viel von diesem ungesunden, ja tödlichen Klima Batavias gesprochen, wo man sich, den gefährlichsten Folgen zu entgehen, vor jeder Extravaganz im Essen und Trinken auf das strengste zu hüten hätte, und diese beiden Menschen, der Horbach und Nitschke, haben jetzt jahrelang auf ihre Gesundheit förmlich hineingewütet, ohne mehr als ein gelegentliches Unwohlsein, von dem sie in Europa nicht rascher wieder geheilt wären. Die Burschen müssen wahrhaft eiserne Körper haben.«

»Spiritusflaschen«, sagte van Roeken wegwerfend, »wir dürfen die beiden auch immer als spezielle Landplage betrachten, und ich will meinem Gott danken, wenn wir sie erst einmal von der Insel wieder los sind.«

»Jetzt hört einmal mit eurem langweiligen Gespräch auf«, rief Mevrouw van Roeken, die in immer wachsender Ungeduld der für sie trostlosen Unterhaltung gefolgt war.

»Liebes Kind, ich sagte es dir gleich«, erwiderte, mit den Achseln zuckend, ihr Mann, »daß du keine Freude an unserer Unterhaltung finden würdest.«

»Betoel! Betoel!« rief die Dame, den etwas starken Kopf ungeduldig herüber und hinüber werfend, und sie winkte dabei ihrem Mann mit der Hand, zu schweigen. »Was ich aber sagen wollte,

Mynheer Wagenaar, was ist das für eine junge Dame, die hier kürzlich von Wolanda oder Ihrem Lande angekommen, und die ein Kommis aus Ihrem Geschäft vom Zollhaus abgeholt hat. Sie soll sehr hübsch sein?«

»Sehr hübsch, Mevrouw«, bestätigte Wagner mit dem ernsthaftesten Gesicht von der Welt, und van Roeken mußte an sich halten, daß er ihm nicht ein Zeichen zu geben suchte, denn seine eifersüchtige Gattin fixierte ihn scharf von der Seite.

»Und wie kommt das Geschäft mit ihr in Verbindung, wenn man fragen darf?«

»Sehr einfach«, sagte Wagner, »sie ist auf einem von unseren Schiffen als Passagier herübergekommen, da erfordert es schon die Artigkeit, daß man sie wenigstens abholen läßt.«

»Also sehr hübsch ist sie?«

»Wie ich Ihnen sagte. Leider hilft uns das aber nichts mehr, denn soviel ich gehört habe, ist sie mit einem Kaufmann hier aus Batavia verlobt und wird wahrscheinlich nächstens getraut werden.«

»So?« sagte Mevrouw, durch die Nachricht, wie es schien, nicht unangenehm überrascht, »darf man Ihnen da gratulieren?«

»Mir?« rief Wagner fast erschreckt aus, »waarachtig niet! Ich bin schon halb und halb versagt, könnte wenigstens nicht mehr zurück, wenn ich überhaupt daran dächte, und muß die allerliebste Deutsche schon ihrem glücklichen Bräutigam überlassen.«

»Sie sind bekannt mit ihr?«

»J-a«, sagte Wagner nach einigem Zögern, denn erfuhr Madame durch jemand anderes, daß er heute morgen dort gewesen, so wußte sie, daß man ein Geheimnis vor ihr hatte, und alles war verdorben; »ich habe ihr wenigstens heute morgen meine Aufwartung gemacht, Roeken, es wäre nicht mehr als nur gewöhnliche Artigkeit, wenn du ihr ebenfalls deinen Besuch machtest.«

»Ich sehe die Notwendigkeit gar nicht ein«, fiel Mevrouw dem jungen Mann in die Rede, »Mynheer van Roeken hat nichts dort zu tun, und einem jungen Mädchen, wenn sie sonst anständig ist, wird ebenfalls nichts daran liegen, so vielen Besuch von Herren zu bekommen. Damit er aber ihre Bekanntschaft macht – wenn ihm soviel daran liegt –, so mag das heut' abend geschehen, wo ich gesonnen bin, die ›wunderbare Schönheit‹ zu mir einzuladen. Mein Mann hat Ihnen heute morgen schon davon gesagt?«

»Ja – allerdings«, versicherte Wagner, »und das war mit ein Hauptgrund – Ihrem Wunsch nämlich zu willfahren –, daß ich dort heute morgen meinen Besuch machte, denn ich, als Junggeselle, kann die Dame nicht in mein Haus bitten.«

»Also sie kommt?«

»Sie läßt tausendmal um Entschuldigung bitten«, sagte Wagner ruhig, »aber sie fühlt sich von der Reise noch so angegriffen, daß sie nicht einmal imstande ist, das Haus zu verlassen. In einigen Tagen hofft sie indessen sich so weit erholt zu haben, Mevrouw ihre Aufwartung zu machen.«

Die Dame warf verächtlich den Kopf zurück.

»Wenn das alberne Ding glaubt, daß ich mich darum gräme«, sagte sie, »so ist sie sehr im Irrtum. Braucht eine Woche, sich von einer Seereise zu erholen – lächerlich. Ihre zarten Glieder sind wohl die Anstrengung nicht gewöhnt. Nun warte nur, mein Täubchen, du wirst hier noch andere Dinge gewohnt werden. Aber wie ich sehe, ist endlich das Essen aufgetragen, Mynheer Wagenaar, Ihren Arm, wenn ich bitten darf. Sie essen doch einen Teller Suppe mit uns?«

»Jawohl, bester Freund«, bestätigte van Roeken, »denn wir müssen gleich nach dem Essen zusammen in das Hospital, um diesen nichtsnutzigen Menschen aufzusuchen.«

»Wenn Mevrouw mir erlaubt –«

Die Dame nickte ihm gnädig zu, nahm den ihr gebotenen Arm, erhob sich etwas mühsam von ihrem Stuhl und wackelte neben Wagner zu dem Tisch hinüber, der, inmitten des hohen, luftigen Saales gedeckt, eine Unmasse von Speisen und Getränken trug. Über Tisch war indessen bei Mevrouw strenges Gesetz, daß nicht von Geschäften, am wenigsten von einem Spital gesprochen werden durfte. Die Unterhaltung drehte sich dann meist um Vorfälle in Batavia selber, von denen die Dame genaue Kenntnisse zu haben schien, obgleich sie ihr Haus nur höchst selten verließ. Am liebsten verweilte sie natürlich bei Räuber- und Diebesgeschichten. So war ein Kommis der Maatschappy gefänglich eingezogen, weil man ihn in Verdacht hatte, um das Verschwinden jener Prau zu wissen. Außerdem hatte in Anjer ein malaiischer Soldat einen Kameraden mit dem Kris erstochen und sollte deshalb in der nächsten Zeit hier gehängt werden. Ferner hatte ein »Mädchen von den Inseln« – Sklavin natürlich – den Versuch gemacht, ihre Herrin mit Arsenik zu vergiften, war aber glücklicherweise noch dabei ertappt und tüchtig ausgepeitscht worden. Immer wieder kam die gute Frau dabei auf die junge Fremde im Hotel der Nederlanden zurück, von der sie entschlossen schien, mehr zu erfahren, und Wagner dankte Gott, als die Mahlzeit endlich vorüber war und er sich mit van Roeken entfernen konnte. Wären sie nicht im Begriff gewesen, das Hospital gerade zu besuchen, so würde sie auch Mevrouw van Roeken jedenfalls begleitet haben. Vor diesem Institut aber, das sie noch nie betreten, hatte sie eine ganz heilsame Angst und wäre ihm unter keiner Bedingung irgendwie zu nahe gekommen, ja sah es sogar nicht einmal gern, daß Mynheer van Roeken es besuchte, aus Furcht, er könne irgendeine schreckliche, ansteckende Krankheit mit nach Hause bringen. Van Roeken mußte ihr auch versprechen, sich nicht zu lange dort aufzuhalten, und während Wagner sein Bendi heimschickte, um in des Freundes zweispänniger carreta rascher und bequemer ihr Ziel zu erreichen, fuhr diese vor, die beiden stiegen ein und der Wagen rollte mit ihnen zu dem hohen Gartentor hinaus.

»Und du warst dort?« sagte van Roeken, als er sich weit genug vom Hause entfernt wußte, Mevrouws Ohren nicht mehr zu fürchten. »Du hast sie gesehen und gesprochen?«

»Ja, Leopold«, sagte Wagner ernst, »und weiß es Gott, die größte Strafe, die ich dir diktieren kann, ist: das gleiche zu tun und dann jenes Mädchen mit deiner jetzigen Frau zu vergleichen. Du hast einen schönen Tausch getroffen.«

»Ist sie so schön?« fragte van Roeken etwas kleinlaut.

»Schön und gut«, sagte Wagner seufzend. »Du hast eine schwere Sünde auf dich geladen, mit dem Herzen dieses armen Geschöpfes in solcher Art zu spielen, und glaube ja nicht, das je wieder mit Geld ausgleichen zu können, denn jetzt hat mir Scharner auch ausführlich und offen den ganzen Grund geschrieben, weshalb sie Deuschland verlassen.«

»Und weshalb?« fragte van Roeken kleinlaut.

»Weil sie dort schon verraten und betrogen worden. In den besten Verhältnissen erzogen, machte ihr Vater bankrott und starb, die Mutter folgte ihm bald, und die Waise sah sich von dem Mann, der, wie er geschworen, sie ihr Unglück wollte vergessen machen, verraten und verlassen – verlassen, nur um einer reichen Gräfin Herz zu gewinnen. Der Aufenthalt in ihrer Heimat wurde ihr danach zur Qual, und gerade in jener Zeit, wo ihr Herz gebrochen, ihr Gemüt erbittert war, traf dein Brief ein, der ihr die Möglichkeit zeigte, das unglückliche Deutschland für immer zu verlassen. Jetzt kommt sie hierher, und nun sage selbst, mit welchem Gesicht du ihr entgegentreten möchtest, dich zu entschuldigen.«

»Aber die ganze Sache haben wir doch eigentlich zusammen abgemacht«, warf van Roeken ein, der sich nur höchst ungern solchen fatalen Reflexionen hingab. »Es ist doch nun einmal geschehen; ich habe eingestanden, daß ich gefehlt, und will alles tun, was in meinen Kräften liegt, es wieder gutzumachen. Mehr kann ja doch kein Mensch von mir verlangen.«

»Aber es ist noch immer eine Hauptsache«, sagte Wagner, »wie etwas Derartiges geschieht, denn mit Geld allein ist hier nichts getan. Dem Mädchen gegenüber war ich auch nicht imstande, ein Wort davon über die Lippen zu bringen, und es ist deshalb nötig, daß du ihr schreibst.«

»Ich?« rief van Roeken, erschreckt nach ihm herumfahrend; »aber, bester Freund, du hast mir fest versprochen, daß du das alles mit ihr ordnen willst, und jetzt soll ich schreiben? Woher weißt du denn auch, wenn sie so außerordentlich zartfühlend ist, daß ich nicht in meinem Briefe ganz unschuldigerweise irgendeinen Ausdruck gebrauche, der sie, natürlich wider meinen Willen, aufs tiefste verletzen könnte? Ich bin ungeschickt in solchen Dingen und fürchte, daß ich da am Ende mehr verschlimmern wie gutmachen würde.«

»Aber wenn ich geschrieben habe, mußt du sie selber sprechen.«

»Daß es meine Frau erführe, nicht wahr? Wenn ich nur den geringsten haltbaren Grund einsehen könnte, weshalb das nötig ist.«

»Dann kann sie auch nicht in dem Hotel bleiben«, sagte Wagner, »wir müssen irgendeine Wohnung in einer achtbaren Familie für sie ausfindig machen.«

»Aber weshalb?«

»Weil es nicht angeht, daß das junge Mädchen dort allein in dem Hotel wohnt«, sagte Wagner bestimmt. »Wäre ich schon verheiratet, so böte es keine Schwierigkeit; ich nähme sie den Augenblick zu mir, bis sich ihr künftiges Schicksal entschieden hätte, aber so – ob nicht Romelaers vielleicht bewogen werden könnten, sie auf kurze Zeit in ihr Haus aufzunehmen?«

»Das wäre das allerbeste«, rief van Roeken, dem dieser Gedanke außerordentlich gefiel. Seine Frau wußte nämlich, daß er Romelaers Haus nie mehr betrat, und dort hätte jeder Verdacht, jede Eifersucht von ihrer Seite aufhören müssen. »Aber nun, lieber, guter Wagner, tu mir auch den Gefallen und erwähne die ganze Geschichte heute nicht mehr. Du verdirbst mir den ganzen Tag ohne den geringsten Nutzen. Du hast meine Vollmacht; ordne alles, wie du es am besten hältst. Frage mich gar nicht dabei um Rat, tue als ob ich gerade in Celebes oder Macassar oder sonstwo wäre, und schaffe mir die junge Dame, so zartfühlend wie du willst, aber so bald wie irgend möglich, wieder aus Java fort. Ich habe geheiratet, um Frieden und Bequemlichkeit zu finden, nicht um in einem unausgesetzten Guerillakrieg mit meiner Frau zu leben. Also habe nicht allein Mitleid mit der jungen Dame, sondern auch mit mir, der ich dir doch näherstehe.«

Wagner seufzte tief auf; aber er kannte das phlegmatische Temperament seines Freundes, und da der Wagen überdies gerade vor dem Hospitalgarten hielt, ergab er sich schweigend in die ihm auferlegten Bedingungen.

ZWEIUNDZWANZIGSTES KAPITEL

Dicht vor dem Eisengittertor hielt der Wagen, und die beiden Freunde stiegen aus, um zu Fuß nach jener Abteilung der Gebäude hinüberzugehen, in der die Fieberkranken abgesondert von den übrigen lagen.

Das Hospital bestand deshalb aus mehreren niederen und luftigen Gebäuden, einstöckig, und jedes von einem freien Gartenplatz umgeben, auf der einen Seite dabei durch den Fluß, auf der andern durch Mauern von der Nachbarschaft getrennt, um jeden Verkehr mit der Außenwelt, um den der Arzt nicht wußte, zu verhindern. Nur zu häufig kommt es nämlich vor, daß Rekonvaleszenten, denen besonders Spirituosen auf das strengste verboten sind, alles daransetzen, sich diese trotzdem zu verschaffen, und ein für die Kranken selber sehr gefährlicher, für die Unternehmer aber sehr lukrativer Handel wird deshalb fortwährend und trotz aller Aufmerksamkeit und Vorsicht, besonders von Chinesen, mit dem Hospital geführt. Allerdings stehen strenge Strafen darauf, wenn man einen solchen Schmuggler dabei erwischt. Das aber hält die übrigen nicht ab, es immer wieder aufs neue zu versuchen, und oft müssen besondere Aufseher nur deshalb angestellt werden, die anderen Aufseher wieder zu überwachen.

»Weißt du, wo der Bursche liegt?« sagte Wagner, als die beiden Männer zwischen den saubergehaltenen Beeten des Gartens hinschritten.

»Ungefähr«, lautete van Roekens Antwort. »Die Fieberkranken sind übrigens, wenn ich nicht irre, mit den am Delirium tremens Leidenden in einem Haus, wenigstens unter einem Dach, und wir haben da keinesfalls weit zu gehen, um ihn zu finden.«

»Und du willst ihm den Tod seines Vaters noch nicht mitteilen?«

»Nein«, sagte van Roeken, »obgleich ich nicht glaube, daß er ihn sich sehr zu Herzen nehmen würde. Erst müssen wir ihn gefunden und aus dem Spital heraus haben.«

»Aber gibst du ihm dann Geld, beginnt er das alte Leben von neuem, ja tut es ohnedies, nur auf seinen jährlichen Wechsel hin sündigend. Mit einem so verdorbenen Subjekt würde ich jetzt auch keine Umstände weiter machen, ihm einfach sagen, was geschehen ist und daß er von mir Reisegeld zu erwarten habe – und damit basta.«

»Vielleicht wäre es auch das beste«, meinte van Roeken, der sich damit einer Mühe enthoben sah, »jedenfalls müssen wir uns den Patron aber erst einmal ansehen, wie es mit ihm steht. Schade nur um das Geld, das in solche Hände fällt.«

Sie waren indessen durch eine der Türen in den innern Raum getreten, in dem die leichteren Fieberkranken lagen, und befanden sich hier in einem weiten, luftigen Schlafsaal, der, dem Klima angemessen, mit allen nur möglichen Bequemlichkeiten für die Kranken versehen war. Den ziemlich hohen Saal umgab eine etwa zehn bis elf Fuß hohe Mauer, ohne Fenster, das Dach dagegen war hoch auf Zwischenpfeiler gestellt, so daß die Luft von allen Seiten freien Durchgang hatte, und während dort zugleich reichliches Licht hereinfiel, nie ein sonst so schädlicher Zug die Kranken treffen konnte. Den ganzen Saal entlang standen zwei Reihen eiserner Betten, alle mit schneeweißem Linnen überzogen und immer weit genug von einander entfernt, daß die zahlreichen Krankenwärter vor, hinter und zwischen ihnen hindurchgehen konnten, um die Patienten zu bedienen oder ihnen sonst eine nötige Hilfe zu leisten. Das Ganze stand unter einem Oberarzt und war von diesem erst in neuerer Zeit auf das vortrefflichste und in ganz militärischer Ordnung eingerichtet, und er beaufsichtigte alles, während die Unterärzte, von denen jedem eine bestimmte Sektion zugewiesen worden, die Kranken unter seiner Leitung behandelten. Was für solche unter den günstigsten Umständen überhaupt geschehen konnte, war hier geleistet, und die Rekonvaleszenten fanden in dem sorgfältig gehaltenen Garten, in dem zugleich die Pflanzen und Gewächse wissenschaftlich geordnet waren, nicht allein Erholung, sondern auch Unterhaltung und Belehrung.

Das Ganze machte überhaupt gar nicht den Eindruck eines Hospitals, noch dazu eines Hospitals in Batavia, das sich der Fremde nur zu leicht mit düsteren und unheimlichen Farben ausmalt, und so geräuschlos schritten die Wärter zwischen ihren Pflegebefohlenen umher, lüfteten hier ein Kissen, reichten dort einen erfrischenden Trunk oder die vorgeschriebene Medizin, und taten das alles mit einer so ruhigen Sicherheit, daß nur hier und da das fieberheiße Antlitz eines der Kranken den Ort verriet, in dem man sich in Wirklichkeit befand.

Van Roeken, der häufig Gelegenheit gehabt, den Platz zu besuchen, wandte sich jetzt an einen der jungen im Vorzimmer befindlichen Ärzte, der die Wache hatte, um das Lager Horbachs zu erfragen, und wurde von diesem zu dem Bett des Rekonvaleszenten, als welchen ihn der Arzt selber bezeichnete, geführt. Horbach lag dort, ein Buch in der Hand, in dem er blätterte, und wenig auf die Leute achtend, die fortwährend in dem Saal hin und her gingen, bis die beiden Freunde an seinem Bett stehenblieben und van Roeken ihn anredete.

»Ah – Besuch?« sagte der Kranke lächelnd, indem ein leichtes Rot seine eingefallenen und bleichen Wangen färbte. »Herr van Roeken – Herr Wagner – die ganze Firma. Das ist sehr freundlich von Ihnen, wenn ich mir wirklich die Ehre desselben zuschreiben darf.«

»Wir hatten hier im Hospital zu tun, Herr Horbach«, sagte van Roeken, indem er näher zu ihm trat, »und da wir hörten, daß Sie sich hier befinden, wollten wir doch einmal sehen, wie es Ihnen ginge. Ich finde übrigens zu meiner Freude, daß Sie auf der Besserung begriffen sind.«

»Noch nicht reif zum Abfahren, mein lieber Herr van Roeken«, lächelte Horbach, indem er abwechselnd die Züge der beiden scharf und forschend beobachtete, »tut mir leid, wenn ich damit vielleicht eine angenehme Hoffnung von irgendeiner Seite zerstören sollte; merkwürdige Lebenskraft, wie? Meinen Sie nicht?«

»Mein lieber Herr Horbach«, sagte Wagner ruhig. »Sie können allerdings Gott nicht genug für Ihre gesunde Konstitution danken, denn was ein Mensch imstande ist zu leisten, seine Gesundheit mutwillig und geflissentlich zu zerstören, das haben Sie allerdings redlich und unverdrossen getan. Hunderte an Ihrer Statt lägen in der Tat schon jahrelang auf dem hiesigen Kirchhof, statt nur in dem Vorhof desselben – im Hospital. Ihnen indessen zu beweisen, daß wir nicht in der Hoffnung hierher kamen, Sie sehr gefährlich krank oder gar tot zu finden, ja, daß wir im Gegenteil wünschen, Sie wieder vollständig hergestellt und im Freien zu sehen, möchte ich Sie fragen, was wir für Sie tun können. Wenn Ihr gewöhnlicher Wechsel auch noch nicht von Deutschland für Sie angekommen ist, möchten wir Sie doch nicht länger als nötig hier im Krankenhaus wissen, wo Sie sich draußen vielleicht rascher erholen können. Natürlich mit der Bedingung, daß Sie endlich einmal Ihr wildes Leben einstellen, wenn nicht der Kolonie, doch Ihrer selber wegen.«

Horbach sah erst Wagner und dann van Roeken erstaunt und nicht ganz ohne Mißtrauen an. Die beiden Leute hatten sich allerdings früher unendlich viel Mühe gegeben, ihn zu einem ordentlichen Leben zu bringen, als aber alles fehlschlug und er immer wieder sein wüstes Treiben von vorn begann, ihn seit etwa einem Jahr ganz aufgegeben. Was bewog sie jetzt plötzlich, ihm aufs neue ihre Hilfe anzubieten? Denn daß er sich ihrer nicht würdig gemacht, wußte er recht gut. Aber was kümmerte das auch ihn? Horbach war wahrlich nicht der Mann, eine aus irgendeiner Ecke gebotene Hand zurückzustoßen, wenn sie ihm augenblicklich nützen konnte; alles weitere mochte er dann ruhig der Zeit überlassen.

»Sie fühlen sich doch wohl genug, das Hospital verlassen zu können?« fragte ihn van Roeken.

»Ich denke ja«, erwiderte Horbach – »habe eine verwünscht häßliche Zeit durchgemacht.«

»Der junge Mann«, mischte sich hier der Arzt in das Gespräch, der indessen den Saal hinabgegangen war und wieder zurückkam, »hat ein sehr schweres Fieber erstaunlich schnell überwunden. Acht Tage lag er völlig besinnungslos und phantasierte in einem fort; am neunten besserte er sich wie durch ein Wunder. Er hat eine vortreffliche Natur.«

»Selbst die Ärzte haben mich nicht totmachen können«, lächelte Horbach.

»Und glauben Sie, daß er fortgeschafft werden kann?« fragte Wagner den Arzt.

»Ohne Bedenken«, sagte dieser, »nur muß sich der Patient die nächste Zeit noch sehr diät halten, und besonders vor Spirituosen hüten, denn ein Rückfall könnte von den verderblichsten Folgen sein.«

Van Roeken nahm Wagner beiseite und flüsterte ihm leise zu:

»Es wird mir nichts anderes übrigbleiben, als ihn in mein Haus zu nehmen; wir können ihn sonst in keiner Weise überwachen, und dort geniert er sich auch noch am ersten vor meiner Frau. Sobald dann ein Schiff segelfertig ist, sagen wir ihm alles und schicken ihn an Bord. Vielleicht kann er nachher mit Fräulein Bernold die Reise zurück nach Deutschland machen.«

»Das wäre eine Gesellschaft für eine junge Dame«, sagte Wagner finster, »wie magst du nur an so etwas denken!«

»Nun, das bleibt ja auch Nebensache«, meinte van Roeken.

»Und indessen«, lachte Wagner, »haben wir wir beide uns in die zwei liederlichsten Menschen dieser ganzen Insel geteilt. Wir wollen nun einmal sehen, wessen Erziehung besser ist – die deinige mit Horbach oder die meinige mit Nitschke.«

»Könnten Sie mir vielleicht sagen, wo Nitschke jetzt steckt?« fragte Horbach, der die beiden Freunde nicht aus den Augen gelassen und jedenfalls das letzte Wort verstanden hatte.

Van Roeken drehte sich etwas überrascht nach ihm um, und Wagner sagte:

»In meinem Haus, Herr Horbach. Herr Nitschke hat sich entschlossen, ein anderes Leben zu beginnen, und wird in der nächsten Zeit in unserem Comptoir arbeiten.«

»Alle Wetter«, rief Horbach erstaunt, »da weiß ich wahrhaftig nicht, wessen Mut ich mehr bewundern soll, den seinigen oder den Ihrigen. Aber hol's der Teufel; er hat vielleicht recht. Es ist auch ein elendes Leben, sich immer so herumzutreiben, wie wir beide es in der letzten Zeit getan haben. Ich hätte selber Lust, es einmal in anderer Weise zu versuchen.«

»Ich will Ihnen Gelegenheit dazu geben, Herr Horbach«, sagte van Roeken, »und Sie so lange in meine Wohnung nehmen, bis Sie sich vollständig erholt haben. Natürlich müssen Sie mir das Versprechen geben, sich in meinem Hause ordentlich und mäßig zu betragen.«

»Meine Herren«, sagte Horbach, »Sie setzen mich in immer größeres Erstaunen. Batavia muß sich, seit ich hier im Fieber gelegen, außerordentlich verändert haben, oder irgendwo in der Welt ist eine Schraube losgegangen. Wie dem aber auch sei, ich nehme Ihr Anerbieten unter den gestellten Bedingungen an, sobald ich nämlich imstande bin, diesen Ort zu verlassen.«

»Der Arzt hier bestätigt Ihnen, daß Sie es können«, sagte van Roeken.

»Anständigerweise nicht«, versicherte aber Horbach; »ich besitze nämlich keine weitere Garderobe als die, mit der ich hier im Bett liege, und wenn dieselbe auch dem Klima vollkommen genügt, so würde ich mich doch höchst sonderbar in einem Bendi darin ausnehmen und keinesfalls Ihrer Frau Gemahlin können vorgestellt werden.«

»Aber was, um Gottes willen, ist aus Ihren Kleidern geworden?« rief van Roeken erstaunt aus.

»Tut mir leid, Ihnen keine genaue Auskunft darüber geben zu können«, sagte Horbach ruhig; »meine Erinnerung reicht kaum so viel Stunden zurück, als Tage dazu nötig wären.«

»Ohne Kleider können Sie natürlich das Hospital nicht verlassen«, meinte van Roeken, »ich werde Ihnen deshalb gegen Abend, wenn es kühl geworden ist, einen Bendi – den Sie dann gleich benutzen können, zu mir zu kommen – mit dem Nötigsten schikken. Alles übrige hier im Hospital werde ich ebenfalls regulieren, daß Sie sich um weiter nichts zu sorgen haben. Das wäre also abgemacht?«

»Vollkommen«, lächelte Horbach, »und, wie ich hoffe, zu allseitiger Zufriedenheit. Also Nitschke in fester Arbeit – hm, hm, hm, was doch nicht alles aus einem Menschen werden kann. Armer Nitschke!«

»Sie sind unverbesserlich«, lachte Wagner.

»Also guten Tag, Herr Horbach«, sagte van Roeken, der sich nicht länger mit dem Mann einlassen mochte. »Um sechs Uhr etwa wird der Wagen hier sein und sie abholen. Halten Sie sich bereit.«

»Ich werde jedenfalls zur bestimmten Zeit zu Hause sein«, versicherte Horbach und grüßte, als ihm die beiden Freunde zunickten, mit einer entlassenden Handbewegung hinter ihnen drein.

Van Roekens hatten ihren Empfangsabend, und so ungern Wagner dorthin ging, weil ihm die Frau von jeher unangenehm war, so ließ es sich heute dennoch nicht vermeiden. Noch besonders eingeladen, hatte er zugesagt, und wenn ihn sein Herz auch zu Romelaers zog, wo er jetzt, die junge, reizende Marie im Arm, hätte durch den Saal fliegen können, mußte er schon, wenigstens ein paar Stunden, dort ausharren – Mevrouw van Roeken würde es ihm sonst im Leben nicht verziehen haben. Wider Erwarten fand er bei van Roekens nur eine sehr kleine Gesellschaft, und noch dazu großenteils von »gemischtem Blut« – allerdings mit die reichsten Leute der Kolonie und viele Verwandte von Mevrouw. Unter diesen hatte sich aber auch Heffken eingefunden, der in besonderer Gunst der Frau van Roeken stand, weil er ihren Launen zu schmeicheln und mit einem gewissen Talent und Witz, wie mit hinlänglicher Bosheit interessant zu sein, die gesellschaftlichen Schwächen der Kolonie zu geißeln wußte. Er kannte dabei die Geheimnisse von jeder Familie – oder tat wenigstens, als ob er sie kenne – wobei ihm sein nicht unbedeutendes Kombinationstalent vortrefflich zustatten kam. Er daher vor allen anderen, war der Mann, den Mevrouw brauchen konnte, um ihr nicht allein manche müßige Stunde zu Hause zu kürzen, sondern auch hinlänglichen Stoff zu liefern, andere Gesellschaften dadurch in Erstaunen zu setzen, daß sie eben alles wisse. Heffken war es dabei keineswegs entgangen, daß ihn Mynheer van Roeken selber nicht mochte; das genierte ihn aber nicht im mindesten, denn Mevrouw war eben der Herr im Hause und van Roeken selber eine unvermeidliche Nebensache, über die man nur nicht hinwegkonnte und die man dulden mußte. Daß ihn Heffken auf diese Weise betrachtete, konnte van Roeken kein Geheimnis bleiben und ärgerte ihn vielleicht am meisten.

Wagner stand mit dem kleinen boshaften Buchhalter auf einem besseren und daher friedlicheren Fuß. Ihre Wege hatten sich noch nie gekreuzt und liefen deshalb, ohne ein weiteres Hindernis, ruhig nebeneinander hin. Wagner wußte freilich, daß Heffken auch auf ihn herabsah, weil er eben ein Deutscher war und dem Holländer deshalb von vornherein das Wasser nicht reichen konnte. Zu gutmütig aber, diese kleine Nationaleitelkeit mehr zu beachten, als sie verdiente, ließ er ihn eben gehen, fertigte ihn kurz ab, wenn er einmal übermütig werden wollte, und sah dem kleinen, überdies von der Natur so sparsam bedachten Manne dafür wieder manche von seinen Schwächen nach, die ihn selber weiter nicht berührten.

Heffken war von dem letzten Krankenlager der Kriswunden, über deren Ursache er eine ganz glaubwürdige Erzählung ausgesonnen, noch ziemlich angegriffen und sah heute selbst bleicher als gewöhnlich aus, war aber trotzdem heute gerade aufgeweckter und munterer wie je, und wußte wieder eine Menge Stadtneuigkeiten – meist Scandalosa – und Anekdoten, die Mevrouw in einem steten Lachen hielten. Mevrouw wurde aber ernsthaft, als Heffken mitten in einer andern Anekdote eine Anspielung auf die junge Fremde machte und dabei van Roeken mit einem ganz eigentümlichen Blick von der Seite ansah. Ob er indessen in dieser Hinsicht wirklich diskret war oder noch nicht mehr davon wußte, als daß sie eben angekommen und von dem Geschäft Wagner und van Roeken protegiert wurde, mußte dahingestellt bleiben. Daß er jedoch van Roeken selber in eine unbehagliche Stimmung brachte, konnte ihm nicht entgehen und war Ursache genug für ihn, die Sache wenigstens nicht ruhen zu lassen. Wagner sah das, und da er Heffken nicht einer direkten Bosheit für fähig, sondern das Ganze mehr für Neckerei hielt, beschloß er, dem ein Ende zu machen. Dadurch überhaupt, daß er die Sache immer und immer wieder berührte, mußte Mevrouw zuletzt so neugierig werden, daß sie am Ende mit ihrer gewöhnlichen Rücksichtslosigkeit irgendeinen Fauxpas machte, der nicht allein ihren Mann, sondern auch die arme Fremde kompromittierte. Wie es die Gelegenheit gab, nahm er deshalb den kleinen Buchhalter beiseite und sagte freundlich:

»Heffken, ich möchte ein paar Worte mit Ihnen sprechen.«

»Stehe mit Vergnügen zu Diensten. Eine Neuigkeit?«

»Nein – ich möchte Sie nur bitten – Sie erwähnten vorhin ein paarmal in Gegenwart von Mevrouw der jungen Dame, die mit der Rebecca angekommen ist.«

»Ja«, nickte Herr Heffken mit dem Kopf, und hielt ihn dabei niedergebückt, daß Wagner das um seine Augen zuckende verschmitzte Lächeln nicht sehen konnte.

»Wenn Sie mir und – van Roeken einen Gefallen tun wollen«, fuhr da Wagner fort, »so – unterlassen Sie es.«

»Aber weshalb?« sagte Heffken, indem er jetzt mit der unschuldigsten Miene von der Welt zu Wagner aufsah. »Ich wüßte nicht, daß –«

»Sie haben einen Hinterhalt dabei«, unterbrach ihn aber Wagner, den diese Miene nicht täuschte, »da ich aber weiß, daß Sie nicht Unfrieden in der van Roekenschen Familie anrichten wollen, obgleich Sie auf dem besten Wege dazu sind, so genügt Ihnen gewiß die Andeutung, daß die Gegenwart der jungen Dame –«

»Die Gegenwart der jungen Dame?« wiederholte Heffken lauernd.

»Daß wir Ihnen beide dankbar sein würden, wenn Sie es unterließen«, brach Wagner kurz ab.

»Wir? Das Geschäft also«, lächelte Heffken. »Ich wußte in der Tat nicht, daß die Dame Geschäftssache sei.«

»Und wer hat Ihnen das gesagt?«

»Mein lieber Herr Wagner«, lächelte Heffken still vor sich hin, »sie haben allerdings recht, mir zuzutrauen, daß ich nicht absichtlich Unfrieden an diese mir befreundete Familie bringen möchte. Wenn man aber vollkommen unschuldig ein Thema berührt, das, ohne daß man es weiß, verbotener Grund ist, so trägt niemand die Schuld als die, die eben unnötigerweise ein Geheimnis aus der Sache machten. Ich bin – ich muß es zu meiner Schande gestehen – entsetzlich neugierig, aber dabei auch außerordentlich diskret, wo ich eben in das Vertrauen gezogen werde. Schwebt also um die junge Dame irgendein Geheimnis, so gebe ich Ihnen mein Wort, daß ich es noch auf irgendeine Weise herausbekomme.«

»Und wenn Sie sich nun vollständig irrten?«

»Ich will Ihnen etwas sagen, mein lieber Herr Wagner«, fuhr Heffken wieder mit seinem eigentümlichen Lächeln fort, »ich habe in der Tat schon einen Verdacht, und hätte van Roeken mir ehrlich – wie es sich unter so alten Freunden gehört – die ganze Sache gesagt, so wäre ich – wie Sie mir auf mein Wort glauben können – der letzte, der unrechten Gebrauch davon machen würde. Ja, im Gegenteil, ich hätte ihm wahrscheinlich in mancher Hinsicht gerade in dieser Sache von Nutzen sein können.«

»Sie haben einen Verdacht? Und welchen?«

»Das will ich Ihnen ganz aufrichtig sagen«, antwortete Heffken. »Van Roeken hat, wie ich gewiß weiß, und zwar aus seinem Munde – nach Europa um eine Frau geschrieben. Sie erinnern sich vielleicht selber der Wette, die er uns an seinem letzten Geburtstag anbot. Bald darauf überraschte er uns und ich glaube auch sich selber, durch die plötzliche Verbindung mit Mevrouw, die er Knall auf Fall heiratete. Indessen kommt jetzt die verschriebene junge Dame an, und unser Freund befindet sich – wo er früher keine einzige Frau bekommen konnte, in der höchst sonderbaren Situation, zwei zu haben, wo – wie das gewöhnlich bei solchen Gelegenheiten der Fall ist, die eine nichts von der anderen wissen darf. Hab' ich recht?«

Wagner zögerte mit der Antwort. Er warf einen Blick über seine Schulter; die übrigen waren gerade in ein eifriges Gespräch verwickelt. So viel sah er ein: Heffken hatte vielleicht großenteils durch van Roekens eigenen Leichtsinn alles teils schon erfahren, teils erraten, und unter diesen Umständen blieb es in der Tat das beste, ihn zum Vertrauten zu machen. Es war wenigstens der einzige Weg, ihn hier zum Schweigen zu bringen.

»Und wenn Sie recht hätten?« sagte er leise.

»Dann beweist es nur, wie wenig mich Ihr Freund kennt«, erwiderte Heffken ruhig, »er würde sonst gleich von Anfang an aufrichtig gegen mich gewesen sein. Möglich sogar, daß ich ihm einen Ausweg geboten hätte, die fatale Sache ohne weiteres zu beseitigen.«

»Und werden Sie jetzt, da Sie davon unterrichtet sind, nichts weiter gegen Mevrouw erwähnen? Werden Sie die Sache auf sich beruhen lassen?«

»Aber, lieber Wagner«, sagte Heffken gutmütig, »das versteht sich ja doch wohl von selbst. Beantworten Sie mir nur noch eine Frage: was gedenkt Ihr Freund jetzt zu tun?«

»Die Sache ist abgemacht«, sagte Wagner, der nicht wünschte, daß sich gerade Heffken weiter damit befasse. »Van Roeken hat leichtsinnig gehandelt, wie sich nicht leugnen läßt – wie er selbst nicht leugnet; da er aber natürlich weitere Verbindlichkeiten nicht einging und sich in diesem Fall freie Wahl vorbehalten mußte, so wird oder ist vielmehr die junge Dame schon zufriedengestellt. Sie bekommt ihre Reise vergütet, außerdem eine kleine Summe Geld und wird mit dem nächsten Schiff nach Europa zurückkehren. Sie sehen, Herr Heffken, daß ich in jeder Hinsicht offen gegen Sie bin. Geben Sie mir nun aber auch Ihr Ehrenwort, gegen jedermann von dem, was ich Ihnen eben mitgeteilt, zu schweigen?«

Heffken besann sich einen Augenblick, dann legte er seine Hand in die ihm dargebotene Rechte und sagte:

»Mit Vergnügen, mein lieber Herr Wagner. Ich begreife jetzt erst ganz van Roekens delikate Situation und würde der letzte sein, der ihm weitere Unannehmlichkeiten bereitete; er sitzt außerdem schon fest genug drin. Also – wie Sie sagen, ist die Sache vollständig abgemacht und reguliert?«

»So vollständig, wie es wenigstens in der kurzen Zeit möglich war. Van Roeken wird dadurch von all seinen Verbindlichkeiten befreit.« »Und die junge Dame hat auch keine weiteren?«

»Gott bewahre. Sie ist vollkommen ihr eigener Herr.«

»Sehr schön«, lachte Heffken, sich vergnügt die Hände reibend, »da hat sich das Ganze noch viel besser abgewickelt, wie ich selber geglaubt. Sehen Sie, wie gescheit das war, daß Sie mir einen Wink gegeben. Mit der besten Absicht hätt' ich da wirklich Unheil stiften können!«

»Aber was haben die beiden Herren denn da nur so angelegentlich zu besprechen?« rief in diesem Augenblick Mevrouw herüber, »irgendein Geheimnis, das man nicht wissen darf?«

»Nicht im geringsten«, lachte Heffken, »wir sprachen von Kaffee und Zimt.«

»Haben Sie schon von dem letzten Einbruch gehört?« sagte Mevrouw, »von dem uns Mynheer Rastlopp eben erzählt?«

»Von dem letzten Einbruch?« rief Heffken, drehte sich ab und ging in die entfernteste Ecke des Zimmers, wo auf einem kleinen Tisch einige Likörflaschen und Gläser standen.

»Sehen Sie, daß Sie doch nicht alles wissen, mein kluger Herr. In Buitenzorg haben sie einen Chinesen erwischt, der bei Hoodwell u. Co. heut' gegen Morgen einbrechen wollte. Auf frischer Tat, noch dazu mit allen möglichen Werkzeugen und Mordinstrumenten, ertappt. Die Post hat eben die Nachricht mitgebracht.«

Heffken hatte sich ein Glas Likör eingeschenkt und mit einem Zuge geleert. Er holte, als er sich der Gesellschaft wieder zudrehte, tief Atem und sagte gleichgültig:

»Der dumme Teufel hätte vorher wissen können, daß er erwischt wird. Unsere Vorsichtsmaßregeln sind überall so ausgezeichnet getroffen, daß ein Diebstahl mit Einbruch fast unmöglich ist.«

»Wenn uns unsere übergroße Sicherheit nur nicht einmal schadet«, sagte ein anderer Kaufmann von sehr dunkler Färbung, der lang ausgestreckt in einem Rohrstuhl lag. »Wir verlassen uns viel zu sehr auf unsere Oppaß, bis wir einmal tüchtig mit diesen selber anlaufen. Wenn man aber auch wirklich so einem Lump nicht mehr traut, kann man ihn nachher nicht einmal gut wegschicken, da er mit allen Schlichen und Gängen im ganzen Lager bekannt ist.«

»Apropos«, lachte van Roeken, zu Wagner gewandt, »da wir gerade von Lumpen reden, fällt mir mein neuer Hausgenosse ein. Mir ist seine Ankunft noch gar nicht gemeldet.«

»Hast du denn seinen früheren Diener, den Tojiang, auch hier im Haus?« fragte Wagner.

»Ich werde mich hüten«, sagte van Roeken, »der schläft mit den übrigen Arbeitern in der Stadt und bekommt nur bezahlt, was er den Tag über leistet. Ich habe mich mit dem Burschen nicht weiter einlassen wollen, He! Sapáda – ist Tuwan Horbach in dem Bendi gekommen?«

»Tra tau, Tuwan«, antworteten die verschiedenen Diener achselzuckend, »haben ihn nicht gesehen.«

»Das ist merkwürdig«, sagte van Roeken, indem er von seinem Stuhl aufstand und nach dem hintern Teil des Hauses ging.

»Ist etwas vorgefallen?« frug Mynheer Rastlopp.

»Nicht das geringste«, erwiderte van Roeken; »ich habe nur vor beinahe drei Stunden ein Bendi hinunter nach dem Hospital geschickt, den liederlichen Horbach von dort abzuholen; aber weder Bendi noch Horbach lassen sich blicken.«

»Der Kutscher wird ruhig nach Haus gefahren sein«, sagte Wagner.

»O bewahre!« rief Roeken. »Ich habe ihn nicht allein im voraus bezahlt, um Horbach kein Geld in die Hände zu geben, sondern auch die bestimmten Wäsche- und Kleidungsstücke mitgeschickt.«

»Und kennst du den Kutscher?«

»Versteht sich; es ist ein Geschirr von Thihaing aus dem nächsten Kampong, wo ich stets mein Fuhrwerk holen lasse, wenn ich einmal mit meinen Pferden auf dem trockenen sitze.«

»So schickt doch einmal hinüber«, sagte ein anderer der Gäste, »das ist das einfachste. Ein Diener kann in einer Viertelstunde wieder zurück sein.« Van Roeken befolgte den Rat, und schickte einen von seinen Leuten ab, um sich zu erkundigen, was aus Bendi und Passagier geworden wäre. Der Bursche kam auch in sehr kurzer Zeit, aber mit der Meldung zurück, daß der Kutscher schon seit einer Stunde etwa wieder zu Haus sei. Er habe den weißen Tuwan aus dem Hospital abgeholt und ihm das Paket mit Kleidungsstücken übergeben, wie ihm befohlen worden. Der Tuwan hatte sich aber nicht wollen hierher fahren lassen, sondern verlangte in die Stadt, auf den chinesischen Markt geschafft zu werden. Natürlich konnte sich der Malaie dem Weißen nicht widersetzen. Auf dem chinesischen Markt sei der Tuwan dann ausgestiegen und habe ihm befohlen, nach Haus zurückzufahren – weil er ihn nicht mehr brauche. Van Roeken schüttelte zu dem wunderlichen Bericht den Kopf; heut' abend ließ sich aber doch nichts mehr in der Sache tun. Morgen wollte er dann zusehen, wie das Ganze zusammenhing. Heffken, der sich außerordentlich wenig darum kümmerte, was aus dem »nichtsnutzigen Deutschen« geworden und ob er sich je wiederfinde, hatte sich indessen mit einigen anderen Herren zu einer Partie Whist gesetzt, und als Mynheer Rastlopp austrat, nahm van Roeken seine Stelle ein.

Wagner hatte sich um elf Uhr empfohlen, noch zu Romelaers hinüberzufahren, wo er auf das herzlichste empfangen wurde, und van Roeken wäre zuletzt auch gern zu Bett gegangen, aber Heffken schien heut' abend unermüdlich in Whist und Anekdoten. Er wollte nicht aufhören zu spielen wie zu erzählen, und während Mevrouw schon lange in ihrem Rohrstuhl sanft schlummerte, provozierte er noch immer wieder einen neuen Rubber.

Van Roeken als Hausherr konnte natürlich nicht aufbrechen, und Heffken wäre diesmal vielleicht bis zur Morgendämmerung sitzen geblieben, hätten die anderen beiden Herren nicht endlich den todmüden Wirt erlöst.

Es war zwei Uhr morgens, als man die armen Teufel von Malaien, die schon seit vielen Stunden draußen auf dem Bock ihrer Fuhrwerke saßen und ihre Herren erwarteten, endlich herbeirief. Die Boedjangs zündeten ihre Bambusfackeln an und traten hinten auf; die Kutscher schnalzten mit der Zunge, und fort rasselten die Wagen in die stille, sternhelle Nacht hinein, bis ihre Lichter endlich in der Ferne, wie sinkende Sterne, erloschen.

DREIUNDZWANZIGSTES KAPITEL

Am nächsten Morgen fuhr Herr Heffken zur gewöhnlichen Zeit in sein Comptoir. Die jungen Leute, die unter ihm arbeiteten, waren schon dort, mußten aber auf ihn warten, da er die Schlüssel mitbrachte, und einer von ihnen, schon ein ziemlich alter Knabe, vertrieb ihnen indes die Zeit so gut, daß sie oft in schallendes Gelächter ausbrachen. Herr Joost war überhaupt ein merkwürdiges Individuum, mit sehr bleichen, durch dunkle fettige Haare scharf abgeschnittenen und von Sommersprossen fast entstellten Zügen, und zwei Reihen ordentlich unheimlich weißer Zähne, aber mit etwas sehr Drolligem in seinem Ausdruck, wie einem unverwüstlichen, trockenen Humor.

Herr Heffken kam endlich und schloß sein Comptoir auf, und malaiische Diener sprangen, während er selber sein kleines Blechkästchen mit den nötigen Papieren auf sein Schreibpult setzte, hinzu, um den Raum zu lüften und zu reinigen, als ein Ausruf eines der jungen Leute die Aufmerksamkeit aller nach dem Geldschrank zog.

»Die Kasse ist erbrochen!« rief dieser, und nur ein Blick genügte, die schlimme Wahrheit zu bestätigen. Die obere Tür derselben schien allerdings geschlossen, aber die kleinen Klappen und Schieber, welche die geheimgehaltenen Schlüssellöcher verdeckten, waren mit einem scharfen, noch daneben am Boden liegenden Instrument abgebrochen, und der Schrank stand offen.

Einer der jungen Kommis wollte gleich darauf zuspringen, es näher zu untersuchen, Heffken verhinderte ihn aber daran.

»Halt!« rief er ihm zu. »Rühren Sie den Schrank nicht an – Joost, fahren Sie augenblicklich, so rasch Ihr Pferd laufen kann, auf die Polizei hinunter, machen Sie die Anzeige und bringen Sie gleich die nötigen Beamten mit, um den Tatbestand zu konstatieren. Von Ihnen verläßt indessen keiner das Zimmer – wir wissen nicht, ob es vielleicht wünschenswert ist, die Sache vorderhand geheimzuhalten. Jedenfalls mögen die Beamten darüber entscheiden.«

Wenige Sekunden später rollte Joost in seinem Bendi rasch dem Polizeigebäude zu, während Heffken indessen auf das sorgfältigste das Zimmer selber untersuchte, um weitere Spuren aufzufinden. Diese zeigten sich vor allen Dingen am Fenster – zwei der eisernen Stäbe, die dasselbe nach außen schützten und überdies schon arg von der Zeit gelitten hatten, waren durchgesägt, und die Stücke, nachdem sich der Dieb entfernt, wieder zurückgebogen worden, vielleicht um eine vorzeitige Entdeckung von außen zu vermeiden. Im Zimmer selbst lag ein Stück halbgerauchter Zigarre, und einige angebrannte Schwefelhölzer daneben zeigten, daß der Dieb auch mit Feuerzeug versehen gewesen und mit diesem entweder die Zigarre oder vielleicht eine Blendlaterne angezündet hatte. In sehr kurzer Zeit kamen übrigens die Beamten angefahren, und eine Untersuchung des Schrankes ergab vor allen Dingen einen nicht unbeträchtlichen Verlust an Banknoten und Gold, was in der obersten Abteilung des Schrankes gelegen und sich im ganzen auf eine Summe von ca. zwanzigtausend Gulden belaufen mochte. Sechzehntausend Gulden gehörten der Kompanie und viertausend waren Heffkens eigenes Kapital, das er vor kurzer Zeit aufgenommen, um es, wie er angab, nach Holland zu senden.

Das untere Fach, das eigentlich die wertvollsten Papiere, wie außerdem eine nicht unbedeutende Summe in spanischen Doublonen enthielt, hatte der Dieb nicht aufbekommen. Auch hier waren die Schieber teils zurückgebogen, teils nur beschädigt.

Unerklärlich blieb, wie der Dieb den oberen Teil aber geöffnet hatte, wenn er keinen Schlüssel dazu gehabt, denn obgleich an dem Schlüsselloch viele Zeichen von dem gewalttätigen Einpressen und Scheuern eines harten Instruments erkennbar waren, schien das Schloß doch nicht hinlänglich verletzt, einer solchen Kraft nachgegeben zu haben. Heffkens Schlüssel konnte es noch auf- und zuschließen, und der innere Mechanismus war in keiner

Weise gestört worden; wenn aber der Dieb einen Nachschlüssel gehabt, wozu diese Anstrengung, das Schloß zu sprengen? Er mußte aber einen Schlüssel gehabt haben, denn ein Dietrich hätte das künstliche Schloß nie geöffnet, und außerdem war er auch nicht imstande gewesen, die untere Klappe zu öffnen, die ein anderes Schloß trug.

Auch vor dem Hause wurde jetzt nachgesucht, doch ließen sich natürlich auf dem mit Steinplatten belegten Boden unten keine weiteren Spuren entdecken. Aber im Comptoir hatte indessen der eine der Kommis ein kleines Zahnstocher-Etui von Schildpatt gefunden, das niemandem von ihnen gehörte. Auf der einen Seite war mit einem Messer oder einer Nadel ein N. eingekratzt, und es wurde den Polizeibeamten mit dem Stemmeisen, dem Zigarrenstummel und den Schwefelhölzern übergeben, aus diesen toten Zeugen die möglichsten Schlußfolgerungen zu ziehen und den Täter zu entdecken.

Vorderhand baten die Beamten aber Herrn Heffken – außer der Maatschappy, der er natürlich gleich Bericht erstatten mußte – über den Diebstahl zu schweigen, bis sie nähere Nachforschungen angestellt hätten. Törichte Vorsicht! Der Dieb wußte doch, daß seine Tat jetzt entdeckt war, und hatte den Raub wohl schon lange in Sicherheit gebracht.

Hedwig hatte indessen einen trüben Tag verbracht, und Wagners Besuch an jenem Morgen, anstatt sie zu beruhigen, ihr Herz nur noch mehr mit Sorgen und Zweifeln erfüllt. Weshalb kam van Roeken nicht selber? War er wirklich verreist? Sie wollte daran zweifeln, und doch – weshalb hätte er sie dann nicht schon aufgesucht – sie war ja sein – sein Eigentum, das er sich verschrieben und erkauft – und von dem Gedanken im innersten Herzen zerknirscht, barg sie das Antlitz in den Händen, in schmerzlichem und doch so nutzlosem Grübeln den Tag zu verträumen. Die alte Kathrine ging in dem Zimmer aus und ein – sie hätte ihre junge Herrin gern getröstet, aber der ganze Empfang hier kam ihr selber unheimlich und jedenfalls ganz anders vor, wie sie ihn wohl erwartet haben mochte. Dabei fühlte sie sich zwischen den vielen rothäutigen und gelben Malaien und Chinesen, von deren Sprache sie kein Wort verstand, ebenfalls nicht wohl: Es kam ihr immer so vor, als ob sie von ihnen ausgelacht würde und als ob jemand hinter ihr drein Gesichter schnitte. Sie hätte wer weiß was darum gegeben, wieder daheim, wieder in ihrem alten freundlichen Frankfurt zu sein, und das fremde, wunderliche Land nie gesehen zu haben.

Der ganze Sonntag verging so – der ganze Montag. Das war ein Leben und Treiben in dem Hause, ein Hin- und Wiederfahren und Laufen und Rufen, und auf dem breiten Hofe brannte die Sonne dazu nieder, und über die Dächer schauten die Palmenkronen so fremd herüber – da war auch nichts, das die armen Frauen an die Heimat erinnert hätte – nicht einmal die Sterne nachts, die in anderen Bildern über ihren Häuptern standen. Jetzt schlug wieder die Mittagsstunde – die farbigen Diener schleppten Schüsseln nach Schüsseln in den großen Saal hinüber, die Kutscher brachten ihre Pferde in die Ställe, und die jungen Burschen, die erst nach der Tafel mit ihren brennenden Lunten gebraucht wurden, lagen auf dem steinernen Boden der Vorhallen und hielten ihren Mittagsschlaf vor Tisch.

Hedwig hatte sich von den Wirtsleuten ausgebeten, in ihrem Zimmer essen zu dürfen, denn sie wagte sich nicht zwischen die vielen fremden geputzten Menschen hinaus, und Schüssel nach Schüssel wurde ihr jetzt gebracht, wo sie von der ersten kaum gekostet, während sie sich den Leuten nicht verständlich machen konnte, daß sie nichts weiter bedürfe. Sie hätte weinen mögen, so weh – so herzlich weh war ihr zu Sinn. Der alten Kathrine Unruhe erstreckte sich indessen nicht bis auf den Magen, und die Essenszeit war die einzige, die ihr noch gewissermaßen Ersatz für alle übrigen »Entbehrungen« brachte. Sie tat ihr möglichstes, und nach dem Essen, als die Diener das Geschirr wieder hinausgeräumt, wollte sie ihrem lieben Fräulein eben das Lager ein wenig zurechtrücken, daß sie unter dem Moskitonetz vor den zahllosen Mücken geschützt, ein Stündchen ruhen könne, als einer der malaiischen Burschen an die Tür pochte und den Kopf hereinsteckend, meldete: Ein Tuwan wünsche sie zu sprechen. Daß Tuwan Herr bedeute, hatte Hedwig schon gelernt, wenn sie auch weiter nichts von der Meldung verstand. Zitternd fuhr sie aber von ihrem Sitz empor, denn sie fühlte, daß der Augenblick sich nahe, in dem sich ihr künftiges Geschick entscheiden solle. Der Malaie wartete übrigens gar nicht auf weitere Antwort, denn schon im nächsten Moment war er wieder verschwunden, und gleich darauf pochte es ziemlich herzhaft an die Tür.

»Herein«, hauchte Hedwig, denn die Stimme versagte ihr fast den Dienst, und krampfhaft preßte sie die Hand auf das Herz, als mit dem Wort auch schon die Tür sich öffnete und eine kleine, verwachsene Gestalt auf der Schwelle stand, ein paar kleine, graue, unstete Augen ihrem Blick begegneten.

»Mein Fräulein, ich hoffe, daß ich Sie nicht störe«, sagte die Gestalt, indem sie ohne die geringste Schüchternheit ins Zimmer trat und der jungen Dame eine etwas förmliche Verbeugung machte. »Fräulein Bernold, nicht wahr?«

Hedwig schnürte es fast die Kehle zu – sie konnte nicht Atem holen – sie konnte nicht antworten. Jeder Blutstropfen hatte ihr Antlitz verlassen, und nur ein leichtes Neigen des Hauptes bejahte die Frage.

»Schön«, sagte der Besuch, indem er seinen Hut auf den Tisch legte, einen Stuhl heranrückte und dann ruhig fortfuhr: »Ich habe mich ohne weitere Umstände bei Ihnen eingeführt, aber als ein alter Freund van Roekens, der kein Geheimnis vor mir hat –«

»Sie sind –« stotterte Hedwig, und die Aufregung, in der sie sich in diesem Augenblick befand, konnte Heffken unmöglich entgehen.

»Ich glaube nicht, daß ich das Vergnügen habe, von Ihnen gekannt zu sein«, sagte der Mann mit einem süßlichen Lächeln, »mein Name ist Heffken – ich bin Buchhalter in der holländischen Maatschappy, und nur hierhergekommen –«

»Gott sei Dank!« stieß da die alte Kathrine heraus, die mit gefalteten Händen in der Ecke gestanden und den Besuch mit stieren Augen betrachtet hatte. Herr Heffken sah sich etwas erstaunt nach ihr um; die Kathrine erschrak aber schon genug selber über die Worte, die ihr unwillkürlich entschlüpft waren, und fuhr ohne weiteres aus der Tür, um draußen erst wieder einmal ordentlich Atem zu holen.

»Was hat denn die Frau?« sagte Heffken, erstaunt ihr nachsehend.

»Es ist eine alte, treue Dienerin«, sagte Hedwig, die durch diese Unterbrechung Zeit gewann, sich selber zu sammeln. »Ich fürchtete mich, die lange Seereise allein zu machen.«

»Hm«, sagte Herr Heffken, und sah ein paar Sekunden still vor sich nieder, »aber das läßt sich alles einrichten – die Hauptsache ist, mein Fräulein, daß ich teil an Ihrem Schicksal nehme und gern alles dazu beitragen möchte, Sie nicht bereuen zu lassen, nach Java gekommen zu sein.«

Hedwig konnte den Ideengang des Mannes nicht verfolgen. Sie verstand wohl die Worte, denn Heffken sprach, wenn auch mit etwas ausländischem Akzent, doch das Deutsche vollkommen korrekt – aber sie verstand den Sinn derselben nicht. Auch sah der Mann vor ihr gerade nicht aus, als ob er an irgend etwas großen oder innigen Anteil nehmen könne – wenigstens an nichts, was das Herz betraf. Sein eben nicht besonders einnehmendes Gesicht war von einer fliegenden Röte – vielleicht den Folgen des eben beendeten Diners – überzogen; seine zusammengedrückten grauen Augen schossen fortwährend kleine Miniaturblitze im Zimmer umher und begegneten den ihrigen nicht zwei Sekunden ruhig hintereinander, und der ganze Ausdruck seiner Züge hatte etwas Höhnisches und Abstoßendes, das nicht für ihn einnehmen konnte.

Heffken wußte allerdings liebenswürdig zu sein – wenn er eben wollte – aber er hielt das hier entweder nicht für nötig, wo er nur hergekommen war, eine Geschäftssache abzumachen – oder war auch möglicherweise heute nicht in der Stimmung, einmal so ganz aus sich herauszugehen.

»Ich verstehe Sie nicht«, sagte sie leise.

»Ich will deutlicher sprechen«, erwiderte Heffken, und bemerkte gar nicht, daß die Kathrine wieder in diesem Augenblick ins Zimmer trat, oder achtete nicht darauf. Die alte treue Magd hatte sich nämlich überlegt, daß sie ihr junges liebes Fräulein doch nicht mit dem »alten, häßlichen Menschen« allein lassen könne, und war deshalb zurückgekehrt, so unheimlich sie sich in seiner Nähe fühlte.

»Ich will deutlicher sprechen«, wiederholte Heffken langsamer, »möchte aber vorher die Frage an Sie richten, ob Sie sich schon entschlossen haben, hier auf Java – was ich Ihnen anraten möchte – zu bleiben, oder – ob Sie wieder nach Deutschland zurückkehren wollen?«

»Mein Herr«, sagte Hedwig, der diese unzarte Berührung ihres überdies peinlichen Zustandes weh tat, »Sie haben mir eben versichert, daß Sie ein Freund des Herrn van Roeken sind und« – dunkle Röte bedeckte dabei ihr Gesicht –, »den Grund kennen, weshalb ich Batavia besucht habe. Sie müssen dann aber auch wissen, daß ich, nachdem ich diesen Schritt getan, nicht mehr mein eigener Herr bin.«

»Vollständig, mein liebes bestes Fräulein, vollständig!« rief aber Heffken. »Von diesem Augenblick, wo van Roeken seine jetzige Frau nahm, konnte er nicht mehr darüber bestimmen, wo Sie künftig Ihren Aufenthalt wählen würden.«

»Herr van Roeken?« sagte Hedwig, indem sie den Arm langsam gegen Heffken ausstreckte, und ihn stier und staunend ansah – »Herr van Roeken sagen Sie? – seine – seine jetzige – Frau nahm?«

»Ja«, nickte Heffken, sprang aber auch im nächsten Augenblick schon von seinem Stuhl auf und rief: »Alle Teufel, davon haben Ihnen die beiden wohl noch gar nichts gesagt, daß van Roeken indessen geheiratet hat? Ah, das nehme mir aber kein Mensch übel, das ist ein bißchen stark!«

»Der Herr van Roeken hat schon geheiratet?« schrie in diesem Augenblick die Kathrine, die nicht länger zurückhalten konnte. »Ei, so ein nichtsnutziges, erbärmliches Oos – daß er die Kränk kriegt!«

»Die alte Person spricht ein sehr verständliches Deutsch«, sagte Heffken mit einem boshaften Lächeln, »und van Roeken hat eben nichts verloren, daß er die Äußerung nicht hörte.«

Hedwig hatte keine Silbe von dem, was die Kathrine gesagt, verstanden, nur das eine hörte – begriff – fühlte sie, daß sie schändlich und erbarmungslos verraten und betrogen sei, herausgelockt aus ihrer Heimat in ein fremdes Land, um jetzt den Leuten als Spott zu dienen, daß sie mit Fingern auf sie deuten konnten. »Allbarmherziger Gott«, flüsterte sie leise vor sich hin und barg dabei ihr Antlitz in den Händen, »hab' ich denn das verdient? Hab' ich denn das verdient?«

Die Kathrine war eigentlich erschrocken, als ihr die heftigen Worte so in Gegenwart ihres Fräuleins und des Fremden entschlüpften. Als sie aber jetzt das arme junge Mädchen ineinanderbrechen sah, als sie all des Herzeleids gedachte, das sie schon ertragen, und alles, alles unverschuldet, alles mit einer Geduld und Sanftmut, die einen Engel hätte beschämen können, da brach ihr fast das Herz. Zu Hedwig springend, legte sie ihren Arm um ihren Nacken und sagte leise und liebkosend:

»Komme Sie, mei liebs, guts Fräule, komme Sie, nicht weine vor dem – vor dem Aff' do«, flüsterte sie ihr so leise zu, daß Heffken die Worte nicht verstehen konnte. »Wir beide gehn widder heim, gehn widder nach Frankfort, und wann wir auch die lange eklige Reis' noch als emol mache misse. Nicht weine übr die schlechte Mensche, die sin kei Träne wert, und dorch komme mer aach schon. Nur kei Furcht, mei Herzenskind, nur kei Furcht, der alte Gott lebt noch und – die alte Kathrine aach.«

Heffken hatte dieser Szene allerdings vollkommen ruhig und gleichgültig, aber doch auch wieder mit einem gewissen unbehaglichen Gefühl zugesehen, da es ihm fast schien, als ob er für seine Zwecke hier ein wenig zu früh gekommen sei. »Besser zu früh, als zu spät«, dachte er aber auch wieder, »ein bißchen austoben muß man die Sache lassen; nachher gibt sich alles von selber. Und dieser scheinheilige Wagner – hat mich richtig angelogen, um mich von der rechten Fährte zu bringen. Alles abgemacht, alles in Ordnung, ja den Teufel! Ob er aber nicht am Ende selber?« fuhr er plötzlich auf, ohne jedoch dem Gedanken Laut zu geben. »Zum Henker auch, ich bin doch am Ende nicht zu früh gekommen und muß nur das Eisen schmieden, weil es noch warm ist.«

»Ich danke dir, liebe Kathrine«, sagte Hedwig in diesem Augenblick, indem sie langsam das Antlitz zu der alten, treuen Person emporhob; »habe keine Sorge um mich, es ist schon alles gut und vorüber. Sei nur so gut, und setze dich dort hinten still in die Ecke, es ist noch einiges, was ich mit dem Herrn besprechen muß. Nachher ordnen wir dann unsern Reiseplan, ängstige dich nicht;

wir bleiben beieinander, und ich bin stark genug, zu tragen, was da komme.« Die Kathrine küßte den Arm, der gegen sie ausgestreckt war, wie eine Mutter ihr Kind geküßt haben würde.

»Also Sie haben wirklich kein Wort von der ganzen Geschichte gewußt?« sagte Heffken noch einmal. »Das finde ich sehr unrecht, und mir hat Wagner noch gestern abend fest versichert, daß alles geordnet und abgemacht sei, während ich selber nur hergekommen bin, zu sehen, ob es auch zu Ihrer Zufriedenheit geschehen und ob ich Ihnen vielleicht mit etwas dienen könne.«

»Sie sind sehr gütig«, hauchte Hedwig leise, »aber – hat Sie vielleicht Herr van Roeken zu mir gesandt?« sagte sie von einem plötzlichen Gedanken ergriffen. Heffken wußte nicht gleich, was er darauf antworten sollte; er wußte aber auch nicht, wohin ihn eine direkte Unwahrheit führen könnte, und sagte deshalb:

»Nein – gesandt, was man so nennt, gerade nicht, aber – ich dachte mir, daß es Ihnen vielleicht unangenehm sein könnte, mit dem Mann, der Ihre Gefühle so verletzt hat, unmittelbar zu unterhandeln, und wollte Ihnen deshalb meine Dienste anbieten. Er muß zahlen, da gebe ich Ihnen mein Wort, so befreundet ich sonst mit ihm bin, zahlen muß er, und tüchtig, und wenn er sich auch nicht gleich darauf einläßt, wir haben Zeit zu warten, ich verschaffe Ihnen indessen schon ein Unterkommen hier; denn wenn Sie ihm unabhängig gegenüberstehen, können Sie Ihr Recht viel besser und nachdrücklicher verfolgen.«

»Was meinen Sie damit?« fragte Hedwig verwirrt, denn dies erste Gefühl der Demütigung hatte sie so niedergedrückt, daß sie nicht einmal recht begriff, was Heffken mit den Worten sagen wollte.

»Nun«, erwiderte Heffken ruhig, »Sie haben doch jedenfalls Anspruch auf einen tüchtigen Schadenersatz, den er Ihnen auch nicht verweigern kann, aber – wenn Sie es verstehen, ordentlich darauf zu drücken, und besonders jemanden an der Seite haben, der mit den Verhältnissen hier bekannt ist, können Sie bei der ganzen Geschichte noch Ihr Glück machen. Van Roekens Frau ist steinreich – eine Farbige – Lip-lap, wie wir hier sagen, von einem weißen Vater und einer malaiischen Mutter abstammend. Er hat sie auch nur ihres Geldes wegen genommen und vor der Frau jetzt eine Heidenfurcht, daß sie nämlich erfährt, wie er mit Ihnen steht. Sie ist furchtbar eifersüchtig, und wenn alles geschickt arrangiert wird –«

»Großer Gott!« rief Hedwig erschreckt, die jetzt erst begriff, auf was er hinaus wollte. »Und glauben Sie, daß ich zu einem solchen Mittel meine Zuflucht nehmen würde? Ich Geld erpressen? Barmherziger Himmel, arbeiten will ich – arbeiten, so weit meine Kräfte ausreichen, und über meine Kräfte, aber Geld von dem Manne nehmen, der mich auf solche Weise hintergangen? Nie – nie im Leben!«

»Mein liebes Fräulein«, sagte Heffken lächelnd, »Sie sprechen jetzt in der ersten Aufregung und in dem Gefühl gekränkter weiblicher Eitelkeit, die hier auch vollkommen gerechtfertigt ist, aber – das wird sich schon geben. Nur darin haben Sie vollkommen recht, daß Sie sich so rasch als irgend möglich von van Roeken frei machen müssen. Schon das würde mir – in Ihrer Stelle – ein drückendes Gefühl sein, hier in dem Gasthofe zu wohnen, den er für Sie bezahlt. Der Gang unseres Rechtsverfahrens, wenn es selbst dahin kommen sollte, ist dabei in Batavia ein erstaunlich langsamer und weitläufiger, auch würde ich Ihnen nicht einmal raten, das Land, das Sie vorher doch erst einmal kennenlernen müssen, so gleich wieder zu verlassen. Manche junge Dame hat hier schon ihr Glück gemacht und sich später sehr wohl hier befunden. Die Hauptsache würde also sein, daß Sie, um vollständig unabhängig von Herrn van Roeken dazustehen, vor allen Dingen in irgendeine Stellung eintreten, in der Sie sich, ohne Ihre Kräfte zu sehr anzustrengen, Ihr Brot verdienen könnten.«

»Aber wie ist das möglich?« sagte Hedwig, der bei den wunderlichen Reden des Fremden der Kopf wirbelte. Nur das Verletzende, Kalte, Abstoßende fühlte sie auch heraus, so freundlich und teilnehmend die Worte auch eingekleidet waren. Aber meinte er es nicht doch vielleicht gut mit ihr – so unfreundlich auch sein Äußeres war, so scharf und schneidend seine Worte ihr in die Seele drangen? Wie herzlich – wie teilnehmend hatte Wagner mit ihr gesprochen, und doch wußte er dabei um den Verrat seines Freundes und hatte sie nicht gewarnt – nicht einmal davon in Kenntnis gesetzt, ihr diese Szene jetzt, ihr diese schonungs- und erbarmungslose Darstellung der Verhältnisse zu ersparen. Wer war da ihr Freund – wer ihr Feind?

»Möglich? Sehr leicht«, sagte Heffken gutmütig, »und Ihnen zu beweisen, welchen Anteil ich selber an Ihnen nehme, biete ich Ihnen diese Hilfe an. Würden Sie sich zum Beispiel entschließen können, auf einige Zeit – solange es Ihnen nämlich selber zusagt – meine kleine Haushaltung zu führen, in der Sie vollkommen freie und unbeschränkte Hand behielten – quasi die Hausfrau repräsentierten? Ihre alte Begleiterin«, fuhr Heffken fort, als ihn Hedwig staunend und überrascht ansah, »würde dabei gar kein Hindernis sein. Sie versteht jedenfalls, wie ich voraussetzen darf, vortrefflich zu kochen – alle deutschen Frauen kochen gut – und es ließe sich da sehr leicht ein Arrangement treffen.«

Die auf den Portikus führende Tür war, solange sich der Besuch in Hedwigs Stube befand, offen geblieben. Jetzt fiel ein Schatten herein, und als sich beide danach umsahen, stand Wagner dort und sagte:

»Mein Fräulein, ich muß um Entschuldigung bitten, daß ich – Herr Heffken!« unterbrach er sich aber in demselben Augenblick, erstaunt, gerade diesen hier zu finden. »Das ist allerdings eine Überraschung, auf die ich nicht gerechnet hatte.«

»Wie Sie sehen, mein lieber Wagner«, lachte Heffken, indem er ihm, ohne seinen Platz zu verlassen, nur leichthin zunickte.

»Und sie in Tränen, Fräulein?« rief aber Wagner, ohne jenen weiter eines Blickes zu würdigen. »Ich darf kaum mehr fragen weshalb, denn wie mir scheint, hat sich dieser Herr hier auf sehr unberufene Weise eingeführt, um Ihnen Schmerz und Qual zu bereiten.«

»Unberufenerweise?« sagte Heffken spöttisch lächelnd; Hedwig unterbrach ihn aber, und mit vor innerer Bewegung zitternder Stimme, doch ihre ganze Kraft zusammenraffend, sagte sie:

»Mein Herr – ich kann diesem fremden Herrn nur dankbar sein, daß er offen und ehrlich mich von dem unterrichtet hat, was ich in der ersten Viertelstunde meines Hierseins hätte erfahren müssen. Gott vergebe Ihnen allen, wie Sie an mir gehandelt – wie Sie ein armes, freundloses Mädchen mit herzlichen Worten hierher gelockt, um nachher Ihren Spott an ihrem Unglück zu haben –

– Gott vergebe es Ihnen, wie Sie mich alle getäuscht und hintergangen, aber häufen Sie nicht auch noch Vorwürfe auf den einzigen Mann, der wahr und ehrlich gegen mich gewesen.«

»Fräulein Bernold«, sagte Wagner mit tiefer Bewegung, »wenn auch absichtslos, trage ich vielleicht die größte Schuld Ihrer jetzt gerechten Vorwürfe. Diese Szene hätte ich Ihnen ersparen können, wenn auch nicht den Schmerz, den van Roekens Betragen Ihnen leider bereitet. Aber lassen Sie das Wort meines alten Freundes Scharner für mich sprechen – vertrauen Sie mir, und seien Sie versichert, daß ich alles tun werde, was jetzt zu tun noch möglich ist.«

»Keine Redensarten mehr, lieber Wagner – keine Redensarten mehr«, sagte da Heffken, dem dies Zusammentreffen keineswegs erwünscht war, der aber jetzt nicht mehr zurück konnte. »Die junge Dame verlangt mehr als das und braucht nicht etwa darum zu bitten – sie kann es fordern.«

»Herr Heffken«, sagte Wagner kalt, »ich weiß nicht, wer Sie gerade zum Vermittler in dieser Sache, die keinen Vermittler braucht, aufgerufen hat.«

»Das Fräulein selbst«, erwiderte Heffken keck, »Sie hat sich unter meinen Schutz gestellt, und ich werde ihr beweisen, daß ich wenigstens meine Zusage halte.«

Wagner sah erstaunt Hedwig an.

»Der Herr«, sagte Hedwig schüchtern, »hat mir ein Asyl in seinem Hause angeboten.«

»In seinem Hause?« rief aber der junge Mann empört aus. »Und hat er Ihnen da auch gesagt, daß er Junggeselle ist?«

»Oh, der schändliche Kerl!« rief die Kathrine aus der Ecke hervor; Hedwig aber wurde totenbleich, und das Antlitz in den Händen verbergend, stöhnte sie:

»Auch das noch.«

»Sie sehen«, fuhr Wagner, der sich hoch emporgerichtet hatte, kalt zu Heffken fort, »daß Ihre Gegenwart hier nicht mehr nötig ist – nicht mehr gewünscht wird. Sie haben eine klägliche Rolle gespielt, Herr Heffken, und ich möchte nicht, um alle Schätze Javas, in diesem Augenblick an Ihrer Stelle sein.«

»Ich bin offen und ehrlich mit dem zu Werke gegangen«, sagte

Heffken boshaft, indem er aufstand und seinen Hut ergriff, »was andere eben auch nur auf Umwegen zu erreichen suchen.«

»Noch ein Wort der Beleidigung gegen die junge Dame«, rief Wagner, der seine Fassung kaum bewahren konnte, »und beim ewigen Gott, ich vergesse, daß Sie – ein Krüppel sind.«

»Setzen Sie Ihrem Treiben auch noch die Krone durch rohe Gewalt auf«, sagte Heffken verächtlich, indem er sich jedoch nach der Tür zurückzog, »übrigens werde ich Sie später dieser Worte wegen um Erklärung bitten.«

»Ich stehe Ihnen zu Diensten«, sagte Wagner kalt, und der Buchhalter verschwand ohne Gruß, ohne weiteres Wort aus der offenen Tür. Wagner stand regungslos dem jungen Mädchen gegenüber. Er mußte ihr Zeit lassen, sich zu fassen, er mußte sich selber erst wieder soweit sammeln, mit ruhigen Worten sie zu trösten. Endlich sagte er mit leiser bewegter Stimme:

»Mein liebes Fräulein; mich trifft allerdings in dieser Sache eine große Schuld; wenn ich aber gefehlt habe, geschah es in guter und redlicher Absicht. Ich wollte Sie mit dem, was Sie doch erfahren mußten, auf so schonende Weise als möglich bekannt machen und hatte, als ich Ihnen neulich gegenüberstand, nicht den Mut, offen mit Ihnen zu reden. Ich nahm mir da vor, Ihnen alles zu schreiben und Ihnen dann erst mündlich die weitere Erklärung zu geben – aber auf dem Papier erschienen mir die Worte, die Sie trösten und beruhigen sollten, wieder so kalt und herzlos. Ich fing zwei, drei Briefe an und zerriß sie alle wieder, denn ich fühlte, daß Sie mehr von uns fordern könnten als eine tote Erklärung des Geschehenen. Ich bin deshalb zu Ihnen gekommen, Ihnen die zu geben, und wie ich sehe, gerade zur rechten Zeit, Sie der Gegenwart jenes Menschen zu entheben, der Ihr Unglück und – wie er glaubte – Ihre schutzlose Lage zu seinen nichtswürdigen Zwecken auszubeuten hoffte. Darf ich reden?«

»Reden Sie«, sagte Hedwig leise, »ich habe keine Wahl weiter.«

Mit klaren und einfachen, aber herzlichen Worten erzählte ihr jetzt Wagner auf so schonende Weise wie möglich – erst van Roekens Wunsch, sich eine Häuslichkeit zu schaffen, dann die plötzliche Aussicht, die sich ihm hier gestellt und die er, der anderen Verbindlichkeiten nicht gedenkend, angenommen. Er versicherte sie dabei , wie ihn van Roeken nicht um Rat gefragt, ja die ersten Schritte hinter seinem Rücken getan habe, so daß er das Ganze erst erfahren, als es zu spät gewesen. Auf so zarte Weise als möglich berührte er hierauf die Verpflichtungen, die van Roeken gegen sie selber übernommen und auf ihn übertragen habe, weil er sich scheute, ihr nach dem Vorgefallenen vor Augen zu treten.

»Seien Sie versichert, mein Fräulein«, setzte er dann herzlich hinzu, »daß diese unglückliche Sache in keine besseren Hände gelegt werden konnte. Ich werde für Sie – schon meines alten Freundes Scharner wegen – handeln, als wenn Sie meine Schwester wären, und wenn Sie mir nur vertrauen wollen, sollen Sie wenigstens keine weitere Sorge haben. Jetzt muß Ihnen nur vor allen Dingen Raum zur Überlegung bleiben, ob Sie längere Zeit auf Java zubringen oder nach Deutschland zurückkehren wollen. Van Roeken ist Ihr großer Schuldner; gestatten Sie ihm, daß er nur einigermaßen wiedergutzumachen sucht, was er gefehlt. Sie selber sollen außerdem, falls Sie nach Europa zurückkehren, mit einer so delikaten Sache nicht behelligt werden, und ich bitte Sie nur, mir und unserem gemeinschaftlichen Freund Scharner zu erlauben, das alles für Sie zu ordnen.«

Hedwig erwiderte noch immer kein Wort; sie zitterte an allen Gliedern und sah still und schweigend vor sich nieder.

»Ich lasse Sie jetzt allein, mein liebes Fräulein«, fuhr Wagner nach kurzer Pause fort; »aber ich werde dafür Sorge tragen, daß Sie solchen Kränkungen, wie die eben erlebte, nicht wieder ausgesetzt sind. Ich bin hier in Batavia in manchen wackeren Familien bekannt und werde Ihnen in einer derselben, in der mir selbst liebe Freunde leben, ein Unterkommen schaffen, in dem Sie ruhig und ungestört, unter guten Menschen, einen Entschluß fassen können. Sie sollen auch die Lichtseiten unseres Lebens hier kennenlernen«, setzte er heiterer hinzu, »damit Sie später einmal nicht nur böse und schmerzliche Erinnerungen aus unserem schönen Java mit in die Heimat nehmen. Die nötigen Schritte dazu werde ich schon heute oder morgen tun und hoffe Ihnen dann recht bald gute Kunde bringen zu können. Also fassen Sie Mut, Fräulein Bernold! Gottes Wege sind wunderbar; wer weiß, ob nicht alles, was Ihnen jetzt wie Nacht und Schwarz erscheint, sich noch zum Guten und zum Heil wenden kann. Scharner hat an mich ausführlich über Sie geschrieben; Sie kommen hier deshalb nicht unter lauter fremde, teilnahmslose Menschen. Wenn ich dann selber auch noch nichts getan habe, Ihr Vertrauen zu verdienen, will ich es doch zu verdienen suchen, und wenn Sie Java wieder verlassen, sollen Sie wenigstens nicht von mir in Groll scheiden.«

Wagner war aufgestanden und grüßte ehrfurchtsvoll die in sich zusammengebrochene Gestalt des Mädchens; Hedwig regte sich nicht, und noch als er schon eine ganze Zeitlang fort war, blieb sie bewegungslos in ihrer Stellung.

Kathrine war leise hinter ihren Stuhl getreten und flüsterte: »Fräulein, liebes Fräulein.« Hedwig gab kein Zeichen, daß sie es gehört, verstanden habe.

Der Alten liefen die großen hellen Tränen über die Wangen nieder, und langsam legte sie die Hand auf der Jungfer Schulter.

Erst bei der Berührung schrak Hedwig empor, sprang von ihrem Stuhl auf, und die Arme um den Nacken der alten treuen Dienerin schlingend, warf sie sich an ihre Brust und hielt sie so lange Zeit fest und krampfhaft umschlossen.

VIERUNDZWANZIGSTES KAPITEL

Wagner hatte sich, ohne mit irgend jemandem im Hotel zu verkehren, in sein Bendi geworfen und fuhr in das Geschäft hinunter, um dort van Roeken von dem Geschehenen sowohl in Kenntnis zu setzen, als ihm mitzuteilen, was er jetzt zu tun beabsichtige. Als er aber gerade über die Brücke kam, wo der Weg in das chinesische Viertel hineinführt, begegnete ihm van Roeken selber in seinem Einspänner, auf dem hinten der erst kürzlich angenommene Arbeiter und frühere Diener Horbachs, Tojiang, stand. Die beiden leichten Fuhrwerke hielten nebeneinander.

»Wo willst du hin?«

»Den liederlichen Horbach aufsuchen«, sagte van Roeken, »er ist richtig bis jetzt noch nicht nach Hause gekommen und keine Spur von ihm zu finden. Im Hospital unten war ich ebenfalls schon. Der Bendi hat ihm gestern die neuen Kleider gebracht und ihn abgeholt, dann ist er fortgefahren, aber niemand weiß, wohin.«

»Und wo glaubst du, daß er jetzt steckt?«

»Tojiang, den ich mitgenommen, meint, er kenne die Spelunken ganz genau, wo er sich gewöhnlich herumgetrieben; er soll mich jetzt führen. Aber lieber ist mir's, ich habe Gesellschaft; komm mit; in einer halben Stunde machen wir die ganze Sache ab.«

»Gut«, sagte Wagner, »dann komm ich mit zu dir hinüber - ich habe doch einiges mit dir zu sprechen, und Tojiang mag sich zu meinem Kutscher setzen. Wenn wir den Burschen finden, wird es dem einen Pferde außerdem zuviel, euch alle mit fortzubringen.«

Der Tausch war rasch gemacht. Während Tojiang Befehl erhielt, voranzufahren und den Weg zu zeigen, hielt van Roekens

Bendi dicht hinter ihm her, und beide bogen jetzt, quer über den chinesischen Basar hinüber, in die krummen und engen Gassen des chinesischen Viertels ein, in denen sie sich hätten keinen besseren Führer wünschen können als eben den liederlichen Tojiang. Rasch konnten sie hier auch nicht vorwärtsrücken. Es wimmelte in den Straßen nicht allein von Lastträgern und wandernden Krämern, sondern auch von Kindern, die sich entweder hetzten und haschten oder mitten in der Straße mit ihren Spielen saßen und sehr erstaunt die hier ganz außergewöhnlichen Fuhrwerke ankommen sahen, ohne Miene zu machen, ihnen auszuweichen. Der Kutscher mußte sie erst anrufen, daß sie ihm nur Raum gaben, hindurchzukommen. Und was für Höhlen schlossen sich ihnen da auf! In eine der Querstraßen einbiegend, sahen sie eine Seitengasse, die in einen Sack auslief und in der sie nicht einmal hätten umwenden können. Sie waren deshalb gezwungen, auszusteigen, weil Tojiang hier die erste Nachfrage halten wollte und van Roeken ihm nicht traute. Die Gasse hinaufgehend, die von Schmutz starrte, sahen sie überall in den offenen, wenn auch engen Hausfluren Trupps von chinesischen und malaiischen Mädchen sitzen, junge und doch schon verlebte Gestalten und widerliche Weiber, in lange schmutzige Kattunlumpen gehüllt und mit unechtem Schmuck behangen, mit weißer Schminke ihre Gesichter gefärbt. Einzelne müßige Chinesen trieben sich zwischen diesen herum, mißtrauische Blicke nach den Fremden werfend, und erst als Tojiang zwischen sie sprang und von einigen als alter Genosse erkannt wurde, grüßten sie die Tuwans. Im anderen Fall hätten diese auf keinen Gruß von den sonst so demütigen Burschen rechnen dürfen, denn sie waren, als sie sich hier zeigten, zu tief aus ihrer Sphäre herabgestiegen.

Tojiangs Nachfragen blieben jedoch erfolglos. Der weiße Mann oder der »wilde Tuwan«, wie sie ihn nannten, war ihnen recht gut bekannt, aber schon seit langer, langer Zeit – wenigstens vierzehn Tage – nicht in diese Gegend gekommen. Sie gingen zurück zu ihren Wagen und fuhren weiter. Jetzt kamen sie durch eine lange Gasse, in der lauter Färber wohnten, jetzt in das Viertel der Tischler, in dem die riesigen chinesischen Särge in Vorrat aufgeschichtet standen. Nun wieder kreuzten sie eine andere Quergasse, und gleiche Lasterhöhlen zeigten sich hier. Aber auch dort suchten sie vergeblich nach ihrem Entflohenen. Tojiang tauchte in die unglaublichsten Stellen ein, klopfte an Türen, wo man gar keinen Eingang vermutete, drang in das Innere der Häuser vor und führte seine beiden Begleiter durch Gänge, in denen sie sich scheuten, selbst den Boden mit den Sohlen ihrer Stiefel zu berühren. Trotzdem fanden sie den Gesuchten nicht, und Tojiang schien schon alle Hoffnung aufzugeben. Er erklärte auch endlich, daß er in der Tat nicht mehr wisse, wo der weiße Tuwan stecken könne, denn alle die Orte, an denen er je mit ihm zusammen gewesen, das heißt, wo er ihn selber wahrscheinlich eingeführt, hätten sie abgesucht. Die einzige Möglichkeit blieb nur, daß er sich nach einem der entfernt gelegenen Basare gewandt; wahrscheinlich sei es, daß sie ihn im Basar bharoeh, im Basar snin oder vielleicht gar in Meester Cornelis finden könnten, und wenn es den Herren zu weit wäre, so wolle er selber gern hinüberfahren und stände ihnen dafür, daß er ihn doch noch aufstöbere. Wagner wäre damit vollkommen einverstanden gewesen, denn Horbach interessierte ihn viel zu wenig, um stundenlang daran zu wenden, hinter ihm drein zu fahren. Van Roeken dagegen, mehr mit diesen Leuten und ihren Schlichen und Wendungen vertraut, hatte einen Verdacht geschöpft, daß Tojiang noch irgendeinen Platz hier in der Nähe wisse, an den er ihn nicht hinführen wolle, und war um so mehr entschlossen, die Ursache davon zu erfahren. Während der Bursche nämlich mit seinen früheren Kameraden und einigen chinesischen Mädchen sprach, war verschiedene Male ein Wort vorgekommen, das sie sich immer nur zuflüsterten, so daß er den Namen nie deutlich verstehen konnte. Er wußte dabei, daß es hier in der Nähe einige Opium- und Branntweinhöhlen gab, die vor dem kontrollierenden Arm der Regierung streng geheimgehalten wurden, und wenn Tojiang Verdacht hatte, daß Horbach in einem solchen Versteck liege, so war es mehr als wahrscheinlich, daß er wünschen mußte, ihn auch dort allein aufzusuchen. Einmal aber auf solcher Fährte, und van Roeken war nicht so leicht wieder davon abzubringen.

»Paß auf, mein Bursche«, sagte er, während er neben dem Bendi stehenblieb und Tojiang fest ansah, »und höre mir einmal ein wenig genau zu. Ich bin nicht taub und verstehe das Malaiische ziemlich so gut wie du selber. Wenn du nun behauptest, daß deiner Meinung nach dein früherer Herr auf einem der Basare zu finden sei, so lügst du wie ein nichtswürdiger Halunke, der du auch bist. Ich habe gehört, daß dir die Dirnen den Ort nannten, wo du deinen Tuwan Horbach aller Wahrscheinlichkeit nach finden würdest, ich weiß auch etwa die Gegend, wo der Ort liegt, wenn auch nicht ganz genau das Haus, und verlange jetzt von dir, daß du uns direkt hinführst, oder ich werde dir zeigen, was ich tue.«

»Aber, Tuwan«, sagte Tojiang erschreckt, »wenn ich weiß, wo der Tuwan Horbach steckt, will ich – will ich gleich –«

»Halt; keine von deinen doppelzüngigen Ausflüchten«, sagte aber van Roeken ruhig; »ich weiß recht gut, daß du noch nichts Bestimmtes darüber erfahren hast, aber deiner Vermutung nach steckt er dort. Er hat mir selber erzählt, was ihr an jenem Ort schon alles mit durchgemacht und wie geheim und aus dem Weg, von anderen Gebäuden vollständig versteckt, der Ort läge, ja zu Haus habe ich sogar ein Buch von ihm, in dem er genau beschrieben ist. Fahre ich jetzt nach Haus und hole das, so gebe ich dir mein Wort, daß ich auch zugleich die Polizei mitbringe, und ich brauche dir nicht mehr zu versichern, daß wir den Platz nachher finden, und wenn wir die Häuser in seiner Nachbarschaft alle bis in die letzten Winkel hinein durchstöbern sollten. Du selber aber kommst dann als Mitwisser jener geheimen Höhlen, in denen Opium geraucht, getrunken und gespielt wird, ebenfalls in Teufels Küche und wirst so sicher eingesteckt, wie du jetzt da vor mir auf deinen zwei Füßen stehst. Sitzt du aber erst einmal im Gefängnis, dann, denk ich mir, kommen auch noch andere Dinge an den Tag, von denen ich habe munkeln hören. Da ist einmal ein alter Chinese gewesen – du verstehst schon, wen ich meine –«

»Tuwan Roeken«, sagte Tojiang erschreckt, »ich weiß gewiß nichts von einem alten Chinesen.«

»Nun, so alt war er auch eigentlich noch nicht«, fuhr van Roeken fort, der auf gut Glück hin riet, denn unter hundert von Malaien verübten Diebstählen kann man fest darauf rechnen, daß neunzig einen Chinesen zu ihrem Opfer hatten. »Doch das alles bringen die Gerichte schon heraus, wenn sie dich erst einmal unter dem Daumen haben, und du magst jetzt tun und lassen, was du willst.«

»Ich glaube nicht, daß er den Aufenthalt weiß«, sagte Wagner zu van Roeken in deutscher Sprache.

»Und ich möchte mein Leben zum Pfand setzen«, versicherte van Roeken, »daß er ihn nicht allein jetzt ganz sicher vermutet, sondern daß wir auch keine dreihundert Schritte davon entfernt sind. Laß ihm nur Zeit, er wird es sich schon überlegen, und ist er einmal darüber mit sich im reinen, so schwindet für ihn jede andere Rücksicht. Nun, mein Bursche, willst du uns führen?«

»Wenn Tuwan den Platz so genau weiß«, sagte der Bursche störrisch, »so braucht er ja gar nicht Tojiang dazu, ihn zu finden.«

»Ich habe dir aber schon gesagt, daß ich ihn nicht genau weiß, jedoch finden könnte, wenn ich eben die Polizei zu Hilfe nehmen will. Da ich die Sache aber jetzt abmachen möchte und mir daran liegt, den Tuwan Horbach noch heute aufzufinden, so sollst du uns führen. Tust du es gutwillig, so verspreche ich dir, mich um weiter nichts zu bekümmern. Ich gehöre nicht zur Polizei, und was die Leute da sonst treiben, geht mich nichts an; tust du es nicht gutwillig, so hast du dir die Folgen selber zuzuschreiben.«

Tojiang erwiderte kein Wort; er stieg aber wieder auf den Bock, flüsterte dem Kutscher ein paar Worte zu und fuhr langsam die Straße hinunter; Wagner und van Roeken folgten in ihrem Bendi, und die Gasse nieder bogen sie gleich darauf rechts in eine kleine Querstraße ein, die zwei breitere miteinander verband und in der Mitte durch eine schmale hölzerne Brücke getrennt wurde. Unter dieser Brücke wälzte sich einer jener Kanäle hin, die den Schmutz des ganzen chinesischen Viertels aufnehmen und dafür in ihrer unmittelbaren Nähe schädliche Dünste in Masse ausströmen. In diese Gasse, obgleich sie so eng war, daß kaum noch ein Mann neben dem Bendi herschreiten konnte, lenkte Tojiang trotzdem ein, und wenn auch das Pferd vor der schmalen Brücke scheute, ließ er sich davon nicht abschrecken. Er selber sprang vom Bock herunter, nahm es am Zügel, führte es hinüber und hielt dann eben weit genug drüben, um van Roeken noch Platz für seinen Bendi zu lassen.

»Und ist dies die Stelle, Tojiang?« fragte van Roeken.

»Ta-u, tuwan«, erwiderte achselzuckend der Malaie, mit dem bei dieser Antwort eigentümlichen singenden Tone, »ta-u – wollen sehen.«

»Halt! Wir gehen mit«, rief aber van Roeken, als Tojiang Miene machte, seine Untersuchung allein anzustellen, und sprang dabei aus dem Wagen.

»Gut«, sagte Tojiang, ließ sich aber dadurch nicht abhalten, das kleine, niedere Bambusgebäude vorher allein zu betreten. Ehe van Roeken es verhindern konnte, war er durch die Tür hindurchgeschlüpft und blieb, als die beiden Freunde ihm dort hinein folgen wollten und durch einen stockfinsteren Gang daran verhindert wurden, etwa zehn oder vierzehn Minuten aus.

Als er endlich zurückkehrte, wollte van Roeken schon mit einem Sturm von Vorwürfen über ihn herfallen; Tojiang aber legte den Finger auf die Lippen, und indem er den beiden Herren winkte, ihm zu folgen, flüstert er leise und vorsichtig: »Er ist da.«

»Hab' ich's nicht gesagt?« lachte van Roeken. »Ob ich das Gesindel nicht durch und durch kenne. Aber pfui Teufel, was für ein Gestank und Dunst hier herrscht; die reine batavische Pestluft, wie sie noch in uralten Reisebüchern geschildert wird und auch vollständig wahr wäre, wenn der nämliche Dunstkreis über die ganze Insel zöge.«

»Und hier in diesem furchtbaren, widerlichen Loch sollte sich Horbach aufgehalten haben?« sagte kopfschüttelnd Wagner, »das ist gar nicht möglich, und der Schuft von Tojiang hat uns nur hierher gelockt, um unsere Geduld zu ermüden und seine eigenen geheimen Verstecke nicht zu kompromittieren.«

»Das werden wir bald ausgefunden haben«, meinte van Roeken; »lange bleibe ich selber aber auch nicht in dieser Nachbarschaft, denn mir wird schon ganz übel und weh zumute – und was für eine Dunkelheit. Wenn wir jetzt in diesem Korbgeflecht auf eine geheime Fallbrücke stoßen, können wir im Nu unten in diesem schmutzigen Kanal liegen, um zu ertrinken oder zu ersticken. Ob hier wohl nicht manchmal solche Dinge vorfallen?«

»Mal den Teufel nicht an die Wand«, erwiderte Wagner, dem es hier selber ganz unheimlich wurde. »Wenn ich eine Ahnung hätte, daß mein Tod irgend jemandem in Batavia von Nutzen sein könnte, würde ich mich, weiß es Gott, nicht in diese Höhle wagen. Aber da ist Licht – ah, hier finden wir Gesellschaft!«

Tojiang hatte, um die beiden Weißen durch den dunkeln Gang zu bringen, van Roekens Hand gefaßt und, während er voranging, ihn geführt. Er schien vortrefflich hier Bescheid zu wissen. Wagner faßte dann wieder des Freundes Rockschoß an, und so waren sie etwa zwanzig oder fünfundzwanzig Schritte im Dunkeln vorwärtsgetappt, als sie plötzlich ein helles, sonniges Gemach betraten. Hell und sonnig, ja, war das Gemach, denn das dem Untergehen nahe Tagesgestirn warf seine goldenen Strahlen gerade in das geöffnete Fenster hinein, aber sonst ein so wüster Aufenthalt, wie man sich denken konnte, und Wagner bereute schon fast, ihn betreten zu haben.

Das Zimmer lag im untern Geschoß des Hauses; den Boden desselben bildete der hartgestampfte oder auch vielleicht nur hartgetretene Lehm, den die Natur selber hier geschaffen. In der einen Ecke stand ein großes, mit schmutzigen und verräucherten Gardinen verhangenes Bett, auf dem, quer darüber hingestreckt, ein schlafender Chinese lag. Mitten im Zimmer aber saßen und lagen drei chinesische und zwei malaiische Mädchen zwischen ein paar Söhnen des himmlichen Reiches, die aber fast unnatürlich irdisch aussahen und erschreckt aufsprangen, als zwei Weiße zu ihnen in ihr Versteck traten. Kleine tampat siriehs oder Bettelkörbchen standen neben ihnen auf der Erde, ein paar leere Flaschen lagen mit Opiumpfeifen in der Ecke, und eine alte Malaiin kauerte daneben und flickte einen zerrissenen Sarong, der jedenfalls monatelang kein Wasser und keine Seife gesehen hatte. Überhaupt war das Ganze ein Bild des verworfensten Elends, das sich menschliche Phantasie nur ausmalen konnte, und während die Dirnen, den Anblick der Weißen fürchtend, ihre halbnackten Glieder soviel als möglich verhüllten, suchten Wagner und van Roekens Blicke vergeblich Horbachs Gestalt zwischen dieser Gruppe. Tojiang indessen, ohne sich weiter um die übrigen zu bekümmern, war auf die Alte zugegangen, die bei dem Eintritt der Fremden kaum von ihrer Arbeit aufsah, und flüsterte ein paar Worte mit ihr. Sie nickte nur einfach mit dem Kopf, ohne ihn weiter eines Blickes zu würdigen, dann sprach er noch etwas, und sie deutete nach einer Tür hinüber, die in ein Nebengemach führte.

»Ist er da?« fragte van Roeken.

»Dort drin soll er sein«, sagte Tojiang und schritt auf die bezeichnete Tür zu, die er öffnete. Die beiden Freunde folgten ihm rasch, ohne von den übrigen Insassen des Zimmers weiter Notiz zu nehmen, und dort allerdings fanden sie den Gesuchten – aber in welchem Zustande? Das ganze Nebengemach war nur ein in den Hof hinausgebauter Schuppen, von Bambus geflochten und mit Schindeln gedeckt, ohne Fenster, einen kleinen Einschnitt in der einen geflochtenen Wand ausgenommen, ohne Möbel, ohne Bett, ohne irgendein Zeichen, daß hier ein Mensch sich wohnlich fühlen oder überhaupt existieren könne, mit eben dem kahlen Boden wie die »Wohnstube« nebenan. Auf dem Boden aber lag ausgestreckt, die Arme von sich geworfen, das eine Bein über das andere gezogen, mit dem Gesicht auf der Erde, und nackt, wie ihn Gott erschaffen, ohne einen Lappen Zeug über oder unter sich, Horbach, anscheinend in festem Schlaf – ja, man hätte ihn für tot halten können, nur daß ein gelegentliches Zucken des Körpers, auf den ein Sonnenstrahl durch die defekte Wand fiel, das in dem Menschen noch wohnende Leben verriet.

»Großer Gott!« rief Wagner unwillkürlich aus, »der Unglückliche! Eben aus dem Spital entlassen, mit dem kaum fieberfreien Körper, mit der Warnung des Arztes, sich jetzt ernstlich zu schonen und vor einem Rückfall zu bewahren, hier in dem feuchten Loch, in dieser Atmosphäre, nackt und betrunken auf dem bloßen Boden!«

»Da liegt nun der Herr einer halben Million«, sagte van Roeken, der die Sache viel kaltblütiger nahm, »ein Mensch, der, wenn er seine gesunden Sinne gebrauchen wollte, zu den Glücklichsten und Beneidetsten unseres ganzen Geschlechts gehören könnte, schlimmer wie ein Vieh an einem Orte, an dem sich ein Pferd nicht einmal wohl fühlen könnte. Ein treffliches Bild und abschreckendes Beispiel genug für eine Lebenszeit, wenn man es ihm nur eben selber vorhalten könnte.«

»Und was fangen wir jetzt mit ihm an?« sagte Wagner, der den Elenden noch immer kopfschüttelnd betrachtete.

»Vor allen Dingen müssen wir sehen, daß wir seine Kleider wieder bekommen, oder Tojiang abschicken, neue zu holen, wenn das nicht möglich wäre, denn in dem Zustand können wir ihn nicht transportieren.«

»Armer Tuwan«, sagte Tojiang, der indessen zu seinem früheren Herrn getreten war, »wie ihn das nichtsnutzige Volk hierhergeworfen hat. Das wäre auch nicht geschehen, wenn er Tojiang mitgenommen.«

»Die Redensarten helfen jetzt nichts, mein Bursche«, sagte van Roeken trocken. »Rufe einmal die Alte herein, daß wir mit ihr unterhandeln können, sie muß die Kleider schaffen, denn sie kann noch keine Zeit gehabt haben, sie aus dem Haus zu bringen.« Tojiang ging hinüber zur Alten und blieb eine ganze Weile darin. Sie schien leugnen zu wollen. Der Bursche aber, mit all ihren Schlichen und Winkelzügen genau vertraut, ließ ihr keine Hoffnung, mit einem trockenen Nein hier durchzukommen. Mürrisch warf sie endlich den Lumpen, an dem sie gearbeitet, neben sich auf die Erde, und in den Schuppen hinkend, wo der Trunkene noch in seiner alten Stellung lag, sagte sie:

»Und was wollt ihr von mir? Kann ich was dafür, daß der liederliche Weiße hier zu mir hereinbricht und das Oberste zuunterst kehrt – ist das überhaupt ein Platz für einen Tuwan? Er soll zu seinesgleichen gehen, wo er hingehört, und eine arme, ordentlich Frau nicht ins Gerede bringen. Ich will weiter nichts mit ihm zu tun haben – mag ihn im Leben nicht wiedersehen – nehmt ihn fort.«

»Wo sind seine Kleider?« fragte van Roeken ernst.

»Weiß ich's?« brummte die Alte verdrossen. »Ohne Geld ist er herein zu uns gebrochen, ohne einen einzigen Deut in der Tasche, aber trinken muß er doch – trinken und mit den Dirnen jubeln und toben, und wenn ihm der Arak dann in den Kopf steigt, weiß er nicht mehr, was er tut, und reißt alles vom Leib, was er auf sich trägt.«

»Gut«, sagte van Roeken, der recht wohl wußte, auf was das alles hinauswollte, dem aber daran lag, hier so bald als irgend möglich wieder fortzukommen, »ich kann mir wohl denken, daß du deine – Waren nicht umsonst hergibst, Alte, und da der Tuwan kein Geld hatte, mußte er natürlich seine Kleider verkaufen, wozu er leichtsinnig genug war. Alles das ging dich freilich nichts an; wir beide sind jedoch hergekommen, ihn mit uns fortzunehmen. Er war bis jetzt im Spital und ist noch krank, du aber weißt recht gut, was dir geschehen könnte, wenn er hier im Hause stirbt; also schaff, so rasch du kannst, seine Kleider herbei, und ich zahle dir alles, was er dir schuldig ist. Verstanden?«

»Alles?« sagte die Alte lauernd. »Noch vom vorigen Monat stehen fünfundzwanzig Gulden für ihn angeschrieben.«

»Alles«, sagte van Roeken, sie von sich drängend. »Je schneller du die Kleider bringst, desto rascher bekommst du dein Geld und wirst dazu den Weißen los, solange er noch lebt.«

»Desto besser, desto besser«, murmelte die Alte vor sich hin, die diese günstige Wendung wohl kaum erwartet hatte, und viel rascher als sie gekommen, verschwand sie wieder aus der Tür, das Verlangte herbeizuholen. Es dauerte auch gar nicht lange, so brachte sie die Kleider, die aber schon aussahen, als ob sie Horbach ebensoviel Tage wie Stunden getragen hätte; besser diese jedoch wie gar keine, und Tojiang wollte jetzt, während van Roeken indessen der Alten das verlangte Geld zahlte, ein paar von den Chinesen aus dem andern Zimmer holen, ihm beim Anziehen des Trunkenen zu helfen. Horbach war nämlich, trotz allen Versuchen, ihn munterzubringen, nicht zu erwecken und starrte dabei so von Schmutz und Unrat, daß ihn weder Wagner noch van Roeken anrühren mochten. Tojiang allein konnte aber den schweren Mann, dem Kopf und Arme machtlos niederhingen, nicht bewältigen, die Chinesen hatten sich aus dem Staub gemacht, und so mußten die Alte und einige der Mädchen zu Hilfe kommen, um ihn nur wenigstens wieder in seine Kleider hineinzubringen. Während des Anziehens kam er einmal halb zu sich selber und starrte mit gläsernen Augen im Kreise umher. Er mußte dabei van Roeken erkannt haben, denn er stammelte mit schwerer Zunge und einem wie krampfhaft verzogenen lächelnden Gesicht: »Bitte – mich – Ihrer Frau – Frau Gemahlin – bestens – bestens zu empfehlen«, dann fiel er wieder wie tot zurück und mußte von Tojiang und den Mädchen in den Wagen getragen werden. Von hier aus gingen sie aber nicht durch den dunkeln Gang zurück, sondern eine kleine Tür führte über den Hof gleich ins Freie auf die Straße hinaus.

»Was zum Teufel hast du uns denn nicht vorher diesen Weg geführt«, sagte van Roeken zu Tojiang, »daß wir durch die schauerliche Höhle kriechen mußten – he, mein Bursche?«

»War nicht offen, Tuwan«, entschuldigte sich der Malaie, »und Tojiang wußte eben nicht besser Bescheid. Das nächste Mal gehen wir hier herein.«

»Verdamm mich, wenn du mich in der Bude wieder fängst«, fluchte aber der Holländer. »Und nun setz dich zu deinem früheren Herrn und fahr ihn direkt in meine – halt, wenn du mit dem betrunkenen Burschen allein dort ankämst und meiner Frau in den Weg liefst, ist es unbestimmt, was sie gerade tun würde. Fahr lieber hinter uns drein, ich nehme dich dann gleich mit nach Hause, Wagner.«

»Das geht nicht«, sagte Wagner, »ich muß jedenfalls noch erst einmal ins Geschäft, denn ich habe Nitschke aufgetragen, dort auf mich zu warten. Aber benutze nur meinen Wagen, ich gehe die kurze Strecke von hier hinüber und fahre dann mit Nitschke nach Hause.«

»Zu Fuß?« rief van Roeken erstaunt aus, denn es wäre ihm selber nie eingefallen, auch nur die Länge einer Straße zu Fuß zurückzulegen.

»Es sind höchstens tausend Schritt«, sagte aber Wagner. »Ich komme schon hinüber, wenn ich aus diesen Winkelgassen nur den Weg finde. Überdies geht die Sonne eben unter, und es ist kühl und angenehm zu gehen. Kannst du mir sagen, Tojiang, wie ich von hier aus am schnellsten nach dem Kali besaar oder nach unserem Geschäft komme?«

»Gleich dort hinüber, Tuwan«, berichtete der Bursche, der hier jeden Fußbreit Boden kannte. »Rechts über der Brücke drüben ist die Hauptstraße, und von dort aus –«

»Find' ich mich schon zurecht«, unterbrach ihn Wagner und wandte sich der bezeichneten Richtung zu. Van Roeken aber stieg kopfschüttelnd in sein Bendi und fuhr, von Tojiang mit dem besinnungslosen Horbach gefolgt, rasch der eigenen Wohnung zu.

FÜNFUNDZWANZIGSTES KAPITEL

Noch rollten die Bendis das kleine Gäßchen entlang, und Wagner hatte sich eben der Ecke desselben genähert, als ein Javane, ein schlanker Bursche mit dunkelbrauner Hautfarbe, seinen Kris im Gürtel, aus einer der kleinen niederen Türen rasch hervorglitt und die Straße hinab wollte. Erschreckt prallte er aber vor dem Anblick des Weißen, den er hier keinesfalls mehr vermutet, zurück und wieder in dieselbe Tür hinein, die er hinter sich schloß und einen Riegel vorschob. Deutlich konnte Wagner das Geräusch des vorgestoßenen Riegels hören, sich aber nicht erklären, weshalb er der braunen Gestalt einen solchen Schrecken eingejagt. So flüchtig er indessen das Gesicht auch gesehen, so bekannt kam ihm doch die ganze Gestalt des Mannes vor, dem er jedenfalls im Leben schon früher einmal begegnet sein mußte. Wo? Darauf konnte er sich aber den ganzen Weg entlang nicht besinnen, obgleich er herüber und hinüber und an alle solche Szenen dachte, bei denen er schon mit den Javanen der Berge, die sich von den eigentlichen Malaien wesentlich unterscheiden, in Berührung gekommen war. Es fiel ihm nicht mehr ein, und als er bald darauf sein Geschäft betrat, vergaß er auch die ganze Figur mit ihrem plötzlichen Erscheinen und Verschwinden. Der Geschäftsplatz selber war ziemlich leer; die meisten Kaufleute waren schon heimgefahren, und nur noch hier und da rollten die einzelnen Bendis die Straße am Flusse hinauf, ihren Wohnungen zu. Seine eigenen Kommis waren ebenfalls schon fort, den einen Buchhalter ausgenommen, der Herrn Nitschke nicht hatte die Schlüssel anvertrauen wollen; Nitschke aber wartete, wie es ihm befohlen war, auf seinen Prinzipal.

Herr Nitschke hatte sich in der kurzen Zeit sehr zu seinem

Vorteil verändert. Er war sauber und außerordentlich sorgsam gekleidet, und wenn sein Gesicht auch noch hohlwangig und bleich aussah und die Augen noch nicht den früheren Glanz eines gesunden, kräftigen und nüchternen Menschen wiedererlangt hatten, gab ihm doch die Ruhe und glückliche Zufriedenheit, die jetzt auf seinen Zügen lag, wieder etwas Freundliches und Wohltuendes. Er hatte ein ganzes Paket beendeter Briefe, die nur der Unterschrift warteten, neben sich und war eben bemüht, sein Schreibpult ordentlich aufzuräumen und abzustauben, als Wagner das Comptoir betrat.

»Ah, Herr Beßler, Sie sind auch noch hier?« sagte er zu dem Buchhalter gewandt. »Ich habe mich heute etwas verspätet. Bitte, lassen Sie mir nur die Schlüssel da, und fahren Sie nach Hause; Sie versäumen sonst Ihr Essen. Herr Nitschke, Sie müssen mich heute mitnehmen, denn ich habe meinen Wagen fortgeschickt.«

»Wenn Sie wirklich mit mir fahren wollen, Herr Wagner«, sagte der Mann, und es lag in den wenigen Worten eine solche Demut und doch so stille, resignierte Ruhe, daß ihm Wagner gerührt die Hand reichte und freundlich sagte:

»Mein lieber Herr Nitschke, fahren Sie so fort wie Sie angefangen haben; bewahren Sie sich diesen festen, steten Sinn, und ich hoffe, daß wir sogar noch recht gute Freunde werden sollen. Sie haben heute das Mögliche geleistet, und ich bin vorderhand mit Ihrer Arbeit sehr zufrieden. Die Briefe, die ich bis jetzt von Ihnen gelesen, sind verständig, kurz und bündig, und dabei korrekt; vergessen Sie nur erst einmal Ihr altes Leben, und alles Übrige wird sich leicht machen.«

»Ich habe den besten Willen, Herr Wagner«, sagte Nitschke ruhig, »und nachdem ich alle Schulen des Leichtsinns – ich mag wohl sagen bis auf die Hefen – durchgekostet, fühle ich selber, daß es höchste Zeit wird, einem solchen Leben zu entsagen. Es wäre freilich sogar jetzt schon zu spät gewesen, wenn Sie mir nicht noch einmal die Hand geboten und es mit mir versucht hätten. Ich weiß, daß dies meine letzte Probe ist, und ich wäre mehr als leichtsinnig, ich wäre wahnsinnig, wenn ich auch diese Hilfe wieder von mir stieße.«

»Ich hoffe, daß Sie diesmal aushalten«, sagte Wagner lächelnd,

»keinesfalls werde ich Ihnen aber, wenn das Gegenteil eintreten sollte, eine Pistole anvertrauen.«

»Herr Wagner«, stotterte Nitschke und wurde blutrot.

»Nun, lassen Sie es gut sein«, sagte Wagner freundlich, »das ist lange vorüber und vergessen; wenn es Ihnen nicht zu spät ist, wollen wir nur noch die Briefe rasch schließen. Die Schiffe nach Australien und Chile segeln morgen, und sie müssen deshalb lieber heute abend noch fertig werden.«

Mit den Worten nahm er an dem Pult Platz, sah die Briefe, die Nitschke geschrieben, rasch durch und unterzeichnete sie, während dieser neben ihm stehenblieb und die ihm zugereichten gleich adressierte und versiegelte.

Noch während sie so beschäftigt waren, wurden Schritte draußen hörbar, und als sich Wagner danach umsah, trat einer der batavischen Polizeibeamten in das Comptoir.

»Ah, guten Abend, Mynheer Wagenaar«, sagte er, sehr artig grüßend, »ich sah nur, daß Ihr Comptoir noch offen war, und glaubte einen Ihrer Leute hier zu finden. Sie selber werden mir wohl schwerlich Auskunft geben können.«

»Und was wünschen Sie?« fragte Wagner, während Nitschke ruhig in seiner Arbeit fortfuhr.

»Ach«, meinte der Mann, »da ist am letzten Sonntag eine fatale Geschichte passiert, gestern war's, denn soviel ist ziemlich sicher, daß es von der Nacht des Sonnabend auf den Sonntag nicht kann geschehen sein. Da ist nämlich in Herrn Heffkens Privatbüro von ein paar Leuten, die dort genau bekannt sein müssen, eingebrochen, und von allen, auf die wir denken können, hängt nur allein Verdacht an einem Landsmann von Ihnen, einem Herrn Nitschke, der aber jetzt nirgends in der Stadt zu finden ist. Jedenfalls hat er sich aus dem Staub gemacht, und ich wollte jetzt nur einmal in den deutschen Geschäften nachfragen, ob mir nicht einer der Herren vielleicht einen Wink geben könnte, wo er möglicherweise aufzutreiben wäre, denn daß er nicht per Schiff fortkommt, dafür ist gesorgt.«

Nitschke hatte, bei Nennung seines Namens, hoch aufgehorcht, und sich jetzt langsam gegen den Polizeibeamten herumdrehend, sagte er:

»Vielleicht wäre ich imstande, Ihnen auf seine Spur zu helfen.«

»Herr Nitschke!« rief dieser aber ordentlich erschreckt aus, als er den Mann, den er noch vor wenigen Sekunden eines Einbruchs schuldig, flüchtig oder versteckt glaubte, hier im vollen Gefühle der Sicherheit vor sich sah, »alle Wetter, wo kommen Sie denn her?«

»Sie betrachten mich«, sagte Nitschke lächelnd, »als ob ich eben aus den Wolken gefallen wäre. Wünschen Sie etwas von mir?«

»Hm«, sagte der Mann erstaunt, »haben Sie gehört, was ich eben erzählte?«

»Allerdings«, erwiderte Herr Nitschke.

»Nun denn – Gott verd – mich – dann – sehen Sie mir gerade nicht aus, als ob Sie den Diebstahl begangen hätten.«

»Ich danke Ihnen«, sagte Nitschke freundlich, »kann Ihnen auch die Versicherung geben, daß Sie sich nicht irren. Darf man aber wohl fragen, wer einen solchen Verdacht gegen mich ausgesprochen hat?«

»Ja – ich weiß nicht«, sagte der Polizeibeamte etwas unschlüssig, »eigentlich sollte die Sache wohl Geheimnis bleiben. Sie, als die Hauptperson, müßten es aber doch erfahren. Es ist nämlich ein kleines Zahnstocheretui im Comptoir gefunden –«

»Von Schildpatt?«

»Ja, ganz recht.«

»Auf dem ein N eingekratzt ist.«

»Allerdings – trifft aufs Haar.«

»Das ist das meinige«, sagte Nitschke ruhig, »und mir sehr lieb, daß es sich wiedergefunden hat. Von allen aus Europa mitgebrachten Andenken«, setzte er wehmütig hinzu, »war es das letzte, und sein Verlust hat mich schon geschmerzt.«

»Also Sie waren oben?« fragte der Beamte.

»Allerdings«, erwiderte Nitschke, »ich war am Sonnabend Abend bei Herrn Heffken, um ihn, da ich schon früher auf seinem Comptoir gearbeitet, wieder um Beschäftigung zu ersuchen.«

»Hm, hm, hm«, brummte der Mann des Gesetzes vor sich hin, denn das alles stimmte nicht mit dem Bild, das er sich bis dahin von Herrn Nitschke, als dem einzig möglichen Verbrecher, entworfen, »das ist ja eine sehr, sehr wunderliche Geschichte, und der Herr Heffken hat sich da wahrscheinlich bös geirrt. Was läßt sich aber tun? Der Befehl ist einmal gegeben und muß ausgeführt werden. Herr Nitschke, es tut mir schrecklich leid, aber ich habe einmal den Auftrag, Sie zu verhaften und kann es eben nicht ändern. Sie müssen mit mir kommen.«

Wagner hatte während der Beschuldigung Nitschke scharf beobachtet, war aber schon nach den ersten Sekunden fest überzeugt, daß er der Täter auf keinen Fall gewesen sei. Frech leugnen kann auch der Schuldige, aber diese Ruhe, die auf seinen Zügen, in seinen Augen lag, konnte keine Verstellung sein.

»Lieber Freund«, sagte er deshalb zu dem Beamten, »Sie scheinen selber einzusehen, daß der Verdacht ein unbegründeter ist. Was mich betrifft, so bin ich von Herrn Nitschkes Unschuld überzeugt und erbiete mich, Ihnen jede beliebige Bürgschaft zu leisten, daß er sich zu jedem anberaumten Verhör pünktlich stellen wird. Sind Sie das zufrieden?«

»Ich wär's von Herzen gern, Herr Wagner«, sagte der Mann, »aber Sie kennen meine Stellung. Die Herren da unten lassen nicht mit sich spaßen, und Befehl ist einmal Befehl – wozu werden sie gegeben, wenn man sie nicht erfüllen will?«

»Das ist schon richtig, aber der Befehl soll auch erfüllt werden. Ich hafte Ihnen für das Erscheinen des Angeklagten, und das Gericht ist der Sorgen und Kosten enthoben, ihn unter Schloß und Riegel zu halten.«

»Klingt sehr schön«, meinte der Mann des Gesetzes, »ist aber doch nicht wahr. Einen müssen sie haben, schon der Autorität wegen, und wenn ich den nicht bringe, den sie einstecken wollen, so komme ich vor allen Dingen in Teufels Küche, daß ich auf eigene Faust gehandelt. Herrn Nitschke holen sie sich nachher doch – wäre also kein weiterer Gewinn dabei, als daß er heute vielleicht noch sein Mittagessen in Ruhe und Frieden verzehren könnte. Der Mond schiene ihm heute nacht durch ein eisernes Gitter aufs Bett – wenn man die Hundelager da drin überhaupt ein Bett nennen kann.«

»Lassen Sie es gut sein, Herr Wagner«, lächelte Nitschke. »Der gute Mann hat mich einmal und ist entschlossen, mich zu halten.

Die Sache wird keine weiteren Folgen haben, als daß sich meine Abrechnung mit Herrn Heffken vergrößert. Leid tut es mir nur, daß ich wieder für einige Tage aus dem Geschäft und meiner Arbeit gerissen werde, in die ich mich gern erst recht tüchtig hineingefunden hätte. Sie müssen schon Geduld mit mir haben; geschieht es doch diesmal nicht durch meine Schuld – wenn es auch eine Folge meines früheren Lebens ist.«

»Dann bring' ich Sie wenigstens selber hinunter«, sagte Wagner entschlossen, »dort wird sich eher etwas ausrichten lassen.«

»Sie werden schwerlich noch einen der Herren im Büro finden«, meinte der Beamte, »mit dem ersten Glockenschlag haben sie schon den Hut auf, und mit dem letzten sitzen sie unten im Bendi, und jetzt ist es fast eine Stunde über die Zeit.«

Der Mann hatte recht; es war indessen schon völlig dunkel geworden. Wagner ließ sich aber von dem einmal gefaßten Vorsatz nicht wieder abbringen, steckte die Briefe zu sich, um sie später selber zu besorgen, schloß dann zu und fuhr mit Herrn Nitschke, von dem Polizeibeamten dicht gefolgt, in das Stadthaus hinab. Unterwegs erzählte Wagner seinem Begleiter, wo und wie er seinen Freund Horbach heute gefunden, und suchte dann Nitschke über diese augenblickliche Unannehmlichkeit, die ihn betroffen hatte, zu trösten. Nitschke war aber vollkommen ruhig und gelassen; überdies blieb ihnen nicht lange Zeit zur Unterhaltung, denn bald darauf hielten sie vor dem Stadthaus, wo sich leider des Gerichtsmannes Aussage bestätigte. Von den Herren, die eine Bürgschaft Wagners für den jetzigen Gefangenen hätten annehmen können, war kein einziger mehr zugegen, und es blieb in der Tat nichts weiter übrig, als Herrn Nitschke dort bis morgen in Gewahrsam zu lassen. Wagner sorgte indessen dafür, daß er augenblicklich sein Essen geholt bekam, und zwar andere Kost als sie den Gefangenen dort gereicht wurde, versprach ihm, morgen früh, gleich mit Beginn der Bürostunden, wieder herunter zu kommen und entzog sich dem Dank des armen Teufels, indem er rasch in sein Bendi sprang und davonfuhr.

SECHSUNDZWANZIGSTES KAPITEL

Wagner kam, von der Aufregung des heutigen Tages zum Tode ermüdet, in seiner Wohnung an. Er hatte heut abend noch zu Romelaers gewollt, um dort seinen alten Freund zu bitten, der jungen Fremden eine Heimat zu geben, bis sich ein Segelschiff fände, sie wieder in direkter Fahrt nach Europa zu bringen. Aber er fühlte sich nicht mehr imstande, dorthin zu fahren. Abends war er auch sicher, bei Romelaers Gesellschaft zu finden, selbst außer den Empfangsabenden, und was er mit der Familie abzumachen hatte, verlangte und duldete keine Zeugen. Galt es ja doch, dem alten Herrn wie Marien aufrichtig das Schicksal des jungen Mädchens, dessen er sich nun einmal angenommen hatte, zu schildern, und er wußte, wie freundlich und herzlich sie dann bei ihnen aufgenommen würde. Heffken besuchte allerdings das Haus zuweilen, aber er würde es nie gewagt haben, sich der jungen Fremden dort auf eine unehrerbietige Weise zu nähern, und wäre es wirklich geschehen, so genügte ein Wort über das Vorgefallene gegen den alten Herrn von Romelaer, ihn augenblicklich von dort ausgeschlossen zu sehen.

Heffken! Wagner saß daheim allein in seinem Lehnstuhl und überdachte die reichen Erlebnisse des heutigen Tages. Heffken, wie rätselhaft sich der Mann heute benommen. Heute morgen war die Beraubung seiner Kasse erst entdeckt worden, ein Unfall, der auf seine ganze Stellung von Einfluß sein konnte und ihn doch auf das tiefste hätte erschüttern müssen, und gegen Abend schon hatte er das alles soweit vergessen, bei jenem armen Mädchen einzudringen und seine schmählichen Anträge vorzubereiten.

Nitschke war nicht schuldig – sein eigenes Leben hätte er dafür verpfänden wollen –, und glaubte Heffken wirklich an seine

Schuld? Aber wenn nicht, welchen Grund konnte er gehabt haben, ihn anzuklagen? Und Horbach, der hier eine Existenz führte wie der verworfenste Chinese, Herr einer halben Million und dabei Sklave der niedrigsten Leidenschaften. Was für ein Leben würde der führen, wenn er jetzt nach Europa zurückkehrte und in den Besitz seines Vermögens kam – und was dann mit ihm, wenn er es leichtsinnig und rasch verschleudert? Doch was kümmerte ihn der. Mochte er das zusammengescharrte Gold seiner Eltern durchbringen, was nützte ihm auch der Reichtum. Und doch – wie ungleich waren die Gaben auf dieser Welt verteilt! Dort der reiche Wüstling, hier das arme, brave Mädchen, das, in besseren Verhältnissen auferzogen, ohne ihr Verschulden alles verloren, und nun in dem fremden Lande, unter fremden Menschen eine Heimat suchen sollte.

Und diese beiden wollte van Roeken auf ein Schiff senden, daß sie die lange, ewig lange Seereise von Batavia nach Deutschland, vielleicht als einzige Passagiere, mitsammen machen sollten. Und wenn sie dann, bei immerwährendem Alleinsein, einander liebgewannen. Frauen haben eine ganz verzweifelte Manie, ihr Herz gerade an solche Männer zu hängen, die das Leben auf die tollste Art durchgekostet – die Leichtsinnigsten sind ihnen gewöhnlich die liebsten, und das Mitleid, sie zu »retten«, spielt ihnen da nur zu oft einen Streich. Und wieder, was ging das ihn an? Eine brave, ordentliche Frau konnte den wüsten Menschen vielleicht doch noch bessern, und sein Geld hätte ihr wenigstens ein ruhiges Alter bereitet.

»Des Schicksals Wege sind wunderbar«, murmelte er leise und nachdenklich vor sich hin, »und nur wo man ihm ruhig und natürlich seinen Weg läßt, gestaltet sich meist alles gut und schön. Da aber, wo wir selber mit unserem schwachen Menschenverstand in die Speichen seines Rades greifen wollen, richten wir gewöhnlich, wenn wir nicht selber darunter zermalmt werden, nur Unheil und Verwirrung an. Das beste ist deshalb, die ganze Sache ruhig gehen zu lassen, wie sie einmal geht; das Schiff treibt mit der Strömung die Flut hinab; der Mensch kann und soll es steuern und vor Gefahren soviel als möglich behüten, aber er ist nicht imstande, es umzuwenden und gegen solche Strömung hinaufzufahren.«

»Gegen Gefahren schützen, ja«, fuhr er nach einer kleinen Pause sinnend fort, »und mehr hab' ich auch heute nicht getan; armes Kind, das so weit in die Welt hinaus geschleudert wurde!«

Wagner hatte sich fest in seinen bequemen Lehnstuhl hineingedrückt, blies den Rauch seiner Zigarre in dichten Wolken von sich und träumte, den Kopf in die aufgestemmte Hand gestützt, noch einmal all die heutigen Szenen durch – Nitschkes Verhaftung – die Höhlen im chinesischen Viertel und – der Malaie – wo nur hatte er schon das Gesicht gesehen! Wo war ihm der Bursche aufgestoßen, der bei seinem Anblick so scheu zurückprallte? Jetzt überdachte er auch Tojiangs wunderliches Betragen, der sie dort im Anfang nicht hatte einführen wollen. Sie glaubten damals, es geschähe deshalb, weil es ein geheimes Trink-, Spiel- und Rauchhaus sei; das war aber nicht der Fall. Jenes Winkelgebäude gehörte wohl zu den verworfensten, aber wahrlich nicht zu den geheimen Höhlen jenes Viertels, und was dann konnte ihn bewogen haben, sie nicht gleich dorthin zu führen? Aber daß er vorher in das Haus hineinsprang, ehe er sie folgen ließ, fiel ihm ein. Sollte jener Javane vielleicht damit in Verbindung stehen? Er hatte die Wagen rollen hören und jedenfalls geglaubt, die Weißen wären fort, denn daß einer von ihnen den Platz zu Fuß verlassen würde, konnte er allerdings nicht erwarten. Wie er sich dem nun plötzlich gegenübersah, schrak er zurück – aber weshalb? Jedenfalls hatte er ein böses Gewissen, er würde sonst nicht den Riegel der Haustür vorgeschoben haben. Oder wünschte er bloß, einen Weißen, die in der Gegend wahrlich nichts zu tun hatten, aus seinem Eigentum entfernt zu halten? Aber was kümmerte ihn der Javane, ihm gingen andere Dinge durch den Sinn, und während er lächelnd vor sich hin mit dem Kopfe nickte, flüsterte er:

»Marie muß helfen.«

Wagner hatte, wie schon erwähnt, noch an diesem Abend zu Romelaers fahren wollen, es aber bis auf den nächsten Morgen aufgeschoben. Wir sollten eigentlich nie etwas aufschieben, denn die Zeit verfliegt, und wie oft schon machte der Morgen das unmöglich, was noch der vorige Abend ganz anders würde gestaltet haben. Wie oft halten wir uns für Herren der Zeit und fühlen dann erst, wenn sie uns unter den Händen davongleitet, wie klein, wie machtlos wir ihr gegenüberstehen. Aber das sorglose Menschenvolk träumt fort, baut Pläne auf Pläne in die blaue Luft hinein und denkt und hofft für morgen nach wie vor.

Romelaers waren an diesem Abend, wie es sich Wagner auch gedacht hatte, allerdings nicht ganz allein, aber nur zwei Gäste fanden sich ein, die plaudernd um den großen, runden Teetisch saßen: der Hauptmann Bernstoff, ein noch junger Mann aus einer angesehenen holländischen Familie, der sich in den letzten Kriegen gegen die Eingeborenen in Sumatra und Bali ausgezeichnet hatte und rasch avanciert war, und – unser alter Bekannter Herr Heffken, der Buchhalter. Heffken war gegen Abend in Geschäften zu Romelaers gekommen – wenn er nicht diese eben nur zur Ausrede genommen – und hatte dem alten Herrn auch den bei ihm verübten Einbruch angezeigt. Eine solche Sache geheimzuhalten, die sechs oder acht Personen gleich von Anfang an wußten, ließ sich ja doch nicht durchführen. Er teilte ihm dabei den Verdacht mit, den er hatte, wie den Verlust, den er selber erlitten. Romelaer, gutmütig wie immer, und da ihm der kleine Mann heute besonders niedergeschlagen vorkam (Heffken hatte gerade das Hotel der Nederlanden verlassen und befand sich allerdings in einer etwas ungemütlichen Stimmung), lud ihn ein, den Abend bei ihnen zuzubringen. Was geschehen war, ließ sich doch einmal nicht mehr ändern, und vielleicht gelang es den Gerichten, den Täter noch ausfindig zu machen. Hauptmann Bernstoff kam später dazu, und da sich van Romelaer besonders für Sumatra interessierte, in welchem Lande er nicht unbedeutendes Kapital stekken hatte, hörte er den oft romantischen Schilderungen der dortigen Zustände und Eingeborenen mit großer Aufmerksamkeit zu; auf die Länge der Zeit fand er aber doch nicht Interesse genug an diesen Schilderungen, um ihnen den ganzen Abend zu widmen. Er ging nämlich nicht gern zu Bett, ohne vorher ein paar Rubber Whist oder eine Partie L'Hombre gespielt zu haben, und fand sich, als er endlich den Hauptmann dazu aufforderte, in seinen Erwartungen etwas getäuscht, als dieser ihm gestand, er kenne gar keine Karten.

»Keine Karten«, rief Romelaer erstaunt aus. »Helf uns Gott, Mann, womit verbringt Ihr denn da Eure Abende?«

»Auf bessere Weise wie mit dem langweiligen Kartenspielen, Papa«, nahm aber Marie des Hauptmannes Partei, »das eigentlich nur erfunden ist, uns arme Frauen zu ärgern und zu Tode zu langweilen.«

»Warum spielt Ihr nicht auch?« sagte der Vater.

»Das wäre nachher eine hübsche Gesellschaft«, lachte das junge Mädchen, »wenn sich die verschiedenen Partien nur in die Ecken setzten, um den ganzen Abend zu versuchen, ob einer mehr rote oder schwarze Blätter bekommt, denn darauf läuft das ganze ja doch hinaus. Erst beim Fortgehen erführe man dann, wer eigentlich dagewesen, und was in der Welt indessen vorgeht – nie.«

»Die Nebenmenschen würden weit weniger verlästert werden, wenn alles Karten spielte, mein Kind«, verteidigte der alte Herr sein Spiel, »denn wenn Ihr bei einer Näh- oder Stickarbeit sitzt, da hat die Zunge freien Raum und kann indessen das größte Unheil anrichten. Beim Kartenspiel müßt Ihr aber still sitzen und aufpassen, und darum mögen es die Frauen so selten leiden. Wenn nur Wagner wenigstens heut abend gekommen wäre, da hätten wir doch eine Partie zusammengebracht; weiß aber der Henker, wo der die letzten Tage steckt; er ist nur ein einzigesmal und dann nur auf kaum eine Stunde dagewesen.«

»Herr Wagner hat jetzt andere Dinge im Kopf«, lächelte Heffken still vor sich hin, »und wird sich auch wohl in der nächsten Zeit hier sehr wenig einfinden.«

»Ach was«, sagte Romelaer, »der Tag gehört den Geschäften, das ist richtig, was aber nicht abgemacht werden kann, solange die Sonne am Himmel steht, gehört dem anderen Morgen, Mail-Tage natürlich ausgenommen. Da sollte der Henker das Leben in Indien holen, wenn wir uns auch noch unsere freie Zeit, die herrlichen Abende, mit langweiligem Briefschreiben verkümmern wollten. Auf einmal kann man doch nicht reich werden, und so lange wir leben, sollen wir das Leben auch genießen.«

»Ich glaube nicht, daß sich Herr Wagner gegenwärtig viel mit Geschäften befaßt«, fuhr aber Heffken boshaft fort, »wenigstens soll ich nicht glauben, daß er deren viele im Hotel der Nederlanden abzuschließen hat.«

»Alle Wetter!« rief Romelaer, sich rasch gegen den Buchhalter umdrehend, »da hab' ich ihn neulich auch getroffen. Er machte dort einen Besuch, und wie er zurückkam, rannte er mich beinahe um, sah mich aber gar nicht und hatte einen dicken, roten Kopf.«

»Solange wir leben«, wiederholte Heffken trocken van Romelaers Worte, »sollen wir das Leben genießen.«

»Was für Fremde logieren denn dort?« fragte Marie, die den Buchhalter aufmerksam betrachtete, denn es konnte ihr nicht entgehen, daß er mehr wußte als er bis jetzt ausgesprochen oder auch vielleicht aussprechen mochte. Er und Wagner waren ja befreundet.

»Keine von Bedeutung«, meinte Heffken aber ausweichend, »Herr Hauptmann Bernstoff müßte uns sonst darüber Auskunft geben können, denn Sie logieren ja dort auch, nicht wahr?«

»Allerdings«, sagte der Hauptmann, »wie wir Herrn Wagner aber neulich dort drüben trafen, hat er, soviel ich weiß, einen Besuch bei einer Dame gemacht – einem jungen, reizenden Mädchen, das erst ganz kürzlich mit der Rebecca von Deutschland gekommen ist.«

»Ganz recht«, bestätigte Heffken, »mit einem Schiff der Firma Wagner und van Roeken.«

»Sie sind boshaft, Herr Heffken«, rief Marie und fühlte, wie sie dabei blutrot wurde.

»Papperlapapp«, sagte der alte Herr, »boshaft? Was ist da boshaft dabei; das kann eine ganz unschuldige Geschichte sein. Aber höllisch aufgeregt schien er den Tag, das ist wahr. Warte, mein Bursche, wenn er wieder herkommt, wollen wir ihn deshalb einmal tüchtig vorkriegen und sehen, was er für ein Gesicht dazu macht. So ein heimlicher Fuchs, was hat er da bei fremden jungen Damen herumzukriechen, wo hier ein Whisttisch mit drei leeren Stühlen steht. Komm du mir nur wieder vors Rohr; beichten soll er bis zum letzten Buchstaben.«

»Und ist die junge Dame schön?« fragte Marie, mit einem eigentümlichen Akzent auf dem Wort Dame, indem sie sich gegen den Hauptmann wandte.

»Ich habe sie allerdings nur einmal einen Moment, und selbst dann nicht ordentlich, gesehen«, erwiderte dieser, »da kam sie mir freilich, wenn auch nicht schön, aber doch sehr häuslich vor. Sie hält sich außerordentlich zurückgezogen.«

»Nimmt aber doch Herrenbesuche an«, warf Marie ein.

»Jedenfalls Geschäftssachen«, sagte Heffken trocken, »was anderes könnte denn auch Herrn Wagner, unsern solidesten aller soliden Kauf- und Handelsherren zu Batavia, bewogen haben, Besuche bei einer jungen hübschen Dame zu machen!«

»Was habt Ihr denn eigentlich gegen Wagner, Heffken?« sagte van Romelaer; »soviel ich weiß, standet Ihr doch sonst gut zusammen.«

»Oh, gewiß«, rief Heffken, durch die direkte Frage etwas außer Fassung gebracht, »aber – ich ärgere mich nur immer, wenn ich jemand finde, der äußerlich so außerordentlich fromm und ehrbar tut und dann doch eigentlich auch nicht besser ist wie – wir alle miteinander.«

»Sie wissen aber doch noch gar nichts Bestimmtes gegen ihn«, sagte Marie.

»Ich weiß nichts Bestimmtes«, wiederholte Heffken, den Kopf ungeduldig herüber und hinüber wiegend, »ich weiß – aber versprechen Sie mir, daß Sie allerseits darüber schweigen wollen, denn als Freund dieses Hauses glaube ich, gerade gegen Sie kein Geheimnis daraus machen zu dürfen.«

»Meine Frau verrät nichts«, sagte Romelaer trocken. Mevrouw van Romelaer, eine dicke, behäbige Dame, war nämlich schon bei des Hauptmanns Erzählung sanft in ihrem Lehnstuhl eingenickt und das spätere Gespräch deshalb spurlos an ihr vorübergegangen. Van Romelaer selber aber mochte diese Art von Enthüllungen, hinter dem Rücken eines anderen, nicht leiden. Er achtete Wagner als einen offenen, ehrlichen Mann und tüchtigen Geschäftsmann dazu, und obgleich Heffken unstreitig das letztere ebenfalls war, zweifelte er doch sehr, ob er auch auf die ersteren Eigenschaften Anspruch machen dürfe. Außerdem genierte ihn die Gegenwart des Hauptmannes, den er doch noch nicht genau genug kannte, und er setzte deshalb nach einigem Zögern hinzu: »Ihr Geheimnis wäre überhaupt viel besser bewahrt, wenn Sie es für sich behielten.«

»Ach, er weiß ja selber nichts, Väterchen«, lachte aber Marie, die vor Neugierde brannte, zu erfahren, was Heffken sagen wollte.

»Desto besser, dann kann er auch nichts verraten«, meinte der Vater. »Aber hallo – da kommt wahrhaftig noch Besuch – das ist gescheit, und noch dazu Doedekampf und van der Tromp! Herein, Mannetjes, herein, Euch können wir hier gebrauchen; wir dürfen doch wahrhaftig nicht zu Bett gehen, ohne vorher unser Partiechen gemacht zu haben?«

Das Gespräch war dadurch vollständig abgebrochen. Mevrouw van Romelaer erwachte ebenfalls, und Romelaer, während er die Gäste mit seiner alten Herzlichkeit empfing, hatte jetzt vollauf Beschäftigung, den Spieltisch so rasch als möglich zu arrangieren, um noch weiter an Heffkens Mitteilungen denken zu können.

»Na, Heffken, wie ist es, macht Ihr ein L'Hombertche mit?« fragte Romelaer diesen, als die ersten Begrüßungen vorüber waren, denn beide neue Gäste kamen allerdings nur herüber eines Spieles wegen.

»Wenn es sein muß«, erwiderte dieser, »sonst widme ich mich lieber den Damen.«

»Wel, gaat praten«, lachte Romelaer, »dann machen wir ein Whist mit dem Strohmann. Nun aber flink, alte Jongens, wir verbrennen Tageslicht, wenn wir noch länger zögern.«

»Wie um Gottes willen sind Sie denn aber wieder von den schrecklichen Menschenfressern fortgekommen, bester Herr Hauptmann?« wandte sich jetzt Mevrouw an diesen. Sie erinnerte sich noch dunkel, daß sie etwas von einer Gefangennahme habe erzählen hören, und da sie keine Ahnung davon hatte, eingeschlafen zu sein, glaubte sie natürlich, er wäre dabei stehengeblieben. Der Hauptmann begegnete einem spöttischen Blick Heffkens, war aber zu gutmütig, oder zu zartfühlend, die alte freundliche Dame merken zu lassen, daß sie das Beste der Erzählung verträumt habe, und gab ihr – allerdings diesmal nur in der Kürze – eine flüchtige Wiederholung der schon erzählten Szenen. Heffken war indessen am Tisch ruhig sitzen geblieben und nahm ein vor ihm liegendes Buch, irgendein englisches Bilderwerk mit Stahlstichen, in die Hand. Marie trat neben ihn, und ihre Hand auf seinen Stuhl stützend, sagte sie:

»Sie wissen etwas, Herr Heffken, das sie, wie Sie meinten, uns nicht vorenthalten dürften. Was ist es?«

»Mein liebes Fräulein«, lachte Heffken verschmitzt vor sich hin, »Sie behaupteten ja vorhin ganz bestimmt, daß ich nichts wisse.«

»Betrifft es uns?« fuhr Marie fort, ungeduldig mit dem Kopf schüttelnd.

»Nein«, sagte aber Heffken, ernsthafter werdend, »beruhigen Sie sich, es hat nichts mit Ihnen oder Ihrer Familie zu tun und betrifft nur Herrn Wagner und jene junge Dame, also Ihnen vollkommen gleichgültige Personen.«

Marie biß sich auf die Lippe. Der kleine boshafte Mensch wußte recht gut, daß sie sich für Wagner mehr interessierte, als sie ihm hätte eingestehen mögen; durch ein weiteres Dringen in ihn tat sie das aber doch – deshalb schwieg sie und sah nur ärgerlich vor sich nieder. Heffken hatte das Buch wieder aufgenommen, als ob die Sache damit abgemacht wäre. Er erwartete jedenfalls ein weiteres Fragen der junge Dame. Als dies aber nicht erfolgte, mußte er selber einlenken. Eine so gute Gelegenheit, das, was er wußte, zu Wagners Schaden wieder auszustreuen, fand sich vielleicht so bald nicht wieder, und er durfte sie sich eben nicht entgehen lassen. Er sah zu dem noch immer neben ihm stehenden Mädchen auf, und als Marie ihr Gesicht halb von ihm abwandte, sagte er freundlich, indem er ebenfalls von seinem Stuhl aufstand:

»Schauen Sie nicht so finster drein, Fräulein Marie, die Sache ist viel zu unbedeutend und verdient weder Ihren Zorn noch Ärger, höchstens Ihr Mitleiden.«

»Und warum das gerade?«

»Vielleicht das nicht einmal«, sagte Heffken, »auch ließe sich das Ganze vielleicht mit unseren javanischen Zuständen, wenn auch nicht in diesem speziellen Fall, entschuldigen. Aber ich will mich kurz fassen, denn es ist auch wirklich nicht vieler Worte wert. Die Firma Wagner und van Roeken hat sich also, wie das schon einige Mal hier in Batavia vorgekommen ist, eine junge Dame von Deutschland verschrieben – ich will zu ihrer Ehre annehmen, in ganz ehrenhafter Absicht. Im Anfange, als ich es erfuhr, glaubte ich, van Roeken habe es speziell für sich getan, da dieser aber bald darauf hier in Batavia heiratete, so bleibt nur noch der andere Kompagnon übrig. Was ich bisher davon gesehen, bestätigt das. Weil ich nun Sie und Ihren Papa gern habe, und – andere Vermutungen hatte, so hielt ich es für meine Pflicht, als Freund dieses Hauses, der Sache näher auf den Zahn zu fühlen. Ich ging direkt zu jenem – Fräulein hin, zu sondieren, wie weit die ihr gemachten Versprechungen reichten. Herr Wagner, der ein sehr fleißiger Besucher dort ist, traf mich bei ihr und behandelte mich – obgleich er auf mich nicht hätte eifersüchtig zu sein brauchen – in einer Weise, die ich – Ihnen nicht näher beschreiben kann.«

»Es ist abscheulich«, sagte Marie leise vor sich hin, und ihre kleine Hand faßte krampfhaft die Lehne des Stuhles, an der sie sich hielt.

»Hübsch war es nicht«, erwiderte Heffken trocken.

»Und – haben Sie mir die reine, lautere Wahrheit erzählt? Bei Ihrem Leben?«

»Was für einen Grund sollte ich haben, mein wertes Fräulein, Sie anzulügen?«

»Sie hassen die Deutschen!«

»Daß ich sie nicht liebe, kann ich eingestehen, und das liederlichste Gesindel, was sich hier in Batavia findet, sind gerade Deutsche; daß ich aber darin einen Unterschied zu machen weiß, dächt' ich, hätt' ich Ihnen ebenfalls bewiesen. Sie brauchen mir aber darum nicht zu glauben; fragen Sie Herrn Wagner selber. Natürlich wird er Ihnen gegenüber Ausflüchte machen; wie er sich aber dabei benimmt, wird Ihnen gewiß augenblicklich verraten, ob ich die Wahrheit gesagt habe oder nicht.«

»Heffken, kommen Sie her – beim Himmel! Zweimal hintereinander groß Schlemm gemacht«, rief Romelaer jubelnd. »Solch eine Karte hab' ich im Leben nicht gehalten.«

Heffken war froh, eine Ausrede zu haben, um Marien sich selber zu überlassen, denn alles, was er vorsichtigerweise tun konnte, war geschehen, nicht allein um sich an Wagner für die heutige Behandlung zu rächen, sondern auch einer möglichen Klage desselben in dieser Familie gegen ihn die Spitze abzubrechen. Wagner mochte die Tatsachen nun so unumwunden darstellen, wie er wollte, sie erschienen in einem ganz anderen Licht, und er selber war sicher.

Mevrouw van Romelaer hatte sich indessen von dem Hauptmann noch einmal die ganze Geschichte erzählen lassen, und obgleich sie in der Mitte wieder ein paarmal einnickte, glückte es ihr doch, gegen das Ende derselben zu erwachen und ihr unbegrenztes Erstaunen über die Fährlichkeiten des Soldatenstandes auszusprechen. Marie setzte sich aber jetzt zu ihnen, und da sich ihnen auch Heffken bald wieder anschloß, wurde das Gespräch lebhaft fortgeführt, bis die Herren gegen elf Uhr mit Spielen aufhörten und dadurch das Zeichen zum Aufbruch der kleinen Gesellschaft gaben.

SIEBENUNDZWANZIGSTES KAPITEL

Am nächsten Morgen fuhr Wagner gleich nach Beginn der Bürostunden in das Stadthaus hinunter, um Herrn Nitschke freizumachen, was ihm auch nach einiger Schwierigkeit gelang. Es lag nämlich gegen diesen gar kein anderer Verdacht vor, als daß sein Zahnstocheretui oben im Comptoir gefunden worden war, und allein auf Heffkens Äußerung hin, daß er nur an jenem Abend zu ihm gekommen sei, um wahrscheinlich die Gelegenheit auszuspüren, und man ihn danach geflüchtet glaubte, hatte man sich bewogen gefunden, einen Haftbefehl gegen ihn zu erlassen. Wider Erwarten fand er sich dagegen in fester Arbeit und, wie Wagner bestätigte, ohne einen Pfennig Geld, ja selbst ohne die nötigsten Kleidungsstücke, die er sich doch wohl mit einer solchen Summe in Händen, erst beschafft hätte. Außerdem war Nitschke allerdings als ein sehr liederlicher und ausschweifender Mensch bisher bekannt gewesen, der auch selbst borgte, wo ihm überhaupt noch jemand noch etwas borgen mochte. Irgendeine direkte Unehrlichkeit hatte er sich aber noch nie zuschulden kommen lassen. In allen Geschäften, wo er bisher gearbeitet, mußte man ihm das Lob eines tatenvollen und ehrlichen Menschen lassen, mit dem nur auf die Länge der Zeit nie etwas anzufangen war, weil er eben nach einer kurzen Periode der Ruhe, und wenn er sich ein paar Taler verdient, unrettbar wieder in sein wütendes und rücksichtsloses Trinken zurückfiel. Das gefundene Zahnstocheretui bewies außerdem nichts, da ja Herr Nitschke ganz offen und ohne Hehl im Comptoir gewesen war und um Arbeit gebeten hatte. Außerdem hatte er seit Sonntag morgens Herrn Wagners Haus keine Stunde mehr verlassen – ausgenommen um in das Geschäft hinunterzufahren –, und der Hauptverdacht basierte darauf, daß

Nitschke eben nur in dem Geschäftslokal gewesen sei, um die Gelegenheit auszuspähen. Sobald er es nachher nicht betreten, fiel die ganze Anklage in sich selbst zusammen.

Herr Wagner erbot sich außerdem, volle Bürgschaft zu leisten, daß sich Nitschke nicht allein jedem Verhör stellte, sondern auch bis zur Erledigung der wider ihn erhobenen Anklage Batavia nicht verließ, und man gestattete ihm unter dieser Vorausbedingung leicht, mit seinem Beschützer das Gefängnis wieder zu verlassen. Wagner nahm ihn gleich mit in seinem Bendi, und als sie zusammen dem Geschäft wieder zufuhren, saß Nitschke still und schweigsam neben ihm.

»Nehmen Sie sich die Sache nicht so zu Herzen«, tröstete ihn Wagner. »Es ist allerdings eine höchst fatale Geschichte, mit den Gerichten überhaupt zu tun zu haben, denn jahrelang kann sich so etwas hinausdehnen, und derartige Leute betreiben ihr Geschäft, als ob sie eines Methusalem Lebensalter vor sich hätten – ein Jahr ist für sie eine Stunde.«

»Ich sehe der Entscheidung außerordentlich ruhig entgegen, Herr Wagner«, sagte Nitschke freundlich. »Das einzige, was ich dabei bedauere, ist, Ihnen gleich fast in der ersten Stunde solche Unannehmlichkeiten bereitet zu haben. Sie werden am Ende wieder bereuen, daß Sie sich meiner angenommen.«

»Das werde ich nicht, Nitschke«, erwiderte Wagner herzlich, »wenn Sie nur so fortfahren Ihre guten Vorsätze zu halten. Fassen sie deshalb Mut und seien Sie nicht so niedergeschlagen.«

»Ich bin nicht niedergeschlagen, Herr Wagner«, sagte Nitschke, »und dachte nur, als wir das Stadthaus verließen, über einen anscheinend geringfügigen Umstand nach, der mich aber schon die ganze Nacht beschäftigt hat.«

»Und der ist?«

»Das kleine Zahnstocher-Etui, das oben im Comptoir gefunden wurde. Ich habe es nämlich gar nicht oben im Comptoir verloren.«

»Nicht?« sagte Wagner erstaunt. »Aber wie kommt es denn dorthin?«

»Das ist mir selber ein Rätsel«, erwiderte Nitschke. »Ich erinnere mich so genau, als ob es in der vorigen Stunde gewesen wäre, daß ich es aus der Tasche nahm, als ich Herrn Heffken verließ – und zwar erst auf der Treppe. Ich war in einer furchtbaren Aufregung, auf solche Weise behandelt zu sein, wie mich Herr Heffken an jenem Abend behandelt hat, daß ich gar nicht recht wußte, was ich tat, und erst unten vor dem Haus – ich könnte den heiligsten Eid darauf schwören – steckte ich das kleine Etui, das ich als letztes Andenken meiner Mutter sehr hochhalte, wieder in die Tasche, und zwar ehe ich in den Wagen stieg. Dort muß es verlorengegangen sein, und ich kann es möglicherweise neben die Tasche gesteckt haben, bemerkte es aber nicht. Als ich nur einen Blick zurückwarf, sah ich das tückisch boshafte Gesicht jenes Menschen, der mich scharf beobachtete, oben im Fenster, und außer mir vor Scham und Reue, durch mein vergangenes Leben so tief gesunken zu sein, sprang ich in den Wagen und sah und hörte nichts weiter.«

»Aber wie kann das Etui dann hinaufgekommen sein, ohne daß man es früher entdeckt hat, als der Raub bekannt wurde?«

»Es gibt dafür nur eine Möglichkeit«, sagte Nitschke, »wie ich mir die Sache auch überlegt habe, und die ist die, daß jemand absichtlich das gefundene Etui in das Comptoir gelegt hat, um den Verdacht des Raubes auf mich zu lenken.«

»Mit so schwachem Beweis wäre das hoffnungslos gewesen.«

»Doch nicht so ganz, Herr Wagner«, sagte Nitschke. »Bei dem Leben, das ich bis dahin geführt, ließ sich alles glauben, und es war, wie Sie mir zugestehen werden, nichts weniger als wahrscheinlich, daß ich noch jemanden fände, der sich meiner annähme, also dann auch in Verzweiflung und Elend untergehen mußte.«

»Und haben Sie auf irgend jemand Verdacht?« fragte Wagner.

»– Ja«, sagte Nitschke nach einigem Zögern, »aber erlauben Sie mir, daß ich noch darüber schweige. Ich möchte niemanden ungerecht anklagen und erst stärkere Indizien sammeln. Ist mir das geglückt, so sollen Sie der erste sein, der es erfährt.«

»Aber warum haben Sie nicht gleich vor Gericht ausgesagt, daß Sie das Etui nicht im Comptoir verloren haben?«

»Das hätte mir wahrscheinlich gar nichts genützt, sondern vielleicht eher noch geschadet«, sagte Nitschke, »denn das Gericht, das verpflichtet ist, von jedem Menschen das Schlimmste zu denken, würde dann erst recht Auskunft von mir darüber verlangt haben. Wäre ich aber eingesperrt geblieben, so hätte ich mich in der mir jetzt sehr am Herzen liegenden Sache gar nicht umtun und deshalb auch nicht den bestimmten Beweis meiner Unschuld bringen können. Jetzt dagegen bin ich, dank Ihrer gütigen Hilfe, frei, und ich zweifle gar nicht, daß ich diesem Kasseneinbruch, wie es jetzt heißt, noch auf die Spur komme. Es ist aber hauptsächlich eine Sache der Zeit, und wir müssen es abwarten.«

Das Fuhrwerk hielt in diesem Augenblick vor dem Geschäftslokal, und Wagner bot Nitschke an, lieber erst nach Haus zu fahren und sich von der »Haft« zu erholen. Nitschke bestand aber darauf, seine Arbeit unverweilt wieder aufzunehmen, und meinte, er habe schon an unbequemeren Stellen geschlafen, wie das allerdings etwas harte Lager seines Gefängnisses gewesen sei, und fühle sich so frisch und wohl als je. Wagner blieb einige Zeit mit im Geschäft, denn die Stunde für einen Damenbesuch war noch zu früh; gegen zwölf Uhr aber rief er seinen Wagen an und befahl dem Kutscher, ihn nach Cramat zu Mynheer van Romelaer zu bringen.

Van Romelaer war nicht zu Haus, und Mevrouw hatte noch keine Toilette gemacht, als der Bendi vor dem Portico hielt. Marie war aber schon seit zwei Stunden unten in der luftigen Halle und hatte vergebens versucht, durch Musik oder mit Hilfe eines Buches des Unmutes Herr zu werden, der sie heut beherrschte.

Sie war böse – böse auf sich und die ganze Welt, böse besonders, daß sie niemanden hatte, an dem sie ihren Ärger auslassen konnte, und die armen Dienstboten mußten indessen entgelten, daß das junge, schöne, aber entsetzlich verzogene Mädchen eine Lieblingsidee gekreuzt, einen Wunsch nicht erfüllt sah. Marie war in der Tat schön und auch von Herzen gut und edel, aber als Herrin im Haus aufgewachsen und kannte deshalb kaum einen anderen Willen als den ihren. Was konnten freilich die armen Mädchen dafür, daß sie heute morgen nicht so guter Laune war wie gewöhnlich, aber warum gingen sie auch so langsam, wenn sie ihnen zehn Befehle hintereinander gab und einen durch den anderen widerrief. Die Geduld einer Heiligen hätte da, wie Marie glaubte, ermüden können, und daß sie die armen Dinger an den Haaren zupfte und in Schultern und Arme kniff, ja nach ihnen schlug, war nur eine Folge davon. Weshalb waren es Sklavinnen und sie ihre Herrin und Gebieterin? Wenn sie selber sich nicht glücklich und zufrieden fühlte, sollten es diese sein? Still weinend saßen die Mädchen in der Ecke auf dem Boden und nähten an Cabayen für den Herrn. Marie hatte sich in einen Lehnstuhl geworfen und wohl zum zwanzigstenmal ein Buch aufgegriffen, als draußen der Bendi hielt.

Nur einen flüchtigen Blick warf sie nach dem Kommenden hinüber, sprang aber mit einem kaum unterdrückten Schrei empor, als sie den Mann erkannte, den sie in diesem Augenblick am wenigsten erwartet hatte. Und wie sah sie aus? Ein Blick nur in den Spiegel zeigte ihr die verwirrten Haare, das erhitzte Gesicht und die halbverweinten Augen. Sie war sich in ihrem ganzen Leben noch nicht so häßlich, so abscheulich vorgekommen. Und suchte er sie nicht auf, die ganze Anklage zu vernichten, die jener boshafte Mensch gestern gegen ihn vorgebracht? Was wußte er von dem fremden Mädchen? Was ging sie ihn an? Was hatte er mit ihr zu tun? Wohnte sie überhaupt in einem Hotel, wenn sie ihm irgend näher stand oder stehen sollte? Denn zehn Familien hätte er ja gefunden, die seine künftige Braut wohl bei sich aufgenommen. Aber ihr blieb keine Zeit zum Überlegen, selbst dies alles zuckte ihr nur wie ein flüchtiger Gedanke durch das Herz. Schon sprang Wagner die Stufen herauf, und wenige Sekunden später stand er vor ihr.

Sie wollte ihm, wie sie das gewöhnlich tat, die Hand zum Gruß entgegenstrecken – aber sie vermochte es nicht. Heffkens Verleumdung stand zwischen ihr und ihm, und noch hatte er ja nichts getan, sie zu zerstören. Wagner dagegen sah keine solche Schranke, und wie immer, freundlich auf sie zugehend, nahm er ihre Hand und sagte: »Guten Morgen, mein liebes Fräulein – Sie dürfen mir nicht böse sein, daß ich Sie so früh heimsuche, aber – ich komme heute mit einer Bitte. Ist Ihre Mama zu Haus?«

»Zu Haus – ja – aber –«

»Noch nicht Toilette gemacht«, lachte Wagner. »Nun, das schadet nichts – der Vater auch nicht?«

Vater ist heute morgen früh nach dem Zollhaus gefahren und bis jetzt noch nicht zurückgekehrt.«

»Fehlt Ihnen etwas, Marie?« fragte Wagner, der sie erstaunt betrachtete. »Sie sind so ernst – sehen so aufgeregt aus. Ist Ihnen etwas Unangenehmes geschehen?«

»Mir? Nein – weshalb mir?« fragte Marie, halb ihr Antlitz abwendend. »Und worin bestand Ihre Bitte?«

»Ich hätte mir freilich ein freundlicheres Gesicht dazu gewünscht«, lächelte Wagner, »aber Sie werden mich hoffentlich nicht entgelten lassen, was jemand anderer vielleicht verschuldet. Eigentlich freilich hätte ich es lieber mit Ihrem Papa abgemacht. Sie aber sind doch auch eine Hauptperson dabei, so mögen Sie denn wenigstens meine Fürsprecherin sein.«

»Sie holen weit aus.«

»Sie haben recht; es – ist aber auch eine etwas delikate Sache, denn es handelt sich um eine junge Dame, die –«

»Um eine junge Dame«, unterbrach ihn Marie, kalt und verächtlich lächelnd, während ihr Blick den Sprechenden nur streifte, »eine junge Dame, die Sie vielleicht hier unterzubringen wünschen.«

»Können Sie Gedanken erraten?« rief Wagner wirklich erstaunt aus, denn er hatte keine Ahnung, daß Marie auch nur von der Existenz Hedwig Bernolds etwas wisse.

»Es scheint so«, sagte das junge Mädchen, und sie bezwang kaum den aufkochenden Zorn, der in ihr tobte. Sie wollte ruhig bleiben, wollte den frechen Menschen durch ihre Kälte vernichten, und nur krampfhaft ballte sie die kleine Faust. Wagner aber bemerkte das nicht. Ganz von dem Gegenstand erfüllt, der ihn beschäftigte, sagte er freundlich:

»Desto besser, so kommen Sie mir auf halbem Weg entgegen und ersparen mir eine weitläufige und ermüdende Auseinandersetzung. Ja, liebes Fräulein, deshalb bin ich heute hierhergekommen, und wenn ich die Gastfreundschaft Ihres väterlichen Hauses – nur für ganz kurze Zeit, denn das alles wird sich bald verändern – in Anspruch nehme, so können Sie sich fest darauf verlassen, daß ich es für keine Unwürdige verlange. Die junge Fremde ist ein so liebes, reizendes Geschöpf, so einfach dabei und bescheiden –«

»Sie werden warm, Herr Wagner.«

»Wenn Sie die junge Dame kennenlernen, werden Sie mir selber recht geben, daß ich Ursache habe. Das Hotel ist aber kein passender Aufenthalt für sie, sie ist zu sehr fremden Besuchern ausgesetzt, die –«

»Vielleicht ergründen könnten, welche Absichten da verfolgt werden«, unterbrach ihn Marie, und ihr Auge funkelte.

»Fräulein Marie!« rief Wagner erschreckt, denn jetzt erst sah er den aufglimmenden Zorn, der in den Zügen des jungen Mädchens lag. Länger aber konnte sich auch Marie nicht halten.

»Abscheulich! Abscheulich!« rief sie mit vor innerer Heftigkeit fast erstickter Stimme. »Und gerade zu mir wollen Sie das Geschöpf bringen? Gerade zu mir, die – aber es ist gut. Alles hat seine Grenzen, mein Herr, und ich erkläre Ihnen hiermit fest und bestimmt, daß sie unsere Schwelle nicht betreten wird.«

»Fräulein Marie!« wiederholte Wagner jetzt, völlig überrascht durch einen Zorn, dessen Ursache er sich nicht erkären konnte. »Wer gibt Ihnen das Recht, jene junge Dame in so verächtlichem Tone ein ›Geschöpf‹ zu nennen – was um Gottes willen –«

»Genug! Übergenug!« unterbrach ihn aber Marie, die der Jähzorn übermannte. »Auch noch Achtung verlangen Sie für die – Dirne? Aber ich will nichts weiter hören. Meinen Wagen, Saija«, rief sie auf Malaiisch dazwischen einem der Mädchen zu, die schüchtern noch immer bei ihrer Arbeit saßen und von dem in holländischer Sprache geführten Gespräch nichts verstanden hatten, als daß ihre Herrin heute mit dem weißen Tuwan ebenfalls schrecklich böse sei. Das aufgerufene Mädchen überhörte auch deshalb den Befehl und nähte ruhig weiter.

»Dirne?« sagte Wagner erschreckt. »Großer Gott, Marie, hier muß ein Mißverständnis obwalten. Hören Sie mich erst. Sie müssen mich hören.«

»Mehr als genug habe ich schon gehört«, rief aber das junge, heftige Mädchen, ganz außer sich. »Meinen Wagen, Saija – willst du mich auch noch rasend machen?« Und auf das junge, zitternde Ding, das jetzt erschreckt aufspringen wollte, zufahrend, schlug sie das arme Mädchen mit der geballten Hand zweimal rasch hintereinander in das flehend zu ihr aufgehobene Antlitz, daß ihr das helle Blut rasch aus der Nase strömte.

Wie ein gescheuchtes Reh floh die Unglückliche aus der Tür, den Befehl der zürnenden Herrin zu erfüllen, und Wagner rief erschreckt und vorwurfsvoll aus:

»Marie! Um Ihrer selbst willen – was war das?«

Marie war selbst erschrocken. Die rasche Handlung hatte sie mehr zu sich gebracht, als es alle Bitten und Überredungen vermocht hätten. Das Gewitter hatte sich entladen, und sie stand einen Moment regungslos. Als ihr scheuer Blick aber nach Wagner hinüberflog und den kalten, vorwurfsvollen Ausdruck in dessen Zügen entdeckte, kehrte im Nu der alte Trotz zurück. Welche Rechenschaft über ihre Handlungen war sie ihm schuldig, daß er sich anmaßen konnte, sie hier vor ihren Leuten zu hofmeistern? Welches Recht hatte er gerade, ihr hier so gegenüberzustehen? Einen Augenblick noch blieb sie unschlüssig, was sie tun sollte; aber sie war nicht gewohnt, sich einem andern Willen zu fügen, eines andern Überlegenheit anzuerkennen, und mit diesem zürnenden Selbstbewußtsein raffte sie sich empor, drehte Wagner den Rücken und verließ rasch und trotzig den Saal.

Wagner stand noch eine lange Weile, nachdem sie ihn verlassen, auf derselben Stelle. Das Ganze war rasch und betäubend wie ein Traum an ihm vorübergegangen, und er wußte kaum, ob er wache. Die noch auf dem hellen Marmorboden liegenden Blutstropfen ließen aber an dem Geschehenen keinen Zweifel, und mit einem aus tiefer Brust heraufgeholten Seufzer wandte er sich ab und verließ langsam und mit recht schwerem Herzen das Haus.

ACHTUNDZWANZIGSTES KAPITEL

Wagner war ein ruhiger und gesetzter Mann, nichts weniger als leidenschaftlich und aufbrausend, sondern kalt und besonnen, aber mit einem warmen und edlen Herzen. Desto mehr schmerzte es ihn hier, sich in Marie, die er wirklich mit voller Neigung liebte, so getäuscht zu sehen. Diesen jähzornigen, bösen Charakter hatte er in dem jungen Mädchen, das er nur immer in Gesellschaften getroffen, gar nicht vermutet; um so mehr erschreckte es ihn jetzt. Daß die Ursache ihres Zornes auf einem Mißverständnis beruhte, daran zweifelte er keinen Augenblick, wenn er auch noch nicht begriff, woher es entstanden sein könne. Das hoffte er auch bald und ganz einfach durch wahrheitsgetreue Darstellung des Geschehens zu beseitigen – aber was dann? Doch Marie hatte ja ein gutes Herz, der innere Kern war edel und rein, und unter der Leitung und festen Führung eines braven Mannes konnte sich ihr Charakter leicht versöhnen und mildern lassen. Er nahm sich vor, mit ihr in der allernächsten Zeit wohl recht freundlich, aber auch recht ernsthaft darüber zu reden. Sie wußte ja, wie gut er es mit ihr meine, wie lieb er sie habe, und wo das Herz nur einmal willig ist, da ist mit dem Kopf schon eher zurechtzukommen. Viel schwerer sind bloße Verstandsmenschen von irgend etwas abzubringen oder auf einen andern Weg zu führen. Diese lassen eben nur den Verstand gelten, und mit dem Gemüt ist ihnen nimmer beizukommen.

Wagner war aber auch dabei viel zu praktischer Natur, durch die eben erlebte Szene seinen Plan aus den Augen zu verlieren. Daß indessen, unter diesen Umständen, Hedwig hier keine freundliche Aufnahme finden würde, sah er ein; einer solchen Szene durfte er das arme, schon genug niedergedrückte Mädchen nicht aussetzen, und deshalb mußte er unverweilt eine andere Wohnung für sie finden. Er wußte, daß ihm das ohne große Schwierigkeit gelingen würde. Es gibt nämlich kaum einen gastfreieren Ort in der Welt, wie Batavia, kaum eine Bevölkerung, die den Fremden, wenn er nur durch achtbare Leute bei ihr eingeführt wird, herzlicher und unbeschränkter aufnimmt, wie die batavische. Im Überfluß lebend, und schon des Klimas wegen in weiten, bequemen Räumlichkeiten hausend, haben sie kleinliche Schwierigkeiten dabei nicht zu überwinden, und nach wenigen Stunden schon ist gewöhnlich der Fremde an dem reichbesetzten Tisch wie in der Familie selber so herzlich aufgenommen, als wenn er daheim im eigenen Hause wäre. Einen besseren Fürsprecher wie Wagner hätte Hedwig kaum finden können. Wagner war in Batavia als ein streng rechtlicher, braver und biederer Mann bekannt, und seines einfachen, gemütlichen Wesens wegen überall gern gesehen. Als ein tüchtiger Kaufmann hatte er sich dabei mit einigem Glück rasch emporgearbeitet, und da die Welt den Erfolg überhaupt als maßgebend für ihr Urteil betrachtet, so durfte er auf ihre Anerkennung in jeder Hinsicht rechnen. In mehreren deutschen wie holländischen Familien war er deshalb ein gerngesehener Gast, und er besann sich so auch nicht lange, schüttelte das unangenehme Gefühl, das ihn bis dahin noch befangen gehalten, ab, und fuhr ohne weiteres Zögern nach Weltefreden hinüber, wo ein paar alte prächtige Leute, Holländer, allein und ziemlich abgeschieden auf einer reizenden Besitzung lebten.

Mynheer van Straaten war ein Mann, der in früheren Jahren bedeutende Cochenille- und Zuckerkulturen betrieben und ein großes Vermögen damit erworben hatte. Damit zog er sich nach Holland zurück, um dort, wie es die meisten Pflanzer tun, seine Reichtümer in Ruhe zu verzehren – aber er sowohl wie seine Frau waren zu sehr an das tropische Leben gewöhnt worden, um sich in Europa wieder wohl fühlen zu können. Ein paar Jahre hielt es der alte Herr aus, dann erfaßte ihn die Sehnsucht nach dem schönen Java so stark, daß er in Holland nicht länger bleiben konnte. Das rauhe Klima trug möglicherweise viel dazu bei, aber seine Palmen fehlten ihm, seine südliche Sonne, und wie mancher andere kehrte er dorthin zurück, wo er ja doch seine glücklichste und schönste Zeit verlebt – nach Batavia. Hier in Weltefreden, einer der schönsten Vorstädte, kaufte er sich ein gerade freies, herrlich gelegenes Erbe, und hier gedachte er auch seine Tage zu beschließen.

Wagner war schon vor einiger Zeit mit ihm bei van Romelaers, mit denen er manchmal verkehrte, bekannt geworden. Der alte Herr van Straaten hatte den jungen tüchtigen Mann liebgewonnen und ihn zu sich eingeladen und er dort stets eine so freundliche wie herzliche Aufnahme gefunden. An diese Leute dachte er auch jetzt, als er ein Unterkommen für Fräulein Bernold suchte, und er zweifelte nicht, daß sich das junge Mädchen die kurze Zeit ihres Aufenthaltes dort nicht allein wohl und glücklich fühlen, sondern auch ruhig und ungestört leben werde und keine Kränkung weiter zu befürchten habe. Und doch fand seine Bitte an dieser Stelle nicht gleich ein williges Gehör. Als er nämlich bei den alten Leuten saß und ihnen ohne weitere Umschweife von der jungen Fremden erzählte, die er nicht gern allein in einem Hotel lassen möge und deshalb bei lieben Freunden unterbringen möchte, wurde Mevrouw van Straaten ganz verlegen, und der alte Herr hustete ein paarmal und sah still vor sich nieder.

Wagner erschrak; er fühlte, ohne daß ein Wort der Erwiderung gesprochen war, wie hier etwas nicht so ganz richtig sei und bereute schon, die guten Leute in Verlegenheit gebracht zu haben, ihm eine abschlägige Antwort geben zu müssen – und einen wichtigen Grund dafür hatten sie dann gewiß.

Mevrouw ließ ihn aber darüber nicht lange in Zweifel und sagte, mit einem Blick auf ihren Gatten:

»O wie gern, wie sehr gern würden wir die junge Dame, von der Sie uns eine so freundliche Beschreibung machen, bei uns aufnehmen, wären wir eben noch so allein, wie vor wenigen Tagen, aber – mein Bruder ist von Europa zurückgekommen. Er war krank, recht krank, als er Batavia vor drei Jahren verließ, und wenn sich sein Leiden zum Glück vollständig gehoben hat, daß er sich wieder einer für seine Jahre kräftigen Gesundheit erfreut, so – so ist er doch so ernst, ja so – so –«

»Ein Rappelkopf ist's, Wagner, ein mürrischer Rappelkopf«, unterbrach sie Mynheer van Straaten, »der mit sich und der Welt unzufrieden scheint und sich und die Welt dabei mißhandelt. Das ist das Kurze und das Lange von der Sache, und du brauchst da gar nicht so um den Brei herumzugehen, Alte. Ein seelengutes Herz hat er, er würde keinem Tier ein Unrecht tun, geschweige denn einem Menschen; aber er ist ordentlich menschenscheu, mag mit niemandem verkehren, wie mit seinem eigenen langweiligen Selbst, und ist dabei ein solcher Haustyrann geworden, wie überhaupt nur ein alter Junggeselle sein kann.«

»Aber Lodewijk!«

»Was wahr ist, muß wahr bleiben!« rief der alte Herr. »Das junge Mädchen, von dem Sie sprechen, wäre ein wahres Gottgesandt hier ins Haus, und ich und meine Alte würden sie mit offenen Armen empfangen, wenn wir den Schwager nicht hier hätten. Möglich, daß er sie sich ganz ruhig gefallen läßt, möglich aber auch, daß er ihr das Leben zu einer Hölle machte, und dem wollen wir doch wahrhaftig keinen lieben Gast aussetzen.«

»Mein Mann hat leider recht«, seufzte Mevrouw. »Bruder Martijn ist, seit er uns verlassen, recht griesgrämig und unzufrieden geworden. Möglich, daß sie ihn daheim viel geärgert und gekränkt haben, denn wenn jemand aus Indien nach Holland zurückkommt, so wird er stets als ein goldener Schwamm betrachtet, den man so lange drücken muß, wie er nur noch einen Tropfen hergibt. Er hat dadurch die Menschen verachten gelernt, läßt es jetzt aber an den falschen aus, und hat sogar im Sinn, sich ganz allein irgendwo ein Haus in die Berge hinein zu bauen, um nur mit niemandem weiter in Berührung zu kommen.«

»Das wäre der größte Gefallen, den er dem Menschengeschlecht erweisen könnte«, sagte van Straaten trocken, »denn man muß ihn wirklich so genau kennen und so lieb haben wie wir, um nur mit ihm auszukommen. Aber da ist er. Wenn man den Wolf nennt, kommt er gerennt, übrigens brauchen Sie sich nicht vor ihm zu fürchten, Wagner. Er beißt wenigstens nicht – die einzige gute Eigenschaft, die er hat.«

Ein großer, schlanker Mann mit eisernen Zügen und eisgrauen Haaren, in die leichte, bequeme indische Morgentracht gekleidet, betrat in diesem Augenblick das Gemach. Er hielt ein Buch in der Hand und wollte damit eben hindurch in ein anderes Zimmer gehen, als er den Fremden bemerkte. Im ersten Augenblick schien es, als ob er nicht übel Lust habe wieder umzukehren, aber schicklicherweise ging das doch nicht mehr, ohne vorher wenigstens ein paar Worte der Begrüßung gewechselt zu haben.

»Mein Schwager Lockhaart«, sagte dabei, ihn vorstellend, van Straaten, »Martijn, ein lieber Freund unseres Hauses, Mynheer Wagenaar von der Firma Wagenaar und van Roeken.«

Der alte Herr hatte, während sich Wagner leicht verneigte und sein eigener Name genannt wurde, ein Gesicht gemacht, das der vorhin von ihm gelieferten Beschreibung vollkommen entsprach. Wie er aber Wagners Namen und die Firma hörte, wurde er aufmerksam, und mit einer Bewegung, daß der Gast seinen Sitz behalten möge, sagte er:

»Wagenaar – Wagenaar? Ich habe mit der jungen Dame die Seereise gemacht, die an einen Herrn Wagenaar empfohlen war. Sind Sie das?«

»Kamen Sie auf der Rebecca?«

»Ja.«

»Dann war allerdings Fräulein Bernold Ihr Mitpassagier.«

»Und wo steckt sie jetzt?«

»Im Hotel der Nederlanden, wo sie –«

»Im Hotel?« rief der alte Herr, ordentlich unwillig, ohne ihn ausreden zu lassen, »ein einzelnes, junges Mädchen im Hotel? Hatten Sie gar keine Familie hier, wo Sie sie unterbringen konnten?«

Van Straaten sah seine Frau etwas erstaunt an. So viel Teil hatte der alte Herr noch an niemandem genommen, ja sich nicht einmal erkundigt, was aus seinen Freunden hier geworden war. Die Welt, wie er immer behauptete, ging ihn nichts mehr an und er wollte auch deshalb nichts mehr von ihr wissen. Wagner selbst wußte nicht gleich, was er darauf erwidern solle, dann sagte er, daß er gerade in dieser Absicht heute morgen hierhergekommen wäre, so brachte er van Straatens in Verlegenheit. Mevrouw aber, die das wohl fühlen mochte, nahm für ihn das Wort und rief:

»Mynheer Wagenaar hat uns deshalb gerade heute morgen besucht. Er – wußte nicht, daß wir schon so liebe Einquartierung hatten, und da –«

»Nun? Und da?« wiederholte der alte Herr und sah sie erstaunt an.

»Nun, wir – wir sprachen eben darüber«, sagte seine Schwester, jetzt wirklich verlegen, denn sie hätte ums Leben gern die junge Fremde auf einige Zeit bei sich im Hause gehabt, nur um ein klein wenig Abwechslung in ihr stilles Leben zu bringen, »wir – wir glaubten aber nicht, daß es jetzt ausführbar sein würde, weil – weil du doch jetzt deine Bequemlichkeit hier haben mußt.«

»Ich?« sagte der alte Lockhaart und sah seine Schwester mit großen Augen an. »Brauch' ich sechs Zimmer zu meiner Verfügung, um meine Bequemlichkeit zu haben, wie du's nennst, und betrachtet ihr mich etwa als Vogelscheuche hier im Hause, euch sonst vielleicht liebe Gäste daraus fernzuhalten? Verdommich, dann pack' ich noch heute meinen Koffer wieder und ziehe in die Berge hinauf.«

»Aber lieber, bester Bruder«, rief Mevrouw erstaunt, »wenn ich nur eine Ahnung gehabt hätte, daß es dir irgend lieb sein könnte –«

»Ahnungen – was brauchst du Ahnungen zu haben«, sagte der alte Herr, »und ob es mir lieb wäre oder nicht, kommt das hier in Betracht? Wer ist denn hier der Herr im Hause, Lodewijk oder ich, und glaubt ihr, wenn ihr bei mir wohnet, daß ich euch fragen würde, wen ich mir sonst noch dazu einladen sollte? Waarachtig niet.«

»Bravo, Lockhaart«, rief der alte van Straaten in aller Herzensfreude aus, »das ist das erste vernünftige Wort, das du gesprochen hast, seit du wieder in Java bist.«

»So?« sagte Lockhaart trocken. »Ich denke, ich habe mich einige Male sehr vernünftig mit mir selber unterhalten, suche mir aber dazu eben meine Gesellschaft. Also ich glaube, die Sache wäre damit abgemacht.«

»Ja, wenn der Bruder selber Freude daran findet«, rief Mevrouw aus, »dann, mein bester Herr Wagenaar, schaffen Sie uns das junge, liebe Mädchen nur hierher, sobald Sie irgend können, und – je eher, desto lieber.«

»Aber sie hat noch eine ältere Begleiterin«, erwiderte Wagner, von der Wendung, die das Ganze genommen, eben nicht besonders erbaut. Wer bürgte ihm dafür, daß diese Bereitwilligkeit des alten, so eisern aussehenden Herrn nicht eben nur auch eine seiner verschiedenen Launen war, die vielleicht so rasch wieder verflog, wie sie gekommen. »Es ist allerdings nur eine alte Dienerin, die sie zu ihrer Gesellschaft und Aufwartung mitgenommen –«

»Mann Gottes«, rief der alte van Straaten, »seid nicht so entsetzlich weitläufig und umständlich – wo die junge Dame unterkommt, wird auch die Dienerin einen Platz finden, und Reis und Curry haben wir im Hause genug, zwanzig zu füttern, und wenn sie alle ihre Dienerinnen mitbrächten. Also die Sache ist abgemacht, und – soll ich meinen Wagen gleich hinunterschicken?«

»Nein, tausend Dank«, lächelte Wagner, »die junge Fremde weiß noch nicht einmal etwas davon, und ich muß es ihr doch erst mitteilen. Heute gegen Abend oder spätestens morgen früh bringe ich sie dann selber her – wenn Sie sich denn einmal so freundlich ihrer annehmen wollen.«

»Formen, Formen«, sagte der alte Lockhaart, ungeduldig mit dem Kopf dazu schüttelnd, »nichts als Formen. Wo nur die Leute all' die Redensarten herbekommen!«

Die Worte waren rauh, Wagner fühlte aber doch heraus, daß ein herzlicher Sinn darin lag, und nach einem kurzen Gespräch, das jetzt auf andere Gegenstände überging, wollte er sich entfernen, um seine Schutzbefohlene aufzusuchen, als der alte Herr Lockhaart, der ebenfalls im Begriff war, sein eigenes Zimmer aufzusuchen, sich, schon in der Tür, noch einmal umdrehte und sagte:

»Apropos, Herr Wagenaar – wissen sie etwas Näheres von dem Einbruch, der bei Herrn Heffken stattgefunden hat?«

»Weiter nichts«, sagte Wagner, »als daß Herr Heffken einen jetzt in unserem Geschäft arbeitenden Mann beschuldigt hat, der aber, meiner Meinung nach, vollkommen unschuldig ist.«

»So! So!« sagte Herr Lockhaart, nickte dann einfach mit dem Kopf und verließ, ohne weitern Gruß, das Zimmer.

Wenige Minuten später war Wagner selber wieder unterwegs und fuhr direkt nach dem Hotel hinunter, um Hedwig von dem getroffenen Arrangement in Kenntnis zu setzen. Er schüttelte dabei wohl den Kopf über das wunderliche Betragen des alten Lockhaart, aus dem er nicht recht klug wurde, ob der wirklich so hart und rauh sei, wie er sich selber machte, oder ob die rauhe Schale einen besseren Kern verberge. Doch sorgte er sich nicht deshalb, denn er kannte Mevrouw van Straaten zu gut als eine treffliche, gütige Frau, in deren Schutz sich Fräulein Bernold bald wohl und sicher fühlen würde. Froh dabei, diese unangenehme Sache so rasch und glücklich beendet zu haben, konnte er doch Mariens Bild nicht aus seiner Seele bannen, wie er sie heute zum erstenmal gesehen. Oh, was hätte er darum gegeben, gerade diese Szene vergessen zu können! Aber immer und immer wieder sah er sie vor sich, wie sie mit vor Zorn gerötetem Antlitz, mit funkelnden Augen und einem wahren Megärenblick das arme, unschuldige Mädchen blutig schlug. War das seine sanfte, fröhliche Marie? War das jenes kindlich heitere Gemüt, das er in ihr verehrt und geliebt? Und wenn es auch nur ein Moment auflodernden Zornes gewesen wäre, durfte in dem Herzen einer Jungfrau auch nur ein Funken solchen unweiblichen Zündstoffs schlummern? Hatte er sich eine Frau – seine Frau so gedacht?

Dabei überlegte er sich hin und her, was wohl die Ursache dieses sonderbaren Betragens, besonders des auffallenden Zürnens gegen ihn gewesen sein könnte. Er war sich nicht des geringsten Unrechts gegen Marie bewußt; er hatte nichts getan, auch nur einen unfreundlichen Blick von ihr zu verdienen und diesen Auftritt wahrlich nicht erwartet. Recht böse war sie eigentlich erst da geworden, als er ihr von der Fremden sprach – aber nein, sie hatte ja selber schon von ihr angefangen, selber schon alles gewußt, was er ihr sagen wollte, also war schon vorher – »Heffken!« stieß er unwillkürlich laut das Wort hervor. »Heffken – es ist nicht anders möglich! Er muß noch gestern abend dort gewesen sein, er allein, von Wut und Galle gegen mich erfüllt, hat mir auch diesen Freundschaftsdienst geleistet. Aber was tut's? Alle seine Verleumdungen sind nicht stark genug, einem einzigen Strahl Wahrheit standzuhalten, und hat er wirklich über mich gelogen, so bricht ihm das bei dem alten Romelaer für immer den Hals, ohne daß ich selber mit einer gehässigen Anklage gegen ihn vorzugehen brauche.« Und vollkommen beruhigt von dem Gedanken, lehnte sich

Wagner in sein leichtes Fuhrwerk zurück und suchte im Betrachten all' der wunderlichen Gruppen, die ihm begegneten, die trüben Bilder, die ihm die letzte Szene heraufbeschworen, so rasch als möglich wieder zu vergessen. Es galt ja auch jetzt der armen jungen Frau mit einem freundlichen Gesicht entgegenzukommen, um sie endlich einmal das erlittene Leid vergessen zu machen – ihr endlich einmal auch eine frohe Botschaft zu bringen, denn daß sie sich bei van Straatens bald wohl und heimisch fühlen würde, daran zweifelte er keinen Augenblick.

NEUNUNDZWANZIGSTES KAPITEL

Das Fuhrwerk hielt endlich vor dem Hotel, und Wagner sprang rasch hinaus, um sich seines angenehmen Auftrags zu entledigen; aber er fand Hedwig nicht zu Haus. Nur die alte Kathrine war emsig beschäftigt, das Zimmer aufzuräumen und in Ordnung zu bringen und sie erzählte ihm dabei, ohne sich in ihrer Arbeit stören zu lassen, daß ihr armes Fräulein heute morgen böse Kopfschmerzen gehabt und sich recht niedergeschlagen, recht unglücklich gefühlt habe. Die Tochter vom Haus sei aber da so freundlich gewesen, ihr eine Spazierfahrt anzubieten, um die schöne Umgegend Batavias auch ein wenig kennenzulernen, die sie ja noch, die Hierherfahrt ausgenommen, mit keinem Auge gesehen. Der Tag sei auch herrlich dazu, da bei dem bewölkten Himmel die Sonne nicht so niederbrennen könne wie sonst. Übrigens wären sie schon eine ganze Weile fort und müßten bald wiederkommen. Wenn der Herr Wagner deshalb nur ein klein wenig hier verweilen wolle, träfe er sie gewiß und sicher.

Wagner war unschlüssig, was er tun solle. Er hatte heute schon einen so großen Teil seiner Geschäftszeit versäumt und wäre nicht gern länger hier sitzengeblieben, als eben unumgänglich nötig war. Die Alte aber, die mit einer gewissen Art von Instinkt den jungen Mann für den einzig wahren Freund hielt, den ihr liebes Fräulein in dem fremden Lande habe, ließ ihn nicht so leicht wieder los. Es drängte sie selber, ihr Herz einmal gegen ihn auszuschütten, und eine gleich gute Gelegenheit dafür fand sich vielleicht im Leben nicht wieder. Ohne weiteres rückte sie ihm deshalb einen Stuhl zum Tisch, nahm ihm den Hut ab, den sie sorgfältig auf die Kommode legte, und stand dann neben ihm und wußte nicht, wie sie eigentlich beginnen solle. So viel, so unendlich viel sie auf dem Herzen haben mochte, was sie ihm jetzt gerade hätte sagen mögen, so fand sie doch keinen passenden Anfang, brachte kein Wort über die Lippen, und zupfte verlegen bald an ihrer Schürze, bald an ihrer Haube. Wagner hatte sich gesetzt, stützte den Kopf in die Hand und sah still und schweigend vor sich nieder. Wieder tauchte Mariens Bild vor ihm auf, und er konnte die Gedanken nicht los werden, die ihm das Herz mit solch' bitteren Gefühlen erfüllten. Wie häßlich hatte das sonst so schöne Mädchen in jenem Augenblick ausgesehen, wie gar so häßlich! Und war das etwa ihr eigentliches Spiegelbild, und all' die frühere Freundlichkeit und Sanftmut nur Verstellung, nur gesellschaftliche Maske gewesen, eine Art von Schablone vielleicht, die mit dem übrigen Putz, als dazu gehörig an- und daheim, d. h. im häuslichen Leben, auch wieder mit dem übrigen beiseite gelegt wurde? Nein, sicher nicht! So brave Eltern konnten nicht ein solches Kind erziehen! Und hatten sie es denn erzogen? Wo der Vater in jener Zeit von Geschäften unablässig in Anspruch genommen, die Muter aber nur immer ängstlich besorgt war, in ihrer eigenen Ruhe und Bequemlichkeit nicht gestört zu werden. Wer wußte denn, ob sich Mevrouw van Romelaer mehr um ihre Kinder bekümmert hatte, als sich bis auf den heutigen Tag noch Hunderte von batavischen Müttern darum kümmern. Die Kinder wachsen da nur zu oft unter der alleinigen Aufsicht malaiischer Dienerinnen empor, nicht selten sogar unter der von Sklavinnen, über die das Kind schon Herr ist, und wie sie keinen andern Willen kennenlernen, als den ihren, wurzelt der böse Same der Herrschaft fest und unvertilgbar in den jungen Herzen.

Wagner mußte die trüben Bilder ordentlich mit Gewalt von sich schütteln, und von seinem Stuhl aufspringend, ging er ein paarmal mit raschen Schritten in dem kleinen Gemach auf und ab. Die gegen den Porticus oder Säulengang offene Tür störte ihn dabei, denn fortwährend passierten dort Fremde vorüber, die nach dem Badehaus gingen und dann nie unterließen, herein zu sehen. Die Kathrine wurde endlich darüber ärgerlich und warf ihnen die Tür vor der Nase zu.

»Das ist erschrecklich neugierig Volk«, sagte sie dabei in ihrem kurz abgehackten Dialekt, »wenn mer die Tür offe hält, glotze sie allsfort herei, und wenn mer sie zumacht, verstickt mer vor Hitz.«

»Der Aufenthalt in dem Hotel hier sagt Ihrem Fräulein auch nicht zu, nicht wahr?« frug Wagner, vor ihr stehenbleibend.

»Ach«, seufzte die Alte, »wäre mer ganz dahäm gebliwwe, und hötte mer ehnder gewißt, wie's hier wär'! Im Hotel hier ist's freilich net hübsch, und ich hätt's lang schon mies – aber – was kann's helfe, mer müsse nu schon aushalte, bis es annersch wird.«

»Und das soll heute oder morgen anders werden«, erwiderte Wagner freundlich. »Ich habe heute mit einer wackern Familie gesprochen, die nicht weit von hier entfernt wohnt, und bin eigentlich nur hergekommen, das junge Fräulein zu fragen, ob sie ihren Aufenthalt wechseln und da einziehen will. Sie wird auf das herzlichste aufgenommen werden, und dort auch gleich einen alten Reisegefährten vom Schiff her finden.«

»Gott steh mir bei!« rief die Alte in komischem Erschrecken; »wenn das die einzige Empfehlung is, die Sie forsch Logis habe, Herr Wagner, so erwähne Sie lieber nix davon. Unsere Reisegefährte ware alle beide des Mitnehmens net wert und der eine ein Frommer, der allsfort die Auge verdrehen tät, und der andere ein Brummbär, der kei Wort schwätze mocht und eine lieber von vornherei gefresse hätt – Staatsmensche, wenn mer se kennt newenenanner sehe. Und doch war mer der Brummbär noch lieber wie der andere mit dem dicke, fette, rote Gesicht. Wie hieß er doch gleich –«

»Wer? Der Fomme?« lächelte Wagner.

»Ne – der annere«, sagte die Kathrine, sich dabei die Stirn reibend, der Erinnerung aufzuhelfen, »Bocker – Hocker – Locker –«

»Herr Lockhaart ist es allerdings.«

»Das ist recht – Lockhaart – hab' ich mich doch die ganze Zeit immer widder uf den Name besunne. Lockhaart – ja wohl, Herr Lockhaart. Also der wohnt auch dort mit ihm Haus. Ja besser wär's freilich, wenn mer so e hibsch Privatlogis bekomme könnt, und net mehr uf dem offene Gang zu wohne braucht; 's arme Fräule hat so alls ene erschreckliche Angst, wenn die ganze Nacht einer von die schwarze Kerls da drauße dicht vor der Tür leit und schläft – und dann –«

»Und dann, Kathrine?« ermunterte sie Wagner, der wohl merkte, daß die Alte noch irgend etwas auf dem Herzen hatte.

»Ja und dann«, fuhr diese langsam fort, »is mer's aach net so ganz geheuer; eheder aber noch in der Nacht wie am Tag, denn wenn der klaane schebbe Kerl noch emol widder käm, mit seine Buwesträäch, und mei liebs, liebs Kind, mei Hedwig, noch emol so weine müßt', wie sie an dem Tag geweint hat, ich glaub' ich ertrüg's net und stürb' vor Jammer un Herzeleid.«

Wagner hatte seinen Platz wieder eingenommen und den Kopf in die Hand gestützt, schaute er still und sinnend vor sich auf den Boden. Er dachte an Heffken, an Marie, an van Roeken, an die arme Fremde selber und lauschte dabei nur halb wie im Traum den Worten, die der Kathrine anfingen über die Lippen zu sprudeln. Sie war nämlich in Gang gekommen; sie hatte den Anfang gefunden, sich endlich einmal über ihr armes Fräulein, und wie schmählich und nichtswürdig ihr von der ganzen Welt Unrecht geschehen sei, auszusprechen, und daß ihr Wagner gar nichts darauf antwortete, war ihr gerade recht – wurde sie doch auch nicht unterbrochen und konnte alles sagen, was sie auf dem Herzen hatte. Im Anfang achtete Wagner, mit seinen eigenen Gedanken voll beschäftigt, auch nur wenig, ja fast gar nicht darauf. Das wunderliche Deutsch, was die Alte sprach, beirrte ihn ebenfalls und machte ihm, was sie meinte, schwerer verständlich. Nach und nach aber wurde seine Aufmerksamkeit immer mehr den einfachen Bildern zugelenkt, die die Kathrine vor ihm aufrollte, und ohne daß er eigentlich selber recht wußte, wie ihm geschah, plauderte ihm die Alte von Hedwigs Kinderjahren, von Hedwigs Jugend, von dem Glanz und Reichtum, in dem sie erzogen worden, von dem Jammer und Elend, das über sie hereingebrochen und von dem ganzen Leben und Wesen der Jungfrau so viel vor, daß er sich endlich daheim in ihrer ganzen Geschichte fühlte und alle Einzelheiten ihres Lebens, ihrer Leiden kannte. Und wie wohl tat es der alten Kathrine selber, sich endlich einmal aussprechen zu dürfen, endlich einmal jemanden gefunden zu haben, der ihr wirklich zuhörte, wenn sie von dem plauderte, was ihr das ganze Herz erfüllte. Daß ihr Zuhörer nur halb bei ihren Worten war und mit der andern Hälfte seiner eigenen Phantasie freien Spielraum ließ, wußte sie nicht, und kümmerte sich auch nicht darum. Wagner hatte sich im Anfang nur ganz kurze Zeit hier aufhalten wollen, und jetzt war ihm eine volle Stunde bei der alten Magd vergangen, er wußte selber kaum wie. Das Schlagen der Uhr draußen brachte ihn auch erst wieder zu sich selber, und als er eben von seinem Stuhl emporsprang, rollten einige Wagen in den Hof.

Es war Hedwig, und Kathrine riß die Tür auf, ihre junge Herrin zu begrüßen. Ehe aber Wagner nur ein einziges Wort sagen konnte, um seinen Besuch zu entschuldigen und die junge Fremde mit dem neuen Wohnort bekanntzumachen, den er für sie ausgesucht, wurde er auf so überraschende wie angenehme Weise darin unterbrochen.

Gleich hinter Hedwig nämlich, die erschrak, als sie Wagner erblickte, denn immer nur neues Leid hatten die Besuche des Fremden auf sie gehäuft – gleich hinter Hedwig erkannte Wagner Mevrouw van Straaten, die lächelnd und ihm zunickend hinter dem jungen Mädchen dreinschritt.

»Da komme ich gerade zur rechten Zeit«, sagte die alte Dame freundlich, »unsern jungen Gast gleich selber einzuladen und in Empfang zu nehmen – Mynheer Wagenaar, wollen Sie mich vorstellen?«

Hedwig sah erstaunt zu ihr auf, Wagner aber, indem er der alten Dame die Hand entgegenstreckte, rief:

»Sie setzen Ihrer Güte und Gastfreundschaft noch die Krone auf, und ich kann Ihnen gar nicht sagen, wie dankbar ich Ihnen für die zarte Aufmerksamkeit bin –«

»Vorstellen, Mynheer, vorstellen!« rief aber Mevrouw lachend, »wir stehen ja einander noch immer stockfremd gegenüber.«

»Fräulein Hedwig Bernold – ich habe hier das große Vergnügen, Sie mit Mevrouw Straaten bekanntzumachen, einer meiner würdigsten und liebenswürdigsten Freundinnen, wie ihr Gatte Myheer van Straaten zu den besten und trefflichsten Menschen Batavias gehört.«

»Halt ihn auf! Halt ihn auf!« rief Mevrouw lachend. »Er geht in seien Lobpreisungen wahrhaftig durch. Da will ich mich denn lieber selber vorstellen, mein liebes Fräulein, und ich komme, hoffe ich, schneller und rascher damit zum Ziel –«

Hedwig wollte etwas darauf erwidern, ehe sie aber Zeit dazu hatte, fuhr die alte Dame freundlich fort:

»Meinen Namen hat er Ihnen richtig genannt, und wir wohnen nicht eben übermäßig weit von hier entfernt, auf einem so schönen Stückchen Erde, wie Sie es nur hier um Batavia finden mögen. Heute aber haben wir von Herrn Wagenaar erfahren, daß Sie hier fremd angekommen sind. Ein junges Mädchen, allein im Hotel, kann sich aber da nicht wohl fühlen, und da komme ich denn, ohne weitere Umschweife und Formalitäten, einfach im Auftrage meines Mannes und in dem meinen, Sie zu fragen, ob Sie, so lange es Ihnen eben gefällt und Sie sich wohl bei uns fühlen, zu uns hinüberziehen wollen.«

»Frau van Straaten – Ihre Güte beschämt mich wirklich«, stammelte Hedwig ganz verlegen. »Ich weiß in der Tat nicht, wie ich –«

»Keine Redensarten weiter, mein liebes junges Fräulein«, rief die alte Dame, deren Blicke mit Wohlgefallen und herzinniger Freude an den lieben Zügen des Mädchens hingen – »packen Sie Ihre Sachen zusammen – so wie wir zu Haus sind, schick' ich den Wagen zurück, sie zu holen – und da kann sich Ihre Begleiterin mit in denselben setzen. Daß Sie sich wohl bei uns fühlen werden, bezweifle ich keinen Augenblick – mein Mann und ich sind schon ein paar Leute, mit denen sich auskommen läßt und mein Bruder selber – ein Reisegefährte von Ihnen, scheint sich auf Ihre Ankunft so zu freuen, daß er mich eigentlich mit dem Wagen fortgeschickt hat, um Sie abzuholen.«

»Ein Reisegefährte?« sagte Hedwig aufmerksam werdend.

»Der Brummbär«, flüsterte ihr die alte Kathrine leise zu und wäre vor Schreck fast in die Knie gesunken, als Mevrouw van Straaten, die das Wort trotzdem gehört, lachend sagte:

»Ja, der Brummbär, denn das ist er wirklich, aber ein seelensguter Mensch außerdem, der Ihnen, liebes Fräulein gewiß nichts in den Weg legen wird.«

»Herr Lockhaart war eigentlich nie unfreundlich gegen mich«, erwiderte Hedwig errötend. »Daß er seine Eigenheiten hat, lieber Gott, dafür ist er ein alter Herr, der vielleicht manches im Leben erfahren haben mag, was ihn überhaupt erbitterte und ihn vorsichtig, ja scheu in seinem Umgang machte.« Mevrouw van Straaten ergriff Hedwigs Hand und sie herzlich drückend sagte sie gerührt:

»Ich danke Ihnen, liebes Fräulein, daß sie meinen armen Bruder so in Schutz nehmen. Sie haben recht: böse Menschen tragen allerdings die Schuld, daß er griesgrämig und scheu, und dadurch vielleicht oft ungerecht geworden, aber er hat sich schon viel, sehr viel gebessert, seit er bei uns im Haus ist und sich von Leuten umgeben weiß, die es gut mit ihm meinen. Ich hoffe jedoch, das wird noch viel besser werden, wenn Sie erst einmal bei uns sind, denn gerade das geselligere Leben hat ihm bis jetzt gefehlt, und mein Mann und ich haben ihm da doch wohl nicht genügt. Aber ich schwatze und schwatze hier«, unterbrach sie sich selber, als Hedwig wirklich etwas verlegen vor ihr stand, und nicht wußte, was sie darauf erwidern sollte, »und wir versäumen nicht allein die schöne Zeit für uns, sondern auch für Mynheer Wagenaar, der wahrhaftig mehr zu tun hat, als unserem Plaudern zu lauschen. Kommen Sie, liebes Kind, machen Sie keine Umstände weiter, glauben Sie nicht, daß Sie uns im geringsten genieren oder uns gar durch Ihren Besuch zu Dank verpflichtet werden, wir allein schulden Ihnen in diesem Fall Dank, denn wir erhoffen durch Sie eine angenehmere, belebtere Häuslichkeit. Also, haben Sie noch etwas hier zu tun?«

»Gar nichts, Mevrouw«, nahm Wagner lächelnd für Hedwig das Wort, »wenn Sie, mein Fräulein, nämlich mich und Ihre alte Kathrine, die wir schon recht gute Freunde geworden sind, bevollmächtigen wollen, alles hier in Ordnung zu bringen, und Ihnen nachzuschicken.«

»Aber ich weiß nicht –« sagte Hedwig noch immer unentschlossen.

»Mynheer Wagenaar hat ganz recht«, stimmte ihm aber die alte Dame bei, »setzen Sie sich ruhig mit in meinen Wagen und in einer Viertelstunde sind wir daheim.«

»Sie beschämen mich tief durch Ihre Freundlichkeit«, sagte

Hedwig gerührt, »aber von den Wirtsleuten muß ich vorher doch jedenfalls Abschied nehmen. Sie waren so gut und freundlich gegen mich, wie ich noch niemanden hatte, der sich meiner annahm.«

»Gewiß, gewiß, mein liebes Kind«, sagte Mevrouw herzlich, »gehen Sie dort hinüber, und ich helfe indessen der Kathrine alles, was etwa noch draußen liegt, in die Koffer oder Schachteln pakken.«

»Aber, Mevrouw!«

»Keine Umstände; lassen Sie mich nur machen, und je eher Sie wieder kommen, desto besser.«

Hedwig blieb wirklich nichts anderes übrig, als der freundlichen Bitte der alten Dame zu gehorchen, und ein eigenes frohes Gefühl – das erste wieder seit langen, langen Monden – zitterte ihr durch das Herz, als sie sich nicht mehr ganz einsam und verlassen fühlen durfte, als sie ein anderes weibliches Wesen fand, das sich teilnehmend ihr zuwandte und ihr freundlich in dem fremden Land die Hand zu Hilfe bot. Wohl verhehlte sie sich nicht, daß sie das alles eigentlich nur Wagner verdanke, der jedenfalls dort für sie gesprochen; aber sie war durch ihren alten Freund Scharner schon daran gewöhnt worden, diesen gar nicht mehr als Fremden zu betrachten, und es schien deshalb viel weniger drückend für sie. Längeres Weigern hier, solcher herzlichen Aufforderung gegenüber, wäre aber so taktlos wie ungerecht gewesen, und Hedwig fügte sich deshalb mit all' ihrer liebenswürdigen Bescheidenheit dem Wunsche der alten Dame, ihre eigene Abfahrt soviel als möglich zu beschleunigen. Wenige Minuten später war sie zurück bei Mevrouw, und der Kathrine nur noch einige kleine das Gepäck betreffende Einzelheiten anempfehlend, saß sie gleich darauf mit ihr in der bequemen zweispännigen Carreta, ihrer neuen Heimat entgegenrollend.

DREISSIGSTES KAPITEL

Im Amsterdam-Hotel logierte der von Deutschland herübergekommene Missionsprediger Salomon Holderbreit, und hatte jetzt glücklich sein ganzes Gepäck nicht allein an Land, sondern auch – eine viel schwierigere Sache – durch das Zollhaus bekommen. Vergebens waren nämlich all' seine Versicherungen gewesen, daß er, was er an Waren bei sich führe, nur zu Geschenken für die heidnischen Eingeborenen mitgebracht habe, deren Erziehung und Bekehrung er sich widmen wolle. Die Steuerbeamten behandelten ihn nach dieser Erklärung eher noch nachsichtsloser und starrer, und Bitten wie Drohungen, es dem Gouvernement anzuzeigen, nutzten gar nichts. Stück für Stück, was seine Kisten enthielten, mußte er nach dem Tarifsatz versteuern, und wurde noch außerdem bald aus dem einen in das andere Büro gehetzt, hier ein Papier auszustellen, dort ein anderes unterzeichnen oder konstatieren zu lassen, daß er zuletzt fast in Verzweiflung das ganze batavische Steuer- und Regierungswesen verwünschte, und schon beinahe bereute, nur je einen Fuß auf javanischen Boden gesetzt zu haben – der Heiden wegen. Aber dies unangenehme Gefühl überdauerte seine Ursachen nur kurze Zeit, denn zu viel des Neuen und Interessanten umgab den neuen Missionsgeistlichen hier, um ihn lange an die hohen Steuerkosten denken zu lassen, die ja doch die Missionsgesellschaft in B. bezahlte.

Am liebsten hätte er nun freilich gleich eine Unterhaltung mit den malaischen Dienern im Haus angefangen. Zu seinem Erstaunen hörte er nämlich, daß sie sich alle, obgleich im Dienst von Christen, noch zur mohammedanischen Religion bekannten; aber er traf hier auf ein Hindernis, auf das er vorher nicht gerechnet. Er hatte allerdings gewußt, daß im Innern des Landes die malaiische Sprache die Verkehrssprache sei, aber nie gedacht, daß selbst in Batavia die Holländer mit ihren eingeborenen Dienstleuten nur malaiisch sprächen, diese also auch keine andere Sprache verständen und nicht einmal der ihrer Herren mächtig wären, auf die er sich vollkommen gut vorbereitet. Anstatt also mit seinen Bekehrungsarbeiten gleich beginnen zu können, blieb ihm nichts anderes übrig, als erst vor allen Dingen Malaiisch zu lernen, denn wie hätte er sonst hoffen dürfen, auch nur den geringsten Einfluß auf die zu Bekehrenden auszuüben? Was für eine Zeit verging aber darüber, wie teuer war der Aufenthalt im Hotel, und wie genau mußte die fremde Sprache studiert werden, um sie zu erlernen, daß man sich nicht allein verständlich machen konnte, sondern auch imstande war, die Malaien von den Irrtümern ihrer bisherigen Glaubenslehren – die Herr Salomon Holderbreit übrigens gar nicht kannte – zu überzeugen. Aber was half's. Unser Missionsgeistlicher gehörte nicht zu den Menschen, die sich viele Sorgen um die Zukunft machen. Gerade nicht mit übermäßigen Geisteskräften, aber mit ziemlich praktischem Verstand ausgestattet, hatte er schon in den ersten zwei Tagen gefunden, daß sich das Leben hier viel angenehmer herausstelle, als ihn die bisher gelesenen Berichte der übrigen Missionsprediger, die ebenfalls »zwischen den Heiden lebten«, vermuten ließen. Hier gab es nicht allein keine Entbehrungen für ihn, sondern er schwelgte sogar, nur dem gewöhnlichen Leben folgend, in einem Luxus und in einer Bequemlichkeit, die er früher kaum dem Namen nach gekannt und gegen die er wohl deshalb auch mit allen Kräften als sittenverderbend geeifert hatte. Aus diesem Grund brauchte er vorderhand weiter nichts zu tun, als seinen übernommenen Pflichten nachzukommen; schon dabei befand er sich völlig wohl, und was hätte er Besseres verlangen können?

Fest aber war er auch entschlossen, seine übernommenen Pflichten zu erfüllen, und schon am zweiten Tag seines Aufenthaltes in Java (den ersten gebrauchte er, um nur erst einmal zu Atem zu kommen) begann er die malaiische Sprache mit allem Fleiß zu studieren. Hierbei stand ihm indessen eine Überraschung bevor; denn ein alter Malaie, der sich viel in seiner Nähe zu schaffen gemacht, und den er jetzt anredete, um vor allen Dingen ein kleines Alphabet malaiischer Wörter zu sammeln, antwortete ihm in holländischer Sprache und versetzte dadurch Herrn Holderbreit in ein sehr angenehmes Erstaunen.

Ohne weiteres ging er zum Wirt, um ihn zu ersuchen, daß er ihm diesen Malaien als Diener zuteile. Der Wirt lächelte zwar dazu still vor sich, erklärte aber, nichts dagegen zu haben. Bali, wie der Bursche genannt wurde, da er eigentlich von Bali stammte, schleppte deshalb schon an diesem Abend seine Matte vor die Tür des ehrwürdigen Herrn Holderbreit und schlief davor wie ein treuer Hund. Die nächsten Tage ging der Geistliche nicht aus, sondern beschäftigte sich nur mit dem alten Balinesen - von dem sich die übrigen Diener eigentlich erzählten, daß er eines Diebstahls wegen von Bali verbannt worden wäre. Von diesem lernte er eine bedeutende Anzahl malaiische Worte, schrieb sie auf und suchte ihm dafür die Lehren der christlichen Religion einzuprägen.

Bali war eigentlich von Haus aus ein Heide, als er aber nach Java kam, anstatt zur christlichen zur mohammedanischen Religion bekehrt worden und dieser, wie er versicherte, bis jetzt treu geblieben. Ob es die richtige sei, wisse er freilich selber nicht, aber er glaube, sie sei gut - besser wie die alte, die er früher gehabt und jetzt abgelegt, und bis er nicht eine noch bessere finde, wolle er sie behalten. Bali war jedenfalls für seine Abstammung und Erziehung ein ganz intelligenter Kopf und, wie Herr Holderbreit sich gestand, ein wahrer von Gott gesandter Schatz, den er hier gefunden. So vortreffliche Fortschritte der Geistliche nämlich bei ihm im Malaiischen machte, so vortreffliche Fortschritte machte Bali auch in den Lehren der christlichen Religion, denen er mit wirklich rührender Aufmerksamkeit lauschte. Herr Holderbreit selber hatte einen so raschen Erfolg kaum für möglich gehalten, aber die Tatsache, die ihm hier vorlag, berechtigte ihn auch zu den schönsten Hoffnungen in seinem Berufe, wenn er nur einmal die ersten Schwierigkeiten der Sprache überwunden haben würde.

Ein anderes Hindernis trat aber desto schroffer an einer Stelle vor ihm auf, wo er es gar nicht erwartet, und zwar von seiten der holländischen Regierung, die er früher dem Missionswesen günstig gestimmt geglaubt hatte. Dank den Empfehlungsbriefen, die er mitgebracht, fand er allerdings zwei Bürgen, die für ihn gutsagten und ihm vorderhand den Aufenthalt in Batavia selber sicherten – aber auch weiter nichts. Die Erlaubnis, das Innere zu besuchen, wurde ihm kurz und einfach abgeschlagen – nicht einmal einen Paß sollte er bekommen, viel weniger irgendeine Unterstützung, die »Heiden« zu bekehren. Wollte er indessen absolut sein Heil mit diesen versuchen, so – deutete ihm der Beamte, den er um einen Paß angegangen war, einfach an – würde er hier in Batavia selber Arbeit für eine ganze Lebenszeit finden, ohne auch nur einen Fuß in das Innere des Landes zu setzen. Darin hatte der Beamte auch sehr wahrscheinlich vollkommen recht, denn heidnische Chinesen und mohammedanische Javanen und Malaien gab es in Masse hier, denen allen noch das Licht des Christentums fehlte, aber – der Aufenthalt selber in Batavia war nicht allein enorm teuer, sondern auch ein eigentliches Leben mit den Bekehrten, noch dazu von allen Verführungen einer solchen Stadt umgeben, vollständig unmöglich. Wo hätte sich hier der Missionär ein Haus mit einem Garten anlegen können, in dem die Eingeborenen, nach patriarchalischer Sitte, ihm Gemüse und Früchte bauten, wo war hier einer der Vorteile zu finden, die er als Missionär auch für alle »Gefahren und Entbehrungen« beanspruchen konnte, und sollte er dafür gleich mit dem Proletariat einer großen Stadt beginnen, das, wie er noch von Europa wußte, überhaupt in der ganzen Welt das verworfenste ist? Es ging nicht, es ging wahrhaft nicht, und der einzige Trost blieb ihm jetzt nur noch der alte Bali, an dem er ein leuchtendes Beispiel aufzustellen gedachte. Gelang es ihm, den braunen Burschen in den nächsten Tagen vollständig zu bekehren, so konnte die Regierung mit solchen Tatsachen vor Augen, ihm ein größeres Feld für seine Wirksamkeit kaum mehr verweigern. Er hatte dann bewiesen, was er imstande sei zu leisten, und alles andere mußte sich leicht ohne Schwierigkeit gestalten.

Mit solchen Gedanken beschäftigt, saß er im Portico des Hofes, wohin die Strahlen der untergehenden Sonne nicht reichen konnten. Er hatte ein kleines malaiisches Wörterbuch vor sich liegen, mit dem er die von Bali erhaltenen Worte verglich, und achtete dabei nicht darauf, daß unfern von ihm ein paar Schiffskapitäne neben einer Flasche Genevre saßen und allerlei tolle Schnurren aus ihrem Leben erzählten. Was kümmerte sie der Mann in dem dunkeln Rock, mit dem breiträndigen Hut und weißen umgeschlagenen Hemdkragen. Sie hatten deren mehr auf ihren verschiedenen Reisen gesehen und für dieselben gerade kein günstiges Vorurteil gefaßt. Schiffskapitäne und Missionäre sind nun einmal, aus verschiedenen Ursachen, geschworene Gegner und nicht selten Feinde. Im Hofe entstand ein Lärm, und als Herr Holderbreit aufsah, erkannte er zu seinem Erstaunen Bali, den der Wirt des Hauses bei der Schulter hatte und ihm nicht allein ein paar tüchtige Hiebe mit einem Rohr überzog, sondern auch noch in malaiischer Sprache die bittersten Grobheiten sagte. Herr Salomon Holderbreit verstand allerdings nichts davon, aber er bemerkte zu seiner Bestürzung, daß Bali nicht recht fest auf seinen Füßen stand, also krank oder – das viel Wahrscheinlichere und Schlimmere – betrunken sei. Er widersetzte sich auch nicht im geringsten seinem Herrn, nahm die ihm zugeteilte Strafe geduldig hin und taumelte dann nach dem sich links hinziehenden Säulengang, in dem sich Herrn Holderbreits Zimmer befand, kauerte sich vor diesem auf die Steine nieder und war bald sanft und süß eingeschlafen. Der Wirt sah dem in der Tat angetrunkenen Burschen noch eine Weile nach, dann den Stock von sich werfend, kam er in eben nicht bester Laune auf den Tisch zu, an dem der Geistliche Platz genommen, setzte sich zu ihm, sah eine Weile still vor sich nieder und sagte dann mit etwas unterdrückter Stimme, damit es die Kapitäne nicht hören sollten: »Ich muß Sie auf etwas aufmerksam machen, mein guter Herr, denn Sie sind noch fremd hier und kennen Land und Leute nicht.«

»Ja!« sagte Herr Holderbreit, etwas erstaunt über diese Vorrede aufhorchend, denn er ahnte ganz richtig, daß sich die Einleitung auf niemand anderes wie Bali beziehen sollte.

»Sie haben sich«, fuhr jetzt der Wirt fort, »die Zeit, die Sie hier sind, sehr eifrig mit dem Burschen da drüben beschäftigt, und obgleich ich es von Anfang an nicht gern sah – denn ich kenne den Schlingel, mocht' ich auch nichts dagegen einwenden, weil Sie selber eben der malaiischen Sprache nicht mächtig sind und von ihm zu lernen wünschten.«

»Nicht das allein, mein lieber Herr«, unterbrach ihn Herr Holderbreit lächelnd, »nicht allein lernen wollte ich, ich wollte auch zugleich belehren, und ich glaube, daß es mir gelungen ist.«

»Wie figura zeigt«, erwiderte trocken der Wirt. »So viel kann ich Ihnen übrigens versichern, daß der Bursche da drüben von keinem Menschen mehr lernt, der hat ausgelernt und ist die durchtriebenste braune Kanaille, die wir vielleicht auf der ganzen Insel haben.«

»War es vielleicht«, erwiderte Holderbreit freundlich, »ehe mich Gott ihm in den Weg geführt, aber ich hoffe nicht ohne guten und heilsamen Einfluß auf ihn geblieben zu sein.«

»Das wäre mir lieb«, brummte der Wirt, »aber was für einen Einfluß ihn in diesem Augenblick beherrscht, sehen Sie doch wohl. Der Kerl ist total angetrunken.«

»Das halt' ich für ganz unmöglich«, rief Herr Holderbreit.

»Bah«, sagte der Wirt verächtlich, »nicht so viel geb' ich für das, was Sie hier auf Java für möglich halten, ehe Sie Land und Leute einmal ordentlich kennengelernt haben.«

»Dann ist er vielleicht von irgend jemandem verführt worden«, versicherte der Fremde, »und meine Vorstellungen werden ihn bald wieder auf den richtigen Weg zurückführen. Er ist ein Christ geworden.«

»Ja«, sagte der Wirt trocken, »das hab' ich gewußt, wie ich ihn nur betrunken sah; er spielt wieder sein altes Spiel.«

»Mein lieber Herr –«

»Mein lieber Herr«, fuhr aber der Holländer fort, »ich will Ihnen mit wenig Worten Aufschluß über das Ganze geben und bitte Sie danach, wenn es Ihnen irgend möglich ist, sich etwas weniger mit meinen Leuten zu beschäftigen. Unsere malaiischen Diener hier, die der mohammedanischen Religion angehören, sind einfache, nüchterne und gutmütige Menschen, fleißig in ihrer Art – denn solche Südländer arbeiten überhaupt nicht viel – und ohne Ansprüche. Ihre Religion verbietet ihnen dabei, sehr vernünftigerweise, den Gebrauch spirituöser Getränke, und solange wir sie dabei lassen, befinden wir uns mit ihnen wohl. So wie sie sich aber zur christlichen Religion bekehren, ist es nicht mehr mit ihnen auszuhalten. Das Schlechteste davon nehmen sie natürlich immer gleich zuerst, oft nur allein an, und da sie sehen, daß die Europäer Wein und Arrak trinken dürfen, weil sie eben Christen sind, glauben sie sich ebenfalls vollkommen berechtigt dazu. Wenn nun damit irgend etwas Gutes erreicht würde, wollte ich nicht ein Wort dagegen sagen, aber die Halunken, die sich überhaupt bekehren lassen – denn der gute Mohammedaner hält fest an seiner Religion – tun es nur, um von den Weißen eine Menge Geschenke herauszulocken und eine Zeitlang ein liederliches Leben zu führen.«

»Aber ich bin fest überzeugt –«

»Was –?«

»Daß Bali hiervon eine rühmliche Ausnahme macht.«

»Weil Sie ihn bekehrt haben, nicht wahr? So diene Ihnen denn nur zur Nachricht, mein werter Herr, daß der Halunke seit den letzten vier Jahren, die er bei mir in Dienst steht, schon siebenmal zur christlichen Religion übergetreten und getauft, auch genauso lange Christ geblieben ist, wie wir einen Missionär oder Geistlichen hier im Hotel hatten, an die er sich jedesmal anzudrängen wußte. Sobald sie fort sind, betrachtet er sich dann für einen so guten Muselmann wie je, verabscheut geistige Getränke, verrichtet seine Gebete und Abwaschungen, und glaubt, daß er seinen früheren heidnischen Standpunkt, auf dem er Brahma und Wischnu verehrte, vollständig überwunden habe.«

»Aber Sie halten es doch nicht für möglich«, rief Herr Holderbreit erschreckt, »daß Bali je wieder in seine alten Irrtümer zurückfallen könnte?«

»Irrtümer?« sagte der Wirt trocken. »Der ist vielleicht klüger wie wir alle beide zusammen und weiß verdammt gut, was er zu tun und zu lassen hat – seien Sie um den nicht besorgt. Überhaupt, mein guter Herr, wenn Sie meinem Rat folgen wollen – was Sie aber wahrscheinlich nicht tun – so hängen Sie die ganze Bekehrungsversuche hier auf Java an den Nagel, denn, aufrichtig gestanden, Sie richten doch nichts aus.«

»Sie werden mich nicht glauben machen, daß die Javanen nicht bildungsfähig wären«, rief Herr Holderbreit gereizt; »aber ich sehe schon, wie es ist, es liegt der Regierung nicht einmal etwas daran, die Eingeborenen aufgeklärt zu wissen.«

»Jetzt haben Sie den Nagel auf den Kopf getroffen«, bemerkte der Holländer vollkommen ruhig. »Und wenn Sie erst einmal ein wenig länger im Lande sind, werden Sie die Wahrheit dieser Worte noch mehr einsehen. Nicht allein der Regierung, sondern der ganzen weißen Bevölkerung von Java liegt nichts daran, daß die Javanen aufgeklärt und Christen werden, denn wir haben etwa sieben Millionen Eingeborene und Chinesen auf der Insel, die von ein paar tausend Weißen im Zaum gehalten werden müssen. Machen wir jenen nun weis, daß wir Menschen alle Brüder, daß wir alle die Kinder eines Vaters seien, und wie die sonst sehr hübschen Sätze alle klingen, machen wir sie mit einem Wort zu dem, was wir selber sind, zu Christen, so wäre die natürliche Folge, daß sie auch anfingen zu überlegen, weshalb sie uns eigentlich gehorchen sollen, und daß wir einer solchen Überzahl auf die Länge nicht die Stange halten könnten, sieht ein Kind ein.«

»Aber die christliche Religion lehrt gerade Duldung und –«

»Papperlapapp!« rief der Holländer ärgerlich, »wir reden hier vernünftig miteinander, darum lassen Sie Ihre Redensarten weg. Sie wissen so gut wie ich, wieviel Duldung die Christen daheim und in fremden Weltteilen üben, und wenn wir gescheit sind, halten wir wenigstens das Maul davon und prahlen nicht noch damit. Dem Inder, besonders dem Malaien, also dem Mohammedaner taugt überhaupt die christliche Religion gar nicht, wie uns die Erfahrung hier schon zur Genüge gelehrt hat. Sobald die Kerle – und das schlechteste Gesindel tut es ohnedem nur – sich bekehrt haben, glauben sie nicht allein, daß sie jetzt so gut wie die Weißen selber wären, sondern sie handeln auch danach. ›Ich bin ein Christ‹, damit entschuldigen sie alles, was sie tun. Sie arbeiten nicht mehr, sondern trinken und rauchen den ganzen Tag. ›Ich bin ein Christ‹, sagen sie dabei, ›ich darf das‹, sie halten nicht mehr ihre Abwaschungen und werden unreinlich und kommen zuletzt gewöhnlich so herunter, daß sie, ein sehr seltener Fall hier in Indien, betteln müssen, um nur nicht auf der Straße zu verhungern. – Die Geistlichen bekommen es nämlich bald satt, diesen Proselyten, was sie hartnäckig verlangen, nur immer und immerfort zu geben und zu schenken; die Neubekehrten aber haben das fast immer als selbstverständlich angenommen, daß sie, wenn sie einmal wirklich Christen geworden wären, auch von den Christen gefüttert und erhalten werden müßten. Merken Sie nun endlich, daß das nicht der Fall ist, so glauben sie sich schlecht behandelt, lügen und stehlen, um zu leben, und füllen später, wenn sie nicht für irgendeinen Mord gehangen werden, die Gefängnisse. – Da haben Sie ein Bild von unseren Eingeborenen, wenn sie absolut bekehrt werden sollen, und Sie können es, mit solchen Erfahrungen, der indischen Regierung wahrhaftig nicht verargen, wenn sie eben derartige Experimente nicht begünstigt.«

»Experimente?« fragte Herr Holderbreit entrüstet.

»Ja, Experimente«, wiederholte ganz trocken der Wirt. »Im Land draußen will der Gouverneur nichts davon wissen, in der Stadt der Resident, und hier im Haus ich nicht. Sie sehen also, daß Sie überall gegenrennen müssen, und das Nützlichste wäre deshalb, sich eine bessere Beschäftigung zu erwählen.«

»Wenn man Ihren Reden glauben wollte«, sagte Herr Holderbreit gereizt, »so sollte man ja wahrhaftig denken, daß die sogenannte christliche holländische Regierung das Heidentum ganz ängstlich beschützen und zu erhalten suche.«

»Wenn auch nicht gerade ängstlich«, lachte der Wirt, »aber es ist beinah so –«

»Wer aber«, rief Herr Holderbreit, »ist da der schlimmere Heide – der arme Eingeborene, dem das Licht der göttlichen Weisheit noch nie geleuchtet hat, der also auch nicht dafür verantwortlich gemacht werden kann, daß er im Dunkeln wandelt, oder eine hohe, erleuchtete Regierung, die nicht allein nichts zur Verbreitung des Christentums beiträgt, sondern dasselbe sogar noch, so viel in ihren Kräften steht, unterdrückt?«

»Jedenfalls die erleuchtete Regierung«, lächelte der Wirt vergnügt vor sich hin, »und wenn Sie meinem Rat folgen wollen, so fangen Sie deshalb nicht mit den viel weniger zurechnungsfähigen Malaien, sondern vor allen Dingen mit der Regierung selber an. Wenn Sie mir die bekehren, will ich Respekt vor Ihnen haben, und die Eingeborenen können Sie nachher zum Dessert verzehren.« Damit stand der Wirt auf und nahm eine Zigarre aus seinem Etui. Wie er nur die Hand danach in die Tasche schob, sprang schon einer der kleinen braunen Burschen herbei, die überall mit ihren brennenden Lunten auf der Lauer lagen. Der Wirt des Amsterdam-Hotels zündete sie an und schritt langsam seiner eigenen Stube zu.

Herr Holderbreit saß noch eine ganze Weile in tiefem Nachdenken auf seiner Stelle. Es konnte ihm aber nicht entgehen, daß die beiden Kapitäne ihre Unterhaltung unterbrochen und nach dem herübergehorcht hatten, was er mit dem Wirt gesprochen. Große Sympathien für sich und seine Sache durfte er bei diesen ebenfalls nicht erwarten, denn sie flüsterten und lachten auch miteinander, und er stand ebenfalls auf, ihnen aus dem Weg zu gehen. Er verfolgte seine Zwecke, sie die ihren, und er wußte von vornherein, daß sie sich da nicht vereinigen könnten. Langsam schritt er gerade in die Sonne hinaus und quer über den Hof hinüber seiner eigenen Stube zu, vor der noch immer Bali zusammengekauert lag und in festen Schlaf versunken schien. Als er den Nahenden aber hörte, zog er die Beine etwas mehr an, um nicht getreten zu werden, und Herr Holderbreit, der dies für ein Zeichen völliger Besinnung hielt, blieb neben ihm stehen und sagte:

»Bali! Bali! Hörst du mich nicht? Ich verlange Antwort von dir. Fühlst du dich krank, oder hast du heute in frevler Gier gesündigt – Bali! Bali!«

Bali schien im Anfang keine Silbe von der an ihn gerichteten Frage gehört oder verstanden zu haben; keinenfalls rührte er sich, bis der ehrwürdige Herr ihn endlich, als er ihn die letzten beiden Male beim Namen rief, an der Schulter faßte und derb schüttelte.

»Tuwan«, stammelte er da endlich, »ja, Tuwan.«

»Warum hast du getrunken?« fragte jetzt Herr Holderbreit streng, denn wie sich der Bursche nur in die Höhe richtete, verriet ihn der widerliche Geruch des starken Getränks im Augenblick.

»Wer? Ich? Getrunken?«

»Ja, du nichtsnutziger, sündhafter Mensch, der du bist.«

»So?« sagte Bali, sich ziemlich ungeniert wieder auf die eine Seite legend. »Ich wohl kein Christ? Schön – darf ich auch trinken, so viel ich will – nirgends verboten – tabé, weißer Mann, geh zum Teufel!« Und der nächste Augenblick verriet, daß er wieder sanft und süß eingeschlummert sei. Salomon Holderbreit sah den

Trunkenbold starr an, seufzte dann tief auf aus voller Brust, und seinen rechten Fuß emporhebend, stieg er über den völlig bewußtlosen Menschen hinweg, in seine eigene Stube hinein, schloß sie hinter sich ab und kam an diesem Tag auch nicht wieder zum Vorschein.

EINUNDDREISSIGSTES KAPITEL

Draußen schien hell und klar die Sonne, konnte aber nicht in ein lauschiges kleines Gemach dringen, das durch die dichten Zweige eines Waringhibaumes vollkommen gegen ihre Strahlen geschützt wurde. Das kleine Zimmer war sehr einfach, aber nicht ohne Geschmack möbliert, mit einem Rohrsofa und einigen Rohrstühlen, freundlichen Gardinen vor dem einen Fenster, an dem der bequemste Sessel stand, einen goldgerahmten Spiegel und einem kleinen Bücherbrett, das holländische, französische und deutsche Bücher trug. In der einen Ecke desselben stand ein mit feiner Wäsche überzogenes Bett, vor diesem ein Stuhl mit reinen und neuen Kleidern, und in dem Bett lag unser alter Bekannter Horbach, der gerade seinen wilden Rausch ausgeschlafen hatte und wieder zur Besinnung und Vernunft kam.

Jetzt öffnete er zum ersten Mal die Augen und warf einen überraschten Blick auf seine Umgebung – dann schloß er sie wieder und lag eine lange, lange Weile still und regungslos da, den Platz, auf dem er sich befand, und der ihm vollkommen fremd schien, in seine Erinnung zurückzurufen – aber es ging nicht. Die Sinne waren ihm überdies noch halb betäubt, und nur stärker schüttelte er den Kopf, als er die Augen wieder aufschlug und aufs neue die ihn umschließenden Wände betrachtete. Befand er sich abermals im Hospital? – Aber das war keine eiserne Bettstelle, in der er lag, hatte sich irgendein guter Genius seiner angenommen und seine schützende Hand über ihn gebreitet? War ein Zauber mit ihm vorgegangen, unter dessen Schutz ihn stets jemand, sowie er wieder ausbrechen wollte, hinten beim Kragen erwischte und in irgendein behagliches Bett hineinhexte, vor dem jeden Morgen frische Wäsche und neue Kleider lagen? Zum Henker auch, er mußte wenigstens wissen, was mit ihm vorgegangen sei, und schrie deshalb, so laut er konnte, sein sapáda, irgendeinen Diener damit herbeizurufen und von diesem das Nötige zu erfahren. Ja, er schrie wohl, so laut er konnte, aber – brachte keinen Ton über die Lippen, denn er war so vollständig heiser geworden, daß er sich selber nicht mehr hören konnte.

»Das ist eine saubere Geschichte«, flüsterte er vor sich hin, »wo zum Teufel bin ich nur und was ist aus mir geworden? Ich weiß weder, wo das Haus steht, in dem ich jetzt residiere, noch wie der heißt, dem es gehört. Ich weiß nicht einmal, ob es Morgen oder Abend ist und ob die Kleider, die hier auf dem Stuhl vor meinem Bett liegen, mein sind oder nicht. Gestern? Hm, wenn ich nicht ganz konfus geworden bin, befand ich mich an einem von diesem sehr verschiedenen Platz, und heute – wenn es überhaupt heute und nicht schon wieder morgen oder übermorgen ist, lieg' ich hier behaglich ausgestreckt zwischen reiner Leinwand in einer schneeweißen Cabaye und in einer gebadeckten Nachthose. Bin ich's denn auch selber?« fuhr er endlich mit einem halb unterdrückten Lachen empor und setzte sich in seinem Bett auf, um in den gegenüberhängenden Spiegel zu sehen. – Aber es war kein angenehmes Bild, das ihm von dort entgegenstarrte; die hohl liegenden Augen, die eingefallenen bleichen Wangen, die wirren Haare, der unrasierte Bart. Er fand keine Freude daran, sich länger anzuschauen, und sich wieder herum, mit dem Gesicht nach der Wand legend, blieb er wohl eine halbe Stunde in der Stellung. Aber niemand kam – keinen Laut konnte er aus dem Haus herauf hören, und nur einmal war es ihm, als ob irgendein leichtes Fuhrwerk herbeirollte und hielt – dann herrschte wieder, wie vorher, Totenstille ringsumher, und er mochte diese Ungewißheit nicht länger ertragen.

Mit beiden Füßen zugleich sprang er aus dem Bett, wusch sich und zog sich an, und nickte befriedigt vor sich hin, als er auf seinem Waschtisch selbst ein Rasiermesser fand, mit dem er sich den übermäßig lang gewordenen Bart abnehmen konnte. So sah er doch wieder einmal menschlich aus, und durfte wenigstens ohne Scheu seinen Aufenthalt verlassen, wenn er nicht – er erschrak plötzlich ordentlich vor einem Gedanken, der ihm wie ein Blitz auftauchte – war er am Ende eingesperrt? – Aber an den Fenstern befand sich kein Gitter; die Tür, deren Drücker er versucht, war nicht verschlossen, und es blieb ihm zuletzt nichts anderes übrig, als eben an einen guten Geist zu glauben, der ihn hierhergeführt, sauber abgewaschen und zu Bett gebracht hatte. Von all dem konnte er sich aber leicht selber überzeugen, wenn er nur eben sein Zimmer verließ und nach unten stieg. Nicht gewohnt, sich lange einen Wunsch zu versagen, wenn er dessen Erfüllung nur ermöglichen konnte, nahm er den auf dem Tisch liegenden Strohhut, der ihm ziemlich gut paßte, und suchte vor allen Dingen erst einmal von dem Fenster aus die ungefähre Gegend zu erkennen, in der er sich eigentlich befand. Das war aber nicht gut möglich: denn nicht allein sehen sich die Gärten der verschiedenen Vorstädte ziemlich ähnlich und sind äußerst dicht mit Büschen und Bäumen bewachsen, sondern der vor dem Fenster stehende Waringhibaum versperrte mit seinen in dichten Festons niederhängenden Zweigen auch noch jede Aussicht so vollkommen, daß er nach keiner Richtung hin einen Überblick gewinnen konnte. Nur gegenüber lagen die niederen Wohnungen der Dienstleute, vor denen ein paar malaiische Frauen mit verschiedenen Arbeiten beschäftigt, im Schatten saßen; dahinter durch leuchtete das rote Dach eines andern Erbes. – Das war alles, was sich unterscheiden ließ, und Horbach besann sich deshalb nicht lange, unten gleich an Ort und Stelle Gewißheit über seinen jetzigen Aufenthalt zu erlangen.

So wenig Scham er sonst aber auch kannte und sein nichtswürdiges Leben hier, der Kolonie zum Trotz, jahrelang fortgeführt hatte, so überkam ihn heute doch ein eigentümliches Gefühl, von dem er sich eigentlich selber keine Rechenschaft zu geben wußte. Es dämmerte ihm nämlich eine Art von Erinnerung, wo er sich den letzten Abend aufgehalten – wer nur immer ihn hierher geschafft hatte, mußte ihn auch dort gefunden haben, und also mehr von ihm wissen, als ihm eigentlich recht lieb war: aber was half's! Jedenfalls hatten sie einen Zweck, daß sie ihn hier bei sich aufgenommen, denn Horbach glaubte nun einmal nicht an irgendeine aus gutem Herzen geschehene Handlung, und wenn sie irgendeinen Nutzen aus seiner Gegenwart zu ziehen gedachten, so war er nicht mehr der Empfänger, sondern der Geber – folglich konnte er sich wie zu Hause fühlen und brauchte vor keinem Menschen die Augen niederzuschlagen. Mit solchen Gedanken öffnete er die Tür und schritt auf den Gang hinaus, um zu sehen, wo er sich eigentlich befinde. Kaum war er aber die kleine Treppe hinuntergestiegen und in die eigentliche Halle des Hauses eingebogen, als er sich in einem so eleganten und reich ausgestatteten Raum befand, wie er seit Jahren nicht betreten hatte.

»Zum Teufel auch«, murmelte er leise vor sich hin, indem er den Blick scheu umherwarf, ob er nicht irgendwo einen Menschen entdecken könne, »wohin bin ich denn hier eigentlich geraten? Hat etwa der General-Gouverneur von meinen Fähigkeiten gehört und beabsichtigt mich als Statthalter nach Celebes oder Macassar zu versetzen? Oder – Donnerwetter, das wird das Richtige sein – hat sich vielleicht irgendeine Lip-lap-Schöne in mich sterblich verliebt und mich nun heimlich aufheben lassen, damit ich von ihrer Eifersucht hier sicher hinter Schloß und Riegel gehalten werde? Nun irgendwo muß ich die Donna doch jedenfalls finden, und dann wird sich auch dies süße Rätsel lösen.«

Damit schritt er auf das nächste und anstoßende Gemach zu, das nur durch einen von dem Luftzug leise bewegten Vorhang abgeschieden war. So zuversichtlich er aber auch vor sich selber zu scheinen suchte, so unbehaglich war ihm zumute, und daß sein Fuß, anstatt mit der alten Keckheit, jetzt leise und fast scheu auftrat, bewies am besten, wie er sich hier nicht ganz sicher und zu Hause fühle. Aber auch in diesem Gemach, in dem ein Schreibtisch und einige Bücherbretter standen, fand er niemand; das ganze Haus schien wie ausgestorben, und er wußte nicht, ob er zurück oder weiter gehen sollte. – Rechts war noch ein anderes, ebenfalls durch einen Vorhang abgeschiedenes Kabinett – es war ihm fast, als wenn er von dort her eine Stimme gehört hätte – jetzt freilich – er horchte einen Augenblick – schien alles wieder ruhig. – Aber irgend jemand mußte er treffen; übelnehmen konnte man es ihm auch nicht, daß er, ungewiß, wo er sich befände, die Hausbesitzer aufgesucht habe. Geräuschlos trat er deshalb auch zu diesem Vorhang und schaute, denselben ein klein wenig zurückbiegend, hinein in das kleine, schattig kühle und etwas düstere Gemach – aber er trat nicht näher. Eine halbe Minute lang blieb er vielleicht in dieser Stellung, dann zog er den Finger, der nur eine Falte des Vorhangs ein wenig beiseite geschoben, langsam und vorsichtig zurück und verließ gleich darauf, so still und unhörbar, wie er den Platz betreten, das Haus. – Aber er ging nicht weit; hinten auf dem Portico, im Schutz des wundervollen Waringhibaumes, der auch sein Zimmer beschattete, stand ein Lehnstuhl aus dünnem Draht geflochten, und gar nicht weit davon entfernt, im innern Fenster, ein Zigarrenkistchen, das er ohne weiteres untersuchte und noch ein paar Dutzend echte Manila fand.

Eine von diesen nahm er heraus, und sich bequem in den Lehnstuhl werfend – sollte sein Ruf api! ihm einen Hausdiener heraufbeschwören; aber, guter Gott, nicht einen Laut brachte er über die Lippen, und es blieb ihm zuletzt nichts anderes übrig, als selber nach der Küche hinüberzugehen und sich dort Feuer zu holen. Dort brauchte er allerdings nichts weiter zu sagen, denn wie er nur mit der Zigarre im Munde den Raum betrat, in dem ein halb Dutzend Malaien müßig herumlungerten, sprangen ein paar von ihnen gleich geschäftig empor, ihm Feuer zu geben, und Horbach stand eine Weile unschlüssig zwischen ihnen, ob er fragen solle, wem dies Erbe gehöre, oder nicht. Die braunen Halunken hätten ihn aber doch nur ausgelacht, sobald sie gemerkt, daß er selber nicht wisse, wo er sich befand; bei denen durfte er sich deshalb den Respekt nicht gleich von vornherein vergeben. Was kam auch darauf an, ob er das eine Stunde früher oder später erfuhr; wie er jetzt sah, sank die Sonne und neigte sich nach Abend zu, dann kehrte der Besitzer doch jedenfalls aus seinem Geschäft oder vom Büro zurück. Er war in der Küchentür, diesen Betrachtungen nachhängend, stehengeblieben und blies wohlgefällig dazu den Rauch der vortrefflichen Zigarre ins Freie hinaus, als eine Gestalt das gegenüberliegende Haus verließ, die er nur zu gut kannte, und heute nicht zum ersten Mal sah.

»Herr Heffken«, murmelte er leise vor sich hin, »es ist doch die Möglichkeit, was man nicht alles in der Welt erlebt. – Daß Heffken aber – zum Henker – ich bin doch nicht etwa hier in seiner eigenen Behausung, daß – er nähme ebensogern den bösen Feind selber in sein Logis, wie mich, davon bin ich ziemlich fest überzeugt – aber wo – im Namen aller gesunden Vernunft, bin ich hier? – Wessen Familie hat er mit seiner angenehmen Gegenwart beglückt?«

Heffken hatte indessen seinen Bendi erreicht und sich hineingeworfen, ohne Herrn Horbach zu bemerken, und wenige Minuten später war er in der am Garten vorbeiführenden Straße verschwunden. Horbach schritt langsam und immer mit dem Kopf schüttelnd nach seinem vorher ausgesuchten Platz hinüber, warf sich dort in den äußerst bequemen Drahtstuhl und blies den Dampf seiner Manila in dichten blauen Kräuselwolken gegen die zu ihm niederhängenden Zweige des Waringhis hinauf. Eine Stunde mochte er etwa so gesessen haben; im Hause selber rührte sich noch gar nichts, und die Malaien begannen in der Vorhalle den Tisch zu decken, damit der Herr, wenn er nach Hause käme, nicht mehr zu warten brauche. Die Sonne war ihrem Untergang nahe; in der Tat vergoldete sie nur noch die höchsten Gipfel der Palmen, während sich schon unter den dichten Gebüschen im Garten die Nacht lagerte, als ein Bendi in das Erbe rollte und gleich darauf der Besitzer desselben aus dem Wagen und auf die Veranda sprang.

»Ob ich's mir nicht gedacht habe«, flüsterte Horbach leise vor sich hin, »richtig van Roeken – bin aber verteufelt neugierig, zu erfahren, weshalb der auf einmal eine solche Zuneigung zu mir gefaßt hat; hab' sie doch wahrlich nicht um ihn verdient.«

»Ah, Herr Horbach!« rief der Holländer, als er vor dem Haus von seinem Sitz sprang und den Deutschen dort in seiner Bequemlichkeit entdeckte, »nun, sind Sie endlich aufgewacht?«

»Ja, Mynheer van Roeken«, erwiderte Horbach, trotz seiner gewöhnlichen Unverschämtheit doch etwas verlegen von seinem Sitz aufstehend und die Zigarre aus dem Mund nehmend, »ich – wußte nicht gleich, wo ich mich befand, denn neulich, als ich Ihrer freundlichen Einladung folgen wollte, war ein Versehen vorgefallen, das – das mich –«

»Ein Versehen? In der Tat?« sagte van Roeken trocken, indem er zu ihm auf die Veranda trat, »doch lassen wir das. Die Sache ist vorbei und abgemacht, und nicht so angenehm für uns beide, um noch weiter davon zu reden. Haben Sie meine Frau schon gesprochen?«

»Nein, Mynheer – ich – glaube gar nicht, daß sie zu Hause ist – möglicherweise ist sie ausgefahren.«

»Waarachtig niet«, lachte van Roeken, »nicht um diese Zeit. Wo ist meine Frau?« wandte er sich dann in malaiischer Sprache an einen der Diener.

»Zu Haus, Tuwan«, lautete die Antwort.

»Wo? Das weiß ich, daß sie zu Haus ist, Holzkopf.«

»In ihrem Schlafzimmer – sie hat es den ganzen Abend noch nicht verlassen.«

»S-o«, sagte Horbach, »da hab' ich mich doch geirrt.«

»Ist Mevrouw angezogen?« frug van Roeken den Diener wieder.

»Tau, tuwan«, sagte der Bursche mit den Schultern zuckend, »darf niemand zu ihr hinein.«

»Gut – schick eins der Mädchen hinein und laß ihr sagen, daß das Essen bereit. Sie werden auch Hunger haben, Horbach?«

»Allerdings«, erwiderte der junge Mann, der sich ganz in Gedanken wieder in dem Stuhl niedergelassen hatte und dort stärker als je qualmte, »allerdings; aber – sagen Sie mir doch einmal aufrichtig, verehrter Herr, was eigentlich für ein Geheimnis hinter der ganzen Geschichte steckt, denn aus reinem Interesse für meine Person hätten Sie mich doch wahrhaftig nicht aus dem chinesischen Viertel herausfischen lassen, ein Kunststück, das Ihnen in der Tat nur mit Tojiangs Spürnase gelingen konnte.«

»Mein lieber Herr Horbach«, sagte van Roeken sehr ruhig, indem er seinen Hut ablegte und den kleinen Blechkasten mit seinen Briefschaften daneben stellte, »es liegt nicht mehr der geringste Grund vor, Ihnen etwas, was Sie selber genau betrifft, zu verheimlichen. Allerdings habe ich Ihnen eine Nachricht mitzuteilen, wollte das aber nicht im Hospital tun, wo ich Sie zu schwach glaubte, und konnte es nicht in jener Schandbude, aus der wir Sie gestern herausgeholt.«

»So waren Sie selber dort?« fragte Horbach etwas verlegen.

»Allerdings«, fuhr van Roeken ruhig fort, »nehmen Sie es mir aber nicht übel, mein guter Herr Horbach; allen Respekt vor Ihrer

Leibeskonstitution, durch deren Hilfe Sie selbst jenem Aufenthalt nur mit einer leichten Erkältung entgangen sind – tausend andere an Ihrer Stelle hätten sich einfach den Tod geholt – aber – einen besseren Geschmack habe ich Ihnen doch zugetraut.«

»Reden wir von etwas anderem«, sagte Horbach, seine Zigarrenasche abstreichend, »das Thema kann, wie Sie vorher ganz richtig bemerkten, für uns beide nicht angenehm sein.«

»Es tut mir überhaupt leid«, erwiderte van Roeken, »gar keine angenehme Nachricht für Sie zu haben. Sie müßten denn eine Todesbotschaft dazu rechnen.«

»Eine Todesbotschaft?« rief Horbach, und sprang, wirklich erschreckt, von seinem Stuhl empor. Er war sehr blaß geworden und sagte endlich, mit durch die Heiserkeit kaum hörbarer Stimme:

»Mein Vater?«

Van Roeken sah ihn ein paar Sekunden forschend an, dann nickte er langsam mit dem Kopf und erwiderte:

»Ja – wissen müssen Sie es doch einmal, und je eher das also geschieht, desto besser. Es ist für Sie ein Wechsel von fünftausend Gulden eingelaufen, über den Sie jeden Augenblick verfügen können. Wir haben weder das Recht noch die Lust dazu, Ihnen Ihr Eigentum auch nur eine Stunde vorzuenthalten. Sie sind selber alt genug, um zu wissen, wie Sie es zu verwalten haben. Tun Sie nun der Kolonie und sich den Gefallen, mit dem Geld nicht wieder so umzuspringen wie bisher. Wollen Sie meinem Rat folgen, so bezahlen Sie vor allen Dingen Ihre Schulden, erholen sich die nächsten Tage von Ihrem bisherigen Leben und gehen dann mit der Mail nach Deutschland zurück, wo Ihre Verwandten wohl größeren Einfluß auf Sie haben werden wie wir hier. Solange Sie sich übrigens ordentlich und anständig betragen, steht Ihnen mein Haus als Wohnort zur Verfügung.«

Horbach stand, die Hand auf den Tisch gestützt, den Kopf gesenkt, dem Kaufmann gegenüber und flüsterte mit leiser, fast bewegter Stimme:

»Mein Vater tot? – Armer Vater, hast auch nicht viel Freude an deinem Schlingel von einem Jungen gehabt! Nun – jetzt ist's überstanden – Frieden deiner Asche!« Und einen Moment beugte er das Haupt und blieb still und stumm in sein wehmütiges Nachdenken versunken. Aber es war auch wirklich nur ein Moment, denn schon im nächsten Augenblick hatte er die Zigarre wieder zwischen den Lippen, und mit einem Blick nach dem innern Raum, sagte er:

»Mynheer, wir alle müssen sterben – tut mir leid, daß ich ›den Alten‹ nicht noch einmal gesehen habe; jetzt aber ist's nicht mehr zu ändern – ich glaube die Suppe ist aufgetragen, und dort kommt auch Ihre Frau Gemahlin – dürfen ihr doch das Mittagessen nicht durch traurige Gespräche verderben.«

»Sie scheinen sich ziemlich gefaßt zu haben, Herr Horbach?«

»Vollkommen«, erwiderte der Erbe, seine Zigarre hinaus in den Garten werfend. »Was hilft auch das Kopfhängen – ah, Mevrouw!«

Mevrouw van Roeken kam in voller Toilette herausgeschwebt, rauschte an Horbach, der ihr eine ehrfurchtsvolle Verbeugung machte, den sie aber kaum eines Blickes würdigte, stolz vorüber, und sagte zu ihrem Gatten:

»Tabé, mein Herz – kommst du endlich? Ich habe eine solche Sehnsucht nach dir gehabt!«

»Wirklich, mein süßes Leben?« erwiderte van Roeken zärtlich, »aber warum bist du nicht ein wenig ausgefahren?«

»Ich hatte Kopfschmerzen – betoel – schreckliche Kopfschmerzen.«

»Kassiang«, sagte ihr Gatte bedauernd.

»Und mochte auch nicht ohne dich fahren.«

»Du gute Frau – aber unser Essen wird kalt. Liebes Herz, ich habe dir erst hier noch einen jungen Deutschen, Mynheer Horbach, vorzustellen, der es sich einige Tage in unserem Hause will gefallen lassen; Mynheer Horbach, Mevrouw van Roeken!«

Mevrouw van Roeken, ohne auch nur den Blick dorthin zu werfen, wo Horbach stand, machte einem der großen steinernen Pfeiler eine halbe Verbeugung, und sich dann an den Arm ihres Gatten hängend, führte sie ihn hinüber zum Tisch, hinter dessen Stühlen die dienstbaren Malaien schon ihre Plätze eingenommen hatten.

Horbach entging die Verachtung nicht, mit der ihn Mevrouw

behandelte, und es geschah das auch nicht ohne Grund, denn von ihren Mägden hatte sie schon gestern gehört, in welchem Zustand der Fremde in ihr Haus geschafft worden sei. Daß sie mit einem solchen Vagabunden nichts zu tun haben wollte, konnte ihr eigentlich niemand verdenken, und sie hatte gestern abend sogar schon einen harten Kampf mit ihrem Gatten gekämpft, indem sie den »verdorbenen Menschen« gar nicht an ihren Tisch nehmen, sondern zu den Malaien verweisen wollte. Das ging aber, wie van Roeken meinte, doch nicht an; er blieb immer ein Weißer, und überdies wurden sie ihn ja auch mit der nächsten Mail für immer aus der Kolonie los. Es war die letzte Unbequemlichkeit, die er ihnen bereitete, und ihren Geschäftsfreunden in Deutschland konnten sie schon nicht gut diese Gefälligkeit versagen. Mevrouw van Roeken duldete ihn deshalb, suchte dem »Verworfenen« aber nun mit der größten Anstrengung fühlen zu lassen, wie sie ihn verachte, und war nicht allein erstaunt, nein erschrak ordentlich darüber, als sie bemerken mußte, welch geringen Eindruck das auf ihn machte. Statt nämlich vollständig zerknirscht und ineinander gebrochen zu sein, als sie an ihm vorüberrauschte, machte ihr Horbach nur eine lächelnde Verbeugung, und jedesmal, wenn sie den verächtlichen Menschen einmal von der Seite und verstohlen ansehen wollte, fand sie seinen spöttischen Blick voll auf sie geheftet.

Van Roeken merkte indessen von diesem Zwischenspiel nicht das mindeste. Er hatte eben ein paar Briefe bekommen, die mit einem Schoner von Sumatra eingetroffen waren, und überflog sie, während er die Suppe aß; dann knüpfte er mit seiner Frau ein Gespräch über einen neu zu bauenden Wagen und ein paar andere Wirtschaftssachen an. Mevrouw ging angelegentlich darauf ein und drehte dabei dem aufgedrungenen Gast soviel als möglich den Rücken zu. Sie fühlte aber auch zugleich, daß sein Blick sie fortwährend fixierte. Was wollte der unausstehliche Mensch von ihr? Sie haßte ihn jetzt mehr als je.

ZWEIUNDDREISSIGSTES KAPITEL

Etwa acht Tage waren nach den vorher beschriebenen Szenen verflossen, und die diesmal regelmäßige Ankunft der Monats-Mail – oder des monatlichen Dampfers – brachte wieder reges Leben in die Geschäftswelt Batavias. Den ersten Morgen nach Ankunft der Korrespondenz hatte wohl auch keiner der Kaufleute einen andern Gedanken, als seine Briefe durchzulesen und die erhaltenen oder zu erteilenden Aufträge zu überdenken. An demselben Abend aber war auch schon das Wichtigste angeordnet und abgemacht; die verschiedenen Kommis hatten ihre Aufträge bekommen, und das Ganze ging schon wieder seinen geregelten Gang, wenn dieser auch noch überwacht werden mußte.

Mit der Mail war auch ein kleines Paket für Wagner von Europa angekommen, ein Geschenk, das er für Marie van Romelaer bestimmt gehabt. Gestern war es ihm unmöglich gewesen, hinauszufahren, heute aber mußte sich Zeit dazu finden. Es traf sich sogar heut, daß ihr Geburtstag war, und den Tag durfte er doch nicht versäumen. Aber er ging nicht mit leichtem Herzen; denn seit jenem Morgen, an dem Marie so leidenschaftlich gewesen, hatte er sie nicht wieder gesehen. Seit jenem Morgen war ihm, so oft er auch dort anklopfte, ihre Tür verschlossen geblieben, und selbst der alte Romelaer schien etwas gegen ihn auf dem Herzen zu haben, das ihn drückte und störte und das alte freundschaftliche Verhältnis noch nicht wieder aufkommen ließ. So geduldig er das nun auch die ganze Woche ertragen, so fest war er entschlossen, dem heute ein Ende zu machen. Allerdings stieg zuweilen der Verdacht in ihm auf, daß Marie vielleicht gar auf die Fremde eifersüchtig gewesen wäre – lieber Gott, und wie geringe Ursache hatte sie dazu –, doch blieb es immer möglich. Jetzt aber mußte sie sich doch auch vom Gegenteil überzeugt haben, denn seit Hedwig Bernold zu van Straatens übergesiedelt war, hatte er absichtlich noch keinen Fuß dort über die Schwelle gesetzt. Erst wollte er vor allen Dingen mit Marie wieder Frieden geschlossen haben, ehe er der schönen, unglücklichen Fremden aufs neue gegenübertrat.

Und doch war es nicht das alte freudige, durch keinen Schatten getrübte Gefühl, mit dem er jetzt an Marie dachte. Wie er sich auch ihr Bild in all seinem Glanz, in all seiner Jugendfrische und Unschuld ausmalen mochte, immer und immer wieder störte ihn die Erinnerung an den Augenblick, in dem er sie zuletzt gesehen. Immer wieder erschreckte ihn aufs neue jener dämonische Ausdruck in ihren Zügen, der ihm seit der Zeit schon manche, manche unruhige Stunde bereitet. Er hatte sich zuletzt ordentlich zwingen müssen, nur das Schlimmste zu vergessen, denn er betrachtete sich, wenn auch noch nicht durch feste Zusage, doch durch stillschweigendes Übereinkommen an Marie gebunden. Aber er zweifelte dabei auch nicht im geringsten, daß er das junge Mädchen, sobald er es nur einmal seine Frau nennen durfte, von all diesen heftigen und unweiblichen Leidenschaften kurieren könne. Schon ihm zuliebe mußte sie sich ändern, und wenn sich zwei Menschen auf der Welt nur recht ernstlich und von Herzen liebhaben, so kann ja gar nichts störend oder, noch schlimmer, feindlich zwischen sie treten. Jedenfalls mußte er ihr heute das für sie bestimmte Geschenk bringen – heute morgen hatte er nicht kommen können, aber den Abend durfte er ebensowenig versäumen, und gleich vom Geschäft aus nahm er das kleine, zierliche Etui, das einen reizend gearbeiteten Schmuck enthielt, in seinen Wagen, ließ Herrn Nitschke mit den Briefen und sonstigen Arbeiten nach Haus zum Essen fahren, wobei er ihm versprach, spätestens um acht Uhr wieder bei ihm zu sein, und fuhr dann, so rasch die Pferde nur laufen konnten, zu Romelaers hinaus.

In den bequemen Sitz zurückgelehnt, den Kopf in die Hand gestützt, und ganz in seine freundlichen Gedanken vertieft, achtete er auch gar nicht daruf, wer ihm begegnete. Nur sein Wiedersehen Mariens malte er sich aus. – Lieber Gott, die acht Tage, die er ohne sie verbracht, kamen ihm schon ewig lang vor – und wie sie ihn wohl empfangen und begrüßen würde? Eine Carreta fuhr dicht an ihm vorbei, und ein darin sitzender Malaie, der einen mächtigen Blumenstrauß vorn an der Jacke trug, rief etwas herüber und winkte Wagner zu. Dieser aber sah ihn gar nicht, und da er seinem Kutscher auch keinen Befehl zum Halten erteilte, fuhr dieser ruhig weiter. Überhaupt waren sie kaum noch fünfhundert Schritte von Romelaers entfernt. Die Carreta lenkte aber rasch um und fuhr wieder hinter ihm drein. Schon konnten sie in der Ferne Romelaers Erbe erkennen, als sie Wagners Bendi wieder überholte und der darin sitzende Malaie dem jungen Manne ein rosafarbenes, süß duftendes Briefchen überreichte. Ehe Wagner ihn aber nur um etwas weiteres fragen konnte, lenkte das leichte Fuhrwerk schon wieder um und war wenige Sekunden später zwischen all den übrigen Wagen verschwunden. Der junge Deutsche hatte indessen Zeit genug gehabt, den Boten zu erkennen, der, wie er recht gut wußte, in van Romelaers Diensten stand. Das kleine Billett war von ihr – es enthielt jedenfalls eine Einladung auf heut abend, und so häßliche, ungerechte Gedanken hatte er sich indessen schon über Mariens Starrsinn gemacht? Während er seinem Kutscher das Zeichen gab, weiter zu fahren und das leichte Bendi rasch dem Romelaerschen Grundstück entgegen rollte, öffnete er das zierliche, duftende Billett, das nur eine einzelne Karte enthielt. Er nahm sie heraus und las auf derselben die beiden Namen:

Marie van Romelaer   Kapitän Karel Bernstoff

mit der einen Unterschrift: »empfehlen sich als Verlobte«.

Wagner starrte auf das kleine Blatt, als ob es eine Art von bösem Zauber auf ihn ausübe; in der Tat vergaß er ganz dabei, wo er sich befand, wohin er fuhr, und ehe er sich soweit sammeln konnte, um nur aufzuschauen, bog sein Fuhrwerk in Romelaers Garten ein, rasselte durch die Allee von zierlichen Arekapalmen und hielt wenige Sekunden später vor dem Portal. Der junge Mann wollte, als er zuerst aufsah und sich dicht vor dem Hause fand, das er jetzt vor allem anderen am liebsten gemieden hätte, rasch wieder umkehren lassen, aber – es ging nicht mehr. Nicht allein war er schon von mehreren der Dienstleute bemerkt worden, nein, selbst im Hause hatte man ihn gesehen oder doch wenigstens gehört, daß ein Fuhrwerk hier gehalten. Was hätten die Leute davon denken sollen, wenn er jetzt vor ihnen geflohen wäre? Es blieb ihm auch nicht einmal eine Wahl – gerade die, die er am liebsten heute vermieden hätte, sprang ihm mit raschen, fröhlichen Schritten entgegen: Marie stand im nächsten Augenblick auf den oberen Stufen der Treppe und wollte lachend die Hand nach dem Bendi ausstrecken, als sie Wagner darin erkannte und erbleichend einen Schritt zurücktrat.

Dies Erschrecken gab aber Wagner vollständig sich selber wieder. Es durfte niemand ahnen, daß er vollkommen gegen seinen Willen hier vorgefahren sei; der Spott darüber würde sonst kein Ende genommen haben. In seinem ganzen Wesen überhaupt ernst und gesetzt, hatte er auch mit diesem Gefühl schon wieder seine volle Ruhe und Sicherheit gewonnen. Mit freundlichem Gruß gegen die junge Dame, die noch gar nicht wußte, ob sie den unerwarteten Besuch fliehen solle oder nicht, ja noch nicht einmal wieder die Fähigkeit erlangt hatte, sich von der Stelle zu bewegen, sprang er aus dem Wagen, rief dem Kutscher zu, hier auf ihn zu warten, und stieg langsam die Stufen hinauf. Die eben erhaltene Karte hatte er im Wagen liegen lassen, und das Etui in der Hand schritt er auf Marie zu.

»Herr Wagner«, stammelte Marie, die nicht anders glauben konnte, als daß er ihre Verlobungskarte noch gar nicht erhalten habe, »ich – weiß nicht –«

»Liebes Fräulein«, unterbrach sie aber der junge Deutsche, all ihren Zweifeln rasch ein Ende machend, »Sie scheinen, wenn ich nicht irre, jemand Lieberes, statt meiner, erwartet zu haben, und ich bin unschuldigerweise die Ursache einer Enttäuschung gewesen. Zürnen Sie mir nicht deshalb; ich werde gleich dem – andern Raum geben, wollte mir nur vorher nicht versagen, Ihnen meine aufrichtigen Glückwünsche, wie noch etwas anderes, zu bringen, was schon seit langen, langen Monden für Sie bestimmt und unterwegs war.«

»Herr Wagenaar –«, wiederholte Marie noch einmal, während glühende Röte ihre Züge übergoß; aber Wagner ließ sie nicht zu Worte kommen, was hätten sie beide sich auch noch, nach der erhaltenen Karte, zu sagen gehabt.

»Ich hatte gehofft«, fügte er mit unterdrückter Stimme hinzu, indem er das Etui in ihre Hand legte, »daß Sie den Inhalt als meine Braut tragen sollten, und für diese Bitte den heutigen Tag bestimmt – Ihre Karte hat mir eine schmerzliche Abweisung erspart. So leben Sie denn glücklich, Marie; mögen Sie an Bernstoffs Seite den Frieden und das häusliche Glück finden, das Sie mir nicht gestatten wollten, Ihnen zu bereiten. Vergessen Sie mich dabei, aber seien Sie zugleich versichert, daß ich selber nie mit Groll an Sie zurückdenken werde. Leben Sie wohl, liebe Marie, Gott beschütze und behüte Sie!«

Mit den Worten nahm er ihre rechte Hand, drückte sie ehrfurchtsvoll und ganz leicht an die Lippen, machte der jungen Dame dann eine sehr förmliche Verbeugung, stieg die Treppe wieder hinunter und war, ehe sich Marie nur von ihrer Überraschung erholen konnte, in seinem Bendi und draußen vor dem Garten, die Straße rasch hinabfahrend. So bestürzt aber Marie von Romelaer über diesen unerwarteten Besuch Wagners und mehr noch über das Geschenk sein mochte, das er in ihren Händen zurückgelassen, so zufrieden war Wagner selber über die Art, wie er sich hier aus der Affäre gezogen.

Recht von Herzen hatte er Marie geliebt und gehofft, einst an ihrer Seite ein frohes und glückliches Leben zu führen, denn er hielt sie für den Inbegriff aller weiblichen Tugenden. Dieser Glaube bekam aber schon durch ihr damaliges heftiges Betragen einen argen Stoß und konnte sie sich jetzt, wie ihm die Karte bewies, auf so leichte, ja leichtfertige Weise für immer von ihm losreißen, so zweifelte er auch sehr, ob sie ihm recht von Herzen gut gewesen. In diesem Falle war es dann viel besser, daß alles so gekommen, wie es sich jetzt herausstellte. Stets äußerst praktisch in seiner ganzen Lebensweise, suchte er das unangenehme, ja schmerzliche Gefühl, das sich ihm immer wieder aufdrängen wollte, soviel als möglich von sich abzuschütteln. Die Sache war geschehen und nichts mehr daran zu ändern, weshalb also sich noch ganz unnötigerweise trübe Gedanken deshalb machen.

Er sah nach seiner Uhr; es fehlte noch eine Stunde an der Zeit, die er Herrn Nitschke bestimmt hatte, um mit ihm in seiner Wohnung zusammenzutreffen und die nötigen Arbeiten dort vorzunehmen. Was also machte er indessen? Er befand sich nicht so sehr weit von van Straatens Wohnung, und die Artigkeit erforderte schon, daß er dort endlich einmal vorfrug, wie sich ihr neuer Gast gefiele, wie sie selber mit ihm zufrieden seien. Überdies rückte die Zeit heran, in der sich auch Fräulein Bernold entscheiden mußte, ob sie noch länger auf Java bleiben oder nach Deutschland zurückkehren wolle; es war deshalb nötig, daß er mit ihr selber darüber sprach, und seinem Kutscher die nötige Weisung gebend, lenkte dieser in eine Querstraße ein, die nach van Straatens Wohnung führte.

Dort saß indessen der alte Lockhaart, Hedwigs Reisegefährte von Amsterdam aus, allein in dem untern luftigen Salon. Obgleich es draußen noch hell genug war, hatte er sich doch hierher eine Lampe bringen lassen, und während eine Menge holländische, englische und französische Zeitungen Tische und Stühle um ihn her bedeckten, studierte er, den Kopf in beide Hände gestützt und das Licht der Lampe voll auf seinen harten, aber ausdrucksvollen Zügen, einen vor ihm liegenden Brief, den er, so oft er ihn schon durchgelesen, immer wieder von neuem begann. Er hatte es sich dabei schon wieder ganz bequem gemacht, mit Cabaye und Schlafhose, die bloßen Füße in feingeflochtenen chinesischen Pantoffeln. Er rauchte auch, hatte aber sämtliche Diener mit ihren Lunten hinausgejagt und neben sich, auf einem bootartigen lackierten Gestell, eine der chinesischen wohlriechenden Glimmkerzen liegen, an der er dann und wann seine Zigarre wieder anzündete. Ganz in seine Lektüre des Briefes vertieft, saß er da, als er plötzlich schwere Tritte neben sich mehr fühlte als hörte. Rasch aufschauend, erkannte er aber eine Gestalt, die er so erstaunt betrachtete, als ob er einen Geist sähe, und mit den eben nicht einladenden Worten empfing:

»Wie sind sie denn hier hereingekommen? Sapáda!« schrie er dann, ehe der Fremde auch nur eine Silbe zu seiner Entschuldigung vorbringen konnte. »Sapáda! Wo steckt das Gesindel? Heh, ihr Schlingel! Wozu seid ihr denn da, als draußen aufzupassen und etwaige Fremde anzumelden, heh? Habt ihr schon wieder vergessen, daß man euch erst sagen muß, ob man die Leute annehmen will oder nicht, damit einem nicht jeder täppische Ochs ohne weiteres in das Zimmer hereinbricht? Jetzt wieder hinaus mit euch, und Gnade euch Gott, wenn ich euch wieder einmal auf der faulen Haut erwische.«

Die Malaien, die bei dem ersten Ruf schon von allen Seiten herbeigesprungen waren, blieben scheu am Eingang stehen. Sie fürchteten den strengen Tuwan entsetzlich, obgleich er noch keinem von ihnen etwas zuleide getan. Bestürzt sahen sie auch den Fremden an, denn sie konnten ja nicht wissen, daß er noch nicht so viel Malaiisch sprach, die für ihn eben nicht schmeichelhafte Rede zu verstehen. Bei den letzten Worten fuhren sie aber auch wieder wie der Blitz zur Tür hinaus, vor der sie jetzt nur in Rufnähe blieben – falls sie noch einmal verlangt werden sollten.

»Ich muß sehr um Entschuldigung bitten«, sagte der Fremde – niemand anderes als unser alter Bekannter Salomon Holderbreit –, »wenn ich vielleicht gestört habe. Das lag nicht in meiner Absicht. Ich komme vielmehr mit einer Bitte an meinen alten Reisegefährten.«

»Und was wünschen Sie?« lautete die kurze, eben nicht freundliche Anfrage des alten Herrn, der nicht einmal daran dachte, seinem Gast einen Stuhl anzubieten. Herr Salomon Holderbreit war aber nicht der Mann, sich durch geringfügige Schwierigkeiten einschüchtern oder zurückschrecken zu lassen. Er kannte den Herrn, mit dem er hier zu tun hatte, schon als einen ungeselligen, abstoßenden Kumpan von der ganzen Seereise her und wußte recht gut, daß bei ihm mit Schüchternheit gar nichts auszurichten war. Ohne sich deshalb an den mürrischen Blick zu kehren, mit dem er empfangen worden, ohne selbst diese unhöfliche Anrede zu beachten, hielt er nur sein Ziel im Auge: daß er nämlich von ihm etwas erbitten wolle, ging ruhig auf den nächsten Stuhl zu, den er sich zum Tisch rückte, legte seinen Hut ab, setzte sich dem ihn erstaunt betrachtenden Lockhaart gegenüber und sagte:

»Erlauben Sie, daß ich Ihnen nicht gleich sage, was ich wünsche, sondern erst ein wenig weiter aushole.«

»Nein, das erlaub' ich keineswegs«, versicherte Herr Lockhaart ebenso bestimmt, »denn ich habe weder Lust noch Zeit, irgendeine langweilige Auseinandersetzung mit anzuhören, die mich gar nicht interessieren kann, sie mag handeln von wem und von was sie will.«

»Und wenn es die Religion selber beträfe«, warf Herr Holderbreit ein.

»Mynheer!« rief der alte Lockhaart und hob sich halb von seinem Stuhl auf, »ich will nicht hoffen, daß Sie hierher gekommen sind, um –«

»Fürchten Sie nichts«, unterbrach ihn der Geistliche, indem er beruhigend mit der Hand winkte, denn er wußte recht gut, wie weit er mit ihm gehen durfte. »Es fällt mir gar nicht ein, Sie bekehren zu wollen, denn obgleich wir nie drei Worte über Religion gewechselt, weiß ich doch, daß Sie fast noch schlimmer als ein Heide sind.«

»So?« lachte Lockhaart, den dies zu amüsieren anfing, »und die ganze lange Seereise haben Sie eine so wundervolle Gelegenheit vollständig unbenutzt gelassen, mich eines Besseren zu belehren? War das christlich?«

»Mein sehr verehrter Herr«, erwiderte Holderbreit ruhig, »Sie werden mir gewiß zugeben – was auch immer ihre Ansichten über Religion sein mögen –, daß es ein gutes und gottgefälliges Werk ist, ein totes Stück Land, das unbenutzt und brach liegt, mit fruchttragenden Körnern zu besäen; nicht wahr?«

»Wenn irgend jemandem ein Nutzen daraus erwächst«, meinte Lockhaart.

»Und wenn es nur für die Vögel des Himmels wäre«, fuhr Holderbreit eifrig fort. »Wer also den Pflug in den Boden einläßt, und sei dieser noch so dürftig und ausgesogen, tut immer sicherlich ein gutes Werk. Was würden Sie aber von einem Menschen halten, der mit den besten Absichten von der Welt, seinen Pflug auf einen glatten Granitblock hinaufschafft und dort oben ackern und säen will? Sie würden einfach sagen: Der Mensch ist verrückt.«

Mynheer Lockhaart sah den Geistlichen völlig verdutzt über die kecke Rede an. Was aber keiner Bitte oder einer schmeichelnden Rede gelungen wäre, das erreichte der ehrwürdige Salomon Holderbreit hier ohne weiteres durch Grobheit, und wenn nicht seinem Zartgefühl, so gereichte doch die Art und Weise, in der er mit dem alten, rauhen Herrn umsprang, seiner Menschenkenntnis zur höchsten Ehre.

»Sie haben recht«, lächelte Herr Lockhaart schon bei dem Gedanken still vor sich hin, daß sein Mitpassagier unterwegs an ihm seine Bekehrungsversuche begonnen haben könne, »Sie haben ganz recht: Auf Granit ist schlecht pflügen, die Schar könnte höchstens eine Weile Funken herausstoßen und dann abstumpfen! Aber – was wollen Sie eigentlich?«

»Ich will an anderen das versuchen, was bei Ihnen völlig nutzlos wäre«, erwiderte Herr Holderbreit ziemlich geradeheraus. »Ich bin von Europa herübergekommen, um die Heiden zu bekehren, und mit allen Mitteln dazu ausgerüstet, fühle ich mich stark und befähigt genug, das zu unternehmen.«

»Gut, aber was zum Henker geht das mich an?«

»Eigentlich gar nichts«, erwiderte ruhig der Geistliche, »insofern Sie kein näheres Interesse daran nehmen; aber gedulden Sie sich nur noch wenige Sekunden. Ich habe Ihnen vorhin gesagt, daß ich mich stark und befähigt genug fühle, das Unternommene durchzuführen – die Hände dürfen mir jedoch dabei nicht gebunden – ich muß imstande sein, mich frei und willkürlich zu bewegen, und dazu sollen Sie mir helfen.«

»Ich?« rief Herr Lockhaart erstaunt und trotzig aus. »Verdammt will ich sein, wenn ich mich auch nur mit einem Finger in Ihren ganzen Unsinn hineinmenge. Gehen Sie dorthin, wo man Ihre Dienste braucht und verlangt, und dort werden Sie auch wohl dankbarer angenommen und – besser bezahlt werden.«

»Aber ich habe die feste Überzeugung, daß sie nirgends dringender verlangt werden wie gerade hier.«

»Papperlapapp!« sagte der alte Herr. »Das sind rein fixe Ideen, und das Kurze und Lange von der Sache ist, mein Herr, daß wir hier auf Java, und überhaupt im Ostindischen Archipel, keine Bekehrungsversuche haben wollen, denn bis jetzt ist nichts weiter daraus entstanden als Unheil und Ärgernis. Die Bevölkerung hängt fast ausschließlich, die Chinesen abgerechnet, an der mohammedanischen Religion; diese entspricht ihren Sitten wie Bedürfnissen. Die Leute selber leben dabei mäßig und nüchtern;

sie sind fleißig und zuverlässig und werden gerade durch die mohammedanische Religion von ihren Oberen fest und sicher im Zügel gehalten; was wollen wir mehr? Dadurch, daß wir die mohammedanische Religion unangefochten lassen, haben wir auch sämtliche Priester zu unseren Freunden; würfen wir aber Missionäre in ihre Gemeinden, und zerrissen diese durch ihre Propaganda der christlichen Religion die bis jetzt festgehaltenen Familien und Staatsbanden, dann stünde ein Feind gegen uns alle auf, dem wir mit unseren paar tausend Europäern vergebens die Spitze bieten würden. Wollte unsere Regierung deshalb auch noch dazu beitragen, die christliche Religion unter den eingeborenen Stämmen, die sie weder brauchen noch verlangen, zu verbreiten, so wäre das ein reiner und einfacher Selbstmord, und dazu liegt denn doch noch keine Veranlassung vor.«

»Aber Sie werden mir doch zugeben, daß unsere Religion uns selber gebietet –«

»Ich gebe Ihnen gar nichts zu«, unterbrach ihn der alte Mann, »so, wie ich es Ihnen eben erst auseinandergesetzt, stehen die Verhältnisse hier. Java ist dabei eine bedeutende Revenue für den Staatsschatz, und daß wir uns das alles nicht, bloß einer Phrase wegen, durch ein paar idealistische Schwärmer verderben lassen, können Sie sich wohl denken.«

»Ich gehöre nicht zu diesen«, sagte Holderbreit.

»Sie sehen wenigstens nicht so aus«, erwiderte Lockhaart trokken. »Das bleibt sich aber gleich; im Gegenteil sind die praktischen Menschen noch viel gefährlicher als die Phantasten, weil sie die Sache gewöhnlich am rechten Zipfel anfassen.«

»Also hält sich die Regierung für mächtig genug«, sagte Holderbreit finster, »die Verantwortung dereinst zu übernehmen, Millionen von Menschen das Christentum hartnäckig verweigert zu haben.«

»Unsinn! Alle Ihre Verantwortungen«, brummte der alte Mann. »Wir haben etwa hundertsechzig Millionen Mohammedaner auf dem Erdball, die sich meist alle geistig wohlbefinden und auf ein späteres Leben hoffen. Wohin die kommen, dort haben unsere Javanen auch Platz. Wünschen Sie sonst noch etwas?«

Die letzten Worte waren von einem so deutlichen Blick begleitet und so entschieden betont, daß sie Herr Salomon Holderbreit nicht wohl mißverstehen konnte. Er fühlte auch recht gut, daß ihn Herr Lockhaart gern los sein wollte, war aber keineswegs der Mann, der sich hätte durch eine derartige Anspielung bestimmen lassen, zu gehen, ehe er es selber für Zeit hielt. Er sah eine Weile sinnend vor sich nieder, dann begann er endlich wieder, dem Alten fest ins Auge sehend:

»Ich will Ihnen etwas sagen, Herr Lockhaart, betrachten wir die Sache einmal von einem ganz anderen Gesichtspunkte, und zwar als Geschäft, so ist es höchst unbillig, ja kleinlich von der holländischen Regierung, da sie gerade die Macht in Händen hat, einem Konkurrenten solche unübersteigliche Schwierigkeiten in den Weg zu legen. Wo bleibt da das, was der Engländer fair play nennt?«

»So wollen Sie die Mission als Geschäft betrachtet haben?«

»Ja«, sagte der Geistliche, »wenn Sie mir keine höhere Berechtigung zugestehen.«

»Aber auch in dem Sinn werden Sie nichts ausrichten«, erwiderte, ungeduldig werdend, Lockhaart. »Die Regierung sieht ein, daß das, was Sie dem Volk verkaufen wollen, ein schädlich wirkendes Gift ist, und wird es nicht dulden.«

»Sie läßt Opium verkaufen.«

»Bah«, rief Herr Lockhaart, »ich habe nicht gesagt, daß sie es des Volkes wegen verbietet, sondern nur ihrer selbst wegen.«

»Also fürchtet die holländische Regierung den Einfluß, den ein armer fremder Geistlicher, wie ich, ausüben könne. Sie erkennt also die Macht an, die Gottes Wort auf die Massen ausüben würde, und wagt doch, es zu unterdrücken!«

»Von Fürchten ist gar keine Rede«, sagte Lockhaart unwillig, »Sie sehen auch nicht aus, als ob man sich vor Ihnen fürchten dürfte, und meinen Hals wollt' ich zum Pfand setzen, daß man Sie ganz ohne die geringste Besorgnis loslassen könnte; Sie würden kein Unheil unter den Mohammedanern anrichten.«

»Unheil? Nein«, sagte Herr Holderbreit, »das ist auch nicht meine Absicht, aber Heil, und ich nehme Ihre Wette an, verschaffen Sie mir nur Gelegenheit, ans Werk zu gehen, wozu ich weiter nichts als einen Paß ins Innere brauche.«

»Stell' ich Pässe aus?« frug Lockhaart trocken.

»Nein, aber ich weiß, daß Sie großen Einfluß in Batavia haben«, versicherte Herr Holderbreit, »und bin einzig und allein deshalb hierhergekommen, mir Ihr Fürwort zu erbitten. Ich habe eine Seereise von so viel Monden gemacht und Gefahren wie Entbehrungen nicht gescheut, den Heiden das Licht und den Segen christlicher Religion zu bringen, und jetzt scheint alles auf dem besten Weg an einer geringfügigen Kleinigkeit zu scheitern – an der Erlaubnis meiner Reise in das Innere, die mir hartnäckig verweigert wird.«

»Und warum bekehren Sie hier nicht in Batavia? Ich dächte, wir hätten hier heidnisches Gesindel genug!«

»Daran fehlt es allerdings nicht«, erwiderte Holderbreit, »und zwar unter allen Farben. Sie wissen aber auch recht gut, daß sich die ärgste Brut immer nach den Städten zieht, ob von europäischen, chinesischen oder malaiischen Eltern geboren. Diese Art Menschenklasse bleibt sich gleich und ist unverbesserlich. Es wäre eine höchst leichtsinnige Zeitverschwendung, wollte man sich mit derartigen Leuten länger befassen, als unumgänglich nötig ist.«

»Also Sie glauben im Inneren einen besseren Erfolg zu haben?«

»Ja.«

»Natürlich; was einem Leute sagen, die das Land genau kennen, gilt nicht. Jeder will mit seinem eigenen Kopf den Versuch machen, durch die Wand zu brechen. Schön! Was ich dazu beitragen kann, daß Sie sich den Schädel einrennen, soll geschehen, und wenn es irgend möglich ist, wird Ihnen ein Paß ausgewirkt. Wohin wollen Sie?«

»Vorderhand nur erst einmal in die Preanger Regentschaften, später möchte ich gern nach Borneo oder Celebes.«

»Dahin lassen Sie sich die Lust vergehen«, sagte Lockhaart. »Soviel sag' ich Ihnen aber von vornherein, nehmen Sie sich in acht und bleiben Sie streng bei dem, was Sie vorgeben. Die holländische Regierung läßt nicht mit sich spaßen und erfährt alles, was über sie unter den Eingeborenen gesprochen wird. Verstehen Sie denn übrigens schon Malaiisch?«

»Noch nicht fertig, aber ich werde es lernen.«

Lockhaart sah den Mann von oben bis unten erstaunt an, schüttelte dann den Kopf und setzte sich wieder, ohne weitere Notiz von ihm zu nehmen, zu seinen Briefen nieder.

»Also ich darf hoffen –« sagte Holderbreit nach einer ziemlich langen Pause, in der ihn Lockhaart schon vollständig vergessen hatte.

»Was?« fuhr dieser auf.

»Daß Sie einen Paß ins Innere für mich befürworten wollen.«

»Aber ich bin selber kein Christ«, rief der alte Herr aus, »Sie wenigstens halten mich für keinen.«

»Das schadet nichts«, lächelte Herr Holderbreit. »Die Religion bedient sich aller ihr zu Gebote stehenden Mittel, ihr heiliges Ziel zu erreichen, und muß dazu auch manchmal selbst feindselige Werkzeuge gebrauchen.«

»Also als Werkzeug werd' ich betrachtet«, lachte Lockhaart still für sich hin. »Sie sind wenigstens aufrichtig, und was ich tun kann, soll geschehen, Ihren Wunsch zu erfüllen. Wie es dann ausschlägt, ist Ihre Sache. Sie sehen übrigens, daß ich jetzt beschäftigt bin.«

»Ich will Sie nicht länger stören«, erwiderte der Missionär, denn diese Andeutung war doch zu deutlich gewesen, als daß er sie hätte mißverstehen oder ignorieren können. »Mein werter Herr, ich habe die Ehre, mich Ihnen gehorsamst zu empfehlen.«

»Guten Abend«, sagte Lockhaart, ohne von seinem Brief aufzusehen, und der Deutsche verließ im nächsten Augenblick das Haus, um in sein Hotel zurückzukehren und seine Vorbereitungen zu einer Fahrt ins Innere zu treffen. Nach seinen letzten Bekehrungsversuchen mit dem jetzt wieder ganz verstockt gewordenen Bali war ihm der Aufenthalt im Amsterdam-Hotel drückend, und er wünschte es sobald als irgend möglich zu verlassen.

DREIUNDDREISSIGSTES KAPITEL

Der alte Herr Lockhaart hatte noch gar nicht lange seine Lektüre wieder aufgenommen, ohne auch nur einen Blick hinter dem Geistlichen herzuwerfen, als draußen wieder ein Wagen vorrollte und ein Malaie schüchtern in den Saal hineinglitt.

»Tuwan Heffken kommt«, flüsterte er dabei, »sollen wir ihn hereinlassen?«

»Heffken?« rief Lockhaart, von seinem Sitz emporfahrend, »was zum Teufel will der hier? Jagt ihn fort.«

»Frug nach Tuwan«, warf der Malaie ein.

»Nach meinem Schwager? So – hm – Na meinetwegen, führ ihn her; mit dem werden wir auch noch fertig werden. Bin doch wahrhaftig neugierig, was der Herr bei uns zu suchen hat.«

Und mit den Worten stand er auf und ging ein paarmal in der Halle auf und ab, bis er die Schritte des Kommenden auf dem Marmorboden hörte. Wie er sich nach ihm umdrehte, stand der Buchhalter vor ihm und sagte mit einer achtungsvollen Verbeugung:

»Ah, Mynheer Lockhaart – herzlich erfreut, in der Tat, Sie wieder in Batavia begrüßen zu können. Sie sehen frisch und wohl aus, und das kalte europäische Klima scheint Ihnen außerordentlich gut getan zu haben.«

»Finden Sie?« sagte Lockhaart, ohne auch nur eine Miene zu verziehen.

»In der Tat! – Ich weiß mich kaum eines Beispiels zu erinnern, daß –«

»Sie wünschten meinen Schwager zu sprechen?« unterbrach ihn, ohne die geringsten Umstände, der alte Herr. »Er ist nicht zu

Haus – mit meiner Schwester und unserem Gast ausgefahren – kommen auch erst spät zurück.«

»So?« sagte Heffken und sah still und nachdenkend vor sich eine Weile nieder, »ausgefahren – hm – dann kann ich also Fräulein Bernold auch nicht sprechen?«

»Und was haben Sie mit der, wenn man fragen darf?«

»Bei Licht besehen«, erwiderte der kleine Buchhalter, ohne auf die Frage direkt zu antworten, »könnte ich alles, was ich zu sprechen habe, auch ebensogut mit Ihnen wie mit Ihrem Schwager abmachen – vielleicht noch besser, vorausgesetzt nämlich, daß Sie mich anhören mögen.«

»Und es betrifft Fräulein Bernold?«

»Ja«, sagte Heffken, nach einigem Zögern, »darf ich sprechen?«

»Reden Sie«, sagte Lockhaart, indem er, während er sich selber wieder setzte, auf einen ihm gegenüberstehenden Stuhl deutete, »bin neugierig, was Sie mir über die junge Dame zu sagen haben.«

»Ich darf voraussetzen«, begann Heffken, während er Platz nahm und seinen Hut spielend auf der linken Hand herumdrehte, »daß Sie davon unterrichtet sind, auf welche Art die junge Dame nach Java gekommen ist?«

»Sollt' es denken«, erwiderte Lockhaart, mit einem forschenden Blick auf den Buchhalter, »in der Rebecca, und ich könnte Ihnen Rechenschaft von jedem Tag unterwegs geben – wenn ich es eben für nötig hielte.«

»Das mein' ich nicht«, sagte Heffken gleichgültig, »sondern was die Veranlassung ihres Hierherkommens gewesen.«

»Nein – kenn' ich nicht«, brach Lockhaart kurz ab, »geht mich auch nichts an – und Sie noch weniger. Was bekümmern Sie sich um Tatsachen, die nur den davon Betroffenen interessieren können?«

»Die Sache ist für jeden interessant«, meinte Herr Heffken, ohne den Wink zu verstehen. »Mynheer van Roeken hat sie sich als Braut verschrieben und indessen Mevrouw Wattlingen, des alten Wattlingen junge Witwe, geheiratet. Er wird ihr jetzt eine Abstandssumme zahlen und sie mit der nächsten Mail wieder nach Deutschland zurückschicken.«

»Und woher wissen Sie das alles?« frug Lockhaart, der mit der gespanntesten Aufmerksamkeit diesem kurzen Bericht gelauscht. »Wer hat Sie in einer so delikaten Sache zum Vertrauten gemacht?«

»Van Roeken selbst hat mich davon in Kenntnis gesetzt«, erwiderte leichthin der Buchhalter. »Er bedurfte meines Rates und Beistandes, da ihm zu Hause einige Schwierigkeiten drohten.«

»Und Fräulein Bernold wird also, wie Herr van Roeken bestimmt hat, Java schon mit der nächsten Mail wieder verlassen?«

»Ja – allerdings – wenn nicht – wenn nicht Fälle eintreten sollten, die ihr Hierbleiben für seine häusliche Ruhe ungefährlich machen.«

»So? Sehr umsichtig das vom Mynheer van Roeken gedacht – hätte ich ihm gar nicht zugetraut«, lächelte Lockhaart ingrimmig vor sich hin. »Ich komme aber noch immer nicht dahinter, was Sie eigentlich mit der ganzen Geschichte zu tun haben.«

»Das will ich Ihnen gleich sagen, Mynheer Lockhaart«, erwiderte Heffken, sich etwas auf seinem Stuhl zurechtrückend, »ich – ich interessiere mich für Fräulein Bernold –«

»So –?«

»Ja – ich interessiere mich sehr für sie und bedauere das arme Mädchen, das hier so verlassen und allein in der Welt steht.«

»In der Tat?«

»Ich weiß, daß sie Nachstellungen ausgesetzt ist.«

»So?«

»Und daß Leute, die selber ein Interesse dabei haben, ihre unrechtlichen Absichten zu verbergen, mir sogar derartige untergeschoben haben.«

»Was Sie da nicht sagen; das ist mir etwas ganz Neues.«

»Sollte Herr Wagenaar nie etwas gegen Sie erwähnt haben?«

»Also Wagenaar ist der Halunke«, sagte der alte Herr, sein Auge dabei nicht von Heffken nehmend, der dem Blick soviel als möglich auszuweichen suchte, »habe mir beinah' etwas Ähnliches gedacht – und Ihre Absicht jetzt –«

»Um Ihnen zu beweisen, wie ehrlich ich es immer mit der jungen Dame gemeint habe«, sagte Heffken, der seinen Hut jetzt mit beiden Händen herumdrehte, »so will ich Ihnen gestehen, daß ich hierhergekommen bin, Mynheer, bei der jungen Dame nach allen Formen um – ihre Hand zu werben.«

»Sie?« rief Lockhaart, jetzt wirklich überrascht.

»Allerdings, Herr Lockhaart«, erwiderte Heffken, über das unverhehlte Erstaunen, das in der Frage lag, pikiert, »wenn ich mich auch gerade nicht zu den Schönheiten zählen kann, so weiß ich doch auch, daß häßlichere Männer Frauen bekommen haben. Die junge Dame ist arm und freundlos in einem fremden Weltteil; ich selber dagegen habe mir so viel erspart, daß ich sie vor Mangel und Sorgen schützen kann. Ich darf mir schmeicheln, daß ich mir in Batavia eine Stellung errungen habe, und Fräulein Bernold braucht nicht zu glauben, daß sie eine ganz schlechte Partie mit mir macht. Ich sehe einer Entscheidung übrigens vertrauensvoll entgegen, denn ein solcher Antrag ist die höchste Ehre, die ein Herr einer Dame erweisen kann. Ich hatte auch die Absicht, Mynheer van Straaten um sein Fürwort zu bitten, der vielleicht noch nicht einmal die hilflose und unangenehme Lage, in der sich die junge Dame befindet, in ihrem vollen Umfang kennt. Da ich ihn aber nicht zu Hause getroffen und mich an Sie wenden konnte, bleibt es sich ja gleich. Ihr Fürwort werden Sie mir nicht versagen, denn Sie kennen mich ja zur Genüge –«

»Ja«, unterbrach ihn hier der alte Lockhaart, der seinen Grimm nicht länger verschlucken konnte, »ich kenne Sie allerdings, mein Herr Heffken. Wenn ich aber an Ihrer Stelle gewesen wäre, hätte ich die Leute, die mich kennen, gerade am allerwenigsten aufgesucht.«

»Mynheer Lockhaart, ich bin –«

»Der nichtswürdigste, erbärmlichste Schurke, der Gottes Erdboden durch seine Fußsohlen entehrt!« brach aber jetzt der alte Mann los, »und da wir doch einmal hübsch unter vier Augen sind, tut es meiner Seele wohl, Ihnen das sagen zu können.«

»Mynheer Lockhaart!« rief Heffken, erschreckt von seinem Stuhl aufspringend, denn der alte, eisenfeste Mann sah ihn mit einem Paar Augen an, als ob er ihm im nächsten Moment nach der Kehle fahren wollte. Etwas Derartiges aber lag ihm fern, und wie selbst der Versuchung dazu zu entgehen, legte er beide Hände auf seinen Rücken und fuhr fort:

»Sie haben sich an den Rechten gewandt, Ihr Fürsprecher zu sein. Glauben Sie schofeler Patron denn nicht, daß ich Sie lange durchschaute, ehe ich Sie noch aus meinem Geschäft entließ? Sie haben mich betrogen und bestohlen, wo Sie konnten –«

»Herr Lockhaart!«

»Sie haben die Maatschappey ebenso bestohlen und jetzt treten Sie mit diesem frechen Gesicht vor mich hin –«

»Herr Lockhaart – ich verachte Sie!« rief Heffken, der nicht gewillt war, mehr von solchen Beschuldigungen anzuhören. Dabei war er aber mit einem raschen Sprung vor der Tür, und keine drei Sekunden später rasselte sein Bendi zum Tor hinaus.

»Hahahahaha!« lachte Mynheer Lockhaart hinter ihm drein, denn anstatt sich über den Burschen, den er von Grund seiner Seele haßte, zu ärgern, schien es weit eher, als ob ihm diese Szene seine volle gute Laune wiedergegeben habe. »Hahahaha – mich will der Halunke zum Fürsprecher haben; mich! Na, ich denke, ich habe ihm eine Probe davon gegeben, wie ich etwa für ihn sprechen werde, und sobald – Sapáda! – Sapáda!« unterbrach er sich plötzlich selbst, als sein scharfes Auge ein die Gartenstraße eben heraufkommendes Fuhrwerk entdeckte und einige der malaiischen Diener herbeiflogen. »Spring einer von euch so schnell als er kann – halt – es ist gut. Er kommt schon von selber hierher! Bravo, wie gerufen! Ihr könnt wieder gehen. Halt, vorher zündet die Lampe an«, und die Hände fest zusammenreibend, ohne aber einen Muskel seines fast unbeweglichen Gesichtes zu verziehen, schritt er ein paarmal rasch in dem hohen luftigen Raum auf und ab.

Nur kurze Zeit war verflossen, als Wagner, eben von van Romelaers zurückkommend, die Stufen heraufsprang und, den Blick in dem leeren Saal umherwerfend, auf Lockhaart zuschritt.

»Sehr werter Herr, ich fürchte fast, daß ich Sie störe.«

»Nein«, sagte Lockhaart, »im Gegenteil; ich wollte eben einen meiner Burschen Ihrem Bendi nachhetzen, Sie zu mir hereinzurufen, als Sie von selber kamen. Trotz der Dämmerung erkannte ich den ganz außergewöhnlichen weißen, spitzen Hut Ihres Kutschers, der sich darin vor allen übrigen unterscheidet. Was zum

Henker fällt dem Burschen ein, sich ein so auffallendes Ding auf den Kopf zu setzen?«

»Er muß es doch für schön halten«, lachte Wagner, »ich selber aber habe mich wirklich, mit anderen Dingen im Kopf, noch viel zu wenig darum bekümmert. Wünschen Sie mir etwas mitzuteilen, weil Sie mich wollten rufen lassen?«

»Davon nachher. Erst, was führt Sie zu uns?«

»Einesteils die Pflicht, einmal nach unserer Schutzbefohlenen zu sehen«, lächelte Wagner, »obgleich ich vollkommen gut weiß, wie sie hier aufgehoben ist, dann aber ist es auch nötig, daß ich mit Fräulein Bernold selber, ihrer nächsten Zukunft wegen, spreche. Es war einmal ihre Absicht, mit der nächsten Mail nach Europa zurückzukehren, und wenn das noch der Fall ist, wäre es jetzt die höchste Zeit, die unumgänglich nötigsten Vorbereitungen zu treffen.«

»Und weshalb soll sie jetzt Java schon wieder verlassen? Wollen Sie nicht Platz nehmen?«

»Sie soll gar nicht«, erwiderte Wagner, indem er der Einladung Folge leistete, »aber wenn es ihr eigener Wunsch ist, möchten wir demselben nicht im Wege stehen.«

Lockhaart hatte seine Arme fest verschlungen und sah eine Weile still und sinnend vor sich nieder. Endlich hob er den Kopf wieder, nahm aus einer neben ihm stehenden Kiste, die er dann Wagner hinüberschob, eine Zigarre, zündete sie an, und den Rauch eine Weile fortblasend, frug er plötzlich seinen Gast ganz abgebrochen:

»Sie werden nächstens Fräulein Marie van Romelaer heiraten?«

»Ich?« fuhr Wagner empor, der eher alles andere, als diese Frage vermutet hatte. »Woher glauben Sie das?«

»Ich habe guten Grund dafür!«

»In der Tat?« sagte Wagner mit einem bittern Lächeln, indem er die vor kaum einer Stunde erhaltene Karte aus der Brusttasche nahm. »Vielleicht überzeugt Sie dann dies hier eines Besseren.«

Lockhaart nahm die Karte, und sie gegen die eben von den Malaien entzündete Lampe haltend, las er die darauf stehenden Namen.

»Hm – das sieht allerdings nicht so aus«, brummte er endlich leise vor sich hin, »Hauptmann Bernstoff – bah, daß die Mädchen doch immer dem zweierlei Tuch nachlaufen – hätte eine bessere Partie machen können – viel besser. Apropos – wissen Sie, daß mir vor wenig Minuten ein Heiratsantrag für Fräulein Hedwig Bernold gemacht ist?«

»Von wem?« rief Wagner und fuhr überrascht empor.

»Sie rieten den Namen nicht, und wenn ich Ihnen ein Jahr Zeit gäbe – von Heffken.«

»Es ist nicht möglich! –«

»Aber doch wahr«, sagte der alte Herr trocken, »ich habe mir aber die Freiheit genommen, ihm einen Korb zu geben, und zwar einen Holzkorb, mit dem er keinen Staat machen wird.«

»Aber weiß Fräulein Bernold davon?«

»Nein – ist auch nicht nötig. Wenn wir sie einmal in unser Haus nehmen, so betrachten wir sie auch in der Zeit, in der sie unsere Wohnung teilt, als zu unserer Familie gehörig, und niemand von meiner Familie sollte sich mit dem Burschen verbinden.«

»Und er hat förmlich um ihre Hand angehalten?«

»Mit geraden Worten, wenn auch nicht mit geraden Blicken, denn der Lump kann mir keine drei Sekunden fest in die Augen sehen. Er – hat mir aber auch die – Veranlassung genannt, die Fräulein Bernold hier nach Java geführt. Ist das begründet?«

»Van Roeken trägt allerdings die Schuld.«

»Van Roeken«, rief der alte Herr ärgerlich, »hat damit verdient, daß er – die Mevrouw Wattlingen zur Frau bekam – ich wüßte ihm wirklich nichts Schlimmeres zu wünschen. Was sagt er denn jetzt, da er dies junge Mädchen gesehen hat?«

»Er hat sie noch gar nicht gesehen, und vermeidet sie ängstlich. Sein Wunsch besonders ist es auch, daß Fräulein Bernold Java sobald als möglich wieder verlassen möge, um eben nicht einmal auf ein oder die andere Art mit seiner Frau in Berührung zu kommen. Er erbietet sich übrigens, auf die liberalste Weise für sie zu sorgen.«

»Das dank ihm der Teufel!« polterte Lockhaart heraus. »Es wäre nicht mehr wie seine verfluchte Pflicht und Schuldigkeit –

wenn es nämlich Fräulein Bernold überhaupt von ihm annimmt.«

»Leider ist die junge Dame«, sagte Wagner, »so viel ich wenigstens davon gehört habe, unbemittelt.«

»Wissen Sie mehr von ihren früheren Schicksalen und was sie veranlaßt haben kann, diesen – etwas unweiblichen Schritt zu tun?«

»Schwere Schicksale haben ihre Jugend getrübt«, sagte Wagner. »Der Vater machte Bankrott, und so ehrenvoll, daß er alles verlor. Die Mutter starb an gebrochenem Herzen, und die Waise, die sich von einem jungen Edelmann, namens Dorsek, geliebt glaubte, sah sich plötzlich auch von diesem verlassen, als er erfuhr, wie mittellos sie dastand. In Verzweiflung nur nahm sie gerade in jener für sie so traurigen Zeit das Anerbieten an, das ihr van Roeken leichtsinnig machte.«

»Wie hieß der Adlige? Nannten Sie nicht seinen Namen?«

»Von Dorsek.«

»Wo wohnt er?«

»In Frankfurt am Main.«

»Sie wissen nicht zufällig seinen Vornamen?«

»Er steht allerdings im Brief des alten Scharner, der in dieser Sache van Roekens Geschäftsführer war, aber ich habe ihn vergessen. Wenn ich nicht irre, war es Oskar oder Oswald, aber ich will es nicht bestimmt behaupten.«

»Herr Scharner in Frankfurt am Main?« wiederholte Lockhaart, während er seine Mappe öffnete und seine Partie Briefe durchblätterte. Er fand auch bald, was er suchte, und das Schreiben durchfliegend, nickte er dabei leise mit dem Kopf und murmelte einige Worte vor sich hin.

»Kennen Sie meinen Freund Scharner?« frug Wagner.

»Ich? Woher soll ich ihn kennen?« erwiderte Lockhaart. »Bin in meinem Leben nicht in Frankfurt gewesen. Apropos, können Sie mir das Nähere über das Verhältnis – ich meine von jenem – Dorsek und Fräulein Bernold sagen?«

»Sie haben sich hier so freundlich der jungen Dame angenommen«, erwiderte Wagner, »daß ich glaube, ich kann Sie auch völlig zum Vertrauten ihrer Angelegenheiten machen. Ich selber würde allerdings nie indiskret genug gewesen sein, auch nur ein Wort darüber gegen irgend jemanden zu erwähnen; Heffken dagegen, der mit seinen frechen Anträgen das arme Mädchen schon auf das tödlichste beleidigt hat, scheint solche Bedenken nicht gehabt zu haben. Durch van Roekens Unbedachtsamkeit ist er in das Geheimnis mit eingeweiht worden oder hat sich hineingedrängt und scheint nun, wie es mir vorkommt, es soviel als möglich auszubeuten. Deshalb schon ist es vielleicht nötig, daß Sie die volle Wahrheit erfahren, und ich werde Ihnen heut abend noch meines alten Freundes Scharner Briefe schicken. Ich kann das auch mit gutem Gewissen tun, da sie Fräulein Bernold nicht zum Nachteil gereichen; im Gegenteil werden Sie sich noch mehr für das arme Mädchen interessieren, das schuldlos schon viel und Schmerzliches ertragen hat. Ich bitte Sie nur gegen die junge Dame nichts davon zu erwähnen.«

»Das versteht sich von selbst«, sagte Lockhaart, »es ist überdies schon zu viel davon gesprochen. Eine Menge Menschen können eben den Mund nicht halten, wenn sie irgendein Geheimnis dahinter haben.«

Wagner schwieg und sah still vor sich nieder – endlich sagte er:

»Fräulein Bernold ist nicht zu Hause?«

»Nein.«

»Sie erwarten Sie auch nicht so bald zurück?«

»Nein«, lautete die lakonische Antwort des alten Herrn, dessen Geist, wie es scheint, weitab nach anderen Szenen schweifte. Wagners Gegenwart beachtete er fast gar nicht mehr, und dieser, so ungern er es tat, sah sich endlich genötigt, das ihm fatale Gespräch wieder aufzunehmen.

»Ob nun Fräulein Bernold«, sagte er endlich, »Java wieder verläßt oder noch eine Zeitlang hierbleibt, so hat doch van Roeken die gleichen Pflichten gegen sie, und sie selber, werter Herr, werden mir zugestehen, daß es dieser jungen Dame gegenüber ein höchst fatales Geschäft ist, sie zu ordnen. Es ist ganz unmöglich, das zu tun, ohne ihr Zartgefühl zu verletzen, und doch kann es eben nicht umgangen werden.«

»Ihr seid alle miteinander auf eine schändliche Weise mit dem armen Kind umgegangen«, rief der alte Herr, »und hintennach ist es keine Kunst, schöne Reden zu machen und das arme Ding zu bedauern. So viel sehen Sie übrigens ein, daß Sie die Sache nicht mit ihr bereden können.«

»Aber wer soll es sonst tun? Van Roeken –«

»Mag zum Henker gehen, wann es ihm beliebt! Den können wir hier nicht gebrauchen – das muß eine Frau tun, und vielleicht kann ich meine Schwester dazu bewegen.«

»Sie würden mich unendlich dadurch verbinden«, rief Wagner erfreut aus.

»Sie glauben doch nicht etwa«, sagte Lockhaart, ihn erstaunt ansehend, »daß ich etwas Derartiges Ihretwegen täte? Wenn es geschieht, ist es nur des armen Kindes wegen, das als eine Waise hier im fremden Lande dasteht; ein anderer hat sich deshalb auch nicht dafür zu bedanken.«

Wagner fühlte sich durch das Abstoßende in des alten Herrn Worten etwas verletzt; aber es ließ sich doch nicht verkennen, daß er es gut mit dem jungen Mädchen meinte, und diesem zu Liebe wollte er es gern ertragen.

»Dann wird es das beste sein, daß ich mich selber an Mevrouw van Straaten deshalb wende«, sagte er.

»Lassen Sie auch selbst das noch sein«, wehrte Lockhaart ab. »Erst geben oder schicken Sie mir einmal die versprochenen Briefe. So viel sage ich Ihnen indessen bestimmt, daß Fräulein Bernold mit dieser Mail auf keinen Fall Java verlassen wird; Sie brauchen also nichts zu übereilen.«

»Ich vertraue Ihnen vollkommen, werter Herr«, erwiderte Wagner, »denn ich glaube nicht zu irren, wenn ich denke, daß Fräulein Bernold an Ihnen und den lieben Ihrigen wahre Freunde gefunden hat. Wollen Sie mir jetzt nur noch sagen, weshalb sie mich zu sprechen wünschten?«

»Ich Sie?« wiederholte Lockhaart –, »ja so, weil ich Sie wollte anrufen lassen? Das ist jetzt erledigt. Eigentlich wollte ich mit Ihnen nur über unsere Schutzbefohlene sprechen, um die Sie sich die ganze Woche nicht bekümmert haben. Schicken Sie mir nur bald die Briefe –« und in seinen Stuhl zurückfallend, wo er die eigenen Schriften wieder aufnahm, nickte er Wagner bloß zum

Abschied zu und schien sein Fortgehen weiter gar nicht zu bemerken.

Draußen vor der Tür von van Straatens Wohnung, und zwar auf dem von dichten Kakaobüschen eingefaßten und von Kokospalmen überragten freien Platz, der zum Vorfahren und Umlenken der verschiedenen Fuhrwerke diente, hatten sich indessen ebenfalls ein paar Bekannte getroffen. Tojiang war heute nämlich von Wagner als Boedjang mitgenommen worden, die Fackel hinter dem Wagen zu halten, wenn es spät werden sollte. Wie die Dämmerung nun einbrach und sein Herr noch immer nicht herauskam, war er in die Küche gegangen, um dort Feuer zu holen und auf dem Kiesweg, unfern vom Haus, mit dürren Reisern eine kleine Flamme zu unterhalten. Auf dem Herd in der Küche loderte eine helle Glut, und einige der Diener waren hereingekommen, um ihren in großen und eigentümlichen Kesseln gekochten Reis zu holen, während andere ihre Strohzigarren entzündet hatten und soweit als möglich vom Feuer entfernt an der Wand kauerten, beim Rauchen aber nur in die Flamme hineinstarrten. Gerade als Tojiang den hellerleuchteten Raum betrat, stand ein Bursche, der augenscheinlich nicht mit zur Dienerschaft des Hauses gehörte, am Herde, den einen Fuß hoch auf dessen Rand gestützt und den rechten Arm gegen die Kohlen ausgestreckt, um seine kleine Zigarre daran zu entzünden, während die Linke den Griff seines Klewangs hielt. Er blieb auch nicht lange in dieser Stellung, in der die Flamme sein Gesicht hell und deutlich beschien, sondern trat zurück und blies den Dampf in dichten Wolken aus, als sein Blick plötzlich auf den ihn aufmerksam betrachtenden Tojiang fiel und er, mit einer raschen Wendung, in eine Nebenkammer einbiegen wollte – aber es war zu spät. Im nächsten Moment war Tojiang an seiner Seite, und seinen Arm ergreifend, sagte er rasch und leise:

»Diesmal kommst du nicht fort, Klapa – diesmal hältst du mich nicht wieder zum Narren, denn ich habe mich jetzt oft genug anführen lassen. Bei Allah, ich bleibe dir auf der Fährte, wohin du auch gehst.«

»Sei kein Tor und komm mit hinaus ins Freie«, flüsterte ihm Klapa rasch zu, »es fällt mir nicht ein, dir davonzulaufen.«

»So viel besser für dich«, murmelte Tojiang finster vor sich hin, »geh voraus; ich bleibe bei dir.«

Klapa wäre ihm vielleicht gern noch aus dem Weg gegangen, denn er hatte den früheren Kameraden allerdings wieder und immer wieder auf seinen ihm zustehenden Anteil noch von früheren Geschäften her vertröstet – und gerade jetzt mußte er ihm da in den Weg laufen, wo er in kaum einer Stunde schon unterwegs nach seinen sicheren Bergen gewesen wäre.

Klapa verließ das Haus, und über den freien davorliegenden Platz hinüberschreitend, hatte er bald ein kleines Gebüsch von jungen Muskatnußbäumen erreicht, wo sie sich weit genug vom Haus entfernt befanden, um dort nicht mehr gehört zu werden.

»Und was führt dich hier ins Haus?« frug Klapa jetzt, sich nach seinem aufgezwungenen Begleiter umdrehend. »Wer hat dir gesagt, daß ich hier sei?«

»Das bleibt sich gleich«, erwiderte vorsichtig Tojiang, denn es war vielleicht besser, Klapa glaube, er habe ihn hier direkt aufgesucht. »Sag mir lieber, was du hier auf van Straatens Erbe zu suchen hast?«

»Eine von den Hausmägden ist meine Schwester, und ich – mußte sie noch sprechen, ehe ich wieder heim ging.«

»Also richtig auf dem Weg?«

»Ich bleibe noch zwei oder drei Tage hier in der Gegend«, sagte Klapa, »und hätte dich morgen jedenfalls selber aufgesucht.«

»So? Wirklich? Nun, da hab' ich es dir jetzt bequemer gemacht. Aber wohin gehst du?«

»Willst du mit?«

»Hm, nein – und mein Fragen hilft mir auch nichts – du sagst mir doch nicht mehr, wie ich wissen soll. Aber die Zeit vergeht, und jeden Augenblick kann mich der Tuwan zum Wagen rufen. Halte jetzt also, was du versprochen hast, oder ich halte auch nicht, was ich versprach, und erzähle heut abend alles, was ich von dir weiß.«

»Wenn du wüßtest, wie wenig ich in der Zeit verdient habe!« stöhnte Klapa.

»Ich will dir sagen, was du verdient hast«, fuhr aber Tojiang ärgerlich auf, »die frühere Sache ganz abgerechnet, für die du allein den Lohn empfangen –«

»Ich habe auch allein die Arbeit getan.«

»Gut, ich will nichts dagegen sagen, obgleich du es mir versprochen hattest. Aber die Taube – wer hat dir zu der Taube verholfen, um die der alte Tonké den ganzen Kampong umgedreht und geheult und geschrien hat?«

»Daß dich und deine Taube der Henker holte!« fluchte Klapa zwischen den zusammengebissenen Zähnen durch. »Du bist von jeher zu feig gewesen, bei irgendeiner kecken Tat die Hand selber mit im Spiel zu haben, wo's aber galt, den andern vorzuschieben, da warst du der rechte Mann. Mit der verdammten Taube hab' ich mehr Last, Müh' und Gefahr gehabt, wie von all' meinen Abenteuern zusammen. Seit der Stunde darf ich mich nicht mehr in Meester Cornelis blicken lassen; der alte Tonké hat mir den Tod geschworen, weil er glaubt, ich ernte jetzt alle Tage so und soviel Diamanten, und verdorren will ich hier an der Stelle, auf der ich stehe, wenn mir das unselige Vieh von einer Taube nicht in der nämlichen Nacht krepiert ist, wo ich sie dem alten Narren aus der Hütte holte. Du magst es glauben oder nicht«, fuhr er in der Erinnerung an jenen Abend noch ärgerlich fort, »hätt ich sie aber gut nach Hause gebracht, säß ich jetzt nicht hier.«

»Und Hetavi?« warf Tojiang ein.

»Was geht mich der alte Schuft an?« knurrte der Javane. »Alles, was in der ganzen Umgegend verübt ist, muß natürlich auch Klapa verübt haben. Versteht sich! Es ist ja auch das bequemste, einen solchen Sündenbock bei der Hand zu wissen.«

»Wenn du so ungeschickt warst, ist das nicht meine Schuld«, brummte Tojiang, »so viel weiß ich aber, daß ich von dir noch nie mehr wie eine Handvoll Deute gesehen, und alles, was du hier im Ort verdient, hab' ich gleichwohl für dich ausspionieren müssen. Wer hat dich zum Beispiel bei dem kleinen, krummen Tuwan eingeführt, und wie dick seid ihr beide seit der Zeit geworden?«

»Schrei nicht so«, sagte Klapa, indem er einen Blick umherwarf und zugleich die rechte Hand in seine Tasche schob, »etwas hast du schon verdient, ich kann's nicht leugnen, und du sollst nicht sagen, daß Klapa seine Freunde betröge, aber – ist dir dein eigener Hals lieb, so laß den kleinen Weißen unerwähnt. So klein er ist, so lange Arme hat er – und er zahlt gut. Da behalte das,

das ist die Hälfte von allem, was ich hier in Batavia verdient habe.«

Mit diesen Worten drückte er Tojiang ein großes Goldstück in die Hand und wollte dann fort von ihm, wieder zum Haus zurück. Tojiang aber, der die Münze und den Wert derselben gar nicht kannte, war nicht gesonnen, seine ganze Aussicht auf Gewinn durch ein Stück vielleicht wertloses Erz abgekauft zu sehen.

»Bei Allah!« rief er aus. »Du hast gute Gedanken, wenn du glaubst, daß ich mich mit dem großen Deut zufrieden gebe. Nicht einmal einen Mund voll Opium bekäme ich dafür.«

»Narr«, sagte Klapa finster, »ein einziges solches Stück kauft dir oben in den Bergen die beiden besten Karbauen, die du finden kannst, bist du noch nicht damit zufrieden?«

»Tojiang!« rief in diesem Augenblick Wagners Stimme durch den Garten, und Tojiang, an den Klang gewöhnt, schrak empor.

»Sag keinem Menschen, wo du es her hast«, flüsterte Klapa noch dem Freund zu, und verschwand im nächsten Augenblick in den Büschen, während Tojiang rasch in die Küche zurücksprang, seine Fackel zu entzünden und mit dieser, so schnell er konnte, dem Bendi zuzueilen.

Wagner hatte schon seinen Platz eingenommen, Tojiang sprang hinten auf und schwang die Fackel, und fort rasselte das leichte Fuhrwerk, sich draußen auf der Hauptstraße einer ganzen Reihe ähnlicher anzuschließen, die den Weg auf eigentümliche Art belebten.

VIERUNDDREISSIGSTES KAPITEL

Herr Nitschke hatte alle seine Geschäfte in der Stadt besorgt und war dann mit den notwendigsten und heute noch zu beendenden Skripturen nach Hause gefahren, seinen Prinzipal Wagner dort zu erwarten. Das Mittagessen harrte ebenfalls auf diesen, und Nitschke schaute sehnsüchtig nach dem Bendi aus. Wußte er doch nicht allein, wie viel sie noch zu tun hatten, sondern war auch sehr hungrig geworden, und scheute sich trotzdem vorher zu essen. Mit Nitschke war übrigens in der kurzen Zeit schon eine große Veränderung, und sehr zu seinem Vorteil, vorgegangen. Die sonst so eingefallenen bleichen Wangen hatten sich gehoben und auch etwas gerötet. Sein Auge schien freier und lebendiger, und der äußere Mensch, was Kleidung und Frisur betraf, zeigte eine entscheidende Besserung. Seine Wäsche war, was früher nicht immer der Fall gewesen, untadelhaft sauber, sein ganzer Anzug ebenso reinlich und unzerknittert, und der ganze Mensch hatte etwas Festes und Bestimmtes in seinem Auftreten bekommen. So stand er vor dem Portico, ungeduldig die Straße hinaufsehend, ob nicht einer der zahlreichen vorbeifahrenden Bendis endlich hier hereinlenken wolle. Nitschke begriff auch gar nicht, was in aller Welt gerade heute den pünktlichsten aller Geschäftsleute abgehalten haben könne, zur rechten Zeit nach Hause zurückzukehren. Jetzt endlich bog ein Bendi ein – aber es standen zwei Fackelträger hinten auf dem Tritt, und Wagner hatte doch nur Tojiang mitgenommen. Nichtsdestoweniger lenkte das Fuhrwerk richtig in den breiten Gartenweg ein; als Nitschke ihm aber entgegenging, an dem gewöhnlichen Halteplatz den Prinzipal zu empfangen, rief ihn eine fröhliche, nur zu wohl gekannte Stimme laut und lachend an:

»Hallo, Nitschke! Hol's der Teufel, wie ehrbar der durchtriebenste aller Halunken und das liederlichste Menschenkind Javas – einen ausgenommen – heut abend aussieht. Schneidet er nicht ein Gesicht, als ob er eben zur Beichte gewesen wäre und keine Absolution erhalten hätte, wie ein zweiter Tannhäuser! Nitschke, alter Junge, wie geht's?« Und mit den Worten sprang Horbach mit einem Satz aus dem Wagen und auf den eben nicht angenehm überraschten Nitschke zu. So sehr dieser nämlich auch früher Horbachs Gesellschaft gesucht, so sehr schämte er sich jetzt ihrer, und fürchtete sogar, daß Wagner glauben könne, er wolle wieder in das alte Laster des Trunks zurücksinken, wenn er ihn hier mit dem verrufensten Trinker der Insel antraf. Das half aber alles nichts, denn aus Erfahrung wußte er nur zu gut, wie Horbach immer seinen eigenen Weg ging und sich nun einmal nicht abschütteln ließ. Ja, im Gegenteil, wenn er merkte, daß man ihn los sein wollte, machte er sich nur erst recht ein Vergnügen daraus, die Leute zu ärgern. Das Beste war deshalb, ihn seinen Weg ruhig gehen zu lassen; er blieb doch so lange er Lust hatte.

»Guten Abend, Horbach«, sagte Nitschke, während ihm diese Gedanken durch den Sinn zuckten, »wir haben uns lange nicht gesehen. Ich weiß aber nicht, trägt das Licht der Fackel die Schuld, oder ist es wirklich so, doch du siehst recht bleich und elend aus. Bist du krank gewesen?«

»Ein bißchen Fieber! Bah, nicht so viel hat es mich unterdrückt, wenn mir auch das Fleisch ein wenig von den Knochen gefallen ist«, lachte Horbach. »Wir beide haben eine zähe Natur, nicht wahr, Kamerad? Und was wir zwei schon zusammen ausgehalten, machen uns keine anderen zwei Menschen auf Java nach, darauf kannst du dich verlassen.«

»Aber was führt dich heut abend her?«

»Möchtest mich wohl schon wieder forthaben?« lachte Horbach.

»Den Vorwurf hast du mir sonst nicht gemacht!«

»Nein, denn früher holtest du mich ab, und ich brachte dich dafür nach Haus. Hahahaha; weißt du noch, wie uns bei van Roekens Garten das Rad brach, und wir dort der Gesellschaft in die Bowle fielen? Ja so, du warst damals unzurechnungsfähig und wirst dich nicht mehr auf viel aus jener Zeit besinnen. Aber ich schwatze und schwatze und vergesse ganz, weshalb ich hergekommen bin. Komm mit, Nitschke, wir wollen heut einen fidelen Abend feiern. Denke dir, mein Alter ist gestorben, und ich gehe mit dem ersten Schiff heim, die Erbschaft anzutreten. Auf die Nachricht haben wir noch nicht einmal zusammen getrunken.«

»Auf deines Vaters Tod?« sagte Nitschke ruhig. »Da ließe sich doch wohl auch eine andere Ursache finden, einen vergnügten Abend zu feiern.«

»Die ist auch gefunden«, rief Horbach, »heute ist ein frischer Militärtransport von Amsterdam angelangt – und glückselige Menschenkinder, die sich zu diesem Dienst verkauft haben und sich die Sache wunder wie phantastisch und bunt ausmalen. Schön enttäuscht werden sie sich finden, wenn sie das Leben nur erst einmal acht Tage gekostet haben; aber es kann jetzt nichts helfen. Mit dem angenommenen Handgeld sind sie dem bösen Feind verfallen, und wenn sie auch nicht gerade ausdienen, müssen sie doch wenigstens so lange in Reih und Glied stehen, bis sie irgendwo an der Küste von Sumatra oder Borneo in den weichen Uferschlamm eingegraben und zur Ruhe gebracht werden.«

»Und wer ist damit angekommen?«

»Ein Schulkamerad von mir und Jugendfreund, den der Teufel geplagt hat, holländische Militärdienste zu nehmen«, sagte Horbach. »Seine Ankunft müssen wir aber jedenfalls feiern, denn wer weiß, ob er nur morgen noch in Batavia bleibt. Wir wollen deshalb heut abend nach der Kaserne hinausfahren und ihn wenigstens für die paar Stunden vergessen machen, daß er javanischer Soldat ist.«

»Es tut mir leid, lieber Horbach«, sagte Nitschke ruhig, »aber ich kann nicht mit. Du weißt, daß die Mail in den nächsten Tagen abgeht, und drin liegt ein solches Paket zu beantwortender Briefe, daß wir schwerlich heut abend vor zwölf Uhr damit fertig werden.«

»Mit euren langweiligen Briefen«, rief Horbach ungeduldig, »als ob ihr nicht Zeit genug dazu am hellen Tage hättet, auch die kühlen Abende noch damit zu verderben.«

»Wohnst du denn jetzt nicht bei van Roekens?«

»Gewiß.«

»Und kannst da die Nächte ausbleiben?«

»Ich wohne im Hintergebäude, an dem sich eine besondere Treppe befindet«, lachte Horbach, »das Haus hat überhaupt verschiedene Aus- und Eingänge, und ich habe dort schon kostbare Entdeckungen gemacht. Aber davon ein andermal, jetzt mach' keine Umstände und komm mit in das Bendi, oder mußt du deinen Prinzipal erst um Urlaub bitten? Junge, Junge, daß du das frische, freie Leben gegen die alte Tretmühle eintauschen konntest!«

»Ich befinde mich besser so, Horbach – aber Herr Wagner ist noch nicht zu Haus, ich erwarte ihn jedoch jeden Augenblick, ja wir haben noch nicht einmal diniert – du kennst doch ein Junggesellenleben?«

»Noch nicht einmal gegessen? Das hol der Teufel! Aber wir werden da draußen wohl schon etwas bekommen. Spring herauf und laß Wagner seine langweiligen Briefe allein schreiben.«

»Es geht nicht«, sagte Nitschke ernst, »ich habe mir fest vorgenommen, ein anderer Mensch zu werden, und ich will es halten.«

»Du bist ein Narr«, lachte Horbach, »und quälst dich nur ganz umsonst wieder einmal drei oder vier Wochen mit solchen verunglückten Versuchen ab. Daß du's nicht mehr durchführen kannst, hast du schon oft und oft gezeigt.«

»Und doch will ich's noch einmal versuchen«, sagte Nitschke bestimmt. »Außerdem befinde ich mich noch immer unter der Anklage dieses nichtswürdigen Heffken, der gern den Verdacht des Kasseneinbruchs auf mich gelenkt hätte. Herr Wagner hat in der Zeit für mich gut gesagt, damit ich nicht zu sitzen brauchte, und ich müßte mehr als schlecht sein, wenn ich jetzt sein Vertrauen täuschen könnte.«

»Zum Henker ja, ich habe davon gehört«, rief Horbach, Nitschkes Arm ergreifend; »aber weißt du wohl, daß ich dem Schuft noch auf eine ganz andere Spur gekommen bin? Die tolle Nacht im chinesischen Viertel hat mir nur alles wieder aus dem Gedächtnis gewaschen, und ich muß wirklich zusehen, ob ich mich von neuem darauf besinnen kann.«

»Und könnte dir Tojiang darin nicht helfen?«

»Der Schuft« sagte Horbach, »steckt mit dem andern unter einer Decke, und einer verrät den andern nicht gern. Ich habe aber volle Ursache, zu glauben, daß er mich nur immer als Opfer seinem eigenen Gesindel in die Hände geführt und den Raub, um was sie mich betrogen, nachher mit ihnen geteilt hat. Darum jagte ich ihn zum Teufel. Wenn Tojiang wollte, könnte er allerdings genug erzählen, denn ich bin fest überzeugt, er ist in all' jene Schurkereien eingeweiht, aber auch ebenso vorsichtig wie klug, und verplaudert sich nicht so leicht. Das einzige bliebe, wenn er sich einmal mit seinen Freunden veruneinigt; dann wäre der rechte Moment, alles aus ihm herauszubekommen, was er weiß.«

»Er soll Herrn Wagner und van Roeken damals sehr vorsichtig durch das chinesische Viertel geführt haben, als sie dich suchten. Wie es schien, vermied er dabei die Stellen, wo seine intimen Freunde wohnen.«

»Wahrscheinlich weil sich dieser durchtriebenste aller Halunken, der Klapa, dort aufhielt. Aber Pest und Tod, Nitschke – jetzt, wie ein dunkler Traum, fällt mir wieder ein, daß ich mitten in meinem wildesten Rausch den Lumpen, den Heffken, in jener Mörderhöhle gesehen habe.«

»Heffken?« wiederholte Nitschke, ungläubig mit dem Kopf schüttelnd. »Was sollte er dort suchen. Dorthin geht er nicht auf die Mädchenjagd.«

»Nein, und das einzig Mögliche ist, daß er gerade jenen Klapa dort getroffen. Die beiden haben auch irgend etwas zusammen, was das Licht scheut, darauf wollte ich meinen Hals wetten, und ich erinnere mich auch, jenen Javanen später wieder gesehen zu haben.«

»Und wo mag der Bursche jetzt stecken?« sagte Nitschke, dessen ganzes Sinnen und Trachten darauf ging, irgendeinen Halt an Heffken zu bekommen. Zweifelte er doch selber daran, daß der Buchhalter keine reine Sache hatte.

»Wo mag er stecken«, sagte achselzuckend Horbach, »in jenen Höhlen wäre er nicht aufzufinden, und wenn man einen Monat nach ihm suchen wollte. Die meisten dieser Spelunken haben Verbindungstüren, und wenn man selbst in der einen nachsuchen ließe, könnte der Schuft schon durch zwei oder drei andere hin seinen sichern Weg zur Flucht genommen haben. Heffken weiß auch recht gut, wie sicher sich diese Burschen aus dem Weg zu halten wissen; er hätte sich sonst nicht mit ihnen eingelassen. Nur an einem Zipfel hab' ich ihn fest, und ehe ich gehe, will ich da noch meinen Spaß mit ihm treiben. Er soll wenigstens an seinen Freund Horbach denken.«

»Und was ist das?«

»Wart nur noch, ich sag' es dir später. Aber jetzt zum Teufel mit dem Burschen, hol deinen Hut und komm mit, denn die Zeit –«

Ein Bendi fuhr dicht an ihnen vorbei in den Hof hinein – es war Wagners Fuhrwerk, und der hintenauf stehende Tojiang hob die Fackel, die beiden nebeneinanderstehenden Männer zu beleuchten. Im nächsten Moment war er vorüber und hielt vor dem Hause.

»Ich kann wirklich nicht mitgehen«, sagte Nitschke, indem er Horbachs Hand ergriff und drückte, »laß mich jetzt fort. Ehe du Java verläßt, sehen wir uns doch jedenfalls noch einmal?«

»Das gewiß«, rief der junge Wüstling; »aber du bist ein nichtswürdiger eingefleischter Philister geworden, Nitschke, so viel kann ich dir sagen, ein trockener, erbärmlicher Geschäftsmann, mit dem kein vernünftiges Wort mehr zu sprechen ist. Und was für einen fidelen Abend hätten wir feiern können! Junge, ich habe die ganze Tasche voll Silber und bezahle einen ganzen Rongging nur für unser eigenes Pläsier.«

»Und wenn du für jeden einzelnen einen Rongging hättest, ich komme nicht. Laß mich; ich habe mir einmal fest vorgenommen, mein liederliches Leben aufzugeben, und diesmal halt' ich's. Gute Nacht!«

»Gute Nacht denn, du langweiliger Patron«, lachte Horbach, »und jetzt vorwärts zur Kaserne, so rasch die Pferde laufen können!«

Mit den Worten, während Nitschke zum Haus zurückeilte, sprang er in den Wagen, und eben wollten die Pferde anziehen, als ein dunkler Schatten aus den Bäumen herausschlüpfte und rief:

»Tuwan Horbach! Auf ein Wort – bitte, nur einen Augenblick.«

»Hallo, wer ist da?« rief Horbach, sich aus dem Wagen herauslehnend. In diesem Augenblick fiel das Licht der Fackeln auf den Hereinkommenden, und der Weiße erkannte seinen alten Diener Tojiang, der schüchtern zur Carreta trat. »Nun Tojiang, was gibt's – willst du etwas von mir?«

»Will nichts, Tuwan«, sagte Tojiang zurückhaltend, denn er wußte recht gut, daß Horbach alle Ursache gehabt hatte, ihn fortzujagen. »Möchte nur etwas fragen – aber nicht hier – ein Stück mehr da drüben.«

»Hm, ein Geheimnis?« sagte der Weiße, der unwillkürlich an Heffken dachte. »Hast du mir etwas zu sagen?«

»Nein, Tuwan, nur zu zeigen«, erwiderte der Malaie, indem er einem der Fackelträger die Fackel abnahm, denn Horbach war wieder aus dem Wagen gesprungen und schritt jetzt an seiner Seite ein paar Schritte in die Büsche hinein, damit seine Leute am Wagen nicht hören konnten, was sie mitsammen sprachen.

»Nur zu zeigen? Und was ist das?«

Tojiang sah sich um und holte dann aus seiner Jackentasche vorsichtig das heute von Klapa erhaltene Goldstück vor, das er in das Licht der Fackeln hielt und dann leise frug:

»Ist das Stück wirkliches Gold?«

Horbach sah ihn an, und es konnte ihm nicht entgehen, daß der sonst so schlaue Bursche hier nicht wußte, wie er mit dem Goldstück stand. Wo aber hatte er die Doublone her, und Doublonen waren, wie bei van Roekens mehrmals gehört, mit in dem bei Heffken erbrochenen Geldschrank gewesen; stak Tojiang mit dazwischen?

»Woher hast du das?« frug er, den Burschen fixierend.

»Oh – nur auf der Straße gefunden«, erwiderte dieser leichthin. »Sah es im Staube glänzen, und dachte ich nähme es mit.«

»Hm, so?« erwiderte Horbach, und fühlte dabei, daß mit einer direkten Frage nichts aus dem durchtriebenen Gesellen herauszubekommen war. Er mußte es in anderer Weise versuchen.

»So?« sagte er gleichgültig. »Nun, dann hast du auch nichts daran verloren. Ich glaubte erst, es hätte dir jemand das Ding im Handel gegeben, dann wärest du freilich schlimm betrogen worden.«

»Es ist kein Geld?« frug der Bursche bestürzt.

»Geld, ja«, sagte Horbach, »eine Münze der Chinesen, aus irgendeinem wertlosen Metall wie unsere Knöpfe gemacht. Sie wird etwa zehn oder zwölf Deut kosten.«

»Der Schuft!« platzte Tojiang heraus, »der nichtsnutzige Spitzbube!« »Was? – ich denke, du hast das Ding gefunden?« lachte Horbach.

»Nein«, rief Tojiang, wenn auch noch immer mit unterdrückter Stimme, denn der Zorn über Klapas vermuteten Betrug gewann jetzt bei ihm die Oberhand. »Nicht gefunden hab' ich's, sondern der schuftige –« Er brach plötzlich ab und sagte verstockt, indem er die Hand wieder nach der Münze ausstreckte. »Aber was tut's; ich mach' es schon wieder wett mit dem Patron.«

»Halt einmal, Kamerad«, sagte Horbach, indem er die Hand mit dem Goldstück zurückzog. »Da wir einmal so viel von der Sache wissen, möchten wir auch gern noch mehr erfahren. Wo hast du das Stück her?«

»Gebt mir's zurück, Tuwan«, erwiderte Tojiang kopfschüttelnd. »Ich darf's und will's nicht sagen – geht auch niemanden etwas an, wenn ich eben damit zufrieden bin.«

»Meinst du?« lachte Horbach. »Das wollen wir denn doch einmal sehen. Komm mit herein zu Tuwan Wagner.«

»Nein, Tuwan!« rief Tojiang erschreckt, indem er seinen Arm faßte. »Hilft Euch auch nichts mehr, denn der, der es mir gegeben, ist lange auf seinem Weg in die Berge. Guter Bursche sonst, sehr guter Bursche – wollen aber nichts weiter davon reden.«

»So kommst du nicht davon, mein Freund«, rief aber Horbach, jetzt fest entschlossen, der ihm verdächtigen Sache weiter nachzuforschen. Heffken hatte den Diebstahl auf Nitschke zu bringen gesucht, ihn selber auch schon einmal, eines anderen Verdachtes wegen, in Haft gebracht. Heffken haßte sie beide aus Herzensgrund. Das wußte er ebensogut, und er selbst haßte den kleinen Buchhalter nicht um einen Gran weniger. Jetzt fand sich vielleicht die Gelegenheit, ihm heimzuzahlen, was er ihm schon seit langem schuldete.

Ohne sich deshalb an Tojiangs Sträuben oder Bitten zu kehren, faßte er diesen am Kragen und führte ihn ohne weiteres in Wagners untere Halle hinein, wo er eben Nitschke und Wagner zusammen bei Tisch traf, ihr Abendbrot zu verzehren. Wagner hatte Nitschke gefragt, wer bei ihm gewesen, und dieser ihm Horbachs Namen, aber nicht den Zweck seines Besuchs genannt, und beide glaubten, daß jener schon lange wieder das Erbe verlassen habe. Horbach überraschte sie deshalb vollkommen, als er mit einem »Guten Abend, meine Herren – wünsche gesegnete Mahlzeit, wie sie bei uns daheim sagen«, zu ihnen trat und den etwas bestürzten Tojiang ohne weiteres in den Schein der Lampe führte. »Muß allerdings um Entschuldigung bitten, wenn ich vielleicht störe, kann es aber nicht ändern, denn die Sache verträgt keinen Aufschub«, setzte er dann hinzu.

»Sie lieben die Überraschungen, Herr Horbach«, sagte Wagner.

»Finden Sie?« lachte der junge Mann, indem er das wirre Haar durch eine rasche Kopfbewegung aus der Stirn warf. »Für diese sind Sie mir aber vielleicht dankbar, denn es wäre möglich, daß ich Sie auf eine Spur unseres gemeinschaftlichen Freundes – du verstehst mich schon, Nitschke – brächte.«

»Das wäre herrlich«, rief Nitschke, der sich bei Horbachs so plötzlichem Erscheinen nicht ganz wohl gefühlt hatte.

»Hier wenigstens«, sagte Horbach, indem er das Goldstück auf den Tisch warf, »ist, wenn ich nicht irre, ein Span von dem alten Block, den unser Freund Tojiang in Besitz hätte. Leider will er nicht eingestehen, von wem er es bekommen, und wir werden ihn deshalb wahrscheinlich der Polizei übergeben müssen.«

Wagner hatte die Doublone aufgenommen und ihr Gewicht mit der Hand geprüft.

»Sie könnten recht haben«, sagte er, »aber wollen Sie sich nicht setzen! Einen Teller für den Herrn.«

»Ich danke bestens«, wehrte Horbach ab; »ich habe schon mit Mevrouw van Roeken diniert, und esse überhaupt nie viel.«

»Also nur ein Glas dann.«

»Das klingt schon besser, meine Leber hat einen sehr trockenen Untergrund.«

»Also Tojiang«, sagte Wagner, indem er Horbachs Glas vollschenkte, ohne den Malaien dabei anzusehen, »du willst nicht sagen, woher du das Goldstück hast?«

»Kann nicht, Tuwan«, versicherte Tojiang. »Guter Freund – sehr guter Mensch – ist ein Christ geworden – sehr braver orang – hat es wahrscheinlich gefunden.«

»Schön – Sapáda! Meine Carreta, aber rasch – ein paar frische Pferde, um hinunter nach dem Stadthause zu fahren. Du wirst uns begleiten, Tojiang.«

»Aber, Tuwan!«

»Die Polizei wird deinen braven orang schon herausbekommen. Sie interessiert sich für derartige Christen.«

Tojiang schwieg. Wagner und Nitschke beendigten indessen ihr Essen, und Horbach leerte sein Glas und füllte es selber wieder. Niemand schien weiter auf den Malaien zu achten, bis nach einer Weile der bestellte Wagen vorfuhr.

»Haben wir das Vergnügen Ihrer Gesellschaft, Herr Horbach?«

»Ich muß sehr bedauern«, sagte der Trinker, indem er den Rest der Flasche in sein Glas goß, »aber ich habe einem Freund versprochen, ihn etwa um diese Zeit zu treffen. Sie brauchen mich auch weiter nicht dabei; ein Verhör findet doch heut abend nicht mehr statt, und der Bursche hier wird einfach eingesperrt, bis morgen die Gerichtsbeamten kommen.«

Er hatte seine Antwort absichtlich malaiisch gesprochen, daß ihn Tojiang verstehen sollte, und dieser fühlte sich augenblicklich nicht ganz wohl bei der Sache. Niemand bekümmerte sich aber weiter um ihn. Horbach nahm seinen Hut wieder, Wagner und Nitschke ebenfalls, und Wagner winkte ihm, voran nach dem Fuhrwerk zu gehen. Sollte er wirklich auf die Polizei geschafft werden?

»Aber Tuwan«, sagte er kläglich, »wenn das Ding da nur höchstens zehn oder zwölf Deute wert ist, so würde es gar nicht der Mühe lohnen, so viel Umstände deshalb zu machen.«

»Zehn oder zwölf Deute?« sagte Wagner erstaunt.

»Einerlei, mein Bursche«, fiel Horbach ein. »Das Stück ist irgendwo in der Stadt gestohlen; an einem daran befindlichen Zeichen hab' ich es erkannt, und mit dem Stück noch eine Menge wertvoller Sachen. Wird es nun bei dir gefunden, und du kannst nicht angeben, woher du es hast, so versteht es sich von selbst, daß man dich für den Dieb hält.«

»Und wenn ich sage, wer es mir gegeben hat, wollt Ihr dann machen, daß ich mit der ganzen Sache nichts weiter zu tun habe?«

»Das versprech' ich dir«, sagte Horbach.

»Gut denn!« rief Tojiang stöckisch. »Er hat's auch eigentlich nicht besser verdient; warum betrügt er mich jedesmal.«

»Und wie heißt der Er?«

»Klapa von Tjanjor.«

»Das dacht' ich mir etwa«, nickte Horbach Wagner zu, »und wir sind vollständig auf der richtigen Fährte. Wo steckt er jetzt, mein guter Bursch, wenn man fragen darf?«

»Das weiß ich nicht«, beteuerte Tojiang. »Seiner Versicherung nach wollte er um diese Zeit unterwegs nach den Bergen sein. Ich fand ihn heut abend bei Tuwan Straaten in der Küche, wo er seine Schwester hat.«

»Dann ist die Fährte jedenfalls noch warm, meine Herren«, sagte Horbach wieder auf holländisch, »und das Beste wäre, sie führen ungesäumt dorthin; möglich, daß Sie den Fuchs noch im Bau erwischen. Jedenfalls wird sich von der Schwester herausbekommen lassen, wo er steckt. Ich habe aber jetzt meine Schuldigkeit getan, und schon mehr Zeit versäumt, als ich meinem Freund gegenüber verantworten kann. Also, Nitschke, du gehst nicht mit? Gut, bleib daheim und kopiere langweilige Kursberichte, daß die Krämer über dem Wasser drüben erfahren, ob der Kaffee fünfundzwanzig Deut kostet – guten Abend, lieber Wagner, auf Wiedersehen; Tabé, Tojiang – diesmal hast du deinen Hals noch aus der Schlinge gezogen – hüt ihn, daß du ihn nicht noch einmal hineinbringst.«

Und mit einem vertraulichen Kopfnicken die Männer grüßend, eilte er hinaus vor das Haus, sprang in seine Carreta, und rollte damit, was die Pferde laufen konnten, zum Tor hinaus.

Wagner war im Anfang, als ihn Horbach so plötzlich verließ, unschlüssig, was er tun solle: der Sache augenblicklich nachforschen, oder gelegentlich eine nähere Anfrage machen. Ein paar Querfragen an Tojiang aber, worin sich dieser mehr und mehr verwickelte, überzeugten ihn bald, daß es besser sei, jenem Klapa unmittelbar nachzuspüren, wenn er sich auch dazu eine Zeit gewünscht hätte, in der er weniger beschäftigt gewesen wäre.

»Klapa, Klapa«, sagte er, dabei im Saal auf und ab gehend, »wenn ich nur wüßte, wo ich den Namen schon gehört und was mit dem Menschen damals geschehen.«

»Klapa«, sagte Tojiang leise, »hat einmal für Tuwan Wagner die kleinen Hirsche aus den Bergen gebracht, die mit dem Schiff fortgeschickt wurden nach Wolanda.«

»Wetter! Bursche, du hast recht!« rief Wagner vor ihm stehen bleibend. »Und jetzt weiß ich auch, wer der Javane war, den ich neulich im chinesischen Viertel traf und der so scheu vor mir zurücksprang, derselbe Klapa!«

»Im chinesischen Viertel?« fragte Tojiang bestürzt.

»An derselben Stelle, wohin du uns nicht führen wolltest, mein Bursche, und wo er mir nachher, als ich zu Fuß hindurchging, in den Weg lief. Der Vent hatte allerdings kein gutes Gewissen, dafür wollte ich mich selber verbürgen, ebenso daß du tiefer mit ihm drin steckst, als dir dienlich wäre zu gestehen. Hast du ihn aber heut' abend erst noch bei van Straatens gesehen, so ist die Möglichkeit doch vorhanden, daß er noch irgendwo dort versteckt liegt. Jedenfalls muß Mynheer van Straaten vor der etwas gefährlichen Nachbarschaft gewarnt werden.«

»Aber, Tuwan.«

»Du bleibst hier, Herr Nitschke, Sie werden die Güte haben, darauf zu achten, daß Tojiang heut' abend mit keinem Fuß das Erbe verläßt. Du magst mit der Lunte neben dem Tisch sitzen bleiben, bis ich zurückkomme. Verläßt du das Haus mit einem Schritt, so mache ich morgen die Anzeige bei der Polizei. Hast du mich verstanden?«

»Saya, tuwan«, nickte der Malaie, aber mit dem betrübtesten Gesicht von der Welt. Es fing ihm nämlich an zu dämmern, daß ihm seine eigene Dummheit einen sehr bösen Streich gespielt und ihn nicht allein um ein wertvolles Stück Geld, sondern auch noch in alle möglichen Fatalitäten hineingebracht habe. Wäre das große, gelbe Stück nämlich, wie sein früherer Herr gesagt, nicht mehr wert gewesen als zehn oder zwölf Deute, die weißen Tuwans hätten wahrlich nicht solch ein Leben davon gemacht. Tuwan Horbach hatte ihn also belogen, und außerdem seine Bekanntschaft mit Klapa zutag gebracht, mit der er – wenigstens gegen die Europäer – nicht gern geprahlt hätte. Was geschehen, ließ sich aber jetzt nicht mehr ändern, und wenn er selber nur nichts mit der Polizei zu tun bekam, wollte er noch recht zufrieden mit dem allen sein. Klapa selber mochte dann sehen, wie er durchkam, und hatte an ihm auch wahrlich nicht verdient, daß er große Rücksicht auf ihn nahm. War er doch eben wieder im Begriff gewesen, in die Berge hinaufzuziehen, ohne ihm den geringsten Anteil an seinem Verdienst zu gönnen, und daß er ihn eben noch dabei ertappt, reiner Zufall gewesen. Wie im Flug schossen dem Malaien diese Gedanken durch den Kopf, und Wagner stand noch immer oben auf den in den Garten führenden Stufen, unschlüssig, ob er zu van Straatens hinüberfahren solle oder nicht. Die Damen waren jetzt zu Haus – er störte vielleicht, aber der Kutscher draußen knallte mit der Peitsche.

»Mein lieber Herr Nitschke, seien Sie so gut und sehen Sie die mitgebrachten Briefe indessen einmal durch: ich bin spätestens in einer Stunde wieder da, und – passen Sie mir auf Tojiang.«

»Wohin, Tuwan?« frug der Kutscher, als er in den Wagen sprang und einer der anderen Diener hinten die lodernde Fackel hielt.

»Zu Mynheer van Straaten«, und wie der Blitz hieb der Malaie auf die Pferde ein.

Wie das so wunderliche Schatten zog, die Straße hin; wie die hohen glatten Stämme der Kokospalmen, von dem roten Licht der Bambussplitter beschienen, so geisterhaft emporstarrten, und wie freundlich die Sterne durch die gefiederten Wipfel niederfunkelten. Hell erleuchtete die hochgeschwungene Fackel die Straße, jetzt an hohen laubigen Hecken und an weißgemalten Gittern und Türpfosten vorüber, die geisterhaft aus dem dunkeln Grün hervorschauten. Die Straße herab rollte ein anderer Wagen – die beiden Boedjangs schüttelten gegeneinander die Fackeln und riefen sich lachend ein paar Worte zu, und im Nu waren sie getrennt und jeder verfolgte wieder einzeln seine Bahn. Weiter und weiter bog der Weg hinauf, über den Kali besaar hin, über den eine schmale Brücke führte. Hier und da glitt ein Eingeborener über den Weg, ein glimmendes Scheit in der Hand, das ihm in der Dunkelheit als Legitimation oder Paß diente, und durch die Luft, über die Flamme hin, schoß der »fliegende Hund« seine dunkle, unheimliche Bahn. Und überall aus den würzigen Büschen heraus schimmerten die Lichter geselligen Verkehrs und zeigten die hellerleuchteten Hallen, in denen sich geputzte, fröhliche Gestalten hin und her bewegten. Aber Wagner hielt an keinem von diesen Häusern an, ein so gern gesehener Besuch er in vielen gewesen wäre. Rasch an den Gärten vorüber flog sein Fuhrwerk, bis er das kaum verlassene Erbe van Straatens wieder erreichte.

Aber nicht mehr so still wie vorhin lag der Platz, denn die Damen waren indes zurückgekehrt und der Tee wurde vorn auf dem Austritt des Salons, der durch ein übergebautes Dach vor dem Nachttau geschützt ward, halb im Freien serviert. Der kleine Familienzirkel saß um den großen runden Tisch, Hedwig zwischen Mevrouw van Straaten und ihrem alten Reisegefährten, dem greisen Lockhaart; doch eine große Veränderung war mit dem jungen Mädchen vorgegangen, seit sie Java an jenem Morgen fremd und freudlos betreten. Auf ihre bleichen Wangen war die Farbe zurückgekehrt und ihre Augen lächelten wieder, denn zwischen den guten, freundlichen Menschen hier hatte sie eine Heimat gefunden, zwischen den guten, freundlichen Menschen Herzen, die teilnehmend für sie schlugen, und zum ersten Mal seit langen, langen Monden wieder fühlte sie sich nicht mehr so elend, nicht mehr so verlassen wie die ganze lange Zeit vorher. Der einzige, der sich bis jetzt noch, wenn auch nicht unfreundlich, doch kälter als die übrigen von ihr zurückgehalten, war Lockhaart gewesen, und heut' abend zuerst hatte er sie mit einem Händedruck begrüßt und sie in einem ganz ungewohnt herzlichen Ton seine Reisegefährtin genannt. Seine Schwester Mevrouw van Straaten hatte ihm dafür einen Kuß gegeben, und der kleine Kreis froher Menschen saß, wie gesagt, fröhlich um den Tisch, als Wagners Carreta vorfuhr.

»Nur keinen Besuch heut' abend mehr!« brummte der alte Lockhaart vor sich hin, dem nichts hätte ungelegener kommen können. Im nächsten Augenblick aber sprang schon Wagner die Treppe herauf, und Lockhaard rief erstaunt aus:

»Mynherr Wagenaar – ich dachte Sie hätten so viel zu tun zu Haus?«

»Ich muß um Entschuldigung bitten, daß ich –«

»Entschuldigung, Mann!« unterbrach ihn aber der freundliche van Straaten. »Das fehlte auch noch – seelensfroh sind wir, daß wir Sie einmal wieder hier haben. Für unsern lieben Gast hier konnten wir Ihnen ohnedies nicht einmal danken.«

Wagner war um den Tisch herumgegangen, um Hedwig zu begrüßen, und diese sagte, herzlich seine Hand ergreifend:

»Wenn jemand Dank zu sagen hat, so bin doch gewiß ich es, die Ihnen, lieber Herr, so viel schuldet. Sie glauben gar nicht, wie glücklich ich mich hier bei den guten Menschen fühle.«

»Herrgott, nun laßt einmal die langweiligen Phrasen und Redensarten!« unterbrach sie der alte Lockhaart, indem er ungeduldig mit dem Kopf schüttelte. »Was sich die Leute das Leben doch selber schwer machen mit solchen gesellschaftlichen Höflichkeiten. Was ist denn vorgefallen, Wagenaar, daß Sie noch einmal herüberkommen?«

»Bist du aber ein grober Mensch!« rief lachend seine Schwester. »Kehren Sie sich nicht an ihn, Mynherr Wagenaar, wir haben ihn noch nicht lange genug wieder in der Zucht gehabt, daß er schon hätte ordentliche Lebensart lernen können. Seien Sie uns aber herzlich willkommen und trinken Sie eine Tasse Tee mit uns.«

»Das wird er außerdem auch tun«, sagte Lockhaart trocken. »Viel vernünftiger aber ist es, der Sache gleich auf den Grund zu gehen, denn daß ihn irgend etwas heut' abend noch hierhergeführt hat, kann man ihm an der Nase ansehen – wozu also tun, als ob man's nicht merkte.«

»Sie haben recht, Mynheer«, sagte Wagner; »da es aber eine Geschäftssache betrifft, mit der ich die Damen nicht gern langweilen möchte, so bitte ich Sie, mir einen Augenblick in ein benachbartes Zimmer zu folgen. Ich – wünsche auch nicht, was ich Ihnen zu sagen habe, vor den Malaien auszusprechen, denn einer oder der andere versteht manchmal genug Holländisch, wenigstens herauszufühlen über was man verkehrt. Mynherr van

Straaten, ich bitte Sie ebenfalls mitzukommen – die Damen entschuldigen uns wohl einen Augenblick.«

»Und wenn sie's nicht tun, bleibt es eben dasselbe«, sagte Lockhaart; »verdammte Höflichkeitsformeln.«

Van Straaten hatte indessen schon ein paar von den Malaien beauftragt, Licht in das benachbarte Zimmer zu schaffen, und Wagner, nachdem er Lockhaart die für ihn mitgebrachten Briefe gegeben, erzählte den beiden Herren in kurzen und gedrängten Worten, welchen Verdacht er gefaßt und was ihn hierhergeführt habe: nämlich jenes Klapa habhaft zu werden, den Tojiang vor kaum einer Stunde hier getroffen. Durch ihn konnten sie dann vielleicht einen Zeugen gegen Heffken bekommen. Van Straaten schüttelte freilich dazu mit dem Kopf, der alte Lockhaart war aber gleich Feuer und Flamme und zweifelte keinen Augenblick, daß sie auf der richtigen Spur wären. So klug und umsichtig aber auch seine Vorbereitungen getroffen wurden, den Javanen, falls sich derselbe noch auf dem Erbe befände, zu überlisten und festzuhalten, so erfolglos blieb der Versuch. Die drei Männer untersuchten selber die Dienstwohnungen und ließen sich jeden Winkel aufschließen und beleuchten, Klapa aber blieb verschwunden, obgleich die Malaien keineswegs leugneten, daß er dagewesen sei. Ihrer Aussage nach war er aber wieder in die Berge, und zwar nach Bandong zurückgekehrt, und sie wußten nicht, ob er im nächsten Kampong übernachten oder die Nachtkühle benutzen würde, gleich durchzumarschieren. Das letzte hielten sie für das wahrscheinlichste. Hatte sich Klapa aber wieder in die Berge geschlagen, wer hätte ihn dort auffinden wollen, wo schon früher einmal die ganze Polizei nach ihm umsonst gefahndet? Dort kannte er jedenfalls seine sicheren Schlupfwinkel und es war ihm da nicht beizukommen.

Wagner erzählte jetzt, daß er diesem selben Burschen, und bei welcher Gelegenheit, vor kurzer Zeit im chinesischen Viertel begegnet sei und keinen Augenblick mehr zweifle, er sei ein Werkzeug des kleinen verschmitzten Buchhalters, der ihn, wer wußte es denn zu welchen Schlechtigkeiten benutzte. In den gewundenen und versteckten Spelunken und Höhlen jenes Stadtteils war er aber fast so sicher wie in den unwegsamen Dickichten der

Gebirge, und es blieb jetzt keine weitere Hoffnung, als vielleicht aus Tojiang noch mehr herauszubekommen, was die einmal gefundene Spur deutlicher machte. Wagner wollte nun freilich, nachdem die Nachsuchung vorüber war, augenblicklich nach Haus zurückkehren, aber van Straaten litt das nicht. Tee mußte er vorher mit ihnen trinken, und als er jetzt neben Hedwig saß und die edlen Züge des lieben Mädchens, die er bis jetzt nur von Schmerz und Sorge entstellt gesehen hatte, von Freude und Glück belebt sah, fühlte auch er sich nicht mehr so gedrückt und verlegen ihr gegenüber. Was van Roeken gegen sie gesündigt, ließ sich ja doch vielleicht ausgleichen, und er brauchte dann nicht länger das schmerzliche Gefühl mit sich herumzutragen, wenn auch selber unschuldig, doch Teil daran gehabt zu haben, ein so holdes und liebes Wesen unglücklich und elend zu machen.

Was er selber durch sie erlitten, und daß sie eigentlich die Schuld gewesen, daß Marie van Romelaer sich so kalt und schroff von ihm gewandt und dadurch alle seine schönen Hoffnungen auf ein stilles und liebes Familienglück zerstört habe, daran dachte er fast gar nicht. Von Mariens Bild war seit jenem Morgen die heftige, häßliche Szene mit ihrer Dienerin unzertrennbar geworden und verhinderte, daß er Marie anders wie in dieser Szene sah; unmöglich aber konnte ihm das eine liebe Erinnerung sein. Er blieb heut' abend länger beim Tee, als er beabsichtigt und Herrn Nitschke versprochen hatte, und als er heimkam, fand er beide, Nitschke wie Tojiang, den einen in dem Lehnstuhl, den andern daneben, fest und sanft eingeschlafen.

FÜNFUNDDREISSIGSTES KAPITEL

Wieder war eine Woche vergangen und die monatliche Mail abgesegelt, ohne jedoch Herrn Horbach mit aus Java fortzunehmen. Trotz van Roekens Vorstellungen, wie dringend nötig seine Gegenwart in Deutschland sein würde, erklärte Horbach, daß er sich deshalb nicht die geringsten Sorgen mache. Seine eigene Bequemlichkeit gehe allem andern vor, und da er es für unbequem halte, mit einem von Passagieren vollgepfropften Dampfer zu fahren, so werde er mit der Brigitta, einem holländischen Schiff, gehen, dessen Kapitän er genau kenne und der in der nächsten Zeit segle.

Eigentümlich war indessen sein Verhältnis in van Roekens Haus, wo er sich doch, trotz seinem wieder liederlichen und unregelmäßigen Leben, gerade so zu behaupten wußte, als ob er mit zur Familie gehöre. Mevrouw hatte ihn allerdings im Anfang mit der größten Kälte, ja fast mit beleidigender Verachtung behandelt, ohne jedoch Horbach im geringsten außer Fassung zu bringen. Im Gegenteil benahm er sich fortwährend höchst ehrfurchtsvoll, ja fast demütig gegen sie, ließ aber doch immer durchblicken, daß er sich ihr überlegen wisse. Der Huldigung, die er ihr dadurch brachte, konnte die eitle Frau nicht widerstehen, während sie auch durch eine gewisse, ihr selbst unerklärliche Scheu vermocht wurde, ihn wenigstens artig zu behandeln. Sie milderte zuletzt ihr Betragen gegen ihn, sie war wenigstens nicht mehr unfreundlich, und da sie glauben mußte, daß er ihre Herrschaft unbedingt anerkenne, übersah sie manches andere in seinem Benehmen.

Viel mochte dazu beitragen, daß er sich stets artig gegen den Mann zeigte, der seine Besuche im van Roekenschen Hause am häufigsten wiederholte, ja dort zuletzt fast selber wie zu Haus zu sein schien – und das war niemand anderes als Herr Heffken. Heffken sah allerdings nichts unlieber bei van Roekens, als Horbachs ihm verhaßte Gestalt, und hatte alles mögliche versucht, van Roeken zu veranlassen, ihn woanders unterzubringen. Die Verbindung aber, in der ihre Firma nun einmal mit dem deutschen Geschäft stand, welches ihm den jungen Mann dringend empfohlen hatte, zwang van Roeken schon, sich auf die kurze Zeit solche unangenehme Gesellschaft aufzubürden; er konnte sich dem wenigstens nicht entziehen. Horbach benahm sich dabei wider alles Erwarten so zurückhaltend gegen den kleinen Buchhalter, vermied alle Vertraulichkeiten, die er sich früher so oft genommen, weil er wußte, daß er ihn damit ärgerte, und gab in der Tat durch sein Betragen nicht die geringste Veranlassung zu irgendeiner Störung.

Heffken ignorierte ihn im Anfang – er traute ihm nicht – da sich aber Horbach völlig gleich blieb und sogar eine etwas reservierte Stellung gegen ihn einnahm, wurde er zuletzt auch selber artiger – konnte er doch nicht vermeiden, ihn dort zu treffen, und wenn ihn Horbach zufrieden ließ und nicht verspottete, wollte er sich gern dazu verstehen, die gewöhnliche und sehr billige gesellschaftliche Form gegen ihn zu beobachten. War es ja doch auch nur für kurze Zeit. Horbach hatte in der Tat im Anfang alle gegen sich gehabt, und sonderbarerweise van Roeken nur dadurch, daß er sich höflich und anständig gegen seine Frau betrug. Er war ihm nämlich zu höflich – zu devot gegen Mevrouw, und van Roeken hatte ihn deshalb die ersten Tage in Verdacht, daß er nur seinen Spott mit ihr treibe, was ihm natürlich höchst fatal gewesen wäre. Da sich Horbach aber darin vollkommen gleich blieb, beruhigte sich van Roeken rasch darüber und war froh, daß er keine neuen unangenehmen Auftritte zu erwarten hatte. Die Zeit mußte ja endlich einmal kommen, wo die Kolonie von seiner Gegenwart befreit wurde. Solche außergewöhnlichen Menschen paßten auch nicht in eine holländische Kolonie. Dort ging alles seinen geregelten Gang, seine bestimmt vorgezeichnete Bahn, wie sich die Sterne über ihnen am Himmel bewegten. Kam nun einmal so ein nichtsnutziger Komet dazwischen, der keinen festen Kurs anerkannte, sondern kreuz und quer zwischen den übrigen herumschoß, so fühlten sich alle unbehaglich, denn niemand war sicher, daß der nirgends hingehörige Vagabund in der nächsten Stunde gegen ihn selber anrannte.

Nitschke dagegen, der wirklich entschiedene Besserung versprach und alle Prophezeiungen von seiten van Roekens zuschanden machte, war indessen ungemein tätig gewesen, den verschwundenen Klapa wieder aufzuspüren, aber freilich ohne den gewünschten Erfolg. Tojiang verweigerte vom nächsten Morgen an hartnäckig jede weitere Mitteilung, und auf Horbachs Hilfe konnte er sich ebensowenig dabei verlassen. Dieser hatte nämlich unter einem kürzlich für den indischen Dienst angekommenen Trupp Rekruten wirklich einen alten Bekannten gefunden und kam aus dem Trinken und Nachtschwärmen nicht mehr heraus, ja oft zwei Nächte hintereinander in kein Bett. Er besaß jetzt wieder Geld vollauf und schien fest entschlossen, die ihm noch hier in Java gestattete kurze Frist auch nach Kräften zu benutzen.

Sosehr nun Nitschke schon daran zweifelte, in dieser ihm am Herzen liegenden Sache gegen Heffken irgendwelche Fortschritte zu machen, so fand er doch darin an einer Stelle einen Bundesgenossen, wo er ihn gar nicht vermutet.

Der alte Lockhaart nämlich, der nicht allein sehr großen Einfluß in der Kolonie besaß, sondern mit deren Verhältnissen und den einzelnen Persönlichkeiten auch auf das genaueste bekannt war, hatte, wenn auch ganz in der Stille und ohne mit einem andern Menschen darüber zu sprechen, die Sache in die Hand genommen. An und für sich war es schon immer ein verdächtiger Umstand, daß ein Eingeborener eine spanische Doublone besaß. Ihr Lohn wurde ihnen stets in Kupfer, höchstens in Papiergulden, ausgezahlt. Daß Heffken nun noch, nach Horbachs Zeugnis, mit jenem Javanen in geheimer Verbindung stand, warf ein um so schlimmeres Licht auf ihn, und Lockhaart, der fest überzeugt von seiner Schuld war, beschloß, diese zutage zu bringen, es möge ihn kosten was es wolle.

Durch Wagner erfuhr er übrigens bald, daß dessen englischer Korrespondent ebenfalls die feste Überzeugung von Heffkens Schuld teile, und Nitschke wurde eines Tages durch eine Einladung zu dem alten Herrn überrascht, wobei sich dieser alle die

Einzelheiten, die seinen Verdacht begründeten, auf das genaueste mitteilen ließ. Er selber sprach fast kein Wort, sondern hörte nur immer still und aufmerksam zu und entließ endlich Herrn Nitschke wieder, ohne ihm auch nur durch eine Silbe mitzuteilen, was er selber von der Sache halte. Dadurch brachte er den armen Teufel aber in die größte Verlegenheit, denn Nitschke fing nämlich an zu glauben, daß dieser alte Herr mit Heffken unter einer Decke stecke und ihn nur zu sich gerufen habe, um zu erfahren, was für ein Verdacht gegen ihn vorliege. Er ärgerte sich auch sehr über sich selbst, daß er sich hatte, seiner Meinung nach, so übertölpeln lassen, aber das Unglück war einmal geschehen, und wenn man dem Buchhalter mit keinem direkten Beweis zu Leibe konnte, schadete es am Ende gar nichts, daß er wenigstens erfuhr, was man von ihm denke.

Wagner war die letzten Tage – vielleicht vor übergroßer Anstrengung bei Abgang der Mail – etwas leidend gewesen. Er hatte damals mit Nitschke mehrere Nächte durchgearbeitet und dann, als alles beendet war, einen vollen Tag das Bett hüten müssen. – Jetzt fühlte er sich allerdings noch etwas schwach, aber doch sonst wieder wohl, und konnte recht gut die laufenden Geschäfte mit versehen. Um jenen Javanen bekümmerte er sich natürlich gar nicht mehr, denn so gern er die Hand würde geboten haben, irgendein Verbrechen an den Tag zu bringen, so lag ihm doch Heffken viel zu fern, sich besonders ängstlich mit ihm und dem, was er getan, zu befassen. Aus dem nämlichen Grund ging er aber auch fast gar nicht mehr zu van Roekens, da Heffken dort fast zu den täglichen Besuchern gehörte und van Roeken selber die Abende oft in der Harmonie zubrachte.

In den nächsten Tagen wollte die Firma Wagner und van Roeken gerade wieder ein Schiff nach Deutschland senden, das aber vorher erst einen Hafen in Sumatra und später einen andern an der englisch-ostindischen Küste anlaufen mußte; Wagner hatte die letzten dazu nötigen Papiere unterzeichnet und wollte jetzt nach Hause fahren, als der alte Herr Lockhaart in ihr Geschäft trat.

»Nun, Mynheer Wagenaar!« rief er diesem zu, »wie ist es – machen Sie eine kleine Fahrt nach Buitenzorg mit? Die ganze Familie ist von der Partie, selbst das konfuseste Menschenstück, das je javanischen Boden betreten: die alte Kathrine, meine frühere Reisegefährtin!«

»Nach Buitenzorg?« rief Wagner, denn so lebendig und selbst heiter hatte er den alten Herrn noch gar nie gesehen.

»Nach Buitenzorg und weiter, selbst bis nach Bandong!« rief dieser. »Wir haben uns alle Ferien genommen, und wollen einmal wieder die freie Bergluft atmen, die Ihnen besonders wohl tun würde. Übrigens«, setzte er leise hinzu, indem er sich zu Wagner überbog, »hab' ich auch noch einen andern Zweck dabei, und jetzt ganz sichere Nachricht, daß jener Klapa, mit dem Heffken früher in genauer Verbindung gestanden – ja vielleicht noch steht – irgendwo oben in den Bergen steckt. Möglich, daß wir ihn da antreffen.«

»Aber, bester Herr«, sagte Wagner, »das ist eine sehr unsichere Sache, um deshalb den weiten Weg zu machen.«

»Deshalb ja nicht allein, Mynheer – unserer selbst wegen. Im Geschäft ist es augenblicklich ebenfalls still, und ich weiß, daß Ihr Kompagnon, was jetzt zu tun ist, recht gut einmal eine Weile allein besorgen kann – also fahren Sie mit?«

»Und wann der Aufbruch?«

»Morgen früh um sechs Uhr.«

»Die Zeit ist kurz; aber es sei, ich bin mit von der Partie.«

»Vortrefflich! Pferde sind schon bestellt, unser sämtliches Gepäck, das notwendigste ausgenommen, ist auch schon vorausgeschickt, und wir fahren dann in zwei Wagen hinauf. Also auf Wiedersehen morgen – kommen Sie nicht zu spät!« Und der alte Herr verließ mit raschen Schritten das Comptoir, ohne van Roeken, der dicht daneben arbeitete, auch nur mit einer Silbe zu begrüßen.

»Wie kommst du denn dazu, auf so freundlichem Fuß mit dem alten Eisenfresser zu stehen?« sagte dieser, als der Alte das Zimmer verlassen hatte.

»Gott weiß es«, lachte Wagner; »aber er scheint mich in sein Herz geschlossen zu haben. Übrigens mag ich ihn wohl leiden, denn er ist offen und ehrlich.«

»Das weiß Gott!« rief van Roeken. »Der gröbste Gesell in der ganzen Kolonie, der mit allem herausfährt, was er gerade denkt, wer auch immer in der Nähe ist. Wir waren vorgestern bei Sandfoods zusammen, und meine Frau, der unsere – unser Fräulein noch immer keine Ruhe läßt, wollte sich an ihn machen, um etwas Näheres über sie zu erfahren. Der alte ungesellige Mensch aber, dem man es indessen kaum übelnehmen kann, denn er versteht es wirklich nicht besser, hat ihr ein paar solche Antworten gegeben, daß sie mir beinahe ohnmächtig wurde und augenblicklich die Gesellschaft verließ.«

»Was hat er ihr denn gesagt?«

»Ich wollte es auch wissen, denn wie darf er meine Frau so beleidigen, aber sie weigerte sich hartnäckig, es mir zu sagen, weil sie fürchtete, daß ich ihn nachher fordern würde.«

»Ich kann mir nicht denken, daß er sie wirklich beleidigt hat«, sagte Wagner; »er hat vielleicht eine Bemerkung gemacht, die ihr nicht angenehm war. Du weißt, Mevrouw ist sehr leicht gereizt, und oft wirklich ungerechtfertigt. So derb Lockhaart aber auch sein mag, so glaub' ich doch nicht, daß er gegen eine Dame unartig sein würde. Gegen Fräulein Bernold hat er sich sogar sehr herzlich benommen, und wir schulden ihm da großen Dank.«

»Weißt du, daß es in Batavia heißt, er würde sie heiraten«, bemerkte van Roeken, und Wagner sah rasch, ja fast erschreckt zu ihm auf, »ja, ja«, fuhr jener fort, »stille Wasser sind tief und das junge, hübsche Mädchen mag dem alten Eisbär wohl gefallen haben. Mir selber könnte übrigens nichts Angenehmeres passieren, und meinen besten Segen hat er dazu aus vollem Herzen.«

»Und hast du Fräulein Bernold noch gar nicht einmal gesehen?«

»Doch«, sagte van Roeken und wandte sich, etwas verlegen, ab, »heute ganz zufällig in Lefossères' Laden, wohin sie mit Mevrouw van Straaten kam, gerade als ich dort war, um über unsere nächste Auktion Rücksprache mit Lefossères zu nehmen.«

»Und hat sie auch dich gesehen?«

»Nein; glücklicherweise konnte ich noch unbemerkt in das Comptoir hinein und von dort, als ich ihnen eine Weile zugesehen, auf die Straße hinaus kommen.«

»Und wie hat dir Fräulein Bernold gefallen?«

»Hm – recht gut; nichts Besonderes, aber sie ist ein recht

hübsches Mädchen und scheint einfach und bescheiden. – Ihre gerühmte Bildung konnt' ich natürlich durch das kleine Compoirfenster nicht mit sehen, doch geb' ich zu, daß sie allem entspricht, was man von einer Frau verlangen könnte; aber du weißt auch, daß mir das nichts mehr hilft. Hast du denn noch immer nicht die Geldangelegenheit arrangiert?«

»Ich wollte es neulich mit Lockhaart in Ordnung bringen, aber er sagte, er würde das schon selber arrangieren. Du könntest doch am Ende recht haben; mir war aber bis dahin noch gar kein solcher Gedanke gekommen.«

»Gewiß hab' ich recht«, lachte van Roeken, »und wenn er das nur, je eher, je besser, täte, dann wäre ich aller Sorgen, meiner Frau wegen, enthoben.«

»Dann begreif' ich nur nicht, weshalb er mich mit zu der Vergnügungspartie eingeladen hat.«

»Nur um einen von der Firma dabei zu haben«, sagte van Roeken, »denn ich bin bei ihm, ich weiß nicht durch was, in Ungnade gefallen. Vielleicht gedenkt er auch, sich dort oben in Bandong oder Tjanjor gleich trauen zu lassen, und dann ist ihm ein Zeuge erwünscht. Wäre das der Fall, so schick mir nur gleich einen Expressen. Übrigens machte das Mädchen dadurch ein großes Glück, denn der alte Bursche soll steinreich sein, und lange leben kann er überdies nicht mehr. Wenn ich nachher auch noch den liederlichen Horbach los werde, so bin ich aller meiner Sorgen und Quälereien ledig und kann anfangen, das Leben zu genießen. Daß ich mir nicht wieder eine solche Last aufbürde, magst du mir auf mein Wort glauben.«

»Aber Horbach macht noch immer keine Anstalten?«

»O ja«, sagte van Roeken, »das Schiff ist schon bestimmt, aber es war leider noch eine Reparatur nötig, die jetzt besorgt wird. Die Fracht hat es schon fast vollkommen ein und segelt dann gleich. Übrigens denk' ich, wird sich Horbach die letzten Tage auch noch ordentlich halten, denn der neue Bekannte, den er gefunden, ein gemeiner Soldat, ist vorgestern ins Innere kommandiert, und er weiß jetzt niemanden mehr, mit dem er trinken kann. – Nitschke hält sich besser, wie ich selber geglaubt.«

»Nicht wahr? Aber es wird auch Zeit, daß Horbach aufhört. –

Also, Leopold, du wirst mich die nächsten Tage entschuldigen?«

»Geh nur, geh, Alterchen«, lachte van Roeken freundlich, indem er sich die Hände rieb, »und sende mir bald gute Nachricht, daß die Hochzeit gefeiert ist. Du weißt ja, daß wir hier in den nächsten Tagen wenig oder gar nichts zu tun haben, und das werd' ich mit unseren Leuten schon fertig bringen. Also viel Vergnügen und – bring mir gute Nachricht mit.«

Wagner packte seine Papiere zusammen und stieg wie in einem Traum die Treppe hinab und in sein Bendi hinein, um zu Hause die noch etwa nötigen Vorbereitungen zu treffen. Immer glaubwürdiger kam ihm dabei vor, was ihm van Roeken gesagt, und hätte er nicht eigentlich selber recht von Herzen froh darüber sein müssen, denn konnte das Schicksal jenes armen Mädchens auf bessere Art versöhnt und zum Guten gelenkt werden? – Er wollte sich das selber vorreden, aber es ging nicht; denn ein so junges, frisches Blut konnte nicht an der Seite eines so alten Mannes das Ziel ihres Lebens erblicken, und wenn sie sich nachher erst recht elend, erst recht unglücklich, trotz allem Reichtum, fühlte, wer trug dann die Schuld wie er selber? – Er? Nein – sich konnte er keine Schuld beimessen; er mochte die Sache drehen und wenden, wie er wollte. Er hatte getan, was in seinen Kräften stand, den einmal begangenen Fehler wiedergutzumachen, mehr konnte kein Mensch von ihm verlangen, und er brauchte sich selber keine Vorwürfe zu machen.

Eins konnte er vielleicht noch tun; er konnte Hedwig vor einer zu voreiligen Verbindung mit dem alten Mann warnen. Junge Mädchen sind da oft leichtsinnig, denken nur im Anfang auf eine Versorgung für ihr späteres Alter und bereuen ihr unbedachtes Handeln zu spät, wenn sie das junge Leben an das Krankenbett eines mürrischen Greises gefesselt sehen. Vielleicht verlangte sie aber seinen Rat gar nicht; stand er ihr denn auch nahe genug, in so wichtiger Sache eine entscheidende Stimme zu beanspruchen? Aber sie war neulich abends so herzlich mit ihm gewesen, hatte sich so gefreut, wie sie ihn sah, und ihm das selber gesagt; sie würde deshalb gewiß nicht darüber zürnen, wenn er ihr, zu ihrem eigenen Besten, einen Rat erteilte. Sie konnte ja dann noch immer das tun, was sie für das Beste hielt. So weit mit sich im reinen, fühlte er sich zufriedener und ruhiger, wenn er auch immer noch nicht ganz einig mit sich schien. Es war etwas noch nicht so recht, wie es sein sollte, und das schlimmste dabei, daß er selber nicht recht wußte, was.

SECHSUNDDREISSIGSTES KAPITEL

Es war ein wundervoller Morgen, an dem zwei bequeme Kutschen, jede mit vier rüstigen inländischen Pferdchen bespannt, vor der Tür von van Straatens Wohnung hielten, und malaiische Diener einzelne kleine Koffer wie Körbe mit Lebensmitteln und Wein an den verschiedenen Plätzen unterbrachten. Wagners Bendi hielt dicht daneben, und Wagner selber stand in einem leichten Reiseanzug, wie die übrigen einen breiträndigen Strohhut auf, mit den beiden Herren Lockhaart und van Straaten vor dem Portico und blies den Rauch seiner Zigarre in die klare Morgenluft hinaus. Die Damen waren noch im Haus.

»Na ja«, sagte Lockhaart, indem er eine schon ausgerauchte Zigarre wegwarf und eine frische anbrannte, »die Frauenzimmer sind richtig noch nicht da. Das weiß doch der Henker, was die immer so lange zu pesteln und zu häkeln und zu stecken und zu putzen haben. Wie wär's, wenn wir langsam vorausführen, denn du willst uns doch nicht etwa verteilen, Lodewijk?«

»Waarachtig niet«, rief dieser rasch aus, »die Vrouwetjes mögen zusammen fahren, und wir nehmen den andern Wagen. Hab auch den Weinkorb dort hineinschaffen lassen und die Zigarren; sonst muß man sich immer genieren, ob der Rauch da oder dort hinüber zieht.«

»Brav arrangiert, mein Junge«, sagte Lockhaart, sich vergnügt die Hände reibend, »das gibt eine famose Partie, und ich freue mich darauf, wie ich mich lange auf nichts gefreut habe – aber die Frauen kommen noch immer nicht. Dazu gehört doch eine Bärengeduld – ich glaube wahrhaftig, die alte Kathrine kann mit ihrer Toilette nicht fertig werden.«

»Nein, diesmal ist es meine Alte«, lachte van Straaten. »Hedwig mit der Kathrine sind schon seit einer halben Stunde bereit gewesen, die Doortje wird heute aber mit ihrer Morgentoilette nicht fertig, und ich fürchte, sie will die ›Eingeborenen‹ aufs äußerste in Erstaunen setzen.«

»Na, da kommen sie endlich – guten Morgen, guten Morgen, Vrouwetjes, und nun auf eure Plätze! Dort drüben scheint schon die Sonne durch die Wipfel; wir dürfen nicht warten, bis sie uns auf den Kopf brennt.«

Wagner war zu Hedwig gegangen, um sie zu begrüßen. Das junge Mädchen sah gar so lieb und frisch in dem schneeweißen Morgenkleide und dem einfachen, mit lebendigen Blumen und einem rosa Band geschmückten Strohhut aus. Ein leichtes Erröten verlieh dabei noch ihren Zügen einen höheren Reiz, als sie dem jungen Mann die Hand entgegen streckte und lächelnd sagte:

»Das ist hübsch von Ihnen, daß Sie gekommen sind. Ich freue mich recht darauf, das schöne Land jetzt auch einmal von eigenem Anschauen kennenzulernen, von dem mir Mevrouw van Straaten schon so viel und Reizendes erzählt. Es muß gar so herrlich im Innern sein.«

»Es wird Ihre höchsten Erwartungen noch übertreffen«, sagte Wagner, »denn wie hoch man die –«

»Vorwärts! Vorwärts!« unterbrach ihn aber Lockhaart. »Das Praatjen könnt Ihr Euch auf heute Mittag aufsparen. Hierher Wagner – Ihr seid der Jüngste, Ihr müßt den Rücksitz nehmen – natürlich, jetzt muß der auch noch erst den ›Damen‹ in den Wagen helfen, damit die malaiischen Schufte daneben stehen und die Mäuler aufsperren. Alles klar, Lodewijk? So, hier herein, jetzt Api, meine Jungen – nur vorwärts, das geht auch unterwegs – so – endlich haben wir einmal die Anker auf und gehen mit vollem Wind vierzehn oder sechzehn Knoten die Stunde; die Vrouwetjes können ausgucken, daß sie mitkommen.« Der alte Herr war heute wie ausgewechselt, und der gute alte van Straaten, mit seinem gutmütigen, treuherzigen Gesicht, saß seelenvergnügt neben ihm und freute sich von Herzen über des Schwagers gute Laune.

»Und das alles danken wir nur Ihnen, Wagenaar«, brach er auf einmal plötzlich aus, so daß ihn seine beiden Begleiter erstaunt ansahen, »die ganze Veränderung ist mit dem Menschen erst vorgegegangen, seit wir das junge Mädchen im Hause haben. Früher, sage ich Ihnen, Wagenaar, war es der langweiligste, verdrießlichste und unzufriedenste Peter, den es nur auf der Gotteswelt geben konnte – jetzt ist er wie ausgewechselt. Er spricht; er lacht; er erzählt; das Essen schmeckt ihm, der Kaffee ebenfalls und wir leben jetzt mit ihm gerade wie im Himmel.«

»Jetzt hör' einer die alte Plappertasche an«, rief Lockhaart, sich erstaunt halb gegen ihn umwendend, »wer ihn so reden hörte, müßte meinen, ich sei früher das unleidlichste, nichtsnutzigste Geschöpf auf der Welt gewesen, anderen Menschen nur zur Plage und zur Qual.«

»Das warst du auch, Martijn – hol mich dieser und jener, das warst du auch!« rief van Straaten dagegen. »Und ich will meine Alte, deine eigene Schwester, zum Zeugen gegen dich aufrufen, daß du das unausstehlichste Exemplar von einem lebendigen Schwager gewesen bist, der je auf zwei Beinen zum Ärger seiner Mitmenschen herumgelaufen. Jetzt kann man dir's sagen; so etwas macht sich recht gut aus der Entfernung – zur Erinnerung, und mag auch vielleicht als Warnung für die Zukunft dienen; aber Gott bewahre uns davor, daß wir's wieder einmal genießen sollten. Keinenfalls laß ich, so lange du noch bei uns bist, das Mädel wieder aus dem Haus, denn solch' einen kapitalen Blitzableiter möchten wir vielleicht nicht wieder bekommen.«

Wagner schwieg; aber das alles paßte zu dem, was ihm van Roeken darüber gesagt. Der alte Lockhaart fühlte sich in der Nähe des Mädchens wohl, und selber reich, und wenn auch schon, für Indien wenigstens, hoch in den Jahren, war es da nicht das natürlichste, daß er darauf denken sollte, sie für immer an sich zu fesseln? Brauchte er doch bald eine Pflege für sein heranrückendes Alter, und wer hätte ihm die besser gewähren können, als eine Frau. Und Hedwig? Wenn er um ihre Hand warb, hätte sie wohl schwerlich Nein gesagt, und wäre es nur deshalb gewesen, dieser fatalen Lage zu entgehen, in der sie sich durch van Roekens Rücksichtslosigkeit noch immer befand. Wagner saß rückwärts, und von seinem Platz aus konnte er das junge Mädchen sehen, wie sie, an Mevrouw van Straatens Seite, entzückt und selig auf die wundervolle Landschaft ringsumher hinausschaute. In der Tat hatte sie auch in diesem Augenblick für nichts anderes Sinn, dachte weder an Vergangenheit noch Zukunft, und schwelgte nur in der wundervollen, zauberschönen Gegenwart, die sie, wohin ihr Auge fiel, umgab.

Im Anfang ahnte sie freilich nicht, was für ein Genuß sie heute noch erwarte, denn so lange sie sich noch in den Vorstädten hielten, blieb sich der Weg ziemlich gleich und die Aussicht durch Gärten und mächtige Bäume rechts und links beschränkt. Je weiter sie aber hinaus, dem Innern zukamen, desto mehr verlor sich dieser Charakter, der bis hierher noch immer europäische Gebäude, von tropischer Vegetation eingeschlossen, gezeigt hatte. Auch nur allmählich veränderte sich die Szene; die Straße blieb noch immer von Hecken und Gärten eingefaßt, aber mehr und mehr verschwanden die europäischen Wohnungen, die bis jetzt mit ihrer grünen Einfassung an beiden Seiten den Hintergrund gebildet hatten. Dafür machten sie aber nun kleinen, niederen, doch so viel malerischeren Hütten der Eingeborenen Platz, die mehr vorn an der Straße standen und unter die Palmen und Waringhis auch viel besser paßten. In voller Flucht jagten indessen die vier Ponies mit dem leichten Wagen und ihrer nicht gerade übermäßigen, aber doch auch nicht unbedeutenden Last dahin, denn bei jedem Wagen saß der Kutscher auf dem Bock und zwei Malaien standen hinten auf, die auch zu Zeiten absprangen und die Tiere anfeuerten. Aber die lebendigen Pferde schienen die Last gar nicht zu fühlen; die Straße war vortrefflich, glatt wie ein Tisch und hart und trocken, und Staub und Kies wirbelten hinter ihnen auf, als ihre kleinen Hufe im Takt darüber hinklapperten. Plötzlich, wie mit einem Zauberschlag, hielten beide Wagen unter einem langen, auf niederen, weißgetünchten Backsteinsäulen ruhenden Gebäude, wo schon andere Malaien mit fertig angeschirrten Pferden bereit standen, die Stränge der müde gehetzten abzuwerfen und die frischen vorzulegen.

»Nun, wie geht's?« rief van Straaten den jetzt dicht hinter ihnen haltenden Damen zu, indem er sich im vordern Wagen aufrichtete und umdrehte. »Wie gefällt es unserem Pflegetöchterchen?«

»Oh, es ist gar so herrlich! Gar so schön!« rief Hedwig entzückt. »Das Land ist so wundervoll, wie ich es nie geträumt!«

»Na, warten Sie nur; es kommt noch besser, wenn wir nur erst einmal aus den hohen Bäumen heraus sind«, nickte der alte Herr ihr zu. »Von hier ab fahren wir zwischen die Reisfelder hinein, und da bekommt das Land ein ganz anderes Ansehen.«

Ihr Gespräch wurde unterbrochen, denn von allen Seiten strömte ein Schwarm kleiner, halbnackter, brauner Malaien heran, Jungen und Mädchen, und umdrängte schreiend erst beide, dann aber nur den vordern Wagen. Hedwig richtete sich erstaunt empor, denn sie wußte nicht, was das zu bedeuten hatte. Es sah allerdings so aus, als ob sie um etwas bitten wollten, zum Betteln waren sie aber alle zu lustig und ausgelassen. Gab ihnen die Natur hier nicht auch alles, was sie brauchten? Lockhaart wußte aber recht gut, um was sie hierhergekommen waren, ja hatte sogar diese kleine Bande erwartet und sich darauf gefreut und vorbereitet; denn wie sich jetzt herausstellte, trug er eine Menge kleines Kupfergeld in allen Taschen mit. Als sich die meisten nun jubelnd und die Arme emporstreckend auf einem Haufen sammelten, warf er eine ganze Hand voll kleiner Münzen mitten zwischen sie hinein. Das aber gab ein Gedräng' und Gekreisch, und oberst zu unterst stürzten die Jungen so wild über die Deute her, daß sich die kleinen Mädchen scheu davon zurückdrängten. Denen warf aber Lockhaart jetzt eine andere Hand voll Münzen hinüber, und ein paar der Burschen, die bei dem ersten Knäuel nicht ankommen konnten und hier bequemere Beute machen wollten, wurden von dem Kutscher rasch mit scharfen Peitschenhieben in ihre richtige Entfernung zurückgewiesen.

Eine wahre Lust aber war's indessen, zuzusehen, wie sich die kleinen Malaien um die Deute balgten. Mit dem Kopf voran schnellten sie sich in den dicksten Haufen hinein, über die Schultern der dicht Zusammengedrängten sprangen und kletterten sie, und wer eine oder ein paar der kleinen Kupfermünzen gewann, schob sie nur rasch mit den staubigen Fingern in den Mund – die einzige Tasche, welche sie trugen, um die Hände wieder für weitere Beute freizubekommen. Das war dabei ein Jubel und ein Gekreisch, daß man sein eigen Wort kaum verstehen konnte, und noch während sie sich balgten und zur Seite warfen, gellte auf einmal ein lauter, schriller Ruf zwischen sie hinein, der sie mahnte, den anspringenden Pferden Raum zu geben. Diese waren nämlich schon umgespannt, und während die Kinder eben genug zur Seite wichen, daß sie vorüber konnten, zogen die frischen Tiere, von Peitschenschlägen und lautem Hallogeschrei der Umstehenden getrieben, an, und rissen die leichten Wagen im Flug aus dem Säulenbau hinaus und wieder in die reizende Landschaft hinein, die sich jetzt auf einmal wie ein weites Bild vor ihnen ausdehnte.

Mit diesem Kampong ließen sie in der Tat die beengenden Gärten zurück; rechts und links öffnete sich der Blick ins Freie, und während im Hintergrunde die mächtigen, wildzerzausten und feuergärenden Bergrücken Javas sichtbar wurden, die das Rückgrat der ganzen Insel und die Wasserscheide zwischen der nördlichen und südlichen Hälfte bilden, breiteten sich vor ihnen die eigentümlich angelegten Reisfelder der Eingeborenen aus. Jetzt, mit hier und da noch einem kleinen Garten, irgendeiner Anpflanzung in der Nähe, ließ sich auch erst die wirkliche Schönheit des Landes erkennen, denn bis dahin hatte die überreiche Vegetation das verhindert und dem Schauenden zu viel auf einmal geboten. Aber wohin sollte der Blick jetzt zuerst schweifen – was zuerst erfassen? Erst das Fernste, weitest Abgelegene gerade, weil er bis dahin eingeengt und von üppiger Vegetation gewissermaßen gefangengehalten wurde. Jetzt fliegt er ungehindert nach den Bergen hinüber, deren rauhe, scharf abgerissene Konturen hier und da gegen den tiefblauen Himmel abschnitten und an ihren höchsten Spitzen auch wohl von duftigen Nebeln umzogen wurden. Noch standen überall am Weg einzelne Bäume, hier und da ein stattlicher Waringhi, der, von riesigem Umfang, seine dem Birkenlaub nicht unähnlichen Zweige von dem mächtigen Wipfel aus in üppigen Festons bis zum Boden fallen ließ; dann auch die prächtige Kokospalme, die Königin der Bäume, und die schlanke, schwankende Arecapalme mit ihrem hohen, zierlichen Stamm und elegant geformter Wipfelkrone. Zwischen diesen aber als vorderen Kulissen, und mit den mächtigen, trotzigen Bergen als Hintergrund, zog sich in weiter, wellenförmiger Strecke das in regelmäßige Felder geteilte Land zu beiden Seiten aus, hier noch von baumbewachsenen Kulturen unterbrochen, dort in kleine viereckige, eingeränderte Stücke geschnitten, und bunt zerstreut dazwischen hin waren nur dichte, abgerundete Buschflecken zu sehen, aus denen einzelne Palmenwipfel ihre federartigen Kronen streckten.

»Wie das sonderbar aussieht«, sagte Hedwig, die mit lächelnden Blicken an der Verwandlung dieser Szenerie hing, »erst noch das ganze Land von Gebäuden dicht besäet, und jetzt auf einmal, die in unserer Nähe befindlichen ausgenommen, keine menschliche Wohnung so weit das Auge reicht.«

»Und wie irren Sie sich da, meine liebe Hedwig«, sagte lächelnd die alte würdige Dame, »in Europa freilich würde ein so dichtbevölkerter Landstrich wie dieser eine Menge kleiner, feuerroter Gruppen – die Ziegeldächer nämlich – zeigen, die von niederen Obstbäumen eingeschlossen wären. Hier in Indien aber brauchen die Häuser oder Wohnungen weit mehr den Schatten als den Sonnenschein, und deshalb liegen in all' jenen kleinen Gebüschen, die sie da sehen, und die unregelmäßig über die ganze Gegend gestreut sind, in jedem einzelnen ein kleines Dorf.«

»Ein Dorf? Das ist ja aber kaum möglich!«

»Wir werden später solche ähnliche Flecke besuchen«, sagte Mevrouw; »jene Gebüsche bestehen einzig und allein aus den verschiedensten Fruchtbäumen, hier und da von Bambusstreifen umgeben, denn ohne Bambus können die Eingeborenen nicht bestehen. Zwischen diesen aber sind Kokos-, Areca- und Arenpalmen gepflanzt. Die ersten der Nüsse wegen, die ein kühlendes Getränk geben; die zweiten der kleinen Frucht wegen, die sie tragen, und die von den Eingeborenen zum Betelkauen benutzt wird; die dritte dagegen, um den Stamm anzuzapfen, und den auslaufenden Saft zu Zucker einzukochen. In dem Schatten dieser herrlichen Bäume liegen dann die kleinen niederen und luftigen Hütten, und wohnen die einfachen, fleißigen und braven Menschen, die Eingeborenen, die fast alle hier vom Ackerbau leben – jede Familie fast in einem kleinen Paradies. Aber gleich dort vor uns liegt eine solche Dessa, wie man diese kleinen, in Fruchthainen versteckten Häusergruppen nennt, und Sie werden dort bestätigt finden, was ich eben sagte. Es sind künstliche Oasen, nur daß sie in keiner Wüste, sondern in einem sonnbeschienenen Landstrich liegen, von dem jeder Fußbreit urbar gemacht und bebaut ist.« »Und was ist das dort drüben – das hohe, schlanke Gestell, mit einem Korb oben daran? Eine Art Leiter wie eine Hühnersteige führt daran hinauf.«

»Ah, dort! Das ist eine Reiswache, mein Herz, und passen Sie auf, wenn wir vorüberfahren, wie der kleine darin sitzende Junge die Reisvögel aus den umliegenden Feldern scheucht.«

»In dem Korb sitzt ein Mensch?« rief aber auch jetzt die Kathrine, die bis zu diesem Augenblick vor lauter Verwunderung noch keine Silbe gesprochen hatte.

»Ja allerdings«, lächelte Mevrouw, »wenn auch nur ein ganz kleiner, aber er ist doch groß genug, die Schnüre anzuziehen, die von da oben aus in die Felder hinauslaufen, und sehen Sie, wie da drüben ein ganzer Schwarm von Vögeln aufsteigt und über die Straße hinüberstreicht, weil der Junge mit seinen Fäden die dort angebrachten Vogelscheuchen in Bewegung gesetzt hat.«

»Aber nu breche se dem Nachbar in sei Reis«, meinte die Kathrine.

»Das tun sie allerdings«, lautete die Antwort, »aber der mag andere Klappern anbringen, um sie ebenso zu empfangen und weiter zu schicken.« Sie fuhren jetzt dicht neben dem Reiswachthaus hin, das wirklich nur aus einem auf langen Bambusstangen aufgerichteten Korb bestand. Von oben aus liefen aber Schnüre oder Fäden nach beweglichen Flederwischen und Klappern hinüber, die mitten in den Feldern standen, und, wenn sie angezogen wurden, sich hin und her bewegten oder ein Geräusch machten. Ehe sie aber das alles nur halb betrachten konnten, flogen die Wagen auch schon mit schwindelnder Schnelle daran vorüber, und die Kathrine vergaß in der einen Überraschung, die ihr hier wieder bereitet wurde, die ganze Szenerie um sich her. Plötzlich nämlich sprangen die Malaien, die hinten auf dem Wagen und auf besonders dazu angebrachten niederen Austritten standen, von ihrem Gestell herunter, griffen, während sie mit fabelhafter Schnelle nebenher liefen, im Weg liegende Steine auf, und warfen sie von beiden Seiten mit einem wahren Zetergeschrei auf die Pferde. Aber weshalb? Nicht die geringste Veranlassung dazu sah weder die Kathrine noch Hedwig, denn die kleinen Tiere hatten bis jetzt schon ihr möglichstes getan, und daß sie, wo der Weg ein wenig zu steigen anfing, auch etwas langsamer gelaufen waren, konnte ihnen eben niemand verdenken. Mevrouw aber, mit dem Leben und Treiben hier schon besser bekannt, hatte bald die Ursache entdeckt. Vor ihnen fuhr nämlich ein anderer Wagen, auch mir vier Pferden bespannt und Fremden darin, und bei Kutscher wie Treibern war es zur Ehrensache geworden, diese zu überholen – was kümmerten sie die Pferde.

Der vordere Wagen hatte indessen ebenfalls die hinter ihm herkommenden beiden Fuhrwerke gehört, denn die Burschen machten mit ihrem Schreien Spektakel genug. Natürlich wollten sich jene aber nicht gern überholen lassen, und dort begann jetzt eben dasselbe Toben und Wüten wie hier. Der Kutscher hieb in die Pferde, die Boedjangs zu beiden Seiten heulten und schrien und warfen Steine und Stücken Holz – was sie nur eben erreichen konnten – auf die Pferde, und schlugen nach ihnen mit kleinen kurzen Peitschen, die sie im Gürtel trugen, bis sie die armen Tiere fast zur Raserei getrieben hatten. Der Schweiß lief ihnen an den glänzenden Haaren nieder, der heiße Dampf stieg ihnen aus den Nüstern, und sie gingen mit dem Wagen durch, so rasch sie rennen konnten. Weiter wollten ihre Peiniger aber auch gar nichts – wenn sie nur eben die Straße hielten – und sowie sie die armen abgehetzten Tiere in vollster Flucht hatten, waren sie mit einem geschickten Satz wieder auf ihrem Stand, jetzt selber nur erst einmal zu Atem zu kommen und einen Augenblick zu verschnaufen. Ob unsere Freunde nun wirklich bessere Pferde hatten, oder ob ihre Javanen besser, das heißt erbarmungsloser, mit ihnen umzugehen wußten, kurz die beiden hinteren Wagen rückten den vorderen näher und näher, und gerade als es in der jetzt mehr wellenförmig werdenden Straße einen kleinen Abhang hinaufging, von allen drei Geschirren die Treiber unten waren und mit Schreien und Steinwerfen wie außer sich schienen, rasselten van Straatens mit ihren Gästen an dem Fuhrwerk vorüber, in dem vier holländische Offiziere saßen. Da sie zu gleicher Zeit eine der kleinen Dessas passierten, kamen bei dem furchtbaren Geschrei auch die Eingeborenen aus allen Hütten herausgestürzt, bei dem Lärm eben das entsetzlichste vermutend.

Hedwig wie die Katherine konnten sich natürlich in dieser überraschend neuen Welt noch gar nicht sammeln – war ihnen doch alles fremd, alles auffallend und ungewohnt, und sie bedurften erst einer gewissen Zeit, sich da hinein zu finden. Den vollen Gegensatz zu ihnen bildete jedoch der vordere Wagen, in dem die drei Herren, ihre Zigarre im Mund, so behaglich zurückgelehnt saßen, und so gleichgültig die ganze Außenwelt an sich vorübergehen ließen, daß man es ihnen wohl ansah, sie begegneten hier keinen neuen, sondern nur altgewohnten, alltäglichen Szenen. Nicht einmal bei der Wettfahrt mit dem andern Wagen drehten sie auch nur den Kopf in diesem Heidenlärm, sondern bliesen den Dampf in die blaue Luft hinein und erzählten sich Anekdoten aus den Kreisen, in denen sie sich in der letzten Zeit bewegt. Nur als sie den Wagen mit den Offizieren überholten, sahen sie hinüber und grüßten sich gegenseitig.

»Da drin sitzt auch Ihr Hauptmann Bernstoff«, lachte Lockhaart zu Wagner hinüber, »was zum Henker treiben die Vents denn, ob sie Urlaub genommen haben?«

»Nein«, sagte van Straaten, »wie ich gehört habe, ist gestern ein Trupp frischer Rekruten nach Buitenzorg abmarschiert, und die Herren haben ihnen wohl nur den gehörigen Vorsprung gelassen, um in größtmöglichster Bequemlichkeit nachfahren zu können. Den Soldaten schadet es weit weniger, wenn sie in der Sonne marschieren müssen, wie den Offizieren.«

»Sie haben recht, wenn sie sich's bequem machen, so lange es geht«, meinte Lockhaart, »kommen sie nachher nach Sumatra in die Sümpfe und unter die vergifteten Pfeile der Badaks, so wird ihnen doch nichts geschenkt.«

»Dann sind sie aber nachher so verwöhnt«, bemerkte Wagner, »daß sie den geringsten Strapazen erliegen.«

»Papperlapapp«, lachte der alte Lockhaart, »das ist der gewöhnliche Altweiber-Glaube, daß man sich von Jugend auf ordentlich abhärten müsse, um später irgend etwas ertragen zu können – und wie bin ich selber zum Beispiel verhätschelt worden. Wer überhaupt sonst gesund ist, soll sich das Leben um Gottes willen nicht unnötiger Weise schwer machen, nur um Bedürfnisse entbehren zu können, wenn er sie einmal nicht haben kann. Tritt der Fall wirklich ein, entbehrt er sie doch, darauf geb' ich Ihnen mein Wort, ob er nun daran gewöhnt ist oder nicht. Ob ich das ganze Jahr auf einem Brett schlafe, wird mir der Erdboden deshalb nicht weicher, wenn ich einmal darauf kampieren muß. Nein, so lange ich es haben kann, schlafe ich in einem weichen, bequemen Bett und esse und trinke gut, muß ich es dann einmal entbehren, so hab' ich auch Selbstüberwindung genug, das ohne Murren zu ertragen,und zwar ohne mich schon jahrelang vorher ganz unnötigerweise kasteit zu haben.«

Lustig rollten die Wagen vorwärts und ließen das Fuhrwerk der Offiziere bald weit zurück. Jetzt flogen sie, von den unermüdlichen Pferden in wildester Flucht fortgezogen, durch ebene sonnenbeschienene Reisfelder, in denen hier ein Javane mit seinem trägen Karbau den Schlamm umwühlte, das Feld zur Saat zurecht zu machen, während dicht daneben eine Schar halbnackter Mädchen mit einem kleinen sichelartigen Messer den reifen Reis erntete und in feste, dichte Garben band. Nun kreuzten sie eine der kleinen, zauberisch schönen und schattig kühlen Dessas, mit ihren lauschigen Palmenhainen, aus denen die kleinen luftigen Bambusgebäude so zierlich und sauber gearbeitet hervorschauten, als ob sie nur als Putz- oder Spielzeug dort aufgestellt seien. Immer wellenförmiger wurde dabei das Land; immer mehr näherten sie sich den gewaltigen feuerspeienden Bergen, die sich als Rückgrat der ganzen Insel von West nach Ost hinüber dehnen. Schon ließ sich der Gedé klar und deutlich mit seinem rauhen Kraterloch erkennen, und der Megamendong, oder Wolkenumhüllte, versteckte seinen Gipfel in einem weißen Duft, der von dem feurigen Nachbar zu ihm herübergezogen war. Immer sichtbarer wurden aber auch jetzt die dichtbewaldeten Ausläufer dieser Vulkane, die sich, mit prachtvollen Wäldern bedeckt, strahlenförmig in das flache Land hinauszogen, und endlich lenkten sie wieder in reizende Gärten ein, in Alleen von Tamarinden und pahon Haïve und zwischen die bequemen und luxuriös gebauten Häuser der Europäer.

Gerade wie sie einen chinesischen Tempel und das chinesische Viertel von Buitenzorg passiert hatten, das ziemlich denselben Charakter zeigte wie das batavische, überholten sie einen Trupp

Soldaten, die eben Halt gemacht und sich in den Schatten der Bäume geworfen hatten, um von dem heißen Marsch nur kurze Zeit zu rasten.

Eine wunderliche Mischung von Leuten war das, Malaien und Javanen, Neger, Mulatten und Weiße, bunt durcheinander gemischt, in ihren blauen, heißen Uniformen – die Eingeborenen und Neger alle barfuß, die Weißen aber mit Schuhen an. Auch von dem benachbarten chinesischen Viertel hatte die dortige industriöse Bevölkerung schon ihre Boten abgesandt, um den armen Teufeln gegen ein paar dürftige Erfrischungen, die ihnen verlokkend vorgehalten wurden, auch die letzten Deute abzuholen. Langzöpfige Burschen, in weiten blauen Jacken und kurzen weißen Hosen, ein paar große Körbe an einem langen Bambusstock über der Schulter balancierend, liefen von allen Seiten herbei, Scheiben Ananas, Arensaft und andere unschuldige und kühlende Dinge öffentlich zum Verkauf auszubieten. Heimlich in ihren Körben trugen sie aber noch sorgfältig versteckte Flaschen mit verbotenem Arak, der ihnen schon deshalb, weil er verboten war, viel besser und teurer bezahlt wurde.

Einige der Soldaten, die mitten im Wege standen, waren beiseite getreten, als die beiden Wagen heranrollten, andere lagen im Schatten der Bäume abseits und schienen zu sehr ermüdet, um auf die rasch vorbeifahrenden Geschirre zu achten. Unter diesen war auch ein junger Mann mit vollem schwarzen Haar, der, die Dienstmütze neben sich und mit der Faust zusammengeballt, den Kopf in die andere Hand gestützt, ausgestreckt unter einem Baum lag. Mit triefender Stirn und finster zusammengezogenen Brauen lehnte er mit dem Rücken gegen die rauhe aufgebogene Wurzel einer Tamarinde, und drehte nur, wie unwillkürlich, den Kopf dem Geräusch der rollenden Räder zu. Ehe er sich ihnen nur ordentlich zugewandt hatte, war der erste Wagen schon vorüber, und die lichten Kleider im zweiten zogen noch seinen Blick auf sich, als er plötzlich mit einem kaum unterdrückten Schrei emporsprang. Aber der Wagen war vorüber – in der Ferne wirbelte noch der Staub auf, und stumm und staunend starrte er den Verschwindenden wie einer wunderbaren Erscheinung nach.

Doch auch dies dauerte nicht lange.

»Wahnsinn! Wahnsinn!« murmelte er leise vor sich hin. »Ebensogut könnte ich erwarten, ihr droben im Monde zu begegnen, wie hier in Indien in einer eleganten Equipage. Eine Ähnlichkeit, weiter nichts. Ist auch nur wieder einer von meines bösen Geschickes Streichen, mir die Erinnerung an vergangene Torheiten, wenn ich sie beinah schon einmal vergessen hätte, immer aufs neue frisch und lebendig vorzuführen. Nur zu! Nur zu! Ich muß jetzt wohl still halten, denn den tollsten hab' ich eben begangen, in den tollsten und verzweifelsten bin ich eben mit beiden Füßen, und anscheinend bei vollem Verstande, hineingesprungen – für den muß ich erst einmal büßen, ehe ich mich mit einer anderen Abrechnung befassen kann.«

Die Damen im zweiten Wagen hatten ebenfalls das Militär bemerkt, und einen Moment, wie ihr Fuhrwerk dann vorüberrollte, die wunderlichen und malerischen Gruppen betrachtet, wie die Soldaten unter den Blumen ausgestreckt lagen, und chinesische Verkäufer zwischen ihnen hin und wieder gingen. Das war aber auch wirklich nur ein Moment gewesen, denn gleich darauf bogen sie schon, am botanischen Garten mit seinen Palmenreihen vorüberfahrend, in die Straße ein, die zum Hotel Bellevue hinüber führte, und während die schäumenden Tiere in dem weiten, von niederen Gebäuden umschlossenen Hof hielten, kamen die Herren zum Wagen, den Damen herauszuhelfen und sich besonders bei Hedwig zu erkundigen, wie ihr die Fahrt bis hierher gefallen habe. In Buitenzorg sollte übrigens Station gemacht und ein oder zwei Tage Rast gehalten werden, um das Sehenswerte auch wirklich mit Muße zu betrachten. Erst wenn sie alles gesehen, wollten sie den weiteren Weg mit aller Bequemlichkeit wieder aufnehmen.

SIEBENUNDDREISSIGSTES KAPITEL

Sobald Reisende in der holländischen Kolonie einen Zielpunkt ihrer Fahrt erreicht haben, ist ihre erste Sorge, es »sich lecker zu machen«, d.h. ein Bad zu nehmen, sich umzuziehen und dann in aller Ruhe und Ordnung eine stärkende Mahlzeit zu verzehren. Unsere kleine Gesellschaft machte denn auch davon keine Ausnahme und sammelte sich erst wieder um die Tafel, von hier aus gemeinschaftlich nach einem kleinen Ausbau in dem Garten des Hotels hinauszuwandern, um dort Kaffee zu trinken, wie die wundervolle Aussicht zu bewundern.

Van Straaten hatte übrigens ein paar alte Freunde in Buitenzorg, höhere Beamte bei der Regierung, denen er versprochen, sie zu besuchen, wenn er je den Platz wieder berühre. Natürlich nahm er seine Frau mit dorthin, und Hedwig mußte sie begleiten. Lockhaart weigerte sich aber hartnäckig, seine schöne Zeit mit irgendeiner faden Visite zu vergeuden, wem diese auch gemacht würde. Wagner entschuldigte sich ebenfalls – Lockhaart hatte ihn gebeten, ihm etwa eine halbe Stunde heute nachmittag zu widmen, um etwas mit ihm zu besprechen, und die alte Kathrine wäre auf diese Art auch den ganzen Nachmittag sich allein in dem fremden Ort überlassen geblieben, wenn sie nicht zufällig in dem Wirtshaus selber eine deutsche Köchin gefunden hätte, mit der sie augenblicklich enge Freundschaft schloß.

Der Wirt war allerdings ein Holländer, seine Frau aber eine Deutsche, die deshalb auch soviel als möglich deutsche Dienstboten hierhergezogen hatte, und Kathrine saß, der Hitze draußen wie dem Herdfeuer trotzend, mit dem seligen Gefühl bei ihrer Landsmännin in der Küche, doch endlich einmal ein ebenbürtiges und lebendes Wesen gefunden zu haben, mit dem man sich aussprechen, das man verstehen konnte. Eine sehr angenehme Einrichtung in javanischen Küchen – das Aufwaschen nämlich, wie alle gröbere Arbeit, den malayischen Dienern zu überlassen – ermöglichte es auch Kathrinens neugefundener Freundin, gleich nach Tisch einen Spaziergang mit ihr zu machen. Da diese indes gehört hatte, daß neue Rekruten angekommen wären – die Offiziere logierten sogar in dem nämlichen Hotel – so beschlossen sie der Kaserne zuzuwandern, ob sie vielleicht frisch eingetroffene Landsleute zwischen ihnen fänden. Sie brauchten deshalb nicht lang zu suchen; den ersten Chinesen, dem sie mit seinen Körben begegneten, frug die Freundin, die schon längere Zeit auf Java lebte und vollkommen gut Malaiisch sprach, nach den neugekommenen Soldaten, und der breiten Allee nachgehend, in der sie links und rechts bald Wohnungen von Europäern, bald von Chinesen und Javanen antrafen, erreichten sie einen freien, nur mit Waringhis besetzten Platz, an dem die Kaserne von Buitenzorg stand. Vor dieser lagerten noch die neu eingerückten Rekruten, bis ihre eigenen Wohnungen im Innern hergerichtet waren.

Die Kathrine war nun freilich gewohnt, anderes und besser diszipliniertes Militär zu sehen: die wilden, farbigen Gesichter der Leute imponierten ihr aber doch, und wo sie besonders einen Trupp von Negern und Mulatten miteinander lachen und erzählen sah, machte sie einen großen Bogen um die Leute und ging ihnen scheu aus dem Wege. So hatten sie schon fast den ganzen Trupp umgangen, sehr häufig dabei von den Malaien viel mehr angestaunt, als diese von ihnen, da die Eingeborenen gar nicht dran gewöhnt waren, weiße Frauen zu Fuß gehen zu sehen; Landsleute fanden sie aber noch immer nicht, nur Holländer höchstens, und Menschen, die eine Sprache sprachen, von der sie selber keine Silbe verstanden – Engländer oder Franzosen vielleicht, was wußten sie. Plötzlich aber trafen deutsche Laute an ihr Ohr, und trotz der fremdartigen Uniform hatten die beiden Mädchen im Nu den deutschen Ausdruck in jener Zügen erkannt.

»Grüß Gott!« redete die Köchin aus dem Hotel Bellevue den einen an, der eben versuchte, mit einem Chinesen um eine Tabakspfeife zu handeln, aber mit den malaiischen Wörtern nicht fertig werden konnte. »Nimm dich fein hübsch vor den langzöpfigen Lumpen in acht, denn die Kerle betrügen einen halt, wo sie nur können.«

»Grüß Gott!« rief der Deutsche zurück, erfreut in seiner Sprache angeredet zu werden. »Ja, sprecht denn Ihr Malaiisch oder wie sie das Kauderwelsch hier nennen? Wär' schon recht, wenn Ihr mir da ein klein wenig helfen könntet.«

»Und wie sidd denn Ihr in die fremde Uniform gekomme?« frug die Kathrine, die der arme blutjunge Bursche dauerte. »Wenn ich noch so jung wäre wie Ihr, wär' ich aach dahäm gebliwwe, anstatt so in die Welt hinaus zu laafe. Wenn ich so en jungs Blut in aner bunten Jacke stecke seh, muß ich allsfort an mein junge Bruder denke.«

Unter dem Baum, mit dem Rücken nach ihnen zugedreht, saß noch ein anderer Soldat, der sich jetzt, wie er die Sprache hörte, langsam den beiden Frauen zudrehte. Die Kathrine bemerkte ihn zuerst und sah ihn starr und immer aufmerksamer an, und zuletzt wie sein Blick dem ihren begegnete und er auch sie forschend und wie erstaunt betrachtete, rief die Alte aus:

»Ja – ehnder wollt' ich doch glaube – ne ich wähs wahrhaftig net – sollt Sie denn –?«

»Kathrine?« rief der Soldat überrascht wie sie aus.

»Ja – die Kränk will ich krigge – aber gerad' solche Hoor un solch en Schnorres im Gesicht, und solche Aagen – aber – es ist ja doch nicht möglich – der Herr – der Herr Baron von Dorsek?«

»Die Kathrine – so wahr ich lebe«, wiederholte jetzt der Soldat, vom Boden aufspringend, »so hatt' ich mich vorhin doch nicht geirrt, Hedwig ist hier; aber wie in aller Welt hierhergekommen?«

»Ja – freilich net als Soldat«, sagte aber jetzt die Kathrine, der auf einmal einfiel, wie sie beide zuletzt in Deutschland zusammen gestanden. Sie begriff freilich nicht, wie der »Herr Baron« nach Java, noch weniger wie er in die Uniform eines gemeinen Soldaten kam. Daß er aber drin stak, unterlag keinem Zweifel mehr, sein Zusammenlagern mit Negern und Indianern war dafür schon der beste Beweis, hätte ihn selbst nicht die grobe Uniform verraten. Und wenn er sich nun am Ende gar verkleidet hätte, ihrem Fräulein hierher zu folgen? Aber dann brauchte er sie ja daheim gar nicht so schlecht zu behandeln, und wäre auch nicht so erstaunt gewesen, sie, die Kathrine, hier zu treffen. Die alte Magd überlegte sich noch in aller Eile hin und her, was wohl der Grund dieser sonderbaren Begegnung sein könnte, als plötzlich eine Trommel wirbelte und die Soldaten alle von der Erde auf und in Reih und Glied fuhren. Dorsek wollte zögern, es war als ob er noch eine Frage an die alte Magd zu richten hätte, aber ein zweites Zeichen mahnte ihn an seine Pflicht, er wußte, daß er gehorchen mußte.

Die Soldaten standen in Reih und Glied aufmarschiert, die verschiedenen Farben wohl soviel als möglich in gleiche Kolonnen eingeteilt, aber doch immer nebeneinander in gleichem Rang, Neger, Malaien und Weiße, während die Sergeanten fast alle Holländer, einige auch Deutsche waren. Drüben an der Kaserne hin fuhren jetzt in zwei leichten Bendis die Offiziere, die heute morgen von Batavia heraufgekommen waren, vielleicht um die Truppe zu mustern, was verstand die Kathrine von dem Militärwesen. So viel aber verstand sie, daß jetzt irgend etwas kommandiert wurde, wonach die Soldaten bei Trommelschall in Reih und Glied nach der Kaserne hinaufmarschierten. Das war auch keine Verstellung oder Verkleidung mehr – wie die anderen gehorchten, mußte er auch mit, der sonst so stolze Herr Baron von Dorsek. Er war richtig gemeiner holländischer Soldat geworden, und die Hände in lauter Staunen und Verwunderung zusammengeschlagen, den Kopf herüber und hinüber schüttelnd, stand sie da und schaute der Truppe nach, so lange sie ihr mit den Augen folgen konnte. So ganz verblüfft blieb sie auch in ihrer Stellung, daß sie die mehrmalige Aufforderung ihrer Freundin, der Köchin aus dem Hotel Bellevue, gar nicht hörte und sich immer noch nicht über den Gedanken zufrieden geben konnte, dem Herrn Baron von Dorsek hier in Batavia als gemeinem Soldaten begegnet zu sein. Das andere Mädchen aber, das schon vor vier oder fünf Jahren hier nach Java gekommen war und die Verhältnisse genauer kannte, sage lachend:

»Ja, darüber brauchst du dich nicht zu wundern; das kannst du öfter sehen, wenn du länger hier bleibst, daß alle möglichen Muttersöhnchen von ›drüben herüber‹ hier mit den Malaien und Negern in Reih und Glied dem Kalbfell nachmarschieren und links- und rechtsum machen.«

»Aber ein Baron!« rief die Kathrine, die Hände zusammenschlagend.

»Das bleibt sich ganz gleich«, sagte die Emilie verächtlich, »Grafen hab' ich schon sogar in den blauen Jacken stecken und Arm an Arm mit so schmutzigen Negern marschieren sehen, und dann werden sie mit einem Schiff fort nach Bali oder Sumatra oder Borneo geschickt, und wenn die Neger und Malaien auch vielleicht wiederkommen, die armen Teufel von Weißen haben sie sicher jedesmal drüben begraben.«

»Aber wie ist das möglich?« rief die Kathrine.

»Möglich? Was?«

»Daß sich so ein Herr dazu hergebe kann?«

»Ja wenn sie's vorher wüßten!« meinte die Emilie. »Bei uns im Hotel haben die holländischen Offiziere oft und viel davon gesprochen, und die behaupten, die Herren dächten sich das Leben ganz anders, wie es ist. Die glaubten, wenn sie auch als gemeine Soldaten anfingen und herübergingen, könnten sie doch die ersten vier Wochen schon Offiziere werden und dann ein ganz behagliches Leben führen. Ja, prosit die Mahlzeit, da hapert's aber; mit dem Offizierwerden ist's nichts, wenn man nicht seine Empfehlungen hat und seine Protektionen, und wie will die ein gemeiner Soldat hier kriegen – ein anständiger Weißer geht gar nicht mit ihm um.«

»Aber ein Baron –«

»Und wenn er zehnmal Baron wäre«, rief die weder Rang und Stand achtende Köchin, »sobald er einmal in der blauen Jacke steckt und als gemeiner Soldat hier herumläuft, achten sich selbst die Malaien höher wie er, ob er nun ein Baron oder sonst 'was ist, und wenn er mit einem Weißen sprechen will, muß er draußen an der Treppe mit der Mütze in der Hand stehen bleiben und warten, bis der Herr zu ihm herauskommt. Draußen in der Kaserne, ja da können sie sich lustig machen, soviel sie wollen und imstande sind zu bezahlen, und ein heilloses Leben sollen sie denn auch da drinnen führen. Wenn man nur vorbeigeht, wimmelt's auf dem

Hof schon von Kindern in allen Farben – arme, unglückliche Würmchen, die da aufwachsen, wie bei uns die Hasen und Kaninchen im Felde. Aber was geht uns das Volk an; die mögen sehen, wie sie selber durchkommen, denn wenn sie einmal in der Jacke stecken, so kannst du dich auch darauf verlassen, daß sie es verdient und oft doppelt und dreifach verdient haben, mit allem Herzeleid, das sie draußen angerichtet. Und jetzt komm, Kathrine, jetzt gehen wir einmal über den chinesischen Markt und dann durch den botanischen Garten wieder nach Haus zurück. Wenn du das noch nicht gesehen hast, so wirst du Augen machen.«

Die Kathrine ging mit, wohin sie ihre Freundin führte, aber sie sah und hörte nichts mehr von alledem, was um sie her vorging, so ganz und allein waren ihre Gedanken bei der noch immer unbegreiflichen Tatsache, daß Herr von Dorsek, derselbe, der ihr liebes, gutes, engelbraves Fräulein hatte sitzenlassen und unglücklich gemacht, hier in Java als gemeiner Soldat rechts und links marschieren müsse. Und weshalb war er herübergekommen? – Hatte sie nur der Zufall hier zusammengeführt, dann sah sie wieder nicht ein, wie das möglich gewesen wäre, und sollte sie jetzt ihrem Fräulein dies Begegnen verheimlichen oder ihr alles offen und ehrlich gestehen? Alle diese Dinge gingen ihr so wirr und wild im Kopf herum, daß sie von der Außenwelt, wie schon gesagt, nichts mehr sah, und der Köchin aus dem Hotel Bellevue, die wunder geglaubt hatte, welchen Genuß sie ihrer Freundin durch einen solchen Spaziergang bereite, so lange verkehrte oder gar keine Antwort gab, bis diese endlich die Geduld verlor.

»Da gehen wir heim«, rief sie, »wenn du immer nur in dich hineinsiehst und lauter Albernheiten schwatzest, wo ich dich was frage. Braucht man doch nicht in der Hitze herumzulaufen, wenn man weiter nichts ansehen will, als den Fuhrweg, auf dem man den Staub aufwühlt.« Und damit lenkte sie wirklich in gerader Richtung nach dem Hotel ein, ohne daß die Kathrine die Drohung gehört oder den veränderten Kurs beobachtet hätte. Sie hielt sich nur, in einer Art von Instinkt, dicht neben der Köchin, um den Weg nicht zu verlieren, und war jetzt so weit mit sich ins reine gekommen, daß sie Herrn Wagner alles mitteilen und ihrem Fräulein vorderhand noch nichts sagen wolle. Der Herr Wagner war ein guter und braver Mensch, auf den man sich in jeder Hinsicht verlassen konnte; er meinte es auch gut mit ihrem Fräulein, das hatte er dadurch bewiesen, daß er sie zu den guten, lieben Leuten gebracht, wo sie sich viel wohler fühlen konnte als in einem Hotel, und wenn es das beste gewesen wäre. Er würde dann auch wohl Rat wissen, was in dieser Sache zu tun sei, und ob man dem Fräulein etwas davon sagen dürfe oder nicht. Zu dem Entschluß war sie gerade gekommen, als sie das Hotel wieder erreichten, und hier, ohne von der Emilie nur einmal Abschied zu nehmen, lief sie so rasch sie konnte zu Herrn Wagners Zimmer hinauf. Sie mußte das Geheimnis nämlich loswerden, ehe sie ihr Fräulein wieder traf, denn die hätte es ihr ja auf der Stelle angesehen, daß irgend etwas mit ihr vorgegangen und nicht in Ordnung sei. Einmal mit sich über etwas im reinen, ließ sich auch die Kathrine durch nichts mehr abhalten, es durchzuführen, klopfte an Herrn Wagners Zimmer an und trat, da nicht gleich »herein!« gerufen wurde, auch ohne das in die fremde Stube ein.

Wie sie indessen die Tür aufmachte, stutzte sie doch, denn Herr Wagner war wohl zu Haus, aber nicht allein. Der alte Herr Lockhaart saß nämlich bei ihm am Tisch, und sie hatten auf diesem Briefe ausgebreitet und schienen mitsammen in eifrigem Gespräch. Sobald aber die Tür aufging, drehten sich beide rasch nach dem Geräusch herum, Lockhaart eben nicht mit einem übermäßig freundlichen Gesicht, und die alte treue Magd erschrak nicht wenig, den »Brummbär«, wie sie ihn noch immer nannte, im Weg zu finden. Allerdings hatte er sich hier am Land viel, viel freundlicher gegen sie und besonders gegen ihr liebes Fräulein gezeigt, als auf dem Schiff, und sie fing schon an zu glauben, daß er vielleicht nicht einmal so schlimm sei, wie er sich mache. Nichtsdestoweniger fürchtete sie sich noch immer vor ihm – vielleicht auch aus alter Gewohnheit, und wollte deshalb eben wieder zurückfahren und die Tür ins Schloß drücken, als sie Wagner anrief: »Heda, Kathrine! Was gibt's? Wollen Sie zu mir?«

»Ja, Herr Wagner«, sagte die Alte verlegen, indem sie in der halb wieder zugeklemmten Tür steckenblieb, »ich – aber ich – ich meine, daß –«

»Na, nur keine langen Umstände und Redereien!« rief Lockhaart ärgerlich. »Wir haben hier mehr zu tun, als lange zu nötigen.«

»Ja«, sagte die Kathrine, sich ein Herz fassend. »Nix für ungut – aber – ich wähs net – ich möcht' eppes mit dem Herrn Wagner allein schwätze.«

»So? – Na, das ist wenigstens Deutsch«, sagte Lockhaart, indem er von seinem Stuhl aufstand, »dann geh' ich natürlich so lange hinaus.«

»Bitte, lieber Herr Lockhaart«, bat Wagner, seinen Arm ergreifend, »bleiben Sie hier, wir haben nichts miteinander zu reden, was Sie nicht hören dürften, denn wahrscheinlich betrifft es doch Fräulein Bernold, und wer nähme herzlicheren Anteil an ihrem Schicksal wie Sie?«

»Betrifft es das Fräulein?« fragte Lockhaart, gegen die Magd gewandt.

»Ja und nein«, sagte die Kathrine, die indes ganz ins Zimmer gekommen war. »Wie mer's nimmt – dem Herr Wagner wollt' ich nur sage, daß er – daß er da is.«

»Daß er da ist? – Wer?« rief Wagner verwundert und sah Lockhaart dabei mit einem rasch forschenden Blick an.

»Nu er«, meinte die Kathrine. »Sie wisse's ja schon aus dem Schreiben vom alte Herrn Scharner, – der Herr Baron – der Herr Baron von Dorsek.«

»In der Tat?« rief Wagner, »Sie haben ihn gesehen?«

»Drauß auf dem freie Platz, wo alls die Soldate marschiere. Die Rekrutte ware ebe eingerückt und lage unter die Bääm alls newenanner. Do lag er dazwischen.«

»Und hat er Sie gesehen?« rief Wagner.

»Geschwätzt hawe mer mitenanner«, sagte die alte Kathrine. »Gemeiner Soldat ist er worde, und wie se angefange hawe zu trommeln, hat er marschiere gemußt. Das kommt von die Buwesträäch.«

»Und weiß er, daß Fräulein Bernold ebenfalls hier ist?«

»Na, das kann sich ä klaans Kind denke«, sagte die Kathrine, »wo ich bin, ist das Fräulein aach.«

Lockhaart hatte noch kein Wort gesprochen und nur langsam,

leise vor sich hin den Namen Dorsek wiederholt. Jetzt stand er auf, ging ein paar Mal im Zimmer auf und ab und sagte endlich, vor der Kathrine stehenbleibend: »Es ist gut, Kathrine – sagen Sie aber Ihrem Fräulein noch nichts davon, bis – bis wir selber mit ihr darüber gesprochen haben – Sie können gehen.«

Die Kathrine gehorchte dem Befehl auf das pünktlichste, auf der Treppe aber blieb sie eine ganze Weile stehen, nur um so viel besser erstaunen zu können, denn jetzt auf einmal fiel ihr erst ein, daß keiner der beiden Herren auch nur im geringsten überrascht gewesen war. Sie hatte geglaubt, daß sie die außerordentlichste Neuigkeit brächte, und die da oben taten, als ob sie es schon seit acht Tagen wüßten. Und hatte denn der alte Herr Lockhaart die Geschichte mit dem Herrn von Dorsek auch erfahren? – Das wäre nun gerade gar nicht nötig gewesen, daß das alle Welt wußte, was ihrem armen jungen Fräulein beinahe das Herz gebrochen. Und nichts davon sagen sollte sie, wo ihr das Herz bis zum Überlaufen voll war? – Wenn sie das nur aushielt. Solange ihr Fräulein nicht nach Hause kam, ja, da wollte sie kein Wort mit ihr darüber sprechen, aber nachher – nachher mußte sie erst überlegen, was sie am besten täte, und mit dem Entschluß ging sie hinüber in ihr eigenes Kämmerchen.

Lockhaart war indessen oben vor Wagner stehengeblieben und sagte mit finster zusammengezogenen Brauen:

»Sehen Sie, ich hatte recht! Er war dazwischen, und das Schicksal hat hier, in einem vollkommen entlegenen Teil der Welt, auf die wunderlichste Weise drei Personen zusammengeführt, die sich vollständig voneinander losgerissen glaubten.«

»Und weiß Dorsek, daß Sie hier sind?« frug Wagner.

»Er weiß jedenfalls, daß ich wieder nach Indien gegangen bin, und wird mich wahrscheinlich in Batavia vermuten. Weshalb er aber den Schritt getan, da er mich dort nicht aufgesucht, kann ich nicht ergründen.«

»Und wenn er Hedwig nun wieder begegnet?«

»Das darf nicht geschehen«, rief Lockhaart schnell. »Wenigstens – wenigstens jetzt noch nicht. Als gemeiner Soldat darf er nicht einmal wagen, eine Dame anzureden; er könnte ihr keine schlimmere Beleidigung antun.«

»Wenn er auf diese Weise seine Lage zu verbessern glaubte«, sagte Wagner achselzuckend, »so hat er sich böse geirrt.«

»Das ist ja eben das Unglück«, rief der alte Lockhaart, »daß sich das tolle junge Volk in Deutschland den Stand eines indischen Soldaten als beneidenswert, abenteuerlich, romantisch und Gott weiß was noch denkt. Die jungen Tollköpfe träumen von Palmen, Tigern und indianischen Häuptlingen, gegen die sie ins Feld rükken sollen, irgendein Eldorado voll Gold und Edelsteinen zu erobern, und ihre Existenz im alten Vaterland ruiniert, glauben sie nichts Besseres tun zu können, als solch einer neuen Auferstehung in die Arme zu springen. Daß sie hier fast nichts zu tun haben, als in der heißen Sonne zu exerzieren und marschieren, in einem Tod drohenden Küstenstrich im Quartier zu liegen und sich höchstens einmal mit einem unsichtbaren Feind zu schlagen, der aus Dikkichten heraus mit vergifteten Pfeilen schießt, erfahren sie gewöhnlich erst, wenn es zu spät ist und sie nicht mehr zurück können.«

»Sollte er vielleicht diesen verzweifelten Schritt getan haben, nur um – Fräulein Bernold zu folgen?« sagte Wagner schüchtern.

»Bah – Unsinn!« rief der alte Herr, »das hätte er zu Hause bequemer haben können. Nein, ein toller Zufall hat ihm den Streich gespielt, und ich möchte wohl wissen, was er dazu sagt.«

»Wollen Sie ihn sprechen?«

»Nein, Gott bewahre! Wenn er mich nicht aufsucht, fällt es mir nicht ein, ihm entgegenzugehen. Ich weiß nicht einmal, ob ich ihn vorließe, selbst wenn er mich sprechen wollte. Übrigens müssen wir unter diesen Umständen fort von hier, und das morgen mit dem Frühesten. Auf dem Rückwege können wir nachher mit mehr Muße die Sehenswürdigkeiten von Buitenzorg bewundern – wenn die Rekruten erst einmal wieder von hier ausgerückt sind.«

»Die Damen werden aber einen Grund davon wissen wollen.«

»Natürlich«, brummte Lockhaart, »denn wann hätten sich Damen schon je einmal damit begnügt, einer Anordnung zu folgen, ohne zu fragen warum? Meinem Schwager werde ich aber sagen, ich hätte Briefe wegen jenes Klapa bekommen, damit ist der zufrieden, und der mag seine Frauenzimmer nachher in der unschuldigsten Art von der Welt weiter anlügen. Um welche Zeit wollten die Herrschaften denn zu Hause sein, daß wir unsern Tee nicht allein mit der alten Kathrine trinken müssen?«

»Ich weiß es wahrhaftig nicht; aber ich glaube doch nicht, daß sie den ganzen Abend dort bleiben werden?«

»Meinetwegen, dann können sie aber auch in der Nacht ihre Siebensachen wieder zusammenpacken, denn ich werde mir gleich den Wirt rufen und die Postpferde auf morgen früh um halb sechs Uhr bestellen. Um die Zeit müssen wir im Wagen sitzen. Ach, Wagenaar, Sie könnten mir den Wirt gleich einmal heraufschikken. Sie gehen doch hinaus?«

»Ich war eben im Begriff.«

»Sehr gut – ich möchte ihn sprechen.« Damit legte er die Hände auf den Rücken und nahm seinen Spaziergang in der Stube wieder auf.

ACHTUNDDREISSIGSTES KAPITEL

Der alte Herr war so in seine Gedanken vertieft, daß er den gegebenen Auftrag ganz vergaß. Er schritt in dem kleinen Raum auf und wieder ab, und die Zeit verstrich dabei, ohne daß der Wirt – zugleich auch Posthalter an dem Orte – der bestellten Weisung gefolgt oder wenigstens vermißt worden wäre. Schon ergrauten die letzten Sonnenstrahlen auf den nur noch matt beleuchteten Gipfeln der fernen Berge; es wurde Nacht, und Lockhaart merkte das erst, als er sich in der Dunkelheit an einer Tischecke stieß.

»Zum Henker auch!« rief er aus und blieb stehen. »Hab' ich denn hier nicht die ganze Zeit auf jemand gewartet? – Jawohl – auf den Postmeister, und stockfinster ist es indessen geworden. He! Sapáda! Sapáda!« Niemand hörte – sein eigener Diener war ebenfalls fortgegangen, und das ganze Haus schien wie ausgestorben.

»Schöne Wirtschaft das, in diesem verwünschten Hotel Bellevue – belle vue, ja – nicht einmal eine Hand vor den Augen kann man sehen, und die ganze Dienerschaft dabei zum Teufel!«

Er verließ sein Zimmer, und die Tür ärgerlich hinter sich ins Schloß werfend, schritt er dem äußern Portico zu, wo er weit drüben in den Bäumen einen lichten Schein erkennen und Jubeln und Lachen unterscheiden konnte. Wahrscheinlich wurde dort, wie das so oft der Fall ist, bei irgendeiner chinesischen Hochzeit ein Feuerwerk abgebrannt, und die malaiischen Diener waren hinübergesprungen, um das mit anzusehen. Herr Lockhaart wußte, daß er entweder selber hingehen mußte, sie zu holen, oder abwarten konnte, bis das Feuerwerk vorüber war, was indessen nie lange dauert. Er zog das letztere vor und blieb im Schatten der

Veranda stehen, um den wunderlich flammenden und wechselnden Lichtschein zu beobachten, der sich in den Ästen und Zweigen der dichtbelaubten Bäume brach und zu einem zitternden Farbenspiel wurde. Manchmal stieg auch eine einzelne Rakete mit zischendem Ton durch die Nacht auf, um oben in einem bunten Feuerregen auszustrahlen.

Lockhaart stand eine ganze Weile und schaute diesem Spiele zu, als seine Aufmerksamkeit von dem Feuerwerk entschieden ab- und einer Gestalt zugewandt wurde, die sich im Hof bewegte und ängstlich bemüht schien, in einige der erleuchteten Fenster hineinzusehen. Eine von drüben herüberkommende, schräg geworfene Rakete schüttete ihre Leuchtkugeln fast über den Hof aus. Unwillkürlich drehte die Gestalt den Kopf dort hinauf, zog sich aber gleich wieder scheu zurück, als sie der helle Schein daran erinnerte, daß sie sich hier einer Entdeckung aussetzte. Draußen auf der Straße wurden jetzt wieder lachende Stimmen laut. Es waren die von dem Feuerwerk zurückkehrenden Malayen. Der Fremde wandte sich dicht an der Veranda hin dem Torweg zu, wahrscheinlich um den Platz zu verlassen, ehe die Leute kamen, als die Stimme Lockhaart's ihn wie gebannt an seine Stelle hielt.

»Herr von Dorsek«, sagte dieser ruhig. »Dürfte ich Sie bitten, einen Augenblick näher zu treten?«

Dorsek erschrak, so plötzlich in der Dunkelheit seinen Namen zu hören, denn wer konnte ihn hier kennen? – Aber er mußte auch erfahren, wem sein Geheimnis, doch nur durch die alte Magd, verraten worden. Jedenfalls war es der Begleiter Hedwigs, und sich deshalb trotzig gegen die Stimme wendend, sagte er finster:

»Und wer ist es, der mich hier anruft und kennt?«

Aber er bekam keine Antwort. Lockhaart schritt langsam auf der Veranda zu seinem eigenen Zimmer zurück, es dem Soldaten vollständig überlassend, ob er ihm folgen wolle oder nicht. Dorsek jedoch, die Brauen trotzig zusammengezogen, murmelte vor sich hin:

»Zum Teufel auch, wer du bist, muß und will ich wissen, mein feiner Bursche, der im Dunkeln in den Verandas auf der Lauer liegt; du wärst sonst zu sehr im Vorteil gegen mich!« Und an der kleinen Mauer hinaufspringend, während er die hölzerne Einfassung überkletterte, folgte er dem Fremden in dieselbe Tür, in der er ihn hatte verschwinden sehen.

Die Stuben des Hotels gingen großenteils auf den Hof oder die der Front gegenüberliegenden Baumgruppen hinaus. Der Titel Bellevue bezog sich auch keineswegs auf die Aussicht von den Fenstern des Hotels, sondern von jenem kleinen Tempel im Garten aus, die wirklich zauberisch schön war und die Fremden von nah und fern hierher lockte. Auch Herrn Lockhaarts Fenster mündete auf den Hof, um auf dieser Seite am Tag den Sonnenstrahlen so viel weniger ausgesetzt zu sein, und die Veranda verband im innern Hofraum ringsherum die verschiedenen Piecen miteinander. Gerade als Dorsek die Zimmertür erreichte, sah er, daß drinnen Licht angezündet wurde. Ein Herr stand, den Rükken gegen ihn gewandt, am Tisch. Eine Lampe brannte schon, und er war nur eben noch beschäftigt, die zweite anzuzünden. Dorsek blieb an der offenen Tür stehen und schaute, die Mütze in der Hand, mit verschränkten Armen auf den dunkeln Schatten der Gestalt. Jetzt drehte sich diese langsam nach ihm um, und während die hellen Strahlen der Lampen auf ihre nur noch in härtere Falten gelegten Züge fielen, sagte sie mit leiser, kalter Stimme:

»Also in der Kleidung sollte ich meiner armen Schwester Sohn zuerst in Indien wiedersehen? – Dahin hat es Baron von Dorsek mit all seinen hochfliegenden, kühnen Plänen, mit all seinem Trotz und Leichtsinn doch endlich gebracht, daß er Gemeiner in einem javanischen Regiment geworden ist; daß er, der sich bis jetzt nur in der Gesellschaft seiner adligen Faulenzer wohl fühlte, jetzt mit Negern und Malaien Brüderschaft schließen und dem Kalbfell mit der Muskete auf der Schulter folgen muß? – Ein schönes – schönes Ende, und ich danke Gott, daß es meine arme Marianne nicht mehr erlebt hat, es hätte ihr das Herz noch ärger gebrochen wie – die Nichtswürdigkeit ihres Gatten.«

»Onkel!« hauchte Dorsek und stand im ersten Augenblick überrascht, ja fast gelähmt auf der Schwelle. »Onkel Lockhaart, ich – vermutete nicht, Sie hier in diesem Haus zu treffen!«

»Und wen sonst, wenn man fragen darf?« sagte der alte Herr kalt. »Du scheinst plötzlich die Sprache verloren zu haben!«

»Nein, Onkel, das nicht«, erwiderte Dorsek mit finster zusammengezogenen Brauen, »aber ich weiß nicht, ob ich dem Manne, der sich überhaupt von mir losgesagt, der seiner Schwester Sohn verstoßen und verlassen hat, noch Rechenschaft über meine Taten schuldig bin. Sie haben mich einmal meinem bösen Geschick übergeben, und es hat damit begonnen, mich zum javanischen Soldaten zu machen. – Sie nehmen doch an dem weiteren Verlauf kein Interesse.«

»Es hat damit begonnen, dich zum javanischen Soldaten zu machen?« wiederholte der alte Herr, indem er hinter Dorsek die Tür ins Schloß drückte und die dunkeln Gardinen über die Fenster fallen ließ. »Schöner Beginn das. Sag: es hat damit aufgehört, denn etwas Schlimmeres kann dir jetzt nicht mehr geschehen, die Galeere vielleicht ausgenommen. Aber einen schlimmen Vorwurf hast du mir in den wenigen Worten gemacht, eine Anklage, die mich dereinst vor Gottes Richterstuhl verurteilen und verdammen müßte – wenn sie wahr wäre. Nein, nicht verlassen und verstoßen hab' ich dich, Oswald, wenigstens nicht, solange du dich nicht selber aufgegeben. Da aber, wie ich sah, daß dir nicht mehr zu helfen sei, da du von Stufe zu Stufe herunter –, immer weiter, immer unrettbarer dem Verderben entgegensankst, da erst, als alle Ermahnungen, alle Bitten nichts mehr fruchteten, als du alle deine Schwüre und Versprechen mißachtetest, als du selbst meineidig wurdest, an dir und einem andern Wesen, und in feiger Furcht vor der Arbeit sogar ein Verbrechen nicht scheutest – da, Oswald, stieß ich dich von mir, und beim ewigen Gott, du brauchtest nicht noch die Uniform eines javanischen Soldaten anzuziehen, daß ich dich recht aus tiefster Seele verachten müßte!«

»Sie trotzen zu viel auf die Sicherheit, die Ihnen die Verwandtschaft gibt«, rief Dorsek mit kaum verbissener Wut. »Aber ich wußte es wohl, daß Ohrenbläser meinen guten Namen bei Ihnen vergiftet, daß –«

»Halt, Herr von Dorsek«, unterbrach ihn kalt der alte Mann, »ich behaupte nichts, was ich nicht beweisen kann – nichts, wofür ich nicht die Belege in Händen hielte. Aber glaubst du etwa, daß ich über deine Handlungsweise Erkundigungen eingezogen hätte, wenn ich mich nicht für dich interessierte, wenn ich nicht wissen wollte, wie der Mann sich betrug, der einst einmal – mein Erbe sein sollte?«

»Ihr Erbe?« sagte Dorsek höhnisch. »Sie hätten mich dann nicht vorher im Elend verkümmern lassen.«

Lockhaart sah den jungen Mann eine Weile fest und fast zornig an, aber alte Bilder aus früheren Zeiten stiegen vor ihm auf: das Bild seiner armen, verlorenen Schwester, die sich trotz der Vorstellungen ihrer Familie in die Arme jenes liederlichen adligen Verschwenders geworfen hatte, und endlich vor Kummer und Herzeleid starb, als sie alles über sich hereinbrechen sah, was ihr die Ihren mahnend prophezeit. Der Zorn schmolz vor dem Bild und er sagte ruhig:

»Du sollst wenigstens nicht behaupten können, daß ich ungerecht, daß ich hart gegen dich gehandelt; ich bin mir das selber, ich bin es dem Andenken deiner Mutter schuldig. Setz dich – es ist niemand hier, der uns sieht, und ich darf da selbst mit einem javanischen Soldaten nicht an einem Tisch sitzen – wenn es meiner Schwester Sohn ist. So wisse denn, Unglücklicher, daß nichts versäumt ist, was in meinen Kräften stand, dich dem Leben zu entreißen, in das du dich gestürzt, und dich einer vernünftigen, geregelten Laufbahn zuzuwenden. Du warst verloren von dem Augenblick an, wo du zu spielen anfingst. Ich weiß, was dir in Ems begegnete – der Bankier, der dir darauf seine Hilfe anbot, handelte in meinem Auftrag; ich wollte dich nicht verzweifeln lassen. Du schwurst damals einen heiligen Eid, nie wieder zu spielen – ich brauche dir nicht zu sagen, wie du ihn gehalten hast. Ein glücklicher Zufall ließ dich später jenes junge Mädchen kennenlernen, das vielleicht allein imstande gewesen wäre, dich in eine ehrliche, sichere Bahn zu ziehen; du hattest eine Zeitlang gute Vorsätze – wo es heimlich geschehen konnte, half ich dir, und alle Anleihen, die du gemacht, waren vorher durch mich gedeckt – es hätte dir niemand weiter einen Groschen mehr auf deinen Namen geborgt. Ich selber hatte dir damals eine gute ehrenvolle Stellung ausgewählt und gesichert, nur die Probe mußtest du vorher bestehen, ob du wenigstens den Willen hättest, dir selber zu helfen, ob du nur den Versuch machen wolltest, durch eigene Arbeit und Tätigkeit dir dein bis jetzt vollkommen nutzloses

Leben zu fristen. Da lerntest du die Gräfin Orlaska kennen, und – ich will dir die Erzählung deiner Schmach erlassen. Da, Oswald, da erst zog ich meine Hand von dir – da erst, als ich sah, daß du keine Hilfe mehr verdientest, als ich einsah, daß du nicht allein leichtsinnig, nein, daß du überlegt schlecht an einem schuldlosen, braven Wesen gehandelt – da beschloß ich, dich deinen Weg von jetzt an allein gehen zu lassen. War es möglich, so weckte dich vielleicht die Not noch einmal zu einem Grad von Energie, der dich aus deinen wüsten Träumen aufrütteln sollte – ich glaubte nicht, daß dir die Strafe so bald auf dem Fuß folgen würde. Von jetzt an hatte ich aber keine Hand mehr in deinem Schicksal; die Gräfin Orlaska erfuhr durch fremde Zunge deine Untreue an einem braven Mädchen, deine Absichten mehr auf ihr Geld, als ihre Reize – und verbot dir von dem Augenblick an ihr Haus. Die Bankiers, bei denen ich meinen Kredit zurückgezogen, streckten dir keinen Gulden mehr vor, und selbst jetzt hoffte ich, daß du das verzweifelte Mittel des ehrlichen Mannes wählen würdest, deine Ehre zu retten und dich selber zu erhalten, wie deine frühere Schuld wiedergutzumachen. Aus diesem Grund verweigerte ich dir jede Hilfe – umsonst. Um ganz verloren zu sein, ließest du dich nach Indien anwerben und magst jetzt ernten, was du ausgesäet.

Rechne hier nicht auf mich – du weißt vielleicht noch nicht, aber du wirst es erfahren, daß ein gemeiner Soldat von jedem Umgang mit den gesitteten Europäern streng und unerbittlich ausgeschlossen ist; du mußt deshalb in der Sphäre bleiben, die du dir selbst gewählt. Suche uns nicht wieder auf, du bist uns fremd geworden, wie jeder andere, der in der blauen Jacke steckt, und nichts Besseres mehr hatte, als sein wertloses Leben, um es gegen den Sold einzusetzen. Nicht alle Hoffnung will ich dir aber abschneiden; vielleicht kannst du dich selber jetzt noch bessern – gebe es Gott, und wie ich die Hand einem Ertrinkenden reichen würde, täte ich es auch noch einmal meiner Marianne Sohn – aber nicht in dem Rock, in dem du jetzt steckst. Deine Strafe für Begangenes mußt du erst erleiden.«

»Ich habe Ihre Hilfe hier noch nicht verlangt, Herr Lockhaart«, sagte Dorsek, von seinem Stuhl aufstehend. Der alte Herr wußte alles über ihn, und Verstellung war deshalb unnötig. »Die Möglichkeit wird doch wenigstens auch dem javanischen Sodaten gegeben sein, sich auszuzeichnen, und die Zeit mag vielleicht kommen, wo Sie sich nicht mehr schämen werden, dem Sohn Ihrer Schwester die Hand zu reichen.«

»Gott gebe es, Knabe! Gott gebe es!« rief der alte Mann, und trotz der Mühe, die er sich gab, es zu verbergen, zitterte seine Stimme vor innerer Bewegung. Still und ernst vor sich hinstarrend, seine Hand auf den Tisch gestützt, stand der alte Mann und atmete tief und schwer. Ihm gegenüber, halb zum Gehen gewandt, und doch auch noch mit einer Frage und mit dem Wunsche auf dem Herzen, nicht so von dem Manne zu scheiden, dem er schon so viel verdankte, stand Dorsek. Ein leichter Finger hatte schon zweimal angepocht, aber niemand trotz der Totenstille im Zimmer es gehört. Jetzt plötzlich öffnete sich die Tür, und Hedwig, die den Kopf hereinsteckte und den alten Herrn anscheinend allein und in tiefem Nachdenken sah, trat auf ihn zu und sagte freundlich:

»Mynherr Lockhaart, der Tee ist seviert, und ich bin abgeschickt worden, Sie zu rufen.«

»Ja!« rief der alte Herr, erschreckt emporfahrend. »Der Tee – Hedwig – und –«

»Herr Lockhaart?« sagte das junge Mädchen erstaunt, fast erschreckt einen Schritt von ihm zurücktretend. So erregt hatte sie den sonst so festen, eisernen Mann noch gar nicht gesehen, als eine Bewegung ihr zur Seite ihr Auge rasch dorthin lenkte. Im Nu wandte sie den Kopf und haftete ihr Blick an der Gestalt, die, scharf von den beiden Astrallampen beleuchtet, wie aus dem Boden gewachsen, in geisterhafter Wirklichkeit vor ihr stand. Langsam hob sich ihr Arm empor gegen das, was sie im ersten Moment fast für eine Erscheinung hielt, und mit leiser, zitternder Stimme flüsterte sie:

»Oswald!«

Dorsek, selber keiner Bewegung mächtig, wußte im ersten Augenblick nicht, ob er fliehen oder sich ihr zu Füßen werfen solle. Ihm war es fast, als ob die Zeit, die zwischen jetzt und seiner Liebe liege, nur ein wilder Traum seiner Phantasie gewesen sei, der jetzt bei seinem Erwachen schwinden und zerfließen müsse. Selbst Hedwig hatte in dem ersten Erscheinen des früher so geliebten Mannes alles vergessen, was in der Zeit geschehen. So plötzlich tauchte er vor ihr auf, so wie mit einem Schlag trieb sein Bild alles andere in den Schatten zurück, was es doch sonst schon lange, ewig lange aus ihrer Seele verdrängt hatte. Wie eine »fremde Sonne«, der Widerschein des letzten Abendrots, sich durch die Wolken Bahn bricht und in dem Moment den Schauenden vergessen macht, wie lange schon das Taggestirn versunken, so log das Bild ihr in dem einen Augenblick das Glück, den Jubel, das helle Sonnenlicht der seligsten Gefühle, die sie je empfunden, zurück. Aber wehe! – Nur der Widerschein der gesunkenen war es, der einen Moment noch den Himmel ihres Lebens erhellte. Das Bewußtsein schloß im nächsten Augenblick die Wolken wieder, und alles war Nacht wie je.

Ehe aber auch noch eins der jungen Leute ein Wort sprechen, ein Zeichen des Erkennens geben konnte, hatte Lockhaart seine ganze frühere Fassung wiedergewonnen. Er trat auf Hedwig zu, und die Hand gegen den Neffen ausstreckend, sagte er mit den kältesten, schneidendsten Tönen seiner Stimme:

»Herr Oswald von Dorsek – gemeiner Soldat in den Diensten der Maatschappy oder Hollands – es bleibt sich gleich.«

»Hedwig!« flüsterte Dorsek – er wußte kaum was er tat. Aber auch Hedwig hatte ihre volle Fassung wiedergewonnen.

»Herr von Dorsek«, sagte sie ernst und kalt, »ich will hoffen, daß nur blinder Zufall dies Begegnen herbeigeführt hat.«

Dorsek biß seine Zähne aufeinander.

»Sie haben recht, mein Fräulein«, erwiderte er mit einer halben Verbeugung, »es war der wunderlichste Zufall von der Welt – entschuldigen Sie ihn. Adieu, Onkel – ich darf wohl kaum sagen: auf Wiedersehen!« Und sich noch einmal gegen beide verneigend, war er im nächsten Augenblick auf der Veranda und in der Dunkelheit verschwunden.

»Onkel?« hauchte Hedwig und sah erschreckt, bestürzt in das Antlitz des alten Herrn, aus dem in diesem Augenblick jeder Blutstropfen gewichen war; aber leise nur nickte er mit dem Kopf, und ernst und wehmütig vor sich niederschauend, sagte er:

»Er hat nicht gelogen, mein Kind – darin wenigstens nicht, wenn auch manches, manches andere Mal. Er ist wirklich der Sohn meiner armen Schwester Marianne, die lange schon in kühler Erde schlummert, und Gott weiß es, ich habe getan was in meinen Kräften stand, den leichtsinnigen Menschen auf den rechten Weg zurückzuführen. Aber zwingen kann man niemanden, weder zum Guten noch zum Bösen – er hat es nicht anders haben wollen und mag jetzt auch büßen, was er an sich – was er an Ihnen verbrochen.«

»Mein lieber – werter Herr«, flüsterte Hedwig, und ein eigenes wehes, schmerzliches Gefühl erfüllte ihre Brust, aber Lockhaart hatte auch schon die Schwäche, die ihn für einen Moment entmannen wollte, überwunden.

»Fort – fort mit den Gedanken«, rief er, sich mit der Hand fest und entschlossen über die Stirn streichend. »Jener Mann ist für uns alle tot, und nur die Erinnerung an ihn konnte uns für einen Augenblick betrüben. Nicht wahr, der Tee ist serviert, Fräulein Bernold? – Da dürfen wir die Herrschaften nicht warten lassen. Meine Schwester könnte auch sonst etwas merken«, setzte er mit einem bedeutsamen Blick hinzu, »und es würde mir recht von Herzen leid tun – also Ihren Arm, mein Fräulein!« Und ehe sich Hedwig nur selber halb so viel gesammelt hatte, diesen raschen Wechsel zu fassen und mit auszuführen, zog er ihren Arm in den seinen und schritt mit ihr die Veranda entlang, dem Gesellschaftszimmer zu.

Wagner hatte indessen, nach Herrn Lockhaart's Angabe, die Pferde schon auf den nächsten Morgen mit Tagesdämmerung bestellt, und wenn auch van Straatens im Anfang darüber erstaunt waren, machten sie doch keine Einwendungen. Buitenzorg lief ihnen überdies nicht fort, und sie konnten es auf dem Rückweg ebensogut betrachten wie jetzt, wo sie sich überhaupt alle in die Berge sehnten. Hedwig fühlte sich an diesem Abend so beengt; sie hätte irgend etwas darum gegeben, wenn es schon Schlafenszeit gewesen wäre, denn sie wußte nicht, wie sie sich verstellen sollte. Lockhaart dagegen, der jedes drückende Gefühl mit seiner festen Willenskraft abgeschüttelt hatte, war nie gesprächiger und unbefangener gewesen. Er erzählte Geschichten und Anekdoten, beschrieb den Weg, den sie morgen zu machen hätten, und ließ zuletzt keine Ruhe, bis sich Wagner und van Straaten noch mit ihm zu einer Partie Whist en trois niedersetzten.

Die Zeit benutzte aber Hedwig, sich mit Kopfschmerzen zu entschuldigen – der lange Aufenthalt heute in der heißen Luft rechtfertigte das auch vollkommen, und sie zog sich früher zurück, die Erlebnisse des heutigen Tages ungestört mit ihrer Kathrine zu besprechen – und wie hatte sich erst die Kathrine danach gesehnt. Als auch die Whistspieler endlich ihre letzte Partie gespielt und zu Bett gingen, begleitete Wagner den alten Lockhaart an seiner Tür vorbei, um in sein eigenes Zimmer zu gelangen. Wie sie zusammen auf der Veranda hingingen, sagte Lockhaart:

»Er war bei mir heute.«

»Ich weiß es«, lautete die Antwort.

»Wissen Sie auch, daß er mit Hedwig zusammengetroffen ist?«

»Ja.«

Schweigend schritten die Männer bis zu Lockhaart's Tür.

»Es ist nötig, daß wir morgen recht früh von hier aufbrechen«, sagte der alte Herr mit einem Händedruck zu seinem jüngeren Begleiter. »Gute Nacht, Wagenaar. Übrigens wüßte ich auch einen passenderen Namen für den Ort hier, als Buitenzorg.«

NEUNUNDDREISSIGSTES KAPITEL

Die Postpferde standen, auf die bestimmte Minute, eingeschirrt vor dem Hotel; die Passagiere ließen ebenfalls nicht auf sich warten, und noch in dem ungewissen kühlen Dämmerlicht des erwachenden Tages rollten die leichten Wagen durch die herrliche Allee hinaus, dem freien Land und den fernen Bergen zu. – Noch hatten sie Buitenzorg nicht verlassen, als ein Trommelwirbel zu ihnen herüberschallte. Es war das Signal, das die Soldaten auf ihren Sammelplatz rief.

Hedwig schrank zusammen und ein tiefer Seufzer hob ihre Brust – aber es war nur ein Moment. Mit den verhallenden Tönen, mit dem erwachenden Tage schwand jedes ängstliche Gefühl, das bis dahin vielleicht noch ihre Brust beklemmt hatte. – Und wie das um sie her lebte und schwirrte und der Sonne seinen Jubel entgegentrug. – Zahllose Schwärme von Reisvögeln und anderen kleinen, zierlichen Waldbewohnern flatterten um sie her aus Hecken und Bäumen; an den Rändern der sumpfigen Reisfelder gingen langbeinige, storchartige Vögel gravitätisch spazieren – eingeschirrte Büffel, auf denen kleine, halbnackte malaiische Jungen als Treiber ausgestreckt lagen, kamen langsam herbei, ihre Arbeit des Pflügens oder Eggens noch in der Morgenkühle zu beenden. Dicht neben der herrlich angelegten Chaussee knarrten und quietschten die zweirädrigen Bambuskarren der Eingeborenen, schwer mit Produkten aus dem Innern des Landes beladen, in einem schmutzigen bis auf den Grund zerfahrenden Beiweg hin, und quälten sich und ihre armen Tiere bis aufs Blut – aber die harte, glatte Chaussee der Holländer durften sie nicht betreten – es wäre sonst freilich auch keine solche Chaussee mehr geblieben. – Wie eigentümlich dabei die Reisfelder an den Hügeln aussahen, die, in Terrassen angelegt, aus jedem Fußbreit Boden zu kleinen, von Rändern eingeschlossenen Flächen hergerichtet waren, und wie die Quellen, von den Hügeln niederkommend, die oberen Abteilungen füllten und dann niederliefen – durch alle hin, die Saat darin zu kräftigen und zu reifen. – Und dort drüben die Berge! – Vor ihnen in dunkler Majestät stieg der Berg Megamendong, der »Wolkenumhüllte« empor, und während diesen dichter Wald bedeckte, bildeten hier zwischen den Reisfeldern die Dessas kleine Baumoasen, an denen das Auge mit Entzücken hing. Hügel nach Hügel passierten sie jetzt, bis sie endlich am Fuß des Megamendong selber zuerst den eigentlichen Urwald erreichten, und oh wie groß, wie herrlich zeigte sich hier Gottes schöne Welt in ihrer neuen wilden Pracht!

Verschwunden war plötzlich der ganz besondere Charakter des Landes, der dem urbar gemachten Boden eigen ist, denn wenn dort unten die Gebäude auch durch üppige Fruchthaine versteckt wurden, verrieten doch überall schon die regelmäßigen Umrisse der Felder, wie hier und da ein den Pflug hinter sich drein schleppender schläfriger Karbau (Büffel) den tätigen, ordnenden, aber auch beschränkenden Fleiß des Menschen. Hier dagegen war noch alles Wildnis – Wildnis, wie Gottes Hand den Waldsamen selber ausgestreut über das Land, und ihn mit seiner Sonne gereift, mit seinen Bächen begossen hatte. Hier allerdings hörten die Kokospalmen auf, denn noch mächtigere Bäume wie sie, mit riesigem stahlgrauen Schaft und prachtvollen Laubkronen, die Yamudju-Eichen und Rijadjis, standen hier als die Könige des Waldes und zeigten durch keinen Zweig gestörte Stämme von weit über hundert und hundertzwanzig Fuß Höhe. Mit ihren dunkeln Laubkronen, die an unsere Buchen- und Eichenwälder erinnerten, hätten sie auch dem Wald fast den tropischen Charakter genommen, wäre nicht der wilde Pisang mit seinen breiten saftgrünen Blättern überall dazwischen aufgeschossen und hätten sich die Farnkräuter, die tief im Land ihre feingefiederten Blätter auf dem Boden hinreckten, hier nicht höher und höher zu zierlichen glattstämmigen Palmen selbst erhoben.

Eine Menge bunter duftender Blumen flochten sich dazu in dies Chaos von Baum und Strauch, und mitten zwischen dem wild-

und dichtverwachsenen Urwald gerade hindurch, der an beiden Seiten den Weg wie eine Mauer eindämmte und jedes Abweichen davon streng versagte, schlug sich die Straße schräg den Berg hinauf. Mit Axt und Messer hatte sich der kecke Mensch in diese Wildnis seine Bahn gebrochen, mit Axt und Messer niedergehauen, was ihm entgegenstand, und eine Bahn erst geschaffen, auf der Stämme und Gebüsch beiseite geschafft werden konnten. – Und Tausende von Händen waren dann geschäftig gewesen, mit Hacke und Schaufel den Grund zu ebnen und ihn mit Steinen hart und fest zu stampfen, um selbst dieser Vegetation, die sich aus Felsspalte und Lavakluft sogar die Bahn bricht, Trotz zu bieten. Und dort hindurch rollten die Wagen, freilich langsamer jetzt als durch das flache Land, denn höher und höher stiegen sie. Immer kühler, immer schattiger wurde es auf der luftigen Höhe, bis sich endlich oben, an der Grenze der Preanger Regentschaften, eine Fernsicht vor ihnen öffnete, wie sie Hedwig bis dahin kaum für möglich gehalten.

Rechts, in wilder, düsterer Majestät, lag der dampfende, Unheil kochende gunung Gedé mit seinen breiten, zackigen Lavamassen und den sonderbar geformten Nebelschichten, die seinen Gipfel fast immer umziehen. Voraus bauten den Hintergrund des vor ihnen ausgebreiteten Bildes die hohen, schroff eingerissenen Konturen jener langen Gebirgskette, die den Rücken Javas bildet, und in fast ununterbrochener Reihe aus tätigen Vulkanen besteht, und dazwischen lag ein breites, lachendes Tal, gemischt aus fruchtbaren Feldern und bewaldeten Hügeln, und von silberhellen Bächen durchzogen. – Ach wie schön, wie wunderbar schön war dieses Land, und Hedwig hätte manchmal, wo ihr wie jetzt ein solcher Blick begegnete, aus voller Brust aufjauchzen mögen, wäre sie nicht durch die Menschen selber darin gestört worden.

Auch jetzt wieder, gerade wie sie an jenem Berghang standen, und still und staunend, wie mit einem Zauberschlage, eine neue, oh so herrliche Welt vor sich ausgebreitet sahen, kam ein kleiner Trupp von Eingeborenen, Männer und Frauen, aus dem innern Land herauf. Singend und lachend verfolgten sie, solange sie sich unbemerkt und allein glaubten, ihre Bahn, obgleich sie alle nicht leichte Lasten trugen. Kaum traf ihr Blick aber die gefürchteten

»orang Wolandas«, als sie scheu und ängstlich schwiegen, die Frauen, wo das noch anging, vom Weg ab in den Busch hinein flüchteten, die Männer finster, aber demütig ihre breiten, backschüsselartigen Hüte abnahmen, erst niederkauerten, die Fremden vorbeizulassen, und dann, als sie sahen, daß diese den Platz behaupten wollten, mit gesenktem Haupt vorbeigingen. Es mochte vielleicht, wie ihr Mevrouw van Straaten schon erzählt hatte, nötig sein, die Eingeborenen in Furcht und Demut zu halten, weil sie den Holländern an Zahl gar so sehr überlegen waren; hätten sie doch sonst leicht einmal über sie herfallen und sie erschlagen können. Aber die schönen, guten Menschen taten ihr doch leid, die hier in ihrer eigenen Heimat, in ihrem eigenen Vaterland, von Fremden besiegt und unterworfen, geknechtet und gedemütigt, für ihre Unterdrücker auch noch arbeiten, und sie dabei wie eine halbe Gottheit verehren mußten, und mit recht mitleidigen Blicken sah sie ihnen nach und hätte sie, oh wie gern, zurückgerufen, daß sie sich vor ihnen doch nicht fürchten sollten.

Die Kathrine dagegen war vollkommen damit einverstanden, daß ihnen die Frauenzimmer besonders scheu auswichen, wußten sie doch auch wahrhaftig weshalb. Die unverschämten Dinger liefen nämlich nur mit einem dünnen Kattununterrock bekleidet, selbst ohne Hemd und zum Skandal in der Welt herum, und daß sie es ihre »Nationaltracht« nannten, war gar keine Entschuldigung. Hier begegneten sie natürlich schon den Bewohnern der Preanger Regentschaften, auf deren Grenze sie standen. Frauen schlagen dort nur den Sarong um ihre Hüften und tragen den Oberkörper nackt, und es läßt sich denken, daß sich das nicht mit Kathrines Begriffen von Sitte und Anstand vertrug. Sie wunderte sich auch bis aufs Blut, daß bei solchem Unfug nicht (der Schutz jedes guten Deutschen) die Polizei einschritt und den Dirnen Manieren lehrte. Sie hätte es gern gegen die jetzt ausgestiegenen Herren erwähnt, aber sie schämte sich, der Frauenzimmer wegen, das zu tun, und lange wurde hier überhaupt auch nicht gerastet.

So langsam es bergauf gegangen war, so rasch liefen die munteren Pferde jetzt mit dem leichten Geschirr den Hang hinab, und bald umschloß die Reisenden die wunderbar schöne Tjanjor-

Ebene, in deren Hauptstadt, am Fuß des mächtigen Gedé, sie die heißen Nachmittagsstunden verträumten. Nun war es eigentlich der Plan der kleinen Gesellschaft gewesen, hier gemeinschaftlich zu übernachten, und am nächsten Morgen nach ihrem vorläufigen Ziel, nach Bandong, aufzubrechen. Lockhaart aber hatte, in Tjanjor angekommen, keine Ruhe und überredete auch wirklich seinen Schwager bei den Damen zu bleiben und ihnen am nächsten Tage zu folgen, während er und Wagner die Reise ohne Unterbrechung fortsetzten. Der Resident von Tjanjor teilte ihm nämlich mit, daß jener Klapa, der hier im Ort eigentlich seine Heimat habe, vor ganz kurzer Zeit durchpassiert sei, ohne sich jedoch am hellen Tage sehen zu lassen. Man wußte aber genau, daß er in die Bandong-Berge hinübergezogen sei, und ein rasches Verfolgen entdeckte vielleicht am schnellsten seinen Schlupfwinkel. An den wenigen Stunden hing deshalb möglicherweise der ganze Erfolg des Unternehmens, und er mochte sie hier nicht nutzlos versäumen. Vergebens warf ihm van Straaten ein, daß es im Anfang ja sogar ihre Absicht gewesen wäre, zwei oder drei Tage in Buitenzorg zuzubringen, und sie die Zeit deshalb immer noch zugute hätten. Lockhaart hatte es sich einmal in den Kopf gesetzt, mit Wagner vorauszufahren, und sein Schwager war so daran gewöhnt ihm zu Willen zu leben, daß er sich auch dieser »Grille«, wie er meinte, fügte. Dafür mußte ihm Lockhaart aber versprechen, sie auf dem Rückwege nicht zu drängen und dann gerade so langsam zu reisen, wie es ihnen zusagen würde.

Das meiste Gepäck wurde jetzt noch in den ersten Wagen genommen, weil der zweite ja eine Person mehr bekam, und ehe die Frauen eigentlich recht begriffen, um was es sich handle, kamen schon vier frische Pferde, und Lockhaart und Wagner rasselten davon.

»Ich glaube wahrhaftig nicht, daß wir so hätten zu eilen brauchen«, sagte Wagner, als sie wieder allein in der Carreta saßen und an den regelmäßig beschnittenen und mit Blüten der Rosa sinensis bedeckten Hecken Tjanjors vorbeiflogen. »Den Damen wird es keinenfalls angenehm sein, so allein zu fahren.«

»Papperlapapp«, sagte Lockhaart, »uns wäre es auch nicht angenehm gewesen, heut abend irgendwo in dem Nest eine Einladung zu bekommen und im schwarzen Frack und mit steifer Halsbinde vier Stunden hinter einem Whisttisch zu sitzen. Lodewijk – mein Schwager mein' ich – ist in Tjanjor bekannt wie ein bunter Hund und kann heut einer Einladung gar nicht entgehen.«

»Aber das nämliche wird in Bandong der Fall sein.«

»Nicht halb so schlimm, und dort kenn' ich selber die Leute – hier hätt' ich lauter fremde Menschen getroffen. Überdies möcht' ich mit Euch einmal ein Wort im Vertrauen und allein sprechen, Wagenaar, und das ging nicht, solange uns mein guter Schwager auf dem Hals saß. Es ist ein guter, braver Mensch, ja, aber – da sind wir auch fertig. Ohne die geringste Energie, ist ihm alles in den Tod zuwider, was ihn nur irgend aus seiner altgewohnten Bequemlichkeit bringt, ja, ich wundere mich, daß wir ihn selber zu dieser kleinen Vergnügungstour überredet haben. Das wär' aber nicht das wenigste – das Schlimmste ist, er kann das Maul nicht halten, und was er weiß, muß auch in der nächsten Viertelstunde meine Schwester erfahren. Möglich, daß sie ihn so erzogen hat, oder ist es nun einmal seine Natur; aber der Tatsache gegenüber müssen wir vorsichtig sein, denn ich fühle mich so gar nicht sicher, ob er sein Vertrauen ebenso auf Fräulein Bernold und die alte Kathrine ausdehnen könnte.«

»Sie tun ihm da gewiß unrecht.«

»Möglich; aber ich mag es nicht riskieren, ihn auf die Probe zu stellen, wenigstens nicht in diesem besonderen Fall.«

»Und über was wollten Sie mit mir reden?«

»Über Hedwig – über Fräulein Bernold, mein' ich, für deren Zukunft ich mich interessiere.«

Wagner schwieg und sah still vor sich nieder, und der alte Herr blickte ihn von der Seite an. Es war, als ob er erwartet hätte, daß Wagner etwas sprechen würde. Endlich räusperte er sich wieder und fuhr fort: »So verworfen hat sich der Junge – so total verworfen, daß er selbst javanischer Soldat geworden ist, und er fühlt es noch nicht einmal, denn er kennt noch gar nicht den Stand, in den er Hals über Kopf hineingesprungen ist; wie etwa jemand von einer Brücke hinunterspringt, der seines Lebens überdrüssig geworden. Es hat auch verdammt viel Ähnlichkeit damit und ist ein richtiger, ordentlicher moralischer Selbstmord.«

»Aber in welcher Beziehung steht das alles zu Fräulein Bernold?«

»Sie wissen, in welcher er früher zu ihr gestanden hat?«

»Ja – aber fürchten Sie, daß die frühere Neigung noch nicht erloschen sei?«

»Fürchten?« sagte der alte Mann wehmütig. »Du lieber Gott, es ist meiner armen Marianne einziger Sohn, und der Himmel weiß, was ich darum gegeben hätte, ihn mir zu retten – aber er hat es selber nicht gewollt. Das liederliche nichtsnutzige Blut seines Vaters läuft ihm in den Adern, der alberne Dünkel, als Baron zu vornehm zum Arbeiten zu sein, hat ihn vollends ruiniert, und was ich fürchte, ist, daß er seinem Verderben mit furchtbarer Schnelle entgegengeht. Eins könnte ihn da vielleicht noch retten, wenn er selber sich wirklich noch nicht ganz aufgegeben hätte – eins könnte ihn zu einem steten und rechtlichen Leben zurückführen – eine wackere Frau.«

Wagner erwiderte noch immer nichts. Er blickte ernst und gedankenvoll auf die reizende Gegend hinaus, die ungesehen an den beiden Männern vorüberglitt. Endlich wandte er langsam den Kopf gegen den alten Herrn, schaute ihn forschend eine Weile an und sagte dann mit leiser, aber fester Stimme:

»Und Sie glauben also, daß Hedwig eine passende Frau für Ihren – Neffen – für den Soldaten werden könnte, oder sind Sie vielleicht der Meinung, daß sie besser als – Tante auf ihn einwirken würde?«

Lockhaart drehte sich überrascht und schnell nach seinem Nachbarn um und sah ihm eine Weile starr ins Auge. Er hatte keinesfalls die Frage gleich verstanden und, als er sie endlich verstand, wahrscheinlich böse werden wollen. Aber wie eine Wolke an der Sonne hin, so glitt der Unmut über seine Stirn, und mit einem wehmütigen Lächeln sich zurück in die Wagenecke lehnend, sagte er, langsam den Kopf dazu schüttelnd:

»Nein, Wagenaar; die Zeiten sind vorüber, in denen es mich selber drängte, einen eigenen Herd zu gründen. Gott verzeih es den Menschen, die es aus bösem Willen hintertrieben und mir mein eigen Leben damit verbittert und verdorben haben. Doch die Jahre sind nicht zurückzubringen, und ich bin nicht Tor genug, zu glauben, daß ich mit meiner Ruine von einem Körper, dazu mit einem gereizten, verwöhnten Temperament, einem Wesen genügen könnte, das eben voll ins Leben schaut und berechtigt ist, Gottes schönste und reichste Gaben für sich zu beanspruchen.«

»So glauben Sie, daß sie Ihren Neffen noch liebt?«

»Ich halte es nicht für wahrscheinlich«, seufzte Lockhaart, »aber das Menschenherz ist ein gar wunderliches, unzuverlässiges Ding, und wo Gott segnen will, soll der Mensch nicht fluchen.«

»Und was gedenken Sie da jetzt zu tun?« frug Wagner.

»Zum Donnerwetter, Herr!« fuhr jetzt der alte Mann auf, der sich gewaltsam zusammenraffte, die trübe Stimmung zu bewältigen, »dazu habe ich mir Ihre Gesellschaft nicht ausgebeten, daß Sie mich ausfragen und dazu mit dem Kopf nicken oder schütteln sollen. Ihren eigenen Rat will ich haben, Ihre eigene Meinung. Was fängt man am besten mit einem gemeinen Soldaten an?«

»Wie ist er es geworden?«

»Einzig und allein jedenfalls, weil er mit dem Tollkopf durch irgendeine Wand fahren wollte und diese für die härteste hielt. Aber vom Soldatenstand wäre er doch vielleicht noch loszumachen, wenn man einen tüchtigen Ersatzmann für ihn stellt, und nur das ist jetzt die Frage: was dann?«

»Die beantwortet Ihnen vielleicht am besten ein gleiches Subjekt«, sagte Wagner ruhig, »das ich vor wenigen Wochen aus Schmutz und Unrat wie aus allen Lastern herausgezogen und in mein Comptoir genommen habe. Der Mensch war, wenn er noch ein paar Wochen so fortlebte, total verloren und ist jetzt einer meiner besten Arbeiter, der sich, trotzdem daß er kein Vermögen besitzt, sein rechtliches Fortkommen und vielleicht noch mehr hier in Java gründen kann.«

»Und Sie meinen wirklich, daß dem Jungen noch geholfen werden könnte?« sagte Lockhaart bewegt, Wagners Hand ergreifend. »Sie glauben, daß er vielleicht doch noch zu retten wäre?«

»Durch andere Hilfe nicht«, entgegnete Wagner ernst, »es muß durch seine eigene geschehen. Wir können ihn nur in den richtigen Pfad bringen, auf dem er, wenn er ihm folgt, ein verfehltes Leben hinter sich werfen und ein neues beginnen mag. Will er aber absolut wieder davon hinabspringen – wer kann ihn halten?«

»Aber wo fände man jemanden hier auf der ganzen Insel, der einen gemeinen Soldaten in sein Geschäft nähme, nur um den Versuch einmal mit ihm zu machen!«

»Ich selber will es tun«, sagte Wagner leise. »Van Roeken wird sich vielleicht im Anfang dagegen sträuben, aber zuletzt fügen, und was in meinen Kräften steht, ihn sich selber wiederzugeben, soll geschehen.«

Lockhaart ergriff seine Hand, und ihm eine Weile fest ins Auge sehend, drückte er sie in der seinen – aber er sprach kein Wort weiter, und wohl eine Stunde lang fuhren die beiden Männer, jeder mit sich und seinen eigenen Gedanken beschäftigt, still nebeneinander hin, und unbeachtet lag an beiden Seiten ihres Weges die reizendste, wundervollste Landschaft, die je vom Sonnenlicht beschienen worden. So passierten sie eine Poststation nach der andern – es war keine Vergnügungs-, es war eine Kurierfahrt, die sie zusammen machten, als ob ihr Leben davon abgehangen hätte, zu einer bestimmten Stunde in Bandong zu sein, und doch beachtete keiner von ihnen den Weg oder wo sie sich befanden, wann sie eintreffen würden. Nur die rasche Bewegung tat ihnen wohl; der scharfe Luftzug, der ihre Schläfe und Wangen kühlte, erfrischte sie und schien nach und nach die trüben Gedanken, denen beide wohl nachhingen, zu zerstreuen, wenigstens zu mildern.

Der alte Herr faßte sich zuerst wieder; er war eine jener kräftigen, gesunden Naturen, denen das Grübeln und Brüten auf die Länge der Zeit widersteht, und die, wenn sie einmal zu einem Entschluß gekommen sind, nun auch fest und ehern daran halten, das übrige eben der Zeit und dem Schicksal überlassend. Sein nächstes Ziel – denn alles andere mußte eben verschoben werden bis er zurückkam – lag in Bandong oder dessen Nachbarschaft, und er wandte sich plötzlich mit der Frage an Wagner, ob er jenen Klapa wohl wiedererkennen würde, wenn er ihnen aufstieße.

»Ich denke ja«, sagte Wagner, »allerdings hab' ich ihn neulich nur sehr kurze Zeit gesehen, ja es war eigentlich kaum mehr wie ein Moment, aber der Bursche hat so markierte Züge, daß ich ihn doch unter einer Anzahl von Bergbewohnern herausfinden wollte.«

»Gut! Sehr gut!« sagte Lockhaart. »vielleicht ist es nicht einmal nötig und wir finden andere sichere Zeichen, an denen wir ihn erkennen können, doch – besser ist besser.«

»Nun aber sagen Sie mir auch, mein lieber Herr Lockhaart«, frug ihn Wagner jetzt, »welches Interesse nehmen Sie selber daran, diesen Heffken zu entlarven, oder jenen Javanen zur Strafe zu bringen, daß Sie Ihre Zeit und Ihr Geld opfern, ihnen hier in den Bergen nachzuspüren? Ich selber würde mich natürlich von Herzen darüber freuen, wenn wir ein günstiges Resultat erzielten, schon meines armen Nitschke wegen, den dieser schurkische Buchhalter auf wirklich nichtswürdige Weise behandelt und gekränkt hat. Aber ehe ich selber einen derartigen Zug unternommen, hätte ich es doch lieber der Zeit überlassen, jenen Patron zur Strafe zu bringen. Der Krug geht so lange zu Wasser bis er bricht, und einmal wird er sich doch schon fangen, wenn er wirklich schuldig ist.«

»Wirklich schuldig?« wiederholte Lockhaart, sich gegen Wagner drehend. »Ich hoffe nicht sicherer selig zu werden, als ich weiß, daß jener Mensch ein nichtswürdiger Halunke, ein Dieb und Betrüger ist.«

»Aber weshalb haben Sie ihn da nicht schon lange angezeigt?«

»Weil mir noch die entscheidenden Beweise, weil mir Zeugen fehlen; denn seien Sie versichert, Wagenaar, der Bursche ist so schlau und gewandt, so mit allen Hunden gehetzt und mit allen Hintertüren bekannt, die ihm das Gesetz gestattet, daß man einen festeren Griff an ihm haben muß, als wir bis jetzt hatten, wenn wir ihn auch wirklich halten wollen. Übrigens ist sein Maß voll und übervoll. Nicht allein hat er mich, als er noch in meinem Geschäft war, betrogen und hintergangen, das möchte ihm verziehen sein; nein, er brachte auch später, wo er schon bei der Maatschappy angestellt war und eine ganz ähnliche Geschichte mit einer Prau vorfiel, wie hier neulich wieder vorgefallen sein soll, einen jungen, prächtigen Burschen, den ich adoptiert und in die Maatschappy gegeben hatte, um dort das Geschäft zu lernen, dermaßen in diese faule Geschichte hinein, daß es fast aussah, als hätte der blutjunge, ehrliche Mensch einen raffinierten Plan dabei verfolgt, bedeutende Unterschlagungen zu machen. Ich stellte natürlich gleich Kaution für den jungen Mann, und er kam frei, aber das Herzeleid, das ihm durch den Verdacht geschehen war, nagte ihm an der Seele. Er legte sich hin, bekam ein hitziges Fieber und starb an demselben Morgen, als er vom Gericht ehrenvoll freigesprochen wurde. Seit der Zeit habe ich diesen Heffken gehaßt wie meinen Todfeind. Statt aber meine Feindschaft zu fürchten, hat der Bursche neulich einen Schritt bei mir getan, der das Unerhörteste von Frechheit ist, was sich denken läßt: Er hat bei mir, wie Sie wissen, um Fräulein Bernolds Hand angehalten, und ich mußte mich damals wacker zusammennehmen, daß ich ihm nicht nach der Kehle fuhr. Von dem Augenblick an aber hab' ich es ihm fest und heilig zugeschworen, daß ich ihm die Unverschämtheit heimzahlen will, sobald ich nur irgend Gelegenheit dazu bekomme, und wenn uns das Glück wohl will, liefert uns die der letzte Kasseneinbruch, bei dem er jedenfalls die Hand mit im Spiel hat.« »Und haben Sie eine Ahnung, wo ungefähr jener Klapa stecken kann?«

»Ja, sonst würde ich den Zug nicht unternommen haben; aber es ist ein wilder, böser Distrikt, durch den nur einige, den Eingeborenen bekannte Pfade führen. Wir müssen außerordentlich vorsichtig zu Werke gehen, die Rechten aufzufinden, die uns dazu nützen können, und die übrigen nicht vor der Zeit mißtrauisch zu machen.«

»Und nach welcher Richtung zu ist etwa die Stelle?«

»Hinter dem Boerangang in der Provinz Krawang, gleich links hinter dem Tancuban prau hinab. Dorthin soll er sich wenigstens jetzt gezogen haben, aber ich weiß natürlich nicht, ob er sich dort länger aufzuhalten gedenkt. Der Platz ist übrigens so ausgesucht wild und versteckt, daß er ihn sich kaum besser hätte wählen können.«

»Und wo wollen Sie nähere Auskunft erhalten?«

»Auf der Kaffeeplantage in Lembang hat er einen Vetter, aber die beiden sind seit Jahresfrist etwas verfeindet, so daß es fraglich ist, ob er diesen von seinem Aufenthalt in Kenntnis gesetzt hat. Haben sie sich aber ausgesöhnt, so wird er den wahrscheinlich dazu gebrauchen, nötige Lebensmittel aus besiedelten Distrikten für ihn zu beschaffen.«

»Und das ist die ganze Spur, die Sie haben?« sagte Wagner kopfschüttelnd. »Da sieht es freilich schlimm aus, und Klapa ist ein durchtriebener Bursche, als daß er sich in einem so weitmaschigen Netze finge. Ob er sich mit seinem Vetter ausgesöhnt hat oder nicht, verraten wird ihn der auf keinen Fall.«

»Noch hab' ich eine andere Hoffnung – ich kenne die Sitten dieser Burschen ziemlich genau und spreche auch ihren javanischen Dialekt, verstehe ihn wenigstens vollkommen gut, was bei Europäern nur höchst selten der Fall ist. Möglich, daß ich dadurch, wenn ich mit ihm in ihren Bergen und dort in der Nachbarschaft jage, manches herausbekomme, was sie untereinander plaudern. Apropos, Wagenaar, sind Sie Jäger?«

»Jäger? Nein, wenigstens nicht was man eigentlich Jäger nennt. Ich kann ein Gewehr abdrücken und treffe auch wohl ein Stück Wild, aber ich habe nicht die geringste Passion dafür, und es würde mir gar nicht einfallen, irgendwo große Strapazen zu ertragen oder mir irgendeine Entbehrung aufzuerlegen, nur um einen Hirsch zu schießen.«

»Hm – so? Nun vielleicht schleppe ich Sie trotzdem einmal mit mir in die Berge.«

»Dort werde ich Ihnen wenig nützen«, lachte Wagner, »überhaupt erwarte ich sehr wenig von unserer ganzen Fahrt und glaube fast, daß Nitschke zu Haus mit seinen einfachen, aber zähen Nachforschungen mehr ausrichtet wie wir hier alle miteinander.«

»Ich habe auch nichts versäumt, was uns dort helfen könnte«, erwiderte Lockhaart, »und bin besonders die letzte Woche tätig gewesen, eine genaue statistische Tabelle von all den Leuten zusammenzustellen, die mit Heffken gearbeitet haben. Manche davon sind freilich schon tot, andere wieder nach Europa hinübergegangen, viele aber leben noch hier auf Java, einige sogar gegenwärtig ohne Beschäftigung, und es ist höchst interessant, die Laufbahn mehrerer derselben zu verfolgen. Heffkens genaue Biographie, seitdem er in Ostindien ist – soviel wenigstens dem Publikum davon bekannt geworden, habe ich natürlich auch, und so genau als irgend möglich.

»Gut! Wer weiß, wie wir das später einmal brauchen können,

aber eine solche Fahrt rechtfertigt es deshalb noch immer nicht. Wir tappen eben ins Blaue hinein und sind hauptsächlich der Gefahr ausgesetzt, daß Klapa von unseren Absichten erfährt und die ganze Gegend verläßt, ehe wir nur eine Ahnung davon haben, wo er eigentlich steckt. Aber dort liegt Bandong, eine wahre Perle in diesem von Bergen eingeschlossenen Kessel – die Burschen müssen auf Mord und Tod gefahren sein, denn die Sonne ist kaum hinter jenen Gipfeln verschwunden.«

»Es sind kurze Stationen und die vier Pferde laufen mit dem leichten Wagen rasch davon – auch hatt' ich, glaub' ich, den Leuten anbefohlen, ihr Äußerstes zu tun. Es ist ermüdend, so lange auf der Straße zu liegen.«

»Aber in so freundlicher Gegend?«

»Chaussee bleibt Chaussee, und wenn sie durch ein Paradies führte – man gäbe dem Postillon gern ein Trinkgeld, nur rasch hindurch zu kommen.«

»Ich glaube, das Tor ist schon geschlossen?«

»Nein, sie sind aber wohl eben dabei. He! Hollah! – Oh, sie haben uns schon gehört, und nun eine gute Mahlzeit. Ich habe das Fahren heute herzlich sattbekommen, und Mevrouw Splittenhout führt eine delikate Küche.«

VIERZIGSTES KAPITEL

Eigentümlich sehen diese kleinen Städte im Innern Javas aus und gleichen in der Tat mehr einem großen Garten, als dem, was wir gewöhnlich unter dem Begriff von »Stadt« verstehen. Da sind keine hohen, düsteren Mauern, die rauchend, rußige »Feuerstellen« umschließen; keine wetterbraunen Dächer und schmutzige graue Giebel in engen, düsteren Gassen. Wie das ganze Land, so ist auch die Stadt ein Garten, und was sie umschließt und abscheidet von dem offenen Land, nur eine hohe, grünende und blühende Hecke, die auf der wirklichen Chaussee in einem leichten, weiß angestrichenen und verschließbaren Tor zusammenläuft. Der innere Teil war allerdings in regelmäßige Straßen abgeteilt, aber nur an einer Stelle – auf dem chinesischen Basar – stand Haus an Haus oder vielmehr Laden an Laden dieses tätigen, unternehmenden Volkes, eine volle Reihe von buntgefüllten Verkaufsbuden dadurch herstellend. Sonst aber berührte kein einziges Haus die Straße selber; jedes lag abgesondert und oft tief versteckt in einem Hain von Fruchtbäumen, den wieder eine niedere Blumenhecke umschloß. Die Häuser bestanden sämtlich aus eingerammten Pfählen oder Bambuspfosten, mit geflochtenen Bambuswänden, und mit den dicht zusammengepreßten Fasern der Arenoder Zuckerpalme gedeckt. Nur die Europäer hatten sich bequeme und luftige Steingebäude aufgerichtet, wie in Batavia, obgleich die Luft hier nicht so heiß war, wie dort unten. Weiß gemalt oder beworfen, schauten sie aus dem dunklen Grün der Palmen und Blütenbüsche vor, und stolz auf ihre niederen Nachbarn und Diener, die javanischen Hütten, hinab.

Das Hotel selber war ein großes, geräumiges, vortrefflich gehaltenes Gebäude, dessen Küche sogar, durch die Umsicht und

Tätigkeit von Mevrouw Soltersdrop, der Wirtin, berühmt war. Eine Zeitlang hatte sie als Witwe Splittenhout das Geschäft allein geführt und es ihm wahrlich niemand angesehen, daß kein Mann darin regiere. Vor etwa einem Jahr aber kam der jetzige glückliche Gatte der immer noch ganz ansehnlichen Frau nach Bandong und wußte durch seine männliche Schönheit wie sein einschmeichelndes Wesen der Witwe Gunst zu erlangen. Was ihn darin aber besonders hob, war seine wirklich aufopfernde Geschäftigkeit, mit der er unermüdlich vom frühen Morgen bis späten Abend aus reiner Gefälligkeit für die damalige Mevrouw Splittenhout sich des Hauswesens annahm, so daß Mevrouw nach einiger Zeit keinen haltbaren Grund mehr sah, weshalb sie ihren Beinamen Splittenhout nicht in Soltersdrop verwandeln solle.

Sonderbarerweise wurde Mynheer Soltersdrop aber nach der Trauung ein ganz anderer Mensch – und zwar nicht etwa, daß er sich nun des Hauswesens noch mehr angenommen hätte, weil ihn jetzt sein eigenes Interesse daran fesselte; nein gerade das Gegenteil. Wo er früher, selbst bei der Mahlzeit, keine Ruhe hatte und oft mitten im Essen aufsprang und hinauslief, nur um zu sehen, ob die Pferde ordentlich gefüttert wären oder sonst alles in der Ordnung sei, dachte er jetzt gar nicht mehr daran, sich in irgendeiner Mahlzeit oder späteren Siesta stören zu lassen. Mit einem Wort: er vernachlässigte alles und wurde ein so faules, nichtsnutziges Subjekt, wie sich je einer als Hausherr in einer Wirtsstube auf den Bänken herumgetrieben. Mevrouw ließ sich dies im Anfang eine Weile gefallen; ob sie vielleicht glaubte, daß die neue Würde dem Hausherrn zu Kopf gestiegen? Wie er sich aber gar nicht änderte, ja mit jedem Tag noch fauler und bequemer wurde und kaum mehr als ein permanenter Gast im Haus, der keine Zeche bezahlte, lief ihr die Galle auch über.

Von jetzt an gab es Streit und Unfrieden im Haus, und Mevrouw hatte wenigstens die Erfahrung auf ihrer Seite, wenn sie behauptete, daß von sieben Männern sechs nichts taugten und der siebente der schlimmste von allen wäre – Mevrouw Soltersdrop besaß nämlich in Mynherr Soltersdrop ihren siebenten Gatten, und einige von diesen hatte der Tod hinweggerafft, andere waren verschollen, jedenfalls zur See verunglückt. Wie aber die Nebenmenschen nur daran Freude finden, wenn sie eben über den Nebenmenschen etwas Böses oder Nachteiliges sagen können, so gingen auch im Publikum verschiedene Gerüchte, daß ihre Männer keineswegs alle tot, sondern einige noch frisch und wohl seien und irgendwo in der Welt stäken, von wo sie, wer wußte wann, leicht einmal wieder auftauchen konnten. Ja, dann und wann hieß es sogar als bestimmte Tatsache, daß der oder jener ihrer verlorenen Gatten wieder an irgendeinem Orte der Kolonie erstanden sei und gedroht habe, Bandong zu besuchen. Einzelne wollten ihn dann immer gesehen haben, und fast jedes Jahr sollte in dieser Art ein anderer Mann erschienen sein. Der Volksmund machte dabei den einen von diesen zu einem verfolgten und blutigen Seeräuber, den andern zu einem indischen Fürsten, der sich irgendwo auf dem Festland bei ein oder dem andern wilden Stamm die Königskrone geholt, und daß derartige Berichte auch unverweilt zu Mevrouws Ohren selber kamen, dafür sorgten schon ihre Freunde, wie sie deren jeder Mensch auf Erden hat.

Trotzdem ließ sich aber Mevrouw nicht abhalten, immer wieder aufs neue zu heiraten. Mynheer Splittenhout hatte kaum ein Jahr vorher der Schlag gerührt und der Witwenstand deshalb ihrer Meinung nach lange genug gewährt, als sie dessen Nachfolger – dem siebenten alles in allem gerechnet – die Hand reichte und den Schwur ehelicher Treue leistete, und seit dieser Zeit waren nun wieder sechs Monate verstrichen. Regelmäßig aber wie der Westmonsun über die Insel wehte, traf da auch wieder das Gerücht ihr Ohr, daß einer ihrer früheren Männer, und zwar der dritte, auf Java gelandet und in Batavia angekommen sei, von wo er in ihre Arme fliegen werde, sobald es irgend seine Zeit erlaube. Nun wäre Mevrouw gegen die gewöhnliche Kunde eines solchen Falles schon dadurch vollständig abgestumpft gewesen, daß sich, was sie gefürchtet, nie bestätigt, wenn es sie nämlich auch auf die gewöhnliche Art, als Gerücht, erreicht hätte. Ehe aber nur einer ihrer Nachbarn oder der umwohnenden Kulturenbesitzer selber ein Wort davon wußte und sie ein einziges Mal damit necken konnte, erhielt sie einen Brief von Batavia, der, so kurz er war, so gewichtige Kunde enthielt. Er lautete:

»Weledle vrouw. Ich benachrichtige Sie hiermit, daß Christan

Valentijn Joost, mit dem Sie früher ehelich verbunden waren, und der Im Jahre 18 spurlos verschwand (damals, wie man glaubte, bei dem Schiffbruch eines arabischen Schiffes ertrunken) glücklich wieder angekommen ist und beabsichtigt, nach Bandong zurückzukehren.

Ein Freund!«

Dies Schreiben trug weder Poststempel noch Datum, noch weitere Unterschrift, und ein Bote hatte es ihr gebracht, der vor einiger Zeit von dem Residenten nach Batavia geschickt worden war, einige für ihn dort angekommene Sachen abzuholen. In Batavia selber hatte es diesem ein »Tuwan« gegeben, der erfahren, daß er aus Bandong sei, und ihm auf die Seele gebunden, es im Hotel abzuliefern. Die Adresse lautete aber Mevrouw »Splittenhout« in Bandong. Der Schreiber des Briefes hatte also noch gar nicht gewußt, daß sie schon wieder, und zwar zum viertenmal, seit Joost, ihr dritter Mann, sie verlassen, das Joch der Ehe über sich genommen habe.

Anfangs glaubte sie nun allerdings, daß sich irgend jemand von ihren Bekannten einen höchst unpassenden und häßlichen Scherz mit ihr erlaubt und zugleich ihre wundeste Stelle dabei getroffen habe; denn wenn sie von irgend einem ihrer früheren Männer wirklich nicht genau wußte, ob er tot sei oder nicht, so war es eben Valentijn Joost gewesen. Umstände kamen dazu, die seinem Abschied von ihr vorhergegangen sein mußten. Von denen sprach sie aber nie, obgleich sie es vielleicht wahrscheinlich machen konnten, daß er noch leben könne, wenn sie auch nie geglaubt hätte, daß er je zurückkehren würde. Und wenn das jetzt doch geschah? Mevrouw Soltersdrop befand sich dadurch ein paar Tage in einer so unbehaglichen Stimmung, daß sie sogar ihrem jetzigen Mann das Faulenzen und Trinken ungerügt hingehen ließ – nur aus Furcht vor einem früheren; aber die Befürchtung sollte sogar zur Gewißheit steigen, als heute nachmittag ein Fremder bei ihr abstieg und sie auf etwas geheimnisvolle Weise bat, ihm eine kurze Unterredung zu gönnen.

Dieser war nun allerdings nicht der angeblich Auferstandene, denn er sah viel jünger aus, als Joost hätte sein können und soviel sie sich auf jenen noch erinnern konnte; wer kann genau behalten, wie sechs verschiedene Männer ausgesehen haben, wenn noch dazu ein Zeitraum von vierzehn oder fünfzehn Jahren dazwischen liegt. So hatte Joost schwarzes und dieser hier trug blondes Haar; die Frau führte ihn übrigens in einer Aufregung, daß ihr alle Glieder zitterten, augenblicklich in ihr Zimmer und frug ihn hier, was er ihr zu sagen habe.

»Verehrte Frau«, begann hier der Fremde in ziemlich gutem Holländisch, obgleich mit unverkennbar fremdem Akzent, »ich komme in einem etwas peinlichen Auftrag für einen Reisegefährten, dem ich mich auch nicht unterzogen hätte, wenn ich es als Geistlicher nicht für meine Pflicht gehalten, Leiden zu mildern und Sorgen und Gefahren bei einzelnen sowohl wie bei Familien auszugleichen.«

»Ja, Mynheer«, sprach die Frau, die vor Aufregung kaum die Worte verstand, die er sprach. »Wer – wer sind Sie denn eigentlich, und was wollen Sie mir mitteilen?«

»Ich werde mich ganz kurz fassen«, erwiderte der Fremde, »und dabei so deutlich wie irgend möglich sein. Ich selber heiße Salomon Holderbreit, bin vor einigen Wochen erst nach Java gekommen und Missionär, den blinden Heiden das Licht des Glaubens zu bringen. Eigentlich war mein Plan, das ganz Innere von Java zu durchreisen, und ich habe ihn auch noch nicht aufgegeben, vorderhand aber nur die Erlaubnis der holländischen Regierung bekommen, diese Regentschaften auf einige Tage zu besuchen. Unterwegs traf ich in Tjanjor mit einem Herrn zusammen – der mich auch bis hierher begleitet hat –«

»Er ist hier?« rief Mevrouw Soltersdrop erschreckt.

»Erlauben Sie, verehrte Frau, daß ich ununterbrochen in meiner Erzählung fortfahre«, sagte der Geistliche. »Ich verliere sonst den Faden und wir kommen um soviel später zum Ziel. Wo war ich denn gleich stehen geblieben? Ja so, in Tjanjor. Dort übernachteten wir zusammen, und im Gespräch erfuhr der Fremde, der ein braver, tüchtiger Mann zu sein scheint, kaum meinen Stand, als er Vertrauen zu mir faßte, und mir noch an demselben Abend sein wunderliches Schicksal mitteilte. Verehrte Frau, fassen Sie sich, eine überraschende, so freudige wie beängstigende Kunde zu vernehmen; der Herr war –«

Mevrouw Soltersdrop hatte den Tisch gefaßt, an dem sie saß, und schaute den Sprechenden mit großen, starren Augen an. Salomon Holderbreit aber, der hier eine kleine Pause machte, fuhr nach wenigen Sekunden ebenso ruhig und ohne die geringste Aufregung fort:

»Mynheer Christian Valentijn Joost, früher Ihnen, verehrte Frau, als ehelich Gemahl angetraut und auf wunderbare Art von Ihnen getrennt.«

»Valentijn Joost«, murmelte die Frau leise vor sich hin, »Valentijn Joost – so ist es doch wahr, so ist es doch wahr – er lebt noch – und er kommt wieder – er kommt wieder!«

»Er ist schon da«, unterbrach Holderbreit ihr Nachdenken, während die Frau ängstlich und erschreckt nach der Tür sah, als ob sie erwarte, daß er selbst in diesem Augenblick hereintreten werde.

»Aber was will er – um Gottes willen, was kann seine Absicht sein?« stöhnte die Frau mit gefalteten Händen. »Er muß doch wissen, daß ich wieder verheiratet bin – wenn ich mir die Plage auch nicht hätte aufzubürden brauchen, und Jammer und Schande über mich zu bringen, das hab' ich nicht verdient. Ist er doch gesegnete vierzehn oder fünfzehn Jahre ausgeblieben, nicht ein Wort gesandt. Kann es ein Mensch da einer armen, verlassenen Frau verdenken, wenn sie sich wieder nach Schutz und Beistand umsieht in dieser schlechten Welt?«

»Aber das Band der Ehe ist ein so heiliges –«

»Ach, ehrwürdiger Herr«, sagte die Frau in ihrer Angst und mit einer gewissen, vertraulichen Treuherzigkeit. »Die Heiligkeit dabei ist nicht so weit her, und eine Menge Menschen heiraten nur eben, um unter Dach und an einen gedeckten Tisch zu kommen. Gott verzeih' mir die Sünde, aber ich will weiter nichts gesagt haben, doch vor Gott bin ich mir in dieser Sache keiner Schuld bewußt, und die Gesetze sind auf meiner Seite; gegen die hab' ich nicht gesündigt und nur mit Erlaubnis der Regierung wieder geheiratet, die es dann auch verantworten möchte, wenn es eine Sünde gewesen wäre. Aber die Menschen – lieber, guter

Gott, wenn das bekannt würde, könnte ich nur mein Haus verkaufen, mein Bündel schnüren und machen, daß ich aus Java fortkäme, so rasch als möglich, denn Frieden fänd' ich nicht mehr, soviel ist gewiß.«

»Das gerade«, sagte hier Salomon Holderbreit freundlich, »meinte auch Ihr früherer Gatte, verehrte Frau, und deshalb hat er mich in dieser kitzlichen Sache, die außer uns dreien noch kein Mensch kennt, betraut, alles nach Pflicht und Gewissen, aber im stillen abzumachen.«

»Außer uns dreien kein Mensch?« sagte die Frau, den Missionär rasch und aufmerksam betrachtend. »Also haben Sie mir vor ein paar Tagen den Brief von Batavia geschickt?«

»Ich? Nein«, sagte Herr Holderbreit erstaunt. »Erst in Tjanjor hatte ich, wie schon vorher erwähnt, das Vergnügen, Herrn Joost kennenzulernen.«

»Dann weiß also noch jemand darum – oder Valentijn hat den Brief selber geschrieben – sich selber angemeldet?«

»Damit Ihnen vielleicht der Schreck über seinen plötzlichen Anblick nicht schaden möchte, verehrte Frau«, sagte Holderbreit. »Nach allem aber, was wir beide über Sie gesprochen, liegt ihm nichts ferner als Sie zu kränken und zu betrüben, und nur mit äußerster Delikatesse wollte er von mir die Sache behandelt wissen, daß fremde Ohren das Geheimnis nicht erlauschten. Sie glauben nicht, verehrte Frau, wie besorgt er um Ihren Ruf ist, und das gerade hat mich veranlaßt, ihm meine Vermittelung zuzusagen, wenn ich nicht außerdem meine Pflicht darin zu erfüllen glaubte.«

»Wenn er aber so erschrecklich rücksichtsvoll auf meinen guten Ruf ist«, klagte Mevrouw Soltersdrop, »weshalb kommt er da überhaupt? Weshalb setzt er mich dieser Gefahr aus, die uns beiden nicht den geringsten Nutzen bringen kann? Denn ich bin ja doch nun einmal Soltersdrops Frau und kann es nicht mehr ändern – wenn ich auch wollte.«

»Hm – ja«, sagte Holderbreit, selber etwas überrascht von dieser Logik, denn darin hatte die Frau vollkommen recht, und er selber noch nicht einmal daran gedacht. Warum war er überhaupt gekommen? Jedenfalls doch nur, um sie noch einmal zu sehen und sich vielleicht mit ihrem Vermögen auseinanderzusetzen. »Trauen Sie ihm die edelsten Beweggründe zu«, fuhr er aber freundlich fort, »denn die Sehnsucht, nach so langer Zeit das Wesen wieder zu sehen, das einst bestimmt war, mit ihm durch das ganze Leben zu pilgern, mag sein Herz vor allem andern hierher gelockt haben. Gewiß waren außerdem einige, vielleicht noch zu treffende materielle Anordnungen – gütige Auseinandersetzungen über Vermögen –«

»Da liegt der Hund begraben«, sagte Mevrouw Soltersdrop, die viel prosaischere Ansichten vom Leben zu haben schien, wie ihr ehrwürdiger Besuch. Jedenfalls kannte sie das Leben von einer weit mehr praktischen Seite wie er. »Das wird auch seine ganze Sehnsucht nach mir sein, die er die fünfzehn langen Jahre vortrefflich hat bezwingen können.«

»Seine Ansprüche«, sagte Holderbreit begütigend, »werden sich gewiß nur auf das beschränken, was er –«

»Ansprüche?« unterbrach ihn aber Mevrouw entrüstet. »Ansprüche? Wohl deshalb, weil ich ihn drei Jahre gefüttert und nachher noch mit Geld und Waren ausgestattet habe, um eine Spekulationsreise nach Macassar und Borneo zu machen? Schöne Ansprüche, die er erheben könnte, daß er mir nie im Leben Rechenschaft über Geld und Güter abgelegt. Ansprüche! Aber mit denen wird er auch nicht kommen, und ich sehe jetzt schon durch das ganze durch. Sie also hat er zu seinem Geschäftsträger ausersehen?«

»Ich bitte Sie freundlichst, dafür ein anderes Wort zu gebrauchen«, sagte Holderbreit. »Soweit es das Gefühl betrifft, ja, würde ich mir diesen Titel gefallen lassen; alles weitere muß ich Sie aber ersuchen mit Ihrem früheren Gemahl selber abzumachen.«

»Nehmen Sie's nicht übel«, sagte die Frau, indem sie ihm die Hand hinüberstreckte. »Ich hielt Sie für einen Abgesandten, um irgendeine bestimmte Summe aus mir herauszupressen, wofür Sie dann Ihre gewissen Prozente bekämen.«

»Mevrouw!« rief Holderbreit, wirklich böse gemacht, »Sie glauben doch nicht etwa, daß ich als Geistlicher solcher Handlung fähig wäre?«

»Lieber Herr«, sagte die Frau ruhig, »unser Herrgott hat allerlei Kostgänger, und wenn man vierundzwanzig Jahre Wirtin ist und in der Zeit sieben Männer gehabt hat, so bekommt man ein kleines Stück vom Leben, und wie es darin zugeht, zu sehen, das mögen Sie mir glauben. Geld regiert nun einmal die Welt, und der Valentijn, wenn er noch so schön gesprochen hat – was er konnte, soweit ich mich auf ihn besinne – ist doch um weiter nichts hier heraufgekommen, als eine Abstandssumme aus mir herauszudrükken, daß er ruhig wieder fortginge und mit keinem Menschen darüber spräche.«

»Sie denken zu hart von ihm; ich bin besserer Meinung und traue ihm solche schnöde Absichten nicht zu.«

»Lehren Sie mich die Männer kennen, und noch dazu die Kaufleute! Aber das schadet nichts; geht es ihm wirklich schlecht – und wäre das nicht der Fall, hätte ich seinen Schatten schwerlich wieder gesehen –, so will ich ihm gern etwas von dem mitteilen, was mir Gott geschenkt. Es kommt mir auf eine Handvoll Gulden nicht an, und ich kann ihn, dem Himmel sei Dank, zufriedenstellen, aber er muß dann auch machen, daß er ohne Zögern und Verweilen wieder fortkommt.«

»Aber, verehrte Frau –«

»Nun?« sagte die Frau. »Er soll wohl dableiben? – Ich habe wohl nicht schon einen Mann?«

»Ja so«, sagte Herr Holderbreit bestürzt. »Entschuldigen Sie, ich meinte es nicht in dieser Art.«

»Also wollen Sie mir behilflich sein, um ihn dahin zu vermögen, die Sache rasch und bündig abzuwickeln?«

»Wenn ich Ihnen damit einen Dienst erweisen kann, von Herzen gern – vorausgesetzt, daß Sie die Überzeugung haben, ich wenigstens verfolge keine eigennützigen Interessen.«

»Reden wir nicht davon«, meinte die Frau, »ich glaube, daß Sie es gut meinen; Sie sehen mir wenigstens nicht so aus, als ob Sie die Schliche und Wege schon weghätten, auf denen hier die Leute zum Ziel zu kommen suchen. Wenn ich Ihnen aber nachher wieder gefällig sein kann, soll es auch geschehen – eine Hand wäscht die andere auf der ganzen Welt.«

»Da nehme ich Sie beim Wort«, sagte Herr Holderbreit, »wenigstens da, wo es mein Missionswerk betrifft, das mir vor allen anderen Dingen am Herzen liegt. Vielleicht sind Sie da gerade die passende Frau dazu, und Gottes Hand hat mich als schwaches Werkzeug selber hierher geleitet.«

»Hm«, sagte die Frau, indem sie ihn mißtrauisch betrachtete, »Sie – Sie wollen doch nicht etwa aus unseren Malaien Christen machen?«

»Mit Gottes Hilfe, ja«, sagte Salomon Holderbreit ernst und entschieden. »Ich bin wenigstens mit dem besten Willen dazu hierher gekommen.«

»Nun – ich will Ihnen etwas sagen«, meinte die Frau. »Erstlich glaub' ich nicht, daß es die Regierung leidet; denn die Malaien zu Christen oder liederlichen Menschen machen, heißt ziemlich ein und dasselbe bei uns. Bekommen Sie aber die Erlaubnis, so will ich Ihnen ein paar prächtige Plätze zeigen, wo Sie vollauf Arbeit bekommen – daß Sie wenigstens nicht mit unseren gleich anzufangen brauchen. Doch um jetzt wieder auf unser Geschäft zu kommen, so – muß ich den Valentijn doch vorher erst sehen. Der Henker traue! – Ein oder der andere Vent kann sich einen Spaß gemacht haben, um mich hinters Licht zu führen – nicht als ob ich sagen wollte, daß Sie auch mit darunter steckten; aber klügere Leute sind schon von solchen Spitzbuben angeführt, und sicher ist einmal sicher. Ich will nicht leugnen, daß ich die Möglichkeit zugebe, der Valentijn könne noch leben, denn über ihn habe ich allerdings nie die bestimmte Nachricht seines Todes, sondern nur Kunde von dem Untergang des Fahrzeuges bekommen. Ist es aber der Rechte, so muß er doch wenigstens noch Papier, muß seinen Trauring und manche andere Dinge haben oder wissen, um die ich ihn schon fragen werde. Mein Mann hält noch seine Siesta – er hat heute mittag ein Glas über den Durst getrunken, weil er behauptete, daß sein Geburtstag wäre – er wird nicht aufwachen, bis ich ihn wecke. Lassen sie den Valentijn gleich kommen; je eher ich die Sache mit ihm abmache, desto besser.«

»Und sind Sie vollständig auf dies Wiedersehen vorbereitet, verehrte Frau?« sagte Holderbreit, der sich das Wiedersehen zweier Gatten, die fünfzehn Jahre getrennt gewesen, etwas aufregender, erschütternder Natur dachte – er überlegte freilich nicht, daß vier andere Ehemänner dazwischen lagen: drei in ihrem Grabe und einer drin in der Schlafkammer auf seinem Bett.

»Vorbereitet? Gewiß«, erwiderte Mevrouw. »Es ist auch besser, daß das so rasch als möglich geschehe, denn diese Angst und Aufregung vorher reibt mich auf. Ich will fertig mit ihm sein – ich will Ruhe vor ihm haben, nachher – kann ich mich auch darüber freuen, daß ihm Gott das Leben gelassen hat, sonst – sonst nicht, und ich fühle, daß das Sünde sein würde – Sünde gegen Gott und – gegen ihn.«

»Also Sie wünschen, daß er gleich zu Ihnen komme?« frug Holderbreit. Die Frau konnte aber nicht antworten; die Worte staken ihr oben in der Kehle fest, und sie nickte nur einmal heftig mit dem Kopf, worauf der Missionär aufstand und langsam das Zimmer verließ.

EINUNDVIERZIGSTES KAPITEL

Es wäre unmöglich, die Aufregung zu schildern, mit der Mevrouw Soltersdrop im Zimmer allein zurück blieb. Bald setzte sie sich, bald sprang sie trotz ihrer Beleibtheit wieder empor, sobald sie nur draußen Schritte hörte, und die Knie zitterten ihr ordentlich, als plötzlich die Tür aufging und Salomon Holderbreit, den so lange verschollenen Valentijn Joost an der Hand, das Zimmer betrat. Valentijn Joost verdient indessen eine kurze Beschreibung. Es war eine kleine, ziemlich wohlbeleibte Gestalt, nicht mehr ganz jung, mit einem gelben, von Sommersprossen fast zu reichlich bedachten Gesicht. In diesem standen außerdem ein Paar sehr große wasserblaue Augen, die mit dem dunkeln Haar und den sehr weißen Zähnen seinen Zügen wohl nicht viel Ausdruck verliehen, hätte er die Augen nicht stets weit aufgerissen. Eigentümlich waren nur seine Bewegungen, wie er durchs Zimmer ging. Er tat das nämlich vermittelst großer Schritte, mit denen er aber nur äußerst vorsichtig auftrat, als ob er sich scheue, unnötiges Geräusch zu machen. Da er die Finger etwas gespreizt trug, hätte es ihm vielleicht einen komischen Anstrich gegeben; der bleibend melancholische und bestürzte Ausdruck seiner Züge milderte das aber wieder, denn er glich frappant einem Menschen, der eben eine überraschende und sehr traurige Nachricht bekommen hat. Mynheer Joost mochte zwischen vierzig und fünfzig Jahre alt sein – vielleicht war er noch älter, es ließ sich nicht so genau bestimmen. Übrigens ging er sehr anständig, wenn auch gerade nicht dem Klima angemessen, in Schwarz gekleidet, was seine Erscheinung eher noch etwas düsterer und wehmütiger machte.

Als der wohl um acht Zoll größere Holderbreit mit dieser Persönlichkeit, die er am Arme hielt und fast hinter sich her zog, im Zimmer erschien, würde ein unbefangener Zuschauer kaum den wahren Sachverhalt erraten haben. Es sah weit eher aus, als ob der Geistliche den kleinen bestürzten Mann irgendwo auf einer faulen Tat ertappt und hierher geschleppt habe, um sein Urteil zu vernehmen und seine Strafe zu empfangen, und mit einer wahren Armensündermiene folgte ihm Mynheer Joost – weil er eben nicht anders konnte. Als er aber die Tür hinter sich zugedrückt hatte, machte er sich von Holderbreits Hand los, ließ beide Arme glatt herunterhängen, bog den Kopf, den er etwas auf die Seite legte, nach vorn, sah mit den großen blauen und etwas wässerigen Augen in die Höh' und sagte:

»Grietje!«

»Lassen Sie uns allein, ehrwürdiger Herr«, sagte die Frau, ohne von dem Stuhl aufzustehen, in den sie wieder gesunken war, oder dem Eintretenden nur mehr als einen flüchtigen Blick zuzuwerfen. »Lassen Sie uns wenigstens auf kurze Zeit allein, ich – habe einiges mit Valentijn Joost zu besprechen, was ich gern unter vier Augen abmachen möchte.« Salomon Holderbreit neigte langsam das Haupt, warf noch einen milden versöhnenden Blick auf die Frau, und verließ dann langsam und, wie es schien, tief bewegt das Gemach.

Salomon Holderbreit hatte die Tür schon lange hinter sich geschlossen, und noch immer sprach keins der beiden ein Wort. Valentijn hielt wie vorher den wehmütigen, vorwurfsvollen Blick auf Mevrouw geheftet, und diese betrachtete ebenso aufmerksam, aber mit weit weniger Sentimentalität die vor ihr stehende, etwas traurige Gestalt.

»Grietje!« wiederholte Valentijn und streckte die rechte Hand nach ihr aus.

»Und bist du's wirklich, Valentijn?« sagte diese, ohne die Hand noch zu nehmen, während ein tiefer Seufzer ihre Brust hob. »Bist du's denn wirklich, der fünfzehn Jahre draußen in der Fremde herumgewandert ist und seine arme Frau hier allein hat sitzenlassen?«

»Aber allein bist du doch nicht sitzen geblieben, Grietje!« wandte Valentijn schüchtern ein.

»Nein, das bin ich auch nicht«, erwiderte schon etwas heftiger die Frau »aber deine Schuld ist's doch nicht, Valentijn – deine Schuld ist's nicht, daß ich nicht die langen Jahre hier im Witwenschleier gesessen, und mich um einen Menschen gegrämt und gehärmt habe, der vielleicht indessen mit Gott weiß welchem jungen Geschöpf herumsprang und seine eigene, ihm angetraute Frau lange vergessen hatte.«

»Grietje!« sagte wieder der Mann, jetzt aber mit einem leisen, schmerzlichen Vorwurf im Ton.

»Es ist gut«, seufzte die Frau und nahm die Hand, die er ihr noch immer entgegenhielt. »Es ist gut, Valentijn, und du sollst mir später erzählen, wo du dich die Zeit herumgetrieben hast. Du weißt aber, daß ich jetzt wieder verheiratet bin – laß mir Zeit, zu überlegen, was ich tun soll. Sprich auch vorher nicht mit meinem Mann darüber. Ich bin gesetzlich vollkommen gerechtfertigt, aber ich möchte das Geschrei der Nachbarn vermeiden, die sich überdies schon viel mehr als nötig mit mir beschäftigen. Was wir miteinander abzumachen haben, kann zwischen uns beiden geschehen – du hättest vielleicht nicht einmal den Geistlichen dazu gebraucht; da es aber einmal geschehen ist, mag es gut sein.« Wieder betrachtete sie ihn eine lange Zeit aufmerksam und fuhr dann wie vorhin fort: »Du hast dich wieder sehr verändert, Valentijn – ich hätte dich vielleicht nicht einmal wieder erkannt.«

»Fünfzehn Jahre sind eine lange Zeit, Grietje«, seufzte der Mann, »und wir alle beide nicht jung darin geblieben. Ich habe viel durchgemacht in den Jahren und war eine lange, lange Zeit in Borneo von den Indianern gefangen, du hättest sonst gewiß von mir gehört. Die Trennung ist mir selber schwer angekommen.«

Wieder betrachtete ihn die Frau forschend von oben bis unten, endlich sagte sie leise: »Manchmal ist mir's, als ob du's wärest, manchmal wieder nicht. Hast du gar kein Zeichen aus früherer Zeit, das mir als fester Beweis dienen könnte?«

»Sagt dir dein Herz nichts, Grietje?« frug ihr Gatte mit zärtlichem Vorwurf. Grietje aber schüttelte den Kopf und meinte:

»Das kauf' ich alles nicht teuer – Herz und dergleichen – hast du gar kein Zeichen von früherer Zeit behalten? Wo ist unser Trauring?«

»Du guter Gott«, stöhnte der Mann, »das war ein schwerer Tag, an dem ich mich von dem Ring trennen mußte! – Es war gerade, als die Dajaks über uns herfielen und uns in ihre Hütten schleppten – und damals glaubte ich, wir sollten gebraten und verzehrt werden; aber wir kamen noch mit dem Leben davon. Was wir freilich an Gold und Kleinodien bei uns hatten, nahmen sie uns ab.«

»Die Briefschaften auch?« sagte die Frau, mißtrauisch werdend.

»Nein«, erwiderte ruhig Valentijn, »mit denen hätten sie nichts anfangen können, ja sie fürchteten sich sogar davor, sie anzufassen, da sie glaubten, daß vielleicht irgendein böser Zauber darin stecken möchte.«

»Und die hast du noch? –«

»Ja, Grietje – wenn du denen mehr Glauben schenken willst wie mir selber. Vielleicht kennst du sogar die alte Brieftasche noch, in die du sie selber damals eingelegt, als ich auf Reisen ging.«

Langsam mit dem Kopfe nickend, nahm die Frau die Brieftasche, betrachtete sie seufzend und sagte dann:

»Geh jetzt hinaus, Valentijn – laß mich eine Weile allein – mein Mann wird auch jetzt munter werden. Heut' abend können wir nicht mehr – wenigstens nicht ausführlich miteinander verkehren; steh morgen früh auf und komm wieder hierher in mein Comptoir; ich will hier auf dich warten.«

»Grietje! –«

»Beruhige dich – ich stelle dich zufrieden – ich will dir die verlorenen Waren nicht in Anrechnung bringen – ich wünsche, daß es dir fortan gut gehe, und das Wenige, was ich dazu beitragen kann, soll geschehen – aber, wie gesagt, nur unter der einen Bedingung, daß du auch mein Wohlergehen berücksichtigst und gegen keinen Menschen erwähnst, wer du bist – oder wer du vielmehr warst. Versprichst du mir das?«

»Gewiß verspreche ich das, Grietje – freilich war ich mit anderen Hoffnungen hierher gekommen!« seufzte er.

»Sei kein Narr«, dämpfte aber »Grietje« ziemlich prosaisch diesen Ausbruch von Gefühl. »Geh jetzt hinüber und laß dir mit dem

Prediger etwas zu essen geben – Ihr werdet beide hungrig sein. Ich schicke euch nachher den Wein dazu – es sind noch immer ein paar Flaschen von der alten Sorte da, die Mynheer Soltersdrop noch nicht gefunden hat. Behüt' dich Gott, Valentijn!« Und wieder reichte sie ihm die Hand, die er derb und herzlich drückte, dann winkte sie ihm hinaus und schob hinter ihm den Riegel vor, um vollkommen ungestört die alten, gelben Papiere durchzusehen und zu prüfen. Es war ein trauriges Geschäft und kostete ihr manchen Seufzer, manche Träne, denn sogar ein paar alte Briefe von sich fand sie dabei, noch aus der ersten Zeit ihrer Liebe. O selige Erinnerungen, wenn das Herz noch frisch ist, denn Valentijn war ja erst ihr dritter Mann gewesen! –

Valentijn warf noch einen schmachtenden Blick zurück, wie sich aber die Tür hinter ihm schloß, war es auch, als ob eine Art von Zauber von ihm genommen, ein anderes Leben über ihn gekommen sei. Seine ganze Gestalt hob sich um wenigstens drei Zoll, sein gelbes Gesicht lächelte freundlich und selbstzufrieden und zeigte dabei die perlmutterartigen Zähne in ihrem vollen Umfang, und die großen hellblauen Augen blitzten und funkelten nach allen Seiten ihren Triumph hinüber. Von der vorigen Zerknirschung und Rührung war auch nicht die Spur mehr zu finden. Das Gesicht zog sich dabei erst wieder in die vorigen ernsten Falten, als Salomon Holderbreit aus der Küche kam, wo er mit einiger Umsicht ein Mittagsmahl für sie bestellt hatte.

»Nun, Freund?« sagte er, des Mannes Hand ergreifend, mit einem ernst-wehmütigen Blick. »Sie haben einen schweren Moment überstanden. Trug sie es mit Fassung?«

»Sehr!« sagte Valentijn, der den Handdruck erwiderte. »Sie hat einen sehr starken Charakter. Ich glaube nicht, daß sie so leicht irgend etwas erschüttern kann.«

»Nein, das glaub' ich auch nicht«, sagte Holderbreit. »War sie gerührt?«

»Sie hat vor allen Dingen meine Papiere behalten, um zu untersuchen, ob sie auch echt sind. Eine solche Frau wird nur dann gerührt, wenn sie bestimmt weiß, daß sie gegründete Ursache dazu hat. Morgen früh werde ich sie aber sprechen, ehrwürdiger Herr, ich bin Ihnen sehr dankbar, daß Sie so freundlich waren, die erste Vermittlung zu übernehmen – das erste Eis zu brechen, wie sie in Europa sagen.«

»Mein lieber Herr, ich habe nicht mehr als meine Schuldigkeit getan«, sagte Holderbreit treuherzig. »Es ist meine Pflicht, zu versöhnen, so weit meine schwache Kraft reicht; die hab' ich erfüllt.«

»Und, wie ich hoffe, ein gutes Werk damit gestiftet«, bestätigte Valentijn Joost. »Ich glaube mit Zuversicht, daß dieses Begegnen wesentlich zu unserer beiderseitigen Ruhe beitragen wird – daß der Friede wieder einkehren wird in dieses Haus – und – in meine Brust. Das alles verdanken wir Ihnen.«

»Reden wir nicht weiter davon; da kommt das Essen«, sagte Holderbreit freundlich. »Mir selber aber soll es als ein gutes Omen zu meinem beginnenden Unternehmen gelten. Sie glauben gar nicht, mit welcher Lust und Liebe ich darangehen werde – aber hungrig darf der Mensch auch nicht sein – famos riecht das. Nach getaner Arbeit ist gut ruhen – wir haben heute schon einen hübschen Weg gemacht und dürfen es uns jetzt mit gutem Gewissen schmecken lassen.«

»Und was das für eine reizende Aussicht hier hinaus ist!« bemerkte Herr Joost. »Wie heißt der Berg dort drüben?«

»Ja das fragen Sie mich?« sagte Herr Holderbreit erstaunt, während sie beide Platz an dem Tisch nahmen. »Sie müssen den Platz – nur hierher die Schüsseln, Freund, und daß wir dann auch etwas zu trinken bekommen – Sie müssen den Platz hier doch viel besser kennen wie ich – wenn Sie eben die Namen nicht vergessen haben.«

»Fünfzehn Jahre ist eine lange Zeit«, sagte der Mann mit einem scheuen Blick zuerst nach seinem Nachbar und dann nach dem aufwartenden Malaien. »Und was habe ich alles in der Zeit erlebt!« Er drehte sich etwas überrascht um, denn dicht hinter ihnen begann eine Spieldose mit einem Werk, das wenigstens eine anderthalb Fuß lange Walze drehte, mitten in einem Tanz, mitten aus dem Takt heraus, in dem sie abgelaufen stehengeblieben war, ihr nicht unharmonisches Getön. Auch Salomon Holderbreit wandte rasch den Kopf, und sie sahen jetzt, wie ein Mann in der bequemen, leichten Tracht der Tropen, einen breiträndigen Strohhut auf und ein Paar geflochtene chinesische Pantoffeln an den Füßen, mit stillem Behagen sich seiner Überraschung freute, und liebevoll bald auf das Instrument, bald wieder auf die Gäste sah. Er ließ sie übrigens nicht lange in Zweifel, wen sie vor sich hätten, sondern mit einem gemütlichen Kopfnicken beide grüßend, legte er seine rechte Hand breit auf die Brust und sagte:

»Willem Soltersdrop, meine Heren, Wirt zu Bandong, der sich eine Ehre daraus macht, Sie bei sich zu sehen. Wie gefällt Ihnen meine Musik, he?«

Der Spielkasten hatte indessen den Bauernwalzer aus dem Freischütz, dem gestern nur noch ein paar Takte fehlten, beendet, schnurrte und hämmerte ein paar Mal auf die derartigen Instrumenten eigentümliche Weise, und ging dann, ohne vorherige Warnung, direkt in einen feierlichen Choral über, in dem aber leider ein oder zwei Stifte fehlen mußten. Gerade an entscheidender Stelle störte dies den Effekt bedeutend. Willem Soltersdrop wußte das auch, aber da es nur in dem Choral war und er genau die Stelle kannte, so hustete er jedesmal heftig, so wie es den Takt erreichte, und rettete so die Ehre seines Instruments.

»Komm ich ja gerade recht«, fuhr er fort, als beide Gäste aus leicht begreiflichen Gründen den Mann wie seinen Musikkasten aufmerksam betrachteten, »habe den Mittag ein kleines Schläfchen gehalten, und wieder vollen Appetit, von neuem zu beginnen. Schweres Leben das, in einem – ahem – ahem – ahem – schweres Leben das, in einem so heißen Land.«

»Wollen Sie sich nicht zu uns niedersetzen, Mynheer –?«

»Soltersdrop.«

»Mynheer Soltersdrop«, sagte Holderbreit freundlich und warf unwillkürlich einen Blick dabei auf seinen Nachbar, dessen gelbes Antlitz noch um einen Schatten strohfarbener geworden war. Allerdings konnte man es ihm nicht verdenken, daß ihn die Gegenwart des jetzigen Mannes seiner früheren Frau aufregte – es blieb immer ein eigentümlicher Verwandtschaftsgrad, in dem er zu ihm stand, und Holderbreit fürchtete nur, daß er sein Interesse zu sehr zeigen und sich dadurch vielleicht auch verraten würde. Valentijn Joost besaß aber mehr Fassung, als er ihm im Anfang zugetraut, und während sich seine dünnen, kaum sichtbaren

Augenbrauen allerdings immer höher hinaufzogen, lächelte doch der untere Teil des Gesichts ganz vergnügt den Nebenbuhler an und schien sich besonders über die Musik zu freuen.

»Warum das nicht«, erwiderte indessen Willem Soltersdrop, der eine sehr gesellschaftliche Natur besaß. »Sapáda, mir noch einen Teller her und ein Glas – aber mit wem habe ich denn eigentlich die Ehre?«

»Salomon Holderbreit – Missionär der Evangelisch-Lutherischen Kirche.«

»Sehr angenehm, Ihre werte Bekanntschaft zu machen – werden nur hier verdammt wenig zu bekehren kriegen – und Sie?«

»Everard Joost, Commis der Maatschappy zu Batavia«, log Valentijn Joost mit einer solchen Unverschämtheit, als ob er nur seinen alltäglichen Namen nenne. Der Geistliche erschrak auch in der Tat über diese gar nicht vermutete »Fassung« seines neuen Freundes. Der Wirt aber fühlte sich jetzt, noch dazu da die Spieldose auch sein Lieblingslied »Freut euch des Lebens« begann, vollkommen zufriedengestellt, und mit den hereingebrachten Speisen und dem vortrefflichen Wein – über dessen Existenz er ganz erstaunt schien – befand er sich ausnehmend wohl.

Die Mahlzeit unterbrach Mynheer Soltersdrop nur ein einziges Mal, um seine Spieldose wieder aufzuziehen und nach seiner Frau zu fragen; dann setzte er sich wieder zu seinen beiden Gästen an den Tisch, und freute sich ungemein über die fabelhafte Freigiebigkeit, mit der »Everard Joost« eine Flasche des vortrefflichen alten Weines nach der andern bestellte. Noch saßen die drei in voller Gemütlichkeit bei den immer wieder aufs neue gefüllten Gläsern, obgleich Holderbreit selber nur sehr mäßig von dem starken Getränk versuchte. Er blieb auch in der Tat nur bei Tisch noch sitzen, um seinen neugefundenen Freund zu überwachen, damit dieser nicht, vielleicht vom Weine erregt, sich eine unvorsichtige Äußerung entschlüpfen lasse – eine übrigens unnötige Vorsicht. Während also die drei Herren noch um den Tisch saßen, und jetzt zum Dessert die herrlichsten Früchte verzehrten, welche ihnen die Umgegend in reichster Auswahl bot, rasselte ein leichter Wagen vor die Tür, und ein paar »nußbraune« Hausknechte und Markeure stürzten rechts aus dem Hof und links um das Haus herum, das Gepäck in Empfang zu nehmen, das die beiden darin sitzenden Reisenden mitgebracht haben möchten.

»So«, sagte der Ältere von ihnen, als er, die Hilfe der Malaien verschmähend, allein heraussprang, »da sind wir am Ziel, Wagenaar, und eine tüchtige Tour haben wir gemacht.«

»Es war aber auch Zeit, daß wir Dach und Fach erreichten«, meinte Wagner, »denn die Wolke dort über dem Gedé hat nicht umsonst gedroht. Wir werden gleich einen tüchtigen Schauer bekommen.«

»Jetzt, sobald es gefällig ist«, lachte Lockhaart. »Hinein mit dem Gepäck, ihr Schlingel, und daß der Wagen augenblicklich unter einen Schuppen kommt – so, und nun zu unserer Leibesstärkung.«

Die beiden Herren traten durch die hohe Glastür, die in den mittleren Speise- und Gesellschaftssaal führte, und während Wagner, ohne sich irgend um die übrigen Gäste zu kümmern, gerade hindurch ging, sein eigenes Zimmer zu erreichen, warf Lockhaart einen raschen Blick durch den Saal, der im nächsten Moment erstaunt auf dem bekannten Gesicht des Geistlichen haftete.

»Alle Teufel!« rief er, ordentlich überrascht vor diesem stehenbleibend. »Wie kommen Sie hier in die Berge? – Ist Ihnen denn der Paß schon ausgefertigt worden?«

»Dank Ihrer gütigen Fürsprache, ja«, sagte Holderbreit, der etwas verlegen von seinem Stuhl aufstand und auf Lockhaart zuging. Er hätte ihm auch sehr gern eine Hand zur Begrüßung gereicht, da aber Lockhaart in der einen ein kleines Reisetäschchen, in der andern eine Zigarrenkiste trug, und nicht die geringste Miene machte, eins oder das andere abzulegen, so wußte er nicht, wie er es anfangen sollte. »Ich hatte mir allerdings vorgenommen, noch einmal zu Ihnen zu kommen, und Ihnen meinen besonderen Dank auszusprechen«, fuhr er endlich, da Lockhaarts Auge jetzt nach Herrn Joost hinüberschweifte, schüchtern fort. »Aber die – die Zeit drängte so.«

»Unsinn«, meinte Lockhaart, der die Worte nur halb verstanden, »möchte wahrhaftig wissen wofür. Ich habe dem Gouverneur nur geschrieben, daß wir miteinander über See gekommen wären und ich Sie nicht im geringsten für gefährlich hielte. Wenn Sie das für eine Schmeichelei nehmen, ist es Ihre eigene Schuld; der Gouverneur hat es schwerlich getan, sonst – hätten Sie keinen Paß bekommen.«

»Ich weiß«, sagte Holderbreit errötend, »daß Sie überhaupt gern jeden Dank vermeiden.«

»Tun Sie mir den einzigen Gefallen und werden Sie nicht weitläufig. Wem gehört denn der verfluchte Marterkasten mit seinem ewig grünen Jungfernkranz?«

»Er ist, glaub' ich, Eigentum des Wirts.«

»Ich wollte, ich hätte ihn einmal auf etwa fünf Minuten in der einen und einen guten Hammer in der andern Hand –«

»Wären Sie vielleicht imstande, mir die beiden fehlenden Stifte wieder zu ersetzen?« frug da Mynheer Soltersdrop, der nur ungefähr die letzten Worte verstanden hatte, ihnen aber einen ganz andern Sinn gab. »Ich würde mich sehr gern erkenntlich erweisen.«

»Wer? Ich?« sagte Lockhaart, und sah den Mann mit einem halb wütenden, halb drolligen Blick an. Das Komische der Situation gewann aber bald die Oberhand, und er rief, indem er in das ihm angewiesene Zimmer hineintrat:

»Ja, ich denke, ich kann's – bringen Sie mir den Kasten nur nachher einmal in mein Zimmer – und einen Hammer sowie eine Zange dazu.« Und mit diesen Worten warf er ingrimmig lächelnd die Tür hinter sich ins Schloß.

ZWEIUNDVIERZIGSTES KAPITEL

Die Reisenden befanden sich nach einer halben Stunde etwa in dem behaglichen Zustand, den ein Bad nach einer staubigen Fahrt gewährt, tranken ihr Gläschen Genevre, was dort vor Tisch für das Gesündeste gehalten wird, und befahlen – wenn es auch indessen Nacht geworden war – ihr Diner.

Draußen hatte sich unter der Zeit ein tüchtiges Unwetter zusammen gezogen; die Wolken ballten sich zu dichten drohenden Massen, Blitze zuckten und der Donner krachte in kanonenähnlichen Schlägen über das Land, während ein strömender Regen niederschüttete. Aber niemand fürchtet hier ein solches Gewitter, das seine Blitze höchstens einmal an einem Stamme niederschmettert. Solange es regnet, hält man sich eben im Haus, und wenn die Wolken vorbeigezogen sind, dauert es kaum eine halbe Stunde, und der warme Boden hat auch die letzte Feuchtigkeit eingesogen. Salomon Holderbreit sah diesem Toben der Elemente allerdings nicht mit der Ruhe zu, wie die übrigen. Es war das erste Gewitter, das er in Indien erlebte, und nie hatte er so furchtbare grelle Blitze, so Ohr und Sinne betäubenden Donner gehört, wie hier. Auch solcher Regen war ihm noch nie vorgekommen, der wie ein dichter Schleier die ganze Welt um ihn her durch nasse Fäden abschloß, denn unter einem Wasserfall hätte es kaum stärker gießen können.

Doch: gestrenge Herren regieren nicht lange. Was aussah, als ob es die Banden der Welt auseinander sprengen wollte, zog mit einem Lufthauch vorüber, und während sich am einen Ende des Städtchens noch die Palmen wie zur Flucht bogen und die langen, gefiederten Blattstiele flehend gen Himmel warfen, lachte am andern schon wieder der blaue Äther durch, an dem jetzt einzelne

Sterne hell ausfunkelten und ihr mildes Licht zur Erde niedergossen. Die beiden letztgekommenen Reisenden nahmen dagegen nicht die geringste Notiz von dem Wetter, so arg es auch tobte. Wie sie bereit waren – wenn auch draußen die ganze Natur in Aufruhr schien und die Luft ordentlich nach Schwefel roch –, ließen sie die Lampen anzünden, beorderten ihre Mahlzeiten und begannen dieselbe, trotz den zuckenden Blitzen und schmetternden Donnerschlägen, so ruhig, als ob ihnen nicht selber der wilde Feuerstrahl das Dach im nächsten Augenblick über den Köpfen zusammen schlagen könne.

Um den Tisch standen mehrere Malaien, sie zu bedienen, und Lockhaart, von der langen Fahrt sehr hungrig, hatte schon ernstlich begonnen, in die trefflich zubereiteten Speisen einzuhauen. Da fiel ihm die frühere Gesellschaft ein, die sie bei ihrer Ankunft hier getroffen, und rasch hob er den Kopf, sich nach ihr umzusehen. Salomon Holderbreit hatte für den Augenblick den Salon verlassen, um sich in sein eigenes »Kämmerlein« zurückzuziehen. Das Gewitter machte einen zu bewältigenden Eindruck auf ihn, als daß er das profane Teller-, Messer- und Gabelgeklapper hätte dazu hören mögen. In der andern Ecke des Saales aber saß noch der andere Gast, und zwar ziemlich außer dem Bereich der Lampe, so daß man seine Züge nicht mehr deutlich erkennen konnte. Nur die blendend weißen Zähne schimmerten klar und deutlich vor und gaben, mit den unbestimmten Umrissen des dicken, gelben Gesichts, dem Ganzen etwas unheimlich Totenkopfartiges.

»Wo zum Henker hab' ich nur diese konfiszierte Physiognomie schon einmal gesehen?« murmelte Lockhaart halblaut vor sich hin. »Kennen Sie den Burschen nicht, Wagenaar?«

»Welchen?«

»Gehen Sie nicht gleich hin – den dort hinten in der Ecke links von Ihnen – genau links in einer Linie.« Die beiden aßen wieder eine Weile schweigend fort, und dann drehte Wagner wie zufällig den Kopf halb hinüber.

»Es ist ja dort stockfinster«, lachte er aber gleich darauf vor sich hin, »wie soll man denn da einen Menschen erkennen?«

»Hm – ja so«, sagte Lockhaart, »ich habe das Galgengesicht

noch von vorhin in der Erinnerung – Zähne hat er so weiß wie gekochtes Elfenbein, und ein Paar große hellblaue Augen wie Glaskorallen rund.«

»Anständig gekleidet?«

»Danach hab' ich gar nicht gesehen; mir fiel nur das Gesicht auf, gerade als wir daran vorbeigingen. Ich gäbe was drum, wenn ich wüßte, wer es ist.«

»Soviel ich flüchtig im Vorbeigehen gesehen habe, saß er mit dem Geistlichen zusammen. Sollte der ihn kennen?«

»Das ist ein guter Gedan – Pest! Das verfluchte Geklimper wieder. – Herr, Sie haben da wohl ein neu erfundenes perpetuum mobile, das ununterbrochen seine Stücke ableiert?«

»Bitte um Verzeihung«, sagte Willem Soltersdrop, indem er mit einem selbstgefälligen Blick auf den polierten Mahagonikasten niederschaute, war ihm doch seine Überraschung vollständig gelungen. »Leider spielt das Instrument nur sechs Stücke – einen Choral, Freut euch des Lebens, den Jungfernkranz, So leben wir, so leben wir, Fordre niemand mein Schicksal zu hören und den Walzer aus dem Freischütz – lauter deutsche Melodien, aber höchstens anderthalbmal durch, und muß dann jedes Mal wieder frisch aufgezogen werden. Sehen Sie? – Jetzt kommt der Choral.«

»Und wie oft gedenken Sie den Kasten heut' abend noch in Bewegung zu setzen?« sagte Lockhaart, aber mit weit mehr Ruhe, als Wagner erwartet hatte, daß er zeigen würde.

»Lieber Gott«, seufzte Willem, »hier so abgeschieden von der übrigen Welt, bleibt einem ja doch, – ahem! ahem! ahem! – ich bin die Nacht ein paarmal aufgewesen und habe mir richtig einen Husten geholt – bleibt einem ja doch nichts weiter übrig als Musik. Welches Stück hören Sie am liebsten?«

Wagner lächelte, und Lockhaart, mit einem drollig wütenden Seitenblick auf den Mann, sagte:

»Ich hoffe nicht, daß Sie die Musik unseretwegen machen, es wäre sonst ein verdammt schlecht angebrachtes Kompliment. Ich weiß auch nicht, ob der Kasten mit seinem musikalischen Skandal in Bewegung gehalten werden muß, wie ein altes Pferd vielleicht, was sonst steif wird, möchte Ihnen aber dann raten, ihn lieber auf den Boden oder, noch besser, auf das Dach zu setzen. Dort könnte er höchstens ›die Vögel des Himmels‹ ärgern.«

»Jetzt kommt: Freut euch des Lebens«, sagte Willem Soltersdrop, der indessen gar nicht auf die Worte des Gastes, sondern nur mit großem Wohlgefallen auf seinen Kasten gehört hatte, »das hab' ich am liebsten – das könnt' ich den ganzen Abend mit anhören.«

Lockhaart zerbiß einen Fluch zwischen den Zähnen und hieb wütend in die vor ihn gesetzten Speisen ein; Willem Soltersdrop aber, doch jetzt über den Choral weg, in dem die zwei Stifte fehlten, und sein Instrument voll im Gange wissend, verließ für kurze Zeit das Zimmer, um den schon mehrfach verlangten Wein herauszugeben. Außerdem zerbrach er sich übrigens den Kopf über das wunderliche Betragen Mevrouws an diesem Abend, die sich fest eingeschlossen hielt und – obgleich nicht zu Bett – doch durch keine Bitten bewogen werden konnte, ihre Tür zu öffnen. Ja, sie beantwortete nicht einmal die an sie gerichteten Fragen. Willem Soltersdrop wagte aber nicht, Einspruch dagegen zu tun, denn Mevrouw war doch nun einmal »Herr im Haus«. Kaum hatte er übrigens den Speisesaal verlassen, als Lockhaart seinen malaiischen Burschen anrief: »Tosy!«

»Tuwan!«

»Nimm einmal den Kasten und trag ihn hinaus.«

»Wohin, Tuwan?«

»Dort vor die Tür, nicht ins Haus herein, sondern ins Freie, an den Fluß, oder auf den Gedé hinaus; wohin du willst.«

»Aber, Tuwan!«

»Wird's bald?«

Der Bursche, der recht gut wußte, daß ein einmal gegebener Befehl auch erfüllt werden mußte, ging zu dem noch immer sehr eifrig arbeitenden Kasten. Da er aber etwas Derartiges noch nie gesehen hatte und die Musik unverdrossen fortarbeitete, obgleich niemand auch nur in seine Nähe kam, fing es an, ihm unheimlich zu werden, und er hätte den Auftrag lieber jemand anderem überlassen.

»Ob du den Kasten jetzt anfassen wirst?« rief da sein Herr. »Glaubst du etwa, daß dich das Ding beißt? – Hinaus damit!«

Der Malaie, also in die Enge getrieben, konnte nicht mehr ausweichen, und den »lebendigen Gamelang«, wie er ihn nach einem ihrer Hauptinstrumente nannte, aufgreifend, lief er damit, so rasch er konnte, hinaus vor das Haus.

»So – Gott sei Dank!« seufzte Lockhaart recht aus voller Brust, als die feinen, aber die Nerven dadurch nur um so mehr angreifenden Töne verstummt waren. »Die feuchte Nachtluft, hoff' ich, wird das Ding so auseinanderziehen, daß es morgen keinen Ton mehr unter dem Deckel hat.«

Wagner lachte und bog sich über seinen Teller hinüber, als ein dunkler Schatten seinen Sehkreis kreuzte. Er sah empor und bemerkte eben den Fremden, der mit ein paar großen, völlig geräuschlosen Schritten dicht hinter Lockhaarts Stuhl hin und zur Tür hinaus glitt. Als sich Lockhaart, durch die Aufmerksamkeit Wagners dorthin gewiesen, rasch nach ihm umdrehte, sah er nur eben noch, wie sich die Tür hinter dem Mann schloß.

»Was zum Teufel ist nur mit dem los?« rief er, erstaunt hinter ihm dreinschauend, »der geht ja wie auf Eiern; gerade, als ob er einen silbernen Löffel eingesteckt hätte und nun damit auskneifen wollte.«

»Sie haben recht, Lockhaart«, sagte Wagner jetzt, indem er den Kopf in die Hand stützte und vor sich niederschaute, »das Gesicht habe ich ebenfalls schon gesehen,und zwar mehr als einmal, wenn auch nie in eigentlich recht anständiger Gesellschaft. Wetter! Jetzt hab' ich's – wissen Sie wo?«

»Nun?« frug Lockhaart gespannt, »ich bin dem Patron auch schon begegnet, aber kann nicht wieder auf ihn kommen. Sprechen Sie übrigens Deutsch, daß uns die Burschen nicht verstehen.«

»In Heffkens Comptoir!«

Lockhaart legte plötzlich Messer und Gabel hin und blieb, starr vor sich auf den Teller sehend, eine ganze Weile regungslos sitzen. Plötzlich belebten sich seine Züge, sein Auge funkelte, und zu Wagner aufsehend, sagte er mit triumphierender, aber vorsichtig gedämpfter Stimme:

»Und ich kenne die Fährte jetzt. Wissen Sie, wer es ist? – Das Hauptgeschöpf Heffkens, und sein Name Joost. Aber lassen Sie sich um Gottes willen noch nichts anmerken, denn der Schuft ist jedenfalls so schlau wie nichtswürdig, und der Zufall allein hat ihn sicher nicht hierher geführt.«

»Wissen Sie denn etwas Näheres von ihm?«

»Nichts, gar nichts, als daß er in Heffkens Comptoir arbeitet, aber die Liste, die ich mir über ihn und seine ›Freunde‹ gemacht habe, und die von sehr zuverlässigen Leuten herrührt, auch Nitschke hat daran gearbeitet, sagt, daß er einer der durchtriebensten Halunken sei, die je javanischen Boden betreten hätten. Die Hauptnachrichten über diesen Joost habe ich übrigens gerade von Nitschke, der ihn genau zu kennen scheint. Ich werde nachher einmal das Papier nachsehen und mich näher orientieren. Wir dürfen nur gar nicht tun, als ob wir ihn kennten, damit er ganz sicher gemacht wird; aber heilig können Sie sich darauf verlassen, daß den Patron irgendeine von seinen sauberen Geschichten hier herauf geführt hat. Ja wer weiß, ob er nicht eben Klapas wegen hier oben ist, und dann will ich nur wünschen, daß keine Ahnung über unser Ziel seine Schritte hierher gelenkt habe.«

»Das ist kaum möglich.«

»Möglich ist alles, aber freilich nicht wahrscheinlich. Wie dem aber auch sei, es wäre merkwürdig, wenn er nicht unsere Gesichter eben so rasch erkannt hätte, wie Sie das seinige, und wir dürfen uns dann darauf verlassen, daß er alle unsere Schritte auf das sorgfältigste beobachtet – besonders wenn wir gezwungen sein sollten, uns länger hier aufzuhalten.«

»Was kann er tun?«

»Was er tun kann? Jenen javanischen Schuft ermahnen, sich aus dem Wege zu halten; ich denke, das wäre gerade genug. Wir hätten doch am Ende Ihren Tojiang mitnehmen sollen.«

»Das wäre zu gefährlich«, sagte Wagner, »und unsere ganze Expedition in dem Fall nur von dem Burschen abhängig gewesen, ob er uns unterstützen oder gegen uns agieren wollte. Ich glaube, auch jener Klapa weiß selber zu viel von ihm, als daß er es wagen dürfte, ihn zu verraten. Eine Krähe hackt der andern die Augen nicht aus.«

»Fast alle Sprichwörter sind falsch«, rief Lockhaart, »keins aber mehr wie dies. Und wie hacken sie, nur müssen die anderen

Krähen eben erst tot oder vielmehr unschädlich sein. Wenn sich Tojiang nicht vor jenem zu fürchten hätte, glaube ich nicht, daß ihn sonst Zärtlichkeit oder Mitgefühl abhalten würde, zwanzig oder dreißig Gulden zu verdienen.«

»Hallo!« rief Willem Soltersdrop, der in diesem Augenblick wieder das Zimmer betrat und sich vergebens nach seinem Spielkasten umsah, »schon abgelaufen?«

»Ja – und hinaus dazu«, sagte Lockhaart trocken.

»Hinaus? Alle Wetter, wer hat denn den Kasten fortgetragen?«

»Ich will Ihnen etwas sagen, Mynheer Solventopp, oder wie Sie heißen«, erwiderte da Lockhaart, »ich hasse Tafelmusik – besonders wenn gleich hinter dem Choral – Freut euch des Lebens und der Jungfernkranz kommt – deshalb habe ich den Kasten hinaustragen lassen. Wenn Sie imstande wären, den Choral gleich hinter Freut euch des Lebens zu bringen, so würde ich nicht das mindeste dagegen einzuwenden haben, sondern Ihnen noch dankbar dafür sein.«

»Ja, aber –« sagte Willem verlegen, »das geht doch nicht an, die Maschine erlaubt das nicht – und dann – aber wo ist denn nur die Musikdose?«

»Ich sage Ihnen, daß sie draußen im Freien steht«, erwiderte Lockhaart, »und dort kann sie spielen, solange sie will. Kommt sie aber wieder herein, so lange ich noch beim Essen sitze, so gehe ich, und verdammt der Deut, den ich für meine Mahlzeit zahle.«

Willem Soltersdrop sah den finsteren Mann erstaunt an. So entschieden hatte, außer seiner Frau, noch niemand mit ihm gesprochen. Aber durch diese nachgerade daran gewöhnt, zu gehorchen, verließ er nur innerlich murrend das Haus, um seinen geliebten Spielkasten wieder aufzusuchen und aus der feuchten Luft in Sicherheit zu bringen. Was sich diese Herren von Batavia nur einbildeten, die hier ins Land kamen und dabei genauso taten, als ob sie allein auf der ganzen Insel zu befehlen hätten! »Hol sie der Böse!« Willem Soltersdrop verließ im Unmut das Zimmer, um draußen seinen Spielkasten aufzusuchen, und die beiden Gäste konnten jetzt hören, wie er mit der unermüdlichen Maschinerie, die eben wieder den Jungfernkranz abwalzte, um das Haus herum und hinten in seine eigene Stube ging. Lockhaart und Wagner hatten indessen ihr Mahl beendet, und zündeten sich eben, den Kaffee erwartend, ihre Zigarren an, als Joost wieder in das Zimmer kam und wie vorher seine durch den Schatten einer der Säulen ziemlich verdunkelte Ecke einnahm. Ein malaiischer Diener brachte ihm ebenfalls Kaffee, und wenige Minuten später saß er in eine solche Rauchwolke eingehüllt dort hinten, daß kaum noch die Umrisse der Gestalt sichtbar blieben. Nur die Augen und Zähne blitzten dann und wann aus dem Dampfe hervor, nicht unähnlich einem ausgehöhlten und geschnitzten Kürbiskopf, in den Kinder eine glühende Kohle gelegt oder ein Licht gesteckt haben.

Nicht lange dauerte es, so kam Holderbreit wieder herein, denn der Saal bildete den Mittelpunkt des Hauses, und die verschiedenen Gastzimmer lagen – die Front des Hotels ausgenommen – rings umher. Zugleich mündeten sie, nicht unähnlich den state rooms oder Kabinen auf einem großen Dampfer, durch Glastüren mit mattgeschliffenen Scheiben alle nach innen, so daß niemand sein Zimmer verlassen oder betreten konnte, ohne von den im Hauptsaal befindlichen Gästen gesehen zu werden. Holderbreit war nicht in seinem eigenen Schlafzimmer gewesen, sondern kam von draußen herein, und mußte sich wirklich erst eine Zeitlang im Saal umsehen, ehe er seinen neugewonnenen Freund nur fand. Endlich hatte er ihn erspäht, und auf ihn zugehend, verschwand er mit in der Dampfwolke wie hinter einer spanischen Wand. Dort sprach er allerdings nur heimlich mit ihm. Lockhaarts scharfes Gehör fing aber doch einige Wörter auf, die mit Salomon Holderbreits Beruf als Missionär keineswegs in Zusammenhang zu stehen schienen.

»Sie weint«, hörte er ihn sagen, »weiblicher Stolz gebrochen – unangenehme Sache – Mann erfährt.« Dann schien Joost ihn zu warnen, vorsichtiger zu reden, und seine Worte sanken zu einem Flüstern herab, aus dem sich nichts mehr verstehen ließ. Während sie noch dasaßen, kam ein Oppaß vom Residenten, zu dem sie gleich nach der Ankunft ihre Karten geschickt, und lud sie auf heut abend dort hinüber. Der Wagen, der sie abholen sollte, hielt schon vor der Tür. Da Lockhaart vorzüglich hier in Bandong geblieben war, um mit dem Residenten seinen Verdacht zu besprechen und von ihm womöglich Unterstützung zu erhalten, so kam ihnen die Einladung sehr erwünscht. Lockhaart übrigens, der einen kleinen, kaum vierzehnjährigen Malaien als Diener mitgenommen hatte, flüsterte mit diesem ein paar Worte, horchte noch einen Moment nach der Rauchwolke hinüber, in der die beiden Männer jetzt vollständig verschwunden waren, und verließ dann mit Wagner das Hotel.

»Sie kennen den langen Herrn?« sagte der Herr Joost, nachdem er gehört hatte, daß der Wagen draußen mit den beiden Fremden fortgerollt war.

»Allerdings – sehr gut. Ich bin mit ihm erst ganz kürzlich über See gekommen, und seiner Fürsprache verdankt' ich es auch allein, daß ich einen Paß ins Innere bekommen habe.«

»Hm, so! Er heißt Lockhaart, nicht wahr?«

»Jawohl – Martin Lockhaart.«

»Und der andere Herr ist Wagenaar, von der Firma van Roeken und Wagenaar?«

»Tut mir leid, Ihnen darüber keine weitere Auskunft geben zu können«, sagte achselzuckend der Geistliche, »ich habe nicht die Ehre, den Herrn zu kennen.«

»Aber was zum Teufel tun die beiden jetzt hier oben in den Bergen?« frug Joost, fast mehr mit sich selber, als zu seinem Nachbar sprechend.

»Was sie hier tun?« erwiderte Holderbreit, eben nicht sehr erbaut von dem ewigen Fluchen und Blasphemieren seines Gefährten. »Ei! Nun dasselbe wohl, was so viele Menschen, wie mir gesagt ist, in den Bergen tun. Sie machen eine Vergnügungsreise.«

»Die beiden Herren allein?« sagte Joost, ungläubig mit dem Kopf schüttelnd. »Dann wären sie schwerlich noch so spät am Abend hier angekommen.«

»Sie sind wahrscheinlich nur so rasch gefahren, um Quartier für die Damen zu bestellen, die wohl morgen früh nachkommen«, sagte Holderbreit, »so wenigstens hat mir der Wirt versichert, der es von dem Diener gehört haben will.«

»Damen kommen noch? So – das ist etwas anderes«, nickte Joost still und vergnügt vor sich hin, »ich – dachte schon – aber – hm – bleibt sich gleich – vielleicht kann ich dies schmerzliche Geschäft beendet haben, ehe die Damen kommen.«

»Gewiß – sicher, mein werter Freund«, sagte Holderbreit begütigend. »Ich habe vorhin noch einmal mit Mevrouw gesprochen, und sie ist gern bereit, Sie zufrieden zu stellen. Sie leugnet freilich, daß sie irgendeine Verbindlichkeit gegen Sie –«

»Natürlich – natürlich«, unterbrach ihn ungeduldig Herr Joost; »welche Frau würde unter gleichen Verhältnissen gern etwas herausgeben, aber – ich bin nicht hergekommen, um mich mit ihr zu streiten; Gott soll verhüten, daß ich in Unfrieden wieder von ihr scheiden möchte. Schmerzlich, recht schmerzlich wäre es aber für mich, einen derartigen Fall einem Advokaten zu übergeben.«

»Torheit; denken Sie gar nicht daran«, sagte Holderbreit begütigend. »Wenn Sie allen weiteren Ansprüchen entsagen und der Frau versprechen wollen, gegen niemanden weiter ein Wort zu erwähnen, auch die Preanger Regentschaften nicht wieder zu betreten, so will sie Ihnen morgen früh tausend Gulden in guten Papieren und Gold übergeben.«

»Sagen Sie mir das in ihrem Auftrag?«

»Ja.«

»Hm, das sind drei Bedingungen, die mir nach allen Richtungen hin die Hände binden.«

»Aber sie verlangt nichts Unbilliges.«

»N-ei-n, – das kann ich gerade nicht sagen«, dehnte Joost, »außer der Hauptsache, daß ich mich mit eintausend Gulden begnügen soll, während ich Anrecht auf wenigstens zehn habe.«

»Sie versichert mir aber, daß sie nur eintausend Gulden bar in Händen hat, was sie Ihnen geben könnte, ohne daß Ihr Mann etwas davon erführe. Sind Sie damit nicht zufrieden, so müßte sie, um eine größere Summe aufzutreiben, ihren Mann jedenfalls davon in Kenntnis setzen, denn sie wäre es nicht hinter seinem Rücken imstande, und wüßte er und die Welt erst einmal darum, so wollte sie es auf die Klage ankommen lassen. Die tausend Gulden gäbe sie nicht deshalb, weil sie den Betrag schulde, sondern um die Sache damit ein für allemal abzumachen und geheim zu halten – also ihres eigenen Friedens wegen.«

Joost saß eine ganze Weile still und sah nachdenklich vor sich nieder.

»Wenn ich das Geld notwendig brauchte«, sagte er endlich, »wenn ich es zum Leben haben müßte, so bliebe mir keine weitere Wahl, als es eben auf eine Klage ankommen zu lassen, obgleich ich selber fühle, daß ihr Erfolg nicht ganz sicher sein würde. Der paar tausend Gulden wegen will ich die arme Frau aber nicht noch härter drücken, wie sie schon gedrückt ist. Sie soll nicht sagen können, daß ihr Valentijn hart mit ihr verfahren wäre, als er sie nach so langer Abwesenheit wieder gesehen. Ich nehme ihren Vorschlag an und – möge ihr Gott in ihrer neuen Ehe das Glück geben, das sie an meiner Seite nicht hat finden können. Nicht wahr, lieber Holderbreit, Sie haben die Güte, morgen in aller Frühe die ganze Sache abzumachen, daß ich gleich nach dem Frühstück Bandong verlassen kann?«

»Mit großer Freude erbiete ich mich zu jeder Dienstleistung hierin«, sagte der Geistliche gerührt, »da Sie so bereitwillig den Wunsch der armen Frau erfüllen. Ich denke, daß morgen früh in einer Stunde alles reguliert sein kann. Aber leid sollte es mir tun, so bald wieder Ihre Gesellschaft zu verlieren. Eigentlich hatten Sie versprochen, mich in die Berge zu begleiten.«

»Und mein Wort will ich auch halten«, sagte Herr Joost, »denn ehe ich die Preanger Regentschaften für immer verlasse, habe ich noch eine Pflicht gegen einen Verstorbenen zu erfüllen, die mich gen Norden in die Berge führt.«

»Gegen einen Verstorbenen?«

»An Bord des letzten Schiffes, mit dem ich nach Java kam, hatten wir einen javanischen Matrosen aus dieser Gegend. Der arme Teufel erkrankte schwer und bat mich, als Cargador des Schiffes, eine kleine Summe, die er sich erspart hatte, seiner alten Mutter oder seinem Bruder zu bringen, die irgendwo an den unteren Halden jener Vulkane wohnen. Diese Pflicht will ich jetzt erfüllen, und möglich, daß Sie gerade in jener Familie schon fruchtbaren Boden für Ihre heiligen Lehren finden. Jener Javane an Bord, der bald nachher starb, war auch zur christlichen Religion übergetreten.«

»Also es kommt doch vor?«

»Gewiß, sogar sehr häufig – allerdings sieht es die Regierung nicht gern, weil sie die Eingeborenen gerade so dumm und verblendet, wie sie nun einmal sind, auch notwendig braucht; aber lassen Sie sich dadurch nicht abhalten, und wenn es Ihnen irgend möglich ist, so schiffen Sie sich nach der Westküste von Sumatra ein.«

»Und glauben Sie, daß ich dort ein Feld für meine Tätigkeit finden würde?«

»Ein brillantes!« sagte Herr Joost. »Hier in der Kolonie wird man Ihnen allerdings die schrecklichsten Geschichten von Menschenfressern und allem möglichen solchen Unsinn erzählen – derartige Märchen sind eben dazu erfunden, Fremde abzuhalten, nach jenem Land hinüber zu fahren – aber lassen Sie sich davon nicht abschrecken, sage ich. Sie sollen einmal sehen, welchen Erfolg Sie haben, und außerdem werden Sie dadurch ein berühmter Mann.«

»Sie glauben in der Tat, daß ich dort besser reüssieren werde, als hier auf Java?«

»Hier auf Java richten Sie nichts aus«, sagte Joost kopfschüttelnd. »So lange Sie keinen Erfolg haben, läßt Sie die Regierung vielleicht zufrieden, und sieht Ihnen indessen nur scharf auf die Finger; sobald Sie aber irgend etwas, und sei es noch so wenig, erreichen, so können Sie sich auch fest darauf verlassen, daß Sie augenblicklich so beschränkt werden, sich nicht mehr rühren zu können.«

»Sie glauben wirklich?«

»Sie brauchen mir nicht zu glauben; fragen Sie, wen Sie wollen. Wenn Sie meinem Rat folgen wollen, so gehen Sie, so rasch Sie irgend können, nach Sumatra, und dort nur unerschrocken und furchtlos in das Innere hinein, es tut Ihnen niemand etwas zuleide, und ich garantiere Ihnen, daß Sie einen glänzenden Erfolg in jenem Lande haben. Doch es wird spät; ich wenigstens bin nach den Aufregungen des heutigen Tages so angegriffen, daß ich mich niederlegen werde.«

»Ich wünsche Ihnen eine angenehme Ruhe.«

»Gleichfalls, lieber Herr Holderbreit – und vergessen Sie nicht, morgen mit Tagesanbruch bereit zu sein, daß wir unser Geschäft hier im Hause beenden, und dann vielleicht gleich in die Berge aufbrechen können. Nicht wahr?«

»An mir soll es gewiß nicht fehlen«, sagte der Geistliche, »und dies erste gute Werk, das ich stifte, den Frieden in einer Familie zu erhalten, mag mir als ein gutes Zeichen für mein späteres Wirken gelten.«

Die beiden Freunde waren zu Ruhe gegangen; nach einer Stunde etwa kamen Lockhaart und Wagner ebenfalls nach Haus und gingen bald darauf zu Bett, denn auch sie waren von der Reise angegriffen. Eine Viertelstunde etwa lag das Zimmer in voller Ruhe – nur die Lampen brannten noch. Da öffnete sich die Tür und Mynheer Soltersdrop kam herein, den unvermeidlichen Spielkasten unter dem Arm, den er auf seinen alten Platz an die mittlere Säule setzte. Eine Menge Dinge gingen ihm aber im Kopf herum, und diesen in beide Hände gestützt, setzte er sich an einen der Tische und blieb eine ganze Weile in tiefes Nachdenken versenkt. Was war heute mit seiner Frau vorgegangen, daß sie sich den Nachmittag einschloß und weinte? Ja, weinte, eine Frau, die sonst von Stahl und Eisen schien. Was hatten der Fremde und der protestantische Pfaff immer miteinander zu zischeln und zu flüstern, und warum konnte der Lange seine Spieldose nicht leiden? Das letzte kränkte ihn fast am meisten, und er sprang zuletzt auf und ging ein paarmal im Zimmer auf und ab. Endlich ging die Tür auf, die in die hinteren Gebäude führt, und ein Malaie, ein zum Überlaufen volles Glas heißen Grog auf einem Teller tragend, balancierte, ängstlich das Glas beobachtend, in das Zimmer, und Willem Soltersdrops Züge heiterten sich auf.

»Ah, mein Schlaftrunk!« murmelte er leise und vergnügt vor sich hin. »Hol der Teufel die Grillen – setz ihn hierher, mein Junge, und Api! So rasch du kannst.«

Der Malaie befolgte den Befehl, nahm dann eine an seinem Gürtel hängende Lunte, zündete sie an der nächsten Lampe an und reichte sie seinem Herrn.

»Sehr brav!« nickte Soltersdrop vergnügt, während er eine Manila aus seiner Zigarrentasche nahm. »So, Willem, jetzt kannst du dir's in aller Bequemlichkeit bequem machen. Hol der Teufel die Grillen, sag ich noch einmal!« Und damit ging er zur Spieldose, zog sie auf, setzte sich dann mit seinem Grog und der Zigarre dem Kasten gerade gegenüber, den er mit liebevollen Augen betrachtete, und gab sich dem Genuß mit voller Seele hin. So arbeitete er sich durch den Choral, wo ihn zur regelmäßigen Zeit wieder sein Husten befiel, dann kam Freut euch des Lebens, dann der Jungfernkranz, dann So leben wir, so leben wir alle Tage, hiernach Fordre niemand mein Schicksal zu hören und zuletzt der Freischützwalzer, um das Gemüt vor Schlafengehen noch heiter zu stimmen.

Drinnen hinter der Glastür mit mattgeschliffenen Scheiben wälzte sich Lockhaart auf seinem Bett herum, verfluchte den Wirt und seine Spieldose, und schwur, daß er dem einen den Hals und der andern die Schrauben verdrehen wolle, und draußen saß Willem Soltersdrop, blies den Rauch der guten Manila von sich, nippte an seinem Grog und lächelte freundlich bei den melodischen Tönen.

DREIUNDVIERZIGSTES KAPITEL

Am nächsten Morgen war die Sonne kaum über den Horizont herauf, als es auch schon leise an Lockhaarts Tür pochte. Der alte Herr schlief sanft, aber im Nu war er bei dem Geräusch munter, horchte einen Moment und öffnete, da sich das Klopfen wiederholte, die Tür.

»Nun, schon eine Meldung?« sagte er aber erstaunt, als sein kleiner Malaie hereinglitt.

»Ja, Tuwan«, flüsterte dieser, »habe aufgepaßt – der Tuwan mit schwarzem langen Rock war heute morgen ganz früh bei Mevrouw – dann ging der Tuwan mit den weißen Zähnen hinein, und sie hat ihm Geld gegeben – viel Geld.«

»Wem? Dem, mit den weißen Zähnen?«

Der Malaie nickte.

»Und wo ist der Tuwan, dem das Haus gehört?«

»Schläft noch«, erwiderte der junge Bursch ebenso leise.

»Sonst hast du nichts bemerkt?«

»Die beiden Weißen wollen heute morgen noch fort in die Berge.«

»Ah!« sagte Lockhaart, rasch von seinem Bett aufstehend, »das ist etwas anderes. Bestelle mir gleich den Kaffee, sowie ich aus dem Bad komme, und dann –«

»Tuwan?«

»Es ist gut – ich werde nachher schon sehen«, und in Cabaya und Schlafhose, wie er auf dem Bett gelegen, nahm er sein Handtuch, fuhr in die Strohpantoffeln und ging hinaus in das Badezimmer, um dort die in solchem Klima nötige Abkühlung und Reinigung vorzunehmen. Wie er aber gerade das Badezimmer betrat, fiel ihm ein, daß er seine Brieftasche und einige Papiere hatte offen in seinem Zimmer liegen lassen. Seine malaiischen Diener wußte er in der Küche, die Stube also ganz ohne Aufsicht, und fühlte sich deshalb nicht ruhig. Überdies waren es nur ein paar Schritte zurück – er konnte ja leicht seinen Schlüssel abziehen, und mit dem ersten Gedanken daran drehte er sich auch schon auf dem Absatz herum und trat wieder in den Saal. Wie er aber die Hand nach seinem Schlüssel ausstreckte, öffnete sich seine Tür, und er sah sich im nächsten Moment den großen blauen Augen und unheimlich weißen Zähnen Herrn Joosts gegenüber, der aus seinem Zimmer heraustrat. Dessen Gesicht nahm aber eine fast strohgelbe Farbe an, während er unbewußt mit einem versuchten, etwas verlegenen Lächeln das ganze Gebiß in abschreckender Reinheit zeigte.

»Was zum Teufel!« rief Lockhaart, so erstaunt über dies plötzliche Zusammentreffen, daß er gar nicht gleich wußte, was er sagen wollte.

»Ich muß tausendmal um Entschuldigung bitten«, lächelte aber der seine Fassung vortrefflich bewahrende Joost, indem er sich leicht und artig verneigte, »die Türen hier im Salon sehen sich alle so vollkommen gleich, daß man wirklich sehr genau auf die Nummer achten muß, um nicht irre zu gehen – guten Morgen!«

Und mit den Worten drehte er sich ab und wollte in sein allerdings daneben liegendes Gemach treten, aber dem alten Lockhaart kam er so nicht fort.

»Halt, mein lieber Herr«, sagte er, indem er – rasch mit sich im klaren, was er zu tun habe – seinen Arm ergriff und ihn festhielt, »seit Sie einmal mein Zimmer besucht haben, müssen wir auch nähere Bekannte werden, denn Sie«, flüsterte er ihm ins Ohr, »sind auf faulen Wegen, und ich will verdammt sein, wenn ich Ihnen jetzt nicht auf die Sprünge komme.« Joost wurde womöglich noch fahler, als er vorher gewesen war, und seine lichtblauen Augen loderten wie die einer Schlange unter den dünnen Augenbrauen vor, aber dennoch lächelte er und lispelte mit einer verbindlichen Verbeugung:

»Sie belieben zu scherzen, werter Herr Lockhaart, denn Sie werden doch wohl nicht allen Ernstes glauben, daß ich Ihr Zimmer in irgendeiner verbrecherischen Absicht betreten hätte?«

»Was ich glaube oder nicht, bleibt sich gleich«, sagte der alte Herr finster, »aber meine Meinung ist, daß sich heute morgen ein Fuchs im Eisen gefangen hat. Wagenaar! Wagenaar – kommen Sie einmal heraus!«

Wagner, der das Gespräch draußen schon halb gehört, öffnete in dem nämlichen Augenblick die Tür, als Holderbreit von der andern Seite in den Saal trat und sehr erstaunt die Gruppe bemerkte. »Wagenaar«, sagte Lockhaart, ohne sich im mindesten irre machen zu lassen, »schicken Sie augenblicklich einen unserer Leute nach dem Residenten hinunter, er soll, so rasch er möglicherweise kann, vier Oppaß heraufsenden, den Herrn hier in Empfang zu nehmen – und Sie, Mynheer – treten indessen wieder in mein Zimmer ein.«

»Sie müssen wahnsinnig sein«, rief Herr Joost, halb in Bestürzung, halb in Ärger, »gegen mich auf einen solchen Grund hin derartig zu verfahren. Ehrwürdiger Herr Holderbreit, möchten Sie nicht die Güte haben, diesem etwas exzentrischen Herrn zu bestätigen, als was Sie mich in der Zeit unseres Beisammenseins kennengelernt haben?«

»Sehr verehrter Herr Lockhaart«, sagte der Geistliche erschreckt vortretend, »dies ist jedenfalls ein Irrtum.«

»Wir beide haben nachher ebenfalls ein Wort miteinander zu sprechen«, unterbrach ihn aber Lockhaart, und ohne sich weiter um den verblüfft draußen stehenbleibenden Missionär zu kümmern, schob er den in seiner Hand machtlosen Joost ohne weiteres in sein Zimmer hinein und inwendig den Riegel vor.

»Herr Lockhaart«, sagte Joost, »wenn sich diese Behandlung vielleicht auf – einen Scherz bezieht, den ich mir mit der Frau Soltersdrop erlaubt habe, so muß ich Ihnen sagen –«

»Sagen Sie mir gar nichts«, schnitt ihm Lockhaart jedes Wort kurz ab, »Ihre Scherze gehen mich auch gar nichts an; wir haben es hier mit etwas ganz anderem zu tun.«

»Aber zählen Sie Ihr Geld nach, wenn welches hier im Zimmer liegt, ob etwas daran fehlt. Ich will –«

»Bitte, was ist denn das für ein Zettel, den Sie da eben fallen ließen?« sagte Lockhaart, dessen scharfem Auge eine verdeckte Bewegung seines Gefangenen nicht entgangen war.

»Ich habe nichts fallen lassen«, sagte dieser ruhig. »Herr, ich fange an, Ihr Benehmen derart zu finden, daß ich Sie deshalb werde zur Rechenschaft ziehen müssen.«

»Ganz nach Belieben«, erwiderte Lockhaart trocken, indem er sich bückte, das zu einer kleinen Kugel zusammengedrehte Papier aufnahm und auseinanderwickelte, »hm hm hm«, lächelte er dabei, »mein Notizenzettel – glücklicherweise mit Tinte geschrieben. Sie müssen ein verdammt scharfes Auge haben, daß Sie die Wichtigkeit dieses Zettels für Sie sogleich weg hatten.«

»Aber ich gebe Ihnen mein Wort –«

»Bst, bst, das ist ja auch nur Nebensache, es war ein Schachzug, der, einmal mißglückt, nicht wieder kann zurückgenommen werden.«

»Nebensache?«

»Ich will Ihnen etwas sagen, Herr Joost«, flüsterte der alte Herr, dicht zu ihm hintretend, »wir sind hier unter uns, und ich kann ungescheut mit Ihnen reden. Ich weiß, daß Sie nicht in meinem Zimmer waren, um Geld zu stehlen.«

»Aber weshalb halten Sie mich dann fest?«

»Ich weiß aber auch«, fuhr Lockhaart, ohne den Einwurf zu beachten, fort, »daß Sie nicht aus Zufall dort hinein geraten sind und – so sicher Sie sich auch deshalb fühlen können, eins nicht bedacht haben.«

»Und das wäre?«

»Die Papiere, die Sie bei sich führen.«

»Was wollen Sie damit sagen?« frug Joost, und sah den alten Herrn scharf und lauernd an. Ehe Lockhaart aber etwas darauf erwidern konnte, klopfte Wagner schon an die Tür, und rief:

»Ich habe sie draußen – traf sie glücklicherweise unfern von hier in der Straße und brachte sie gleich mit. Der Resident wird nichts dagegen haben.«

»Schön«, sagte Lockhaart, die Tür aufschließend, »rufen Sie die Burschen herein, daß sie dem Herrn hier Gesellschaft leisten, bis ich mein Bad genommen habe – oder Sie sind angezogen, Wagenaar, bitte, fahren Sie mit ihm zum Residenten hinunter und lassen ihn von Kopf bis zu Füßen genau visitieren. Daß er auch nicht eher freigegeben wird, bis ich selber hinunterkomme!«

»Herr Lockhaart«, sagte Joost, indem er dicht zu dem alten Herrn trat, denn die Sache fing doch an ernst zu werden, und er schien kein so reines Gewissen zu haben, »ich will Ihnen etwas sagen, die Wirtin soll jeden Deut wiederbekommen, denn es war wirklich nur ein Scherz, in dem ich vielleicht ein wenig zu weit gegangen bin.«

»Zum Teufel auch«, rief Lockhaart ärgerlich, »ich weiß gar nicht, was Sie mit Ihrer verwünschten Wirtin wollen! Was gehen mich denn die Scherze an, die Sie mit der treiben?«

»Aber, Herr Lockhaart, wenn ich nun –«

»Wagenaar, tun Sie mir den Gefallen, und schaffen Sie mir den Burschen fort. Passen Sie mir aber besonders auf, daß er unterwegs keine Papiere wegwirft. Er hat hier schon damit angefangen, und Sie lassen am besten einen der Leute ein paar Schritte hinter ihm hergehen.« »Ich protestiere hiermit feierlich –«

»Ach, gehen Sie zum Teufel mitsamt Ihren Protesten«, rief Lockhaart ärgerlich werdend, »wenn Sie sich so sicher wissen, so verklagen Sie mich nachher, jetzt aber folgen Sie dem Herrn, oder Sie setzen sich der Unannehmlichkeit aus, daß man auch Gewalt mit Ihnen braucht.«

»Dem werde ich mich nicht aussetzen«, erwiderte, seine Unterlippe beißend, Joost, »aber wissen, was ich nachher zu tun habe. Herr Wagenaar, ich stehe zu Ihren Diensten«, und mit den Worten verließ er, an Wagners Seite, das Haus. Lockhaart ging indessen, so rasch er konnte, in das Bad, und trank gerade seinen eben hereingebrachten Kaffee, als Salomon Holderbreit mit gefalteten Händen auf ihn zukam und ängstlich rief:

»Aber sagen Sie mir um Gottes willen, bester Herr Lockhaart, was Sie mit Herrn Joost haben? Irgendein unglückliches Mißverständnis muß da jedenfalls –«

»Ich will Ihnen etwas sagen, Herr Holderbreit«, schnitt ihm aber Herr Lockhaart das Wort ab, »Sie sind erst kurze Zeit auf Java und kennen die hiesigen Verhältnisse noch nicht; ich müßte mich aber sehr irren, wenn ich nicht glauben sollte, daß dieser Herr Joost Sie in irgendeine Sache mit verwickelt hat, die Ihnen vielleicht später unangenehm und dem Ziel gerade nicht förderlich sein könnte, das Sie hier verfolgen wollen.«

»Ich verstehe Sie nicht.«

»Was für einen Scherz hat sich der Herr Joost mit der Wirtin dieses Hotels erlaubt?« fragte Lockhaart, den Geistlichen scharf fixierend, »und wofür hat er sich von ihr Geld geben lassen? Sie waren doch dabei beteiligt, he?«

»Einen Scherz?« rief Herr Holderbreit erstaunt aus. »Von einem Scherz weiß ich nichts, dazu wäre die Sache wohl auch zu ernsthaft gewesen. Aber woher wissen Sie, daß Herr Joost Geld von Frau Soltersdrop bekommen?«

»Herr Joost hat sich aber bei mir damit entschuldigt, daß es eben nur ein Scherz gewesen – was Sie vielleicht für ernst genommen haben. Sie müssen am besten wissen, ob es eine scherzhafte Sache war, um die es sich handelte.«

»Scherzhaft? In der Tat nicht«, rief Herr Holderbreit erschreckt.

»Dann geb' ich Ihnen zu bedenken«, sagte Lockhaart ernst, »daß Sie sich doch einen größeren Gefallen täten – wenigstens meiner Meinung nach –, wenn Sie Ihre Finger aus solchen Geschichten ließen, die mit einer Intrige anfangen und mit der Polizei endigen.«

»Mit der Polizei? Herr Lockhaart, Sie glauben mir gewiß auf mein Wort, daß ich absichtlich nichts tun würde, wodurch ich mit den Gerichten in Kollision kommen könnte.«

»Gut, wenn ich Ihnen das glauben soll, dann sagen Sie mir offen und ehrlich, was Sie mit Joost und der Wirtin gehabt haben.«

»Ich habe ihm fest zusagen müssen, mit keinem fremden Menschen über den Gegenstand zu reden.«

»Gut«, sagte Lockhaart, das Kaffeezeug zurückschiebend und seine Zigarrentasche herausnehmend, »wenn Sie es lieber vor dem Residenten als vor mir berichten, und dann noch das Vergnügen haben wollen, augenblicklich nach Batavia zurückgeschickt zu werden, um Ihre Zeugenaussagen dort zu wiederholen, so kann es mir auch recht sein.«

»Wenn Sie mir nur versprechen wollen –«

»Ich verspreche gar nichts. Sie haben sich mit einem Menschen eingelassen, den ich im Verdacht habe, daß er ein nichtswürdiger

Halunke und durchtriebener Betrüger ist. Bewahren Sie sein Geheimnis, so kommen Sie natürlich in Verdacht, mit ihm unter einer Decke zu stecken, und die Folgen können Sie sich selber etwa zusammenreimen.«

»Unter diesen Umständen«, sagte Holderbreit bestürzt, »glaub' ich mich keinem größeren Ehrenmann anvertrauen zu können, wie Ihnen. Sie werden sicherlich keinen Gebrauch davon machen, wenn es nicht unumgänglich nötig ist, und hauptsächlich dem Wirt dieses Hauses nichts davon sagen.«

»Dem Wirt?«

»Herr Valentijn Joost ist der frühere Mann der jetzigen Mevrouw Soltersdrop«, sagte Holderbreit mit leiser Stimme, indem er dicht zu Lockhaart hintrat. »Er war fünfzehn Jahre abwesend, und die Frau hat indessen schon wieder den dritten oder vierten Mann. Jetzt ist er zurückgekehrt, und aus Zartgefühl gegen die neuerdings wieder geschlossene Verbindung will er nicht einmal seine ganzen Ansprüche geltend machen, sondern hat sich mit tausend Gulden begnügt, die ihm heute morgen in meiner Gegenwart ausgezahlt wurden.«

»Valentijn Joost fünfzehn Jahre abwesend?« wiederholte Lockhaart leise vor sich hin, indem er den vorhin wiedergefundenen Zettel aus der Tasche nahm, noch etwas besser glättete und dann gegen das Licht hielt. »Valentijn? Hm – der Bursche heißt weder Valentijn noch war er schon vor fünfzehn Jahren in der Kolonie. Sein Vorname ist Everard und er ist jetzt gerade – lassen Sie mich sehen – zwölf Jahre und zwei Monate in der Kolonie. Er hat aber einen Bruder gehabt, der irgendwo im Innern – möglicherweise hier in Bandong – lebte und seit langer Zeit verschollen ist.«

»Aber woher haben Sie diese Nachrichten?« frug Holderbreit bestürzt.

»Daher«, sagte Lockhaart, »wo man nur authentische Berichte bekommt: von der Polizei. Merken Sie nun, wie die Sache hier steht und weshalb Herr Joost das Ganze einen Scherz nennt?«

»Er hat sich für seinen Bruder ausgegeben«, stöhnte Holderbreit. »Es ist mir lieb, daß Sie noch so viel Fassungsgabe besitzen«, erwiderte Lockhaart trocken. »Das Geld hat er also bekommen?«

»Ja.«

»Gut, das weitere werden wir dann gleich mit dem übrigen abmachen. Es geht in einer Rechnung hin.«

»O bester Herr Lockhaart«, rief jetzt der Geistliche in größter Bestürzung, da ihm der ganze Betrug klar wurde, »wenn Sie es möglich machen könnten, daß ich bei dieser Sache nicht kompromittiert würde! Ich gebe Ihnen mein Ehrenwort zum Pfande, daß ich in bester Absicht gehandelt habe.«

»Ich glaube Ihnen«, sagte der Holländer, »aber schon der armen Frau wegen müssen wir diskret mit der Geschichte umgehen, und Sie – kommen dabei ebenfalls gut weg; also beruhigen Sie sich.«

Lockhaart hatte seine Zigarre angezündet, und ohne weiter dem Missionär ein Wort des Trostes zu sagen, ja ohne sich auch nur im geringsten mehr um ihn zu bekümmern, setzte er seinen Hut auf, steckte den Zettel wieder in die Tasche, und wanderte so rasch er konnte auf des Residenten Wohnung zu, die Morgenkühle noch zu benutzen und alles Geschäftliche abzumachen.

Das mußte aber wohl länger dauern, als er im Anfang vermutet hatte; die bei Joost gefundenen Papiere erwiesen sich außerdem so interessant, daß der Resident, als ihn Wagner und Lockhaart gegen zehn Uhr wieder verließen, um in das Hotel zurückzukehren und die Damen zu erwarten, vorzog, Herrn Joost bei sich zu behalten, anstatt ihn ebenfalls auf freien Fuß zu lassen. Die Untersuchung war nämlich noch nicht zu Ende, und ein weiterer Zeuge mußte beigebracht werden, der aber noch oben in den Bergen stak: Klapa.

»Wie trotzig und frech der Bursche im Anfang war«, sagte Wagner, als sie zusammen zum Hotel zurückschritten, »und wie demütig und zerknirscht er nachher wurde.«

»Die Rechnung jener letzten Prauen-Fracht bricht ihm den Hals«, entgegnete Lockhaart, »er hatte keinesfalls Ahnung, daß wir so genau von allem unterrichtet wären. Außerdem kann er auch keine Rechenschaft geben, von wem er die Doublonen hat.«

»Wahrscheinlich weisen sich die bei ihm gefundenen Banknoten auch noch zu den gestohlenen gehörig aus«, sagte Wagner, »wenn sie nur erst verglichen werden können. Es war doch ein sehr gescheiter Gedanke von Ihnen, den Burschen bei dieser ziemlich unbedeutenden Gelegenheit gleich festzuhalten und durch die Gerichte visitieren zu lassen. Riskiert blieb es freilich immer.«

»Was riskiert?« sagte Lockhaart verächtlich. »Wenn wir nichts bei ihm fanden, konnte er mich verklagen. Ich wußte aber vom ersten Moment an, daß er irgendwo sich nicht ganz behaglich fühle. Jetzt haben wir ihn fest und Herrn Heffken ebenfalls. Daß der nur nicht Wind von der Sache bekommt, sonst macht er sich heilig aus dem Staube, und der ist so mit allen Hunden gehetzt, daß ich auch fest überzeugt bin, er käme durch.«

»Er darf nichts merken, bis wir nach Batavia kommen und dann wollen wir schon Maßregeln ergreifen, die eine Flucht für ihn unmöglich machen.«

»Er weiß, daß er den Galgen oder lebenslänglich Zuchthaus verdient hat.«

»Fühlt sich aber so vollkommen sicher, daß er schwerlich an irgendeine Gefahr denkt, bis sie eben über ihm zusammenbricht. Und der Mensch hat um Hedwig Bernold geworben?«

»Bah, das kann man niemandem verwehren«, brummte Lockhaart, »der Schuft scheint aber sehr entschlossen, sich eine Frau irgendwoher zu verschaffen, denn Joosts jetzige Reise hat wirklich – von Heffkens Seite aus – keinen andern Grund gehabt, als jenes arme javanische Mädchen wieder einzufangen, das ihm damals, als ihn der Javane in den Arm stieß, entwischte. Durch Klapa hat er ihren Aufenthalt erfahren, und Joost, der unterwegs noch dabei eigene Geschäfte zu betreiben suchte, wurde zum Merkur gewählt.«

»Wir werden aber nicht wagen dürfen, ihn mit in die Berge zu nehmen.«

»Sind Sie fest überzeugt, Wagenaar, daß Sie jenen Klapa erkennen würden?«

»Am hellen Tag, ja.«

»Dann brauchen wir ihn auch gar nicht, sondern besorgen es allein.«

»Aber er kennt uns alle beide, denn ich glaube nicht, daß dieser durchtriebene Gesell unsere Züge vergessen hätte. So wie er Verdacht schöpft, ist alles verdorben, und oben im Wald, mit drei

Schritten Vorsprung, dürfen wir nicht daran denken, ihn je wieder einzuholen.«

»Nein«, sagte Lockhaart, »das glaub' ich auch; aber dann nehmen wir unsern Geistlichen mit, wofür haben wir denn den hier?« »Der wird sich dazu nicht hergeben wollen.«

»Er gibt sich zu allem her, um was ich ihn ersuche«, sagte Lockhaart, »denn ich habe ein vortreffliches Mittel, um ihn kirre zu machen. Doch hier sind wir am Haus, unsere Damen müssen auch gleich kommen, wenn sie nur irgend bei Zeiten mit ihrer Toilette fertig wurden. Außerdem habe ich noch einen Auftrag an die Wirtin, den ich erst ausrichten möchte.«

»Von Herrn Joost?«

»Es ist Privatsache«, sagte Lockhaart, »und wenn ich auch mein Wort nicht gegeben habe zu schweigen, geschieht doch niemandem ein Schaden, eher ein Nutzen dadurch. Ich bin gleich wieder da.« Wagner ging im Schatten der vor dem Hotel stehenden Waringhis auf und ab, und Lockhaart betrat indessen den innern Raum des Hauses und klopfte an die Tür, die zu dem kleinen Comptoirzimmer führte.

Madame rief herein! Sie saß auf dem schmalen Bambussofa in der Ecke und hatte ein Buch vor sich, in dem sie jedenfalls gerechnet haben mußte. Sie sah aber bleich und niedergeschlagen aus, und blickte Herrn Lockhaart groß und erstaunt an, als dieser sich ohne weiteres neben ihr niedersetzte und ein Notizbuch aus der Tasche nahm.

»Mevrouw, ich habe Ihnen etwas auszuhändigen«, sagte er dabei, indem er ihr ein ganzes Paket Banknoten überreichte, »bitte, zählen Sie es nach; es müssen gerade tausend Gulden sein.«

»Tausend Gulden?« rief Mevrouw erschreckt aus und warf einen scheuen Blick auf das Geld, das sie nur zu gut kannte. Sie wußte auch, daß Joost heute morgen mit Polizeidienern abgeholt war, und zitterte jetzt, was für ein Verbrechen er wohl begangen haben könne, in das auch sie vielleicht verwickelt würde.

»Ich möchte Sie bitten«, fuhr Lockhaart fort, »mir dafür Ihren Schwager zu überlassen.«

»Meinen Schwager?« wiederholte die Frau, die nur noch immer verwirrter wurde.

»Herr Everard Joost, Bruder des verschollenen Valentijn, mit dem er eine frappante Ähnlichkeit haben soll«, sagte Lockhaart, »hat nämlich eine so lebhafte Phantasie, daß er sich manchmal einbildet, wirklich sein Bruder zu sein. Wir haben ihm aber heute morgen das Gegenteil bewiesen, und er war so gerührt darüber, daß er mich bat, Ihnen diese tausend Gulden zum Andenken auszuhändigen. Seine Rechnung bitte ich Sie noch besonders auszuziehen – zu den Papieren, die er Ihnen vorgelegt, ist er Gott weiß wie gekommen.«

»O der nichtsnutzige, niederträchtige Halunke, der!« rief da Madame, die erst jetzt ihre Sprache wiederfand. »Er und der gut für gar nichts Geistliche der –«

»Bst, Mevrouw«, unterbrach sie aber Lockhaart, »dem Geistlichen verdanken Sie eigentlich besonders, daß wir dem saubern Burschen auf die Spur gekommen sind, denn er ist im Anfang so gut wie Sie von dem Schuft getäuscht worden.«

»Und jetzt der Spott – der Hohn!« jammerte die Frau.

»Wenn Sie etwas weniger schreien, haben Sie auch das nicht zu befürchten«, sagte Lockhaart, »wir, die wir darum wissen – der Resident, der Geistliche und ich, werden niemanden ein Wort darüber sagen, und von dieser Seite sind Sie also sicher, sofern Sie selber den Gegenstand nicht weiter berühren; hat aber Ihr Gatte vielleicht davon gehört?«

Die Spieldose antwortet dieser Frage, denn in dem Moment begann sie mitten im alten Dessauer: So leben wir, so leben wir, so leben wir alle Tage, und Lockhaart, halb lachend, halb ärgerlich, rief aus: »Bitte bemühen Sie sich nicht; Ihr Herr Gemahl hat schon für Sie geantwortet – lassen Sie ihn in seiner Unschuld«, und ehe die Wirtin ihm nur danken konnte, zog er sich, keinen Blick auf Mynheer Soltersdrop werfend, in sein eigenes Zimmer zurück.

VIERUNDVIERZIGSTES KAPITEL

Lockhaart wie Wagner hatten indessen kaum ordentlich Toilette gemacht, als van Straatens Wagen vor der Tür hielt, und die Damen mit dem alten freundlichen Herrn ausstiegen. Allerdings bedurften auch diese einer Erfrischung und einiger Ruhe; aber rascher, als Lockhaart erwartet hatte, waren sie mit allem fertig und sammelten sich jetzt um den großen Frühstückstisch mitten im Salon. Willem Soltersdrop aber wußte kaum die Damen unter seinem Dach, als er auch schon triumphierend seine Musikdose aufzog. Jetzt konnte der alte Brummbär nichts dagegen haben, denn wenn es den Damen gefiel, kam er nicht in Betracht.

Schon bei dem Freut euch des Lebens stand auch die Kathrine neben dem Kasten, voller Bewunderung und Rührung, die Hände faltend. Guter Gott, das Lied versetzte sie ja mit einem Schlag wieder in die Heimat, wieder in ihr liebes Frankfurt zurück, und sie lauschte den lieben, so lange nicht gehörten Tönen mit wahrem und ungeheucheltem Entzücken. Der Wirt hatte an ihr seine herzliche Freude. Wer aber seine herzliche Freude nicht daran hatte, das war Lockhaart, und seine Tür aufreißend, rief er:

»Plagt Sie denn der helle Teufel, diesen verdammenten Marterkasten schon wieder loszulassen?«

»Mynheer Lockhaart«, rief Willem Soltersdrop gekränkt, »die deutsche Musik, was Sie auch sonst von den Deutschen halten mögen, ist anerkannt die beste in der Welt.«

»Darum braucht man sie aber nicht den ganz Tag zu dulden.«

»Aber ich bin überzeugt, daß die Damen davon entzückt sein werden.«

»Schön«, sagte Lockhaart, der zu einem finstern Entschluß gekommen war, »ist das Frühstück fertig?«

»Zu Befehl – ich warte nur auf die Herrschaften, um das Zeichen zu geben.«

»Da kommen die Damen – Sie können anrichten lassen.«

Willem Soltersdrop ging zur Tür, um einen der Malaien in die Küche zu schicken; Lockhaart aber war mit zwei Schritten bei der Spieldose, schnitt das Band von dem daran hängenden großen Messingschlüssel, steckte diesen in die Tasche und setzte sich jetzt mit voller Gemütsruhe an den Tisch, um die Damen und seinen Schwager zu erwarten. Gleich nachher kam Wagner, aber er schien zerstreut und hörte die Spieldose gar nicht, über deren Fortgang sich jetzt Lockhaart trefflich zu amüsieren schien. Wagner sah heut auch bleich und angegriffen aus; die Augen zeigten dunkle Ränder und waren matt. Selbst Lockhaart, der ihn beobachtete, als er in die Tür trat, entging das nicht, wenn er auch heute morgen zu sehr beschäftig gewesen war, um auf ihn acht zu geben.

»Fehlt Ihnen etwas, Wagenaar?« sagte er, als der junge Mann in den Saal trat. »Sie sehen hundeelend aus.«

»Ich wüßte nicht«, erwiderte Wagner, »es müßte denn vielleicht die Aufregung über den nichtsnutzigen Gesellen sein, mit dem wir es heute morgen zu tun gehabt. Ich bin fest überzeugt, daß er in Heffkens sämtliche Geheimnisse eingeweiht ist; aber er wird selber mit zu tief darin stecken, um ein Geständnis wagen zu dürfen.«

»Wenn wir den Klapa bekommen, brauchen wir Herrn Joost gar nicht«, sagte Lockhaart, mit heimlicher Schadensfreude nach der Spieldose hinüberhorchend, die eben wieder in ein anderes Tonstück, den Jungfernkranz, hinüberschnarrte. Nur noch drei, und sie hatte ausgesungen.

»Ich fürchte, die Anweisung, die uns Joost gegeben hat, ist falsch«, sagte Wagner, »oder wenn nicht falsch, doch so ungenau, daß wir nicht nach ihm suchen können, ohne uns zu verraten. Daß Weiße in der Nähe sind, läuft ja stets mit Blitzesschnelle durch den Distrikt, und Joost weiß recht gut, daß der erst einmal eingefangene Javane mit seinen Aussagen gegen ihn selber zeugen würde.«

»Bst, da kommen unsere Damen!« unterbrach ihn Lockhaart,

als Hedwig und Mevrouw van Straaten den Saal betraten, und die erstere auf Lockhaart zueilte und seine Hand ergriff, um ihn zu begrüßen.

»Mein lieber Herr Lockhaart«, sagte sie dabei, »Sie glauben gar nicht, wie dankbar ich Ihnen bin, mir dies wundervolle, herrliche Land gezeigt zu haben. Wahrlich, ich konnte nie glauben, daß Gottes Welt so schön – so wunderbar schön sei!«

»Mein liebes Fräulein«, sagte Lockhaart trocken, »erstlich haben Sie mir gar nicht dafür zu danken, denn mein Schwager – der jeden Morgen beim Frühstück eine halbe Stunde auf sich warten läßt – ist der eigentliche Veranstalter. Dann sind Sie übrigens auch im Irrtum, wenn Sie glauben, daß Java schöner sei als Europa – es ist nur in anderer Art schön, und ich bin stets überzeugt, daß ein Javane, wenn er das herrliche Land dort drüben sehen könnte, ebenso entzückt davon sein würde wie Sie von dem seinigen. Doch bitte, setzen Sie sich – genieren Sie sich nicht des verdammten Klapperkastens wegen; er hat gleich ausgesungen, und dann können wir ihn zur Fußbank gebrauchen.«

»Lassen Sie sich nicht irre machen, liebes Kind«, sagte Mevrouw van Straaten freundlich, »er bleibt nun einmal ein schroffer, unzugänglicher Mensch, wenigstens von der Außenseite, sonst aber –«

»Bitte, Frau Schwester, unterbrechen Sie den Jungfernkranz nicht«, sagte Lockhaart, um dem Gespräch eine andere Wendung zu geben, »jetzt kommt gleich der Dessauer. Nun, seid Ihr überhaupt gut hergekommen? Es war verdammt langweilig gestern abend in Tjanjor, wie?«

»Gott bewahre, wir haben uns vortrefflich amüsiert!« meinte Mevrouw.

»Ja du, das glaub' ich«, sagte Lockhaart, »dich hab' ich aber auch nicht gefragt – du brauchst nicht mehr Stoff, um dich zu amüsieren, wie eine Ziege Platz zum Stehen. Ob sich unser Gast amüsiert hat, wollt' ich wissen.«

»Und warum nicht?« sagte Hedwig lächelnd, denn sie kannte Lockhaarts Eigenheiten schon zu genau. »Die Leute waren so lieb und herzlich.«

»Das dank' ihnen der Teufel!« brummte Lockhaart.

»Und alles hat noch überhaupt so sehr für mich den Reiz der Neuheit –«

»Die Entschuldigung laß' ich eher gelten«, nickte der alte Herr. »Na, Wagenaar, was stehen Sie denn da hinten, als ob Ihnen der Löffel in die Suppe gefallen wäre?«

»Mynheer Wagenaar, so wahr ich lebe!« rief die alte Dame, »und so ganz in der Ecke? Ich habe Sie nicht einmal gesehen.«

»Es freut mich ungemein, Sie wohl angelangt zu sehen«, erwiderte Wagner den Gruß auf etwas steife Weise und wurde rot, als ihm Hedwig die Hand reichte.

»Sie müssen gestern abend sehr spät hier angekommen sein«, sagte Hedwig, »denn der Weg ist ziemlich lang.«

»Nur, wenn man ihn in langweiliger Gesellschaft fährt«, bemerkte Lockhaart, »wir waren schon mit Dunkelwerden da.«

»Und fanden hier auch einen früheren Reisegefährten von Ihnen«, setzte Wagner hinzu. »Die Passagiere der Rebecca sind jetzt hier alle im Hotel versammelt.«

»Herr Holderbreit«, sagte Hedwig lächelnd, »war eben keine so übermäßig angenehme Persönlichkeit.«

»Sie werden ihn hier viel genießbarer finden wie an Bord«, versicherte aber Lockhaart. »Er ist schon, seit er sich an Land befindet, einige Male mit dem Kopf gegen den Wall gerannt und scharf im Begriff, es noch weiter zu versuchen. Jeder solcher Anprall stimmt ihn aber milder und vernünftiger, und ich denke, wenn er auch hier niemanden auf Java bekehrt, werden wir ihn doch wenigstens von mancher Albernheit bekehrt haben, ehe wir ihn wieder nach Hause schicken. Aber da ist er selber. Mynheer Holderbreit, ich habe das Vergnügen, Ihnen hier eine alte Bekannte von uns vorzustellen – Fräulein Bernold. Sie erinnern sich vielleicht nicht einmal der jungen Dame mehr?«

»Bitte tausendmal um Entschuldigung«, sagte Holderbreit.

»Weshalb?« frug Lockhaart scharf.

»Weshalb? Nun – daß ich – daß ich die junge Dame nicht kennen sollte«, sagte der Geistliche verlegen. »Ich müßte die viermonatige Reise auf der Rebecca sehr rasch vergessen haben.«

»So, dann sind wir alle ›klar‹, wie der Steuermann immer sagte«, lachte Lockhaart, »der Kasten da hat auch Fordre niemand mein Schicksal zu hören überstanden, und seinen Schwanengesang, den letzten Walzer, begonnen – wenn nun Lodewijk – alle Wetter, da ist er wirklich! Junge, Junge, du wirst alle Tage langsamer. Na, setz dich hierher zu uns, und nun, Mynheer Soltersdrop, je eher Sie das Frühstück hereinschaffen, desto besser.«

Das Frühstück wurde gebracht, und für den Augenblick nahm dies die Aufmerksamkeit der Gäste vollständig in Anspruch. Alles beobachtete auch ein ziemlich ernstes Schweigen, nur Lockhaart lächelte still und vergnügt vor sich hin, denn der Takt der Spieldose wurde immer langsamer, und Mynheer Soltersdrop suchte den Schlüssel. Van Straaten begann jetzt, ohne auf den alle Winkel der Stube und seine Taschen visitierenden Mann zu achten, eine Beschreibung des gestrigen Tages und ihrer heutigen Fahrt, als ein Bote des Residenten Herrn Lockhaart von der Tafel abrief. Er blieb nur wenige Minuten draußen, kam dann wieder herein und nahm seinen Hut. »Sie wollen fort?« rief Wagner.

»Das Resident hat seinen Wagen geschickt, um mich abholen zu lassen. Unser Freund unten möchte mir einige Mitteilungen machen. Bitte, bleiben Sie oben und geben Sie van Straaten einen kurzen Bericht über das Vorgefallene. Mynheer Holderbreit ist vielleicht indessen so gut, den Damen Gesellschaft zu leisten. Doortje, das schlägt in dein Fach, du willst ja auch immer haben, daß wir unsere Malaien hier zu Christen machen; da könnt ihr euch zusammen beraten, wie das am besten anzufangen ist.« Die Tafel war aufgehoben. Wagner nahm jetzt van Straaten beiseite, um ihm mit kurzen Worten die Umrisse von Joosts Gefangennahme wie der Entdeckung mitzuteilen, die man durch die bei ihm gefundenen Papiere gemacht. Es stellte sich dadurch nämlich außer allen Zweifel, daß Heffken dem letzten Kassendiebstahl nicht fernstand, ja denselben sogar veranlaßt und geleitet habe, und in die nächste Expedition gegen dessen javanischen Mitschuldigen mußte der alte Herr ebenfalls eingeweiht werden. Lockhaart war noch in seinem Zimmer gewesen und wollte eben durch den Saal hin der Ausgangstreppe zugehen, als er Mynheer Soltersdrop bemerkte, der vor einem Schrank auf den Knien lag und mit schiefgebogenem Kopf sich die größte Mühe gab, einen Blick darunter zu gewinnen.

»Was zum Henker machen Sie denn da?« rief er, bei ihm stehenbleibend.

»Bitte um Entschuldigung, Mynheer, ich suche meinen Schlüssel.«

»Was für einen Schlüssel?«

»Zur Spieldose. Er ist auf die rätselhafteste Art abhanden gekommen.«

»Mynheer Soltersdrop!«

»Mynheer?« sagte der Wirt, und schaute, ohne seine Stellung auf den Knien und Ellenbogen zu verändern, zu dem alten langen Herrn empor.

»Ich will Ihnen etwas sagen«, erklärte Lockhaart, indem er langsam auf seine Westentasche schlug, »da steckt er«, der Wirt fuhr mit wahrer Federkraft vom Boden empor, »und da wird er stecken bleiben, solange wir noch hier in Bandong und in Ihrem Hotel sind. Der geringste Widerspruch von Ihrer Seite, und ich werfe den Schlüssel ins Wasser, und Sie können nachher die Dose nach Batavia schicken, um einen neuen machen zu lassen.«

»Aber, bester Herr –«

»Guten Morgen, Mynheer Soltersdrop!« Und mit den Worten schritt Lockhaart an dem bestürzten Wirt vorüber, sprang draußen in die seiner wartende Carreta und war im nächsten Augenblick auf seinem Weg nach dem Residenten.

Wenige Minuten später hielt das leichte Fuhrwerk vor des Residenten Haus, und Lockhaart wurde zu einem etwas im Garten liegenden Seitengebäude geführt, das dem Gefangenen für jetzt zum Wohnort diente und von Wachen rings umgeben war. Selbst vor jedem in den freundlichen Garten führenden Fenster standen zwei Oppaß. Lockhaart fand den Residenten selber eifrig beschäftigt, Herrn Joosts Bekenntnisse aufnehmen zu lassen. Herr Joost war nämlich nicht mehr der lächelnde, selbstzufriedene Mann von gestern abend. Er saß, seine Hände zwischen den Knien, auf einem Rohrstuhl mitten in der Stube, dicht hinter ihm aber standen zwei javanische Oppaß, schlanke, kräftige Gestalten, denen selbst die halb europäische geschmacklose Beamtentracht keinen wesentlichen Abbruch tun konnte, und vor ihm lehnte, in einem bequemen Sessel, seinen Schreiber neben sich, der Resident, um das ihm abgelegte Geständnis sogleich rechtskräftig aufzunehmen. Als Lockhaart in das Zimmer trat, erschrak Herr Joost. Scheu blickte er zu dem gefürchteten Mann auf, während sich in alter Gewohnheit seine Lippen zu einem grinsenden Lächeln verzogen und beide grellweiße Zahnreihen bloßlegten. Die hellblauen, runden Augen fuhren dazu unruhig von einem der Herren zum andern, bis er sie wieder mit einem halb verlegenen, halb tückischen Blick zu Boden senkte.

»Herr Joost ist zur Vernunft gekommen, Mynheer!« redete der Resident den Eintretenden an. »Einmal in den Händen des Gerichts, mit solchen Beweisen wie wir haben, konnte Leugnen auch seine Sache einesteils nur schlimmer machen, während er sich andernteils durch ein offenes Bekenntnis eine bedeutende Milderung seiner Strafe sichert.«

»Gesteht er wirklich alles klar und unumwunden, daß wir ohne längere Weitläufigkeiten dem eigentlichen Verbrecher die Beweise vorhalten können«, sagte Lockhaart, »so will ich mich selber verbindlich machen, was in meinen Kräften steht zu tun, um seine Strafe erleichtert zu erhalten. Der Maatschappey liegt selber außerordentlich daran, diesen verschiedenen und kecken Betrügereien auf die Spur zu kommen, und wenn ihr jemand dazu mit reuigem Herzen behilflich ist, wird sie sich dankbar erweisen. Im andern Fall weiß Herr Joost, besser als ich es ihm sagen kann, daß eine lange Untersuchungshaft in den batavischen Gefängnissen für den Europäer mit großen Gefahren verknüpft ist. Er wird das Beste wählen.«

»Sie – Sie haben recht«, stammelte Herr Joost, und die Worte gingen ihm nur schwer von den Lippen. »Das Gericht wird auch gnädig mit mir sein; Herr Heffken hat mich verführt.«

Lockhaart wollte etwas darauf erwidern, ein warnender Blick des Residenten hielt ihn aber zurück.

»Wir wissen, daß Herr Heffken ein sehr gefährlicher und verschmitzter Mensch ist«, sagte er, »und es scheint deshalb nur soviel wahrscheinlicher, daß er Ihre von ihm abhängige Stellung benutzt hat, sich Ihrer Dienste zu versichern. Um so eher werden

Sie auch zu entschuldigen sein. Aber Sie müssen uns eben beweisen, daß er diese verschiedenen Betrügereien angegeben und geleitet wie auch den Hauptnutzen davon gezogen hat.«

»Das kann ich!« rief Herr Joost schnell, »das kann ich auf Ehr' und Seligkeit! Schaffen Sie mich nach Batavia, dort will ich Ihnen in vierundzwanzig Stunden die vollsten Beweise bringen, die Sie nur wünschen können – was nämlich den Kassendiebstahl betrifft. Über das Verschwinden der beiden Prauen freilich –«

»Bitte, fahren Sie fort, Herr Joost«, sagte der Richter ruhig.

»Habe ich keine Beweise in Händen«, setzte Joost leise hinzu.

»Und wer hat sie?«

»Klapa.«

»Also Sie wissen bestimmt, daß auf Heffkens Veranlassung damals wie in der letzten Zeit jene Prauen verschwanden?«

»Ja.«

»Dieser Heffken ist doch ein ganz abgefeimter Halunke!« rief Lockhaart, seinen Stock auf den Boden niederstampfend.

»Und welchen Zweck hatte Ihre Reise hierher, wenn man fragen darf?« sagte der Resident. »Denn wie Sie uns heute morgen schon erklärten, ist Ihnen das Abenteuer mit unserer armen Mevrouw Soltersdrop erst hier oder unterwegs eingefallen.«

»Ich habe es Ihnen schon angegeben«, sagte Joost leise, und sein bis jetzt aschfahles Gesicht bekam wieder Farbe, denn selbst er schämte sich des schmutzigen Auftrags, dem er sich unterzogen. »Ich sollte mich jenes Mädchens versichern, das er von ihren Eltern ge – mietet hat und deretwegen jener Javane schon einmal nach ihm gestochen.«

»Und woher hat Heffken jetzt so plötzlich ihren Aufenthalt erfahren? Ich erinnere mich, daß wir vor einiger Zeit alle Berge nach jenem Burschen abgesucht, der im Verdacht steht, sie entführt zu haben. Wie hieß sie gleich?«

»Melattie.«

»Ganz recht.«

»Klapa hat ihren Aufenthalt verraten. Patani hat eine kleine Hütte am Goenong boekit Toengoel.«

»Und Sie allein hätten sich dem aussetzen wollen, jenem kekken Javanen die Frau wegzuholen? Besinnen Sie sich auf etwas

Besseres, mein guter Herr Joost, die Aussage ist zu unwahrscheinlich.«

»Sie haben recht, Mynheer«, sagte Joost leise, »ich selber würde es auch nie gewagt haben, wenn uns nicht Klapa fest versprochen hätte, das Mädchen oder die Frau an einer bestimmten Stelle abzuliefern, sobald ich nur bereit sei, sie in Empfang zu nehmen. Für Leute, sie bis Bandong mitzuführen, wollte er selber sorgen; ich sollte ihm nur versprechen, daß sie nicht wieder in die Berge käme.«

»Und welcher Lohn war Klapa für diesen Liebesdienst zugesichert?« frug Lockhaart.

»Eine Summe Geldes, die ich bei mir trage und ihm dort persönlich überliefern sollte.«

»In der Tat?« sagte der Resident rasch. »Dann, mein Herr Joost, ist Ihnen jetzt die Möglichkeit gegeben, uns zu beweisen, daß Sie es wirklich ernst und ehrlich meinen. Glauben Sie, daß es Ihnen gelingen könnte, ihn festzunehmen?«

»Die Möglichkeit ist allerdings da«, stammelte Joost, noch vollständig unschlüssig, was er erwidern sollte.

»Und Klapa steckt mit unter der Prauengeschichte?«

»Er hat sie selbst von der Reede ab- und im Nebel durch die Schiffe gesteuert«, versicherte Joost. »Ebenso hält er die Quittung von dem Araber in Händen, dem die Waren überliefert wurden. Heffken hat sich die größte Mühe gegeben, sie von ihm zu bekommen, er will sie aber unterwegs aus seinem Kopftuch verloren haben, und Heffken fürchtet jetzt, der schlaue Bursche habe das Papier nur deshalb in Händen behalten, um später noch mehr Geld aus ihm herauszupressen.«

»Und ein solches Leben voll Angst und Gefahr mochten Sie führen, bloß der paar Gulden wegen, mit denen Sie etwas besser essen und trinken konnten?« rief Lockhaart erstaunt und den Kopf schüttelnd aus. »Daß jemand aus Not ein Verbrechen begeht, ja, das begreif' ich; aber hier in unserem Java, den Überfluß außerdem schon im Schoß, aus reinem Mutwillen ein ganzes Los auf das Zuchthaus zu spielen, ist mehr, wie ich mit meinem alten Kopf begreifen kann.«

»Und wie glauben Sie, daß wir uns am besten dieses Klapa

versichern können?« frug der Resident, dem diese Ausbrüche des Gefühls nicht besonders behagten, weil sie den Gefangenen leicht stutzig machen konnten.

»Ohne mich bekommen Sie ihn nicht«, erwiderte leise Herr Joost, an dem die Erwähnung des Zuchthauses keineswegs unbeachtet vorübergegangen war. »Liegt Ihnen aber wirklich daran, Beweise, und zwar feste und unumstößliche Beweise gegen Heffken zu bekommen, so müssen Sie auch etwas dafür opfern.«

»Und das wäre?« frug der Resident mit einem vorwurfsvollen Blick auf Lockhaart.

»Mich«, sagte Joost fest und bestimmt und nickte dazu drei- oder viermal mit seinem bleichen, gelblichen Gesicht.

»Herr Joost«, sagte der Resident, »ich fürchte, daß Sie Ihre Fähigkeiten überschätzen. Wenn sich Klapa in unserer Gegend wirklich befindet, und der Goenong boekit Toengoel ist nicht so außerordentlich groß und weitläufig, so zweifle ich nicht im geringsten, daß wir ihn auch allein finden können.«

»Versuchen Sie es«, sagte Joost ruhig. »Sie wissen aber selber recht gut, mit welchem Erfolg Sie früher nach Patani gesucht haben.«

Der Resident war aufgestanden und ging mit raschen Schritten ein paarmal im Zimmer auf und ab, und Lockhaart stieß noch immer, ungeduldig vor sich hinsehend, seinen Stock auf den Boden.

»Was verlangen Sie für sich?« sagte jener endlich, indem er plötzlich vor dem Gefangenen stehen blieb und ihn scharf ansah.

»Völlige Straflosigkeit«, sagte Herr Joost, wobei er aber doch nicht wagte, dem Blick des Residenten zu begegnen. »Ich bin nur ein armes, schwaches Werkzeug in den Händen Heffkens gewesen. Was kann den Gerichten daran liegen, mich eine Zeit lang einzusperren – meine Gesundheit ertrüge das nicht einmal. Verbannen Sie mich von Java, wenn Sie wollen – selbst aus den holländischen Besitzungen, wenn Sie es für nötig finden – aber lassen Sie mich laufen. Ich bin ja doch auch wahrlich zu unbedeutend, Ihren Zorn an mir auszulassen.

»Aber wir können nicht der Regierung in Batavia vorgreifen«, sagte der Resident zögernd. »Wir wissen nicht einmal, ob wir ihre

Genehmigung erhielten oder vielleicht selber dafür in Strafe fielen.«

»Gut«, sagte Joost störrisch. »Dann mag sich die Regierung in Batavia auch selber die Zeugen holen, die sie zu ihren Beweisen braucht. Ich riskiere doch mein Leben dabei, wenn ich den listigen Javanen in Ihre Hände zu bringen suchte, und nur um der Regierung einen Gefallen zu tun, und dann noch so viel sicherer eingesperrt zu werden, tät' ich das nicht. Überhaupt fürcht' ich«, setzte er nach einer kurzen Pause immer störrischer werdend hinzu, »daß ich mich habe überraschen lassen, manche Dinge hier auszusagen, die sich ganz anders verhalten. Beim Vorlesen des Protokolls werde ich noch – wenn mir doch das Zuchthaus in Aussicht steht – verschiedene Änderungen machen müssen.«

»Leugnen wird Ihnen nichts mehr helfen.«

»Ein Geständnis scheint die selbe Wirkung zu haben und ist jedenfalls noch unsicherer.«

»Es bleibt immer ein Unterschied, ob man zu zwei oder zu zehn Jahren verurteilt wird.«

»Hier auf Java nicht«, sagte Joost, sich die Hände reibend, während sein Gesicht immer bleicher wurde und seine großen, blauen Augen immer unheimlicher leuchteten. »Es bleibt sich ziemlich gleich, ob man auf zwei oder zehn Jahre verurteilt wird, denn der müßte eine Bärennatur haben, der nur die ersten zwei Jahre aushielte. Es geht alles drauf und – soll ja auch wohl alles draufgehen.«

Lockhaart hatte, ärgerlich die Zähne zusammenbeißend, dem allen zugehört. Jetzt winkte er dem Residenten und trat zum Fenster, wohin ihm dieser folgte.

»Wir werden dem Lumpen den Willen tun müssen«, sagte er.

»Ich kann es aber kaum, bis ich nicht wenigstens deshalb nach Batavia berichtet habe«, meinte der Resident.

»Und bis Antwort kommt, ist es zu spät«, warf Lockhaart ungeduldig ein, »denn Sie wissen selber, besser wie ich es Ihnen je sagen könnte, auf welche Weise die Eingeborenen zusammenhängen. Lassen Sie nur ein paar Tage vergehen, und Klapa mag auf dem entferntesten Bergrücken sitzen, so erfährt er doch durch ein oder die andere Hilfe, daß ein Weißer hier in Bandong gefangen sitzt und wie er aussieht. Einmal gewarnt aber, und es ist unmöglich, ihn zu fangen. Die Javanen müßten sich denn in den fünf Jahren, in denen ich sie nicht gesehen, sehr verändert haben.«

»Ich setze mich aber den größten Unannehmlichkeiten aus.«

»Das sollen Sie nicht«, versicherte ihm Lockhaart, »ich stehe Ihnen dafür, daß der Generalgouverneur, sobald wir zurückkommen, den ganzen Sachverhalt genau erfährt. Ich bin selber intim mit ihm befreundet und weiß, wie viel ihm daran liegt, Beweise gegen den wirklichen Urheber jener Defraudation in Händen zu haben. Ich stehe Ihnen auch dafür, daß er jeden Schritt billigen wird, den Sie dafür tun. Sie können es deshalb getrost wagen, dies erbärmliche Subjekt in seinem Namen zu begnadigen, vorausgesetzt nämlich, daß er auch alles erfüllt, was er uns verspricht.«

»Hab' ich Ihr Wort dafür?«

»Ja – das haben Sie.«

»Gut – wir wollen es mit dem Lumpen riskieren. Herr Joost«, redete er dann den Gefangenen laut an, indem er sich gegen ihn wandte. »Sie werden begreifen, daß ich große Verantwortung auf mich nehme, wenn ich Ihnen nach dem Vorgefallenen Ihre Freiheit garantiere. Halten Sie aber alles, was Sie versprochen haben, und sind Sie bereit, in Batavia selber als Zeuge gegen Heffken aufzutreten, so verspreche ich Ihnen, daß Sie augenblicklich die Erlaubnis haben sollen, Java zu verlassen, sobald das Zeugenverhör gegen den Schuldigen geschlossen ist.«

»Und bis dahin?«

»Bleiben Sie allerdings in Gewahrsam, werden aber nicht – als Verbrecher behandelt.«

»Ich habe Ihr Ehrenwort?«

»Ja.«

»Ich danke Ihnen«, sagte Joost, und während ein tief heraufgeholter Seufzer seine Brust hob und über seine häßlichen Züge ein triumphierendes Lächeln zuckte, fuhr er leise fort, »und jetzt lassen Sie uns, je eher desto besser, aufbrechen, und ich stehe Ihnen mit meinem Kopf dafür ein, daß ich Klapa in Ihre Hände liefere.«

FÜNFUNDVIERZIGSTES KAPITEL

Hoch droben in den Bergen, scheinbar abgeschnitten von dem Verkehr mit der übrigen Welt, und so einsam und still, als ob sie nicht von grünender Waldung, sondern von stürmenden Wogen umgeben wäre, lag eine kleine indianische Hütte. Von einem Luftballon aus gesehen, hätte sie jedenfalls den Eindruck gemacht, als ob der Erbauer derselben den Wald eigens dazu ausgehöhlt und diese Hütte wie ein Ei in ein Nest hineingelegt habe. Selbst aber auch aus den Büschen heraus, den kleinen freien Platz betretend, umdrängte ihn die Waldung wie eine feste Wand, und während riesige silbergraue und säulenartige Stämme eine Wucht von zu Festons geschlungenen Lianen und Orchideen trugen, ragten darunter die leicht gefiederten Wipfel der Farnpalmen, die breiten, vom Wind eingerissenen Blätter der wilden Pisangbäume hervor. Still und versteckt in diesem Gewirr von Bäumen und Pflanzen, wie es nur eben ein solcher gebirgiger und von reichen Quellen durchzogener Tropenstrich erzeugen kann, lag diese enge Bambushütte mitten in einem kleinen Feld, das zur einen Hälfte mit rotem Reis, zur andern mit Katjang tjina bepflanzt war. Schatten aber gaben ihr ein paar Mango- und Mangosta-Bäume, während zwei Kokospalmen und eine Areca ihre auf solcher Bergeshöhe ziemlich niedrigen Stämme mühsam durch das Laub der Fruchtbäume drängten und ihre Kronen mit deren breiten Wipfeln mischten. Wohl führte nun von hier aus ein schmaler Weg in den Wald hinein und durch diesen hin zu den Wohnungen anderer Menschen. Von der Wohnung selber aus war er aber gar nicht zu sehen, denn breite Pisangblätter hingen darüber hin, und die wilde Himbeere drängte ihre Schößlinge von rechts und links hinüber. Ein Fremder hätte ihn aber selbst nicht einmal verfolgen können, denn ob er gleich früher mit dem Klewang ausgehauen worden, brauchte diese Vegetation keine Jahre, nicht einmal Monate, ihn wieder von allen Seiten zu überwuchern. Der Wanderer mußte dazu bald einem hinübergestürzten Baum ausweichen, bald an einer felsigen Ravine niederklettern, und einmal den Pfad verloren, ob man auch selbst der Richtung treu geblieben, wäre es nicht möglich gewesen, ihn wieder aufzufinden.

In früheren Zeiten mochte diese Stelle im Wald freilich mehr Leben gezeigt haben, denn jedenfalls hatte hier einmal, wie die zurückgefallenen Kokos- und Arenpalmen auch bezeugten, ein Dorf oder Kampong gestanden. Aus irgendeinem Grund aber – vielleicht der überhandnehmenden Tiger wegen – war er von den Bewohnern verlassen worden, und kaum nicht mehr zurückzuhalten, wucherte das reiche Pflanzenleben überall empor. Die alten Hütten zerfielen und verfaulten; wo sie gestanden, keimten junge Stämme auf und reckten schon nach kurzer Zeit die Zweige aus, und während die eigentliche Lichtung noch immer die Öffnung in dem Urwald zeigte, der den Kampong einst umschlossen, hob sich das Grün der Büsche mit jedem Jahre mehr und mehr empor und drohte schon bald wieder die alte Höhlung auszufüllen. Dort hinein hatten die neuen Bewohner jetzt ihre einfache Heimat gebaut, und nicht etwa der günstigen, versteckten Lage wegen, denn ähnliche hätten sie auch an vielen anderen Stellen gefunden, wo sie noch außerdem nicht mit solch üppig gewaltigem Pflanzenwuchs zu kämpfen hatten wie gerade hier, aber die zurückgelassenen Palmen und Fruchtbäume gaben dem Platz auch wieder einen Vorteil, den ihnen kein anderer Punkt im wirklichen Urwald bieten konnte. Wie schwer hier freilich Patani hatte arbeiten müssen, der Wildnis diesen kleinen Acker abzuzwingen und den alten Fruchtbäumen wieder Licht und Freiheit zu geben, wußte nur er; aber mit leichtem Herzen ging er daran, denn galt es nicht seinem eigenen kleinen Herd, galt es nicht seinem armen Mädchen, seiner Melattie, ein Obdach, eine Heimat zu gründen? Schon früher hatte er sich diesen Platz, den selbst nur wenige von den Eingeborenen kannten, ausersehen. Er, vor vielen anderen, würde auch vielleicht ein Anrecht darauf gehabt haben, denn er war hier geboren worden, und sein Vater einer von denen gewesen, die sich dem Tal mehr zugezogen. Des verlassenen Ortes konnte sich aber jeder wieder bemächtigen, wenn auch nur wenige Mut genug besaßen, all den Gefahren und der Arbeit zu begegnen, die ihrer hier wartete. Sobald er deshalb seine sawa und seinen Büffel verkauft, den Erlös derselben Hetavi für die Tochter anzubieten, war er daran gegangen, hier eine Hütte zu bauen und die Wildnis zu lichten. Was kümmerten ihn die Tiger, für die er Fallen grub, und denen er mit Lanze und Kris begegnen konnte, sein Weib wollte er schon vor ihren Fängen schützen, und seinen Lebensunterhalt zwang er dem Boden ab, allen gierigen Weißen zum Trotz.

Wenn er auch freilich damals nicht daran dachte, daß er diese stille Wohnung einst als Flüchtling und Verfolgter wieder aufsuchen sollte, hatte er doch zu keinem Menschen davon gesprochen. Er verkehrte überhaupt mit wenigen, und der einzige, der ihn einst hier bei der Arbeit getroffen, war jetzt ein Flüchtling und Verfolgter wie er, freilich mit größerer Schuld, wie er es je gewesen. Aber auch Klapa hatte den Ort nicht wieder betreten, wenigstens nicht, daß Patani es wußte. War er in die Ansiedlungen zurückgekehrt? Hatte er sich einem andern Teil des Innern zugewandt? Patani hörte nichts mehr davon, kümmerte sich nicht darum. Klapa war stets ein schlechter, gewissenloser Mensch gewesen, und Patani hielt nie mit ihm Verkehr. Gleich nach seiner Flucht von Batavia, von wo er die ihm schändlich geraubte und verkaufte Geliebte glücklich aus den Händen jenes Buben befreite, hatte er erst mit ihr in einem Boot Java verlassen wollen. Einer jener plötzlichen Stürme aber, die in den Tropen nicht selten bei blauem Himmel entstehen und so rasch vorbeitoben, wie sie entstanden sind, warf sein Boot in Trümmern an das Land zurück, und kaum, daß er sich noch mit Melattie in den Wald flüchten konnte, ehe ihn die Strandwachen fanden und festhielten. Der größten Gefahr entging er indes zum zweitenmal, als er sich ein anderes Boot verschaffen wollte. Man war auf ihn aufmerksam geworden, und es blieb ihm jetzt nichts anderes übrig, als mit Melattie nach seinem alten Zufluchtsort in die Berge zu fliehen.

Mit unsagbaren Mühseligkeiten hatte das arme Mädchen freilich auf dem Marsch zu kämpfen, denn sie mußten ihre Spur so geheim als möglich halten. Nur bei dem heimischen Kampong rasteten sie in einem Bambusdickicht, und mit der Abenddämmerung schlich Melattie in der Mutter Hütte, ihr Trost über ihr Schicksal zu bringen. Dann flohen sie so rasch sie konnten immer waldein, bis sie den stillen Fleck tief in der Bergschlucht erreichten und ziemlich sicher waren, hier nicht von Europäern gefunden oder belästigt zu werden. War eine Zeit dann über jenen Vorfall vergangen, dann durfte Patani wohl eher daran denken, wieder zur Küste zurückzukehren und nach den »Tausend Inseln« hinüber zu ziehen, falls ihm hier irgend eine Gefahr drohte. Aber schon der Gedanke schien ihm schrecklich: sein Vaterland für immer zu verlassen. Wenige Menschen hängen mit solcher Innigkeit an ihrer Heimat, wie die Bewohner dieser Inseln; keine haben gerechteren Grund dafür. So hoffte er denn auch, hier unbemerkt, unbeachtet, in dem Schatten der nämlichen Bäume, unter denen einst die Hütte seiner Eltern gestanden, und von der ihn umgebenden freundlichen Wildnis geschützt, sein Leben genießen zu dürfen. Hierher drang nicht das rege Treiben der Welt, die, selbst ungesehen, zu seinen Füßen lag. Nur das Gebrüll des hungrigen Tigers schallte vielleicht einmal in ruhiger Nacht durch den Wald, oder der Schrei des wunderlichen Pfeffervogels brach die Stille und antwortete dem klagenden Ruf eines Heulaffen, der sich in irgend einem Baumwipfel langweilte.

Aus Pfosten mit geflochtenen Bambuswänden aufgerichtet, das Dach mit fest zusammengeschnürten Palmenfasern gedeckt, lag hier die kleine Hütte, der selbst ein Gärtchen nicht fehlte, alles das zu ziehen, was die Natur ja so im Überfluß bot und was sie doch zu ihrem Leben brauchten. Freilich sah alles noch ein wenig neu, noch nicht recht eingewohnt aus; noch war die Wunde nicht ordentlich vernarbt, die Patanis Klewang dem Wald geschlagen. Aber dennoch trieb schon der breitblättrige Pisang seinen saftigen dicken Stamm aus der noch feuchten Erde auf, die Siriehpflanze schlang ihre grüne Ranke um junge Stämme des Kaffeebaums, den eine frühere Generation gepflanzt, und die zwei schlanken Arecapalmen, die dicht vor dem Eingang der Hütte standen, schüttelten ihre reifen Nüsse auf den Boden nieder. Auch das Innere der kleinen Wohnung war ärmlich genug, und bestand in wenig mehr als einer ordinären Binsenmatte, ein paar Kopf- und Kniekissen, mit Kapaswolle gestopft, und mehreren kurzgeschnittenen Bambusstöcken, Wasser darin zu holen; die Hütte aber war Melatties Wohnung, und Patani sah seinen Himmel darin. Dieser Teil der Erde ist auch jedenfalls noch ein Land, in dem »eine Hütte und ihr Herz« genügen mögen, glücklich zu sein und zu bleiben – aber die Schlange fehlte auch diesem Paradiese nicht.

Klapa war einer jener gesetzlosen Burschen, die sich unter allen Völkern, in allen Lebensverhältnissen finden und entweder zu genial oder – zu faul zum Arbeiten sind. Daß sich dergleichen Gesellen dann nicht selten außergewöhnliche Wege bieten, Geld zu verdienen, läßt sich denken. Sie sind nie durch eine feste Beschäftigung abgehalten, den passenden Moment zu ergreifen; sie haben immer Zeit und eine Art von Instinkt, das für sie Passendste und Bequemste herauszusuchen. Nur mit der Polizei geraten derartige Menschen zuletzt in Widerspruch und führen eigentlich ihr ganzes Leben lang einen Guerillakrieg gegen dieselbe, der allerdings fast immer zu ihrem Nachteil endet. Sie behaupten dann, in dem Bewußtsein, daß noch tausend andere ihres Gelichters draußen frei ihr Wesen treiben, sie hätten kein Glück und verschwinden vom Schauplatz ihrer bisherigen Tätigkeit, anderen, Schlaueren eine Zeitlang Raum zu geben. Wir finden derartige Subjekte ebensowohl in den zivilisiertesten Städten Europas, in London, Paris oder Berlin, wie auf den Inseln der Südsee oder unter den wilden Horden der amerikanischen Wildnis – ob in Australien, ob in Afrika, innerhalb der Polarkreise oder unter dem Äquator. Nur ihre Wirksamkeit ist verschieden und muß sich natürlich den sie umgebenden Verhältnissen anpassen, aber alle diese Vagabunden selber sind nach einer einzigen Schablone gezeichnet, und es bleibt sich vollständig gleich, ob sie in einer schwarzen, weißen, gelben oder braunen Haut stecken. Klapa trug eine braune und war eins der durchtriebensten und gewissenlosesten Exemplare seiner Art.

Jetzt aber, gerade aus dem flachen Land mit der Ernte seiner Tätigkeit zurückgekehrt, wollte er sein Leben auch genießen und, vorderhand wenigstens, nichts unternehmen, was ihn hätte in neue Gefahr bringen können. Schon oft hatte er ja das alte Mittel bewährt gefunden: sich nur eine Zeitlang außer Sicht zu halten. Hier in den Bergen wußte er genau Bescheid, kannte jeden Wildpfad, jeden Taleinschnitt, und würde sich, einmal in dem Schatten dieser Wälder, nicht gefürchtet haben, und wenn er die ganze batavische Polizei hinter sich gewußt hätte. Klapa hatte, wie schon gesagt, vor längerer Zeit einmal – wie er sich auch aus dem Weg hielt, einer unerwünschten Begegnung mit den Oppaß des Residenten zu entgehen – Patani hier im Wald in dem alten Kampong getroffen. Nachher war er ihm aus dem Gesicht gekommen, und erst später erfuhr er in einer der benachbarten Dessas, daß die Polizei der Wolandas nach Patani gesucht habe, weil er einen Weißen in Batavia mörderisch angefallen und ein von diesem gemietetes Mädchen gestohlen habe. Man glaubte damals allerdings in der ganzen Gegend, Patani sei zur See entkommen; Klapa aber wußte es besser und suchte und fand eines Tages wieder den still versteckten, freundlichen Platz im Wald, der zwei glücklichen Menschen Schutz und Obdach gab, der zwei bis dahin glückliche Menschen in Angst und Sorge lassen sollte, als er sie verließ.

Rücksichtslos alles unter die Füße tretend, was seinem eigenen Selbst, seiner Sinnenlust im Wege stand, hatte er eine Zeit, in der Patani auf der Jagd abwesend war, benutzen wollen, sein treues Weib ihm abspenstig zu machen. Er log ihr von einer freundlichen Dessa vor, die sein eigen gehöre, von fruchtbaren sawas und fetten Herden, und wollte sie mit sich locken in den Wald. Aber Melattie wies ihn schnöde ab, und als er dringender und kecker wurde, erschien zur rechten Zeit Patani, dem der Buhle kaum entgehen konnte. Wie der Kiedang seiner Wälder floh er in das Dickicht hinein, und der ihm nachgeschleuderte arit blieb zitternd in dem schlanken Schaft einer Kokospalme stecken, hinter der der Flüchtling eben kaum verschwunden war. Von der Zeit an verlebte Melatti keine ruhige Stunde mehr, denn immer fürchtete sie die Rache Klapas, der, wie sie recht gut wußte, mit den Weißen in Batavia in steter Verbindung stand. Patani selber, wenn er die Gefahr auch nicht für geringer hielt, zeigte es doch weniger, und suchte auch die Furcht bei Melattie zu zerstreuen – aber es gelang ihm nicht. Patani – das wußte Melattie recht gut – hatte nach einem Europäer mit dem Kris gestoßen, also ihn auch, ihrer Meinung nach, jedenfalls getötet, und wenn er von den Holländern gefangen wurde, war ihm der Tod durch Henkershand gewiß.

Patani, durch ihre Sorgen endlich auch angesteckt, traute diesem Klapa ebensowenig wie sie, und um nicht der Gefahr ausgesetzt zu sein, an irgend einem Tage einmal gefaßt und überfallen zu werden, beschloß er, mit seiner Frau wieder nach der Nordküste Javas hinabzusteigen. So viel Geld hatte Patani noch zur Not, irgend ein kleines Boot zu kaufen und einmal erst draußen in See, trafen sie schon eine Prau an, die sie an irgend einer der zahlreichen, den Archipel ausfüllenden Inseln absetzen konnte. Freilich, sein schönes, liebes Java mußte er da verlassen, um nie, nie vielleicht hierher zurückzukehren, und das Herz hätte ihm bei dem Gedanken brechen mögen – doch was half's? Wäre er seiner Freiheit, seiner Melattie beraubt worden, hätte es ihm auch das Herz gebrochen, und lieber Verbannung mit ihr, als ein Paradies ohne sie ertragen. Patani hatte auch schon alle die nötigen Vorbereitungen getroffen, Lebensmittel für einen längeren Marsch zusammengepackt und ihre Abreise selbst auf diesen nämlichen Abend festgesetzt. Mochte die Hütte dann wieder zerfallen, geradeso wie jene, die vor ihr an dieser Stelle gestanden; mochte der Wald sich wieder über dem stillen, lauschigen Plätzchen schließen und der wilde Pfau aufs neue das Feld, das der Mensch gesäet, plündern und abends in den nächsten Palmen aufbäumen; mochte der Tiger wieder die Lichtung umschleichen, wo ihn die Nähe menschlicher Wohnungen nicht mehr schreckte. Er wußte, daß die Rache der weißen Männer, weil er das Blut eines ihres Stammes vergossen, bald gefährlicher sein würde, als der Zahn des gierigsten Tigers, als alle Schrecken seiner Wildnis, und vor deren Rache konnte ihn eben nichts retten. Was wußten diese Christen von Versöhnung – von Verzeihen!

Melattie fühlte dies Scheiden von dem so liebgewonnenen Platz wohl noch viel schmerzlicher wie ihr Gatte; aber sie sprach kein Wort darüber; keine Klage kam über ihre Lippen, und schweigend rollte sie an dem Morgen die leichte Matte zusammen, ihr einziges Besitztum in der weiten Welt, das sie aus ihrer Heimat mit fortnehmen konnte. Fielen auch die großen, hellen Tränen darauf nieder – was tat's? Patani sah sie ja doch nicht, denn er war noch einmal hinaus in den Wald gegangen, um sein Werkzeug, das er hier zurücklassen mußte, zu verbergen. Wer wußte denn, ob er nicht doch noch einmal zurückkehren könne – und wenn nicht, sollte wenigstens nicht Klapa sein Erbe sein. – Melattie stand vor der Tür, die zusammengerollte Matte über ihre Schulter gehangen, nur den Sarong um die schlanken Hüften und über die linke Schulter noch ein Tuch geworfen, in dem ausgeschälter Reis lag, um unterwegs davon zu zehren. Aber wo blieb Patani? Schon neigte sich die Sonne, und es wurde Zeit, daß sie aufbrachen, wenn sie vor Dunkelwerden noch das offene Land erreichen wollten. Wo er nur blieb? Aber jetzt rauschte es in den Büschen – sie war ihm schon bis dahin, wo sie ihn erwartete, entgegengegangen – jetzt teilte sich das zitternde Bananenlaub, und – vor Schreck brach sie in die Knie und streckte flehend die Arme aus, als im nächsten Augenblick der gefürchtete Klapa mit noch zwei fremden Javanen auf sie zusprang. Wohl dachte sie an Flucht, aber das schwere Bündel, das sie trug, hemmte sie daran, und ehe sie es abwerfen konnte, umschnürte fester Bast die Gelenke ihrer Hände.

»Hilfe!« rief sie jetzt, so laut ihre Stimme trug, um den Geliebten herbeizurufen. »Hilfe! Hilfe! Patani!« – aber nur Klapas höhnisches Lachen antwortete ihr.

»Du hast es vorgezogen, du törichtes Ding«, rief er ihr drohend zu, »bei dem albernen Jungen auszuharren und trockenen Reis zu essen, wo ich dir ein reiches Leben bieten konnte. Gut, nimm jetzt die Folgen. Die Reise bis Bandong wirst du allerdings mit deinem Schatz zusammen machen können, dort werdet ihr euch aber trennen müssen; denn du wirst deinem rechtmäßigen Herrn wieder nach Batavia geschickt, während Patani Rechenschaft geben mag, weshalb er nach dem Weißen mit seinem Kris gestoßen.«

»Patani!« rief Melattie entsetzt, »Patani! rette dich! rette dich!« und ihr gellender Angstruf schallte durch den Wald. Aber Klapa spottete:

»Gib dich zur Ruhe, mein Täubchen! Patani ist so gut in Sicherheit wie du, und wenn er dich hört, kann er leider nicht zu Hilfe springen. Aber fort mit der Dirne!« rief er dann plötzlich seinen Begleitern zu, »der weiße Tuwan wartet und will heut abend noch nach Bandong fahren. Hebt sie auf, wenn sie nicht gutwillig gehen will; das Ding ist leicht und trägt sich besser den Berg hinunter, als daß man sie, wenn sie sich anhakt, führen könne – fort mit ihr!«

Bei diesen Worten hatte er schon ein dünnes Bastseil von seinem Arm losgeschlungen, und es um Melatties Knie werfend, die er damit fest zusammenzog, befand sich das arme junge Weib wenige Sekunden später machtlos in ihrer Feinde Gewalt, die mit ihr gleich darauf im dichten Wald verschwanden.

SECHSUNDVIERZIGSTES KAPITEL

Von munteren Pferden gezogen, fuhr die kleine Gesellschaft in die Berge hinauf, und Hedwig war von all dem Neuen, Wunderbaren, was sie umgab, fast wie betäubt. Wie sie unten in dem Tal, in den friedlichen, kleinen Fruchtoasen der Dessas, von der Lieblichkeit der Landschaft entzückt gewesen, staunte sie hier über die mächtig wilde und großartige Natur, die ihr von allen Seiten entgegentrat. Van Straatens hatten dabei doppelten Genuß mit dem jungen Mädchen; denn nicht allein, daß es sie herzlich freute, zu sehen wie dankbar und jubelnd die junge Fremde jede neue sich ihr bietende Schönheit begrüßte, so wurden sie auch selber auf manches in ihrer Umgebung aufmerksam gemacht, das sie sonst, als eben etwas ganz Alltägliches, ruhig und unbeachtet hätten an sich vorbeischwinden lassen. Besondern Spaß machte ihnen aber die alte Kathrine, die ganz bewältigt von Staunen und Bewunderung nur immer in laute Rufe ausbrach und von jedem neuen Gegenstand den Namen wissen wollte. Van Straaten nannte ihr natürlich jedesmal den malaiischen Namen, den sie ebenso regelmäßig weder verstehen noch behalten konnte. Sonderbarerweise dachte sie aber bei allen diesen, für sie doch jedenfalls außergewöhnlichen Erscheinungen viel mehr an ihre Vaterstadt, wie an Java; denn all und jedes weckte nur immer und immer wieder den einen Gedanken in ihr; was werden die staunen, wenn ich wieder heimkomme und ihnen das alles erzählen kann?

Die kleine Gesellschaft hatte sich indessen noch um einen Wagen und vier Reiter vermehrt. In dem Wagen saß Salomon Holderbreit mit Herrn Joost, und vier Oppaß oder Polizeidiener ritten vor und hinter dem Wagen her. Dies fiel indessen nirgends auf; denn es ist eine Artigkeit, die der Resident nicht selten Fremden erweist, damit sie bei den Eingeborenen und Chinesen desto freundlichere Aufnahme finden.

Die Burschen sahen komisch genug aus in ihren bloßen Füßen, blauen Uniformen und goldlackierten, backschüsselartigen Hüten, aber gut zu Pferde saßen sie doch, und wo dem Zuge Eingeborene begegneten, da zogen diese scheu und halb von der Straße abgewandt den großen, bambusgeflochtenen Hut vom Kopf, oder kauerten auch wohl selber, eins ihrer Knie beugend, am Boden nieder. Die Oppaß wußten, daß sie diese Begrüßung von der Bevölkerung fordern konnten; denn wo sie mit dem Wagen eines Europäers ritten, galt solche Demut dem Residenten selber. Gar nicht recht war es ihnen deshalb auch, daß die Frauen und Kinder den Wagen aus dem Wege schlüpften, so rasch und sooft sie konnten. Wo sie einen Seitenpfad fanden, in den sie einzubiegen vermochten, taten sie es, sobald sie nur das Rasseln der Wagen hörten, und die Kinder krochen durch jede Hecke, in jeden Busch hinein, wo ihnen das grüne Laub nur ein irgend genügendes Versteck bot.

Hedwig hatte das schon unterwegs und in Bandong, aber noch nie so stark bemerkt, als seit sie unter dem Schutz zugleich der Würde jener vier braunen Polizeidiener reisten, und wenn irgend etwas imstande gewesen wäre, ihr den Genuß der wundervollen Szenerie zu verbittern, wäre es eben nur dies gewesen. Vollkommen gleichgültig sahen indes die schon seit langen Jahren daran gewöhnten Europäer diesen demütigen Gruß der Eingeborenen, die scheu, mit abgezogenem Hut stehenblieben, bis die weißen Tuwans außer Sicht waren. Der Gruß war nicht allein etwas vollkommen Alltägliches, sondern der Eingeborene mußte sogar dem Europäer diese Ehrfurcht erweisen, wenn er nicht in Strafe fallen wollte. Es lohnte deshalb auch gar nicht einmal der Mühe, nur dafür zu danken.

So wenigstens betrachteten Lockhaart und Wagner in der ersten Carreta diese stete ihnen begegnende Demut, so sah sie Mynheer und Mevrouw van Straaten an. Nur die Kathrine freute sich über die »höflichen Menschen«, wie sie dieselben nannte, verglich sie im Geist mit Erinnerungen, die sie von Sachsenhausen mitgebracht und die nicht zugunsten der Sachsenhäuser ausfielen, und dankte jedesmal auf das verbindlichste – sehr zur stillen

Freude van Straatens, wie zum unbegrenzten Erstaunen der Eingeborenen selber, die noch nie eine derartig freundliche und zugleich so sonderbar aussehende Weiße gesehen hatten.

Im dritten Wagen saßen, wie schon vorher erwähnt, Salomon Holderbreit und Herr Everard Joost, und der Geistliche war allerdings nicht mit dieser Gesellschaft einverstanden, hatte sie aber doch endlich geduldet, da er eben keine andere bekommen konnte. Auf seinen dringenden Wunsch, sich der Gesellschaft anschließen zu dürfen, stellte ihm nämlich Lockhaart nur die einzige Alternative, entweder selber einen Wagen zu mieten (was sehr viel Geld kostete), oder für kurze Zeit Herrn Joosts Nachbarschaft zu ertragen.

»Und ich sehe auch nicht ein, weshalb Sie sich weigern wollten«, setzte er hinzu, »denn da Sie vorher so eng befreundet mit diesem Herrn waren, brauchen Sie sich jetzt auch nicht so zu genieren.«

»Aber ich wußte damals nicht, daß er –«

»Andere Menschen betrogen hätte? Sie haben ganz recht; das war der alleinige Unterschied. Sie wußten es eben nicht, und das ist unsere Entschuldigung immer, wenn wir mit Fremden verkehren. Wir wissen eben nicht, wer und was sie sind, und bekümmern uns auch nicht viel darum. Keiner zum Beispiel von uns allen kennt Sie und Ihre Vergangenheit hier; Sie können ebensogut der edelste Mensch, wie der nichtswürdigste Halunke sein.«

»Aber als Geistlicher –«

»Bah – Torheit – where is the difference? Machen Sie jedoch was Sie wollen; fahren Sie mit oder bleiben Sie hier!« Und damit drehte sich der alte Herr von ihm ab. Salomon Holderbreit war aber fest entschlossen, mitzufahren, und ließ sich deshalb selbst Herrn Joost gefallen, über den er mehr gehört hatte, als ihm lieb war, und neben dem er jetzt durch die wunderliebliche Landschaft in die Berge hineinrollte. Beide Reisegefährten waren aber, besonders beim Anfang, nicht sehr zum Reden aufgelegt; doch würde man Joost unrecht getan haben, wenn man geglaubt hätte, das Bewußtsein, von Herrn Salomon Holderbreit erkannt zu sein, trüge die geringste Schuld dabei. Wenn sich, seiner Meinung nach, jemand zu schämen hatte, daß er überlistet sei, so war es eben der

Geistliche, und der Mann ihm überhaupt zu fremd und gleichgültig, sich weiter um ihn zu bekümmern. Nein, seine Hauptsorge lag tiefer, und zwar darin, ob er den schlauen Klapa auch wirklich überlisten könne oder nicht – in welch letzterem Falle sich denn auch dieser eiserne Lockhaart an kein Versprechen gebunden hielt. Diesen Klapa kannte Herr Joost aber viel zu genau, um nicht mit Recht an einem sichern Erfolg zu zweifeln, und doch hing seine eigene Freiheit davon ab. Wenn man Herrn Joost freilich so bequem, und allem Anschein nach kaum beachtet, in dem Wagen sitzen, oft auch, wo der Weg steil anging, aussteigen und daneben hergehen sah, hätte man denken sollen, er sei schon jetzt frei, und nichts könne ihn daran verhindern, zu jeder ihm beliebigen Zeit in den Urwald zu fliehen, wo eine Verfolgung fast unmöglich gewesen wäre. Herr Joost wußte aber leider nur zu gut, wie der Urwald im Innern aussah, und daß er dort sein Leben nie und nimmer hätte auf die Länge der Zeit fristen können. Schlangen und Tiger noch nicht einmal gerechnet, die er mehr fürchtete, als er gern eingestehen mochte.

Nicht um alle Freiheit der Welt hätte er deshalb auch nur eine einzige Nacht im Walde allein zubringen mögen, denn in seinem dunkeln Schatten lagerten Tausende von Schrecken für ihn. Selbst in einer Hütte der Eingeborenen hätte er sich nur so lange halten können, als sein mitgenommenes Geld reichte, die Leute zu bestechen; denn welches Interesse nahmen diese an einem Europäer, um sich die Strafe des Residenten, den Zorn ihres eigenen Regenten oder Häuptlings über den Hals zu ziehen, irgendeinen schlechten Weißen zu verbergen? Nein, mit solchen Gedanken an Flucht hätte sich vielleicht ein Neuling herumtragen können; Herr Joost kannte aber das Land und seine Sitten und Bewohner zu genau, um für ein derartiges Wagestück auch nur den Plan zu machen. Er wußte ja doch, daß er ihn nicht hätte ausführen können. Das einzige, an was er dachte, war Klapa und dessen Überlistung, und jeden Javanen, der bei ihrem Wagen stehenblieb und demütig den Bambushut zog, blickte er rasch und scheu von der Seite an, als ob er fürchtete, Klapa könne unter ihnen sein und müsse ihm dann seine verräterischen Absichten an der Stirn lesen.

Sein häufiges Hinüberblicken nach den Grüßenden brachte endlich Salomon Holderbreit zu der Vermutung, Herr Joost mißbillige dies knechtische Benehmen ebenso wie er. Ließen sich doch die Weißen hier eine fast abgöttische Ehrfurcht erzeigen, und so durfte sich kein Mensch vor dem andern demütigen; es war dies eine Entheiligung des Kniens, das nur vor Gott gerechtfertigt sein konnte. Herr Holderbreit dankte allerdings im Anfang jedesmal den Grüßenden, während Herr Joost gedankenlos über sie hinaus in die Wipfel der Bäume starrte; endlich aber konnte er es nicht mehr über sich bringen, dazu zu schweigen, und er sagte, sich zu seinem Reisegefährten wendend:

»Das sollte nicht geduldet werden – es ist eine Entwürdigung des Menschen.«

»Was?« frug Herr Joost zerstreut.

»Dieses Verbeugen und Niederkauern vor uns«, fuhr Salomon Holderbreit fort. »Ich werde dem Residenten, sobald ich nach Bandong zurückkomme, Vorstellung darüber machen, es jedenfalls zu verbieten, denn es läßt sich ja gar nicht mit der christlichen Religion vereinigen.«

Joost murmelte einige unverständliche Worte vor sich hin, an denen Herr Holderbreit nichts verlor, denn es waren eben keine Schmeicheleien für ihn.

»Wie sagten Sie?« frug der Geistliche.

»Herr Holderbreit«, erwiderte ihm Joost. »Sie werden mir zugestehen, daß ich manche Erfahrung in Java gesammelt habe, nicht wahr?« Die Frage kam dem Deutschen unter den eigentümlichen Verhältnissen, unter denen er den Mann wußte, so unerwartet, daß er in der Tat im Anfang gar nichts darauf erwidern konnte. Endlich sagte er langsam:

»J-a! – ich sollte denken.«

»Nun gut«, entgegnete Joost, den dies Zögern weiter nicht berührte, »wenn Sie dann dem Rat eines Mannes von Erfahrung folgen wollen, so bekümmern Sie sich, solange Sie hier auf Java leben, weder um die Verbesserung der Sitten noch des Glaubens unserer Eingeborenen – überhaupt gar nicht um diese.«

»Aber ich bin doch nur deshalb hergekommen, um –«

»Bitte, bemühen Sie sich nicht, mir eine Auseinandersetzung zu geben«, unterbrach ihn Joost trocken; »ob Sie meinen Rat befolgen wollen oder nicht, kann mir ganz gleichgültig sein. So viel darf ich Ihnen aber versichern, daß die holländische und besonders die Kolonialregierung genau weiß, was sie und wie sie's tut. Solange der Javane den Europäer noch gewissermaßen für ein höheres Wesen hält und ihm die dazu nötige Ehrfurcht beweist, so lange dürfen die Weißen auch hoffen, hier die Herren zu bleiben. Sobald das einmal nicht mehr der Fall ist, haben sie ausgespielt.«

»Aber die christliche Religion –«

»Werden Sie nicht langweilig«, sagte Herr Joost; »übrigens nähern wir uns unserm Ziel. Da vorn liegt Tjiledi, wo wir bei einem ganz gemütlichen Heiden und Götzenanbeter, einem Chinesen, absteigen werden; machen Sie sich wenigstens darauf gefaßt, die Wohlgerüche mit einzuatmen, die er seinen Göttern anzündet.«

»Und sollten denn nicht einmal die Chinesen, die ein so gescheites und industriöses Volk sind, zu überzeugen sein, daß ihre Religion ein reiner systematischer Wahnsinn ist?« sagte Holderbreit.

»Versuchen Sie es«, erwiderte lächelnd Herr Joost.

»Wissen Sie nicht, daß es meine Pflicht ist?«

»Ich weiß, daß Ihre Pflicht ist, sich um lauter Sachen zu bekümmern, die Sie eigentlich gar nichts angehen«, erwiderte trocken der Holländer. »Machen Sie das also mit sich selber aus, und seien Sie so gut und lassen Sie mich damit ungeschoren. Ich gebe Ihnen mein Wort, daß ich andere, wichtigere Sachen im Kopf habe.«

Herr Holderbreit, eigentlich darüber etwas beleidigt, wollte darauf erwidern. Der erste Wagen hielt aber schon in diesem Augenblick vor dem Haus, aus dem ein breitschultriger, langzöpfiger Chinese mit freundlichem Grinsen und die Mütze in der Hand trat, und dem dagegen völlig gleichgültigen Lockhaart eine Menge tiefe und ehrfurchtsvolle Verbeugungen machte. Wenige Minuten später war die ganze Gesellschaft ausgestiegen, und während Joost mit dem Chinesen rasch und heimlich einige Worte wechselte, sammelten sich die übrigen Gäste in einem offenen, nur mit einem Dach versehenen Nebenhaus des Hauses – eine Art Baulichkeit, wie sie bei uns nicht selten in öffentlichen Gärten stehen, um »Konzerte im Freien« darunter abzuhalten. In Tjiledi sollten die Pferde gewechselt werden, bis aber diese kamen, dauerte es längere Zeit, und der Chinese hatte, um seine Gäste zu ehren, Tee bestellt, der augenblicklich serviert wurde.

Lockhaart war indes das Flüstern Joosts mit dem Chinesen nicht entgangen; aber er wußte auch, daß Joosts eigenes Interesse nur darin lag, ihnen zu dienen, und konnte ihn deshalb recht gut sich selber überlassen. Daß er den Eingeborenen jeden Augenblick seiner eigenen Sicherheit opfern würde, verstand sich außerdem von selbst – zu diesem Zweck hätte er keinen Menschen auf Gottes Erdboden geschont. Während sich nun die kleine Gesellschaft in der offenen Veranda sammelte, konnte Lockhaart, der sie alle scharf beobachtete, die Veränderung nicht entgehen, die mit Salomon Holderbreit, und zwar sehr zu seinem Vorteil, stattgefunden hatte. An Bord der Rebecca nämlich war er nur ein unausstehlich eingebildeter protestantischer Geistlicher gewesen, der sich für unfehlbar hielt und seine Reise nach Java als einen einfachen Siegeszug betrachtete, in dem er rechts und links die Ungläubigen zu Boden mähen und gute Christen daraus entstehen lassen würde. Stattdessen hatte er hier, so kurz sein Aufenthalt auch bis jetzt gewesen, doch noch nichts als Enttäuschungen erlitten. Selbst mit der Sprache kam er nirgends fort, wo er früher ebenfalls geglaubt, daß die Eingeborenen Holländisch verständen, also ihm auf halbem Weg entgegen kämen. Wo er ging und stand, brauchte er daher Unterstützung und Hilfe von anderer Seite, und das einzige, was er den Leuten dafür bieten konnte: seine Überzeugung von der Alleinseligmachung der christlich-evangelischen Religion, hatte hier so wenig Wert und wurde überall so gleichgültig zurückgewiesen, daß er mit jedem Tag mehr und mehr in sich ging und schon keine Spur von Übermut mehr zeigte.

Salomon Holderbreit, ehe ihn der christliche Stolz aufblies, war auch ein ganz einfacher, braver Mensch gewesen, der vielleicht seine geistigen Kräfte etwas überschätzte, aber wissentlich nie etwas Böses oder auch nur Unrechtes tat. Er hatte nur, wie leider sehr viele seiner Klasse, die feste Überzeugung, daß seine Dogmen den alleinigen Urquell aller Wahrheit, alles Wissens umschlössen, und dadurch auch in seine Hand die Macht gegeben sei, zu segnen und zu fluchen. In diesen Theorien den größten Teil seines

Lebens verbracht, trat er eigentlich hier zum ersten Mal in das praktische Leben hinaus, und fand sich da plötzlich von einem Volk umgeben, das ihn völlig ignorierte und sich ohne alles das, was er ihm bringen wollte und konnte, vollkommen wohl und anscheinend glücklich fühlte. Es wäre überhaupt allen Missionären zu wünschen, daß sie erst einmal eine Lehrzeit in einer der holländischen Kolonien beständen. Salomon Holderbreit gab deshalb allerdings die Vorsätze, mit denen er Java betreten, noch nicht auf; seine Ansprüche aber hatten sich um ein Bedeutendes heruntergestimmt, und er selber war dadurch, was nur vorteilhaft für ihn sein konnte, um ein großes Teil bescheidener geworden. Viel trug ebenfalls dazu die letzte Erfahrung mit Herrn Joost bei, denn vor dieser hatte er sich für eine Art Menschenkenner gehalten, der nicht so leicht hinters Licht geführt werden könne. Hier aber mußte er sich doch gestehen, daß er durch einen ganz gemeinen Betrüger düpiert worden war. Daß aber Lockhaart und Wagner noch mit dem Mann umgingen, verwirrte ihn ganz; denn seiner Meinung nach mußte auf einen entdeckten Betrug, noch dazu wenn man den Täter darauf ertappte, auch unfehlbar die Strafe folgen. Herr Joost wurde aber von den beiden Herren, so wenig sie ihn auch beachteten, noch immer als ihresgleichen behandelt – freilich nur deshalb, um bei den Damen keinen Verdacht zu erregen und diese zu beunruhigen – wohin sollte aber das führen? Zum erstenmal in seinem Leben fing er übrigens an, sich in Damengesellschaft wohl zu fühlen, und am meisten setzte ihn das vollständig veränderte Benehmen seiner Reisegefährtin in Erstaunen. An Bord immer still, niedergeschlagen und traurig, nicht selten in Tränen, dabei mit eingefallenen, bleichen Wangen, hatten diese wenigen Wochen genügt, eine fast wunderbare Umwandlung mit ihr zu bewirken. Aufgeblüht war sie in der kurzen Zeit wie eine junge Rose, und wenn man sie auch noch nicht gerade heiter nennen konnte, lag doch ein stiller, glücklicher Friede auf ihren lieben Zügen. Bewirkte das nur die gegenwärtige Gesellschaft, die herrliche Szenerie, vielleicht die frische Bergluft? Jedenfalls, wie sich Herr Holderbreit das zusammenstellte, war sie in gedrückten, ungewissen Verhältnissen nach Java gekommen, was sie an Bord so niedergebeugt; jetzt dagegen hatte sie eine Anstellung als Gesellschafterin in einer anständigen Familie bekommen; die erste Sorge war dadurch von ihr genommen, und die fast welke Blume hob gekräftigt ihr Köpfchen wieder empor. Über das eine nur zerbrach er sich vergebens den Kopf: als was sie hier »ihre alte Verwandte« untergebracht hätte?

Seine Aufmerksamkeit wurde aber wieder auf seine nächste Umgebung gelenkt, die zu viel des Neuen und Wunderbaren bot, um lange unbeachtet zu bleiben. Zum ersten Mal befand er sich nämlich in der Behausung eines dieser chinesischen Götzenanbeter, von denen er schon früher so viel gehört und gelesen, und die er in Batavia auch in Menge auf den Straßen gesehen, aber noch nie hatte näher beobachten können. Selbst unterwegs wichen diese dem Europäer gewöhnlich aus, wenn er sich noch dazu nicht einmal mit ihnen in ihrer Mittelssprache, der malaiischen, unterhalten konnte. Hier aber war eins der prächtigsten Exemplare, mit einem wahren Staatszopf, dessen unterstes Ende ein rotseidenes Bändchen zierte, mit ziemlich schräg geschlitzten Augen, gelber Hautfarbe, weißer Jacke und Hose – wie sie ja auch auf Teekisten getreulich abgebildet stehen –, der ihnen eine tiefe Verbeugung nach der andern machte, und unter dessen Leitung jetzt ein paar echte Chinesen irdene Teebretter mit sehr kleinen Tassen und dazu passenden Kannen brachten.

Salomon Holderbreit schielte unwillkürlich nach ihren Füßen hinab, die auch unter den nicht zu langen Kleidern vollständig sichtbar waren. Sie trugen aber keine Spur von Verkrüppelung und hatten weit eher in Länge und Breite sehr reichliches Maß. Er wußte damals noch nicht, daß die ausgewanderten Chinesen entweder dieser Unsitte nicht mehr fröhnen oder auch – als sie ihr Vaterland verließen – nicht zu der vornehmen Klasse gehört hatten, die nur ihren Stolz dareinsetzen konnte, die Töchter zu verkrüppeln und dadurch zu jeder Hausarbeit unfähig zu machen.

Außer dem Tee, den der Chinese ohne Milch und Zucker trinkt, obgleich für die Europäer Zucker gegeben wurde, standen noch eine Menge verschiedener, sehr delikat eingemachter Früchte auf dem Tisch, und der alte Tsin-fu, wie er von Lockhaart genannt wurde, machte auf eine liebenswürdige Weise die

Honneurs. Joost hatte sich nicht mit zu der Gesellschaft gesetzt, und Holderbreit sah, wie er mehrmals in dem Hause, in dem er sehr bekannt schien, aus und ein ging. Gern hätte auch er es betreten, um einmal die innere Einrichtung zu betrachten, aber er getraute es sich nicht, bis ihn Lockhaart endlich beim Arm nahm und hinüberführte.

»Kommen Sie, Sie Heidenbekehrer«, lachte er, »ich will Ihnen den Feind auch von Angesicht zu Angesicht zeigen, den Sie nun schon eine lange Zeit bekämpfen, ohne ihn je gesehen zu haben, denn bis jetzt kennen Sie ihn doch nur von Hörensagen.«

»Den Feind?« sagte Salomon Holderbreit erstaunt, »den Bösen?«

»Den bösen und den guten«, lachte Lockhaart. »Sie finden sie hier dicht beieinander, aber«, setzte er ernsthaft hinzu, »keine Ausbrüche von fanatischer Leidenschaft da drinnen, wenn ich bitten darf. Dieser langzöpfige Wirt darf nicht merken, daß wir unter seinem eigenen Dache unehrerbietig von dem sprechen, was er für gut und heilig hält, er hätte sonst das Recht, uns augenblicklich vor die Tür zu setzen.«

»Aber ich kann mich doch wahrhaftig nicht vor einem Götzen beugen?« rief der Geistliche empört.

»Gott bewahre«, sagte Lockhaart, »das wird auch gar nicht verlangt! Nur ruhig und anständig sollen Sie sich betragen und Ihre Meinung vorläufig für sich behalten; doch da sind wir an Ort und Stelle.« Noch während sie sprachen, hatten sie die Schwelle überschritten, wohin ihnen Tsin-fu wieder mit den devotesten Verbeugungen und der Einladung folgte, sein Haus ganz als das ihre zu betrachten. Salomon Holderbreit aber, so sehr er es sich auch früher gewünscht hatte, die innere Einrichtung einer chinesischen Wohnung einmal genauer betrachten zu dürfen, sah im ersten Augenblick weiter nichts, als den vor ihnen aufgestellten Altar. Vor diesem brannte nämlich eine Lampe und standen mehrere Gefäße, in denen rote und sehr dünne glimmende Stäbchen einen Weihrauchgeruch verbreiteten. Der Altar bestand aber nur in einem kleinen Gesims an der Wand, etwa so breit wie der Überbau eines englischen Kamins; doch hing über demselben ein großes und eigentümliches Bild.

Er stellte zwei Männer, lebensgroß und in chinesischer Tracht, vor, die aber einen ganz entgegengesetzten Charakter trugen. Der eine war von behäbiger Gestalt, ein dicker, fetter und augenscheinlich gemütlicher Mann, ziemlich weiß von Angesicht und in einem bequemen Lehnstuhl sitzend. Neben diesem aber, zu ihm übergebeugt und den Finger erhoben, als ob er ihm etwas in das Ohr flüsterte, stand eine andere, schwarze Gestalt mit verzerrtem Antlitz, funkelnden Augen und fletschenden Zähnen, mit einem Wort: das böse Prinzip in jeden Zug geschrieben. Neben dem Altar hingen noch rechts und links einige mit vergoldetem Schnitzwerk verzierte Tafeln, welche die Namen der verstorbenen Vorfahren Tsin-fu's trugen.

»Da haben Sie die ganze Bescherung«, sagte Lockhaart ruhig, während Holderbreit überrascht vor dem Bilde stehen blieb. »Der dicke, gemütliche Schmerbauch ist Tepikong oder das gute Wesen, mit dem sie übrigens nicht viel Aufhebens machen, da er sich nicht in Respekt zu setzen weiß. Sie halten ihn für zu gut, als daß er ihnen schaden möchte, jedenfalls eine Lehre, die uns in ihrer Allbarmherzigkeit beschämt. Der andere daneben ist aber Seitan oder der böse Geist, und dem bringen sie hauptsächlich die Opfer, weil sie wissen, daß er nicht mit sich spaßen läßt.«

»Seitan?« frug Holderbreit erstaunt. »Das klingt ja fast wie Satan, und verschmilzt da vielleicht mit unserem Glauben.«

»Da haben sie recht«, sagte Lockhaart trocken, »es ist alles ein Teufel.« Wie er sich umdrehte, stand Joost hinter ihm und flüsterte ihm zu:

»Es wird die höchste Zeit, daß wir die Damen entfernen. Klapa hat eben einen Boten geschickt, daß er Melattie und Patani aufgespürt und gefangen habe, und schon mit ihnen unterwegs wäre.«

»Dann wird ihm der Bote jedenfalls melden, welche Gesellschaft hier versammelt ist«, erwiderte, ungeduldig mit dem Kopf schüttelnd, der alte Herr.

»Das fürchtete ich auch«, sagte Mynheer Joost. »Ich habe den Boten deshalb durch zwei der Oppaß festhalten und binden lassen. Einer von diesen muß jetzt bei ihm bleiben, daß er nicht loskommt, sonst sehen wir den schlauen Burschen im Leben nicht hier.«

»Brav! Brav!« nickte Lockhaart, »das war gescheit. Nun, Sie wissen am besten, für wen Sie es tun. Kommen Sie, die Frauenzimmer wollen wir bald unterwegs haben. Ist alles mit Tsin-fu besprochen?«

»Alles; dem Chinesen liegt besonders daran, diesen Klapa aus seiner Nachbarschaft zu bekommen, denn mehrere bei ihm verübte Diebstähle haben den verwegenen und schlauen Burschen ganz sicher ebenfalls zum Urheber.«

»Desto besser, desto besser. Kommen Sie, Holderbreit – Sie müssen mit den Damen aufbrechen, wenn Sie die Teeplantage noch vor Nacht erreichen wollen.«

»Werden Sie uns nicht begleiten?« frug der Geistliche erstaunt, und er wäre vielleicht nicht böse darüber gewesen, Herrn Lockhaarts Gesellschaft auf kurze Zeit entbehren zu müssen.

»Ja«, sagte dieser aber, »gewiß begleiten wir Sie; nur voraus sollen Sie fahren, denn wir haben noch Einiges hier zu besprechen, und möchten doch die Damen nicht aufhalten. Wo sind die Pferde?«

»Die kommen eben«, sagte Joost, »ich hatte mir schon erlaubt sie zu beordern, um keinen Aufenthalt zu veranlassen.«

»Sehr recht! Jetzt werden wir gleich in Ordnung sein«, und mit den Worten ging er auf seinen Schwager zu, um mit diesem, was nötig war, zu besprechen. Wagner hatte indessen die Damen zu ihrer Carreta geleitet, und Herr Holderbreit gab sich schon der Hoffnung hin, diesmal zu ihnen beordert zu werden, fand aber, daß er sich wieder geirrt, da van Straaten nicht mit zurückblieb, sondern sich mit dem Geistlichen in die Kalesche setzte, die vorher Joost und Herr Holderbreit selber innegehabt. Die Damen folgten in dem andern Wagen dicht hinter ihnen, und da es ziemlich steil bergan ging, sollten sie nur langsam vorausfahren; die noch zurückbleibenden Herren wollten dann suchen, sie später einzuholen. Gelang ihnen das nicht, so war als bestimmtes Rendezvous die Teeplantage von Tjoemboeloeit bezeichnet worden.

SIEBENUNDVIERZIGSTES KAPITEL

Kaum waren übrigens die Wagen hinter der ersten Biegung der Straße verschwunden, als Joost zu Lockhaart trat und sagte:

»Ich hoffe Sie setzen Vertrauen in mich, daß ich alle Kräfte aufbieten werde, mein Versprechen zu erfüllen?«

»Allerdings tu' ich das«, erwiderte der alte Herr, »eben weil ich weiß, daß es Ihr eigener Vorteil ist.«

»Gut – dann muß ich Sie aber jetzt auch bitten, meinen Anordnungen genau zu folgen, ich stehe Ihnen sonst für keinen Erfolg und kann, wenn es mißglückt, nicht verantwortlich gemacht werden. Ich betrachte mich, Ihrem Versprechen nach, überhaupt schon jetzt als freier Mann, indem ich jeder mir auferlegten Verpflichtung nachgekommen bin.«

»Hoho, nicht so rasch, mein werter Herr«, sagte Lockhaart, »erst müssen wir den Burschen wirklich haben. Entschlüpft er uns dann wieder durch unsere Schuld, so können Sie allerdings nicht dafür verantwortlich gemacht werden. Doch was sollen wir jetzt tun?«

»Treten Sie beide in Tsin-fu's Hinterstübchen, meine Herren«, erwiderte Joost, »und lassen Sie sich unter keiner Bedingung blikken. Durch eine kleine Öffnung im Bambus können Sie trotzdem alles sehen, was hier vorgeht.«

»Und die Oppaß?«

»Sind ebendaselbst schon untergebracht, und wissen genau, wie sie sich zu verhalten haben. Zögern Sie aber noch fünf Minuten hier, so mögen Sie auch die Verantwortung für das Mißlingen unseres Planes tragen.«

»Donnerwetter«, lachte Lockhaart, »wir stehen unter strenger

Kontrolle; aber es kann nichts helfen, er hat recht – wollen wir ihm gehorchen, Wagenaar?«

»Da wir wenigstens zusehen können, habe ich nichts dagegen«, sagte der junge Mann. »Ihnen, Herr Joost, möchte ich aber noch vorher bemerken, daß auch ich den Oppaß strengen Befehl gegeben habe, Sie nicht aus den Augen zu lassen. Spielen Sie daher ein doppelt Spiel, so sollen Sie uns wenigstens nicht unvorbereitet finden.«

»Sehr verehrter Herr«, brummte Joost mit mürrischem Trotz, »ich habe Ihnen gesagt, was Sie tun müssen, um unsern Plan zu fördern. Es steht jetzt in Ihrem Belieben, ihn zu stören, soviel Sie wollen.«

»Kommen Sie, Wagenaar«, sagte Lockhaart, »der Vent hat recht und wird nicht daran denken, uns zu hintergehen – eben weil es sein eigener Nutzen ist. Alles weitere besprechen wir da drinnen.« Und Wagners Arm ergreifend, führte er ihn mit sich in das kleine Haus des Chinesen, in dem ihnen Tsin-fu ein paar bequeme und gut versteckte Sitze anwies. Auch die Oppaß hatten schon eine ganze Weile ihre Plätze eingenommen, als drüben im Wald der langgezogene, schwermütige Ton eines Heulaffen laut und, etwas weiter zur Rechten, beantwortet wurde, dann war alles wieder still, und es dauerte wohl noch eine volle Viertelstunde, bis am Waldsaum des nächsten Hügels zuerst eine einzelne Gestalt sichtbar wurde. Joost rief einem der neben ihm kauernden Malaien ein paar Worte zu, und dieser sprang auf, blies seine Tabakslunte scharf an und brachte bald ein kleines Häufchen dort aufgehäufter welker Blätter zum Brennen. Ein paar Stücke trockenen Holzes darauf gelegt, erzeugten einen leichten Rauch, der hoch und gerade in die reine Luft hinaufwirbelte. Die Gestalt drüben war indessen wieder verschwunden, aber gleich darauf erschien ein kleiner Trupp von Javanen. Dicht gedrängt passierten sie die Lichtung, bis sie wieder an demselben Hügel, auf dem des Chinesen Wohnung lag, von den überhängenden Büschen gedeckt wurden.

Tsin-fu saß jetzt wieder mit Mynheer Joost ganz allein draußen unter dem offenen Dach, und die beiden würdigen Männer tranken Tee mitsammen. Herr Joost machte seinem chinesischen

Freunde aber so wichtige Mitteilungen über die künftige Stellung seines bisherigen Protektors Heffken, daß Tsin-fu in Angst und Schrecken über die Gefahr, in der er selber vielleicht noch schwebte, ganz ihr eigentliches und augenblickliches Vorhaben vergaß. Hatte er doch bis jetzt nur geglaubt, daß es sich allein darum handele, den eingeborenen Unterhändler, der den Weißen in Batavia vielleicht unbequem geworden war, aus dem Weg zu schaffen. Darin fand er denn auch nichts Ungewöhnliches oder Außerordentliches. Daß es aber einem der Tuwans selber an den Kragen ging, gab der Sache eine ganz andere Wendung, und Tuwan Heffken wußte allerdings mehr von ihm, wie ihm in diesem Augenblick lieb war. Aber jetzt blieb ihm keine Zeit zum Nachdenken, denn in diesem Augenblick erschien Klapa selber, dem schmalen Fußpfad folgend, der aus den Büschen herausführte, und von dem aus er den kleinen Pfad vor dem Haus schon länger hatte erkennen können.

»Tabé, Tuwan! Tabé, Tsin-fu, –« sagte er, mit einem Blick das ganze Terrain um sich her überfliegend. Sein Auge haftete dabei auf den frischen Räderspuren, nach denen er den Kopf drehte. Aber er konnte auch sehen, wie sie die nächste Steigung passiert, also den Platz verlassen hatten, und Europäer besuchten diese Gegend zu häufig, als daß ihm das auffallen konnte.

»Tabé, Klapa!« entgegnete ihm Joost, der hier das Wort nahm. »Hast du dein Versprechen gehalten?«

»Ich? Ja«, sagte der Javane, »haltet Ihr nun auch vorher das Eure.«

»Das Geld ist bereit, Klapa. Du weißt, daß ich dich nicht darum betrügen würde«, sagte Joost finster, »weshalb also die Umstände?«

»Ja, ja«, lachte Klapa still vor sich hin, »ich kann meine Laune haben so gut wie Ihr. Außerdem sind mir heut' schon viel zu viel Wolandas hier gewesen, der Grund riecht nach ihnen, und Klapa hat zwischen ihnen nicht gern viel zu tun. Haltet mich nicht auf, gebt mir das Geld, und Patani und Melattie sind in Eurer Gewalt.«

»Was geht mich Patani an!« brummte Joost, denn Klapa kam noch immer nicht näher und blieb am Rand der Dickung stehen.

Ein einziger Sprung von dort aus, und er war wieder im Dickicht drin, in dem sie ihn im Leben nicht gefunden hätten. »Liefere den an den Residenten ab, der dir den Fanglohn zahlen wird, oder laß ihn laufen, was kümmert's mich. Ich habe dir nur aufgetragen, das Mädchen herzuschaffen.«

»Ja, wie Ihr's versteht«, murrte Klapa finster vor sich hin, »nur das Mädchen, natürlich, damit mir der tollköpfige Bursche, der Patani, der mit seinem Kris selbst gegen die Weißen zu geschwind ist, nachher bei erster Gelegenheit die Bezahlung durch den Leib rennte. Ihr wißt recht gut, daß ich es Tuwan Heffken in der Stadt gleich sagte: wenn er die eine haben wolle, müsse er den andern auch nehmen, seiner und – meiner Sicherheit wegen, und er ging darauf ein. Ihr selber wäret Eures Lebens nicht eine Stunde sicher, wenn Ihr die Dirne aus den Bergen führtet und Patani frei auf Eurer Fährte hättet. Glaubt Ihr, der ließe Euch nur bis Tjanjor mit Eurer Beute kommen?«

»Hm« sagte Joost, als ob er von den Worten Klapas überzeugt wäre, »darin hast du allerdings recht, und ich habe vorher an die Gefahr, die ich selber laufen könnte, nicht einmal gedacht. Gut, ich kann ihn ja ebensogut wie du an den Residenten in Bandong abliefern, der dann schon wissen wird, was er mit ihm zu tun hat.«

»Und wenn er ihn wieder freiließe?«

»Frei?« rief Joost lachend aus. »Hat er nicht das Blut eines Weißen, noch dazu eines holländischen Beamten, vergossen, und glaubst du, daß sie das je ungestraft lassen? Wenn er nicht gehangen wird, weil der Verwundete mit dem Leben davongekommen ist, so wäre doch Verbannung das wenigste, was ihm bevorsteht.«

»Das dacht' ich mir«, sagte Klapa, zufrieden mit dem Kopf nickend, »und das wäre für uns alle das Beste. Patani ist ein wilder und gefährlicher Gesell und haßt die Wolandas.«

»So schaff deine Gefangenen her«, sagte Joost, »ich habe Leute mitgebracht, die sie in Obhut nehmen können.«

»Leute«, frug Klapa mißtrauisch, »wen?«

»Ein paar Oppaß vom Residenten. Wenn du ihnen nicht begegnen magst, so geh in Tsin-fus Haus; dort werd' ich dir auch das Geld ausbezahlen.«

»In Tsin-fus Haus?« wiederholte immer noch halb unschlüssig der Eingeborene. »Aber bah!« rief er plötzlich, den Kopf zurückwerfend und den Chinesen mit seinen dunklen Augen scharf fixierend, »Tsin-fu kennt Klapa. Er weiß, daß er gegen ihn nicht falsch sein darf, oder – es wäre ihm zu wünschen, er hätte die Preanger Regentschaften – und diese Berge in seinem Leben nicht gesehen.«

»Klapa weiß, daß Tsin-fu der Freund seines Stammes ist«, sagte der Chinese ängstlich, denn er geriet hier in doppelte Verlegenheit und Gefahr, wenn der Fang dieses schlimmen Burschen mißlang. Heffken konnte ihn dann verraten und diese Rothaut ihm jede Stunde das leichte Haus mit allen seinen Vorräten über dem Kopf anzünden, ohne daß er imstande gewesen wäre, es zu verhindern. Der Javane beachtete ihn aber schon nicht mehr. Hier, dicht an der Grenze seiner Wildnis, fürchtete er wenig von seinen Feinden, am wenigsten von dem Chinesen selber, dessen feige Natur er kannte, und der ihm schon dadurch auch für des Weißen Ehrlichkeit Bürgschaft leisten mußte. Wie er gekommen, verschwand er deshalb auch wieder in den, jenen kleinen Platz umgebenden Blütenbüschen, und bald darauf erschienen Patani voran und hinter ihm Melattie, ihre Arme mit Bastseilen auf dem Rücken festgebunden, und der Mann von zwei Malaien, die Frau von einem einzelnen alten Burschen geführt. Der unglückliche Patani war mit Blut bedeckt, denn nicht gutwillig hatte er sich seinem Feind überliefert, und nur Hinterlist und Verrat ihn so rasch bewältigen können. Bis zum letzten Moment, solange er nur noch die Möglichkeit einer Befreiung sah, hatte er sich auch mit Anstrengung aller seiner Kräfte gewehrt, jetzt, wo er alles vergebens wußte, schritt er still und mit gesenktem Kopf zwischen seinen Führern hin. Es sollte so sein; sein Schicksal war erfüllt – Allah wollte, daß er an seine Feinde ausgeliefert wurde, um dort für das vergossene Blut den Tod zu erleiden – was konnte er dagegen machen? Von dem Moment auch, wo dieses Gefühl der erreichten Bestimmung, der Fatalismus der Mohammedaner, seine Seele erfaßt hatte, rührte er kein Glied mehr zu seiner Verteidiung. Es wäre ja doch nutzlos gewesen.

Ganz ineinander gebrochen war Melattie. Eine anspruchslose

Heimat hatte sie verlassen, ja eine Heimat voll Entbehrungen und Sorgen, selbst ohne die Sicherheit, die sonst das ärmlichste Dach seinen Insassen gewährt; aber es war doch eine Heimat gewesen. Der wilde Wald, von schlimmen Tieren und oft schlimmeren Menschen gefüllt, hatte doch den eigenen Herd umschlossen, an dem sie mit dem Geliebten weilen durfte, und sie selber, außer der Sehnsucht nach ihrer Mutter, keinen weiteren Wunsch genährt oder nur gekannt. Des Feindes rauhe, mörderische Hand brach da über sie herein. Ob sie ihr ganzes Leben auch arbeitsam, ehrlich und brav gewesen, wen kümmerte das jetzt? Gegen die Gesetze der Weißen, so jedem Glauben widersprechend diese auch oft sein mochten, hatte er gefehlt, ihnen war er verfallen, und ihnen sollte nicht allein jetzt er, nein auch sie geopfert werden. Und konnte das ein Gott der Liebe sein, der solchen Frevel duldete? Handelten so Christen? Und durften sie dann glauben, die Mohammedaner zu überzeugen, daß ihre, die christliche Religion die bessere sei? Arme Melattie! Mache die Lehren Christi, des edelsten, einfachsten, bescheidensten Menschen, nicht für das veranwortlich, was Priester und Laien in seinem Namen sündigen. Wohl ist die christliche Religion eine Religion der Liebe – das wenigstens war der Wille ihres Schöpfers. – Daß sie nur zu oft zu einer Religion des Hasses und Blutvergießens wird, ist nur das Werk seiner »Diener« und hat mit der eigentlichen Lehre nichts zu tun. Eine Lehre wurde uns gegeben, einen Glauben haben wir uns daraus gemacht, und der Himmel lächelt blau und freundlich über Christen und Mohammedaner, über Heiden und Juden – ja selbst über Katholiken und Protestanten nieder.

Herr Joost sah indessen mit Vergnügen, daß Klapas erstes Mißtrauen zum Teil beseitigt sei, und hoffte nun auch noch ihn dahin zu bringen, um Tsin-fus Haus selber zu betreten. Sowie er dessen Schwelle dann überschritt, war er gefangen. Klapa schien aber dazu noch immer keine rechte Lust zu haben.

»Hier sind beide«, sagte er jetzt zu Joost herantretend, indem er auf die kleine Gruppe der Unglücklichen zeigte, »hier sind beide, wie ich es versprochen; wo ist das Geld?«

»Ei, das hab' ich ebenfalls mitgebracht, Klapa«, rief Joost rasch, »du sollst uns nicht etwa so lange borgen, bis du wieder nach

Batavia kommst. Aber schwerlich wirst du doch gleich in deine Berge zurückkehren, und erst etwas essen und trinken. Außerdem«, setzte er leise zu ihm gewandt hinzu, »hab' ich noch einen Auftrag für dich, bei dem du viel Geld verdienen könntest, wenn du eben Lust und – Mut dazu hättest.«

»Keine gefährlichen Dinge mehr«, sagte aber Klapa mit dem Kopf schüttelnd, »mein Haus ist schon zu oft in Gefahr gewesen, um dafür zu büßen, was die Hände unternommen. Aber was ist es?«

Joost antwortete ihm nicht, sondern drehte den Kopf der selben Richtung zu, nach der schon Klapa aufmerksam hinüberhorchte. Es war der Straße zu, auf der kurze Zeit vorher die beiden Wagen fortgefahren, und von woher in diesem Moment schon wieder Rädergerassel herübertönte. Herr Joost war indessen darüber ebenso erstaunt wie Klapa, dessen Blick unwillkürlich nach den bleichen Zügen seines Gefährten hinüberflog; die nächste Minute aber sollte ihnen Aufklärung bringen, denn dieselben beiden Wagen, die Tjiledi mit den Damen und Herrn Holderbreit und van Straaten verlassen, kehrten schon wieder dorthin zurück. Herr Joost konnte seine Bestürzung darüber kaum verbergen, doch Klapa lachte.

»Aha!« rief er, »die Weißen haben nach Tjoemboeloeit hinüber gewollt, aber gestern in der Nacht hat der Wind zwei mächtige Yamudjus quer über den Weg geworfen, und denen konnten sie nicht ausweichen – da sind sie wieder.«

»Und wenn sie sehen, daß wir beide Geldgeschäfte miteinander haben –« sagte Joost zögernd.

»So könnten sie vielleicht glauben«, lachte der Javane höhnisch, »daß Ihr irgendein unehrenhaftes Gewerbe triebet. Kommt mit in Tsin-fus Haus – bis sie nur ausgestiegen sind, kann unsere Sache abgemacht sein.«

»Aber die beiden?« frug noch zögernd Joost, dem nichts Erwünschteres hätte kommen können, obgleich er sich wohl hütete, es zu zeigen – indem er auf die Gefangenen deutete.

»Bah!« sagte Klapa finster, indem er der niedern Wohnung des Chinesen zuschritt, »was kümmern sich die Wolandas um gebundene oder mißhandelte Kinder dieser Berge? Ja, wenn es Leute ihrer Farbe wären! Komm, Tsin-fu – kommt, Tuwan; ich habe schon zu lange hier oben gezögert und muß fort.« Und mit den Worten schritt er über den freien Platz und betrat, von Joost und dem Chinesen dicht gefolgt, das Haus. Kaum aber hatte er die Schwelle überschritten, als Tsin-fu, der sich wohl hütete ihm zu nahe zu kommen, von außen die Tür zuwarf. Im nächsten Moment schon prallte Klapa wieder von innen dagegen, aber des Chinesen wie Joosts Gewicht verhinderte, daß er den Ausgang erzwingen konnte, wenn er auch die Tür selber in Stücke brach. Zu gleicher Zeit warfen sich die im Innern postiert gewesenen Oppaß auf den Burschen, und Lockhaart und Wagner sprangen zu ihrer Hilfe herbei. Klapa hatte aber auch schon, als er seine Flucht abgeschnitten sah, den Kris aus seinem Gürtel gerissen, und während die eingeborenen Gerichtsdiener erschreckt vor dem Stahl zurückfuhren, rannte der zur Verzweiflung getriebene Javane mit zum Stoß gehobener Waffe voll gegen Lockhaart an. Ein kleines offenes Fenster lag hinter diesem, und Klapa wußte recht gut, daß er frei war, sowie er das erreichte.

Lockhaart selber fand übrigens etwas zu spät, daß er sich doch hätte mit irgendeiner Waffe versehen sollen, und wäre es nur ein Stock gewesen, um den tollen Angriff des Rasenden abzuwehren. In dem engen Raum konnte er nicht einmal zur Seite springen; mit einem Satz aber flog der Javane gegen ihn an, und der rechte Arm fuhr zurück, den Tod bringenden Stoß zu führen, als Wagner mit Blitzesschnelle das Handgelenk ergriff, das die Waffe hielt, und mit eiserner Gewalt den Arm des Eingeborenen fast aus der Kugel drehte. Im nächsten Moment schon traf Lockhaarts Faust den Wütenden mit gut gezieltem Stoß zwischen die Augen, und als er zurücktaumelte, griffen auch jetzt die Oppaß zu und hatten ihn bald machtlos in ihrer Gewalt.

Das alles bedurfte aber nur weniger Sekunden, denn noch hielten die anrollenden Wagen nicht vor dem Hause, auf dessen freiem Vorplatz sie allein umwenden konnten, als Klapa schon, seiner Waffe beraubt, mit gebundenen Händen und Füßen am Boden lag, und Lockhaart, Wagners Hand ergreifend, herzlich sagte:

»Ich danke Ihnen, Wagenaar, Sie kamen zur rechten Zeit, und

ich fürchte fast, der Bursche hätte ohne Ihre Dazwischenkunft ein häßliches Loch in meine Haut gestoßen. Die braunen Schufte sind doch keinen Deut wert, wo man sich wirklich einmal auf sie verlassen will.«

»Es war nur ein glücklicher Zufall«, erwiderte Wagner, »daß er mich in dem dunkeln Raum erst bemerkte, als es für ihn zu spät war. Wie schlau sich aber Tsin-fu in Sicherheit zu bringen wußte!«

»Das sind alles feige Halunken«, lachte Lockhaart, »hol' sie der Henker! Nun Mynheer Joost, ich bestätige Ihnen hiermit, daß Sie Ihr Versprechen erfüllt haben. Sobald Sie Ihr Zeugnis in Batavia abgelegt, können Sie gehen, wohin Sie wollen; denn die Kolonialregierung wird sich wohl das Vergnügen versagen müssen, Ihnen einen längeren Aufenthalt hier zu gestatten.«

»Wir haben beide aneinander nichts verloren«, sagte Herr Joost trocken, »und beide keine gegenseitigen Gefälligkeiten zu erwidern.«

»Allerdings nicht«, erwiderte ebenso lakonisch Lockhaart, »da wir den Preis Ihres eigenen Halses als zu unbedeutend nicht in Anrechnung bringen dürfen. Doch fort mit den Torheiten; wir haben Ernsteres zu tun. Mynheer Joost, Ihnen übergebe ich hiermit die Bewachung des Javanen, zu der Ihnen außerdem zwei der Oppaß zur Verfügung bleiben. Sie selber haben dabei auch das größte Interesse, daß er in sicherem Gewahrsam bleibt, denn in diesem Fall gewinnen Sie Ihre Freiheit, im andern – möchte ich nicht in Ihrer Haut stecken, mit den Gesetzen und der Rache dieses gewissenlosen Schuftes hinter sich. Das also ist Ihre Sache, und nun, Wagenaar, wollen wir einmal sehen, was um Gottes willen unsere Gesellschaft wieder zurückbringt.«

»Was auch immer«, sagte Wagner, »ich glaube, die heranfahrenden Wagen haben uns den Fang erleichtert.«

»Mag sein; es hätte aber auch gerade das Gegenteil geschehen können, und da trägt van Straatens bodenlose Bequemlichkeit wieder allein die Schuld. Jedenfalls haben sie irgendein Hindernis im Weg getroffen, und mein guter Schwager ist, ohne sich den Henker darum zu kümmern, was hier vorgeht, augenblicklich wieder umgekehrt.«

Ein Schmerzensschrei Tsin-fus unterbrach ihn hier und schien durch Mynheer Joost selber veranlaßt. Während dieser nämlich mit Lockhaart sprach, mochten dem Chinesen allerlei Bedenken gekommen sein, ob die Wolandas den verzweifelten Burschen nicht am Ende doch wieder frei ließen, und was ihm selber dann bevorstand, wußte er genau. Das Geratenste schien es ihm deshalb, jetzt, da er den Wünschen der Europäer Folge geleistet, auch seinen eigenen Interessen dadurch Rechnung zu tragen, daß er sich Klapa wieder verband, indem er diesem selber zu seiner Befreiung half – dann konnte er doch an ihm keine Rache nehmen. Was kümmerte ihn das Gesetz und die Gerichte? Leider sollte er seinen listigen Plan nicht durchführen können, denn Mynheer Joost war zu sehr an der Sache interessiert, um den Javanen lange außer acht zu lassen. Ebenso wenig traute er dem Sohn des Himmlischen Reiches, dessen Furchtsamkeit er kannte, und ertappte auch Tsin-fu gerade in dem Augenblick, als er sich hinter Klappa hindrängte und mit einem kleinen scharfen Messer den seine Arme umschlingenden Bast zu durchschneiden suchte. Wie ein Geier auf seine Beute, so fuhr Joost auf den erschreckten Chinesen, und der Schlag, mit dem er ihn auf den bloßen Nacken traf, hatte ihm jenen Schrei ausgepreßt. Lockhaart drehte den Kopf danach um, und erriet leicht, was da vorgefallen, lachte aber nur und verließ mit Wagner das niedere Haus. Er wußte jetzt seinen Gefangenen unter ganz vortrefflicher Aufsicht. Draußen waren unter der Zeit die Carretas wieder vorgefahren, und Mynheer van Straaten stieg behaglich aus, um den Damen ebenfalls aus dem Wagen zu helfen.

»Nun, ihr seid schon wieder zurück?« frug ihn Lockhaart kopfschüttelnd.

»Gewiß«, sagte sein Schwager, sich eine frische Zigarre anzündend, »lag doch der halbe Wald quer über den Weg!«

»Und warum habt ihr nicht Leute holen lassen, ihn wegzuräumen?«

»Sind auch jetzt oben«, erwiderte van Straaten, »hatte aber nicht Lust, solchen Regenschauer dort abzuwarten, wie wir gestern bekamen. Habt ihr ihn?«

»Ja, allerdings – aber beinahe wäre durch –«

»Bah – so ist ja alles in Ordnung«, unterbrach ihn gleichgültig der Holländer; »ist übrigens rascher gegangen, wie wir dachten, und wir kehren jetzt gleich mit euch nach Bandong zurück.«

»So willst du nicht mit den Damen in die Teeplantage fahren?«

»Allerdings, aber nicht den Weg, den Gott weiß wie lange kein Wagen passiert hat. Für heut abend wär' es überdies für einen Besuch zu spät geworden, und wir müssen denken, wir hätten nur eben eine Spazierfahrt gemacht.«

»Um Gottes willen«, rief Hedwig, die mit gefalteten Händen, und Angst und Mitleiden in den schönen Zügen neben der unglücklichen Melattie stehengeblieben war, »weshalb sind der armen Frau die Hände auf den Rücken gebunden? Was hat sie verbrochen?«

»Was die Frau verbrochen hat, weiß ich nicht einmal«, erwiderte Lockhaart, »ich glaube, das ist eine Privatangelegenheit des Herrn Joost. Der Bursche da aber soll, so viel ich weiß, derselbe sein, der seinen Kris gegen einen Europäer gehoben und ihn verwundet hat. Wenn das auch ein sehr nichtsnutziges Subjekt war, dürfen wir es doch schon des schlimmen Beispiels wegen nicht hingehen lassen.«

»Ich fürchte, sie werden diesmal eine Ausnahme machen müssen«, sagte da Wagner, der noch immer den, dem Klapa abgenommenen Kris in der Hand trug und schon während er sprach, Patanis Banden damit durchschnitt.

»Alle Teufel, was machen Sie?« rief Lockhaart erschreckt. »Sie bringen sich in böse Händel mit der Kolonial-Regierung.«

»Die ich dann auch auszufechten habe«, sagte Wagner ruhig, »zufällig aber kenne ich durch einen unserer malaiischen Diener, jenen Tojiang, der auch mit Klapa besser bekannt ist, als er gern eingestehen mag, das ganze Unrecht, das diesen beiden Leuten von Heffken und unseren leidigen Gesetzen geschehen ist, und will nicht selber dazu beitragen, sie noch unglücklicher zu machen, indem ich sie einer vollkommen ungerechten Strafe überliefere.«

Patani war frei, und ein wahrhaft seliges Lächeln zuckte über seine Züge, als ihm Wagner den Kris und mit einem Zeichen auf

Melattie auch die Erlaubnis gab, deren Banden zu lösen. Im Nu fuhr er auf das arme geängstige Weib zu, und wenige Sekunden später stand sie, von ihren schmählichen Banden befreit, neben ihm.

»Das lohne Ihnen Gott«, sagte Hedwig leise zu Wagner, als sie ihm fast unbewußt die Hand entgegenstreckte, »Sie haben ein gutes Werk an diesen Unglücklichen getan!«

»Aber was hilft es ihnen?« sagte kopfschüttelnd Lockhaart. »Wenn dieser Bursche ein Verbrechen begangen hat, ist ihm das jetzt nur eine Galgenfrist, denn wie ein Stück Wild muß er sich im Wald versteckt halten, und zuletzt wird er doch einmal wieder eingefangen.«

»Das soll aber nicht geschehen«, entgegnete freundlich der junge Mann. »Ich selber will zum Gouverneur gehen und für das künftige Betragen des armen Teufels Bürgschaft leisten. Daß er damals seinen Kris zog, war ja doch nur Notwehr, und er selber schon fast zur Verzweiflung getrieben. Die Frau aber ist ganz schuldlos und – doch ich erzähle Ihnen die Sache lieber auf dem Heimweg ausführlich, und bin dann fest überzeugt, Sie versagen mir Ihr Fürwort bei Seiner Excellenz nicht.«

»Und was wird jetzt mit den armen Leuten?« frug Hedwig mitleidig.

»Es soll ihnen nichts Übles mehr geschehen, liebes Fräulein«, sagte der junge Mann. »Verlassen Sie sich auf mich; ich werde dafür sorgen. Hier, Patani«, wandte er sich dann in dem Dialekt dieser Berge an den jungen Eingeborenen, der noch immer den Kris in den Händen hielt und zweifelnd von einem der Weißen zum anderen sah. Verstand er doch nicht die Worte, die sie zusammen sprachen und wußte deshalb nicht, ob seine Befreiung nur der Gegenwart der Frauen galt oder ernstlich gemeint sei. Aber die Banden ließ er sich nicht wieder anlegen, dazu war er entschlossen, und fester griffen seine Finger die Waffe, als sich der Weiße gegen ihn wandte. Wagner war die Bewegung nicht entgangen, aber er sagte lächelnd:

»Du brauchst die Waffe nicht mehr – du bist unter Freunden. Geh mit deinem Weib nach Haus – geh zu ihren Eltern oder wohin du willst – du sollst nicht mehr verfolgt werden – ich will selber mit dem Gouverneur sprechen. Damit du aber einen Anfang für deine Wirtschaft hast, so nimm das hier – nimm nur – ich verlange nichts von dir dafür, und zum Beweis, daß du von uns hier nichts zu befürchten hast, so gehe, sobald es dir gefällt, ungehindert mit deinem Weib fort.«

Patani stand staunend vor dem Weißen. Sein überraschter Blick flog von dessen freundlichem Antlitz zu den Banknoten nieder, die er in der Hand hielt, und deren Wert er wohl kannte, und wieder zu seinem neuen Beschützer empor. In Dankbarkeit und Ehrfurcht aber kauerte das arme Weib sich zu den Füßen des Europäers nieder; ach, waren es nicht die ersten freundlichen Worte, die seit langer, langer Zeit von fremden Lippen zu ihr gesprochen wurden? Hatte sie denn nicht noch erst vor wenigen Augenblicken nur Nacht und Verzweiflung auf ihrem nächsten Lebenspfad gesehen, und war es nicht diese Hand gewesen, die ihnen Freiheit – Hilfe und Sicherheit geboten?

»Es ist gut! Geht! Geht!« rief Wagner aber abwehrend ihnen zu. »Fort, dankt auch mir nicht für das, was ich getan. Es war euch Unrecht geschehen, und deshalb meine Pflicht, es wieder gut zu machen.« Und ehe ihm Patani auch nur ein Wort des Dankes sagen konnte, drehte er sich ab und schritt, so rasch er konnte, zu des Chinesen Haus hinauf, die Abfahrt der indessen dort eingelenkten Wagen zu bestellen und anzuordnen.

Als er sich wieder umwandte, waren Patani und Melattie im Wald verschwunden.

ACHTUNDVIERZIGSTES KAPITEL

Lockhaart trieb jetzt selber zur Abfahrt, und so erstaunt die Damen auch waren, den Heimweg schon wieder anzutreten, fügten sie sich doch willig den Anordnungen des alten Herrn. Sie wußten außerdem recht gut, daß er überhaupt keinen Widerspruch ertrug, und für alles, was er tat, seine guten Gründe hatte. Auf der Heimfahrt waren aber auch die Plätze anders arrangiert worden, denn man hatte Holderbreit jetzt doch nicht zumuten mögen, mit Herrn Joost, seinem Gefangenen und einem der Oppaß in einem Wagen zu fahren. Salomon Holderbreit war deshalb den Damen als Begleiter zugeteilt worden, und van Straaten setzte sich mit zu seinem Schwager und Wagner ein.

Salomon Holderbreit hätte nun allerdings gern erst erfahren, was es für eine Bewandtnis mit dem gefangenen und den losgelassenen Javanen gehabt; da aber niemand Zeit zu haben schien, ihm darüber Rede zu stehen, und die Damen gar nichts davon wußten, so mußte er eine Erklärung darüber wohl für andere Zeit erwarten. Sowie die Wagen anfuhren, machte Wagner vor allen Dingen van Straaten mit den Einzelheiten des Vorgefallenen bekannt. Besonders interessierte sich der gutmütige Mann für Patanis und seines Weibes Geschick und versprach ebenfalls seinen geringen Einfluß aufbieten zu wollen, um sie vor jeder weiteren Verfolgung zu schützen und sicher zu stellen.

Lockhaart hatte die ganze Zeit ernst und schweigend vor sich nieder gesehen. Seine Gedanken waren augenscheinlich bei ganz anderen Szenen, als der gegenwärtigen. Plötzlich sagte er halb laut und mit sich selbst redend:

»Ich muß einmal mit ihr darüber sprechen – vielleicht ist ihm doch noch zu helfen.«

»Wem?« frug van Straaten. »Sitzt der jetzt da in der Ecke und faselt Unsinn – wem ist noch zu helfen?«

»Dem Oswald!« flüsterte der alte Mann. »Er bleibt ja doch immer der Sohn meiner armen Marianne, und wär' der das Herz nicht gebrochen, hätte sich doch auch wohl für ihn manches anders gestaltet.«

»Aber was willst du mit ihm machen?« sagte van Straaten. »Selbst das vorausgesetzt, daß du ihn vom Militärdienst frei bekämst.«

Lockhaarts Blick haftete fest und forschend auf Wagner; endlich sagte er leise:

»Glauben Sie, Wagenaar, daß ihn das Mädchen noch liebt?«

Wagner brauchte eine lange Zeit, ehe er die Frage beantwortete. Einmal schon glaubte Lockhaart, er habe sie gar nicht gehört, und trotzdem wagte er nicht, sie zu wiederholen. Endlich sagte der junge Mann:

»Wer kann in dem Herzen eines Mädchens lesen? Aber – wenn es selbst der Fall wäre, glauben Sie, daß sie mit ihm glücklich werden könnte?«

»Oswald ist von Herzen gut«, verteidigte ihn der alte Mann, »bodenlos leichtsinnig, ja, aber ich halte ihn nicht für schlecht. Täte ich es, wäre ich der letzte, der das arme Mädchen an seiner Seite unglücklich machen würde. Er hat nur einen schwankenden Charakter – er ist nicht selbständig genug und braucht jemanden, der ihn unterstützt und –«

Der alte Mann schwieg und seufzte recht aus tiefster Brust, denn das gerade, was er zur Entschuldigung seines Neffen sagen wollte, stimmte so gar nicht mit seinem eigenen Charakter und kam ihm selber so verabscheuenswert vor, daß er nicht weiter darin fortfahren mochte.

»Darüber solltest du dir die wenigsten Sorgen machen«, sagte van Straaten. »Frauen lieben gar nicht selten gerade das an dem Charakter eines Mannes, was uns an ihm mißfällt, und selbst Mitleiden ist schon halbe Liebe. Wer weiß, ob Hedwig sich nicht gern in ein solches Verhältnis einwohnte, wenn wir den jungen Burschen selber nur für irgendeine dauernde Tätigkeit gewinnen könnten! Arbeiten muß er aber etwas, sonst ist er nicht allein hier verloren, sondern er machte auch seine Frau mit elend, und – dazu möchte ich die Hand nicht bieten, und wenn es mein eigener Sohn wäre.«

»Aber was erträgt eine Frau nicht alles, wenn sie den Mann ihrer Wahl wirklich liebt!« sagte Lockhaart, immer noch unschlüssig. »Nicht, daß ich ihr zumuten möchte, sich zu zwingen«, setzte er rasch hinzu, »aber dadurch wäre doch noch vielleicht Rettung für den armen Teufel, der sonst rettungslos verloren ginge. Wie wär's Wagenaar, wenn Sie mir den Gefallen täten und einmal mit Fräulein Bernold über die Sache sprächen, die –«

»Sie kennen vielleicht nicht die Einzelheiten des Kontrakts, zu denen sich van Roeken verbindlich gemacht hat«, unterbrach Wagner rasch den alten Herrn. »Sobald sich Fräulein Bernold hier verheiratet, hat er nämlich weiter keine Verbindlichkeiten zu erfüllen, als ihr die vorher bestimmten fünftausend Gulden auszuzahlen.«

»Die kein Mensch braucht oder verlangt«, sagte Lockhaart ärgerlich.

»Angeblich handelt es sich aber immer um einen Geldpunkt«, beharrte Wagner, »und da ich mit zur Firma gehöre und mir van Roeken die Regelung dieser Angelegenheit anvertraut hat, so möchte ich der letzte sein, der Fräulein Bernold überredete, sich hier wieder ehelich zu verbinden. Wenn ich mir selber auch deshalb nichts vorzuwerfen hätte, könnten es doch am Ende andere tun.«

»Diese verfluchte Gewissenhaftigkeit!« rief Lockhaart ärgerlich. »So peinlich kann auch wahrhaftig nur ein Deutscher sein. Keinem Menschen würde es einfallen, Ihnen eigennützige Absichten zuzutrauen – und noch dazu einer solchen Bagatelle wegen.«

»Ich bitte Sie trotzdem, mich in dieser Sache zu entschuldigen.«

»Dann überlaß es mir, Martijn«, sagte van Straaten, »ich will bald wissen, woran ich mit dem jungen Mädchen bin, selbst auf die Gefahr hin, daß sie glauben könnte, wir wollten sie los sein. Sie sehen, Mynheer Wagenaar, daß ich nicht so viel Rücksichten nehme wie Sie. Das aber sag' ich dir, Martijn, mag sie den Burschen nicht, dann bin ich der allerletzte ihr zuzureden, ihn zu nehmen, und wenn er zehnmal unser Neffe ist. Ein liederlicher Strick bleibt er immer, der weit eher verdient, seine Zeit hier als Soldat abzuexerzieren, wie ein solches Mädchen heimzuführen.«

»Aber wenn sie ihn noch liebt, Lodewijk«, sagte Lockhaart leise, »wäre es dann vielleicht doch möglich, einen ordentlichen und braven Menschen aus ihm zu machen?«

»Wer weiß es? Liebe soll ja überhaupt blind sein«, sagte van Straaten achselzuckend; »wenn sie vollständig blind ist, nimmt sie ihn vielleicht. Das beste wäre aber, du kriegtest den saubern Patron indessen einmal ordentlich vor, und sähest, ob noch ein brauchbarer und gesunder Kern in der faulen Schale steckt – nachher kommen wir rasch zu einem Resultat. Wunderbar bleibt es freilich immer, daß sich die beiden Leute sollten in Europa aufgegeben haben, um sich in Indien wieder zusammen zu finden. Man möchte dann fast denken, daß sie der Himmel selber für einander bestimmt hätte.«

»Gott gebe es, Gott gebe es«, murmelte der alte Herr leise vor sich hin, »und mein bester Segen sollte ihnen folgen!«

Keiner der drei sprach ein Wort weiter, bis der Wagen durch das um Bandong liegende flache Land rollte, eine kurze Strecke an den hohen Hecken hinfuhr, jetzt in das Tor einbog und die breite platte Straße bis zum Hotel einhielt, zu der rechts und links die eben angezündeten Lichter aus dem grünen Laub der Büsche herausfunkelten. Es war ein wundervoller Abend; klar und hell standen die Sterne am dunkelblauen Himmel, und nur leise schaukelte der Luftzug die flüsternden Wipfel der Kokospalmen, machte die hohen, zierlichen Kronen der Arecas hin und wieder schwanken und durchzitterte die hängenden Zweigmassen der Waringhis, daß sie rauschten und wogten und wunderlich wechselnde Schatten warfen. Van Straaten hatte, sobald sie den Platz erreichten, ein Diner für die ganze Gesellschaft bestellt – Herrn Joost natürlich ausgenommen, der es vorzog, in der Nähe seines Gefangenen zu bleiben. Keinenfalls hätte er es wenigstens gewagt, der verwitweten Frau Valentijn Joost, jetzigen Vrouw Soltersdrop, wieder unter die Augen zu kommen. Van Straaten wollte eben die verschiedenen Teilhaber zusammenrufen, denn während sich draußen schwarze Wolken zusammenballten, und ein neues Unwetter heraufzog, war in dem gemütlichen, durch zahlreiche Lampen erhellten Salon die Tafel serviert worden, als ihn Wagner am Arm ergriff und beiseite zog.

»Mynheer von Straaten!«

»Wel, Mynheer? Sie haben Hunger, wie? Und wollten mich fragen, ob wir noch nicht bald essen?«

»Nein – das nicht«, lächelte Wagner verlegen, »nur – nur eine Frage möchte ich in betreff jenes jungen Mannes an Sie richten.«

»Jungen Mannes? Sie meinen doch nicht etwa Herrn Joost?«

»Nein –« erwiderte Wagner mit einigem Zögern. »Es betrifft nicht Herrn Joost, sondern jenen – Dorsek – Ihren Verwandten.«

»Und was für eine Frage?« sagte van Straaten gespannt.

»Welche Schritte man zu tun hätte und wo?« erwiderte Wagner, »um vielleicht durch Geld oder einen Ersatzmann den jungen Dorsek von seinem schlimmen Militärdienst loszukaufen.«

»Kennen Sie den jungen Dorsek genauer?«

»Ich kenne ihn gar nicht.«

»Und was, zum Henker, geht er Sie denn da an?« rief van Straaten ärgerlich. »Weiß der Teufel! Um einen ordentlichen, braven Menschen kümmert sich keine Seele, und so einem liederlichen Strick wollen alle helfen.«

»Aber Sie haben selber gesehen, wie stark Ihres Schwagers Herz noch an dem sonst vielleicht verlorenen Menschen hängt«, sagte Wagner leise, »es hat mir ordentlich die Seele ergriffen, wie gerührt der sonst so eiserne Mann selbst bei dem Gedanken schien, den Sohn seiner verstorbenen Schwester noch zu sich heraufzuziehen.«

»So?« sagte van Straaten und sah Wagner mit einem forschenden Blick von der Seite an. »Nur Martijns wegen wollen Sie dem Musjö helfen, der in Deutschland sein Vermögen durchgebracht hat und jetzt, seiner eigenen Familie zur Schande, als gemeiner Soldat nach Java kommt? Aber mit dem Mädchen selber mochten Sie deshalb nicht sprechen?«

»Lieber Herr, Sie werden mir zugestehen, daß da –«

»Was da – gar nichts gestehe ich Ihnen zu«, rief aber van Straaten, »und noch dazu vor Tisch. Ich kenne jetzt Ihren Wunsch und will mir die Sache überlegen; nun lassen Sie mich aber vor dem Essen mit allen weiteren Anträgen ungeschoren. Heh, Martijn – he, Doortje van Straaten!« rief er, an die verschiedenen Türen gehend. »Heraus mit Euch, denn die Suppe wird kalt und der Wein warm – Mesdames, ich muß bitten, Ihre Toilette ein klein wenig zu beeilen, denn Mynheer Wagenaar ist so hungrig, daß er schon wie ein Tiger um den Tisch herumschleicht.«

Lachende Stimmen antworteten ihm; bald öffneten sich rings die Türen, und die kleine fröhliche Gesellschaft sammelte sich um die reichbesetzte Tafel.

Das Gespräch wechselte dazu bald hier, bald da hinüber, und vor allen Dingen wurde der heutige Zufall besprochen, der ihre Fahrt in die Teeplantage verhinderte. Aber »aufgeschoben sei nicht aufgehoben«, meinte van Straaten, und morgen, noch in der kühlen Zeit, wollten sie von hier aus das Versäumte nachholen – falls die Damen damit zufrieden wären, ihn allein zum Ritter zu behalten.

»Und die anderen Herren wollen uns verlassen?« sagte Hedwig zögernd.

»Bitte um Verzeihung«, fiel hier Salomon Holderbreit ein, »ich für meinen Teil habe nicht die mindeste derartige Absicht, und bin mit dem größten Vergnügen bereit, Sie morgen früh wieder, wohin Sie befehlen, zu begleiten.«

»Das können Sie machen«, lachte Lockhaart, »freilich müssen Sie sich da einen eigenen Wagen nehmen, und Postpferde sind verwünscht teuer. Ihre Missonsgesellschaft wird aber gewiß nichts dagegen haben, wenn Sie die Ihnen anvertrauten Gelder dazu verwenden, Damen in die Berge zu begleiten und sie vor den Gefahren zu beschützen, die ihnen dort von den Heiden drohen könnten.«

»Sie mahnen mich zur rechten Zeit an meine Pflicht, Mynheer Lockhaart«, sagte Holderbreit, der nur mühsam die Kränkung verbiß, vor den Damen in solcher Art zurechtgewiesen zu sein. »Übrigens bedenken Sie, daß es mit in meinem Beruf liegt, Land und Sitten des Volkes vorher zu studieren, das ich von seinem

Unglauben heilen möchte. In der Stube aber lerne ich weder das Volk im ganzen noch einzelne Individuen kennen, und möglich, daß ich auch meiner Pflicht folgte, indem ich jede sich mir bietende Gelegenheit ergriff, diesem Ziel gerad' entgegen zu arbeiten.«

»Sie müssen das nicht so genau nehmen, was der alte Brummbär da aus sich heraus knurrt«, beschwichtigte aber van Straaten den Geistlichen, denn es tat ihm leid, den Mann unverschuldeterweise gekränkt zu sehen. Lockhaart lachte still vor sich hin, aber er ergriff das vor ihm stehende Glas, hob es, sah darüber hin nach Holderbreit, nickte ihm zu und leerte es auf einen Zug, und Salomon Holderbreit tat ihm mit Vergnügen Bescheid in dem, was er vielleicht nicht mit Unrecht für einen Versöhnungstrunk hielt.

»Aber Sie essen ja gar nicht«, sagte Hedwig lächelnd zu dem neben ihr sitzenden Wagner, »und doch behauptete Herr van Straaten vorher, daß Sie einen so entsetzlichen Hunger hätten.«

»Er hat mich wahrscheinlich vorgeschoben«, erwiderte Wagner zerstreut, aber freundlich, »gerade heut' abend habe ich wenig oder gar keinen Appetit.«

»Sind Sie krank?«

»Nein«, sagte Wagner gleichgültig, und erst wie er die Frage beantwortet, fühlte er, wie viel Teilnahme darin gelegen, und machte sich Vorwürfe, sie so kurz abgefertigt zu haben.

Lockhaart hatte sein Glas geleert und gab das Zeichen zum Aufstehen, indem er sich von seinem Stuhl erhob. Die übrigen folgten rasch seinem Beispiel, und van Straaten schlug den Damen noch einen Spaziergang in der Abendkühle vor, da sich das Gewitter verzogen hatte. Seine Frau entschuldigte sich aber – er hatte ihr vorher gesagt, daß er etwas mit Hedwig besprechen müsse, und diese mit ihrer alten Kathrine wanderten bald an seiner Seite unter den mächtigen Waringhis hin, die ein Stück die Straße hinab, den großen vor des Residenten Haus gelegenen Platz umschlossen.

Lockhaart war daheim geblieben; ganz gegen van Straatens Willen würde sich aber Salomon Holderbreit den Damen angeschlossen haben, hätte ihn nicht Wagner daran verhindert. Der

Spaziergang war natürlich frei, und der Geistliche schien fest entschlossen, die angenehme Gegenwart der Frauen so lange wie nur irgend möglich zu genießen. Wagner sah auch bald, daß er von der Gesellschaft nun einmal nicht zu entfernen war, ausgenommen durch eine direkte Erklärung, und damit wäre auch jedenfalls Hedwig mißtrauisch gemacht worden. Er schloß sich ihm deshalb an, und wußte ihn bald so in ein Gespräch über Religion und die Pflicht der Bekehrung zu fesseln, daß Holderbreit Augen und Ohren nur für seinen Begleiter brauchte, einige ihm höchst gefährlich dünkende Ideen zu bekämpfen, und den jungen Handelsherrn davon zu überzeugen, auf welch' schauerlichen Irrwegen er wandle. Wagner war dabei manchmal stehen geblieben, um van Straaten mit Hedwig und ihrer Begleiterin ein Stück voraus zu lassen, und Salomon Holderbreit folgte diesem Beispiel, ohne irgendeine Kriegslist darin zu ahnen. Dadurch hatten die übrigen Vorsprung genug gewonnen, von den ihnen folgenden nicht mehr gehört zu werden. Van Straaten zögerte auch nicht lange, Hedwig mit dem, was ihm auf dem Herzen lag, bekanntzumachen. Er wollte wissen, woran er mit ihr war, des Schwagers wegen, und ob dieser noch irgendeine Hoffnung nähren konnte, seinen Lieblingswunsch erfüllt zu sehen. Und was blieb dem armen Mädchen zuletzt übrig, als die Hand zu ergreifen, die ihr endlich Befreiung aus dieser unglücklichen Lage bot? Aber die Not sollte sie auch nicht dazu treiben – sie sollte nicht dahin gedrängt werden, dazu war der alte gutmütige Mann fest entschlossen. Nur ihrer freien Wahl durfte sie folgen, nur dem Gefühl, das ihr eigenes Herz bezeichnete. Mit diesen Gedanken beschäftigt, und keineswegs schon vollständig mit sich im reinen, wie er eigentlich beginnen solle, ging er eine ganze Weile schweigend neben Hedwig her, bis diese endlich leise und freundlich sagte:

»Sie sind heute abend so ernst, Mynheer, fehlt Ihnen etwas, daß Sie sich nicht an dieser wundervollen Natur erfreuen können? O sehen Sie nur, wie herrlich die Sterne nach dem Gewitter funkeln, wie diese wunderbaren Bäume ihre schon wieder vollkommen trockenen Zweige schütteln, und der Mond so zauberisch schön durch jene Wipfel scheint! Und diese Luft; es ist ordentlich, als ob man mit jedem Atemzug leichter würde, und zu jenen duftigen Bergmassen hinüberfliegen möchte, über denen jetzt die Wolken lagern. Wie wunderbar das aussieht, wenn dort Blitz nach Blitz so rasch einander folgt, als ob es fast ein einziges Glühen wäre. Ach diese Welt ist so schön – so schön!«

»Sie haben recht, liebes Fräulein«, sagte der alte Herr leise, »diese tropische Welt ist so wunderbar schön, daß wir, die wir uns erst einmal daran gewöhnt haben, gar nicht glauben, draußen aushalten zu können, wenn wir das Land wirklich einmal wieder verlassen sollen. Nur den heimischen Frühling müssen wir vergessen; er ist das einzige, für das uns selbst diese Natur keinen Ersatz bieten kann.«

Hedwig nickte langsam und schweigend mit dem Kopfe – sie dachte des deutschen Frühlings, des letzten, den sie dort verlebt, und wie er all' die Blüten ihr mit rauher Hand zerstört. Arme Hedwig! Die Heimat hatte für sie keinen Frühling mehr, und um so dankbarer mußte sie ja begrüßen, was ihr die Fremde bot. Van Straaten blickte verstohlen nach ihr hinüber; er hätte gern gehabt, daß sie selber von Deutschland angefangen, und ihm das Unangenehme eines Beginnens dadurch erspart wäre. Wo aber auch ihre Gedanken weilten, ihre Lippen schwiegen, und der Blick haftete nicht einmal mehr auf der mondbeschienenen Landschaft um sie her, sondern auf dem dunkeln Boden, auf dem sie hinschritten. Über diesem aber zogen die Mimosen ihre feinen Blätter nicht ängstlicher und schüchterner zusammen, wie die Jungfrau mit ihrer schmerzlichen Erinnerung in sich selber zurücktrat, damit kein Lichtstrahl von außen sie mehr beleuchte – und verletzte. Der Holländer an ihrer Seite fühlte auch bald, daß er auf diese Weise nicht zum Ziel käme; Wagner konnte ihm überdies den lästigen Burschen, den Holderbreit, nicht viel länger vom Leibe halten, und er mußte die wenigen, ihm noch gestatteten Minuten benutzen.

»Mein liebes Fräulein«, begann er endlich nach einer ziemlich langen Pause, »Sie – Sie seufzen so aus tiefer Brust. Haben Sie vielleicht irgend – irgendeinen Wunsch, den wir Ihnen erfüllen könnten?«

»Hab ich geseufzt? Oh Sie sind so gut! Aber – es ist wirklich bewußtlos geschehen. Sie nannten vorhin den deutschen Frühling – und dürfen es der eben gekommenen Fremden nicht übelnehmen, wenn sie die Heimat noch nicht ganz vergessen hat!«

»Und ist es bloß die Heimat?«

Hedwig sah rasch und fast erschreckt zu ihm auf. Sie fühlte, daß van Straaten von etwas reden wollte, vor dem sie sich fürchtete, und fast unwillkürlich wandte sie ihre Richtung dem Hotel wieder zu, als ob sie dort Schutz suchen und finden könne. Van Straaten indessen, ohne die veränderte Richtung zu bemerken oder zu beachten fuhr zögernd fort:

»Liebes Fräulein, Sie müssen wohl herausgefühlt haben, wie lieb und wert Sie uns in der kurzen Zeit geworden sind, in der Sie bei uns im Hause wohnen, und nicht etwa nur, weil Sie uns den Martijn, meinen verehrten Schwager, so umgeändert haben, daß er kaum noch wiederzuerkennen ist –«

»Doch nicht allein durch meine Schuld«, lächelte Hedwig, immer noch bemüht, dem Gespräch eine andere Wendung zu geben, »der alte Herr ist so von Herzen gut, daß er –«

»Sondern wir schlossen Sie besonders deshalb so ins Herz«, fuhr aber van Straaten, ohne sich unterbrechen zu lassen, fort, »weil wir genau erfahren haben, was Sie daheim und hier unverschuldeterweise gelitten.«

»Mynheer!« sagte Hedwig bittend.

»Lassen Sie es sich nicht leid sein, liebes Kind«, beruhigte sie der alte Herr, indem er ihre flehend zu ihm aufgehobene Hand ergriff und festhielt. »Dadurch sind Sie erst recht ein Glied unserer Familie geworden, daß wir nicht allein Mitwisser, sondern auch Teilnehmer Ihres Schicksales wurden. Von dem Augenblick an betrachteten wir Sie als völlig zu uns gehörig, und deshalb dürfen Sie es mir auch nicht übelnehmen, wenn ich über etwas mit Ihnen spreche, über das sonst vielleicht nur ein naher Verwandter das Recht hätte zu reden.«

»Mein werter Herr!« sagte Hedwig zitternd.

»Ich will kurz sein«, erwiderte aber van Straaten gutmütig, denn er fühlte, daß er sich wie der jungen Fremden einen gleich großen Gefallen damit tat, die Sache so rasch als möglich zu beenden. »Denken Sie, Ihr Vater oder Onkel spräche mit Ihnen –

gestatten Sie mir einen Augenblick das Recht dazu, wenn ich Sie darauf zurückführe, daß Sie einen jungen Mann in Deutschland liebten, der – sich Ihrer unwürdig zeigte.«

Es war, als ob Hedwig etwas darauf erwidern wollte, aber sie brachte kein Wort über die Lippen, und van Straaten fuhr fort:

»Die Liebe ist ein wunderliches Ding; sie wurzelt fest und tief im Herzen, und wenn man zehnmal glaubt, daß man sie mit der Wurzel ausgerissen habe, so sind doch sicher noch immer eine Menge kleiner Fasern zurückgeblieben, die, ohne daß man es selber im Anfang merkt, neue und frische Keime treiben. Irgendein Zufall genügt dann, ihnen die Bahn ins Freie zu brechen, und erst einmal draußen, grünen und blühen sie frischer und fröhlicher wie je.«

Van Straaten sah nicht, wie Hedwig leise und traurig mit dem Kopf schüttelte, fühlte nicht die Träne, die ihr langsam und schwer von den Wimpern tropfte.

»Wir glauben jetzt, liebes Kind«, fuhr er herzlich fort, »daß auch bei Ihnen diese alte Liebe für jenen unglücklichen jungen Mann noch nicht ganz erloschen ist; wir glauben, daß – wenn dies wirklich der Fall wäre – Ihre Hand vielleicht segenbringend in sein verfehltes Leben eingreifen könne, und ich bin von meinem Schwager Lockhaart mit der direkten, offenen und ehrlichen Frage an Sie abgeschickt worden, ob Sie den jungen Dorsek noch lieben – und zum Mann haben wollen, denn in Ihre Hände allein soll dann sein Geschick gelegt werden.«

Hedwig zitterte an allen Gliedern, scheu drehte sie den Kopf halb dorthin, wo sie noch Wagners Stimme im eifrigen Gespräch mit dem Missionär hören konnte, denn jedenfalls fürchtete sie von dort gestört zu werden. Die beiden Männer waren aber wenigstens noch zwanzig bis dreißig Schritte hinter ihnen, und vor ihnen lag schon wieder das Hotel, dem sie sich indes im Eifer des Gesprächs genähert. Stehenbleiben konnte sie nicht, die ihr Folgenden hätten sie sonst so rasch eingeholt, und deshalb langsam und mit gesenktem Kopf vorwärts schreitend, sagte sie mit fester, wenn auch unterdrückter Stimme:

»Werter Herr! Sie haben sich ein Recht darauf erworben, über das, was mir das innerste Herz bewegt, mit mir zu sprechen, aber

– Sie täuschen sich, wenn Sie glauben, daß ich Dorsek, nachdem, wie er sich gegen mich betragen, noch lieben könne.«

»Täuschen Sie sich nur nicht, liebes Kind.«

»Es ist nicht möglich«, sagte Hedwig ruhig, »er hat mir außerdem auch klar bewiesen, daß er mich nie wirklich geliebt hat, wenn ihn auch vielleicht ein augenblickliches Interesse an mich fesselte – denn ich will keine schlimmeren Motive annehmen.«

»Und wenn es doch so wäre –«

»Es ist nicht«, sagte Hedwig fest, »und wenn es wäre, das Gefühl käme zu spät für ihn. Nicht allein, daß ich Herrn von Dorsek nicht achten kann, ich muß ihn verachten, und bedauere innig diese wunderliche Fügung des Zufalls, die uns beide hier in diesem entlegenen Erdteil noch einmal zusammengeführt hat.«

»Und sind Sie fest davon überzeugt, daß dies Ihre wahren und wirklichen Gefühle bleiben werden?

»Ich bin es. Nie und unter keiner Bedingung, und wenn er mir selber das glänzendste Los der Welt bieten könnte, würde ich Herrn von Dorsek meine Hand reichen.«

»Brav gesprochen!« sagte in diesem Augenblick eine Stimme dicht hinter ihnen, und Hedwig erschrak, als sie, rasch den Kopf danach wendend, Herrn Salomon Holderbreit als den Sprecher erkannte. Die beiden Männer waren nähergekommen, und der Missionär mußte die letzten Worten jedenfalls im eifrigen Gespräch an Herrn Wagner gerichtet haben. Da öffnete sich plötzlich die Tür des Hotel-Salons, und mit wüstem Lachen taumelte mehr als er ging ein junger, anständig gekleideter Mann ins Freie. Mitten in der Tür aber blieb er noch einmal stehen, drehte den Kopf zurück und rief:

»Und dir zum Trotz treib ich es jetzt toller als vorher. Was zum Teufel liegt dir an meinem Leben, und wenn ich auf dem Schafott stürbe – aber wie die Gesellschaft hier darüber schnattern, wie sie schreien würde – das ist es nur, was dir am Herzen liegt. Alle Wetter noch einmal!« unterbrach er sich plötzlich, als er den Kopf halb zur Seite wandte und gerade in dem Lichtstrahl, der aus der geöffneten Tür voll herausfiel, Hedwig mit ihren Begleitern stehen sah. »Die ganze Gesellschaft, heh? Und Fräulein Bernold auch, mit der alten Kathrine natürlich – Tod und Teufel! Ich –

habe doch am Ende einen dummen Streich gemacht. Aber weshalb warst du auch so blutarm, Schatz? Das war noch viel dümmer, und wir beide hätten höchstens unsere Schulden zusammenlegen und betteln gehen können – Herr und Frau Dorsek! Die Pest über die Welt! Jetzt will ich meine Jugend genießen und den Becher bis auf die Hefe leeren. Horbach hat recht – wenn man sein Leben in die Schanze schlägt, ist Java dazu der bequemste Platz, und verdammt will ich sein, wenn ich nicht an der Quelle schöpfen werde – damit basta! Das geht auch keinen Menschen weiter etwas an. Lebe wohl, Hedwig – ich glaube so, ich habe dir noch nicht einmal Adieu gesagt dieser – Schlange, dieser falschen Orlaska wegen. Nun, 's ist jetzt gerad' noch Zeit – gute Nacht.« Und damit streckte er die Hand gegen die scheu vor ihm zurückbebende Jungfrau aus. In demselben Augenblick trat aber auch schon Wagner zwischen die beiden.

»Mynheer van Straaten, Sie haben wohl die Güte, die Dame in ihr Zimmer zu geleiten«, sagte er dabei, »indes ich diesen, wie es scheint, von Arak erregten Menschen entferne.«

»Er geht schon selber«, lachte aber Dorsek ihn trotzig an. »Glaubt ihr, daß er sich in eurer langweiligen Gesellschaft wohlfühlen könne? Hol' euch alle der Teufel, und meinen saubern Onkel dazu! Glaubte, er hätte den unbequemen Neffen sicher in der Zwangsjacke stecken, oh! Hahaha! Er ist euch allen zu gescheit und wird euch jetzt erst einmal zeigen, was er imstande ist. Geht zum Henker!« Und mit den Worten drehte er sich scharf auf dem Absatz herum und schwankte, mit den Armen gestikulierend, die Straße hinauf. Um das Hotel herum aber glitt eine dunkle Gestalt – einer der Oppaß des Residenten, von Lockhaart selber hinter dem desertierten Neffen hergesandt.

Hedwig hatte den Oppaß gar nicht bemerkt, denn ihr Blick hing noch immer an der Gestalt des unseligen Dorsek, der schwerfällig und seiner eigenen Glieder kaum noch mächtig die Straße aufwärts im Zickzack seinen Weg verfolgte.

»Und diesen Mann glaubten Sie, daß ich noch lieben könne?« sagte sie, fast wie zu sich selber redend, halblaut zu van Straaten, »einem Menschen, der sich selber so weit verloren hat, glaubten Sie, daß ich noch meine Hand reichen könne?«

»Nein, liebes Kind, nein«, sagte aber van Straaten rasch. »Es war nur meine Pflicht, Sie zu fragen, denn ich hatte es versprochen; aber ich bin jetzt selber recht innig froh, daß Sie vernünftig genug sind, Ihren Verstand nicht mit dem Herzen davonlaufen zu lassen. Doch kommen Sie herein, der Tau fängt an zu fallen und Sie könnten sich erkälten.« Hedwig gab ihm die Hand, die er herzlich drückte, und stieg die steinerne Treppe hinauf, die zum Eßsaal führte. Von dort aus ging sie gleich in ihr eigenes Zimmer, wo sie sich mit ihrer Kathrine einschloß und es an diesem Abend nicht mehr verließ.

Salomon Holderbreit hatte sich an einen der Tische gesetzt, stützte den Kopf auf beide Arme und starrte still und nachdenkend vor sich nieder. Hinter ihm trat Lockhaart aus seiner Stube. Er sah bleich und erregt aus, sprach auch kein Wort, sondern winkte nur Wagner und seinem Schwager, ihm in das kleine Gemach zu folgen, das er hinter ihnen schloß.

»Er war hier?« fragte van Straaten.

»Ja!« nickte Lockhaart leise. »Desertiert von seiner Kompanie. Wie? Weiß ich selber nicht. Er hat aber die Fahrt mit einem gerade heraufkommenden jungen Kontrollor gemacht, bei dem er mich vorgeschoben und den es seinen Dienst kosten wird. Trunken dazu, frech und unverschämt, so ist mir Mariannens Sohn entgegen getreten, Verzeihung und Hilfe zu fordern, und als das nicht ging – als ich ihm den Rücken drehte –« Der alte Mann schwieg und barg sein Antlitz von Schmerzen ergriffen in beiden Händen.

»Und weiß es Doortje?« fragte leise van Straaten.

»Glücklicherweise hatte sie gerade die Frau des Residenten zum Tee abgeholt«, sagte Lockhaart, sich gewaltsam sammelnd. »Ihr wäre das Herz gebrochen, wenn sie den unseligen Menschen in dem Zustand gesehen und erkannt hätte.«

»Und was willst du jetzt tun?«

»Für den ist keine Rettung mehr«, seufzte Lockhaart aus tiefster Brust. »Aber Soldat darf er nicht bleiben – nicht etwa seinet-, sondern unseretwegen – er würde uns nicht allein durch seinen Stand entehren –«

»Und was willst du, was kannst du mit ihm anfangen?«

»Ich schicke ihn nach Celebes auf meine Plantage«, sagte Lockhaart entschlossen. »Mein Aufseher dort ist ein braver, aber auch sehr strenger Mann. Liegt es noch in Menschenkräften ihn zu bessern, so geschieht es dort – wo nicht, mag er dort eher untergehen wie hier vor unseren Augen. Hat sie ihn gesehen?«

»Ja«, sagte van Straaten leise.

»Das arme Kind«, seufzte Lockhaart, »aber es kann nichts helfen. Für sie ist es sogar besser, denn so viel sicherer macht sie sich selbst von der Erinnerung an ihn frei. Fort mit ihm – er verdient gar nicht, daß wir noch an ihn denken!« Und mit einem recht aus tiefster Brust heraufgeholten Seufzer warf sich Lockhaart auf das im Zimmer stehende Ruhebett und achtete gar nicht darauf, daß Wagner und van Straaten leise und geräuschlos das Zimmer verließen.

NEUNUNDVIERZIGSTES KAPITEL

Wagner kam an diesem Abend spät in sein Bett, denn lange noch ging er in der Nachtkühle unter den rauschenden Palmen ganz allein auf und ab, mit sich und seinen eigenen Gedanken beschäftigt. Trotzdem aber war er der erste wieder am nächsten Morgen auf und früh unten beim Residenten, um sich dort nach den Gefangenen zu erkundigen. Klapa war wohlverwahrt und von Wachen umstellt, so daß er an Flucht nicht denken durfte – aber auch der Deserteur hatte einen strengen Gefängniswärter bekommen und lag in einem hitzigen und heftigen Fieber. Erst vor kurzer Zeit aus einer kalten Zone in dies tropische Klima gebracht, hatte sein mit Früchten und spirituösen Getränken unmäßig angefüllter Körper dem schädlichen Eindruck nicht widerstehen können, und statt für die töricht versuchte Flucht seiner Strafe überliefert zu werden, mußte man ihn den Händen eines Arztes übergeben, um vor allen Dingen sein Leben zu retten.

Wagners und Lockhaarts Abreise war bis auf neun Uhr verschoben, das Frühstück um acht Uhr bestellt, und als er zurück zum Hotel schritt, glaubte er kaum, die Damen schon fertig angezogen zu finden. Um so mehr sah er sich überrascht, als er Hedwig mit ihrer Begleiterin unterwegs begegnete, und zwar im Begriff, noch vor dem Frühstück einen kleinen Spaziergang zu machen. Hedwig sah heute morgen viel blasser aus, als er gewohnt war, sie zu finden. Sie hatte dazu augenscheinlich verweinte Augen, wenn sie auch den jungen Mann mit heiterer Stirn begrüßte. Die alte Kathrine dagegen war immer die alte, und da sie Wagner vor allen übrigen ins Herz geschlossen, kam sie auch gleich treuherzig auf ihn zu, gab ihm die Hand und sagte:

»Gehorsamschten Diener, Herr Wagner – und Sie sind jetzt gerad' recht, daß Sie dem Kind da emal ins Gewisse schwäze, denn mit dene viele Träne macht se sich allsfort das Herz noch schwerer, wie's nötig ist.«

»Es ist schon vorbei«, sagte Hedwig, als sie mit einem wehmütigen Lächeln ihre Hand in die ihr gebotene Rechte Wagners legte, »wir sprachen nur gestern abend von jenem unglücklichen, leichtsinnigen Menschen, an dessen Leben mich fast einmal mein böses Geschick gefesselt hätte. Ich darf Gott danken, daß er mich davor bewahrte; ich wäre doch recht, recht unglücklich geworden!«

»Fürchten Sie nicht, daß er Ihnen noch einmal begegnen werde«, sagte Wagner, um sie zu beruhigen, »er wird von hier nach einer anderen Insel geschafft, wo wenigstens versucht werden soll, ob dieser zerrüttete Geist, der sich und die Welt verloren hat, noch aufzurichten und zu retten ist.«

»Gott möge es denen vergelten, die sich so viel Mühe um das verlorene Leben eines Mitmenschen geben!« sagte Hedwig leise. »Aber ich fürchte nicht, ihm wieder zu begegnen, denn ich bin entschlossen, nach Deutschland zurückzukehren.«

»Sie wollen Java verlassen?« rief Wagner rasch und erschreckt.

»Das ist es ja ebe«, rief die Alte, »ich wähs net, was er in den Kopp gestiege is, und ob sie das Land hier schon mies hätt; aber ehnd' ich heimginge, wollt' ich doch aach mehr vo dem Java gesehn habe – denn so bald komme mer hier nich widder her.«

»Sie wollen fort?« wiederholte Wagner leise und fast nur mit sich selbst redend, »fort – fort von Java – und – kennt van Straaten schon die Absicht, die Sie haben?«

»Nein – erst diesen Morgen, oder vielmehr diese Nacht, bin ich zu dem festen Entschluß gekommen«, erwiderte Hedwig mit niedergeschlagenem Blick. »Es ist besser so – gewiß besser, denn so gütig mich van Straatens auf Ihre Verwendung aufgenommen haben, so kann dies doch nicht auf die Länge der Zeit fortbestehen. Sie würden und müßten es einmal satt bekommen, und ich gehe weit lieber, ehe das geschieht, wie nachher. Besser einen Monat, ein Jahr zu früh als eine einzige halbe Stunde zu spät.«

»Aber fürchten Sie um Gottes willen nicht, daß Sie van Straatens je zur Last fallen könnten!« rief Wagner.

»Es ist möglich, daß es nicht so wäre«, erwiderte ruhig das junge Mädchen, »aber ich würde es doch glauben, und der Gedanke allein mich unglücklich machen. Ich darf vielleicht deshalb die letzte Bitte an Sie richten, werter Herr, daß Sie mir in Batavia, so rasch das irgend geht, ein Schiff zur Überfahrt besorgen.«

»Und ist das wirklich Ihr Ernst?«

»Ich gehöre nicht hierher«, sagte Hedwig mit abgewandtem Antlitz, »es ist besser, daß ich wieder gehe, denn in dem Haus meiner lieben Gastfreunde werde ich noch dazu weit über meine Verhältnisse verzogen – verwöhnt. Ich darf es nicht länger annehmen, schon meiner selbst wegen.«

»Und wie froh werden Sie sein, das fremde Java, das Ihnen so manche schmerzliche Stunde bereitete, wieder verlassen zu dürfen!« sagte Wagner, indem er fast unbewußt in eine der stillen Querstraßen Bandongs einbog, die, wie alle Gassen, von niederen beschnittenen und blühenden, Gärten umschließenden Hecken eingefaßt war.

»Glauben Sie das nicht«, sagte Hedwig leise, »ich habe auch liebe – recht liebe Freunde hier gefunden, an die ich stets mit aufrichtiger Dankbarkeit zurückdenken werde.«

»Und doch hat niemand hier mehr getan, als nur gesucht, das wieder soviel als möglich gut zu machen, was man an Ihnen verschuldet hatte.«

»Und ist das nicht schon viel – sehr viel?« seufzte Hedwig. »Du lieber Gott! In der Welt draußen, wie ich sie, so jung ich bin, schon habe kennen lernen, kümmert sich selten der Nachbar um den Nachbar, ob sein Los glücklich oder elend gefallen ist.«

»Sie haben schon bittere Erfahrungen gemacht«, sagte Wagner mit tiefem Mitgefühl.

»Recht bittere«, erwiderte Hedwig schmerzlich – »aber – reden wir nicht davon. Die Zeit liegt hinter mir – das schlimmste wenigstens.«

»Und allein wollen Sie Allem wieder begegnen, was noch Ihrer warten könnte?« fuhr Wagner fort, ohne die Bitte zu beachten,

»allein wollen Sie wieder in diese fremde, kalte Welt hinaus, aus der Sie schon einmal flüchteten?«

»Nicht allein«, sagte Hedwig herzlich, aber auch von einem wehen, ihr selbst unerklärlichen Gefühl durchzuckt, indem sie die Hand nach ihrer alten Magd ausstreckte. »Meine Kathrine geht mit mir, sie wenigstens wird mich nicht verlassen.«

»Ehnder ging' die Welt auseinanner«, bestätigte die Kathrine.

»Die Rebe vertröstet sich auf das Moos«, sagte Wagner schmerzlich, »das allein von ihr gehalten und getragen wird. Die alte Kathrine kann sie trösten und pflegen, Hedwig; aber ist sie imstande, Sie gegen des Lebens Ungemach zu schützen? Ist sie imstande, Ihnen das alles zu ersetzen, was Sie an Ihrem Vater, was Sie an Ihrer Mutter verloren haben?«

Hedwig sah bestürzt zu ihrem Begleiter auf, dessen Worte lauter, ja leidenschaftlicher als bisher gesprochen wurden.

»Das werde ich selber tun müssen«, seufzte sie endlich leise, »ich bin früh selbständig geworden, vielleicht zu früh, und das ist das einzige Gut, das ich ererbte. Ich werde suchen müssen, den größtmöglichen Nutzen daraus zu ziehen.«

»So lassen sie mich die Eiche sein, Hedwig«, sagte da Wagner herzlich, indem er ihre Hand ergriff. »Lassen Sie mich die Eiche sein, um die sich die Rebe schlingt, von der sie getragen, geschützt wird.«

»Herr Wagner!« stammelte Hedwig erschreckt, während die alte Kathrine mit leuchtenden Augen ihre Hände faltete.

»Hedwig«, bat der junge Mann, während hohe Röte seine edlen Züge färbte, »hier haben Sie eine einfache, herzliche Frage: Wollen Sie mein Weib werden? Ich habe Sie gern gehabt vom ersten Augenblick, wo ich Sie sah, und lieber und lieber gewonnen, höher und höher achten gelernt mit jedem Tag, den ich in Ihrer Nähe sein durfte. Vor einigen Tagen schon hätte ich Sie auch um die Hand gebeten, die Sie unbewußt einem Unwürdigen bestimmten, aber erst – ich weiß selber nicht wie es kam – glaubte ich, der alte Herr Lockhaart habe durch sein derbes, ehrliches Wesen Ihr Herz gewonnen, und da ich Ihnen nicht solchen Reichtum bieten konnte, wie er, stand ich zurück. Als dann Dorsek Ihnen begegnete, und ich sah, daß ich mich in Ihren Gefühlen gegen Lockhaart getäuscht, mußte ich glauben, daß Sie den Mann noch liebten, dem Sie sich mit Ihrer ersten Liebe zu eigen geben wollten. Wie weh mir selber auch das Herz deshalb tat – ich kann mir keinen Vorwurf machen, irgend etwas versäumt zu haben, selbst Ihren möglichen Wünschen darin zuvorzukommen. Aber jetzt sind Sie frei; Dorsek hat sich als Ihrer vollständig unwürdig gezeigt. Sie können ihn nicht mehr lieben, und ein trauriges Los wartete Ihrer an seiner Seite. Kehren Sie aber deshalb nicht nach Deutschland zurück, wenigstens jetzt noch nicht – nicht allein. Ich bin nur ein schlichter Mann, mit wenig Poesie vielleicht, aber einem treuen, ehrlichen Herzen. Genügt Ihnen das, Hedwig, so schlagen Sie ein – werden Sie mein Weib, und nehmen Sie hier mein Wort zum Pfand, daß ich alles – alles tun werde, Sie diesen Schritt nie bereuen zu lassen.«

»Und mich«, stammelte Hedwig unter vorbrechenden Tränen, »das arme, von allen Seiten zurückgestoßene Mädchen, wollten Sie wählen, der sich seine Braut unter den ersten Familien dieses reichen Landes suchen könnte?«

»Nicht so, Hedwig, nicht so!« rief Wagner, »Seien Sie versichert, daß nur Sie selber und im reichsten Maß die Geberin wären. Vertrauen Sie mir deshalb, und glauben Sie, daß Sie an meiner Seite dem, was das Leben vielleicht noch für uns aufgespart, ruhig begegnen könnten, so werfen Sie lichten Sonnenschein in mein Herz mit dem einen kleinen Wörtchen ›ja‹. Bin ich Ihnen aber vollständig gleichgültig«, setzte er leise hinzu, »fürchten Sie vielleicht, daß auch ich –«

»Nein, nein, nein!« unterbrach ihn da mit tiefem Gefühl das Mädchen, »es wäre Sünde an Gott – an Ihnen, wollte ich ein so edles Herz kränken oder zurückstoßen.«

»Und Sie wollen mein sein?«

»Wenn Sie das arme, freundlose Mädchen für würdig halten, die Stelle auszufüllen, die eine Bessere einnehmen könnte – ja.«

»Keine Bessere, Hedwig, beim ewigen Gott, keine Bessere!« rief Wagner, indem er ihre Hand an seine Lippen hob, »und tausend, tausend Dank für das reiche, überreiche Geschenk. Jetzt auch kann ich dir sagen, du liebes, liebes Mädchen, wie glücklich du mich mit diesem Wort gemacht. Kalt und zurückhaltend bin ich dir vielleicht bis jetzt vorgekommen, aber niemand weiß, welchen Kampf das mich, besonders in der letzten Zeit, gekostet. Nicht aufdringen wollte ich mich dir, nicht durch irgendeinen Dank solltest du dich an mich gebunden glauben, und nur glücklich wollt' ich dich wissen, wäre es auch an der Seite eines andern gewesen.«

»Und hab' ich alles das verdient?« sagte Hedwig, mit einem seligen Lächeln zu dem Manne aufschauend.

»Mehr als das – mehr als ich je imstande bin, dir, du armes, liebes Kind, zu bieten.«

»So – das ist recht«, sagte die Kathrine jetzt, der die Freudentränen, nur immer eine hinter der anderen, über die gefurchten Wangen gelaufen waren, »und nu kann die Kathrine gehn – kein Mensch kümmert sich mehr um sie – ihre Zeit ist vorbei und sie mag die Fieß' jetzt hinsetze, wohin sie will.«

»Kathrine!« rief Hedwig, die alte treue Person fest an sich ziehend.

»Da sei Gott vor«, lächelte aber Wagner, »daß wir die alte wackere Kathrine von uns ließen. Im Gegenteil wird sie jetzt erst recht gebraucht werden, ein paar Leuten eine Wirtschaft einzurichten, die wahrscheinlich beide nicht viel davon verstehen. Sie müßte denn lieber bei van Straatens bleiben wollen.«

»Ja, ja, schwätze Se nur in's Blaue hinein«, lachte die alte Person, »meine klaane Hedwig weiß, wo ich dahäm bin und bleiwe will, mein ganzes Lebe lang.«

»Und nun nach Haus«, drängte Wagner, indem er der errötenden Hedwig Arm in den seinen zog. »Aber die Erinnerung an diesen Morgen wollen wir uns wahren; diese Palme hier, mein liebes Herz, war Zeuge der glücklichsten Stunde meines Lebens. Sieh, wie sie ihren glatten Stamm so majestätisch hoch zum Himmel hebt – sieh, wie ihre zierliche, wehende Krone die federartigen Blätter so heimlich und leise, wie uns zunickend, schaukelt. Ein stiller Friede weht um einen solchen herrlichen Baum, und die Erinnerung an diesen hier mag uns mit ihrem freundlichen Blick durchs ganze Leben geleiten.«

»Und ich soll nicht nach Deutschland zurück?« sagte Hedwig leise und lächelnd.

»Gewiß; aber an meiner Seite«, rief Wagner, ihren Arm an sich pressend. »Zusammen wollen wir dann das liebe Vaterland besuchen, ja uns dort vielleicht wieder unsere neue Heimat gründen, und dann, meine Hedwig, sollen alle die Tränen getrocknet sein, die du dort vielleicht geweint.« »Und dazu wolle der Himmel seinen Sege gebe!« sagte die Alte, während ein recht aus tiefster Brust heraufgeholter Seufzer ihre Brust hob.

Die Straße lag allerdings öde und leer, und nur aus dem dunkeln Grün der dichten Frucht- und Blütenbüsche schauten hier und da die niederen Bambuswohnungen der Eingeborenen vor oder klingelten da oder hier die feinen Schellen, die den kleinen Kindern an einem Drahtring um die Knöchel gelegt werden, damit sie sich nicht so leicht verlaufen können. Aus ein oder dem andern Haus hatten aber doch Inwohner die in diesem Distrikt seltenen Weißen bemerkt, und über die Hecken schaute bald auf der, bald auf jener Seite ein brauner Kopf und verschwand mit Blitzesschnelle wieder, wie nur die Fremden das Antlitz ihnen zudrehten. Wagner aber hatte Hedwig fester an sich gezogen und schritt mit ihr leise plaudernd und Wonne und Seligkeit im Herzen, die Straße hinab, die dem Hotel zuführte, und nur erst als er dieses in Sicht bekam, ließ er sie wieder frei und sagte lächelnd:

»Gönne mir den Spaß, Hedwig, den alten Herrn zu überraschen. Ich weiß, er meint es gut mit uns allen beiden, denn er ist ein braver, wackerer Mann. Er wird sich freuen, daß wir beide ineinander Glück und Frieden gefunden haben.«

Wenige Minuten später erreichten sie das Hotel, in dem eben die Frühstückstafel gedeckt wurde. Einzelne Malaien trugen die Teller, Messer und Gabeln herein, während andere auf die geschickteste Weise die Servietten zu Blumensträußen, Fasanen und Körben zusammenfalteten. Der alte Herr Lockhaart ging noch allein, mit auf den Rücken gelegten Händen, im Zimmer auf und ab; als er die beiden aber eintreten sah, blieb er stehen, schaute Hedwig mit freundlich teilnehmendem, aber auch recht wehmütigem Blick an und sagte:

»Seien Sie mir nicht bös, Hedwig, daß ich noch solch tolle Träume hatte, Sie könnten Ihr Glück an der Seite jenes nichtsnutzigen Dorsek finden, an der Seite eines Mannes, der sich selber viel zu tief verworfen hat, Ihrer auch nur mit einem Gedanken würdig zu sein. Ich will es auch nur gestehen, es war reiner Egoismus von mir, reiner nichtsnutziger Egoismus, der durch sein Glück meinen Frieden gründen sollte und nicht an das Herz dachte, das er darüber vollends brechen müßte. Das ist jetzt vorbei. Aber glauben Sie ja nicht, daß ich Ihnen darum weniger freundlich gesinnt bin, daß ich mich weniger jenes nichtsnutzigen Burschen wegen in Ihrer Schuld glaubte. Herr Wagner hier sei mein Zeuge, daß ich Ihnen hiermit verspreche –«

»Bitte um Verzeihung«, unterbrach ihn Wagner lächelnd, »Sie sind vollständig im Irrtum, denn ich habe mich versprochen und nehme Sie hiermit zum Zeugen, daß ich dieser Jungfrau von heut' an jeden Tag meines Daseins widme.«

»Sie?« sagte Lockhaart und sah verdutzt bald in das lächelnde Antlitz Wagners, bald auf die verschämten und doch so glücklichen Züge Hedwigs, »Sie? – Und Hedwig?«

»Ich will suchen, ihn den Schritt, den er heut getan, nie bereuen zu lassen«, flüsterte das junge Mädchen und barg, als Wagner leise seinen Arm um sie legte, ihr glühendes Antlitz an seiner Brust.

Es war eine eigene, merkwürdige Veränderung, die in den sonst so harten Zügen des alten Mannes vorging. Zu überraschend wirkte die Kunde auf ihn, und der lächelnde Ausdruck um Wagners Lippen ließ ihn sogar im Anfang glauben, daß das Ganze nur ein Scherz sei, oder er wußte selbst nicht, was ihm alles in dem Moment durch den Sinn fuhr. Hedwigs verschämtes Erröten aber wie Wagners offenes, Glück strahlendes Auge konnten ihn nicht länger in Zweifel lassen.

»Und ist es wahr?« sagte er leise, »haben Sie das arme, verlassene Kind in Ihren Schutz genommen, Wagenaar, und wollen Sie ihm ein treuer, ehrlicher Hüter sein durchs ganze Leben?«

»Das will ich, so mir Gott helfen soll, in meiner letzten Stunde!« sagte Wagner mit tiefer Rührung im Ton, indem er den ersten Kuß auf Hedwigs Stirn drückte.

Der alte Mann stand still und bewegt vor ihnen. Er hatte die Hände zusammengeschlagen und schaute mit tiefer Rührung auf das junge Paar. Endlich ging er auf Hedwig zu, strich ihr die Haare aus der glühenden Stirn und sagte herzlich:

»So nehmt denn meinen besten Segen auf euren Lebenspfad. Was ich mir ausgedacht, es hat nicht sein sollen, aber ich fühle, daß es zu Ihrem Heil und Glück so gekommen ist, mein liebes, wackeres Kind. Seien Sie auch versichert, daß von diesem Augenblick an Ihre Sorgen aufgehört haben. Ein wackerer Führer ist Ihnen für dieses Leben zugeteilt, und der alte Lockhaart steht noch nebenbei am Weg und wird helfen mit Rat und Tat, wo er irgend kann.«

»Sie waren, seitdem ich dies Land betreten, immer so lieb und gut gegen mich«, sagte Hedwig, bewegt seine Hand ergreifend.

»Und auf dem Schiff ein Flegel, nicht wahr?« lachte der alte Herr, der sich seine Rührung nicht wollte merken lassen. »Pst, pst, pst – es hatte alles seinen Grund, alles seine Ursache. Aber die Zeit ist jetzt vorbei, und nun – na ja, da haben wir's; da kommt der langweilige Missionär. Laßt ihn nichts merken, Kinder – tut es mir zu Gefallen –«

»Aber van Straatens –«, sagte Wagner.

»Meinem Schwager erzähl' ich die ganze Geschichte unterwegs, und ihr beide habt ebenfalls Zeit, meine Schwester damit zu überraschen, wenn Ihr in die Berge fahrt.«

»In die Berge?« sagte Wagner erstaunt, »ich dachte, ich sollte Sie begleiten.«

»Ja, das dachte ich auch«, lachte Lockhaart. »Wenn man aber solche Streiche am frühen Morgen macht, hört natürlich jede Berechnung auf. Sie bleiben jetzt, wie sich das von selbst versteht, bei den Damen, während ich meinen Schwager mit hinunternehme, um die Sache in Ordnung zu bringen. Auf dem Rückweg könnt ihr euch dann meinetwegen schon in Buitenzorg trauen lassen, wenn ihr eben nicht länger als Brautleute in Batavia leben wollt. Doch still, da ist der Schwarzrock; am Ende könnten wir den gleich hier dazu verwenden. Nun nun, es war ja nur ein Scherz«, lachte er gutmütig, als Hedwig erschreckt abwehrende Bewegung machte. »Das Ganze muß auch mit einiger Feierlichkeit ins Werk gesetzt werden, wenn es den richtigen Eindruck machen – ah, guten Morgen, Mynheer Holderbreit! Schon so früh heute auf dem Fang nach irgendeiner heidnischen Seele gewesen?«

»Weniger nach einer heidnischen als einer christlichen«, lächelte der Missionär gutmütig, denn er wußte, wie die Scherze des alten Herrn gemeint waren.

»Nach einer christlichen?«

»Ja, ich suchte Fräulein Bernold, um sie zum Frühstück zu rufen, und glaubte dabei, sie hätte ihren Spaziergang wieder nach jener Stelle von gestern abend ausgedehnt. Leider fand ich mich aber getäuscht.«

»Sieh, sieh, sieh, sieh!« sagte der alte Herr kopfschüttelnd, »was das für eigene Studien sind, die Sie hier beginnen. Dabei werden Sie aber verwünscht wenig Malaiisch lernen, und ich wüßte Ihnen wohl ein besseres Mittel anzugeben.«

»Und welches, wenn man fragen darf?«

»Später einmal vielleicht – später. Jetzt wollen wir erst unser Frühstück einnehmen, denn da kommt auch Mynheer van Straaten mit meiner Schwester. Guten Morgen, ihr Leutchen, guten Morgen; aber ihr macht lange heut', und wir werden dadurch einen späten Aufbruch bekommen.«

»Was tut das?« sagte van Straaten. »Wir kommen doch bald in die Berge, und dort wird die Luft schon kühl.«

»Nur mit dem Unterschied«, lachte Lockhaart, »daß du gar nicht in die Berge kommst, sondern mit mir zurück nach Batavia mußt.«

»Den Teufel auch!« rief van Straaten, »und weshalb?«

»Einmal brauch ich dich in Buitenzorg, du weißt schon weshalb«, sagte Lockhaart mit einem verstohlenen Blick auf seine Schwester, »und dann möcht ich dich auch des Herrn Joost wegen in Batavia haben, aber ich erkläre dir das alles unterwegs.«

»Aber die Damen?« sagte van Straaten und sah erstaunt zu seinem Schwager und dann zu Hedwig auf.

»Die wird Wagenaar begleiten«, erwiderte Lockhaart, »er tut mir das schon zu Gefallen.«

Wagner verbeugte sich leicht und lächelnd. Van Straatens Blick fuhr aber blitzschnell von Hedwig hinüber nach ihm und dann zurück zu dem jungen Mädchen, und leise und vergnügt vor sich hinpfeifend, rieb er sich die Hände und sagte dann, dem einen Malaien winkend:

»Gib mir einmal den Kaffepot herüber, mein Junge. Alle Wetter, wo hat den Soltersdrop seine Spieldose, daß er noch nicht einmal den ›Jungfernkranz‹ oder ›So leben wir, so leben wir‹ losgelassen hat!«

»Nicht wahr, Mynheer?« rief der arme Teufel von Wirt, der indessen hinten im Saal beschäftigt gewesen war, eine zerbrochene Fensterscheibe wieder einzusetzen. Dabei überwachte er seine Malaien, und kam nur jetzt, als er seine Spieldose erwähnen hörte, vorn an den Tisch. »Mynheer Lockhaart hat den Schlüssel eingesteckt und ihn noch nicht zurückgegeben.«

»Alle Wetter«, lachte Lockhaart, indem er nach seiner Westentasche griff, »das hab' ich heilig vergessen! Er muß in der Weste stecken, die ich gestern anhatte. Nun, Soltersdrop, sobald wir gefrühstückt und die Pferde vor dem Wagen haben, sollt Ihr den Schlüssel wieder bekommen, und dann könnt Ihr die unglückliche Maschine vierundzwanzig Stunden nacheinander laufen lassen.«

»Dann begleitet uns also Mynheer Wagenaar nach Tjoemboeloeit?« sagte Mevrouw van Straaten, indem sie freundlich nach dem jungen Mann hinübersah. »Auch schön. In dem Fall kann ich meinen Alten recht gut entbehren, und Hedwig und ich werden uns schon mit ihm vertragen.«

Es war ein paarmal, als ob Salomon Holderbreit seine Dienste nochmals anbieten wolle, und er öffnete auch schon in der Tat ein- oder zweimal dazu den Mund, war aber doch vielleicht zu stolz, sich noch einmal abweisen zu lassen. Außerdem gefiel ihm auch Herrn Wagners Gesellschaft nicht. Wäre van Straaten der einzige Begleiter gewesen, so hätte er sich doch vielleicht kaum abhalten lassen, die interessante Tour in die nächsten Tee- und Kaffeplantagen mitzumachen, aber so –

Das Frühstück war beendet. Lockhaart hatte Gelegenheit gefunden, ein paar Worte leise mit van Straaten zu wechseln, der, ohne eine einzige Silbe dabei zu sagen, nur seine Hand gegen Wagner ausstreckte und dessen Rechte derb und herzlich drückte. Draußen fuhr ein Wagen vor. Es war der, welcher die Damen und Wagner in die Berge führen sollte.

»Also an Nitschke soll ich mich wenden, wenn ich in die Stadt komme?« sagte Lockhaart zu dem jungen Mann, während die

Damen in ihre Stube gegangen waren, um die nötige Reisetoilette zu machen.

»Vertrauen Sie ihm in jeder Hinsicht«, erwiderte Wagner. »Er kann Ihnen auch über alles, was Sie brauchen, die beste Auskunft geben.«

»Das nötigste wird doch sein, daß wir Heffken gleich verhaften lassen.«

»Das allerdings. Aber trotzdem möchte ich Sie bitten, vorher in unserem Geschäft vorzufahren und meinem Kompagnon wie Herrn Nitschke nur die Mitteilung zu machen. Möglich, daß indessen manches vorgefallen ist, was Ihnen nützlich sein könnte.«

»Gut! Ich muß ja doch dort vorbei. Aber da sind die Damen, Wagenaar, ich glaube, Sie haben heut das große Los gewonnen, und ich bedaure vielleicht heute zum erstenmal, daß ich nicht dreißig Jahre jünger bin. Aber nun auch fort, denn wir dürfen keine Zeit weiter verlieren. Ich habe eben zum Residenten hinuntergeschickt und anfragen lassen, ob Herr Joost mit seinem Gefangenen bereit zur Abfahrt sei. Bis der Bote zurück ist, habe ich anspannen lassen. Haben Sie nichts von – von dem Jungen gehört? Wagenaar – ich möchte doch nicht, daß wir irgend etwas –«

»Ich habe mich selber heute morgen nach ihm erkundigt. Sie kommen leider zeitig genug nach Buitenzorg, denn seine Unmäßigkeit im Essen und Trinken hat ihm ein Fieber zugezogen, das ihn wahrscheinlich für ein paar Tage an sein Lager fesseln wird. Keinenfalls ist er in dieser Zeit zu transportieren, und der Resident ließ Sie bitten, bei ihm vorzufahren, um den Bericht gleich selber mit nach Buitenzorg zu nehmen.«

»Gut, gut«, nickte der alte Mann leise mit dem Kopf, »vielleicht ist es besser so, denn jedenfalls haben wir jetzt Zeit, Schritte zu seinen Gunsten zu tun, ehe ihn die Strafe der Gesetze trifft. Das Schlimmste muß doch verhütet werden. Aber ich sehe, die Damen steigen schon ein – allons, Wagenaar, auf Ihren Platz. Ende der Woche sehen wir uns ja doch wieder in Batavia, und bis dahin tausend Glück und Segen!«

Die beiden Männer drückten sich die Hand, und das gewöhnliche Gewirr beim Einsteigen einer Gesellschaft, mit Hinaufreichen von Eßkörben und Regenschirmen etc., nahm zunächst alles andere in Anspruch. Van Straaten war aber schon in sein Zimmer gegangen, sich auch zur Abreise vorzubereiten, da er ja nicht wieder nach Bandong zurückkam. Lockhaart stand an der Tür und sah den Davonfahrenden nach, und Salomon Holderbreit, der ihnen beim Einsteigen behilflich gewesen, kehrte jetzt langsam und nachdenkend zum Hotel zurück.

Lockhaart verharrte noch immer in seiner Stellung, und auch der Missionär schien in tiefen Gedanken, so daß die beiden Männer eine ganze Weile schweigend nebeneinander standen. Der Geistliche sammelte sich aber zuerst wieder. Er hatte etwas auf dem Herzen, über das er mit dem alten Herrn sprechen wollte, und es war fast, als ob er einen gewaltsamen Anlauf dazu nehmen müsse.

»Sehr werter Herr«, sagte er.

Lockhaart drehte sich rasch nach ihm um, strich sich mit der Hand über das Gesicht und sagte ruhig:

»Ah, Mynheer Heidenbekehrer! Sie sind also nicht mit hinauf in die Berge gefahren?«

»Warum spotten Sie immer über meinen Beruf, Herr Lockhaart?« erwiderte ihm Holderbreit mit freundlichem Vorwurf. »Ich lege doch niemandem etwas in den Weg und habe, wie Sie mir selber als Christ gar nicht ableugnen können, ein gutes und edles Ziel vor Augen, ob ich das nun erreiche oder nicht. Sie sind auch außerdem gar nicht so schlimm, wie Sie sich machen, und von Herzen ein guter und edler Mensch – weshalb also immer diesen Spott gegen die Religion, der Ihnen nicht von Herzen kommen kann.«

»Hoho«, lachte Lockhaart, »jetzt wollen Sie mich mit Schmeichelreden ködern, aber damit richten Sie nichts aus. Ebenfalls leugne ich Ihnen, daß ich gegen die Religion spotte – ich möchte das nicht einmal gegen die chinesische tun, viel weniger gegen die christliche.«

»Also glauben Sie doch –«

»Bitte, bemühen Sie sich nicht«, sagte der alte Mann. »Mein Glaubensbekenntnis ist sehr einfach: Ich glaube an einen Gott und an gar keinen Geistlichen.«

»Lassen wir das«, sagte der Missionär ausweichend, »ich bin nicht nach Java gekommen, Sie zu bekehren, sondern das Heil –«

»Noch verstockteren Menschen zu bringen«, lachte Lockhaart.

»Vielleicht ja. Gegenwärtig aber möchte ich mit Ihnen einmal nicht über Religion, sondern über etwas ganz anderes, Weltliches sprechen, obgleich es unserem heiligen Beruf auch nicht fernsteht.«

»Und das wäre?« sagte Lockhaart gespannt.

Holderbreit zögerte einen Augenblick, aber der Wagen fuhr vor und er hatte nicht mehr viel Zeit. Lockhaart sah auch schon ungeduldig nach ihm hinüber, und der Wirt kam mit einer halben Verbeugung schmunzelnd an des alten Herrn Seite und flüsterte:

»Vergessen Sie den Schlüssel nicht, Mynheer –«

»Ihren Schlüssel – ja so – ich habe ihn eben gesehen. Er liegt drin in meiner Stube unter dem Spiegel. Laß nur die Sachen hinuntertragen, Lodewijk; ich bin gleich draußen. Hast du unsere Rechnung abgemacht?«

»Alles in Ordnung.«

»Gut. Also Mynheer Holderbreit, ein wenig rasch, wenn ich bitten darf. Was wollten Sie mir noch sagen?«

»Da ich mit der Zeit so gedrängt werde, muß ich mich in der Tat kurz fassen«, sagte der Geistliche, »nur das als Einleitung, daß ich zu meinen Lebensbedürfnissen keineswegs allein auf mein Einkommen als Geistlicher und meine Diäten angewiesen bin. Ich habe ein, wenn auch nicht großes, doch recht nettes Vermögen von Haus aus, das –«

»Aber was, um Gottes willen, geht denn das mich an?«

»Das sollen Sie gleich erfahren.«

»Bist du fertig, Martijn?«

»Den Augenblick – also?«

»Ich habe im Sinn, mich hier ganz auf der Insel niederzulassen, um Sitten und Sprache recht aus dem Fundament zu lernen, nur um dann meinem Beruf mit soviel mehr Erfolg obliegen zu können. Das Wirtshausleben ist dazu einesteils nicht geeignet, andernteils zu teuer, und –«

»Aber was um alles in der Welt schiert denn das mich?«

»Ich will deshalb heiraten«, fuhr Holderbreit also gedrängt fort, »und verlange dazu nicht allein Ihren Rat, sondern auch Ihr Fürwort.«

»Mein Fürwort?« fragte Lockhaart, und ein eigentümliches Lächeln zuckte ihm durch das gefurchte Antlitz und blieb um seine Lippen haften.

»Ja«, sagte aber der Missionär, »meine Wahl fiel auch nicht etwa über meinen Stand, sondern eher darunter, aber ich glaube, daß die junge Person meiner würdig ist und ich damit keinen Fehlgriff getan habe.«

»Und?«

»Ich meine unsere Reisegefährtin, Mamsel Bernold«, sagte Salomon Holderbreit, »die jetzt gezwungen ist, ihr Brot als Gesellschafterin –«

»Gehen Sie zum Teufel!« unterbrach ihn aber auf etwas rauhe und plötzliche Weise der alte Herr, und war mit zwei Sätzen die Treppe hinab und unten beim Wagen.

Salomon Holderbreit stand wie vom Schlag gerührt; aus dem Saal aber tönten in diesem Augenblick die sanften Laute von »Freut euch des Lebens!« triumphierend herüber und schienen seiner nur noch mehr zu spotten.

»Vorwärts, Kutscher, vorwärts!« rief der alte Herr. »Da geht die verfluchte Dudelei schon wieder los!« Und mit einem Hurra und gellenden Schrei, der einer Indianerhorde Ehre gemacht hätte, sprangen die umstehenden Malaien auf die erschreckt zusammenfahrenden Pferde ein. Der Kutscher behielt kaum Zeit, die Zügel zusammenzuraffen, denn im nächsten Moment rissen sie schon den Wagen mit einem so plötzlichen Ruck nach vorn, daß die Stränge klangen, und Staub und Kies wirbelten hinter den Rädern drein, als das flüchtige Fuhrwerk im nächsten Moment hinter einer dichten, selbstgeschaffenen Wolke verschwunden war.

FÜNFZIGSTES KAPITEL

In dem großen, altertümlichen Comptoir zu Batavia saß Herr Nitschke verkehrt auf seinem Drehstuhl und schaute, die Hände gefaltet, still und halb verlegen vor sich nieder. Vor ihm aber stand Horbach, heut etwas reinlicher gekleidet als sonst, das Haar nicht so wirr, die Augen nicht so tief in ihren Höhlen, und sagte:

»Nun, schlag ein, Nitschke, komm mit. Morgen segelt mein Schiff, und ich helfe dir dort drüben mit irgend etwas auf die Beine.«

»Ich danke dir, Horbach«, erwiderte der bleiche Buchhalter, indem er die ihm gebotene Hand nahm und schüttelte, »ich danke dir recht von Herzen für dein freundliches und großmütiges Anerbieten, aber – ich muß es ausschlagen.«

»Und weshalb?«

»Erstens würden wir beide zusammen auf einem Schiff und auf der langen Überfahrt kaum einen Tag nüchtern werden – sei versichert, ich kenne uns da alle beide viel zu gut, und dann habe ich mir auch fest vorgenommen, mich selber und aus mir selbst heraus wieder emporzuarbeiten. Erstlich hab' ich mehr Freude daran, und dann beweise ich auch den Leuten damit, daß ich noch nicht so schlecht gewesen bin, wie mich einige von ihnen hielten.«

»Überleg es dir noch einmal.«

»Ich danke dir. Ich bin ganz fest entschlossen, und kehre nicht eher wieder nach Deutschland zurück, bis ich mir selber das Geld dazu mit ehrlicher Arbeit erworben habe. Aber – da kommt jemand. Entschuldige mich einen Augenblick.«

»Mynheer van Roeken im Geschäft?« frug mit einer leichten

Verbeugung gegen Herrn Nitschke der alte Lockhaart, indem er sich überall im Comptoir umsah.

»Nein, Mynheer«, sagte Nitschke, von seinem Stuhl aufstehend, »er ist hinunter nach dem Zollhaus gefahren, um dort irgend etwas abzumachen.«

»Wird er bald zurückkommen?«

»Vielleicht in ein oder zwei Stunden. Es läßt sich das nicht immer so genau bestimmen.«

»So lange kann ich nicht warten; dann müssen wir beide es zusammen abmachen«, sagte Herr Lockhaart mit einem Seitenblick auf Horbach. »Dürfte ich Sie vielleicht bitten, mir einen Augenblick unter vier Augen zu gönnen? Es betrifft die bewußte Sache, wegen der ihr Prinzipal Wagenaar mit mir in die Berge gefahren ist –«

»Bitte sich um Gottes willen nicht zu genieren«, sagte Horbach, indem er seinen Hut ergriff.

»Bleib da, Horbach«, hielt ihn Nitschke zurück, »es betrifft Heffken. Vor Herrn Horbach können Sie ungescheut reden, Mynheer, denn er besonders hat uns wesentlich Data in Betreff Heffkens geliefert –«

»Und die besten außerdem noch auf dem Lager!« lachte Horbach vergnügt vor sich hin. »Wenn Sie etwas zu sagen haben, was den Fuchs aus seinem Bau bringt, mein Herr, so würden Sie wohl kaum irgend zwei Menschen auf Java finden, die diesen Berichten mit so viel Interesse folgten, wie wir beide, und können wir Sie in irgend etwas unterstützen, so disponieren Sie nur über uns.«

»Desto besser«, sagte Herr Lockhaart, mit einer leichten Verbeugung gegen Herrn Horbach, indem er diesen jedoch mit einem scharfen und raschen Blick von Kopf bis zu den Füßen maß. Dem reinlichen, an strenge Ordnung gewöhnten Holländer gefiel wohl kaum das unordentliche, verstörte Wesen des jungen Wüstlings, das dieser, so steif er sich heute auch zu halten suchte, doch nicht verleugnen mochte. »So kann ich Ihnen denn mitteilen, daß wir den Eingeborenen Klapa eingefangen und durch diesen, wie Heffkens früheren Mitschuldigen Joost, die unumstößlichsten Beweise gegen Heffkens Schurkereien in Händen haben. Ich bin eben im Begriff, einen Haftbefehl gegen den Burschen zu erwirken und ihn dann ungesäumt festnehmen zu lassen.«

»Alle Teufel!« rief Horbach rasch. »Das geht nicht – das verdürbe mir den ganzen Spaß.«

»Das geht nicht?« sagte Herr Lockhaart erstaunt, »ich möchte in der Tat wissen, weshalb?«

»Das will ich Ihnen sagen«, erwiderte Horbach, indem er mit seiner liebenswürdigen Unverschämtheit des alten Herrn Arm ergriff, und ihn an das entgegengesetzte Ende des Zimmers führte. Dabei flüsterte er ihm mit raschen Worten etwas zu, und Herr Lockhaart, so mißtrauisch er seinen neuen Vertrauten im Anfang betrachtete, schien sich doch bald für das, was er ihm mitteilte, zu interessieren. Seine ernsten Züge verzogen sich sogar zu einem finsteren Lächeln, als er endlich antwortete:

»Und Sie sind Ihrer Sache völlig gewiß?«

»Vollkommen«, erwiderte Horbach. »Schon seit mehreren Wochen lauere ich auf diese Gelegenheit, die ich heute morgen ausgespürt habe, und Sie dürfen mir den Spaß nicht verderben; ganz abgesehen davon, daß wir ein gutes Werk damit stiften.«

Lockhaart sah eine Weile vor sich nieder, endlich sagte er:

»Well! Überdies hält es das Ganze nur um höchstens zwei oder drei Stunden auf. Um wieviel Uhr soll ich also die Leute hinaufbestellen?«

Wieder flüsterte ihm Horbach etwas zu, und der alte Herr nickte langsam und bedächtig mit dem Kopf, während Nitschke nicht wußte, was er von dem allen denken sollte.

»Aber ich begreife gar nicht –«, sagte er endlich.

»Dich hol' ich um vier Uhr ab«, rief aber Horbach. »Du mußt mit dabei sein, und so lange wirst du dich schon hier im Geschäft frei machen können. Donnerwetter, das gibt einen Hauptspaß, und ich feier den letzten Tag meines Aufenthaltes auf Java in einer würdigen Weise!«

»Aber van Roeken?« sagte Lockhaart.

»Ich warte auf ihn, bis er zurückkommt«, erwiderte Horbach; »lassen Sie mich nur machen, in der Sache bin ich Feuer und Flamme, und garantiere Ihnen, daß Sie keinen besseren hätten werben können.«

»– Gut!« sagte Lockhaart nach einer kurzen Pause. »Ich verlasse mich auf Sie und werde indessen die nötigen Schritte tun, daß Herr Heffken diese Nacht schon in sicherem Gewahrsam zubringt. Herr Nitschke, auf Wiedersehen! – Um sechs Uhr, Herr Horbach, werde ich an Ort und Stelle sein.«

»Lieber ein klein wenig später – sagen wir halb sieben, daß wir sichere Dämmerung haben. Van Roeken ist erst auf sechs Uhr eingeladen worden, und wir dürfen auch nicht zu früh kommen, sonst verfehlen wir unser Ziel.«

»Gut – also Schlag halb sieben. Geht Ihre Uhr richtig?«

»Es fehlen bei mir noch fünf Minuten an elf –«

»Und bei mir sieben – also auf Wiedersehen!« Und mit einem freundlicheren Kopfnicken, als er gekommen war, verabschiedete sich der alte Herr und fuhr wenige Minuten später in seiner Carreta nach dem Stadthaus hinunter.

Es war Abend geworden. Mynheer van Roeken, der auf heute eine Einladung bekommen, hatte in seiner Wohnung Toilette gemacht und war im Begriff, in seinen Wagen zu steigen.

»Aber du gehst nun schon wieder fort«, sagte Mevrouw, die ihn bis vorn auf die Treppe begleitete, »und wieder zu einer so schrecklichen Junggesellen-Gesellschaft, wo ihr bis zum frühen Morgen schwelgt und trinkt. Es ist entsetzlich!«

»Aber, liebes Kind«, sagte van Roeken, der heute merkwürdig blaß und aufgeregt aussah, »du weißt, daß ich erstlich die Einladung nicht ablehnen konnte, und dann auch spätestens bis zwölf Uhr wieder zu Hause bin. Keurhuis feiert heute seine Geschäftseröffnung mit Bylderheer, beides ein paar frühere, sehr gute Bekannte von mir, und ich hätte sie beleidigt, wollte ich mich von dem Diner zurückziehen. Außerdem werden wir so in genaue Geschäftsverbindung mit dem Haus treten, daß ich bei Wagners Abwesenheit unsere Firma notgedrungen repräsentieren muß.«

»Soedah! Soedah!« sagte die Frau, mit der Hand abwehrend; »ich sehe es ja auch ein. Ihr Männer habt überdies immer Gründe genug, und wir armen Frauen müssen indes allein zu Haus sitzen – Kassiang! – Also um elf schicke ich dir den Wagen?«

»Nicht zu früh, die Pferde müssen sonst zu lange warten. Um halb oder dreiviertel zwölf ist es Zeit genug; ich kann mich nicht eher losmachen. Adieu, mein Herz!«

»Tabé, mein lieber Mann – tabé!« winkte ihm Mevrouw zu und stand noch lange auf der Treppe, als der leichte Wagen schon um die Ecke der nächsten Straße verschwunden war.

Mynheer van Roeken fuhr aber nicht zu Keurhuis' Wohnung, wenigstens nicht direkt, sondern bog vorher nach Wagners Erbe ein, an dessen Tür ihn Horbach schon erwartete. Der Kutscher bekam Befehl, vor dem Haus zu halten und van Roeken folgte Horbach und Nitschke in das Haus.

»Sie sind Ihrer Sache gewiß?« sagte van Roeken hier, als er den inneren Raum betrat.

»So gewiß, wie wir drei hier beisammen stehen«, erwiderte Horbach. »Schon am ersten Morgen, den ich in Ihrer Wohnung zubrachte, machte ich jene überraschende Entdeckung, war aber selber noch zu wirr im Kopf, mir der ganzen Sache klar bewußt zu sein, bis es zu spät war und ich keine festen Beweise mehr liefern konnte. Von da an habe ich mich auf die Lauer gelegt, und wären Sie ein paar Mal bei mir gewesen, hätten wir das Pulvermagazin schon damals in die Luft sprengen können. Es paßte aber immer nicht, und ich war viel zu vorsichtig, um irgend etwas zu verderben. Heute morgen habe ich aber die Gewißheit bekommen, daß wir an diesem Abend nicht fehlgehen werden. Erlassen Sie mir, Ihnen zu sagen, wie ich das erfahren habe, da überdies das Wie auch gar nichts zur Sache tut.«

»Und ist es jetzt Zeit?«

»Ich denke, ja – die Sonne geht eben hinter jenen Büschen unter. Bis wir zu Fuß hinüberkommen, wird es gerade recht sein.«

»Zu Fuß? – Den ganzen Weg?«

»Wir brauchen dann nicht der breiten Straße zu folgen, denn ich weiß hier auf allen Schleichwegen durch die Gärten Bescheid. Überdies dürften wir ihr Erbe nicht vorn vom Eingang betreten, denn unsere hellen Kleider leuchten zu weit, und Sie wissen, daß man das Portal von Mevrouws Stube aus übersehen kann.«

»Ich bin mit allem einverstanden«, zischte van Roeken durch die Zähne durch, »mit allem! Solange Sie mir nur Ihr Versprechen halten. Finde ich aber, daß ich es mit einem Verleumder zu tun hatte, den ich arglos und freundlich in meiner Familie aufnahm, so –«

»Sollen Sie berechtigt sein, jede Strafe über mich zu verhängen, die Sie für gut finden«, sagte Horbach ruhig. »Ich würde mich wohl hüten, in ein solches Wespennest zu stören, wenn ich nicht eben meiner Sache gewiß wäre. Aber kommen Sie; es ist Zeit. – Nitschke, paß' du ein wenig unterwegs auf, ob du einen oder den andern der von Herrn Lockhaart zitierten Herren erspähen kannst. Ich glaube zwar nicht, daß wir ihnen auf unserem Weg begegnen werden, aber Vorsicht ist immer gut.«

»Und die Wagen?«

»Mögen in einer Stunde nachkommen; bis dahin sind wir fertig.«

Die Sonne war untergegangen und die Nacht hatte ihren dunkeln Fittig über die Erde gebreitet, als sich im hintern Teil von van Roekens Erbe eine kleine Gruppe von Männern zusammenfand. Unter drei oder vier schlanken Kokospalmen, die über dem darunter hinmurmelnden Kalibesaar standen, lag eine niedere Bambushütte, in der der Gärtner des Erbes wohnte, und der kleine Platz war von Kakao-, Gewürznelken- und Muskatnußbüschen so vollständig und dicht eingeschlossen, daß durch das engverwachsene Laub derselben nicht einmal ein Lichtstrahl fiel.

»Wen zum Teufel haben Sie hier?« flüsterte van Roeken Horbach zu, als sie die Schwelle der Hütte überschritten und einen Herrn dort neben der Kokosöllampe stehend fanden.

»Einen Mitspieler«, erwiderte Horbach, »der aber erst im zweiten Akt vorkommt. Den ersten Akt spielen wir beide allein durch – natürlich mit dem passenden Hintergrund, und nachher wird Mynheer Lockhaart, den ich die Ehre habe, Ihnen hiermit vorzustellen, die weitere Sorge für Herrn Heffken übernehmen. Er ist als Kassendieb und sonstiger Betrüger entlarvt, und die Regierung möchte sich heut' abend seiner versichern.«

»Die Zeugen waren aber unnötig.«

»Zeugen müssen Sie haben, sonst können Sie überdies gegen Ihre Frau nichts ausrichten«, warf Horbach ein. »Jetzt aber ist es für jedes weitere Überlegen zu spät, denn wenn Sie nicht mitgehen, wird Mynheer Lockhaart die Leitung des Ganzen übernehmen.«

»Das wenigstens hätten Sie mir ersparen können«, sagte van Roeken bitter, »da es aber einmal so weit gediehen ist, läßt sich in der Tat nichts mehr daran ändern.«

Der Malaie, der dies kleine Haus bewohnte, trat jetzt auf die Schwelle, und Horbach redete ihn rasch und leise an:

»Ist er da?«

»Schon seit einer Viertelstunde«, lautete die Antwort. »Sie waren erst vorn im Haus und sind jetzt –«

»Gut – gut – es ist also Zeit?«

Der Malaie zeigte nickend seine beiden Reihen gelber Zähne, und Horbach, ohne ein Wort weiter zu verlieren, machte gegen van Roeken eine Bewegung ihm zu folgen, und schritt, ohne die anderen weiter zu beachten, ihm voran hinaus ins Freie und gegen das Haus zu. Vorsichtig schlichen die beiden Männer, von Nitschke dicht und den übrigen in etwas größerer Entfernung gefolgt, neben dem Kiesweg auf dem Rasen hin und glitten so bis an das Haus. Hier erst hielt Horbach und bog sich zu Nitschke zurück.

»Es ist alles in Ordnung«, flüsterte dieser, »er kann nicht mehr fort!«

Ohne weiter ein Wort zu wechseln, ergriff Horbach van Roekens Arm, der wie Espenlaub zitterte, und führte ihn um das Haus herum der Treppe zu. Dort hielt er einen Moment und streifte seine Schuhe ab.

»Was machen Sie?«

»Was Sie auch tun müssen«, lautete die Antwort, »wir gehen sonst zu laut.«

In dem Salon brannten wie immer die Lampen, und in der einen Ecke kauerte eins der Mädchen von Mevrouw. Van Roeken war schon Horbachs Beispiel gefolgt, und dieser wechselte ein paar Zeichen mit der Malaiin, die ihm ängstlich zunickte und auf die nächste Tür deutete. Geräuschlos schritten die beiden Männer durch den Saal und das Arbeitszimmer Mynheers und hielten gleich darauf vor dem nächsten Gemach, das nur mit einer schwerwollenen dunkeln Gardine dicht verhangen war. Zögernd stand van Roeken einen Augenblick davor. Sein Herz schlug ihm wie ein Hammer in der Brust, seine Glieder zitterten, und er stützte sich auf Horbachs Schulter, um nur nicht umzusinken.

»Nur Courage!« flüsterte dieser aber, indem er mit einem leisen, heisern Lachen den Vorhang etwas beiseite schob. Diese Bewegung gab van Roeken sich selber wieder; die entscheidende Handlung war geschehen, und mit einem Schritt stand er, von Horbach dicht gefolgt, in dem kleinen, nur von einer mattbrennenden Astrallampe erleuchteten Gemach. Draußen dicht vor der Tür stand Nitschke und hinter ihm Lockhaart, und horchten mit der gespanntesten Aufmerksamkeit auf das, was dort innen vorging. – Aber nur einen leisen Aufschrei von Mevrouw vernahmen sie, dann war alles still, bis sie plötzlich Horbachs laute Stimme hörten, der lachend sagte: »Ah, mein lieber Heffken – sehr angenehm, daß ich Sie noch treffe. Da ich morgen in See gehe, können wir gleich voneinander Abschied nehmen.«

Zugleich fast mit den Worten teilte sich rasch der Vorhang auseinander, und Heffken trat hindurch und wollte hinaus, schrak aber zurück, als er auch hier zwei Männer stehen sah.

»Ich gratuliere, Herr Heffken«, sagte Nitschke trocken, »ließe sich nicht vielleicht auch hier im Zimmer mein Zahnstocher-Etui anbringen?«

»Unverschämter Mensch!« rief der kleine Buchhalter und wollte, der größeren Gestalt scheu ausweichend, an dieser vorüber die Treppe gewinnen, als ihm Lockhaart in den Weg trat und mit donnernder Stimme ausrief:

»Halt! Kassendieb und Pirat! Du bist entdeckt und wirst jetzt der gerechten Strafe nicht entgehen!« Und mit den Worten sprang er auf ihn zu und faßte ihn am Kragen. Ehe er aber einen recht festen Halt gewinnen konnte, riß sich Heffken, der jetzt alles verloren sah, in wilder Verzweiflung von ihm los, und während sein durch die Gefahr geschärftes Auge auf der Treppe vorn drei oder vier andere Gestalten entdeckte, schoß er in wilder Flucht seitab in eine andere Stube hinein. Rechts und links zugleich ein paar Stühle fassend und hinter sich werfend, um die Verfolger aufzuhalten, war er dann mit einem Satz auf dem Vorbau des offenen Fensters und draußen im Freien.

»Haltet ihn! Packt ihn!« schrie Nitschke, der dicht hinter ihm war und über einen der geschickt vorgeworfenen Stühle hinwegstürzte, und Lockhaart, der schon vermutete, was der schlaue Bursche beabsichtigte, sprang auf die Veranda hinaus, um den Fliehenden dort gleich in Empfang zu nehmen. Hier aber wäre er zu spät gekommen. Heffken, der mit der Angst eines Verzweifelten den engen Raum um das Haus überflog, hatte eben schon die Hecke erreicht und wollte nach dem Rückteil des Erbes flüchten, als er von dort den Gärtner sich entgegenkommen sah. Nach vorn zu waren sechs oder acht Polizeidiener postiert, und dahin blieb ihm deshalb jede Flucht abgeschnitten – über die Hecke aber konnte er noch, und mit einer Gewandtheit, die er sich selber nie zugetraut, warf er sich in einem Sprung mitten hinauf. Wohl hielten ihn dort einen Moment die auszweigenden Büsche, aber von unten aus konnte ihn schon niemand mehr mit dem Arm erreichen, und sein Gewicht auf die andere Seite drängend, wollte er sich eben dort hinunterfallen lassen, als er einen wilden Schmerzensschrei ausstieß und seinen Hals wie von tausend scharfen Zangen festgehalten fühlte. Zu gleicher Zeit klammerte er sich jetzt selber in Todesangst an die starren Zweige an, denn er kannte nur zu gut das Instrument, das ihn hielt, und wußte, sein Fleisch würde ihm erbarmungslos vom Hals gerissen, daß er elend verbluten mußte, wenn er dem hätte mit Gewalt entfliehen wollen. Der Jubelruf eines der Malaien sammelte zugleich mit Blitzesschnelle die übrigen an die Stelle, und nicht zwei Minuten später war die ganze Hecke an beiden Seiten umstellt, auf der der Gefangene, von jenem wunderlichen Instrument nur locker am Hals gehalten, aber sich mit beiden Armen fest in die Büsche krallend, lag.

Alle jene Malaien nämlich, die auf Java nachts den Dienst als Wächter haben, sind mit einer so einfachen wie zweckmäßigen Waffe versehen, Verbrecher oder unnütze Nachtschwärmer einzufangen. Statt der albernen und nutzlosen Lanze oder Hellebarde aber, mit denen die europäischen Nachtwächter noch größtenteils bewehrt sind, führen sie eine sogenannte Fangegabel ———‹ mit einem langen Stiel und einer in Gabelform geflochtenen dornigen Bambusart. Die Stacheln des Dorns sind dabei so eingelegt, daß sie sämtlich zurückstehen, und der Wächter hat also nur diese Gabel so zu stoßen, daß er einen Arm, ein Bein, oder am besten den Hals des Verfolgten hinein bringt, der dann rettungslos darin festsitzt, bis der Bambus mit Gewalt wieder auseinander gebogen wird, um ihn frei zu lassen.

In einer solchen Gabel lag Herr Heffken, denn der ihm nachspringende Malaie hatte eben noch Zeit gehabt, sie nach seinem Hals zu stoßen. Heffken wußte aber nur zu gut, in welch erbarmungslosen Fängen er hing, aus denen an ein Losreißen nicht zu denken war; ja er fürchtete, daß der braune Wächter nur ein klein wenig fester anziehen würde, und wie die spitzen Dornen dann in sein Fleisch eindrangen, fühlte er schon. Die Malaien kannten aber selber die gefährliche Eigenschaft gut genug, und während der Bursche, der die Gabel hielt, nur ruhig und unbeweglich stehenblieb, sprangen vier oder fünf andere rasch auf die Hecke hinauf, banden vor allen Dingen Herrn Heffkens Füße zusammen, und erlösten ihn dann nicht ohne Mühe aus der Stachelklammer, in der er festsaß. Wenige Minuten später fand sich der ertappte Buchhalter mit auf den Rücken geschnürten Armen in der Gewalt seiner Hüter, und dem Mann gegenüber, den er vielleicht am meisten auf der ganzen Insel fürchtete: Herrn Lockhaart.

Der Hof war indessen von zehn oder zwölf Bambusfackeln fast zu Tageshelle erleuchtet, und Herr Nitschke, der fühlte, daß es für die Europäer eben keinen guten Eindruck auf die Malaien machen könne, einen des gefürchteten Geschlechts der Weißen in diesem Zustand in ihren Händen zu sehen, beorderte rasch den schon von Lockhaart bereit gehaltenen Wagen, um den Verbrecher in das seiner wartende Gefängnis abzuliefern. Lockhaart stand mit untergeschlagenen Armen vor dem Buchhalter. Dieser aber, halb in Scheu, halb in Trotz und Wut, sah wild zu ihm auf und rief mit vor Angst und Ingrimm fast erstickter Stimme:

»Herr! Das sollen Sie mir büßen. Ist das – ist das eine Behandlung für einen Holländer auf dieser Insel?«

»Schande und Schmach, daß Sie ein Holländer sind!« sagte aber Lockhaart ruhig. »Übrigens mögen Sie am besten beurteilen, inwiefern Sie gerecht oder ungerecht behandelt werden, wenn ich

Ihnen sage, daß Ihr Kommis und Helfershelfer Joost alles gestanden hat und der Javane Klapa in unseren Händen ist.«

»Das ist – das ist eine Lüge!« stammelte Heffken, der bei den Worten totenbleich geworden war.

Lockhaart wandte sich verächtlich von ihm ab, und auf sein Zeichen faßten ihn die Malaien und hoben ihn in den Wagen; ein paar Polizeibeamte setzten sich zu ihm, und fort rollte das leichte Geschirr zum Gartentor hinaus, seiner Bestimmung zu.

EINUNDFÜNFZIGSTES KAPITEL

Am nächsten Morgen ging das holländische Schiff, die »Brigitta«, unter Segel. Auf elf Uhr früh war die Abfahrt angesetzt und um zehn Uhr sollte Horbach, der einzige Passagier des Fahrzeugs, an Bord sein. Es war Sonntag, und Herr Nitschke brauchte deshalb nicht die Erlaubnis seines Prinzipals nachzusuchen, den Freund wenigstens bis zum Strande zu begleiten. Van Roeken hatte übrigens noch am vorigen Abend eine lange und geheime Unterredung mit Horbach gehabt, in die zuletzt auch das eine malaiische Mädchen mit hineingezogen wurde; dann war er hinüber zu Keurhuis und Bylderheer in die beabsichtigte Gesellschaft gefahren, wohin er die Neuigkeit von Heffkens Verhaftung, und damit die ganze Gesellschaft fast in Aufruhr brachte, denn Heffken war eine zu allgemein gekannte und eigentlich auch gefürchtete Persönlichkeit gewesen. Als er morgens zwischen drei oder vier Uhr heimkam, wartete Madame übrigens nicht auf ihn. Ihre Zimmer lagen still und dunkel und van Roeken ging in seine Arbeitsstube, wo er bis Tagesanbruch beschäftigt war, Briefe zu schreiben.

Als Horbach zu dieser Zeit herunterkam, um Abschied von ihm zu nehmen und an Bord zu gehen, befahl van Roeken, ganz gegen seine sonstige Gewohnheit, das Frühstück, und die beiden Männer saßen zwei volle Stunden hinter ein paar Flaschen schweren Weines, die heute statt Kaffees dienen mußten. Horbach spürte auch schon die Wirkung im Kopf; er wurde sehr heiter und schien sich außerordentlich wenig aus der Trennung von Java zu machen. Van Roeken dagegen blieb, obgleich er viel mehr wie Horbach getrunken hatte, kalt wie Eis, übergab dem Scheidenden noch ein Paket Briefe für den Kapitän, die dieser in der Kapstadt lassen sollte, und schloß sich dann in seine Stube ein, um ein paar Stunden zu schlafen.

Horbach indessen traf noch auf dem Wege nach dem Zollhaus, an welchem Ort er Nitschke finden sollte – ein paar gute Freunde, mit denen er bei einem der Schiffsmäkler einkehrte, das begonnene Frühstück fortzusetzen.

Nitschke konnte unter der Zeit das seiner harrende Schiffsboot kaum noch bewegen, so lange zu warten, bis Horbach endlich eintraf; dann aber war dieser so betrunken, daß er ohne irgendwelchen Abschied in das Boot taumelte, und am Schiff angelangt, an Bord gehißt werden mußte. Glücklicherweise hatte er seine sämtlichen Effekten schon am Tage vorher auf die »Brigitta« schaffen lassen, und dort trugen ihn Matrosen in seine Kabine und ließen ihn den Rausch ausschlafen. Das war sein Abschied von Java.

Eine volle Woche dauerte es indessen, bis das Verhör gegen Heffken beginnen konnte, denn so langweilig und zeittötend die Gerichte auch bei uns verfahren mögen, so viel bequemer machen sie es sich noch in der heißen Zone, wo die Geschäftsstunden überdies auf ein Minimum reduziert werden. Es ist dies auch sehr erklärlich, und wir Deutschen können uns davon einen vortrefflichen Begriff machen, wenn wir uns einen im alten Schlendrian und beim Kanzleistil aufgezogenen Assessor denken, der bei 28 Grad Reaumur im Schatten irgendeine Arbeit vornehmen sollte. Joost aber erleichterte durch seine direkten Aussagen das Verfahren ungemein. Die Regierung hatte ihm nämlich die Zusage bestätigt, die ihm schon Lockhaart oben in Bandong gemacht, denn es lag ihr besonders daran, dem Urheber der in letzter Zeit so häufig verübten und schlauen Betrügereien auf die Spur zu kommen. Dabei konnte sie recht gut einen doch nur untergeordneten Helfershelfer, wie Joost, durch die Finger schlüpfen lassen. Joost suchte sich denn auch dieser Gnade würdig zu machen, und brachte solche überzeugende Beweise von Heffkens verschiedenen Verbrechen, daß dessen Schuld schon nach den ersten Verhören vollständig erwiesen war. In diesen Enthüllungen wurde auch Klapa in mancher Hinsicht bloßgestellt, da der Javane in die meisten Unternehmungen Heffkens verwickelt schien. Bei den späteren Verhören glaubte dann Klapa, der Heffkens Verhaftung kannte, nicht anders, als daß ihn dieser selber verraten habe, und zögerte nun auch seinerseits nicht, sämtliche Unterschläge, die der Buchhalter seit einer längeren Reihe von Jahren an den Regierungs-Prauen verübt, ans Licht und die Beweise dafür zu bringen.

Van Roeken hatte sich in der ganzen Zeit nur wenig im Geschäft gezeigt, und selbst dann fast gar nicht mit seinen Leuten verkehrt, mit Nitschke sogar noch kein einziges Wort wieder gesprochen. Schämte er sich vielleicht, daß seine häuslichen Verhältnisse bekannt geworden? Aber er hätte darüber ruhig sein können, denn weder Lockhaart, Horbach noch Nitschke hatten ein Wort von jenem Abend gegen irgendeinen Dritten erwähnt. Nur van Roeken selber schrieb es in der ersten Aufregung seinem Kompagnon nach Bandong, und bat ihn, so rasch er könne wieder zurückzukommen und die Leitung des Geschäfts in der nächsten Zeit zu überwachen. Wagner schien das aber für keinen genügenden Grund gehalten zu haben, seine einmal genommenen Ferien so rasch wieder zu unterbrechen, und blieb noch, trotz dem Rückruf, eine volle Woche in den Bergen. Ja, Lockhaart wie van Straaten reisten ebenfalls wieder hinauf, um wenigstens in Buitenzorg mit ihm und den Damen zusammenzutreffen.

Van Roeken verzehrte sich indessen – ganz gegen seinen sonstigen Charakter – fast vor Ungeduld und war schon selber im Begriff, nach Buitenzorg hinauf zu fahren, um Wagner dort zu sprechen, als er einen Brief erhielt, daß dieser am nächsten Morgen um zehn Uhr wieder in seiner Wohnung eintreffen würde. Um neun Uhr schon war van Roeken dort, ihn zu erwarten, und ließ ihm, angekommen, kaum Zeit, ein Bad zu nehmen und seinen Anzug zu wechseln, so drängte es ihn, das, was ihm auf dem Herzen drückte, loszuwerden.

»Leopold«, sagte Wagner, als die beiden Freunde endlich nebeneinander auf der kühlen Veranda des Hauses saßen, »du siehst bleich und angegriffen aus. Du hast dir den Unfall zu sehr zu Herzen genommen, aber – du wirst dich erinnern, was ich dir immer gesagt habe.«

»Ich bin wenigstens jetzt bereit, deinem Rat zu folgen«, erwiderte van Roeken leise, »ich wollte, ich hätte es früher getan.«

»Besser spät wie nie. Aber was beabsichtigst du?«

»Ich will mich von meiner Frau scheiden lassen.«

»Du hättest sie nie heiraten sollen.«

»Gut! Aber es ist einmal geschehen, und alles, was ich jetzt tun kann, ist: mich wieder auf immer von ihr zu trennen. Sie selber, die nichts so sehr fürchtet als einen derartigen öffentlichen Prozeß, noch dazu da Heffken als Dieb vor Gericht steht, ist auch schon mit allem einverstanden und wird nicht die geringste Schwierigkeit machen.«

»Und die bösen Zungen in Batavia?«

»Ich habe der schlimmsten von ihnen so lange getrotzt«, sagte van Roeken, »daß ich sie jetzt alle miteinander nicht fürchte. Was mir früher aber außerordentlich unbequem schien, kommt mir jetzt trefflich zu statten, und ich bin froh, daß – Fräulein Bernold Java noch nicht wieder verlassen hat.«

»In der Tat? Und weshalb? Wenn man fragen darf«, sagte Wagner, indem er etwas Medoc in ein Glas füllte und Wasser hinzugoß.

»Weil ich sie jetzt selber heiraten will«, rief van Roeken entschlossen. »Es ist ein bildhübsches, gebildetes, braves, gutes Mädchen – ich bin ihr überhaupt diese Genugtuung schuldig und – schaffe mir dann ein angenehmes Familienleben, indem ich mich auch um die übrige Gesellschaft Batavias gar nicht mehr zu kümmern brauche.«

Wagner hatte sein Glas langsam an die Lippen gehoben und trank es jetzt, ohne dem Freunde noch zu antworten, eben so bedächtig aus.

»Hm«, sagte er endlich, während er einen Blick auf die Straße nach einem heranrollenden Wagen warf. »Du bist zu dem Entschluß ein wenig spät gekommen.«

»Doch nicht zu spät – und was meinst du dazu?«

»Oh, er wäre vortrefflich, aber ich sehe nicht ein, daß er ausführbar ist!«

»Und warum nicht? Ich lasse mich noch in dieser Woche von meiner Frau scheiden.«

»Sehr schön das«, sagte Wagner ruhig, »aber ich mich nicht von der meinen, und ich begreife wirklich nicht, wie du das alles vereinigen willst.«

»Du dich nicht von der deinen?« rief van Roeken, erstaunt den Freund anstarrend. »Seit wann bist du verheiratet?«

»Seit vorgestern abend mit Hedwig Bernold«, lachte Wagner, indem er hinaus in den Garten deutete, »und dort werde ich gleich das Vergnügen haben können, dir meine Frau vorzustellen.«

»Hedwig – Bernold – deine Frau?« stammelte van Roeken, seinen Kompagnon anstarrend, als ob er ihm eben das Unglaublichste mitgeteilt. »Du – du hast mich jedenfalls zum besten.«

»Dort kommt meine Frau«, wiederholte ruhig der Freund, »und sie mag es dir selber bestätigen.«

Van Roeken hielt noch immer seinen Blick fest und ungläubig auf Wagner geheftet, dessen ausgestreckter Arm deutete aber auf den heranrollenden Wagen. Van Roeken erkannte in der Tat Hedwig mit Frau van Straaten, und als ihm die Wahrheit des Gehörten jetzt dämmern mochte, sagte er leise:

»Also wirklich? Aber dann will ich ihr hier nicht begegnen«, setzte er, seinen Hut ergreifend, rasch hinzu, »wenigstens nicht in diesem Augenblick. Sei so gut und schicke mein Bendi vorn auf die Straße, ich werde es dort erwarten.«

»Aber du kannst doch nicht vermeiden, ihre Bekanntschaft zu machen?«

»Nein – doch soll das wenigstens nicht jetzt geschehen. Du wirst einsehen, daß ich ihr in diesem Augenblick nicht gegenübertreten kann – eine weitere Erklärung des Geschehenen wirst du mir dann später geben, wie auch meine Glückwünsche entgegennehmen.« Und ehe ihn Wagner daran verhindern konnte, verließ er dessen Wohnung gerade in demselben Augenblick durch die Hintertür und den Garten, als Mevrouw van Straaten und Hedwig mit der alten Kathrine in einer, wie Lockhaart mit seinem Schwager in einer anderen Karreta vor dem Portico hielten. Wagner behielt kaum Zeit, einem seiner Leute den Auftrag zu geben, van Roekens Wunsch zu erfüllen und das Bendi seines Kompagnon hinaus auf den Weg zu beordern, um dort seinen Herrn aufzunehmen. Der alte Herr Lockhaart war indessen aus seinem Wagen gesprungen und half Hedwig heraus, und ihren Arm dann in den seinen ziehend, führte er sie zuerst in ihre neue Heimat ein. Wagner eilte ihnen entgegen, um seine junge, wie Purpur glühende Frau zu begrüßen, der alte Herr aber, die Hand nach ihm ausstreckend, sagte mit herzlicher, tief bewegter Stimme:

»Wagner, ich bringe Ihnen hier einen Schatz, den Sie nicht teuer genug wahren und hegen können. Möge mit dieser Stunde ein guter Geist Ihre Schwelle überschreiten und Ihnen Frieden, Glück und Segen bringen. Mich selber aber, ihr lieben jungen Leute, betrachtet von dieser Zeit an als einen treuen Freund, der euch in späteren Jahren vielleicht auch noch durch mehr als Worte beweisen wird, welchen innigen Anteil er an eurem Schicksal nimmt. Ich mag wenigstens von jetzt an kein Fremder in diesem Hause sein.«

»Mein lieber, väterlicher Freund!« sagte Hedwig, seine Hand, ehe er es verhindern konnte, an ihre Lippen ziehend. Der alte Lockhaart aber rief lachend:

»Nein, Kind, das geht nicht – als Brautführer hab' ich noch andere Rechte!« Und ihr Köpfchen zu sich emporhebend, drückte er einen leisen, väterlichen Kuß auf ihre Stirn.

»Und nun den Zug in Ordnung!« rief er fröhlich aus. »Donnerwetter, Wagenaar, wo ist Ihr Frühstückstisch? Ich hoffe doch wahrhaftig nicht, daß Sie uns alle trocken hier begrüßen wollen?«

»Da kommt schon mein Maitre de plaisir«, erwiderte mit leuchtenden Augen Wagner, indem er seine junge Frau umfaßte und küßte, und auf den Porticus heraus trat Herr Nitschke, feierlich und außerordentlich sauber und anständig gekleidet, in schwarzem Frack und weißer Halsbinde, während die malaiischen Diener die Flügeltüren aufrissen und die reichbesetzte Tafel zeigten.

In diesem Augenblick rollte noch ein Bendi in den Garten, und als sich alle danach umdrehten, rief Lockhaart erstaunt aus:

»Unser Mann in Schwarz! Herr Salomon Holderbreit! Was führt den zu uns?«

Herr Salomon Holderbreit schien aber ebenso, wenn nicht noch mehr überrascht, wie Herr Lockhaart, denn schwerlich hatte er so zahlreiche und noch dazu diese Gesellschaft hier erwartet. Zurück konnte er aber nicht mehr, denn sie hatten ihn alle gesehen, und es blieb ihm nichts übrig, als gute Miene zum bösen Spiel zu machen. Augenscheinlich verlegen stieg er aus seinem kleinen Fuhrwerk, und es konnte Lockhaart nach den auf ihn gerichteten Blicken nicht entgehen, daß ihm vor allen anderen der Besuch gelte. Des Missionärs Augen hafteten wenigstens allein auf ihm, während er mit einer etwas scheuen Bewegung die übrige Gesellschaft grüßte.

Lockhaart ging ihm entgegen. Ein eigener Verdacht stieg in ihm auf, und mit leiser Stimme frug er den Geistlichen:

»Bringen Sie mir eine Nachricht?«

»Ja«, sagte Herr Holderbreit, »die letzten Grüße eines Toten, der mir aufgetragen hat, Ihnen und – Fräulein Bernold, ich glaube jetzt wohl Frau Hedwig Wagner, seine Bitten um Vergebung für alles Herzeleid zu bringen, das er Ihnen angetan.«

Lockhaart stand tief erschüttert neben dem Mann und hielt seinen Arm fest gefaßt.

»Er ist tot?« wiederholte er mit kaum hörbarer Stimme. »Und so rasch – so furchtbar rasch – aber ihm ist wohl!«

»Ich hoffe es«, sagte Holderbreit freundlich, »denn er starb mit reuigem Bewußtsein seiner Fehler – doch weiß ich nicht, ob ich den heutigen Tag mit dieser Trauerkunde stören darf.«

»Nein«, wehrte Lockhaart ab, »nicht heute – überlassen Sie das mir, den richtigen Zeitpunkt dafür zu wählen. Aber ich danke Ihnen recht freundlich für die Mühe, die Sie sich deshalb gegeben. Wie sahen Sie Oswald von Dorsek?«

»Ich bin die letzten drei Tage nicht von seinem Lager gekommen. Er hatte keinen Freund dort oben unter all' den fremden Menschen, und ich hielt es für meine Pflicht, ihm all' die fernen Freunde durch die Tröstungen der Religion zu ersetzen.«

»Das haben Sie getan, Holderbreit?« sagte Lockhaart, ihn bewegt ansehend. »Gott lohne es Ihnen, Sie sind ein guter Mensch. Was ich aber von jetzt an für Sie hier auf Java tun kann, soll mit Freuden geschehen. Wenden Sie sich in irgend etwas an mich, wenn Sie meiner bedürfen sollten.«

»Ich danke Ihnen; ich nehme Sie vielleicht beim Wort.«

»Und weshalb haben Sie Bandong schon verlassen?«

»Mein Paß, den man mir ja nur für so kurze Zeit ausgestellt, war abgelaufen, und der Resident konnte mir nicht gestatten, meinen Aufenthalt dort länger auszudehnen. Er hat mir schon ein paar Tage länger Frist gegeben, um den Sterbenden nicht verlassen zu müssen. Außerdem hätte ich doch nicht in dem Hotel bleiben können, da Mevrouw Soltersdrop, des frühern Mißverständnisses wegen, eine sehr unangenehme Szene bereitete.«

»Gut – wir wollen sehen, was sich tun läßt – aber kommen Sie nicht mit herein?«

»Der Todesbote paßt nicht in die Gesellschaft der Fröhlichkeit«, sagte Salomon Holderbreit abwehrend, »außerdem wissen Sie vielleicht am besten, verehrter Herr, daß ich mich hier nicht recht wohl fühlen könnte.«

»Aber kein Mensch weiter wie ich weiß darum.«

»Ich danke Ihnen dafür – aber wie dem auch sei, erlauben Sie, daß ich mich entferne, und bitte, bringen Sie dem jungen Paar in meinem Namen die herzlichsten und aufrichtigsten Glückwünsche. Sie werden mir zutrauen, daß sie ernstlich gemeint sind.«

Lockhaart drückte ihm fest die Hand, und Salomon Holderbreit wandte sich mit einer leichten Verbeugung und rollte in den nächsten Minuten in seinem Wagen schon wieder zum Tor hinaus.

SCHLUSS

Zwei Jahre waren seit den letztbeschriebenen Vorfällen verflossen, als eines Morgens die Zeil in Frankfurt zwei Männer hinabschritten, die, ihre Arme ineinander verschränkt, in lebhaftem Gespräch begriffen waren.

»Und so habe ich Sie denn endlich einmal wieder, mein lieber, lieber Freund«, sagte der ältere von ihnen, indem er den Arm, den er hielt, fester an sich drückte, »habe ich Sie, wie ich hoffen darf, auf längere Zeit. Oh, Sie glauben gar nicht, wie glücklich, wie unendlich glücklich mich Ihr letzter lieber, Freude kündender Brief gemacht hat!«

»Und ermessen Sie danach, mein lieber Scharner, wie glücklich ich selber geworden bin«, erwiderte der andere mit herzlichem Ton. »Hedwig ist eine gar so liebe, prächtige Frau, und seit ich mit ihr vereint bin, hab' ich wahrlich den Himmel auf Erden gefunden.«

»Ich wußte es; ich wußte es, welch ein Schatz in dem wackern Herzen verborgen lag, und danke Gott recht aus tiefer Seele, daß er in die rechten Hände gekommen ist. Oh, das arme Kind hat hier eine schwere, böse Zeit mit durchgemacht!«

»Die jetzt hoffentlich für immer in dunkler Vergangenheit liegt«, antwortete fröhlich Wagner. »Alles traf dabei zusammen, daß sich unsere Verhältnisse noch günstiger gestalten; denn dadurch, daß van Roeken mir die Kompagnieschaft aufsagte, gewann ich meinen lieben alten Lockhaart zum Teilhaber des Geschäfts, der eigentlich nur meiner Frau zuliebe mir die vorteilhaftesten Anerbietungen machte.«

»Aber können Sie da Java jetzt so lange verlassen?«

»Lockhaart selber kümmert sich allerdings wenig um das

Geschäft«, sagte Wagner, »aber wir haben einen anderen Deutschen mit in unsere Firma aufgenommen. Er brachte allerdings kein Kapital ein, ist aber sonst ein recht tüchtiger, zuverlässiger Mann, und die Firma heißt jetzt: Wagner, Lockhaart und Nitschke. Einer von uns muß nun einen Teil seiner Zeit in Europa zubringen, da wir mit den hiesigen Fabriken in der lebhaftesten Verbindung stehen und an Ort und Stelle doch viel wirksamer tätig sein können, wie durch Briefe, und dazu bin ich für das nächste Jahr gewählt oder habe mir vielmehr den Posten auserbeten. Noch konnte ich Ihnen aber nicht einmal danken, wie vollständig und mit wie zarter Aufmerksamkeit Sie alle meine Wünsche erfüllt haben.«

»Sind Sie dort gewesen?«

»Soeben. Hedwig wird glücklich sein, wenn sie es erfährt.«

»So weiß sie noch gar nichts davon?«

»Nicht ein Wort. Sie soll damit überrascht werden. Ich gehe eben nach Haus, um sie dorthin abzuholen.«

»Oh, dann lassen Sie mich vorausgehen«, bat Scharner, »lassen Sie mich sie dort an Ort und Stelle im Glück vorfinden, wo wir so manche schwere Stunde mitsammen verlebt.«

»Gut, gut, lieber Scharner, aber dann nehmen Sie eine Droschke und erlauben der alten Kathrine mitzufahren«, bat Wagner, »es ist vielleicht noch manche Kleinigkeit zu ordnen und – ich habe sie auch lieber dort draußen, da es meine Hedwig gewiß noch mehr anheimeln wird, wenn ihr diese auf der alten geliebten Schwelle entgegentritt.«

»Die alte Kathrine«, sagte Scharner und nickte leise und lächelnd vor sich hin. »Du lieber Gott, hätt' ich die alte treue Person doch bald in all' der Freude und dem Glück vergessen; die alte Kathrine, die drüben in Ostindien gewesen ist und jetzt nach Frankfurt, in ihre Vaterstadt zurückkehrt. Die wird erzählen können.«

»Also Sie wollen?«

»Gewiß – gewiß! Freu' ich mich doch selber wie ein Kind auf den Einzug.«

»Hier sind wir an Ort und Stelle – nur einen Moment warten Sie, ich schicke Ihnen die Kathrine gleich herunter. In einer

Stunde spätestens sind wir aber draußen –« und mit raschen Schritten betrat Wagner das Portal des Hotels und sprang die breiten, teppichbelegten Stufen hinauf. So schnell bog er dabei um die Ecke, daß er eine Gruppe überraschte.

Oben an der Treppe stand ein sehr elegant gekleideter Herr, mit dem Rücken ihm zugedreht, hatte eins der hübschen Stubenmädchen um die Taille gefaßt und suchte ihr einen Kuß zu stehlen. Das Mädchen aber mochte vielleicht den von unten Heraufkommenden schon bemerkt haben, denn sie entwand sich geschickt seinen Händen und floh lachend den Gang hinunter. Der Fremde mußte jetzt wohl ebenfalls die Schritte auf der Treppe hören, denn Wagner war dicht hinter ihm. Er wandte rasch den Kopf und trat dann, ohne sich wieder umzudrehen, in eins der nächsten Zimmer der ersten Etage.

»Wetter noch einmal«, dachte Wagner, »das Gesicht muß ich doch schon irgendwo gesehen haben!« Und er überlegte hin und her, wo er dem Mann schon begegnet sein könne. Die den Gang herunterkommende Kathrine machte ihn aber alles andere rasch wieder vergessen, und mit wenigen Worten kündigte er ihr an, wen sie unten finden würde und was sie zu tun habe.

Im ersten Augenblick wollte die Kathrine allerdings vor Freude aufschreien, und dann alle möglichen Schwierigkeiten machen, daß sie doch jedenfalls erst eine andere Haube aufsetzen, eine bessere Schürze vorbinden müsse. Wagner ließ aber alle diese Einwürfe nicht gelten. Nachmittags konnte sie zurückkehren und alles nachholen – jetzt mußte sie gehorchen, und seufzend und kopfschüttelnd fügte sie sich endlich seinem Willen. Wagner betrat im nächsten Augenblick das Zimmer seiner Frau und fand sich von ihren Armen umschlungen.

»Du böser, böser Mann«, sagte sie dabei. »Erst läßt du mich in Kassel zwei volle Monate allein mit der Kathrine und unserem kleinen Martin im Hotel sitzen, und jetzt gehst du wieder auf drei volle Stunden von mir fort. Oh, laß mich hier in Frankfurt nicht allein – nicht jetzt allein – nicht die ersten Tage. Du weißt nicht, welch' schmerzliche, wehe Empfindungen mir hier das Herz erfüllen und mich gegen meinen Willen traurig stimmen. Und doch fühle ich es ja, daß es Sünde sein würde, jetzt zu trauern. Begleitest du mich nun, wie du versprochen?« setzte sie dann plötzlich mit leiser, bittender Stimme hinzu.

»Gewiß, mein Kind, deshalb komme ich her!« sagte Wagner herzlich. »Aber daß ich dich heut' allein ließ, geschah nur deshalb, um eine freundliche kleine Wohnung für uns zu finden, damit du recht bald von dem ungemütlichen Hotel erlöst würdest. Wir gehen hinüber, sie anzusehen, ob du damit zufrieden bist.«

»Und du hast unsern alten Freund Scharner getroffen? Mich wundert, daß mich der böse alte Mann noch nicht aufgesucht hat.«

»Er war verreist, mein Herz, und ist erst heute morgen zurückgekehrt. Ich traf ihn zufällig auf der Straße, und er wird heute mittag mit uns speisen. Gehen wir jetzt?«

»Ja«, sagte die Frau, und das helle Lächeln schwand im Nu von ihren Lippen, »laß uns gehen! Ihr gehöre mein erster Gang in dieser lieben Stadt – ich kann sie ja doch nur an ihrem stillen Ruheort besuchen.«

Und mit leisem Finger klopfte sie an die Nachbartür, aus der gleich darauf ein junges malaiisches Mädchen mit einem schlafenden Kind auf dem Arm trat.

»Er ist noch nicht aufgewacht, der kleine Bursch«, lächelte die Mutter, »sieh nur, wie lieb er die kleinen dicken Fäustchen zusammenballt. Aber komm, laß uns gehen!« Und Hut und Schal anlegend, hing sie sich, von dem Mädchen mit dem Kind gefolgt, an des Gatten Arm. Unten hielt eine der Equipagen des Hotels, und der Kutscher, der schon sein Ziel wußte, trieb die Pferde zu einem raschen, lebendigen Trab an. Unterwegs wechselten die Gatten kein Wort – nur dann und wann warf die Mutter einen sorgenden Blick auf das Kind, einen flüchtigen Blick hinaus auf die doch so wohlbekannten Straßen, durch die sie fuhren, aber ihr Herz hatte jetzt nicht mehr Raum für etwas anderes, und als der Wagen an der engen Kirchhofspforte hielt, schritt sie mit klopfenden Pulsen an des Gatten Arm den schmalen, von Blumen eingefaßten Weg entlang, der zu der lieben, teuren Stätte führte. Und jetzt zögerte plötzlich ihr Fuß. Sie ließ den Arm los, der sie bis dahin gestützt, und stand mit gefalteten Händen neben einem niedern, blumigen Hügel, über den sich eine junge Trauerweide wiegte. Kein stolzer Marmor bezeichnete das einfache Grab, keine vergoldeten Buchstaben priesen die Tugenden der darunter schlummernden Toten. Nur ein kleines, niederes steinernes Kreuz stand am Kopfende des Grabes und trug nichts als die zwei Worte:

Meine Mutter.

Einen Moment stand Hedwig aufrecht neben dem teuren Grabe, dann aber verdunkelten sich ihre Blicke. Lindernde Tränen flossen an den Wangen nieder, und das Tuch vor die Augen gepreßt, sank sie an dem Hügel in die Knie und schluchzte leise.

Tief gerührt stand Wagner neben der trauernden Gattin, die hier der Kindesliebe treues Opfer brachte – aber er sprach kein Wort, denn das war kein Schmerz, der Trost verlangte, sondern nur Trost und Linderung in den eigenen Tränen fand. Eine Weile lag Hedwig an der teuren Stätte, dann hob sie langsam den Kopf und blickte lange und liebend auf den Hügel, unter dem sie damals alles begraben, was sie auf der Welt noch das ihre nannte; dann betete sie still und leise, und richtete sich, von dem Gatten unterstützt, wieder empor.

»Komm, mein Herz«, bat da Wagner, »gib dich auch dem Schmerz nicht zu sehr hin. Denke, daß deine Mutter jetzt mit Freuden auf uns herabschauen kann.«

»Ihr Segen hat sich an mir erfüllt«, flüsterte Hedwig, indem sie ihr Haupt an der Brust des treuen Mannes barg, »er hat mich dich finden lassen – er hat mir unser Kind gegeben, und tausend Dank dir hier, mein Reinhard, an diesem teuren Ort, für alles Liebe und Gute, was du an mir getan. Ich kann dir hier im Namen meiner Mutter danken.«

Wagner hatte sein Weib umfaßt und drückte einen langen Kuß auf ihre Stirn; leise flüsterte er:

»Wenn jemand des andern Schuldner ist, meine Hedwig, so bin wahrlich ich es, da ich dir ein Glück verdanke, das ich in früheren Jahren kaum für möglich hielt. Aber sieh – der kleine Bursche ist erwacht. Wie freundlich er nach dir herüber schaut.«

Die Mutter drehte sich rasch nach dem Kind um, und wie von einem plötzlichen Gedanken ergriffen, nahm sie es von dem Arm der Wärterin, küßte es und kniete mit ihm am Grabe nieder. Der Kleine aber langte hinüber nach den bunten Blumen, und einen Resedazweig erfassend, der ihm zwischen die Fingerchen kam, schloß er die kleine Faust und pflückte ihn ab.

»Ein Gruß der Mutter«, rief die junge Frau, und ihre Tränen flossen wieder stärker, »das waren stets ihre Lieblingsblumen«, und fest und innig drückte sie das Kind an ihr Herz und küßte den kleinen Zweig, den es noch in seinem Händchen hielt. Dann aber gab sie den Kleinen dem Mädchen zurück.

»Jetzt komm«, sagte sie unter Tränen lächelnd zu dem Gatten, »komm, mein Reinhard; jetzt ist mir wohl, und ich will dir nicht auch noch das Herz schwerer machen. Kann ich den lieben Platz doch jetzt öfter sehen.«

Langsam wanderten sie den Gang hinab, der aus dem Friedhof führte, und Hedwig trocknete die Tränen, die noch an ihren Wimpern hingen. Für den Friedhof sind sie ein schöner, ehrender Schmuck, aber draußen auf der Straße darf man sie der kalten, fremden Welt nicht zeigen. Was kümmert sich die auch um des Nachbars Leid! Der Wagen brachte sie rasch wieder ein Stück in die Anlagen hinein. Dort aber bat Wagner seine Frau, auszusteigen, da sie die übrige Strecke zu Fuß zurücklegen wollten.

»Es geht sich so wunderhübsch zwischen diesen blühenden Hecken«, sagte er, »und dort drüben habe ich auch in einer schattigen Laube unser Mittagsmahl bestellt. Wir brauchen deshalb den Wagen erst wieder, wenn er uns abholen soll.«

»Von Herzen gern«, sagte Hedwig, jetzt zum erstenmal sich umsehend, in welcher Gegend sie sich befanden, »aber dann wird die Kathrine auf uns warten.«

»Ich habe schon alles bestellt – hier herüber, wir biegen in diese Straße ein.«

Hedwig zögerte. Die Richtung mußte sie an ihrer alten Wohnung vorüberführen, und sie fühlte sich kaum stark genug, der schmerzlichen Erinnerung jetzt standhaft zu begegnen. Aber sie wollte stark sein – das Schmerzlichste war ja doch schon überwunden.

»Und weißt du, mein Kind, daß ich vorgestern, als ich hier durchkam, um dich abzuholen, ganz zufällig einen alten Bekannten und Reisegefährten von dir getroffen habe«, sagte er, während er mit ihr in eine der breiteren Straßen einbog.

»Einen Reisegefährten von mir?«

»Herrn Salomon Holderbreit, der mit der letzten Mail von Java zurückgekehrt ist.«

»Zurückgekehrt? Ich dachte, er wollte sich von dort nach Sumatra oder Borneo wenden?«

»Nach Sumatra nicht«, lächelte Wagner, »denn dafür schwärmte er nur nach Herrn Joosts Berichten, hat aber doch später gefunden, daß ihn der nichtsnutzige Bursche nur dort hinüber schicken wollte, um ihn aus dem Weg zu haben. Aber auch nach Borneo hat er keine Erlaubnis von der Kolonial-Regierung bekommen, so viel Mühe sich selbst Lockhaart gegeben, ihm behilflich zu sein. Die holländische Regierung weiß recht gut, welches Unheil die Missionäre schon unter den sonst ganz fügsamen Eingeborenen angerichtet haben, und duldet sie nun einmal nicht, wo sie zu befehlen hat.«

»Und warum ist er nicht auf Java geblieben?« sagte Hedwig zerstreut, denn immer näher kamen sie der alten, nie vergessenen Heimat, und jeden Baum kannte sie hier – jeden Stachelbeerstrauch.

»Auch dort wollte man ihn nicht in das Innere lassen«, erwiderte Wagner, der ihre Aufmerksamkeit noch abzulenken wünschte, »und wo es ihm mit Lockhaarts Hilfe, der sich sonderbarerweise gewaltig für ihn interessierte, doch gelang, wurden ihm an Ort und Stelle so viel Schwierigkeiten in den Weg gelegt, daß er es endlich in Verzweiflung aufgab. Auch der endliche Entscheid in Heffkens Sache ist jetzt erschienen – Klapa, jener Javane, ist mit dem Tod, Heffken mit lebenslänglichem Zuchthaus bestraft worden. Heffken hätte freilich zehnmal die schärfere Strafe verdient, aber die Holländer mögen den Eingeborenen nicht ein solches Schauspiel mit einem ihres eigenen Stammes geben.«

Vor ihnen her gingen ein Herr und eine Dame, denen ein Bedienter in Livrée folgte und einige eingekauften Kleinigkeiten trug. Die Dame drehte den Kopf nach ihnen um. Es war eine bildschöne, noch ganz jugendliche, frische Gestalt, mit höchster Eleganz gekleidet. Jetzt erst sah Wagner ihren Begleiter an, und glaubte in ihm denselben Herrn zu erkennen, den er vorher auf der Treppe des Hotels überraschte. Fast unwillkürlich beschleunigte er seinen Schritt etwas, die beiden Spaziergänger zu passieren, als ihn Hedwig leise nach der andern Seite hinüberdrängte.

»Dorthin, mein liebes Herz«, sagte er, »wir haben nicht mehr so weit.«

»Können wir nicht durch jene Straße gehen? Sie hat mehr Schatten.«

»Wir schneiden aber hier ein großes Stück ab. Überlaß dich nur heut einmal meiner Führung. Apropos – ich habe dir noch eine Neuigkeit aus Java mitzuteilen – Nitschke gedenkt sich zu verheiraten.«

Sie waren jetzt dicht neben dem jungen Paar, als der Herr rasch, wie nach den eben gesprochenen Worten horchend, den Kopf wandte. In dem Augenblick aber und fast unwillkürlich griff er nach seinem Hut, und Wagner erwiderte völlig bewußtlos den Gruß, denn der Fremde mit der reizenden jungen Dame am Arm und dem Lakaien hinter sich war niemand anderes als – Horbach.

Die junge Frau dankte freundlich – es war noch fast ein Kindergesicht, mit gar so herzigen blauen Augen, und im nächsten Moment hatten sie jene überholt: beide Männer schienen auch in der Tat viel zu sehr von dem plötzlichen Begegnen überrascht, um an eine weitere Unterredung zu denken – sie wäre überdies für beide peinlich gewesen. Wagner aber bog mit Hedwig jetzt rechts ein. Horbach schritt, vielleicht absichtlich, links hinüber, und Hedwig, die überhaupt Herrn Horbach gar nicht kannte, hatte die Fremden lange vergessen, denn vor ihr lag, von blühenden Bäumen umgeben, wie in schönster Zeit, und so wenig verändert – wenngleich anscheinend frisch gemalt, als ob sie es erst gestern verlassen hätte, das alte liebe Vaterhaus – die Heimat ihrer Kindheit.

»Und weißt du, wo wir sind?« flüsterte sie dem Gatten zu. »Ach, ich hätte mir das heut' gern erspart!«

»Was, mein Herz?«

»Dort drüben steht die alte liebe Wohnung, in der ich geboren bin«, flüsterte Hedwig, und ihr Auge hing dabei voll wehmütiger Erinnerung an den Fenstern, die zuletzt ihr Mütterchen bewohnt. »Dort – o es war eine schöne, aber auch eine entsetzlich schwere, böse Zeit, und nie im Leben werd' ich die Tage vergessen, die ich dort verlebte! Aber wo gehst du hin?« frug sie rasch und erstaunt, als Wagner gerade nach dem Haus hinüberbog.

»In unsere neue Wohnung, liebe Hedwig«, sagte der Mann mit freundlichem Ton, »das Häuschen da drüben war gerade zu verkaufen, und da ich glaubte, daß es dir vielleicht Freude machen würde –«

»Reinhard!«

»Komm, komm, mein Herz – bleib hier nicht stehen, wir fallen sonst auf, die Straße ist viel zu belebt dazu«, und er hatte vollkommen recht, denn die blühende, wunderhübsche Frau mit dem kleinen, von einem braunen Mädchen getragenen Kind war den Leuten überdies schon mehrfach aufgefallen, und daß sie sich jetzt in heftiger Erregung befand, konnte ihnen um so weniger entgehen. Hedwig mußte sich auch wirklich mit Gewalt zusammennehmen, aber wie in einem Traum schritt sie an des Gatten Seite über die Straße hinüber – wie in einem Traum öffnete sie selber die kleine Gartenpforte, wo ihr das Herz fast gebrochen war, als sie dieselbe zum letztenmal geschlossen. In der Laube in dem kleinen Gärtchen war der Tisch gedeckt – aber sie sah das nur mit einem flüchtigen Blick – drüben öffnete sich die Haustür – Wagner umfaßte sie und führte sie die wenigen Schritte in das Haus, denn die Knie versagten ihr fast den Dienst – drüben stand der alte treue Freund ihres Hauses, der alte Scharner, und streckte ihr die Arme entgegen, und als sie hineinflog, und an seinem Herzen im ersten Augenblick erst aller der trüben Stunden wieder gedachte, unter denen sie geschieden waren, und ihre Tränen stärker und heftiger flossen, da streichelte ihr der alte Mann, selber mit nassen Augen, das volle kastanienbraune Haar, von dem der Hut zurückgefallen war, und sagte leise:

»Gott segne deinen Eingang, mein liebes, braves Kind – Gott segne dich und die lieben Deinen viel tausend Mal, und lasse dich so viel glückliche Tage hier verleben, wie du Tränen in dem alten Haus vergossen hast.«

»Mein lieber, lieber Freund –«

»Und da steht auch die Kathrine«, sagte Scharner, mit einem gewaltsamen Versuch zu lachen, obgleich ihm die Tränen fast die Worte im Mund erstickten, »dort steht die Kathrine und schlägt einmal über's andre die Hände zusammen, und weiß sich vor lauter Erstaunen nicht zu fassen.«

»Ja, Kinner«, schluchzte die alte treue Person, »ich wäs aach wahrhaftig nicht, wie mer is und wo mer der Kopp steht. Das ganze alte Haus, wie mer's fast verlasse habe – nur noch hübscher – nur noch freundlicher – und da solle mer widder mitenanner wohne?«

Hedwig warf einen halb scheuen Blick im Zimmer umher. Dort am Fenster stand der alte liebe Lehnstuhl, in dem die Mutter so manche Stunde in der letzten Zeit gesessen – hier an der Wand ihr altes Instrument, das sie mit von Mainz herübergebracht. Am Fenster dort drüben die Resedastöcke und Monatsrosen, wie zu der Mutter Zeit – die nämlichen Gardinen, die sie selbst gestickt – und neben ihr stand mit leuchtenden Augen Wagner, in dem Glück der Gattin schwelgend, das nur im ersten Augenblick noch durch den Schmerz der Erinnerung zurückgehalten wurde.

»Und das alles verdanke ich dir!« sagte sie endlich – indem sie seine Hand ergriff und an ihr Herz zog – mit weicher, tief bewegter Stimme. »All' das Glück, das jetzt wie Himmelstau auf mich herniederträufelt; nur dir und deiner treuen Liebe – laß mich ihrer immer würdig sein!« Und als Wagner sich zu ihr niederbog und ihre Lippen küßte, und der kleine Bursch, den die Malaiin gegen die Blumen hielt, jubelte und strampelte, und die Kathrine vor lauter Freudentränen und Seligkeit gar nicht mehr aus den Augen sehen konnte, hatte der enge, stille Raum noch nie glücklichere Menschen umschlossen, hatte Gottes Sonne noch nie fröhlicher und herrlicher da draußen auf all' die tausend Blumen niedergestrahlt, die sie ja erst zu Licht und Glanz hervorgerufen, wie Gottes Segen in den Herzen dieser guten Menschen wiederglühte.